FUNÇÃO CEO

a descoberta da verdade

FUNÇÃO CEO

a descoberta da verdade

TATIANA AMARAL

LIVRO III

3ª EDIÇÃO

PandorgA

Direção Editorial
Silvia Vasconcelos

Assistente Editorial
Thaluana Meira

Preparação
Sandra Schamas

Revisão
Alline Salles (AS Edições)
Editorando Birô

Diagramação
Vanúcia Santos (AS Edições)

Composição de Capa
Renato Klisman

Texto de acordo com as normas do Novo Acordo Ortográfico da Língua Portuguesa
(Decreto Legislativo nº 54, de 1995)

Dados Internacionais de Catalogação na Publicação (CIP)
Ficha elaborada por: Tereza Cristina Barros - CRB-8/7410

Amaral, Tatiana
A descoberta da verdade / Tatiana Amaral --3.ed. — São Paulo : PandorgA, 2017. (Função CEO : livro III).
640 p. ; 16 x 23 cm.

ISBN 978-85-8442-216-6

1. Erotismo na literatura 2. Romance brasileiro I. Título II. Titulo: A descoberta da verdade III. Série.

12.06/020-2017 CDD-869.93

2017
IMPRESSO NO BRASIL
PRINTED IN BRAZIL
DIREITOS CEDIDOS PARA ESTA EDIÇÃO À
EDITORA PANDORGA
AVENIDA SÃO CAMILO, 899
CEP 06709-150 – GRANJA VIANA – COTIA – SP
TEL. (11) 4612-6404

WWW.EDITORAPANDORGA.COM.BR

Para minha nova guarda: Wilza Mary Medeiros, Allane Mágilla, Adriana Prado, Marcia Fráguas e Tatiana Cabral. Por estarem ao meu lado, mesmo em silêncio. Por entenderem minha ausência, mesmo estando perto. Por me fortalecerem com amor e por nunca permitirem que eu desistisse. Fecho esta trilogia por vocês e para vocês! Obrigada!

"Eu sabia que seria daquela forma. Que ele se magoaria a ponto de não haver condições de perdão. Que eu entrara em um jogo tão complicado e pesado quanto o que ele estabelecera com Tanya. Um jogo que não permitia volta. Era o mesmo que ser enterrada viva. Sufocante, medonho, aterrorizante. Porque eu sabia que, naquele momento, nada mais poderia ser mudado. Robert me odiava e, com isso, conseguiria se encaixar perfeitamente na segunda parte do plano. Era preciso ser forte, contudo, eu não era. E só percebi isso naquele instante."

PRÓLOGO

O sol quase não aparecia naquela manhã fria e chuvosa. O mau tempo se prolongava e muito se falava em uma possível nevasca. Melissa não poderia ter escolhido um momento pior para voltar, mas, levando em consideração sua posição, o melhor a fazer era iniciar a nossa estratégia.

Olhei o relógio pela milésima vez, conferindo e confirmando seu atraso. A tensão não abandonava meu corpo. Do lado de fora da limusine, adequadamente comprada para recebê-la, como deveria ser daquele momento em diante, apertei meu casaco ao corpo e acendi um cigarro. Não deixei de desejar, mais uma vez, abandonar aquele vício. Talvez depois que toda a loucura acabasse, eu parasse. Meu celular, que estava no bolso, tocou. Era Carol.

– Oi.

Tentei não ser gentil da forma como gostaria. Carol estava infiltrada no grupo C&H Medical Systems desde que aceitei me envolver naquela bagunça. Tentava, em vão, convencer-me de que foi um erro, porém o que eu não fazia por Melissa Simon?

– Ela já chegou. – Sua voz demonstrava impaciência.

– Mas ainda não apareceu. Estou aguardando.

– Se alguma coisa tivesse acontecido, nós seríamos os primeiros a saber, Dean.

Suspirei. Carol não merecia minha aflição.

– Só quero que tudo dê certo. Apenas isso.

– Certo. Acabei de ser informada de que ela está desembarcando. Boa sorte.

Desliguei e voltei minha atenção para o imenso navio à minha frente. A princípio, não a reconheci. Um pouco mais alta, devido aos enormes saltos, um casaco de pele aquecendo e protegendo seu corpo. Óculos escuros, cabelos loiros... Loiro, de fato, lhe caía bem. Batom vermelho deixando seus lábios ainda mais desejáveis. Aquela não era a Melissa que eu conhecia.

Segurava uma pequena bolsa de mão e cada passo era milimetricamente calculado. Ela era outra mulher. A mulher que levara três meses ensaiando para ser. Seria possível?

Sem desviar a atenção do que acontecia ao seu redor, Melissa se aproximou, séria. Parou por alguns segundos, que me pareceram intermináveis, depois retirou os óculos e me encarou. Foi impossível não observar suas unhas perfeitamente pintadas ou as joias que ostentava.

– Melissa... – Não consegui desviar o olhar.

– Dean... – E então ela sorriu.

Aquele simples sorriso suavizou seu olhar e sua expressão. Por um breve segundo, ela voltou a ser a Melissa que tanto amei um dia. Uma mulher doce, romântica, apaixonada e apaixonante. A mesma que havia sido enterrada pelas confusões de Robert Carter.

– Como foi a viagem?

– Cansativa. Chicago está congelante. – E suas feições voltaram a endurecer.

Outra vez ela se tornou aquela mulher fria, calculista e desprovida de sentimentos. Que exalava riqueza e luxúria. Uma mistura, sem dúvida, perigosa.

Instintivamente, pensei em Carol. Ela era forte e decidida, e me amava como nunca fui amado antes, mas Melissa...

– Podemos entrar?

Dois homens devidamente escolhidos para acompanhá-la naquela viagem de volta ao lar se aproximaram, carregando malas, certamente contendo parte da farsa.

– Claro! – Abri a porta, dando-lhe passagem.

Ela passou por mim deixando seu perfume no ar. O mesmo de sempre, doce e simples, como a sua personalidade. Talvez um indício de que manteria uma mínima fração do que realmente era. Quem sabe como um lembrete, para que não se perdesse pelo caminho.

Acomodou-se e permaneceu olhando para frente. Puxei o ar frio, deixando-o queimar em meus pulmões e entrei acomodando-me ao seu lado. Logo, o carro ganhou movimento.

– Odeio esta peruca. – disse isso e sorriu, e imaginei o quanto se divertia agindo daquela forma.

– É só por um tempo...

– Até amanhã – respondeu categórica.

Suspirei. Melissa estava impossível desde que descobriu... Era difícil acreditar.

– Você tem certeza?

– Dean...

– Só quero saber. Sei que passou os últimos três meses se preparando para esta batalha, mas preciso saber se você tem certeza.

– Tenho!

Ela me encarou decidida. Melissa mudara muito. Tornara-se forte e determinada.

– Mel...

– Eu voltei, Dean. Vou cumprir com o combinado. Por favor, não desista agora.

– Eu prometi, não foi? Não vou deixá-la sozinha.

Desviei o olhar e fechei a divisória isolando-nos.

– Você sabe que isso vai destruí-lo, não sabe? Tem consciência de que será um golpe duro e de que pode ser irreversível?

– Tenho consciência de tudo. Vou cumprir com o planejado.

– Melissa, ele te ama. Robert não deixou de procurar por você um único momento. Eu... Merda, Mel!

– Robert vai ter o que sempre buscou. Não foi ele quem decidiu que passaria por cima de tudo e de todos para levar esta batalha adiante? Não foi ele quem não soube desistir antes de tornar tudo um inferno?

– Você está sendo dura. Lembre-se de que...

– Não passei três meses me escondendo como uma criminosa para voltar atrás porque não posso machucá-lo. Esta guerra é real, e Robert terá que suportá-la.

– Tudo bem. Vamos seguir com o plano. Trouxe o documento?

– Sim. – Ela abriu a pequena bolsa e retirou de lá o papel pelo qual tanto ansiávamos.

– Deixe-me vê-lo.

Segurei o documento e o escaneei com meu celular, enviando a mensagem automaticamente para Carol.

– Pronto, em segundos ele será inserido nos arquivos de Chicago e terá validade legal.

– Obrigada! – disse ela.

Segurou firme em minha mão, e, por um segundo, demonstrou insegurança, mas rapidamente se recuperou.

– Então... Bem-vinda ao lar, minha esposa.

– Que sejamos felizes, meu marido.

E voltou a sorrir, de uma maneira diferente, que anulava tudo o que eu conhecia e podia esperar de Melissa Simon.

CAPÍTULO 1

Tentei manter o foco no que Bruno falava. Minha cabeça estava um caos desde que... Era difícil pensar naquela realidade. Aliás, era só o que eu pensava. Como se minha vida já não estivesse carregada o suficiente de momentos desesperadores, eu ainda tinha que aprender a conviver com a falta que Melissa fazia. Suspirei pesadamente.

– Como eu estava dizendo...

A voz de Bruno preencheu minha mente, roubando-me a atenção. Encarei meu irmão e ele parecia preocupado comigo.

Era muito difícil disfarçar a apatia. O pior de tudo era que todos os participantes daquela reunião conheciam muito bem a minha situação. Olívia, Nicole, Paul, Bruno e Tanya. Todos compartilhavam os meus segredos. Conheciam os crimes da que ainda se dizia "minha esposa", sabiam da sua chantagem com Melissa e o motivo do seu desaparecimento. Por isso, todos, com exceção de Tanya, faziam vista grossa para minhas atitudes. Ou à falta delas.

– As estratégias implantadas atingiram os resultados esperados, por isso eu gostaria de antecipar o que havíamos planejado para o segundo semestre. Acredito que, com as informações enviadas pelos consultores de mercado, este é o momento mais adequado...

Bruno continuava falando, mas me perdi no exato momento em que ele citou o cargo que seria de Melissa. Droga! Por que eu não conseguia descobrir onde ela estava? Ninguém, ninguém mesmo, conseguia encontrá-la. Nem mesmo Tanya. Isso era o que me impedia de decidir se deveria me sentir aliviado ou preocupado.

Claro que acreditei que a melhor estratégia para encontrar a mulher da minha vida era seguir, rigorosamente, todos os passos de Tanya. Se ela havia sido a culpada por aquele afastamento, era do seu interesse cuidar para que permanecesse assim. Porém, nem minha esposa sabia do paradeiro de Melissa. Ninguém sabia.

Minha amante havia desaparecido enquanto eu dormia, conduzido pelo meu desespero. O que tinha acontecido? Como ela conseguiu simplesmente sumir? Deixar de existir? Não havia nenhum lugar no mundo em que Melissa Simon pudesse estar. Este não era o ponto que mais me preocupava. Eu sabia que, se durante todo este tempo, Tanya ainda não conseguira colocar garras em Melissa, então estava tudo certo com a minha amante, só não entendia como Mel permanecia em silêncio, mesmo já tendo se passado três meses. Nenhuma carta, mensagem, sinal de fumaça... Nada. Era como se ela nunca tivesse existido.

Eu tentava, em vão, lutar contra a tristeza que me consumia por ter permitido que ela fosse embora. Deveria ter sido mais forte. Ter mantido Melissa ao meu lado e cuidado da sua segurança. Eu seria preso. Com certeza seria. Mas Tanya também. E embora soubesse que, se Melissa tivesse ficado, a esta altura o nome da minha família estaria na lama; o meu, equiparado aos piores pilantras da história de Chicago e o grupo, com certeza, não existiria mais.

Puta que pariu!

Era um inferno e eu não enxergava saída alguma. Tanya conseguiu me cercar de todos os lados, mesmo sabendo que eu também poderia destruí-la. Ela sabia que nada poderia me destruir mais do que o meu calcanhar de Aquiles: Melissa Simon. Eu me apaixonei e esse amor me matou. Mesmo assim, mesmo sabendo de todos os perigos, eu ainda a queria ali, ao meu lado, segura, minha, só minha. Como sentia sua falta! Naquele instante, meus olhos encontraram os que eu evitava a qualquer custo: Tanya. Ela percebeu meu abatimento e sorriu vitoriosa. Minha vontade era esmagá-la como a um inseto. "Tudo no seu tempo, Tanya. Tudo no seu tempo."

– Existe o problema relacionado aos avanços das pesquisas com a energia nuclear – interferiu Paul, salientando o que estávamos enfrentando com os grupos de apoio às causas mundiais –, deveríamos enfatizar as pesquisas com as células-tronco e destacar as descobertas. Todos vocês sabem que nossas máquinas ficam obsoletas em um piscar de olhos. Estamos vendendo e trabalhando bem com os países subdesenvolvidos, apesar disso, devemos tomar cuidado para que outra empresa não nos ultrapasse. Por isso quero adiantar os planos do segundo semestre. Esta é a hora mais apropriada. Estamos em uma excelente fase, com ótimos resultados em todos os setores. Acabamos de contratar um grupo de jovens cientistas que...

Mais uma vez me perdi na conversa enquanto meu irmão falava. Melissa adoraria participar desta nova fase. O ano novo, assim como os novos investimentos, os quais ela havia ajudado a planejar, nos deixavam em estado de glória. Seria perfeito, mas infelizmente não era. Nada mais tinha graça e valor. Principalmente porque eu sabia que, muito em breve, a guerra, até então adiada, aconteceria. Não daria para esconder a sujeira embaixo do tapete a vida toda. Mais cedo ou mais tarde, Tanya ou eu cairia, e o tombo faria um barulho impossível de ser ignorado.

– E então? – Olhei para minha mãe que me encarava após me questionar, tentando disfarçar a sua piedade. Senti ódio.

– Se você acredita que é necessário...

Eu não poderia opinar. Pouco havia conseguido absorver daquela reunião. Minha cabeça só conseguia trabalhar em uma forma de derrubar Tanya e de encontrar Melissa.

– Não sei como vamos manter nossa posição se nosso CEO anda mais preocupado com suas necessidades particulares do que com o grupo – disse Tanya.

Todos olharam para ela, que não se intimidou e continuou:

– Há dois meses venho pedindo o apoio de vocês para algo que vai muito além dos nossos interesses pessoais. Robert perdeu a capacidade de gerir estas empresas. Ele não tem disposição, nem vontade, para administrar tudo com pulso forte. Desde que Melissa desapareceu da face da Terra...

– Já chega, Tanya! – Fui duro.

Levantei-me, recolhendo os papéis que utilizei para a reunião. Abgail me acompanhou rapidamente para pegá-los de minhas mãos. Era impossível olhá-la sem sentir a pontada de tristeza por não ser Melissa ali. Abby voltou a trabalhar assim que minha namorada sumiu no mundo. Ela insistiu que estava bem e que não poderíamos nos arriscar com uma nova secretária. Acabei concordando, afinal de contas, estávamos em guerra, era melhor não correr riscos.

– O conselho está reunido, e se for da vontade de todos que eu me afaste do cargo...

– Não! – contestou Olivia categórica, sem nem se dar ao trabalho de olhar para Tanya. – Nossa opinião continua sendo a mesma. Ninguém melhor do que você, meu filho, para gerir os nossos interesses.

– Obrigado! Já que estamos decididos, agradeço a todos pela presença. Bruno, você tem o meu aval para dar início ao projeto. Vamos para o almoço, voltamos em duas horas.

Tanya me encarou e seus olhos diziam muito mais do que a serenidade que tentavam transparecer. Ela tentava, em vão, fazer-me reagir a suas investidas. Seu mais recente plano era me derrubar do cargo de CEO. Ela era uma cretina!

– Pedi o seu almoço – Abgail informou baixinho.

Olivia veio até mim e disse:

– Vai ser mais fácil despistá-la.

Piscou e saiu. Sorri. Abby era uma ótima amiga.

– Vamos almoçar? – Minha mãe entrelaçou o seu braço ao meu e me puxou para fora da sala de reunião.

– Abgail já providenciou meu almoço, Olivia. Tenho coisas importantes para resolver. Estas reuniões estão atrasando o meu trabalho.

Ela sorriu e acariciou o meu braço.

– Você emagreceu. Preciso conferir de perto sua alimentação. Por que não vem passar um tempo com a sua mãe?

Passei a mão no cabelo e tentei sorrir. Se Olivia soubesse o quanto desejei poder simplesmente passar um tempo com alguém que não quisesse me destruir, ela teria me convidado antes.

– Já passei da idade de dar trabalho à mãe. Estou me cuidando. É só o ritmo acelerado do início do ano. Não se preocupe. Nicole com certeza vai adorar almoçar com você.

– Sim. Já combinamos. De qualquer forma, hoje à noite quero você lá em casa. Você sabe que...

– Robert? – Tanya se aproximou, impedindo minha mãe de continuar a conversa. – Precisamos acertar alguns detalhes a respeito daquela doação.

– Com licença.

Olivia se despediu de mim sem olhar para Tanya. Ela não conseguia interagir mais do que o necessário com minha esposa, ainda chocada com todas as revelações. Ao menos assim eu sabia que minha mãe estaria protegida da sua influência.

– Sobre o que você quer conversar, Tanya? Pensei ter deixado claro que não aprovo e não aprovarei a doação enquanto não houver um real recadastramento destas instituições. Você ainda não me entregou o culpado pelo último desfalque. Ainda tenho as provas e estou apenas aguardando a descoberta do responsável para entregá-lo à polícia. Não posso mais admitir que situações como estas aconteçam.

– Eu disse a você. Não sabemos como aconteceu. Não podemos, simplesmente, parar com as doações porque alguém nos roubou.

Olhei para Tanya deixando claro que ela não conseguiria me enganar. Ela me encarou de maneira dura. Desde que Melissa e eu aceitamos as suas chantagens e voltei para casa que dividíamos, agredíamos-nos em um confronto direto e claro. Na verdade, eu ignorava Tanya de todas as formas possíveis. Não havia mais a necessidade de fingir um relacionamento, muito menos de tratá-la com cortesia, como acontecia antes, quando minha família não sabia da verdade. No entanto, dentro da empresa, era impossível fingir que ela não existia.

Ela também não colaborava muito. Seus ataques eram constantes e certeiros. Ela tentava me desacreditar. Questionava minha capacidade profissional, alertava sobre minha apatia, brincava com a tristeza e se divertia com o sofrimento que me assolava. Eu a odiava!

– Os grupos vão cair sobre as nossas empresas sem nenhuma piedade, Robert. Se você não suaviza por um lado, não consegue encobrir o outro.

– Não estamos fazendo nada de errado. Muitas propriedades foram compradas com o dinheiro deste grupo, doadas para uma instituição teoricamente fantasma e, depois de restauradas, com o nosso dinheiro, foram vendidas com supervalorização. E ninguém consegue achar um culpado.

– A pessoa se apresentou com um projeto. Havia respaldo legal para tudo o que fizemos. Como poderíamos prever que era uma quadrilha? Muitas empresas estão caindo no mesmo golpe.

– Então precisamos mudar nossas estratégias. Pelo visto a forma como você está gerindo seu setor não é a mais adequada. Quem pode me garantir que não existe um dedo seu nesta podridão toda?

Eu tinha quase certeza de que Tanya sabia que eu tinha provas para incriminá-la. Entretanto, ela não agia porque acreditava que eu temia por Melissa. Realmente temi pela minha amante, até me certificar de que nem mesmo a minha esposa seria capaz de encontrá-la. Se existia uma hora em que eu poderia agir para destruir Tanya, era aquela.

– Prove que estou envolvida em cada um dos seus tropeços, Robert. Apresente para a comissão a minha culpa – ela sorriu, mas seus olhos estavam raivosos –, enquanto você não consegue nada, tenha em mente que ainda sou a segunda maior acionista e que seu cargo não permite que impeça os meus projetos. Projetos estes que, aliás, estão salvando a sua pele, ou você prefere ter os ambientalistas bombardeando cada um dos seus novos investimentos? Lembre-se, célula-tronco, clonagem, nada disso é bem aceito pela sociedade. A humanidade ainda é um monte de primatas brincando de ser Deus. Não se engane, Deus não perde tempo com avanços científicos, e sim com projetos que o coloca acima de todos. Ele é um estrategista, assim como eu.

– Ou um CEO, assim como eu.

Seu sorriso se desfez. Tanya me encarou por alguns segundos até que desistiu.

– Vou levar o problema ao conselho durante a segunda pauta. Caso eles não queiram me dar crédito, levarei a situação aos grupos ambientalistas. Vamos ver quantos passos você consegue dar depois que eles souberem o que está fazendo.

– Com licença, Tanya. Tenho coisas mais importantes a resolver do que ouvir suas ameaças.

Dando-lhe as costas, entrei em minha sala, ciente de que ela poderia me seguir, se assim desejasse. Mas Tanya deu o assunto por encerrado. Derrotado, sentei em minha cadeira e encarei o computador. Nada mais era seguro. Minha esposa não fez questão de esconder que, enquanto eu me afundava em tristeza e depressão, ela agia, cercando-me por todos os lados.

O desaparecimento de Melissa havia tirado o meu chão. Demorei dias para voltar a entender que precisava continuar, que Tanya não recuaria e, principalmente, que não poderia ter a mulher que amava enquanto aquele inferno não tivesse um fim. Tudo o que eu poderia fazer, então, era vigiar e aguardar. E foi o que fiz.

– Posso trazer seu almoço? – Olhei para Abgail e fui tomado por uma pontada de tristeza.

– Não sinto fome...

Para disfarçar, liguei o computador e acessei minha conta.

– Você nunca tem fome, Robert. Mesmo assim, é importante comer.

Desisti de tentar manter distância daquela realidade. Encostei na cadeira e passei a mão no cabelo.

– Eu só queria encontrar as malditas provas. Descobrir onde Tanya as esconde. Se conseguisse neutralizar seus ataques, eu passaria por cima dela como um rolo compressor.

– Eu sei. Eu também! – Ela me olhou de uma maneira estranha. – Vou buscar seu almoço.

Havia algo de diferente nela, que estava disfarçado pelo seu habitual temperamento complacente. Abby saiu da sala voltando em seguida. Como de costume, sentou-se à minha frente para almoçarmos juntos. Encarei meu prato, sem nenhuma vontade de me alimentar. Ela comeu, analisando-me atentamente, como se quisesse me incentivar.

– Como está seu relacionamento com Adam? – perguntei.

Ela sorriu.

– Adam é um cretino!

– Concordo.

– Ele continua achando que posso ajudá-lo a localizar Melissa, e Tanya continua acreditando que sou manipulada por você.

– É bom que ela continue acreditando.

Abby comeu em silêncio. Coloquei um pouco de comida na boca, mais pela necessidade de permanecer forte do que pela vontade.

– Abby, sei que já te perguntei isso antes, mas...

– Eu não posso ajudá-lo, Robert. Sinto muito!

– Certo... Certo.

Voltei a comer, desesperado para encontrar alguma coisa que ocupasse a minha mente e que não estivesse diretamente ligada à Melissa.

– Ela vai aparecer.

– Eu só fico preocupado.

– Melissa não é nenhuma menina frágil. Ela é mais forte do que você é capaz de imaginar.

– Eu sei. Mesmo assim, não consigo deixar de me preocupar.

Abby me olhou pensativa. Sua expressão chamou a minha atenção.

– Cuidado com suas expectativas – disse ela como um lamento.

Imediatamente, fiquei em alerta.

– O que você sabe que eu não sei, Abgail?

Ela se mexeu incomodada, mas sorriu com inocência.

– Apenas que Melissa é uma pessoa complicada. Ela nunca é o que esperamos que seja. Precisa de mais alguma coisa?

A lembrança do quanto aquelas palavras eram verdadeiras me fez sorrir e, ao mesmo tempo, ficar receoso.

– Não. Obrigado!

Assim que Abgail saiu, peguei o telefone e liguei para Tom. Pela primeira vez em três anos eu não conseguia contato com o meu investigador particular. O que estava acontecendo?

– Droga!

Tentei mais uma vez. Nada. Tom não dava sinal de vida há dois dias. Eu nada sabia a respeito de Tanya, das suas armações e, principalmente, da nossa incansável busca por Melissa Simon. Meu telefone tocou.

– Sim?

– Senhor Carter, a Senhorita Garcia está aqui com um arquivo solicitado pelo senhor. O que devo fazer?

– Senhorita Garcia? – Quem diabos era essa Senhorita Garcia?

– Hum! A nova assistente executiva do Senhor Otaki.

Olhei para fora da sala, visualizando a mulher em questão.

Ela era alta, pele levemente bronzeada, cabelos loiros cortados na altura dos ombros. Tinha um corpo escultural, embora estivesse usando roupas executivas. Sua blusa branca permitia que o volume dos seios fosse apreciado pela fenda do decote discreto. Ela era desejável. Usava óculos, o que a deixava ainda mais sensual. Instintivamente, minha mente lançou milhares de imagens de Melissa naquela sala. Seus sorrisos, seus olhares, seus gestos tímidos e ousados. Suspirei, desviando o olhar.

– Senhor Carter?

– Mande-a entrar.

E desliguei antes que Abgail conseguisse me entupir de perguntas.

A garota entrou com passos firmes de alguém que sabe o que está fazendo. Era destemida. Seus olhos azuis encontraram os meus. Puta que pariu! Como eu sentia a falta de Melissa.

– Senhor Carter, o relatório solicitado. – Estendeu a pasta sem aguardar por mim.

– Senhorita Garcia...

Observei sua reação. Ela nada disse, apenas me encarou.

– Em que exatamente a senhorita trabalha?

– Setor de segurança da informação, senhor.

Sorri. Minha ideia a respeito das mulheres que compunham tal setor não chegava nem perto do que ela era.

– Conseguiram identificar alguma falha? – Peguei o relatório sem querer me envolver com ele enquanto a mulher estava presente.

– O Senhor Otaki seria a pessoa mais capacitada para informá-lo, senhor.

– A senhorita não? – Tentei ser intimidador, mas ela não pareceu surpresa nem temerosa.

– Com certeza, sim. Contudo, sigo ordens, e as que recebi do Senhor Otaki foram claras.

– Eu dou as ordens. Fale-me o que encontrou.

Ela suspirou pesadamente.

– Seu computador continua protegido, senhor.

– Apenas isso?

– Sim, Senhor Carter. Identificamos diversas ameaças de invasão, além de uma busca minuciosa a respeito dos documentos que o senhor utiliza nas nuvens, porém o esquema ainda é seguro.

– Entendo. E os demais computadores da empresa?

– Todos sofreram ataques. Os que não ofereciam riscos foram invadidos e utilizados como porta de entrada. Conseguimos sanar os problemas e nenhuma informação vazou.

– Os setores de pesquisas, os projetos...

– Nada. Todos os estudos e pesquisas continuam reservados e na mais perfeita segurança.

– Inclusive os que apenas eu tenho acesso?

– Principalmente, senhor.

– Ok. Obrigado, Senhorita Garcia. Isso é tudo.

Ela sorriu e seus lábios eram extremamente convidativos. Tive o cuidado de não olhá-la mais do que deveria. "Melissa me mataria."

Meu telefone voltou a tocar. A Senhorita Garcia, discretamente, saiu da minha sala.

– Sim?

– Hora do show! – Abby estava mais empolgada do que antes.

Deixei o relatório sobre a mesa, recolhi meus pertences e saí de volta à sala de reuniões. Olivia e Nicole já aguardavam por mim, mas Tanya ainda não havia aparecido. O que ela estaria aprontando?

– Paul e Bruno?

– Estão chegando. Bruno foi pegar um relatório que Alexa esqueceu de enviar.

Minha irmã estava animada. Com certeza havia convencido Olivia ou Paul a fazer algumas das suas vontades.

– Vamos entrando. Preciso da ajuda de vocês para um problema.

– Tanya? – disse minha mãe, que já sabia que quando eu me referia a um problema, com certeza estava ligado à minha esposa.

– Sim. O problema das doações. Não posso liberar a verba enquanto não tiver certeza de que ela não colocará suas garras...

– Robert, pensei muito sobre o assunto e tenho uma ideia, se você estiver de acordo, é claro!

– Sim, Olivia. O que pensou?

– Se Tanya acreditar que você não suspeita dela, ficará mais à vontade para continuar com suas armações, então, quando estiver acreditando que não conseguirá alcançá-la, você terá provas suficientes para derrubá-la.

– Ela pode destruir o nosso patrimônio se demorarmos muito.

– Não. O valor é irrisório. Tanya nunca faria uma fortuna com o valor das doações, até porque ela está desviando apenas uma parte, já que precisa justificar suas ações.

– Não sei, Olivia. Ela vai trazer o assunto para a pauta.

– Deixe que ela tente. Nós vamos favorecê-la. Você irá exigir que eu a acompanhe de perto, então teremos tudo de que precisamos.

– Já corremos riscos demais. Não posso colocá-la na linha de frente.

– Eu não corro risco. Vou apenas atrasar um pouco os planos dela. Enquanto isso, você se concentra em encontrar a senha e trazer Melissa de volta.

Dizendo isso, tocou em meu braço com carinho. Não queria colocar minha mãe naquela confusão, mas, se eu quisesse acabar logo com aquela história, era melhor utilizar todas as armas.

– Certo! Por favor, tenha cuidado!

Tanya chegou junto com Paul e Bruno. Ela estava furiosa. Passou por todos sem se preocupar em ser educada. Abby entrou logo em seguida, acertando os últimos detalhes.

– Vamos começar logo com isso. Ainda tenho coisas para resolver e não posso perder muito tempo. Paul, você...

– Um minuto – Tanya interferiu levantando e encarando a minha família. – Eu gostaria de trazer um problema e pedir ao conselho que vote a meu favor.

Olhou para mim e sinalizei que continuasse. Sentei na cadeira, cruzei as pernas e aguardei pelo seu espetáculo.

– Como todos sabem, fomos vítima de uma armação criminosa...

Ela continuou falando, utilizando toda sua capacidade de persuasão para convencê-los. Tanya se expressava de uma maneira fantástica. Ela era uma líder nata e, como tal, conduzia facilmente qualquer simples mortal a uma guerra nuclear apenas para atender a seus caprichos. Era certo de que ela conseguiria seu objetivo, se não fosse por um único detalhe: todos sabiam que ela era a culpada.

– Por isso, peço que votem pela liberação da verba. O grupo pode sofrer um significativo impacto caso as doações sejam suspensas, como o nosso CEO pretende fazer. Não é do nosso interesse travar uma luta com...

Foi quando a porta da sala de reuniões se abriu. Olhei curioso e irritado por sermos interrompidos, mas parei, petrificado, sem acreditar no que estava vendo. Melissa estava parada à porta. Eu poderia observar muito naquela imagem, só que não foi seu rosto perfeitamente maquiado, ou sua roupa alinhada e visivelmente cara, muito menos as joias que ela ostentava que chamaram a minha atenção. Apenas o fato de ser Melissa a minha frente. A mulher da minha vida, meu anjo salvador, a mesma que eu havia procurado desesperadamente por três meses sem saber onde encontrá-la, foi o suficiente para me desarmar.

– Melissa! – Todos estavam tão espantados quanto eu.

– Reunião do conselho sem a minha presença? Não acredito que isso seja possível. – Então me dei conta. Aquele não era o seu sorriso. Aqueles não eram os seus gestos.

Ela caminhou lentamente sem me olhar uma única vez. Seus passos eram fortes, decididos e cheios de confiança. Ela parou na extremidade oposta à minha e, enfim, me encarou.

– A maior acionista deste grupo não foi comunicada a respeito desta reunião. Anthony?

O homem que a seguia se adiantou e entregou alguns papéis a Abgail que, imediatamente, tratou de distribuí-los. Continuei paralisado, olhando aquela mulher tão familiar, e ao mesmo tempo, tão estranha. Nada do que eu sentia conseguia ultrapassar as barreiras que pareciam suspensas entre nós dois.

– Isso é um absurdo! – Tanya foi a primeira a se manifestar. – Robert? Como você explica?

– É exatamente o que vocês estão lendo. Eu, Melissa, sou a maior acionista do grupo C&H Medical Systems. Comprei as ações do Senhor Carter. Todas. Por isso, declaro que esta reunião está encerrada. E que este deslize não volte a acontecer.

"Puta que pariu? O que eu fiz?"

CAPÍTULO 2

Robert me olhou com emoção. Quase, por um segundo, pensei em voltar atrás. Mas precisava ser corajosa o suficiente para seguir em frente. Aquele reencontro não seria nem um pouco desconfortável perto do que ainda teríamos pela frente. Ele teria que ser forte. Eu precisava ser forte.

– Reunião do conselho sem a minha presença? Não acredito que isso seja possível.

Evitei olhar em sua direção. Era difícil demais manter-me firme diante do seu olhar. Ainda mais depois de tanto tempo. Porém, foi impossível permanecer distante da sua presença. Robert era como um ímã.

– A maior acionista do grupo não foi comunicada a respeito desta reunião. Anthony?

Sinalizei para que meu advogado cuidasse de comunicar as novidades. Abby, como havíamos combinado, tratou de ajudar. Naquele momento, minha atenção estava toda voltada para Tanya. Era o golpe que ela precisava levar e o que eu sonhei e planejei por longos três meses. Sorri deliciada com a sua reação.

– É exatamente o que vocês estão lendo. Eu, Melissa, sou a maior acionista do grupo C&H Medical Systems. Comprei as ações do Senhor Carter. Todas. Por isso, declaro que esta reunião está encerrada. E que este deslize não volte a acontecer.

– Como? Mel? Você... – disse Nicole.

Depois levantou e caminhou até onde eu estava. Tive o cuidado de manter-me fria e distante.

– O que está acontecendo? Onde você esteve? Robert... – continuou.

E então ela se deu conta de que estava em meio a um golpe.

Em instantes, vi as emoções se modificarem no rosto daquela que havia sido minha amiga. Ela olhou para Olivia, para Robert e depois para mim. Seus olhos cheios de lágrimas e dor.

– Explique isso – falou, ainda incapaz de acreditar.

– Eu explico. – Anthony tomou a frente.

Enquanto eu caminhava pela sala, Robert não tirava os olhos de mim.

– O Senhor Carter vendeu suas ações à minha cliente. Todas, como já foi dito. Desta forma, estamos assumindo a direção do grupo C&H Medical Systems, como é de direito.

– Impossível! – Tanya esbravejou espantada demais para manter a compostura.

– Não. Vocês receberam uma cópia do contrato de venda. Assinado pelo Senhor Carter e pela Senhora Melissa – disse Anthony.

Meu advogado me olhou com receio, tomando o devido cuidado para não mencionar nada além disso.

– Robert não pode vender as ações dele. Eu sou a esposa. Eu tenho direito sobre elas.

– Não com o pedido de divórcio datado anteriormente à assinatura do contrato – tomei a palavra, sorrindo triunfante. – Eu sou a dona de tudo. Nosso querido Robert Carter teve o cuidado de manter em segredo o nosso acordo, mas agora estou de volta e ansiosa para retornar ao trabalho.

– Robert? – Olivia parecia chocada com a minha revelação. Robert continuava me encarando. Seus olhos eram um pouco de tudo: medo, raiva, tristeza e saudade. Saudade! Eu não poderia me permitir.

– Ela está falando a verdade. Sinto muito! – Desviou os olhos e se mexeu desconfortável em sua poltrona.

– Por que você fez isso? Sem conversar com o conselho, comigo, que sou seu irmão! Robert, eu pensei que seus planos eram outros – disse Bruno perdido.

Ele era incapaz de entender que, naquele momento, Robert e eu não éramos aliados, e sim inimigos. Talvez mais do que de Tanya.

– Não é nenhum segredo que eu e Robert éramos amantes até pouco tempo atrás. No auge da sua guerra com Tanya, ele me convenceu a assinar este documento. Um pouco antes de o conselho aprovar as novas medidas, que o impediriam de me vender suas ações sem o consentimento de vocês.

– Então é tudo uma jogada, Robert? Vocês agiram para me impedir de ficar com as ações?

Tanya não escondia a raiva, Robert nada dizia. Ele me observava, como um predador analisando sua presa. Os demais mantinham-se calados, acompanhando o que acontecia. Na certa, não sabiam como se comportar, já que tudo poderia ser mais uma das armações do CEO do grupo.

– Esta venda não pode ser legal. Melissa não tem recursos financeiros para comprar ações com o peso comercial das do grupo – anunciou Tanya sacando o celular.

Quando ia começar a discar para alguém, eu a interrompi.

– Existe uma conta em meu nome, na qual, periodicamente, um valor é depositado. Claro que vocês podem imaginar de onde este dinheiro saía. O fato é que eu, da noite para o dia, passei a ter muito dinheiro, o mesmo que foi utilizado para a compra das ações. Também temos uma transação bancária que comprova que o dinheiro saiu da minha conta, com a minha autorização, e foi depositado na do Senhor Robert Carter. Um valor justo, apesar de alto.

Todos olharam para Robert, que continuava me encarando, sem reagir. Ele suspirou audivelmente e se inclinou sobre a mesa.

– Era para garantir a sua segurança. – Foi como se as demais pessoas não estivessem ali. Ele falava e olhava diretamente para mim. Seus olhos queimavam-me.

Foram três meses me preparando para aquele momento. Três meses aprendendo a ser indiferente, fria e calculista. Porém, olhando Robert, voltando a sentir sua presença, tudo se tornava muito mais difícil do que fui capaz de prever.

– Bom, garantiu. Obrigada – disse e forcei um sorriso diabólico.

– Era só o que me faltava. Essa... desclassificada vai ficar com as suas ações? Eu não vou admitir. Vou entrar com um recurso na justiça para cancelar a venda. Você não está em seu juízo perfeito, Robert. Só pode ser isso. Como sua esposa, mandarei interditá-lo.

– Interditado ou não, o contrato tem valor legal, Tanya. Como você mesma disse: essa foi a foda mais cara que ele já teve.

Sorri desafiadoramente. Tanya me olhava com ódio.

– Obrigada a todos. Vamos remarcar esta reunião para amanhã, mesmo horário, mesmo local. Anotou tudo, Abgail?

– Sim. Anotado.

– Ótimo! Agora, por favor, voltem ao trabalho. Estamos em uma fase excelente e as empresas não funcionam sozinhas. Tanya, Robert, em sua sala... Melhor, em minha sala. – Sorri, triunfante, dando-lhes as costas.

Caminhei sem me alterar. Anthony me acompanhou, aguardando do lado de fora junto com Abgail. Tanya e Robert entraram juntos. Ele parecia não saber o que esperar. Seus olhos eram especulativos. Buscavam por algum sinal. Nada diziam. Já a sua esposa caminhou até mim batendo palmas.

– Um ótimo golpe, mas eu vou provar na justiça que vocês dois tramaram este circo para tirar o que é meu por direito. Meu marido e a amante. Ele dando o dinheiro de que ela precisava para justificar as vendas das ações. E de onde veio este dinheiro, Melissa? Isso você terá que explicar ao juiz. O que será que a sociedade fará com esta informação?

– Ao contrário de você, Tanya, eu não me importo com a opinião da sociedade. Se não fosse desta forma, eu nunca aceitaria ser a amante.

Robert colocou as mãos nos bolsos e inclinou a cabeça para o lado, analisando as minhas colocações.

– Vamos ao que interessa – continuei. – Eu sou a nova acionista majoritária, goste você deste fato ou não. Meu advogado está lá fora e você pode pedir para o seu procurá-lo para discutir a situação. No momento, quero definir algumas regras.

– Que regras, garota? Você enlouqueceu? Somos um grupo sólido, respeitado e venerado no mercado mundial. Não vai ser você quem vai chegar colocando ordem na casa. Existe um conselho e nenhuma decisão pode ser tomada sem a aprovação dele. Se está pensando que conseguirá me afastar, está muito enganada. Eu sou a segunda maior acionista, tenho direitos e poderes que a impedem...

– Chega, Tanya! Guarde sua petulância para quem ainda tem paciência com você! – disse e olhei sugestivamente para Robert. – Quero o responsável pelo desvio de verba nos projetos de doações do grupo. Não sou Robert, e definitivamente, não tenho motivos para temer suas ameaças. Quero um culpado ou a acusarei de desfalque. É melhor pensar em uma justificativa aceitável.

Ela ficou chocada com minhas palavras. Sua boca se abriu para uma resposta, contudo, nada disse. Robert estreitou os olhos.

– Posso dar um jeito nisso. – E a ameaça estava lá. Era o que eu precisava para agir.

– Tenho certeza de que sim. Eu sei quem você é e do que é capaz. Mas não vou me sujar com este jogo imundo. Meu único objetivo é cuidar do que me pertence. Se você e Robert vão digladiar por uma merda de uma senha, façam isso longe das minhas empresas.

Ela sorriu com ironia.

– Espero que você esteja bem satisfeito, Robert. Sua amante ainda vai destruir tudo pelo que lutou para manter de pé.

– Ex-amante – disse eu.

Mais uma vez, ele me olhou em choque.

– E por falar nisso... Robert? Você está demitido!

– O quê? – os dois falaram ao mesmo tempo.

– Não pode fazer isso. Ele é o CEO. O melhor gestor que já tivemos. Você enlouqueceu. Que espécie de golpe é esse?

Tanya permanecia alarmada. Sem entender até onde eu seria capaz de chegar.

– Melissa, eu posso conversar com você? – Robert deu um passo em minha direção, mantendo a calma que fingia ter.

Eu arqueei uma sobrancelha e cruzei os braços.

– A sós – continuou.

Sua mandíbula contraída indicava que ele estava em seu limite.

– É uma armação? Vão discutir agora as regras desta brincadeira? Estão pensando que vão me enganar com esta encenação? Eu não vou cair nesta história, Robert. Entendeu? Vá fundo, Melissa. Demita-o.

– Já está feito. – Dei a volta na mesa e me sentei em sua cadeira imponente.

– Não está, não! – ele esbravejou. – Você sumiu por três fodidos meses. Foi embora sem nenhum sinal de vida. Enlouqueceu-me, torturou-me, destruiu-me e volta deste jeito? Eu não dei as ações a você. Foi só uma manobra para impedir que Tanya as alcançasse. Foi uma forma de manter minha promessa. Droga!

Ele finalmente explodiu. Temi pelo que seria capaz de dizer e, principalmente, por não saber até onde eu conseguiria ir. Mas o plano não era aquele? Robert não precisava estar destruído, humilhado? Não era este o meu objetivo, ou parte dele? Então por que meu coração não entrava em acordo com minha mente e aceitava que teria que ser daquela maneira?

– Você me deu o dinheiro?

– Droga, Melissa!

– Sim ou não?

Ele me olhou com raiva e frustração. Passou a mão no cabelo, puxando o ar com força.

– Sim ou não, Robert?

– Eu confiei em você.

– E eu em você. Pelo visto as coisas não aconteceram como esperávamos, não é?

– Melissa...

– Você me deu o dinheiro?

– Sim – sibilou.

– Eu assinei a transferência do valor? Assinei o contrato de compra e venda?

– Não seja cínica – rosnou. – Você sabe muito bem que eu fiz isso porque acreditava que você nunca teria coragem de me roubar.

– E roubei? Até onde sei, tudo foi feito na mais perfeita legalidade. – Entrelacei os dedos.

– Merda! – gritou, batendo na mesa. – Não faça isso. Não faça isso comigo, Melissa. Eu... Droga! O que aconteceu? Qual o motivo disso tudo? Eu não entendo...

Ele deu dois passos para trás, com os olhos suplicantes e a autoconfiança totalmente abalada.

– Você me enganou, traiu, humilhou... Foi desonesto em diversos pontos. Usou meus sentimentos, minha confiança, me envolveu nesta sujeira que é a sua vida. Mentiu! Você transou com uma garota de dezessete anos, aqui, neste lugar. E teve a cara de pau de me dizer que eu fui a única a quebrar as regras. A única? Até onde você iria por causa dessa senha, Robert? Você sabe que Tanya é a culpada pelo meu atentado e mesmo assim a acobertou, por quê? Se eu era a sua vida, a pessoa que você amava, como pôde?

Foi impossível conter toda minha indignação. Eu estava ferida, magoada, irritada e com medo. À medida que eu falava, ele recuava, invadido pelas lembranças e pela culpa.

– Está se vingando de mim? – Sua voz saiu engasgada. – É isso? Tudo o que fiz por você não foi o suficiente para provar o meu amor?

– Amor? Eu quase morri por você. Eu enganei, menti, trapaceei. Fui o que você queria. O que recebi em troca? Uma ameaça. Uma louca psicopata tentando tirar a minha vida. Nenhuma chance de que suas promessas se tornassem realidade. Este jogo nunca terá um fim. Para vocês dois, é claro. Para mim, acabou. Estou pegando o que me pertence e colocando o lixo para fora.

Levantei, encarando-o com a mesma intensidade que ele me cobrava.

Tanya riu alto. Na verdade, ela gargalhou, mas Robert continuou me encarando, sem abandonar sua ira, porém deixando transparecer toda sua dor. Eu o traí, assim como ele fez comigo muitas vezes. Então por que eu não conseguia prazer com este fato?

– Detesto admitir, mas você vai precisar do aval do conselho para demitir o Robert. Ele tem o controle das ações dos demais membros e aposto que nenhum deles o destituirá do cargo. Salvo se eu for a favor. – Ela o olhou.

Era fácil deixar que Tanya sentisse o poder nas mãos. Robert, da mesma forma de antes, apenas me observava.

– Eu serei contra, Melissa. Justiça seja feita. Robert é nosso melhor gestor e você vai afundar o grupo mais rápido do que as batidas das asas de um beija-flor.

Fingi pensar no assunto. Na verdade, era fundamental que Robert estivesse por perto. Fazia parte do plano a necessidade de mantê-lo sob controle. Contudo, eu bem sabia que Tanya não agiria de forma tão coerente sem esperar nada em troca. Ou ela via em mim uma aliada, o que era ótimo, ou apoiaria o marido na tentativa de me destruir, o que fugiria um pouco do meu objetivo.

– Tem razão. Nos dois pontos apresentados. Não posso negar que Robert Carter não seja um profissional que possa ser descartado. – Ele suspirou impaciente. – Ok! Robert está readmitido, porém vamos reformular sua função.

– O quê?

– Eu tenho que participar ativamente do que acontece em minhas empresas. Não posso aceitar que vocês dois continuem gerindo meus negócios, deixando-me de fora.

– O que exatamente você quer, Melissa? Quer que eu continue aqui dentro olhando você usurpar de tudo o que é meu? Quer que eu a ajude a gerir o que roubou de mim? Não conte com isso. Quer as empresas? Aprenda a administrá-las!

Robert girou em retirada. Meu coração acelerou.

– É melhor você não sair desta sala – ameacei.

Ele parou diante da minha ameaça, voltando a me observar. Lentamente, sustentando o seu olhar, sentei e cruzei as pernas. Mantive o sorriso no rosto, apesar de estar devastada por dentro.

– Você quer mesmo destruir tudo? E a sua promessa? E Maximus? – Ele suspirou e passou a mão no cabelo – falei.

– Eu desisti de tudo quando precisei abrir mão de você e agora vejo que nada valeu a pena. Tudo o que fiz foi lutar para mantê-la afastada desta merda. Eu não queria envolvê-la. Não tive outra escolha, Melissa. Agora você está aí. É dona de tudo o que lutei arduamente para manter. Até então eu pensava que Tanya havia sido a minha pior decepção. Mero engano.

Senti suas palavras pesarem em minha mente. Por um segundo, acreditei que não conseguiria. Porém era necessário. Eu precisava continuar.

– A decepção muitas vezes é necessária para o aprendizado. Veja o meu caso. Muitas vezes pensei que a decepção me destruiria, porém, em todos os momentos, eu renasci das cinzas, mais forte e determinada.

Tentei colocar ironia na voz, contudo minhas palavras soaram tão verdadeiras que me fizeram estremecer.

– Você vai superar – completei.

Peguei o telefone e disquei para a minha mais nova secretária.

– Sim?

– Pode entrar.

Pouco tempo depois, Abby e Anthony entraram. Ambos sem jeito para vivenciar aquela situação. Robert olhou rapidamente para Abgail, que desviou o olhar, me encarando.

– Abby, por favor, apresente Anthony à Nicole. Diga que eu quero que ele conheça a empresa, todos os setores, e que tem carta branca para qualquer coisa que necessite, além de acesso a todo o material confidencial. – Ela fez um gesto concordando. – Solicite uma nova mesa para esta sala, eu e o Senhor Carter vamos trabalhar juntos a partir de agora. Não preciso de um computador, trarei o meu. Você irá se reportar a nós dois, apesar de eu ser a autoridade máxima. Entendeu?

Ela olhou para mim e depois para Robert, que a olhava com atenção. Abby desviou o olhar outra vez, demonstrando timidez. Ela era mesmo muito cínica e dissimulada. Mas este era o nosso acordo. Ele não poderia saber que nossa secretária fazia parte do meu grupo de aliados. Precisava fazê-lo acreditar que ainda podia confiar na irmã da sua esposa.

– Como quiser. Tem preferência de local? Digo, para acomodar a mesa. – E olhou para Robert de soslaio.

Fiz uma careta pensando no que sairia da minha boca. Se não fosse tão complicado, eu poderia rir.

– Senhor Carter, o senhor tem alguma preferência para o local da sua nova mesa?

Ele estreitou os olhos e abriu a boca para responder. Parou antes de se permitir contestar. Passou a mão no cabelo e negou com a cabeça.

– Então fique à vontade para escolher, Abgail. Desde que eu não precise me acotovelar com o nosso CEO... – Dei de ombros.

– Mais alguma coisa? – Abby perguntou, demonstrando ansiedade.

– Não. Na verdade, acompanhe a Senhora Carter. Eu preciso começar a trabalhar. Senhor Carter, coloque-me a par de tudo o que está acontecendo.

Evitei olhar diretamente para ele. Fez-se um silêncio constrangedor. Tanya permanecia de pé, olhando-me com raiva. Robert parecia ansioso para estar sozinho comigo. Eu estava nervosa e com medo deste momento. Eu seria forte o suficiente?

– O que estão esperando? – Arqueei uma sobrancelha e cruzei os braços.

– Com licença – Tanya sibilou, saindo logo em seguida.

Abby e Anthony a acompanharam. No mesmo instante em que a porta se fechou, eu senti o peso das minhas atitudes sendo cobrado pelo olhar do meu ex-amante. Respirei fundo e levantei os olhos na direção dele. Robert estava lá. Imóvel. Cobrando-me sem nada dizer. A conexão ainda existia com toda a sua força. Ele estava mais magro, os cabelos mais compridos e a barba por fazer. Ainda assim, era a criatura mais perfeita e fantástica que já pude contemplar. Engoli em seco. Estava sufocante. Aquela sala parecia minúscula para nós dois e o tanto de sentimentos contidos.

– Eu preciso... – Minha voz saiu fraca. Impossível de ser controlada. – Preciso ir ao banheiro. – E imediatamente fui em direção ao banheiro, fechando a porta atrás de mim.

Liguei a torneira, mas mantive-me parada, olhando a minha imagem no espelho e repetindo mentalmente que aquilo tudo era necessário. Foi quando ele abriu a porta e entrou no que então me pareceu um minúsculo espaço. Meu coração perdeu uma batida.

CAPÍTULO 3

Olhei, pelo espelho comprido, para Robert Carter, lindo, imponente, outra vez seguro de si. Ele me encarou aguardando. Eu não conseguia respirar. O que aconteceria? O que eu poderia dizer? O que ele diria? Puta merda!

– Posso processá-lo por assédio, Senhor Carter.

Virei-me para encará-lo diretamente. Forcei-me a manter um sorriso irônico nos lábios. Ele nada disse. Apenas me observava.

– O que tem para dizer de tão importante que não podia esperar que eu voltasse?

– Qual é o jogo, Melissa? – Mantinha a voz baixa. Desafiadora.

– Jogo? – Ri irônica. – Você está trocando as pessoas, Robert.

Ele deu um pequeno passo, meu corpo reagiu com força ao sentir que ele se aproximaria ainda mais. Merda!

– Qual é o problema? O que aconteceu? – Parecia mais gentil, porém seu olhar de águia analisava todos os meus gestos.

– Eu já te disse o que aconteceu. O que mais precisa que eu explique?

Recuei um pouco, ficando limitada pela bancada da pia. Minha respiração estava acelerada e precisei fazer um esforço enorme para não gaguejar.

Droga! Não estava nos meus planos aquela aproximação. Era para ele me odiar. Era para desejar a minha morte. Então por que me olhava de maneira tão suplicante?

– Mel! – Levantou a mão para me tocar.

Aquele mínimo segundo pareceu uma eternidade. Todo o tempo parou, o mundo deixou de girar, o som não existia mais. Apenas Robert e eu, presos naquele banheiro sufocante, que naquele momento valia toda a minha existência. Tudo porque ele me tocaria. Após três míseros meses implorando para que não desejasse tanto aquele instante, lá estava eu, ansiosa para que ele encurtasse a distância e acariciasse minha pele. Ao mesmo tempo, implorava para que ele não o fizesse. Para que me deixasse em paz e eu pudesse concluir o plano.

E então ele me tocou.

Foi como antes. Fechei os olhos. Meu corpo se acendeu, o sangue correu com força nas veias, o ar ficou preso nos pulmões. Era ele. Robert estava lá. Sua pele na minha. Seu toque quente. Droga! Eu não podia! Eu não podia! Eu não podia!

– Senti tanto a sua falta! – sussurrou.

Mais um pequeno passo e seu corpo estava muito próximo. Sua voz aveludada. Puta merda! Eu não podia!

– Olhe para mim!

Respirei fundo forçando minha mente a aceitar que aquilo era perigoso e que ceder seria estragar tudo. Eu precisava entender, aceitar e continuar. Por mim, por Abby e por todos que foram subjugados, humilhados e destruídos por causa daquele jogo inescrupuloso, imundo e desumano. Tinha que ter um fim, porque ninguém recomeça sem finalizar. Não podem existir restos, sobras, pendências. Tudo precisava ser concluído.

Abri os olhos e encarei aquela íris cinza, cheia de amor e desejo. Era muito mais bonito e perfeito do que minha mente conseguia retratar. Ele aguardava por mim. Seus olhos vagando entre meus lábios e olhos.

– Tire suas mãos de mim! – Minha voz fraquejou. – Tire as mãos de mim, Carter.

– Por quê? Vai levar tudo de mim, agir como se não valesse nada a nossa história e negar que também passou todos estes dias ansiando para estar comigo? Mel? Olhe para mim!

Segurou meu rosto com as duas mãos forçando-me a encará-lo.

– Eu te amo!

E aquelas palavras forçaram minhas barreiras ao limite. Fechei os olhos e pensei em todo o meu sofrimento. Tudo o que vivemos. Todas as lágrimas. Tanya. O carro me atropelando. Nicole atingida, estendida no chão... Não! Não! Não! Não!

– Olhe para mim – suplicou. – Mel, eu te amo! Só... Só me diga que isso tudo é um jogo. Que você está fazendo isso para tentar me ajudar a deter Tanya. Por favor! Melissa, olhe para mim.

Olhei para Robert determinada a continuar.

– Eu odeio você, Robert Carter!

Minha voz não ajudava muito. Não com as mãos dele em mim.

– Tire suas mãos de mim.

– Não. Você não me odeia. Pode até estar tentando, Melissa, mas está falhando miseravelmente.

Sua voz continuava aveludada. Uma carícia para os meus ouvidos, sentida em minha pele e acolhida em meu coração. Eu tinha que ser mais forte. Então dei uma risada irônica.

– Deixe-me, Robert! Eu não te amo mais. Aliás, acho que nunca amei. Apenas entrei no seu jogo e acabei me dando bem.

Ele sorriu.

Lentamente, uma mão deixou meu rosto e desceu para meu pescoço. Minha pele correspondeu ao seu toque. Puta merda! Era uma disputa desleal.

– Prove... – sussurrou aproximando seus lábios dos meus. – Prove que você não me ama. Faça-me acreditar que tudo não passou de diversão.

Roçou seu nariz do meu queixo até a minha orelha.

– Diga que não sentiu saudades. – A voz rouca lançava chamas em meu corpo. Um convite tentador à perdição.

Enquanto uma mão tocava meu pescoço, a outra desceu até a minha cintura, desfazendo os últimos centímetros que afastavam nossos corpos. Estremeci visivelmente. Robert causava um sentimento forte demais em mim. Tê-lo tão próximo era o mesmo que me render. Que aceitar que eu era fraca demais para aquela disputa.

– É só sexo, Robert.

Ele sorriu daquela forma única, que somente Robert Carter era capaz. Aquele sorriso era a minha perdição.

– Então diga...

Sua mão apertou minha cintura, forçando-me em sua ereção. Puta merda! Como fugir?

– Diga que você não me quer mais e eu aceito.

Seus lábios roçaram meu pescoço. Eu podia sentir a umidade no meio das minhas pernas. Meu sexo latejando, implorando por ele. Não! Não! Merda!

– Diga que não me ama, que foi tudo mentira!

Levou os lábios até os meus, parando a um milímetro de distância.

– Eu não amo você.

Minha voz saiu tão fraca que foi quase impossível ouvi-la. Ele sorriu.

– Não?

Roçou os lábios nos meus. Suspirei sentindo um espasmo percorrer meu corpo.

– Não!

Eu estava rendida. Sua mão me forçou um pouco mais.

– Repita!

A outra mão subiu em minha nuca, posicionando meu rosto para o seu beijo. Puxei o ar.

– Eu... Eu não amo você.

Soltei o ar aliviada por conseguir dizer. Ele me puxou ao seu encontro, acariciando a base das minhas costas.

– Vamos lá, Melissa. Você pode fazer melhor do que isso...

Filho da puta! Ele sabia que eu perderia. Sabia que meu corpo não aguentaria mais.

– Diga que não me ama.

Seu hálito quente, seus lábios deliciosos, suas mãos imperativas. Eu não conseguiria mais.

– Eu... Eu não te amo...

E seus lábios cobriram os meus. Tomaram-me com propriedade. Senti aquele gosto tão desejado, aquele calor tão sonhado. Foi como atear fogo em um barril de pólvora. E eu me vi rendida, entregue, sedenta por aquele homem que destruiria todos os meus planos.

Sua língua tocou a minha, abrindo espaço em minha boca e forçando-me a aceitá-lo. Foi um beijo forte, dominador, que não permitia recusa. E então ele me abandonou, levando os lábios por meu corpo e explorando, com os dentes, a minha pele fervente.

– Diga que não me ama – rosnou com a boca colada ao meu pescoço.

– Eu... – Outra vez ele me beijou com força. Sua mão firme em meu cabelo, ditando suas regras. Um beijo feroz, saudoso, cheio de desejo. Involuntariamente, me remexi em sua ereção, causando um gemido extremamente sexual que saiu da sua garganta.

– Diga!

Forçou meu rosto pra trás, puxando meu cabelo e se apossando do meu pescoço.

– Melissa?

A voz de Dean preencheu o ambiente. Robert parou no mesmo segundo. Rapidamente nossos olhos se encontraram. Ele, confuso, e eu, assustada. Era a minha deixa. Eu precisava reverter aquele jogo.

– Eu não te amo mais. Como eu disse: é só sexo, Robert. – E sorri cinicamente.

– Você está aí? – Dean bateu na porta do banheiro. Robert rosnou e fechou os olhos com força.

– Meu corpo reage a você, mas é só o que vai conseguir arrancar de mim. Eu não te amo mais.

Ele se afastou um pouco e abriu os olhos me encarando como se não quisesse acreditar no que ouvia.

– O que Dean faz aqui? – Suas mãos me apertaram com mais força.

– Tire as mãos de mim.

Dessa vez fui mais firme ao senti-lo recuar. Era necessário, eu repetia insistentemente, para que meu corpo entendesse.

– O que. Esse. Idiota. Faz. Aqui?

Robert assumiu outra personalidade. Outra que eu também conhecia muito bem. Ele estava furioso e tomado pelo ciúme.

– Tire. As. Mãos. De. Mim – rosnei com raiva.

A porta abriu em um baque. Dean surgiu de uma maneira incrível, digna de filme de Hollywood. Robert enrijeceu e se afastou, tomando a minha frente. Uma de suas mãos continuava em mim.

– Tire as mãos dela, seu cretino! – Dean sibilou.

– O que você faz aqui? Quem lhe deu permissão para invadir a minha sala?

– A minha sala!

Ele me lançou um olhar que teria me feito recuar se Dean não estivesse lá para me apoiar e me deixar mais forte.

– Eu mandei você tirar as mãos dela, ou não respondo por mim.

– Venha me obrigar a fazer isso.

Eles se encararam e a tensão foi se formando como uma névoa que ocupava todo o banheiro. Eles eram grandes e impetuosos demais para serem comportados naquele pequeno ambiente. Eu quase não conseguia respirar. Precisava evitar, a qualquer custo, que eles se enfrentassem.

– Não precisa, Dean. Robert sabe que não pode dar este passo – disse eu, sorrindo para forçar o medo a fugir do meu corpo.

– Ele está ao seu lado nesta farsa?

Robert estreitou os olhos e sua mão fez mais força em minha cintura.

– Mandei largar Melissa, seu filho da puta!

Dean avançou e eu entrei no meio dos dois evitando o pior.

– Dean! Não é necessário – enfatizei.

Passei as mãos em seu peitoral e as deixei em seu ombro.

– Fique longe dela. – Dean continuava rígido, pronto para o combate. – Não vou mais avisar, Robert Carter.

– E quem é você para me avisar qualquer coisa? – Robert forçou.

No mesmo instante, meu coração falhou. Era a hora da verdade. Fechei os olhos ainda de costas para ele e deixei que minha cabeça encostasse no peito de Dean.

– Eu? – Ele riu. – Não contou a ele?

– Dean, não...

– Contou? – Eu sabia que aquilo mataria Robert. Dean riu mais uma vez e passou uma das mãos em minhas costas. – Eu sou o marido dela.

Puta merda! Puta merda! Puta merda!

– Você... O quê?

Ficamos em silêncio por um segundo que durou uma eternidade. Eu não queria olhá-lo, contudo, miseravelmente, forcei-me a virar para encarar sua dor. E foi terrível. Senti as mãos de Dean em meus ombros e apenas isso me impediu de recuar.

– Você... Melissa?

O rosto perfeito do homem com quem eu havia sonhado um futuro feliz simplesmente se contorceu em uma careta de dor, angústia e tristeza. Sem que eu pudesse reagir, ele se lançou contra mim, agarrando-me com força e me imprensando contra a parede ao lado. Não houve tempo para que Dean conseguisse me livrar das mãos de Robert.

– Você se casou? – gritou em fúria. – Diga! Pelo amor de Deus, Melissa! Diga!

– Largue-a! – gritou Dean se forçando contra Robert, que permanecia firme como uma parede.

– Diga! – Robert continuou gritando, mas sua voz era de desespero, angústia... Ele passa pelo mais terrível pesadelo.

– Eu vou disparar – Dean ameaçou.

Foi quando me dei conta da arma em sua mão.

– Dean, não! Não!

– Largue-a – ameaçou.

– Atire! – Robert mantinha as mãos como garras em meus braços. Meu corpo preso contra a parede e seus olhos mantendo os meus em sua dor.

– Dean, ele não vai me machucar – falei, olhando diretamente para Robert. – Ele não vai me machucar. Solte-me, Robert.

Mantive a calma, focando a atenção em minha respiração.

– Você se casou? Está casada com ele? – Era uma acusação. Uma cobrança nítida.

– Me casei. Dean tinha razão. Você não seria capaz de me fazer feliz. Você tem Tanya e eu não tinha ninguém, Robert.

Robert fechou os olhos com força e disse:

– Você me ama.

A forma como ele falou soou como se eu estivesse cometendo adultério. Como se eu o traísse. E não era isso mesmo o que eu fazia?

– Não... – respirei fundo – te amo, Robert. Eu amo o Dean. Sinto muito.

Minha voz era calma e serena como a de uma mãe ensinando a um filho.

Robert gemeu com raiva e avançou, mas caiu desmaiado antes que eu pudesse reagir.

Puta merda! Dean havia atirado.

***

– Eu não vou embora – disse eu chorando.

As lágrimas corriam sem que eu conseguisse detê-las. Dean me arrastava para fora da sala tentando, ao máximo, não me machucar.

– Desculpe, Melissa! Eu precisei chamar o Dean. Fiquei tensa quando vi Robert entrando no banheiro atrás de você.

– Por que você fez isso? – continuei ignorando Abby, que ajudava Dean a me levar embora.

– Porque ele ia te machucar – falou pela enésima vez, já completamente impaciente.

– Você atirou no Robert! – quase gritei. – Você enlouqueceu?

– Foi uma descarga elétrica, Melissa. Um choque para imobilizá-lo. Nada que vá matá-lo. Ele não ia te soltar, aliás, ele iria te matar se eu não tivesse atirado.

– Ele não... Robert nunca... Droga, Dean! Preciso saber como ele está!

– Abgail vai cuidar de tudo. Agora precisamos ir, porque ele logo vai acordar e não será muito fácil voltar a te encarar.

Dizendo isso, entrou no elevador, ainda me puxando pelo cotovelo e com a minha bolsa na outra mão.

– Ou me matar. Resumindo, não vai ser nada fácil.

Deixei que ele me conduzisse. Minha cabeça estava um perfeito caos. Por que Robert avançou daquela forma? Eu estava indo longe demais, acreditando muito em seu autocontrole? Ele me mataria? Não. Ele nunca seria capaz.

– Você precisa ser mais forte. Nós já sabíamos que ele não aceitaria com facilidade, então por que diabos aceitou ficar sozinha com ele?

– Não aceitei. Ele foi atrás de mim no banheiro. Eu só precisava de espaço. Droga!

– Agora tudo vai ficar pior. Fique preparada. Robert não deixará barato.

– Não precisava ser assim. Aliás, nem precisava aparecer. O que deu em você? Nós combinamos.

– Pois é. Nós combinamos. Somos casados agora, Melissa. Lembre-se disso. E dê graças a Deus que cheguei a tempo e o impedi de fazer o que bem entendesse com você.

Fiquei envergonhada enquanto ele me encarava cobrando uma postura mais firme.

– Ele não me machucaria, Dean.

– Sei...

Suspirou impaciente, sacou o celular e foi falando em seguida. Eu bem sabia quem estava do outro lado da ligação.

– Fique de olho nele – falou muito frio. – Claro que contamos que estamos casados...

Forcei minha mente a focar naquela conversa. Robert estava bem, assim eu queria acreditar, e Dean tinha razão. Nós precisávamos seguir em frente. Foi minha escolha.

– Ok! Encontro você em casa.

– Não sei como será a partir de agora. Precisamos ficar atentos a todos os passos dele. – Voltei a me sentir no jogo. Aos poucos, a consciência foi se ajustando ao que era necessário fazer.

– Já providenciei tudo. Agora é só aguardar e se preparar para amanhã.

Ele me olhou quando as portas se abriram revelando a garagem. Respirei fundo e aceitei a sua mão na minha. Dean, antes tão frio e calculista, sorriu discretamente.

– Vai ficar tudo bem, querida. Eu estou aqui.

– Obrigada!

A pior parte de ser rica é precisar usufruir do dinheiro. Eu me sentia suja, mas era necessário sustentar a imagem que minha posição exigia. Por isso, fingi não me importar e entrei em meu luxuoso BMW prata, deixando meu marido conduzir o veículo. O dele estava com um dos seguranças, um pouco atrás de nós dois.

Outro fator que me incomodava era o apartamento que, estrategicamente, escolhemos para viver. Aliás, a perfeita cobertura, no mesmo quarteirão em que Robert vivia com Tanya. Coincidência? Sem sombra de dúvida, esta palavra não existia nos meus planos. A distância da cobertura onde meu ex-amante morava com a louca psicótica da esposa dele formava um perfeito paredão de concreto, com a diferença que a minha ficava para o norte e a deles para o sul, ou seja, estávamos de costas um para o outro. Da mesma forma que estava a nossa vida. Circulando por outros prédios, tão luxuosos quanto o meu, permitia-me construir um perfeito corredor interligando-nos. Tanya e Robert não podiam fugir da minha vista. Eram necessários todos os tipos de artimanhas para mantê-los sob controle.

Descemos do carro, entregamos o as chaves para o manobrista e entramos no prédio como um casal apaixonado. Sabíamos que, em algum lugar, havia um dos aliados de Tanya nos observando, e sabíamos exatamente onde ele estava, apesar de fingirmos não ter conhecimento da sua presença. Por isso, sorri para o meu marido e selei seus lábios com um beijo apaixonado. Dean correspondeu como eu esperava e me senti morta por dentro.

– Vai ficar tudo bem – voltou a dizer, acariciando meu rosto. E entramos no elevador, cada um perdido em seus próprios pensamentos.

CAPÍTULO 4

– Robert?

Minha cabeça latejava e meu corpo inteiro doía. Tentei abrir os olhos, mas qualquer feixe de luz que passasse por minhas pálpebras incomodava de modo insuportável. Tenho consciência de que fiz uma careta de dor.

– Robert? Você está bem?

Abgail me chamava de algum lugar que eu não conseguia identificar. "Merda! Melissa!", meus pensamentos me levavam de volta à realidade. Puta que pariu! Ela estava casada. Puta que pariu! Puta que pariu! Minha nuca parecia ter sido atingida por uma pedra. Aliás, por um torpedo.

Aos poucos, a memória voltava esclarecendo o ocorrido. Eu estava enfurecido. Merda! Ela estava casada e com aquele merdinha fodido. Eu não... Respirar tornou-se uma atividade extremamente complicada.

– Você está bem? Robert? Fale comigo!

– Minha cabeça...

Consegui articular aquelas palavras. Levantei a mão, sentindo meu corpo protestar e protegi os olhos.

– Onde eles...

– Eles já foram. Dean conseguiu atingir você com uma arma de choque. Você queria machucar Melissa.

– Que absurdo! Eu nunca a machucaria.

Forcei meu corpo para cima. Doeu, mas não mais do que a dor da minha realidade.

– Puta que pariu, Abby! O que aconteceu?

Ela sabia que eu não perguntava da minha situação naquele chão do banheiro, mas era uma pergunta que abrangia muito mais do que a briga. Eu estava perdido. Melissa voltou, fria, distante, raivosa, cheia de mágoas e cobranças. Ela havia tirado tudo de mim. Havia me humilhado e estava casada com Dean. Era a descrição perfeita do inferno.

– Eu não sei, Robert. Não sei como explicar. – Encarei minha secretária, que me olhava com pena. Eu não precisava daquele sentimento.

Sempre soube jogar. Fui forte, frio, calculista, desprovido de todo e qualquer sentimento diferente do ódio. Fui implacável em minha guerra com Tanya. Como Melissa conseguiu me desestruturar tão rápido? Como ela pôde trair a minha confiança daquela forma? Como ela pôde me trair?

Meu coração pesava, apertado, espremido pela dor. Merda! Eu a amava. Fiz tudo para merecê-la, para ser digno de um amor que não existia mais, ou que talvez nunca tivesse existido. Melissa mentia. Ela foi mais cruel do que Tanya quando me fez acreditar que havia esperança. Precisava aprender a odiá-la, a colocá-la naquela guerra da qual tanto lutei para afastá-la, e principalmente, aceitar que deveria esmagá-la sem piedade. Mas eu a amava.

– Robert?

Levantei rapidamente, pegando minha secretária de surpresa. Eu precisava de ar. Tinha que sair daquele banheiro sufocante, daquela sala repleta do cheiro da mulher que eu tanto amava e que precisava tirar da minha vida. Precisa fugir e calar todas as vozes que gritavam em minha cabeça.

– Para onde você vai?

Abgail me acompanhava visivelmente preocupada. Andei até o elevador sem me importar com maleta, chaves, nada. Eu só queria sair dali o mais rápido possível.

– Robert?

– Preciso de ar, Abgail!

Corri pelas escadas sem que ela tivesse chance de me deter. Passei pela recepção sem me preocupar com quem estivesse me observando e saí para a tarde chuvosa e fria. Mas nem o frio era capaz de me fazer esquecer das palavras dela "Não te amo, Robert. Eu amo o Dean. Sinto muito". Apertei os braços em meu corpo como se pudessem me impedir de enlouquecer de vez. Andei pelas ruas geladas e entrei no primeiro bar que encontrei a não sei quantos metros de distância da empresa.

– Uísque – disse rispidamente –, a melhor garrafa que você tiver.

O garçom colocou o copo e a garrafa diante de mim. Ele entendeu o meu desespero.

Puta que pariu! Melissa era dona de todas as minhas ações. As mesmas que confiei a ela em uma tentativa de impedir Tanya de consegui-las. Só podia ser uma brincadeira de muito mau gosto. Bebi todo o conteúdo de uma vez só. De novo, me servi do líquido tão desejado que aquecia meu corpo.

Ela estava casada. Como pôde esquecer tudo o que vivemos? E aquele filho da puta estava com a minha mulher, usufruindo dela, tocando seu corpo. Puta merda! Eu não suportaria. Ninguém podia tocar em Melissa. Ela era minha. Só minha.

Bebi rapidamente, e à medida que a dor ia me dominando, a bebida fazia o seu trabalho. Então, após duas garrafas, depois de muitas palavras blasfemadas, de muito praguejar e lamentar pelo meu infortúnio, deixei o sono me dominar, deitando a cabeça sobre a mesa do bar. Ainda ouvi, ao longe, uma voz conhecida e mãos me conduzindo para casa.

***

– Robert?

O céu extremamente azul brilhava em um dia lindo, quente e acolhedor. Eu estava em um parque, sentado na grama e observando Melissa brincar com uma criança linda. Um menino. Ele tinha cabelos lisos como os meus, caindo sobre a testa; a cor da pele e os olhos eram dela. Era uma criança linda! Linda como nosso filho seria. Eles riam e giravam e eu permanecia em paz apenas observando. Ela olhou para mim, os olhos cheios de amor e sussurrou "eu te amo", mas as palavras não chegaram até mim. Elas se perderam no vento.

– Robert? Acorde.

Aquela voz aveludada, forçadamente carinhosa e cheia de veneno não pertencia a Melissa, mas, sim, àquela que me atirou naquele inferno: Tanya. O que ela fazia ali?

– Acorde, Robert! Precisamos conversar.

Abri os olhos me dando conta de que tudo não passou de um sonho. Aos poucos, meu coração reconheceu a minha realidade, ao mesmo tempo em que meu organismo reconhecia a ressaca figurada na secura da minha boca, embrulho no estômago e dor de cabeça. Olhei para Tanya logo após entender que estava no quarto dela. Rapidamente, percebi que estava sem roupas.

– Tanya. Você...

– Não. Fique tranquilo. Ontem você bebeu até cair. Literalmente. – E sorriu com delicadeza.

Tanya estava sem roupas, coberta apenas com o lençol de seda que antes adornava a sua cama.

– O que eu faço aqui?

– Bruce o trouxe. Você estava péssimo. Gritava que precisava encontrá-la. Melissa, eu presumo. Imaginei que havia descoberto que ela está casada com Dean.

Fechei os olhos, enfurecido com aquela realidade.

– Eu entendo... – Tocou em minha mão.

Eu conhecia muito bem Tanya para saber que ela não estava ali comigo por companheirismo. Minha esposa queria jogar, mas eu estava preparado para mais aquela partida?

– Por que está sem roupa? – Tentei ganhar tempo.

– Porque eu já estava preparada para dormir quando Bruce chegou com você. Apenas tirei sua roupa e deixei que dormisse ao meu lado.

Ela corou com aquela informação.

– Como Bruce soube onde me encontrar?

Bruce era um dos cães de guarda de Tanya. Ele sempre sabia onde me encontrar, desde que Melissa foi embora. Voltei a fechar os olhos, sentindo a dor que aquela lembrança me causava.

– Por que estou aqui, Tanya? O que você quer?

– Hum! Eu quero muitas coisas, Robert...

E os olhos dela vagaram pelo meu corpo deixando-me desconfortável.

– Mas... No momento, quero definir como faremos – completou.

– Como faremos?

– Sim. Melissa roubou suas ações. Nem consigo acreditar que um homem vivido como você se deixou enganar por uma putinha como Melissa Simon.

– Tanya! – adverti. Tanya não conhecia Melissa. Não sabia que, para ela agir daquela forma, alguma coisa de muito errada tinha acontecido.

– Ok. Ok! – Levantou as mãos se rendendo. – Sem o "putinha". Melhor assim?

Não respondi. Não podia responder. Não havia a menor chance de Tanya me convencer a jogar contra Melissa.

– Precisamos recuperar essas ações. O mais rápido possível.

– A venda foi legal e, a menos que Melissa aceite vendê-las para mim, não tem como. – Vi seus olhos brilharem com a ideia. – E ela nunca venderia minhas ações a você.

Eu não tinha tanta certeza. Estremeci com esta possibilidade. Melissa seria capaz?

– Podemos tirar Melissa de uma vez por todas do jogo. – Ela parou séria, observando minha reação.

Claro que, para uma mulher como Tanya, matar Melissa era sua primeira e principal opção. Eu não podia sequer pensar nesta possibilidade. Não havia nenhuma forma de eu concordar em machucar minha amante... ex-amante, de livre e espontânea vontade. Ainda não conseguia entender os motivos dela, mesmo assim, não a via como uma inimiga.

– Ela está casada, Robert. Roubou o que é seu e o humilhou publicamente. Mostrou para sua família o quanto é fraco. Destruiu você da pior maneira possível. Melissa quebrou a sua confiança. Levo, em consideração a hipótese de que era mesmo um golpe. Ela era muito cínica. Aquela carinha de santa, de garotinha apaixonada, deslumbrada pelo chefe, nunca me enganou. Melissa armou tudo com Dean e conseguiu o que mais desejava: pulverizou você.

Dito isso, Tanya arqueou a sobrancelha deleitada com a dor que suas palavras me causaram.

– E você deve estar muito feliz com isso tudo – eu disse.

Ela sorriu com os olhos fixos em mim e continuou:

– Não. Eu poderia estar, afinal de contas hoje você não é mais páreo para a nossa disputa. Eu estou com raiva. Furiosa, para ser mais exata. Melissa tirou este gostinho de mim. Ela ficou com as ações que eu queria, venceu o jogo e o destruiu. Exatamente o que eu queria fazer. Não lhe parece injusto?

Encarei Tanya sem acreditar em suas palavras. Ela era mesmo louca.

– E o que você quer que eu faça? Melissa conseguiu. Eu não tenho mais as ações, sou um mero empregado da casa, não há nada que eu possa fazer.

– Não seja dramático. Você ainda tem o controle das ações da sua família e das de Paul.

– Que, somadas, são quase nada.

– Mas, se acrescentarmos as minhas ações…

Estremeci com aquela possibilidade. Se eu tivesse as ações de Tanya, junto com as demais que eu já controlava, Melissa não teria controle sobre a minha posição dentro daquela empresa. Eu tinha até medo de descobrir o que Tanya pediria em troca.

– E o que você ganha com isso?

– Eu ganho muito. Só de saber que aquela putinha… Desculpe! – Sorriu diabolicamente. – Só o fato de saber que Melissa não terá todo o poder que pretende dentro das empresas já me deixa mais animada.

– E? – Ela sorriu mais largamente.

– Quero que você concorde em agir comigo para recuperar as suas ações, claro que, após destruirmos Melissa, eu terei um preço a cobrar pela minha ajuda.

– Esqueça.

– Você não tem muita escolha. Eu vou acabar com ela você querendo ou não. Caso concorde, suas ações voltam para as suas mãos. Caso contrário, darei um jeito de consegui-las para mim, e você sabe que meus métodos não são nada gentis.

Naquele momento, eu não tinha condições de bater de frente com Tanya, se o fizesse, ela passaria por cima de mim e destruiria Melissa. Mesmo sabendo que aceitar sua ajuda era a melhor forma de reaver as minhas ações, eu sentia que não suportaria causar qualquer dano à mulher que amava. Droga! Eu deveria odiar Melissa. Deveria desejar a sua ruína, sua morte, porém não conseguia.

Passei a mão no cabelo e fechei os olhos. Merda! Eu estava no inferno e Melissa havia me atirado nele. Por que eu não conseguia entender, de forma alguma, que ela deveria ser o meu alvo?

– E então?

Abri os olhos e encarei minha esposa. Ter Tanya como aliada era andar em um campo minado. Ela poderia, inclusive, arrumar uma forma de me arrancar tudo tão logo colocasse as mãos em Melissa.

– Não quero matar Melissa. – Deixei as palavras escaparem como uma súplica.

Tanya revirou os olhos e arqueou o corpo com impaciência.

– Ok! Matamos Dean. Depois mandamos Melissa para o Peru, ou qualquer outro lugar distante o suficiente para que ela nunca mais consiga colocar as mãos no que me pertence.

E seus olhos diziam tudo. Tanya ainda via Melissa como uma concorrente. Ela não nos queria juntos outra vez.

– Desde quando matar um ou outro vai nos trazer as ações de volta? Você parece uma terrorista que não pensa nas consequências dos seus atos. Toque em Dean, e Melissa manda você para a cadeia.

Ela fez uma careta estranha, mordeu os lábios e pensou no assunto, depois sorriu e me olhou com animação.

– Eu tenho uma ideia. Precisamos desacreditar Melissa. Encontrar qualquer coisa que a convença a vender as ações, ou mesmo a entregá-las, já que ela nada fez para merecê-las. Precisamos de algo muito sério. Vergonhoso. Alguma coisa que a force a deixar as empresas.

– Um escândalo?

– Isso! – Ela sorriu com a expectativa e bateu as mãos com alegria. – Vamos, primeiro, tornar Melissa uma figura pública. Vamos chamar atenção para a sua imagem e depois a envolvemos em um escândalo.

– Que tipo de escândalo?

– Do tipo que vai fazê-la desejar nunca ter cruzado o meu caminho.

– Tanya...

– Vamos acusá-la de roubo. Vamos envolvê-la nas questões filantrópicas, deixá-la abraçar esta causa e depois... Oh! Nós confiávamos em Melissa. Como poderíamos imaginar que ela estava envolvida em um esquema como este? – falou ironicamente e depois sorriu.

– Você vai acusá-la de envolvimento no escândalo das propriedades superfaturadas? Vai jogar a sua culpa sobre ela?

– Exatamente.

Tanya não se preocupou em se defender. Ela simplesmente aceitou que me teria como aliado e tratou de se despir de qualquer máscara.

– Depois disso, Melissa não mais poderá estar à frente das nossas empresas. O conselho vai votar pela sua saída e ela vai se sentir forçada a vender as ações, e a venda só poderá ser feita para um dos membros do conselho. Você só precisa adulterar as provas que tem contra mim e as transferir para a sua ex-amante.

– Não vai dar certo. Melissa não vai querer vendê-las para mim. Ela está magoada. Eu não quero correr o risco de que seja você a comprá-las.

– Depois que eu a acusar de roubo, ela, com certeza, não me verá como uma opção. E tem mais um detalhe: Melissa é esperta. Olha tudo o que ela conseguiu até agora. Precisamos encontrar um jeito de fazê-la perder o foco. E é neste ponto que você entra.

– Eu? Ela me odeia.

– Bom... Robert Carter sempre teve o dom de fazer com que as mulheres vivessem uma relação de amor e ódio com ele. Melissa não odeia você. E, se você conseguiu antes, com certeza conseguirá novamente. Este é um papel que interpreta muito bem, Robert.

– Está me pedindo para seduzir a minha ex-amante?

– E é um sacrifício? Se Melissa voltar a se relacionar com você, se ao menos voltar a viver esse conflito, ela não conseguirá direcionar sua raiva para mim e poderei agir da melhor forma possível para destruí-la.

Eu não sabia o que responder. Pensei em tudo o que ela estava me propondo. Era isso o que eu queria? Tornar Melissa uma criminosa era uma opção? Jogar contra ela era mesmo necessário? Eu não sabia, mas definitivamente não poderia ficar de fora e deixar que Tanya agisse como bem entendesse.

– Vamos lá, Robert! Aposto que isso é tudo o que mais deseja. Quem sabe, quando tudo acabar, você não consiga sua amante de volta.

– Não sei como acreditar em você.

– Não acho que esteja em posição de recusar ajuda.

– As ações voltam para mim, Melissa não pode se machucar e não vamos torná-la uma criminosa. Apenas vamos usar as provas para intimidá-la. Vai ser o suficiente. Sem estes pontos claros, não temos acordo. E você não está em posição de negociar, afinal de contas, eu seduzirei Melissa para que possa agir. Combinado?

– Combinado. Pelo visto, a depressão não faz mais parte da sua personalidade. Gosto disso. O Robert durão e vingativo é muito mais sexy do que o Robert deprimido e choroso.

Tanya se aproximou, como uma gata sorrateira, e me beijou nos lábios, como se estivesse selando o nosso acordo. Eu não reagi, pois entendi que precisaria ser mais amável, se quisesse manter Melissa segura.

CAPÍTULO 5

– Está me pedindo para seduzir a minha ex-amante?

– E é um sacrifício? Se Melissa voltar a se relacionar com você, se ao menos voltar a viver esse conflito, ela não conseguirá direcionar sua raiva para mim e poderei agir da melhor forma possível para destruí-la.

Não sabia o que responder. Pensei em tudo o que ela estava me propondo. Era isso o que eu queria? Tornar Melissa uma criminosa era uma opção? Jogar contra ela era mesmo necessário? Eu não sabia, mas definitivamente não poderia ficar de fora e deixar que Tanya agisse como bem entendesse.

– Vamos lá, Robert! Aposto que isso é tudo o que mais deseja. Quem sabe, quando tudo acabar, você não consiga sua amante de volta.

– Não sei como acreditar em você.

– Não acho que esteja em posição de recusar ajuda.

– As ações voltam para mim, Melissa não pode se machucar e não vamos torná-la uma criminosa. Apenas vamos usar as provas para intimidá-la. Vai ser o suficiente. Sem estes pontos claros, não temos acordo. E você não está em posição de negociar, afinal de contas, eu seduzirei Melissa para que possa agir. Combinado?

– Combinado. Pelo visto, a depressão não faz mais parte da sua personalidade. Gosto disso. O Robert durão e vingativo é muito mais sexy do que o Robert deprimido e choroso.

Todos na sala improvisada do nosso apartamento número três olhavam para mim. Muito antes da minha volta, já rastreávamos as ligações, fazíamos escutas e acompanhávamos todos os passos dos nossos inimigos. Depois do que ocorreu no banheiro, um dia antes, ficamos ainda mais atentos a Tanya e Robert.

Eles continuavam me olhando. Tanya beijara Robert e ele não recuou. Eles haviam firmado um acordo para me destruir. Minha cabeça não conseguia encontrar a melhor maneira para reagir a isso. Respirei fundo sem saber o que fazer. Olhei para Dean buscando apoio. Ele passou as mãos em minhas costas.

– Vamos dar início ao segundo passo.

Estremeci. De todos os detalhes daquele plano, o segundo passo era o que me deixava mais desconfortável. Na verdade, foi o único que fui contra, apesar de saber que seria o mais eficiente mas, como nada ali dependia apenas de mim, tive que concordar.

Carol encarou Dean por um tempo, o que me deixou constrangida, por fim, ela concordou. Meu "marido" também parecia não estar muito a favor, apesar de a ideia ser dele. Sabíamos que nosso tempo era curto, e precisávamos agir, mesmo que isso exigisse um sacrifício de todos nós.

– Tom, você entrou em contato?

Ele agia de maneira profissional, entretanto, eu sabia que, naquele momento, a sua tristeza era do tamanho da minha.

– Em vinte minutos, Dean.

– Será como combinamos. Não passe nenhuma informação diferente do que deixamos acertado. Faça com que Robert acredite que continua trabalhando para ele. O restante da equipe está preparado?

– Todos em seus devidos postos. Assim que eles deixarem o apartamento, começaremos a agir.

– Ótimo! Precisamos deste corredor terminado até o final da semana. Fiquem de olho em Tanya. Qualquer sorriso diferente deve ser notificado.

– Perfeitamente.

– Abby?

– Ele vai fazer o que acordou com Tanya. Conheço o Robert o suficiente para saber que não aceitará perder as ações.

– Ele precisa cumprir com a promessa – falei por fim. – Pelo menos ela não vai tentar me matar.

Eu estava ciente de que minha reação não era bem aceita pelos que ali estavam.

– Melissa? – Dean me chamou com voz dura e séria. – Ele está contando que conseguirá seduzir você e nós sabemos que isso é justamente o que não pode acontecer, não é?

Concordei com a cabeça, sentindo meu rosto pegar fogo.

– Você sabe que um possível envolvimento com Tanya ou com qualquer outra pessoa não é uma forma de atingir você, não é?

Outra vez concordei, já sentindo o bolo se formar em minha garganta. Meus olhos arderam com a possibilidade, mas eu estava segura do que queria e teria que aceitar os riscos sem precisar colocar todos em perigo.

– Por outro lado, você pode reverter esta situação, se conseguir fazer com que ele entregue o jogo.

– Como assim?

– Vamos aguardar para saber o que ele realmente quer. Se Robert estiver disposto a tê-la de volta, vai entregar o que precisamos. Jogue com ele, mas cuidado. Não deixe que ele a tenha nas mãos. Não permita que se aproxime muito. E pense em tudo o que planejamos antes de tomar qualquer decisão.

– Eu estou segura do que desejo, Dean. Ninguém vai me persuadir a voltar atrás.

– Ótimo! Porque agora você é minha esposa e não entrei nesta confusão para fazer o papel do corno!

Carol se mexeu, visivelmente incomodada, mas Dean não recuou.

– Pronta? Preciso deixar você na empresa.

– Preciso de alguns minutos.

– Certo. Não demore. Lembre-se de que hoje o conselho vai ser contra você e que ele terá o controle de tudo novamente. Seja forte.

– Eu serei. Encontro você em casa. Com licença.

Voltar ao meu apartamento era uma maratona. Primeiro eu precisava atravessar, tomando os devidos cuidados, todo o apartamento três, entrar na cozinha e abrir a porta da despensa. Lá havia uma pequena cabine, com prateleiras repletas de comida, onde eu precisava digitar, na tela escondida atrás das latas de feijão, a senha para entrar no apartamento dois. O processo era repetido, a diferença é que neste a porta de acesso ficava no escritório, atrás de uma prateleira de livros escondida no último metro antes da janela. Lá eu precisava digitar mais uma senha para, enfim, chegar ao apartamento em que eu, realmente, residia.

Parece simples, se não estivesse falando de apartamentos imensos, e atravessá-los sentindo o bolo que me impedia de respirar, os olhos ardendo e sem poder demonstrar nenhuma emoção além da minha recém-adquirida frieza, era uma tarefa que me massacrava.

– Senhora Bailey? – minha assistente, a Senhora Allen, me interceptou. – Acabei de receber uma correspondência endereçada ao casal Bailey. – E estendeu o envelope branco.

– Obrigada! Mais alguma coisa? – Forcei a voz para não entregar o meu grau de desespero.

– Não, senhora.

– Com licença.

Praticamente corri até meu quarto e, antes mesmo de alcançar a porta, as lágrimas já haviam caído. Tive a decência de me trancar no banheiro e lá chorei todo o meu desespero. Como ele pôde? Por que Robert sempre conseguia estragar tudo? Será que ele já não havia experimentado decepção o suficiente ao lado de Tanya? Como pôde fazer um acordo visando me destruir? Como pôde sequer pensar em me atirar aos leões? Eu deveria odiá-lo. Acreditar que nunca houve amor, que ele vivia feliz ao meu lado apenas porque eu não batia de frente com seus objetivos, ao contrário de Tanya.

Merda!

Mas eu não conseguia. Mesmo com toda a preparação para que centrasse a minha mente de forma a manter-me imune a suas atitudes, eu falhava. Nunca conseguiria encarar de maneira natural assistir Robert e Tanya desfrutando de momentos íntimos. Principalmente quando eu bem sabia que tudo não passava de mais um dos seus esquemas, do seu jogo sujo e desleal. Ou não?

Poderia Robert ainda nutrir algum sentimento por Tanya? Algo saudosista, que o remetesse ao passado, quando ainda via nela a mulher da sua vida? Quando ainda sentia seu coração aquecer de amor todas as vezes que seus lábios se encontravam? Poderia Robert estar tão desiludido com as minhas atitudes que tenha desistido de banir Tanya do seu coração, aceitado que ainda a amava e, enfim, rendido-se ao fato de que aquilo nunca acabaria?

Meu coração afundou em meu peito como uma pedra em um lago. Olhei-me no espelho e odiei o que vi. Outra vez era Melissa Simon, a garotinha fraca, dominada por um amor destrutivo. Submissa àquele homem que nunca soube ser suficiente para mim. Era ela naquele banheiro, chorando desesperada pelo amor perdido.

Mas não. Eu não poderia me entregar com tanta facilidade. Não foi para isso que eu tinha voltado. Definitivamente, não. Respirei fundo, levantei a cabeça, lavei o rosto e refiz a maquiagem. Se aquele sentimento teimava em imperar, que ele fosse sufocado pelo ódio que eu sentia daquela situação. Naquele momento, mais do que nunca, eu precisava dar prosseguimento ao combinado, e quem sabe, finalizar o processo e reencontrar a paz.

Ou será que a paz não seria mais possível após tantos ataques?

– Mel? – Era Dean batendo à porta, sobressaltando-me. – Você está bem?

Olhei mais uma vez no espelho e entendi que não havia mais volta. Era importante. Era necessário. Era essencial. Precisava deter aquele jogo. Pôr um ponto-final naquela história. Restava-me apenas rezar para que, quando tudo acabasse, sobrasse alguma coisa de mim e, quem sabe, de Robert.

– Estou.

Destranquei a porta e voltei a me encarar no espelho. Dean entrou ainda incerto se estava fazendo a coisa certa.

– Estava apenas retocando a maquiagem – respondi, mas ele sabia que não era verdade.

– Vamos?

– Vamos. – Ele permaneceu parado me observando.

– Tem certeza?

– Tenho. Vamos, não quero chegar depois deles.

– Certo.

No carro, enquanto meu marido dirigia, lembrei-me da correspondência de mais cedo. Curiosa, abri o envelope que constatei ser um convite para um jantar beneficente em prol das vítimas da fome mundial. O que me chamou atenção foi o motivo do convite, uma vez que havia tomado o cuidado de não deixar vazar a confusão existente na C&H Medical Systems e, já que não havia nascido em berço de ouro, além do fato de até o momento eu ser apenas uma simples estranha – a secretária que conseguiu um cargo significativo – não havia nada que me colocasse no centro das atenções da alta sociedade de Chicago.

– Veja isso. – Entreguei a Dean o convite branco com letras prateadas. – Tanya não brincou quando disse que me transformaria em uma pessoa importante.

Ele riu.

– Estamos no jogo. Vamos aproveitar. – E segurou em minha mão com força, demonstrando segurança.

– Precisamos ficar atentos. O jantar será em dois dias. Preciso saber o que ela pretende, e principalmente o que Robert planeja para este encontro.

– O que a faz ter tanta certeza de que ele estará lá?

Olhei para o meu marido e foi a minha vez de sorrir.

– Porque sei que Tanya não vai perder a chance de nos colocar neste confronto. Ela vai testar o marido. Saber se ele realmente fala a verdade e se vai cumprir com a sua parte do acordo.

Dean parou o carro na garagem da empresa. Ele fez questão de me acompanhar, mas não ficaria. Queria apenas se certificar de que eu não seria abordada no meio do caminho e, principalmente, ter a certeza de que Robert não me alcançaria antes do tempo necessário.

– Eles estão lá em cima. Fique tranquila porque estaremos de olho.

– Eu sei.

Respirei fundo, tomando a coragem necessária. Olhei para meu marido entendendo que ele também sabia que era necessário. Fechei os olhos e deixei que nossos lábios se juntassem em um beijo rápido, repleto de cumplicidade. Deixei o carro em seguida.

Caminhando pela garagem, me traí, olhando para a vaga dele, a mesma que eu havia tido a coragem de colocar o meu carro no passado. Parecia que uma infinidade de tempo havia transcorrido até ali. Tantos acontecimentos e conflitos, mas tudo não durara nem seis meses. Eu me sentia cansada. Robert não tinha chegado. Estava atrasado? Estranho. Contra a minha vontade, senti-me insegura. Como reflexo, passei os braços em volta da minha barriga, mas rapidamente precisei me recompor.

Quando a porta do elevador abriu no décimo sexto andar, porque não havia o décimo terceiro, eu já estava recomposta, refeita em minha mais nova personagem, usando a máscara fria e a postura imponente. Com passos seguros, fui me encontrar com Abby, que já me aguardava. Ela era muito melhor atriz do que eu, e me questionei até onde sua fidelidade era verdadeira.

– Bom dia, Senhora Bailey!

Quase ri da minha secretária. Era tão estranho ser tratada daquela forma quando, durante muito tempo, desejei ser a Senhora Carter.

– Bom dia!

– Olivia está com Nicole.

Desfez o ar que nos separava hierarquicamente, voltando a ser a minha amiga e comparsa naquela história tão absurda.

– Bruno esteve aqui mais cedo, queria conversar com você – continuou.

– O que ele queria?

Fiquei tensa. Eu estava tão atenta aos personagens principais daquele jogo que não pensei em Bruno como um oponente de valor. Também não me sentia confortável em vê-lo por este ângulo.

– Pelo que entendi, e fui informada, ele quer discutir sobre as estratégias que deseja adiantar.

– Robert havia aprovado, não foi?

Este era outro ponto que me deixava completamente insegura. Eu não sabia ser uma CEO. Não entendia quase nada relativo às decisões que precisavam ser tomadas. Robert era muito mais eficiente neste ponto. Talvez, ter usurpado o seu cargo não tenha sido uma boa ideia.

– Hum! Vamos até a sua sala. Precisamos colocar algumas coisas em dia.

– Acabamos de nos encontrar, Abby. O que pode ter mudado?

Ela fez um sinal para que eu entrasse. Rapidamente, obedeci. Abri a porta, parando por alguns segundos para contemplar aquele novo artefato: a mesa de madeira escura, na outra extremidade da sala. Tudo o que era de Robert havia sido transferido para o novo móvel. Desviei o olhar e me dirigi para sua antiga mesa, sentindo-me uma usurpadora.

– Robert marcou uma reunião de urgência com a família. Como nós já sabíamos, ele está buscando o apoio de todos. Não precisou de muito, claro. Ninguém ficaria contra a sua eficiência. Parece que hoje ele recupera o cargo de CEO.

Dei de ombros e me sentei na cadeira de presidente que cabia tão bem a Robert Carter, mas que não era nada parecida comigo. Era tão ridículo estar naquele lugar, ocupando aquela posição.

– Melhor. Eu não sabia até onde conseguiria manter a pose de boa administradora se nem sei para qual lado devo ir. Pelo menos, com ele no comando, eu terei a certeza de que nada se perderá no meio desta tragédia que é a nossa vida.

– Se você continuar desse jeito, ele logo conseguirá se impor. Não seja frágil, Melissa. Robert não é nenhum menino ingênuo. Ele conhece você muito bem. Sabe como jogar, como seduzir. Está com raiva, magoado e não poupará esforços para ter as ações de volta. Se você ceder, ele te esmaga. Mesmo que, depois, tenha que colar seus cacos. Conheço meu chefe o suficiente para saber que amor nenhum o fará recuar. Já se esqueceu do que ele fez? Robert não desistiu de Tanya, nem mesmo quando viu que perderia você.

As palavras de Abgail me feriram de maneira tamanha que precisei usar toda a minha força para me manter indiferente. Ela foi dura, contudo, verdadeira. Robert sempre encontrava uma maneira de continuar no jogo, independentemente das consequências. Ele sabia que era capaz de reconstruir qualquer coisa que precisasse destruir no caminho.

Fomos interrompidas pelo movimento na recepção. Nicole e Olivia chegaram, mas não se preocuparam em me cumprimentar. Simplesmente foram para a sala de reuniões e lá se acomodaram. Nenhum olhar, nenhum sorriso. Merda!

– Não será fácil – Abby continuou, fingindo organizar alguns papéis sobre a minha mesa.

Logo em seguida, Bruno chegou. Ele me olhou e pude sentir toda a sua mágoa. Eu não traíra apenas Robert, mas toda sua família. Pessoas que confiavam em mim, que me apoiavam. Com um único golpe, acertei todos.

– Bruno me odeia.

Desviei o olhar, retirando de dentro da minha bolsa o meu iPhone.

– Não apenas ele. Nicole está louca para te matar.

Ela riu, como se fosse divertido me colocar no olho do furacão. Mas eu havia concordado.

– E Paul? Ele já deveria estar aqui.

– Paul demorou um pouco mais com Robert e depois seguiu até o cais. Parece que precisava pensar um pouco. Paul sempre foi o mais frágil.

– Não ironize, Abby. Para ele, é muito mais complicado. E Paul é seu irmão.

Ela desfez o sorriso imediatamente.

– Um irmão que nunca tive – rebateu, visivelmente abalada.

– Não por culpa dele. Tenha isso em mente. Paul é uma ótima pessoa e, quando tudo acabar, poderá ser o irmão que você precisa.

– Isso se ele não me odiar também. Não se esqueça que sou o fruto da traição que levou a sua mãe à morte.

– Não se massacre assim! Tanya é doente, o pai dela, o seu pai, era uma pessoa sem escrúpulos. Paul é diferente.

Como se esta fosse a sua deixa, Paul entrou na sala. Caminhou ligeiramente para a sala de reuniões, contudo, seus olhos encontraram os meus e eu me senti péssima. Respirei fundo e tentei focar em meus argumentos para conseguir parar as estratégias de Bruno.

– Vou avisar a Anthony que você chegou.

Abby deixou a sala sem demonstrar insegurança em um único momento. Eu não sabia como ela conseguia ser daquela forma, tão dissimulada, esconder todos os sentimentos, as mágoas. Eu mal conseguia fingir indiferença à presença do Robert, piorava consideravelmente quando ele me tocava.

Meu celular vibrou indicando uma mensagem. Era preciso, primeiro, colocar minha digital para que ela decodificasse – mais um dos brinquedinhos do Dean. Eu não entendia como Robert não tomou determinados cuidados para se precaver contra Tanya. Como ele pôde acreditar que Tom e sua equipe eram o suficiente?

Ele chegou, está na garagem com Tom. Você tem alguns minutos para se preparar.

Ok. Era uma batalha difícil, complicada e arriscada. Até onde Robert iria para ter suas ações de volta? Olhei para fora do aquário no momento em que Anthony chegava. Seu olhar de cumplicidade me deixou mais aliviada. Com o celular em mãos, fui para a sala de reuniões, encontrando com meu advogado e adentrando na toca dos leões. Por uma ironia do destino, entrei no exato momento em que Nicole voltava com um copo d'água.

– Nicole, como vai? – Precisava manter o mínimo de cortesia com a minha amiga, ou ex-amiga. Infelizmente ela não pensava o mesmo que eu.

– Não posso dizer que melhor agora. Com licença. – E saiu para se sentar ao lado de Olivia.

Anthony tocou em minhas costas, com bastante cuidado, indicando que eu deveria continuar andando e não ficar parada no meio do caminho, petrificada pela maneira nada cortês com que fui tratada. O que eu estava esperando? Um: *Mel, senti tanto a sua falta. O que importa você ter roubado as ações do meu irmão? Somos amigas!* Merda!

Sentei-me na cadeira que deveria ser do meu ex-amante, sob o olhar de desagrado de todos os ocupantes daquela sala. Anthony teve o cuidado de sentar-se ao meu lado. Meu celular voltou a vibrar. Discretamente, destravei a mensagem.

Tanya está subindo acompanhada de Frank.

Suspirei. Frank naquela reunião. Ela não estaria lá apenas para ouvir. Eu esperava que Anthony tivesse garra o suficiente para intimidá-lo.

– Temos que aguardar por Tanya e Robert – Bruno informou sem demonstrar muita vontade de falar comigo diretamente.

– Eles foram avisados sobre o horário da reunião, Bruno. Não podemos esperar pela incompetência dos outros. – Fiz muito esforço para continuar mantendo a postura de superior, muito bem resolvida e segura do que fazia. Pelo visto, deu certo, porque Bruno arqueou uma sobrancelha, mas nada disse. Tanya chegou em seguida.

– Desculpem o atraso, mas precisei aguardar por Frank, já que um advogado que defenda os nossos interesses é de extrema importância em uma reunião como esta.

– Como vai, Frank? – Sorri amigavelmente e ele retribuiu o sorriso. Era a primeira vez que me sentia bem-vinda desde que havia voltado.

– Bem, obrigado! E você? Soube que assumiu as ações do Robert? Tive uma conversa com Anthony, seu advogado, e, pelo que parece, tudo foi feito de maneira legal. Não há nada que possamos fazer.

Tanya continuava impassível, as feições compostas, apenas um sorriso de Monalisa que impossibilitava de desvendar o que, exatamente, ela estava sentindo.

– Sim. Comprei as ações do Senhor Carter em uma manobra legal. Não creio que ainda discutiremos este assunto.

– Não iremos. Todos já foram informados de que não há nada a fazer. Onde está Robert?

Ele olhou pela sala à procura do personagem principal daquela história. Olhei para Tanya, que me encarava sem nada demonstrar. Uma cobra perfeita.

– Ele ainda não chegou.

– Cheguei, sim.

Robert estava parado à porta. Um terno completo, corte fino e elegante, cor escura, como sempre achei que ficava perfeito nele. Meu coração acelerou significativamente. Eu podia jurar que, de onde estava, conseguia sentir o cheiro da sua colônia, e que minha pele recebia com força as lembranças de sua barba por fazer roçando meu rosto. Engoli em seco, retribuindo seu olhar fixo em mim.

Ele estava feroz e muito sexy.

Puta merda! Eu estava excitada.

CAPÍTULO 6

Aguardei que ele entrasse, sentindo meu rosto corar à medida que todos percebiam que não deixávamos de nos olhar. Era algo tão carnal e palpável que precisei de todo o meu equilíbrio para não me levantar e ir ao seu encontro.

Merda!

Eu conhecia a força de Robert em mim. Sabia que minha mente não funcionava muito bem quando estava ao lado dele, contudo, deixei-me enganar quando acreditei que o fato de ter passado tanto tempo distante anularia seus efeitos em mim. Isso nunca aconteceria. Robert era o que meu corpo pedia, necessitava, implorava. Ele não ocupava apenas meus pensamentos, mas tudo em mim. Cada pedacinho meu tinha consciência da sua supremacia.

Ele caminhou. Passos seguros, firmes e sensuais, capazes de me fazer virar gelatina apenas por vê-lo se aproximar. Mas foi o que ele fez. Droga! Quando me deixei convencer de que conseguiria ser forte? Seu olhar não deixava o meu e eu tinha plena consciência da minha cara de boba apaixonada. Robert puxou a cadeira ao meu lado e se sentou.

– Melissa! – Cumprimentou-me com candura.

Sua voz aveludada fazia meu coração dar piruetas. Quebrei o contato dos nossos olhos e fingi analisar os papéis à minha frente.

– Desculpe-me pelo atraso. Estava cuidando de alguns detalhes.

– Não se desculpe, Senhor Carter – disse sem querer.

Foi mais forte do que eu. Quantas vezes eu já o tinha ouvido me censurar por me desculpar? Milhares!

Robert me olhou na mesma hora, a princípio assustado, rapidamente seu semblante mudou para divertido e ele sorriu, não aquele sorriso que derretia as geleiras, que me desestabilizava e tirava o meu ar. Foi um tímido, de quem estava satisfeito, mas não queria demonstrar ou revelar, e entendi que ele se sentia feliz resgatando essa pequena parte do nosso relacionamento. Ele piscou algumas vezes, ainda me encarando, mas logo desfez o contato.

– Muito justo. Como eu disse: estava cuidando de alguns detalhes. Podemos começar…

– Podemos começar… – falamos ao mesmo tempo.

Ele voltou a sorrir e aquiesceu.

– À vontade, Melissa – recuou, dando-me a palavra.

– Tudo bem. Acredito que você tenha algo importante a dizer.

Eu era mesmo uma covarde. Estava intimidada com sua presença. Robert se levantou e se afastou um pouco para receber um documento das mãos de Tanya.

– Ok! Este documento foi analisado e assinado pela comissão, com exceção de Melissa, claro!

Passou o papel às mãos de Anthony, que, com bastante atenção, tratou de ler o seu conteúdo.

– Trata-se do consentimento dos demais proprietários de ações do grupo C&H Medical Systems para que eu seja o seu representante. Ou seja, a partir de hoje, sou o maior acionista, Melissa, e tenho o cargo de CEO por direito e competência.

– Entendi. Você é o representante deles e isso lhe dá alguns poderes, contudo, não o coloca na posição de maior acionista, Senhor Carter. Acredito que com esta novidade os demais tornam-se dispensáveis para as tomadas de decisões. Sei que não depende da minha autorização, mas eu gostaria de dizer que estou de acordo em manter o seu cargo. Quanto a você representar a sua família – dei de ombros –, nunca foi diferente. Exceto pelo consentimento da sua esposa.

Ele inclinou a cabeça e estreitou os olhos. E estava lá. Toda a cobrança silenciada, a mágoa escondida e a saudade contida. A imagem dele beijando Tanya mais cedo, quando, juntos, faziam planos para me incriminar, tirar-me as ações e me seduzir com o único objetivo, de me desmoralizar, abalavam-me.

– Dando continuidade... – Fiz questão de não mais dar atenção ao homem que eu tanto amava. – Estamos aqui para discutir algumas ações e estratégias elaboradas pelo setor de marketing.

Bruno concordou com a cabeça e me olhou friamente, aguardando pelo que eu diria.

– Pois bem, eu, como maior acionista deste grupo – olhei sugestivamente para Robert, que apenas concordou e sorriu –, portanto, a pessoa que possui mais poder, sou contra adiantarmos as ações estratégicas definidas para o próximo semestre.

– O quê? – Bruno se exaltou.

– Como assim? – Nicole parecia me cobrar não apenas aquela decisão.

– Melissa? – Robert captou minha atenção. Eu precisaria ser forte. – Eu aprovei na reunião de ontem.

– As ações já eram minhas, muito embora não fosse do seu conhecimento, nesse caso, eu anulo a sua autorização.

– Mas...

– Não é nada contra o seu projeto, Bruno, muito pelo contrário! – Fiz questão de me levantar fazendo com que todos me olhassem. – Meu objetivo não é destruir o grupo, muito menos causar mal-estar. Eu tenho informações sobre o assunto que, acredito, são desconhecidas para o grupo.

– Não estou entendendo – disse Robert sentando, virando a cadeira para mim e voltando toda sua atenção para o que eu tinha a dizer.

– Imagino que não.

Olhei para todos, decidida a continuar. Era necessário quebrar um pouco da ligação entre Robert e Tanya, ou, ao menos, balançá-la.

– Recentemente, nosso grupo adquiriu uma importante companhia chinesa. A novidade será anunciada amanhã, conforme fui informada... – Todos continuaram me olhando sem entender aonde eu queria chegar. – O que vocês não sabiam, e eu ainda me pergunto o motivo desta informação ter sido omitida nos relatórios, é que a empresa recentemente adquirida está, neste momento, sofrendo todos os ataques possíveis, devido a diversas acusações, todas elas comprovadas, de trabalho escravo e exploração infantil. Sem contar que seus antigos proprietários serão indiciados amanhã pela acusação de exploração sexual de menores, ou turismo sexual envolvendo menores de idade, crianças, para ser mais exata.

Por um segundo, o silêncio se tornou pesado. Robert, antes amistoso e com aquele olhar que tentava ser indiferente voltou-se para Tanya com toda sua fúria. No mesmo instante, Abby começou a distribuir os documentos que continham as informações anunciadas.

– Então... – Dei dois passos até Bruno. – Tornarmos público os nossos sucessos, neste momento, só puxará o tapete das empresas quando esta acusação cair sobre o grupo. Sinto muito, Bruno! Realmente era a oportunidade perfeita, contudo, manteremos essas estratégias para o segundo semestre, depois que conseguirmos provar que não estamos envolvidos nesta confusão toda.

– Como você deixou essa informação passar despercebida, Tanya? Como você pôde? – Robert estava enfurecido.

Nada mais naquela sala importava além das acusações que pairavam sobre Tanya.

– Como eu poderia saber? Os relatórios entregues foram os que a própria Melissa elaborou antes de sumir no mundo e lá não constava nada.

– Claro que não! O relatório não estava completo, além disso, quando comecei a fazê-lo, as acusações não estavam tão claras – rebati, sem expressar nervosismo. – E eu nem tinha noção de qual empresa estávamos falando. Apenas realizei uma pesquisa sobre o mercado chinês.

– As informações deveriam vir de você, Tanya. Você é a responsável por esta parte dentro da empresa. Como pôde cometer esta falha? Um escândalo como este vai nos custar muito caro! – Robert estava em seu mais perfeito estilo CEO e eu não podia negar que tal fato me deixava ainda mais excitada. Puta merda! Como podia? Ali, na frente de todos, e eu pensando em sexo com meu ex-amante.

– Precisamos arrumar uma maneira de impedir que esta bomba exploda em nosso colo – Paul se manifestou, ainda observando Tanya e Robert duelarem com o olhar. – Droga! Se eles começarem a ligar a imagem do grupo a tudo isso, vão cavar mais fundo e descobrir exatamente o que não queremos que descubram.

– E o que não queremos que descubram? – disse Olivia.

Como não poderia deixar de ser, ela não fazia ideia do que existia de obscuro por trás de todo o glamour do sucesso do grupo.

Robert e Tanya imediatamente mudaram a postura. A menção dos seus erros e a possibilidade de serem desmascarados em público fez com que ambos recuassem ao mesmo tempo. Entretanto, aquele não era o meu objetivo. Eu tinha motivos de sobra para acreditar que a verdade poderia ser revelada, pois a bomba explodiria, mas nada passaria das paredes de vidro daquela sala.

– Temos telhado de vidro.

Todos eles me olharam. Robert e Tanya tensos com o que eu poderia dizer; Olivia sem conseguir entender, e os demais sem acreditar que eu seria capaz de revelar.

– No ano passado, nosso CEO fez um acordo ilegal com algumas empresas concorrentes, onde trocaram informações a respeito dos funcionários, garantindo que nenhum deles poderia ser contratado pela outra.

Robert enrijeceu e me encarou com um olhar mortal. Quase, quase mesmo, desisti de fazer o que deveria fazer. Tive sorte de não estremecer e, se fosse possível, todos ouviriam as batidas do meu coração.

– Robert? – disse Olivia cobrando do filho uma explicação.

Anthony foi mais rápido, continuando o que eu deveria dizer:

– É uma forma de garantir que as informações não saiam de dentro do grupo ou que cheguem ao concorrente. Na verdade, esta é uma prática habitual entre empresas do porte desta, apesar de ser ilegal e, principalmente, de não ser bem-visto pela sociedade, afinal de contas, estamos falando de empregos e ninguém é obrigado a permanecer em uma empresa que não atende a seus anseios, muito menos ser recusado na concorrência por causa de um acordo como este.

– Que absurdo! – Olivia cruzou os braços e suspirou como se não conseguisse acreditar naquilo.

– Não será nada interessante se algum repórter interessado em chamar a atenção resolver procurar por mais podridão e der de cara com tudo o que existe aqui dentro – continuei.

Joguei na mesa a cópia dos e-mails trocados durante aquela transação. Os mesmos que Tanya teve o cuidado de me enviar e que Dean, como perfeito profissional que era, conseguiu fazer sumir do planeta. Todas as cópias foram gentilmente apagadas, mesmo as das outras empresas que, por um acaso, sofreram uma pane em seus sistemas, queimando seus arquivos.

A única exceção era em relação a Tanya. Havíamos vasculhado todos os seus arquivos e nada encontramos. Nem mesmo a cópia do e-mail que ela me enviou quando tive que abandonar Robert. Nenhuma cópia em seus documentos das nuvens. Nada. No entanto, sabíamos que ela as tinha e não hesitaria em usá-las. Precisávamos encontrar estas provas.

– Por outro lado, nossa gestora filantrópica fez um acordo com alguns grupos ecológicos, onde contavam doações astronômicas que, com o seu consentimento, não foram repassados para as instituições, assim como se deixou envolver em mais uma falcatrua com os imóveis doados para a criação e estruturação de diversas instituições filantrópicas.

Mais uma vez, entreguei os documentos que comprovavam o que eu afirmava. Tanya não usava mais sua habitual máscara de desprezo. Ela me encarava com ódio. E era justamente o que precisávamos.

– Como eu disse: temos telhado de vidro.

– E o que você sugere, Melissa? – Bruno parecia disposto a aceitar qualquer coisa que tirasse o foco do irmão e, consequentemente, da cunhada.

Robert continuou de pé me olhando em um misto de tristeza e raiva. Estava ferido com mais aquela traição. Ele nunca entenderia que, para acabar com Tanya, precisávamos acabar com ele também.

– Anthony explicará. – Sentei-me dando a palavra a meu advogado, que levantou para ganhar a atenção de todos.

– A ideia é entrar, hoje mesmo, com um recurso contra a antiga diretoria. Se formos nós a alertarmos o mundo para os erros deles, podemos ganhar um pouco da confiança dos cidadãos americanos. Ao mesmo tempo, criaremos um grupo de combate à exploração infantil, regularizaremos toda a questão dos funcionários da fábrica em solo chinês, faremos como se estivessem em solo americano, isso chamará a atenção, além de aumentar o interesse no grupo como responsáveis por melhorar a qualidade de vida dos nossos funcionários.

– Isso nos trará um prejuízo enorme – Robert interrompeu. – Nossa vantagem estava em não terem uma lei trabalhista tão rígida, nem tão cara quanto a nossa, na China. Se tratarmos os funcionários chineses como os americanos, os custos serão astronômicos e os lucros, mínimos.

– Precisamos mostrar que estamos dispostos a mudar o que acontecia na administração anterior. Se deixarmos como está, seremos vinculados à ilegalidade dos fatos. É uma ação que poderá nos projetar e, muito provavelmente, virar a situação a nosso favor – Anthony rebateu.

– Ele tem razão – Bruno se intrometeu na conversa.

Ele estava tenso, mas havia um brilho a mais em seus olhos.

– Precisaremos de uma campanha muito boa, que exigirá recurso e esforços – completou.

– Primeiro precisamos acionar, nas leis americanas, os responsáveis pelos crimes. Apresentaremos as provas encontradas – envolveu-se Frank, já acompanhando o ritmo.

– Podemos entrar em contato com os principais meios de comunicação apresentando as estratégias. E amanhã faremos um comunicado oficial, com um discurso inflamado, onde deixaremos claro que não concordamos e que lutaremos contra esses abusos – Bruno continuou esquematizando todo o processo.

– O objetivo é tirar a culpa dos nossos ombros. Rebateremos as acusações com uma campanha de apoio ao combate à exploração sexual e ao trabalho infantil. A campanha será mundial, poderemos iniciar um trabalho mais forte na própria China, onde teremos o apoio do seu principal grupo – colaborei, finalizando com o que pretendíamos.

Porém, era hora de dar a cartada final:

– Olivia, seria muito bom se tivéssemos a sua colaboração neste trabalho. Tanya está muito ocupada com diversos problemas em seu setor, e acredito que a sua imagem, como matriarca desta família, corroboraria com os nossos objetivos.

Ela me olhou absorvendo tudo o que acabávamos de dizer e, por fim, concordou com a minha sugestão. Eu sabia que ela concordaria, afinal de contas, não foi isso o que havia acordado com o filho? Apenas fiz com que parecesse ser a minha opinião.

– Anthony e Frank, vocês precisam dar início a este processo imediatamente. Por isso, estão liberados. Bruno, você ainda tem alguma coisa a acrescentar?

– Não. Na verdade, preciso iniciar essa campanha. Vou fazer uma reunião com a minha equipe e coletar as melhores ideias. Olivia e Tanya poderiam vir comigo, já que serão as responsáveis pela parte social. Quer dizer... Olivia será, mas Tanya precisará ajudá-la.

Apenas concordei e olhei para Nicole, que não se expressava, apenas observava a forma como eu agia.

– Nicole, sugiro que estude a lista de funcionários trocadas na transação ilegal e contrate dois ou três deles. Caso não consigamos conter o problema, teremos como alegar ser infundado este acordo se tivermos como provar que contratamos profissionais oriundos das demais envolvidas.

– E você quer que eu resolva isso da noite para o dia? – disse ela irritada. Não era para menos.

– Hum! Na verdade é exatamente o que eu quero. – E sorri como que para provocá-la.

– Melissa tem razão, Nicole. O quanto antes tivermos esses profissionais em nosso quadro, mais perfeita fica a desculpa – Robert colaborou e Olivia assentiu.

– Tudo bem. Vou ver o que posso fazer para limpar a merda que você fez.

Nicole se levantou, saindo como um furacão, sem aguardar por mais ninguém.

Bruno e Olivia seguiram Nicole tão logo entenderam que nada mais tinham a fazer lá. Paul ficou sem graça assim que se viu sozinho comigo, Tanya e Robert, e entendeu que aquele problema não lhe pertencia, então foi embora, parando rapidamente para falar com Abgail. Fingi juntar meus papéis para bater em retirada, se não fosse a esposa do meu ex-amante parar à minha frente com um sorriso amistoso, que eu bem sabia que de amistoso nada tinha.

– Confesso que você é uma adversária que subestimei. Acreditei que realmente amava o Robert, mas veja só: rouba-lhe as ações, o atira aos leões na primeira oportunidade, faz o papel de boa samaritana trazendo o problema e a solução, expondo o que está por baixo dos panos, e ainda oferece a Olivia o meu cargo! – despejou e sorriu teatralmente. – Cuidado, Melissa! Talvez você esteja mesmo com problemas neurológicos e esteja buscando confusão na tentativa de alcançar a "liberdade da alma".

Estremeci com aquela ameaça tão explícita. Percebi que Robert se aproximou um pouco mais de nós duas, como se estivesse pronto para me defender.

– Com toda a certeza você me subestimou, Tanya. Cuidado! Eu ainda não revelei, e nem usei, tudo o que sei contra você.

– Esta não será uma guerra justa.

E saiu com a sua classe inquestionável. Foi quando me dei conta de que Robert me encarava com uma frieza que gelava meus ossos.

– Alguma ameaça para fazer? – Levantei o rosto encarando de volta e tentando me manter segura.

– Não... – Ele piscou como se estivesse acordando de um transe. – Não, Melissa.

Estava lá aquela tristeza que tirava o meu ar, que me quebrava sem me dar condições de me recompor.

Eu já sabia que seria assim. Que ele se magoaria a ponto de não haver condições de perdão. Que eu entrava em um jogo tão complicado e pesado quanto o que ele estabelecera com Tanya. Que não permitia volta. Era o mesmo que ser enterrada viva. Sufocante, medonho, aterrorizante. Porque eu sabia que, naquele momento, nada mais poderia ser mudado. Robert me odiava e, com isso, conseguiria se encaixar perfeitamente na segunda parte do plano. Era preciso ser forte, porém eu não era. E só entendi isso naquele instante.

– Robert...

– Sabe o que eu acho pior nesta história? Tanya tem razão. Você enganou todo mundo. Eu também acreditei que me amava. – E seus olhos me cobravam este amor com tanto calor que foi impossível resistir.

– Eu...

– Não, Melissa! No fundo eu sei que tudo foi culpa minha. A história se repete, não é? Puta merda! O que eu estava fazendo? Eu destruí Tanya, destruí os sonhos dela e a tornei o que é hoje. – Sorriu com a sua desgraça. – E veja só o que fiz com você. Veja o que você se tornou. Nada diferente de Tanya. Eu criei dois monstros!

Puta. Que. Pariu!

Nunca, em todo o meu processo de construção daquele plano, imaginei que Robert seria capaz de me igualar a Tanya. Nem em meus piores pesadelos imaginei que isso fosse possível. Piorava, consideravelmente, quando ele assumia toda a culpa. Como se fosse o único causador e responsável por todo o problema. Como se a culpa fosse apenas dele.

Puta merda!

Dizendo isso, Robert me deu as costas e saiu. Não apenas da sala, ele foi para escadas e sumiu da minha vista. Droga!

Comecei a caminhar como se fosse buscá-lo. E era o que eu faria se Abgail não me impedisse no exato instante em que meu coração implorava por um final feliz para aquela lama toda. Mas ela me impediu e entendi que era preciso continuar.

– Ele vai voltar. Fique tranquila.

Duas lágrimas escaparam. Consegui limpá-las e erguer a cabeça. Robert precisava ser maduro e forte para entender que tudo era necessário, ou então nunca terminaria.

– Fique atenta, Abby. Eu tenho medo.

– Ele não fará nenhuma besteira. Robert é forte...

Mas seus olhos traíam a sua confiança. Ela também tinha medo.

– E Dean?

– Ele vem buscar você para o almoço no horário combinado. Provavelmente Robert irá encontrar Tom e logo teremos notícias dele. Agora você precisa continuar. À tarde, as estratégias chegarão e você terá que continuar com o plano.

– Certo...– Suspirei pesadamente olhando para a minha sala. – Certo.

Eu, Melissa Simon, estava lá, na sala destinada ao CEO da C&H Medical Systems, porém meu coração estava longe, muito longe. Ele estava com Robert Carter. Independentemente de saber se ele entenderia ou me aceitaria de volta quando tudo acabasse, meu coração continuava sendo dele e sempre seria.

CAPÍTULO 7

Minha vontade era de estrangular Melissa. Eu sentia tanta raiva e tanta tristeza ao mesmo tempo que seria capaz de destruir um trator com meus próprios punhos. Como pude me enganar tanto? Como ela podia me trair daquela forma?

Ao mesmo tempo que meu corpo processava a raiva que eu sentia, minha mente sofria com tantas lamentações. Não era possível! Melissa não era aquela pessoa fria e má. Ela não podia ser tudo aquilo sem que eu tivesse percebido como marca em sua personalidade. Não em um relacionamento tão intenso e apaixonado quanto o nosso. Não depois de tudo o que aprendi com a convivência com Tanya. A primeira vez fui incapaz de perceber a tempo, mas a segunda seria impossível. Eu teria percebido.

E eu a amava. Como era possível?

Doía tanto que meu peito parecia inchar e implorar pela explosão. O que estava acontecendo comigo? Por que eu não entendia que era necessário destruir Melissa antes que ela me destruísse por completo? Por que eu simplesmente não aceitava o plano de Tanya e encerrava esta história? A enterrava junto com todas as outras que me ajudaram a construir a pessoa horrível que eu era?

O que eu fiz? O que eu fiz com ela? Como pude ser tão canalha a ponto de permitir que ela se transformasse naquilo? O que de tão terrível eu havia permitido acontecer para que ela me desprezasse tanto? Para que ela decretasse guerra contra mim. Eu só tentei protegê-la. Por isso permiti que fosse embora. Por isso tentei muitas vezes fazê-la sair da minha vida. Tudo por ela. Sempre e unicamente por ela.

Meu celular vibrou antes que eu conseguisse ligar o carro. Desci as escadas me sentindo tão destruído que não percebi as pessoas, os andares, nada. Eu nem tinha ideia de para onde deveria ir, apenas que precisava me afastar, ou então a mataria. E não seria melhor se fosse assim?

Não!

Não existe um mundo feliz sem Melissa Simon. Mesmo que ela estivesse contra mim, mesmo que dormisse todas as noites nos braços de outro homem, mesmo que eu precisasse lutar todos os dias contra a dor do punhal que ela cravava em meu coração. Não existia um mundo feliz sem ela.

– Alô! – Forcei a voz a sair forte, engolindo o desespero que lutava contra meu orgulho.

– Robert? Tenho tudo o que você pediu.

Encontrei com Tom, meu investigador particular, pela manhã, antes da reunião. Ele explicou que seu sistema sofreu um ataque que pegou todo mundo de surpresa e que, provavelmente, foi uma armação de Tanya, pois todos os seus dados foram deletados e todos os telefones da equipe ficaram incomunicáveis por três dias. Meu primeiro pensamento foi: então Tanya tem alguma coisa a ver com a volta de Melissa. Elas estão juntas nesta confusão.

Por isso, apenas observei o que Melissa fazia e todas as reações de Tanya, mas tudo o que foi acontecendo me deixou sem saber qual era a verdade. Afinal de contas, elas agiam em conjunto? Tanya queria apenas tirar Melissa do caminho? Minha amante – ex-amante –, queria se livrar de Tanya? Ou ela queria me destruir por acreditar que causei a sua infelicidade, assim como a minha esposa acreditava? Merda! Era tudo confuso demais.

Nenhuma lembrança me ajudava a acreditar que eu havia feito algo para que Melissa me odiasse tanto. No nosso último dia, quando ela foi embora, houve tanta dor, tanta tristeza. E o bilhete que ela havia deixado sobre a cama? "No fim, eu estarei lá." O que ela queria dizer com aquilo? E por que inferno se casou com Dean?

Só podia ser mentira. Tudo não passou de uma mentira terrível. Uma forma de conseguir chegar até mim. *Eu odeio você* sua voz ainda ecoava em meu ouvido quando consegui confrontá-la no banheiro.

– Robert – falou Tom.

– Onde você está? – Houve um silêncio estranho.

– Estou próximo à sua casa.

– Onde posso te encontrar?

– No parque que fica cem metros após o seu quarteirão. Lá, estaremos seguros.

– Ok.

Saí da garagem me dando conta de um luxuoso BMW estacionado próximo ao meu carro. De quem seria? Senti uma pontada afundar em meu peito quando me dei conta de que só poderia ser de Melissa.

– A filha da mãe está gastando todo o meu dinheiro para viver confortavelmente com aquele cretino.

Quase joguei meu carro contra o dela, afinal de contas, teoricamente, o veículo me pertencia, mas preferi aguardar para confrontá-la depois do que Tom me dissesse.

Dirigi como um louco e estacionei de qualquer maneira. A chuva castigava o dia frio. O inverno em Chicago era sempre daquela forma, mas, naquele fim de manhã, em especial, parecia que todo mundo estava triste, assim como eu me sentia por dentro: perdido em uma terrível tempestade. Desci na chuva e corri para o carro do Tom.

– Que tempo ruim! – ele começou a falar, mas parou assim que viu a minha cara de poucos amigos.

– O que conseguiu?

– Primeiro a certidão de casamento de Melissa e Dean.

Então ele me passou um envelope pardo, que logo observei ter uma cópia daquele maldito documento. Então era mesmo verdade. Engoli em seco, aguardando por ele.

– Eu sinto muito.

– Não sinta. Preciso saber sobre Tanya.

– Pelo que entendi, não existe nada entre as duas. Aliás, Tanya está cobrindo todos os passos de Melissa. As informações que vou passar para você consegui invadindo os arquivos dela. – Ele me passou outro envelope.

– O que tem aqui?

– Tudo. Melissa comprou uma cobertura na mesma quadra que você, onde vive com Dean. Consegui umas fotos deles dois agindo como um casal normal. Ela está mesmo usando o dinheiro para bancar uma boa vida para eles dois. Veja só. – E me passou as fotos.

Tive vontade de rasgá-las. Melissa me usou aquele tempo todo.

– Também comprou dois carros e contratou seguranças. Ela agora é a mais nova milionária de Chicago.

Abri a porta do carro e desci na chuva sem me dar ao trabalho de me despedir de Tom. Aquele ambiente passou a ser sufocante. Por um lado, pensei em entrar no meu e evitar a chuva que já me ensopava, por outro lado, meu peito parecia querer explodir e nada melhor do que caminhar um pouco, mesmo em meio a uma tempestade. Então entrei no parque e andei sem pressa, pensando em como conseguiria sobreviver a tudo aquilo.

Como ela conseguiu me enganar?

O que eu deveria fazer?

Pensei em todos os detalhes daquela situação tentando elaborar um plano para evitar que o prejuízo fosse maior. Cada pensamento me levava a Tanya. Apesar de tudo, ela ainda era a minha melhor aliada. Além de me ajudar a mantê-la sob controle. Mas até onde eu poderia ir? Passei longos minutos sem saber para onde iria, até que concluir que minha casa seria um bom refúgio.

Ri sozinho ao constatar que aquele nunca foi um lugar onde eu podia chamar de casa. Nos últimos anos, era ali que eu travava as minhas piores batalhas contra Tanya e onde eu conseguia dominá-la. Naquele instante, aquele era o único lugar onde eu poderia me sentir seguro, apesar dos pesares.

Abri a porta notando a poça d'água que havia ficado do lado de fora. Eu estava encharcado. Assim que entrei, notei a presença de uma senhora baixinha, um pouco gorda, cabelos negros e longos, trançados, descendo pelas costas, um rosto redondo e olhos levemente repuxados nos cantos, trajando o uniforme de empregada da casa.

De onde saiu aquela figura?

Tenho certeza de que meu olhar intrigado revelava a minha estranheza com a pessoa que eu nunca havia visto na vida. Ela me olhou e sorriu, e veio diretamente até onde eu estava.

– Senhor Carter, boa tarde! O senhor está muito molhado, gostaria de uma toalha? – disse ela gentilmente.

Continuei sem entender a situação, mas se ela estava dentro da minha casa e usando o uniforme dos empregados... E ela tinha um sotaque muito carregado. Talvez espanhol?

– Não. Eu vou direto para o banho. A senhora é...

– Oh, sim! Perdão pela indelicadeza. Sou a Senhora Alonso, a nova governanta da casa. Gostaria de alguma coisa? Uma bebida quente? Está muito frio hoje, senhor.

– Não, obrigada! Nova governanta?

– Sim – Tanya respondeu descendo as escadas e vindo se encontrar comigo.

Ela usava um vestido simples, como há muito tempo não a via usando. Era de alças e lhe dava um ar mais jovem. Ela estava parecendo Melissa. Puta que pariu!

– Nossa governanta pediu uma licença para cuidar da filha que precisa de cuidados médicos. A agência nos enviou a Senhora Alonso, que ficará conosco até que tudo se normalize.

– Certo. – Desviei o olhar, desejando um banho quente.

– Chegou cedo. E molhado... – Ela me analisou com olhos estranhos e depois sorriu. – Vai acabar pegando um resfriado, chefe.

Droga! Aonde Tanya queria chegar com aquilo tudo? Ela passou a mão no pescoço, chamando a minha atenção para o colar que ainda teimava em usar. Ela recebera de herança da mãe e que havia sido esquecido por muito tempo, mas que passara a ser indispensável nos últimos meses.

– Vou tomar um banho. – E saí deixando as duas para trás.

Enquanto a água quente caía em meu corpo, meus pensamentos me levavam apenas para um único ponto: Melissa. Como eu podia sentir tanto a sua falta? Como minha mente não conseguia encobrir aquele amor que resistia mesmo, com o mais puro ódio? Por que eu não conseguia regar aquele sentimento com a mágoa que ela me causava desde que voltou? Por que eu não conseguia esquecê- la? E, finalmente, por que meu corpo ainda ansiava pelo dela? Por sua pele fresca, macia, seus lábios quentes, seu corpo pequeno e incrível, seus beijos apaixonados? Nós éramos únicos. O sexo era perfeito, o amor incondicional. Como eu ainda a desejava tanto?

Meu corpo não entendia. Ele não obedecia a ordem de enterrar o desejo e deixar viver apenas a vontade de estraçalhá-la, ao invés de tomá-la em meus braços e fazê-la minha, como sempre foi.

Merda! Eu amava tanto aquela mulher que seria capaz de qualquer coisa por ela. Qualquer coisa por apenas mais um dia, um minuto, um segundo a seu lado, tendo de volta o seu amor.

Foi quando senti mãos pequenas me tocando. Correndo por minhas costas e se entrelaçando em meu peito. Imediatamente seu corpo colou ao meu. E eu sabia que aquela não era Melissa, mas o que importava? Não era comigo que ela estava, então por que não fechar os olhos e me permitir?

Tanya, percebendo que eu não a repeli, beijou meu ombro e deixou que seus dedos vagassem nos cabelos do meu peitoral. Eu ainda não reagia. Não sabia o que deveria fazer. Estava excitado. Claro! Segundos antes, eu fantasiava com Melissa em meus braços. Lembrava do seu cheiro, seus gemidos, como se comportava quando estávamos nos amando, sua carne macia me recebendo e se adaptando a mim de uma forma até então incompreensível, mas que me atirava ao mais puro nirvana. Eu queria poder tocá-la naquele instante.

Minha esposa era ousada, esperta, sabia o que fazer para enlouquecer um homem. Ela não esperaria até que eu lhe desse permissão. Sem ter como negar aquele momento e com os pensamentos ainda em Melissa, mantive minhas mãos ao lado do corpo, a cabeça embaixo da água e os olhos fechados.

Ela desceu as mãos alcançando meu membro rígido, massageando-o para que nada atrapalhasse seus planos. Tanya sabia que, se conseguisse me conduzir apenas pelo prazer, teria o que queria de mim. Por isso suas mãos sábias iniciaram o processo de masturbação, mantendo-me firme para o seu objetivo.

Engoli meu orgulho, mas mantive Melissa em meus pensamentos, segurando firmemente sua imagem em minhas pálpebras cerradas, enquanto sentia Tanya arrancar de mim o que desejava. Minhas mãos buscaram seu corpo, acariciando, a princípio sem muita convicção, sua pele molhada. Mas depois a raiva me dominou.

Puta que pariu! Melissa estava casada com Dean. Transando com Dean. E provavelmente rindo de mim com aquele filho da puta. Mesmo assim, era ela quem eu desejava naquele momento. Apesar de não querer desejar.

Foi com esta raiva que minhas mãos se tornaram mais firmes. Sem pensar duas vezes, virei, tomando Tanya em meus braços. Imediatamente meus lábios cercaram seus seios e minhas mãos agarraram seu corpo, buscando e apalpando cada parte que eu encontrava. Ela gemeu de satisfação.

– Isso, chefe!

Merda! Não era aquela voz que eu queria ouvir. Não era aquela forma de desejo que eu ansiava da mulher que estava comigo. Pensei em recuar, mas ela passou uma perna em minha cintura, roçando seu sexo ao meu. Ainda de olhos fechados, me permiti continuar. Colei meu corpo ao dela e mordi seu pescoço. Mas não era o mesmo sabor de pele.

Em meus pensamentos era Melissa ali comigo, em meus braços, tocando-me. Mas em nada a realidade condizia com o que eu ansiava. Os toques fortes, as unhas afiadas cravando em minhas costas, o rebolado mais ousado, mais experiente, os gemidos... Nada daquilo era Melissa. Minha mão fechou com força no seio mais volumoso do que o da mulher que eu amava. Tanya gemeu alto.

– Vamos, Robert! Mostre-me quem manda neste jogo – disse ela.

Era disso que ela gostava. De ser subjugada. Que eu a dominasse e mostrasse que, apesar de tudo, de toda a nossa guerra, eu ainda a vencia na cama. Porque era como eu queria e não conforme a vontade dela.

Mas eu não podia.

– Oh, Deus! Eu adoro quando você me toca assim.

Merda! Sua voz não ajudava em nada.

Abri os olhos e encarei minha esposa. Ela estava ofegante, louca para que eu a possuísse, e eu continuava excitado. Não por ela, lógico! E sim pelas imagens dos meus momentos com Melissa que não deixavam a minha mente. Minha mão subiu para o seu pescoço e uma mistura de raiva, por ser obrigado a encarar aquela realidade, e desejo me tornaram. Não era nada fácil a situação.

– Faz um favor para nós dois?

Ela piscou e sorriu.

– Fica calada.

– O quê?

– Calada. Eu já disse. Nem uma palavra.

Mesmo sem querer, dei a Tanya o que ela queria. Uma ordem. Algo que a mantivesse submissa. Ela sorriu e desviou os olhos, como deveria ser.

Puta que pariu! Eu não podia. Não queria. Mas que merda!

– Vem cá!

Girei nossos corpos, apoiando minhas costas na parede, ao mesmo tempo que empurrava Tanya para baixo. Como uma boa submissa ela obedeceu sem dizer mais nada. Com raiva e frustração, segurei meu membro com uma mão e os cabelos da minha esposa com a outra. No mesmo instante, ela entendeu o que eu queria e sua boca deslizou luxuriosamente em minha carne.

Várias coisas passaram em minha cabeça: Melissa com Dean, contando a minha família o que eu havia feito, roubando as minhas ações, me humilhando... Puta que pariu! Arremeti em Tanya sem parar para pensar. Quanto mais eu sentia a raiva e tristeza, mais forte eu forçava minha esposa a me engolir, segurando firme em seus cabelos e empurrando-me o mais fundo possível em sua boca.

Melissa nos braços de Dean. Ela gastando o meu dinheiro. Ela me humilhando. Ela dizendo que me odiava. Ela casada com aquele filho da puta. Lágrimas desciam de meus olhos cerrados enquanto eu lutava bravamente contra elas. E então as imagens dela dizendo que me amava, ela me pedindo para não abandoná-la, ela me amando, gemendo meu nome, fazendo planos para uma família. Melissa sorrindo e se aninhando em mim após o gozo. Sua boca macia me tomando e sugando como ninguém mais foi capaz de fazer.

E então eu gozei, com aquela imagem em minha mente, da mulher que eu amava, de joelhos para mim, contudo, muito mais soberana do que eu conseguia ser em qualquer momento. Porque até mesmo naquele instante, mesmo sendo outra em seu lugar, era por ela que eu gozava e apenas ela me trazia o alívio.

Travei os dentes me impedindo de chamar seu nome, enquanto meus pensamentos gritavam por ela.

Ainda com o corpo estremecendo, senti Tanya retornar para mim. Ela sabia que eu era capaz de mais, de satisfazê-la como tanto ansiava. Se eu quisesse. Mas eu não queria. E naquele momento me dei conta do problema em que havia me metido.

Ela beijou minha barriga, meu peito, meu pescoço e tentou alcançar meus lábios. Foi impossível continuar. Melissa era uma imagem muito forte na minha mente e Tanya foi apenas uma distração, uma forma de atingir prazer em meio ao turbilhão de emoções em que eu me encontrava. Diante da realidade e com a mente mais clara, eu não podia cogitar a hipótese de possuir Tanya. Com a mão firme, a afastei. Ela me olhou sem entender.

– Desculpe! Eu não devia.

– Você... Robert?

– Sinto muito.

Era fundamental tentar ser cortês. Ela me olhou com mágoa, que rapidamente se transformou em ódio.

– O que aconteceu? É só continuarmos. Eu sei que você pode ir além disso.

– Não, eu não posso. Desculpe-me, Tanya!

– Desculpe? É só o que tem para me dizer?

Desliguei o chuveiro e tentei passar por ela, mas fui impedido.

– Por que isso agora?

– Porque não consigo mais.

Forcei minha voz a não sair alta ou grosseira, mas era quase impossível.

– É por causa dela, não é? Era nela que você estava pensando quando me fodia com tanta força?

Era impossível manter a calma com Tanya, principalmente depois que ela forçava uma situação e me cobrava como se eu lhe devesse satisfações. Que merda! Ela forçou a barra, ela me impeliu a fazer aquilo, o que mais queria?

– Melissa não te ama mais. Nunca te amou. Com certeza enquanto você me fodia como uma vagabunda implorando para ser a boca daquela mulher desprezível a te chupar, ela ria nos braços de outro homem. Isso não vai ficar assim, Robert Carter. Eu não vou admitir ser tratada desta forma. Não vou aceitar ser usada apenas para aliviar seus devaneios e necessidades.

Eu podia sentir toda a raiva acumulada dos últimos tempos se apossar de mim.

– Não? Não foi isso o que você fez comigo? Não foi assim que você fez quando me dopou e forçou-me a transar? Não perca seu tempo, Tanya. Eu sei muito bem que você não é mais uma menininha ingênua. Se é que já foi algum dia. Você sabia que era nela que eu pensava porque nunca foi diferente desde o dia que Melissa entrou em minha vida, e pouco me importa se era você ou qualquer outra pessoa que serviu de alívio. Eu não forcei esta situação, não pedi para entrar em meu banheiro e muito menos para fazer tudo o que fez. Se não está contente por ser tratada como uma vagabunda, então não se comporte como uma.

– Seu filho da puta!

Tanya me acertou um tapa forte no rosto, mas não parou por aí. Ela avançou, enfurecida, enquanto gritava e me batia sem se preocupar com o que estava fazendo. Eu apenas tentava contê-la, impedindo que se machucasse ou que me ferisse. Era impossível.

Agarrados, e sem roupas, ela se debatia e me arranhava. Consegui sair do banheiro, e juntos, caímos na cama. Mesmo com tanta raiva, vi quando o olhar de Tanya mudou e como ela passou a se movimentar de outra forma. Girei por cima dela, segurando seus braços acima da cabeça e contendo suas pernas com meus joelhos, abrindo-as como se fosse possuí-la. Olhei para nossos corpos. Tanya era linda. Um corpo perfeito, nada castigado pelas duas gestações. Nada havia sido retocado, tudo estava como sempre foi. Mesmo assim, eu não a desejava mais.

Ela forçou os braços, fingindo estar contrariada e ofendida com o meu olhar, contudo, eu sabia que ela queria estimular a minha imaginação e que, no calor da briga, aquela fosse a punição mais adequada.

– É o que você quer, não é? Que eu te coma com a raiva que estou sentindo?

– Você sabe o que eu quero – rebateu ainda demonstrando ofensa.

– Não vai acontecer, Tanya!

Ela se debateu ainda mais e tentou morder meu punho. Ri.

– Você continua linda. Seria a perdição para qualquer homem. Até para mim, se não fosse um único detalhe: eu a desprezo. Você destruiu a minha vida quando mandou Melissa me abandonar e não existe outro culpado para a minha desgraça que não seja você. Sempre você.

Os olhos dela ficaram cheios de lágrimas, mas ela foi forte o suficiente para não derramá-las.

– Agora saia do meu quarto. Procure Frank, ou qualquer outro para satisfazer suas necessidades.

Saí de cima dela que, sem se debater, saiu da minha cama, pegou meu roupão e foi embora do quarto. Meia hora depois, eu estava na rua. Dirigindo em busca de alguma coisa que pudesse exorcizar aquelas lembranças. Parei em um bar conhecido. Não era bem o que eu procurava, mas serviria.

Assim que entrei, fui para o balcão. O garçom já me conhecia. Eu nunca tinha ido àquele estabelecimento apenas para beber, e sim para encontrar amigos, jogar conversa fora e me reunir com alguns empresários importantes. Eu estava no lugar errado.

– Senhor Carter, boa noite! O que gostaria de beber?

– Uísque, por favor! Sem gelo.

– Sim, senhor.

Pouco depois, eu já estava com meu copo em mãos. Os pensamentos ainda me castigavam e eu sentia ainda mais ódio por ter me permitido aquele contato com Tanya. Na verdade, eu não tinha medo de que nosso acordo chegasse ao fim, pois conhecia minha esposa suficientemente bem para saber que ela não recuaria por causa de um impasse. Mas eu bem sabia que apenas aquela situação seria o suficiente para que ela me atacasse com força quando Melissa não fosse mais uma ameaça.

Melissa! Droga!

Por que eu ainda me permitia pensar nela com aquela dor que me sufocava? Bebi todo o uísque e logo meu copo foi reabastecido. Se ela soubesse. Se sequer imaginasse o que havia acontecido naquela noite. Puta que pariu! Se fosse em outro tempo ela me mataria, com toda a certeza. Sorri para as lembranças, mas logo a tristeza me abateu.

Não pode ter sido tudo mentira. Ela sofreu tanto ao assistir ao vídeo de quando Tanya me dopou. E quando eu disse que precisávamos nos afastar? Não. Não foi uma mentira. Foi algo que eu fiz, ou que alguém a fez acreditar. Merda! Dean, com certeza, fez alguma coisa. Ele conseguiu convencê-la de que eu não merecia o seu amor. Ludibriou a minha Mel e se apossou dela com suas garras sujas.

– Filho da puta!

– Senhor?

Percebi que pensei alto e acabei xingando o garçom. Tive vontade de rir, então entendi que não apenas os meus pensamentos estavam confusos, minha visão também.

– Quantas doses eu já bebi? – Minha voz saiu arrastada.

– Sete, senhor. Gostaria de mais alguma coisa?

– Sete?

Indiquei o copo e ele, logo, colocou mais bebida. Sete? Não era possível. Olhei ao redor e o local não estava cheio. Ninguém conhecido, mas me deparei com um par de olhos azuis me observando. Aquele rosto, aquela pele bronzeada, eu a conhecia de algum lugar.

Ao perceber que eu a observava, a mulher sorriu, sem demonstrar embaraço, e veio até mim. Observei todos os seus passos. Usava um vestido colado ao corpo, na cor vermelha, e seus movimentos eram todos revelados pela peça. Os seios fartos, expostos em um decote generoso, chamavam atenção. De onde mesmo eu a conhecia?

– Senhor Carter! – Ela sorriu e se sentou ao meu lado.

Estreitei os olhos deixando claro não me lembrar dela. E eu deveria? Bom, normalmente, uma mulher bonita como ela não passaria despercebida por mim. Imediatamente, fiquei envergonhado da minha atitude. Já bastava Tanya naquela noite. Não havia espaço para mais ninguém.

– Senhorita Garcia, a nova assistente executiva do Senhor Otaki. Estive em sua sala ontem, para a entrega do relatório.

Sim. Eu lembrava. A secretária bonita e inteligente. Perspicaz, observadora, intimidadora, sem um pingo de timidez, e definitivamente, muito gostosa. Minha cabeça girou.

– Senhorita Garcia – repeti tomando um longo gole da minha bebida. – O que faz aqui?

Ela riu com vontade.

– Posso perguntar o mesmo ao senhor...

Puta que pariu, ela tinha seios lindos! Desviei o olhar assim que me dei conta de que encarava seu decote. O que estava acontecendo comigo?

– O que está bebendo? – Indiquei para que o garçom se aproximasse e ele logo encheu meu copo, aguardando pelo pedido da senhorita.

– Negroni, por favor!

– Negroni?

Eu ri. Era uma bebida bem feminina.

– É quente... – E seu sorriso indicava muitas coisas.

Coisas que me neguei a pensar, entornando o líquido de uma só vez. Merda! Eu estava me embebedando pela segunda vez em dois dias.

– Eu acho que... Bom... Preciso ir. – E levantei antes que perdesse a capacidade de dirigir.

Não queria acordar mais uma vez na cama de Tanya, nem imaginar o que ela seria capaz de fazer comigo se me alcançasse bêbado outra vez.

A garota ficou para trás, sem contestar ou sinalizar desagrado. Droga, ela era linda! Mas Melissa era muito mais.

Merda! Que diabos você ainda faz na minha cabeça? Não já foi o suficiente? Pensei. Mas a imagem dela sorriu para mim, debochando da minha angústia. Foi impossível não sorrir de volta. Ela ficava perfeita sorrindo.

Levantei o rosto para a chuva, que engrossara e formara um véu me impedindo de enxergar além do carro. Atravessei a rua correndo, mas parei antes de conseguir alcançar a porta. A chave ainda estava em minhas mãos e meu dedo estava quase destravando o veículo quando a vi.

Ela estava na chuva, parada próxima a mim. Seus cabelos longos e volumosos estavam molhados, assim como a sua roupa, uma calça jeans e um suéter que mal a protegia do frio enregelante que fazia. Mas ela estava lá, parada e me encarando, enfrentando toda a chuva que descia sobre nós dois.

– Melissa? – sussurrei, mas tive certeza de que ela ouviu.

Dei um passo em sua direção, tendo a certeza de que ela desapareceria assim que eu avançasse, afinal de contas, eu estava bêbado. Ela não recuou, nem sumiu como fumaça. Manteve-se na chuva, encarando-me com um misto de tristeza e raiva.

– Melissa? – falei um pouco mais alto. Mesmo assim, ela não se mexeu.

Criei coragem e fui até ela. Fiquei o mais próximo possível, olhando em seus olhos, quando só então me dei conta de que estes estavam levemente vermelhos, como se ela tivesse chorado. Não! Droga! O que eu fiz?

– Mel! – Fechei os olhos e abaixei a cabeça em rendição.

Não havia como lutar contra aquela mulher. Se ela me queria rendido, era o que teria de mim. Ajoelhei à sua frente e encostei minha cabeça em suas pernas, sentindo a chuva escorrer pelo meu corpo e me afogar em sua tristeza sem fim.

– Me perdoe!

– Robert! – Sua voz saiu sofrida, pesada, como se para ela fosse difícil demais também. E então ela se ajoelhou também, tomando meu rosto em suas mãos, forçando-me a encará-la.

– Seja forte. Lute! Por mim, por você e por nós dois. Seja o meu Robert, eu te imploro! Por favor, não se entregue desse jeito.

Pisquei sem acreditar naquelas palavras. Meu coração castigava meu peito e o ar ficou pesado. Minha mente rodava, mesmo assim eu entendia o que ela dizia e suas palavras eram como um bálsamo. Minhas feridas se fechavam e a alegria voltava para minha vida.

– Eu te amo, Mel! Não me deixe!

– É preciso. Perdoe-me! – Ela chorou.

No mesmo instante, senti uma pontada no pescoço. Minhas pálpebras ficaram pesadas e minha mente, confusa. O que estava acontecendo? Meu corpo fraquejou e caiu no chão molhado, mas ela ainda estava lá, fixa em meu olhar, enquanto eu lutava para manter-me consciente.

– Eu te amo, Robert! Continue acreditando em nosso amor.

***

Eu te amo, Robert! Continue acreditando em nosso amor.

Minha cabeça estava muito dolorida e minha língua, grossa. Puta que pariu, mais um porre. Aquelas palavras ecoavam no tom suave que apenas ela era capaz de ter.

– Melissa?

Ela estava lá. Eu tinha certeza. Pude sentir suas mãos, ouvir sua voz, ver suas lágrimas. Não foi um sonho.

– Melissa?

– Robert! Calma!

Bruno? Merda! Onde estava Melissa? Abri os olhos apenas para constatar que a merda da luz me causaria enjoo e cegueira. Onde eu estava? Forcei meus olhos e encontrei o quarto do meu irmão. Puta merda! Eu estava na casa de Olivia?

– O que eu faço aqui?

– Como assim o que você faz aqui?

Com bastante cuidado, levantei meu corpo e sentei na cama. A mesma situação em dois dias: eu nu, em uma cama que não era a minha, após um porre homérico.

– Onde está Melissa? – Ele me encarou com receio.

– Melissa? Você bateu a cabeça?

– Ela estava comigo. Onde ela está?

– Robert! Eu estava entrando no *Salud* quando vi você parado do outro lado da rua, próximo ao seu carro, no meio da chuva. Quando consegui alcançar, você desmaiou, simplesmente apagou. Consegui segurar você a tempo, mas estou acreditando seriamente que você bateu a cabeça, pois não havia ninguém lá, além de nós dois.

– Eu não estou maluco, Bruno. Estava saindo do bar quando vi Melissa. Ela me disse…

– Encare de uma vez que Melissa não estava lá! – Ele se agitou incomodado com a conversa. – Ela roubou você, Robert, pelo amor de Deus! E está casada com aquele carinha.

Senti vergonha da minha reação. Não era eu quem fazia o papel do irmão mais velho que alertava o caçula das armadilhas da vida? Como tudo se inverteu assim? E Melissa? Foi realmente uma alucinação? Não. Eu não podia acreditar.

Seja forte. Lute! Por mim, por você e por nós dois. Seja o meu Robert, eu te imploro! Por favor, não se entregue desse jeito... Eu te amo, Robert! Continue acreditando em nosso amor.

Podia ter sido uma alucinação, mas era nisso que eu me apegaria. Eu seria forte. Lutaria por nós dois e acabaria com Tanya, como havia prometido à Melissa, mesmo que tudo não passasse de um devaneio, de uma brincadeira da minha mente. Eu devia isso à Mel.

CAPÍTULO 8

Contei as horas, minutos e segundos para que chegasse em casa. As notícias chegavam de maneira escassa. Robert estava com Tom, que combinou de envenenar sua cabeça. Robert estava no parque. Robert ainda estava no parque. Robert está na chuva... Aquilo não teria um fim?

Assim que entramos, corri para meu quarto e tomei um banho quente. O enjoo estava cada vez mais forte. Não daria para manter em segredo por muito tempo. Respirei pela boca puxando lufadas longas e fortes. Minha aparência estava péssima, porém eu precisava verificar como estava a sala de vídeos.

Vesti uma calça jeans e um suéter preto que pouco impediria o frio da noite, mas a casa estava quente. Calcei tênis e desci as escadas apressadamente. A Senhora Allen aguardava por mim na entrada da sala.

– Posso servir o jantar, Senhora Bailey?

Parei por um segundo me dando conta de que estava com fome. Mas antes precisava saber, ter certeza de que Robert estava bem e esta certeza só chegaria quando eu alcançasse a sala de vídeos.

– Ainda não. Preciso ir à outra base. Em meia hora, com certeza.

Continuei caminhando e rapidamente ultrapassei as duas barreiras que me separavam do meu objetivo. Entrei na sala e logo Dean tentou me barrar, mas ouvi que havia algo de tão ruim. Robert e Tanya em alguma situação íntima. Puta merda!

– Melissa, não! – Ele quis me poupar, mas eu precisava ter certeza de que aquilo estava mesmo acontecendo.

– Eles estão juntos? – Forcei minha entrada e ele acabou cedendo. Meu coração eram apenas pedaços rasgados. Minhas pernas tremiam, mas meus ouvidos continuavam firmes, captando todo o som que conseguíamos daquela situação.

Nós tínhamos imagens da casa deles, todas roubadas das câmeras instaladas pela equipe de Tanya, e as que Tom instalou para ajudar Robert, contudo não havia imagens do banheiro dele, muito menos do seu escritório. Mas havia os áudios, graças à nossa fonte, a Senhora Alonso, recentemente incorporada à nossa equipe como espiã e que, naquele momento, era a mais nova governanta na casa dos Carter.

– Eles estão no banheiro, Melissa. – Tom parecia mais constrangido do que os demais.

Realmente era muito complicado, especialmente para mim. Nunca imaginei que um dia precisaríamos passar por isso, e aquela situação não apenas me deixava envergonhada, mas mortalmente ferida. O homem que eu amava estava transando com a mulher que eu tanto odiava. A mesma que me fez entrar nesta loucura, que me fez aceitar aquele jogo sórdido. Era por ele, por nós dois, e nem por isso ele deixou de desejá-la. Sem que eu pudesse evitar, o enjoo me atingiu com força. Só deu tempo de chegar ao cesto ao lado de Tom.

Imediatamente, Dean estava ao meu lado. Segurando com força meu corpo enquanto eu vomitava o pouco que havia em meu estômago.

– Droga, Melissa! Por que você faz isso?

– Eu estou grávida. Mulheres grávidas vomitam, você não sabia?

– Merda! Eu não estou falando disso.

Ele levantou meu rosto e limpou minhas lágrimas. Dean estava preocupado, mas seus olhos eram carinhosos.

– Estou falando na sua insistência em acompanhar tudo de perto. Não era para ser assim. Eu disse para você. Pense no bebê, pelo amor de Deus!

– É por ele também. – Meu estômago doía e minha boca estava com um gosto terrível. – Preciso de água.

– Oh, Deus! Eu adoro quando você me toca assim.

– Faz um favor para nós dois? Fica calada.

– O quê?

– Calada. Eu já disse. Nem uma palavra. Vem cá!

Eu, mesmo sofrendo, continuava atenta ao que acontecia e ouvia que alguma coisa não estava em seu devido lugar. Aquele não era o Robert que eu conhecia. Algo estava muito errado.

– Você sabia que isso poderia acontecer – disse Dean com voz suave.

Ele me deu um copo com água e gelo que alguém tinha passado para a sua mão.

– Ele está ferido, Melissa. Não está pensando muito bem no que é certo ou errado.

– Puta merda!

Respirei fundo para continuar aguentando o que estava acontecendo. Podíamos ouvir barulhos peculiares e, ao fundo, vez ou outra, um gemido dele, Robert.

– Vamos sair daqui. – Ele se levantou, levando-me junto.

– Não! – Fiz esforço para me sustentar sem a sua ajuda. – Eu vou ficar.

– Você só pode estar maluca!

– Façam silêncio – Tom nos repreendeu.

Ainda consegui pegar um sorrisinho divertido de um de seus colegas e senti raiva por ele gostar do que estava acontecendo. E então me dei conta de que Robert havia finalizado a sua sessão íntima com a esposa. Ele tinha gozado.

Puta merda! Puta merda! Puta merda!

Não era para ser assim. Ele deveria odiar aquela mulher, então por que...

– Melissa, vamos!

– Desculpe! Eu não devia.

A voz de Robert cortou a sala fazendo com que todos silenciassem. Ele parecia sofrer. Eu sabia que alguma coisa não estava certa naquela situação.

– Você... Robert?

– Sinto muito!

– O que aconteceu? É só continuarmos. Eu sei que você pode ir além disso.

– Não, eu não posso. Desculpe-me, Tanya!

– Desculpe? É só o que tem para me dizer?

O som da água caindo foi abruptamente cortado. Dava para ouvir eles se movimentando. Eu não sabia dizer exatamente o que havia mudado, mas todos naquela sala sabiam que, a partir daquele momento, alguma coisa nova apareceria. E seria a deixa de que precisávamos.

– Por que isso agora?

– Porque eu não consigo mais.

– É por causa dela, não é? Era nela que você estava pensando quando me fodia com tanta força? Melissa não te ama mais. Nunca te amou. Com certeza enquanto você me fodia como uma vagabunda implorando para ser a boca daquela mulher desprezível a te chupar, ela ria nos braços de outro homem. Isso não vai ficar assim, Robert Carter. Eu não vou admitir ser tratada desta forma. Não vou aceitar ser usada apenas para aliviar seus devaneios e necessidades.

– Não? Não foi isso o que você fez comigo? Não foi assim que você fez quando me dopou e forçou-me a transar? Não perca seu tempo, Tanya. Eu sei muito bem que você não é mais uma menininha ingênua. Se é que já foi algum dia. Você sabia que era nela que eu pensava, porque nunca foi diferente desde o dia que Melissa entrou em minha vida, e pouco me importa se era você ou qualquer outra pessoa que serviu de alívio. Eu não forcei esta situação, não pedi para entrar em meu banheiro e muito menos para fazer tudo o que fez. Se não está contente por ser tratada como uma vagabunda então não se comporte como uma.

– Seu filho da puta!

Ouvimos barulho de luta corporal. Dean ficou tenso sacando o telefone e ligando imediatamente para a Senhora Alonso. Ele olhava fixamente para mim, como se dependesse da minha autorização para agir.

– Fique atenta a eles. Podemos precisar de uma intervenção... – E fez silêncio ouvindo o que ela dizia. – Ok! Falo com você depois.

– Temos imagens – John, o outro companheiro de Tom, que também trabalhava para a gente, chamou a nossa atenção.

Imediatamente olhamos para a tela que revelou Robert e Tanya segurando um ao outro, ambos sem roupa e caídos sobre a cama dele. Tremi visivelmente para o que poderia acontecer naquele momento. Confesso que, internamente, orei pedindo que não acontecesse. Não ali, comigo vendo tudo. Seria doloroso demais.

– É o que você quer, não é? Que eu te coma com a raiva que estou sentindo?

– Você sabe o que eu quero.

– Não vai acontecer, Tanya.

Podia ser absurdo, mas ouvi-lo negar-se a ela, com tanta convicção, fez com que meu coração agradecesse. Era tudo uma imensa e insuportável merda, porém eu me sentia muito melhor sabendo que não aconteceria. Ao menos não com Tanya.

– Você continua linda. Seria a perdição para qualquer homem. Até para mim, se não fosse um único detalhe: eu a desprezo. Você destruiu minha vida quando mandou Melissa me abandonar e não existe outro culpado para a minha desgraça que não seja você. Sempre você. Agora saia do meu quarto. Procure Frank, ou qualquer outro para satisfazer suas necessidades.

A voz dele demonstrava a dor que sentia. Estava lá, incutida em forma de raiva e desprezo, a cobrança por todos os seus atos. A dor que sentia por ter me perdido e, principalmente, por estarmos vivendo aquela situação tão lastimável. Ele ainda me amava. Foi demais para mim. Vimos Tanya sair do seu quarto e, minutos depois, ele abandonar a casa, fugindo.

– Para onde ele vai? Dean...

– Fique tranquila. Nós temos um localizador no carro dele. Robert não vai sumir das nossas vistas – Tom esclareceu, ligando imediatamente o sistema que nos permitia acompanhar a sua localização.

– Quero que ele fique longe dela, entendeu?

A voz de Tanya preencheu a sala sobressaltando-nos. Imediatamente, John buscou pelas câmeras da casa, as imagens de onde ela estava. E a encontramos em seu quarto. Ainda vestia o roupão de Robert e falava ao telefone com alguém.

– Não me importa o que está fazendo agora. Quero que siga Robert, que encontre alguma coisa que o faça recuar. Melissa não podia ter reaparecido.

– Com quem ela está falando? – Fiquei em pânico, receosa do que ela pudesse fazer contra Robert após aquela rejeição.

– Já estou puxando a informação. – Tom ficou agitado e digitava sem parar. – Adam Simpson. O filho da puta está na casa de Abgail.

– Mande uma mensagem codificada. – Dean abriu a porta da sala. – Estou mandando uma equipe para a porta da casa dela. Vamos seguir o Adam e descobrir o que ele tem em mente.

– Quero Melissa morta, mas você tem razão. Precisamos mantê-la viva e sob as nossas vistas. Se Robert conseguir o que pretende, logo ela voltará a ser um alvo fácil. Aguardo notícias.

– Carol está indo ao encontro dele. Vamos dar início à segunda fase. – Dean continuava tenso e aquela parte do plano não agradava a nenhum de nós dois.

– Preciso encontrá-lo.

– O quê? Fique longe dele, Melissa, não podemos dar a Tanya o que ela precisa para te eliminar.

– Ele precisa de mim, Dean – quase gritei, porém precisava manter a calma, ou então ele não permitiria.

– Ele não precisa de você, ok? Carol já está cuidando de tudo.

– Droga!

– Ele está no *Salut*. Já chegou com tudo na bebida, parece que teremos mais uma noite de porre – informou Tom sem tirar os olhos da tela do computador.

– Bloqueou o controle de Tanya? É importante que ela não saiba onde ele está. Pelo menos por meia hora. É o suficiente para Carol agir.

Dean tirou o foco de mim. Aproveitei e passei pela porta, andando apressadamente.

– Melissa! – Ele veio atrás de mim.

– Eu vou encontrá-lo. Robert não vai aceitar Carol agora. Você não entende? Ele está sofrendo. Está perdido. Precisamos arrumar uma forma de colocá-lo no ponto que precisamos. Ele perdeu o foco, vai acabar fazendo besteira.

– Ela vai cuidar disso. Deixe de ser cabeça-dura, Mel! Você não pode se expor. Merda! Se Tanya descobre que vocês se encontraram, ela vai te matar. Temos que seguir o plano.

– Eu vou, Dean. Pelo amor de Deus, não tente me impedir.

– Merda! – ele gritou e continuou me acompanhando, mas sacou o celular e discou para alguém.

– Preciso de uma equipe. Prepare o soro. Não. Melissa enlouqueceu. Vamos resgatar Robert e lhe dar uma injeção de ânimo.

Ele fez uma careta para mim, mas preferi ignorá-lo.

– Bloqueie o acesso de Tanya e prenda Adam Simpson no caminho. Pelo menos até que eu consiga tirar Melissa de lá – continuou ele.

Passamos pela segunda porta e entramos na sala do nosso apartamento.

– Você perdeu a cabeça. Tem ideia do que precisaremos fazer para realizarmos esta operação? Robert logo estará bêbado e alguém vai levá-lo para casa. Não precisamos fazer isso.

– Ele vai beber até perder a noção das coisas. Tenho medo do que pode fazer. Preciso que ele continue acreditando.

– Acreditando em quê?

A voz de Bruno chamou a nossa atenção, fazendo-nos parar. Puta merda! O que ele fazia ali. Como soube onde eu morava? E por que inferno eu não havia sido avisada da sua presença?

– Bruno?

Dean colocou as mãos em meus ombros e se posicionou atrás de mim, encarando o irmão do meu ex-amante.

– Eu ouvi o que vocês falavam. Como assim vão resgatar o meu irmão? O que está acontecendo, Melissa?

Senti as mãos fortes do meu marido fazerem pressão.

– Que merda toda é essa? Eu tenho que saber.

Dean suspirou e desceu as mãos em meus braços, dando-me apoio, depois deu um passo para o lado. Neste momento, seu celular tocou, distraindo-nos.

– Sim? – atendeu, e seus olhos correram para mim. – Ok. Estamos a caminho.

Olhou apreensivo para Bruno.

– Tudo bem. Se ele for, apenas o acompanhe. – E desligou puxando o ar com força. – Carol já está no local, mas parece que não vai conseguir o nosso objetivo. As notícias não são boas. Tanya está enfurecida e procurando por ele. Não temos muito tempo.

– Espere um pouco, como assim Tanya está enfurecida e procurando por ele? O que está acontecendo? Ninguém vai sair daqui sem me explicar ou eu vou chamar a polícia.

– Nós precisamos sair, Bruno. Você pode nos acompanhar. Aliás... – disse Dean olhando para mim e estreitando os olhos. – Você será o nosso elo. Venha conosco.

***

Dean explicou a Bruno tudo o que aconteceu nos três meses que fiquei desaparecida. Contou como conseguimos armar aquele esquema e qual era o nosso plano. Bruno nada dizia, apenas ouvia olhando ora para mim ora para o meu marido, sem demonstrar se acreditava ou não no que contávamos.

– Quando o encontrarmos, você vai pegá-lo e levá-lo para casa. Temos pouco tempo. Em alguns minutos, não poderemos mais manter o bloqueio no sistema de Tanya e ela logo saberá onde ele está. Não podemos correr esse risco.

– O que vocês acham que ela fará? É uma ameaça à vida dele?

– Ainda não.

Dean continuou aquela conversa, já que eu preferia apenas me prender aos meus pensamentos.

– Mas como ela foi rejeitada hoje e ele está bêbado, temos medo de que ele quebre a confiança dela. O ideal é que Robert só volte para casa quando conseguir pensar normalmente – completou.

– E o que eu devo fazer?

Deixei que eles conversassem e me entreguei aos pensamentos. Eu estava muito triste. Era uma tristeza diferente de todas as que senti desde que deixei que Robert entrasse em minha vida. Eu não esperava que ele cedesse outra vez a Tanya. Não imaginava que ele seria capaz disso. Minha cabeça não me permitia deixar de encarar que a culpa era minha também, afinal de contas, o que eu estava fazendo? Jogando-o no inferno. Casada com um cara que ele detestava, dizendo não mais amá-lo, roubando as suas ações... Droga! O que mais eu poderia esperar dele?

A chuva não dava trégua ficando cada vez mais grossa e constante. Junto com ela, minhas lágrimas desciam sem cessar. Era impossível não chorar e praguejar contra tudo o que estávamos passando. Se ele ao menos pudesse ter um pouco de esperança. Se continuasse acreditando no meu amor, sem que eu precisasse certificá-lo. Mas como?

– Você fica no carro, Melissa. Bruno vai encontrá-lo. Podemos acompanhar tudo aqui da rua. O carro dele está na esquina, vê?

Respirei fundo, ciente de que apenas observar não estava em meus planos.

– Tem um homem do outro lado da rua. Ele vai ajudar, caso alguma coisa saia do controle.

– Eu sei cuidar do meu irmão – disse Bruno, que ainda não estava convencido de que deveria nos ajudar.

Foi quando eu o vi. Robert saiu do bar para a chuva forte. Quase não dava para enxergar com a força da água que praticamente fechava um véu à nossa frente. Mas eu sabia que era ele, conhecia aquele corpo, aquele andar, mesmo sob o efeito da bebida. Não me contive. Sem esperar por mais nada, abri a porta do carro e fui até ele.

– Melissa? Merda!

Dean saiu logo atrás e segurou com força meu braço. Tentei me soltar, mas ele me puxou para perto da parede.

– Não faça isso – implorei. – Você tem a injeção. Deixe que eu fale com ele, depois Robert será todo seu.

Nos olhamos por um tempo, então ele me largou assentindo.

– Você tem apenas dois minutos. Depois disso, o sistema de Tanya entra outra vez e ela vai conseguir localizá-lo.

Concordei e me afastei dele para voltar ao meu objetivo. Meus passos foram vacilantes. De repente, diante da tempestade, sentindo a chuva bater no rosto com força, vi-me diante da nossa realidade. Eu não podia fraquejar. Precisávamos ser fortes e continuar seguindo o curso que a vida nos traçou. Não podíamos simplesmente voltar atrás. E ele havia aceitado Tanya, mesmo se rebelando depois, eles haviam transado. Eu estava mortificada com aquela situação.

Sem perceber, eu já estava lá, parada diante dele. Robert não me via, o véu de água que caía diante de nós o impedia de notar a minha presença. Ele estava bêbado, isso era inquestionável, mas eu sabia, porque de alguma forma minha alma estava ligada à dele, que aquela fragilidade ia muito além do álcool, muito além do cansaço do seu dia, dos problemas constantemente vivenciados, ele sofria, e existia em mim a certeza de que aquela tristeza era por minha culpa.

Meu coração afundou em lástima.

Quando, enfim, nossos olhos se encontraram, senti a força daquele sofrimento e cobrança do nosso amor. Era impossível ser indiferente ao seu olhar quando a saudade transbordava de nossos corpos. E era, principalmente, insuportável a distância que nos separava, que naquele momento parecia ser infinita e intransponível. Eu sentia dor, raiva, revolta, mas, acima de qualquer outro sentimento, eu transpirava amor.

– Melissa?

Ele parecia não acreditar no que via. Sua voz vacilou em uma entoação quase de devoção.

– Melissa?

Foi mais firme e deu alguns passos em minha direção.

Tive medo. Medo de não suportar a aproximação, de não conseguir ser firme o suficiente ou de simplesmente estragar tudo o que planejávamos. Tive medo de que ele não aguentasse a minha presença. O que eu estava pensando? Mas ele parou, encarando-me com uma expressão de horror. O que Robert via eu não tinha como saber, mas seu semblante deixava claro que ele se culpava pelo que seus olhos registravam.

– Mel!

Robert gemeu como se minha presença lhe causasse dor e, logo em seguida, caiu de joelhos à minha frente. Senti como se meu mundo rachasse e começasse a ruir.

– Me perdoe!

E essas palavras foram como uma faca cravada em meu coração.

Puta merda! Não, não, não!

Olhei para Dean e ele estava muito agitado, ainda escondido sobre a sombra da marquise de um restaurante fechado. Ele gesticulou, informando que precisavam usar a injeção. O tempo era curto demais e não me restava quase nada. Eu sabia que precisava deixar acontecer, que muito provavelmente ele não se lembraria de nada no dia seguinte e que era mesmo o melhor a ser feito, contudo, não conseguia abandoná-lo.

– Robert!

Ajoelhei à sua frente, captando a sua atenção. Se era para ele me implorar perdão, eu também devia a ele essa mesma atitude. Ele precisava saber que eu também sofria e que, a partir do momento em que aceitei entrar naquele jogo, assumi uma parte da culpa por tanto sofrimento.

– Seja forte. Lute! Por mim, por você e por nós dois. Seja o meu Robert, eu imploro! Por favor, não se entregue desse jeito.

Ele me olhou confuso, a chuva caindo em nossos rostos, levando junto nossas lágrimas que se juntavam a ela. Pela minha visão periférica, vi Bruno se aproximando, junto com o outro profissional que Dean havia alertado da presença.

– Eu te amo, Mel! Não me deixe!

Meu ar faltou. Bruno estava bem próximo e o outro rapaz levava a seringa que Dean lhe deu para aplicar em Robert. A mesma que me apagaria da sua memória.

– É preciso. Perdoe-me!

Não consegui evitar o choro desesperador que me tomou.

Fechei os olhos e, sem me permitir pensar no que era certo ou errado, colei meus lábios aos dele. Robert não reagiu, como se não me sentisse mais. Naquele instante, ele estava sob efeito do líquido injetado em seu pescoço, e seu efeito era rápido, a inconsciência se aproximava. Quando reabri meus olhos, vi os seus me encarando, como se não quisesse, ou pudesse, esquecer qualquer detalhe do nosso encontro. Sorri ciente de que ele seria capaz disso.

– Eu amo você, Robert! Continue acreditando em nosso amor.

Ele sorriu e seus olhos se fecharam.

– Robert? – Meu desespero aumentou.

Bruno se aproximou, abaixando-se para pegar o irmão.

– Não – implorei sem saber ao certo o motivo do meu desespero.

– Melissa, precisamos sair daqui – disse Dean segurando o meu braço para tentar me levar.

– Não. Eu preciso ficar com ele, Dean. Preciso saber se ele ficará bem.

– O sistema caiu e Tanya já está enviando um dos seus capangas para pegar o Robert, sem contar que Adam está muito próximo, não podemos correr o risco de sermos vistos.

– Mas...

– Ele vai ficar bem, Mel. – Bruno segurou minha mão e apertou transmitindo segurança. – Vá com eles. É importante. Eu prometo que cuidarei de tudo.

– Ele não pode saber que estivemos aqui, Bruno. Cuide disso também.

Bruno concordou e segurou o irmão com cuidado, levantando-o.

– Vamos, Mel. Não há mais tempo.

Deixei-me levar de volta ao carro e, com a mesma sensação de solidão, como se meu mundo não existisse mais, voltei para a minha casa, onde eu fingia viver um casamento feliz, ser uma nova mulher, quando, na verdade, eu era a mesma Melissa de antes. A mesma que não conseguia lutar contra seus sentimentos, que abdicava de tudo para viver aquele amor, que via naquele homem forte, decidido e autoritário, uma pessoa sofrida, que amava sem limites e merecia ser feliz.

– Vai ficar tudo bem. – Dean afagou meu braço com carinho.

Solucei sem saber como me recompor.

– Chore, Mel. Vai lhe fazer bem. Mas, por favor, lembre-se de que é exatamente por estas lágrimas que estamos aqui. Que é por você não suportar mais esse sofrimento, que estamos lutando. E, acima de tudo, por esta criança e pela família que ela merece ter.

Dean tinha razão. Mais uma vez, ele sabia melhor do que eu que precisávamos ser fortes, que tínhamos que continuar. Por Robert, por mim, pelo nosso filho e pelo mundo lindo que sonhamos juntos no dia em que ele se deu conta de que poderia, sim, ter um recomeço e implorou por uma criança em nossa vida. Passei as mãos em minha barriga e me senti revigorada, forte para continuar. Em meu íntimo, eu sabia que, depois daquele encontro, Robert estaria de volta ao jogo e, juntos, destruiríamos Tanya.

CAPÍTULO 9

Minha mãe costumava dizer que quando a mulher se torna mãe, tudo muda ao seu redor. Não apenas o corpo, ou a disposição, mas também a garra para consertar o mundo e torná-lo um pouco melhor para que sua cria não padeça quando não tiver mais a sua proteção. Bom... Ela estava certa.

No dia em que fui forçada a me afastar de Robert, pensei que tudo estivesse acabado. O tempo não seria o melhor remédio, muito menos a distância conseguiria apagar as lembranças ou esfriar os ânimos. Eu tinha essa certeza. Robert nunca seria uma figura que ficaria em meu passado, desbotada pelas lembranças. Não. Ele seria sempre forte, presente e necessário. Sem ele, eu apenas sobreviveria.

Eu era uma mulher destruída, até que entrei naquele carro, sem saber ao certo o que deveria fazer e fui interceptada por Dean e sua equipe no momento em que entrei no túnel, em uma ação digna de cinema. Ele criou toda uma situação para despistar Tanya e me salvar das garras dela. Como ele soube? Só depois fiquei sabendo que Abby tinha tudo planejado e, como sabia do dinheiro que Robert depositava em uma conta no meu nome, conseguiu reunir tudo o que precisava para iniciar sua vingança contra a irmã.

Quanto à gravidez, só descobrimos depois de quase um mês. Eu acreditava que meu abatimento, assim como toda a falta de disposição e enjoo, era fruto da tristeza e saudade que sentia. Por isso, comecei a ser treinada como um soldado se preparando para guerra, porém, assim que Dean soube da minha nova situação, impediu-me de continuar e quase me tirou do jogo, no entanto, minha determinação prevaleceu e o convenci a continuarmos com os planos.

Três meses após minha partida, a dor pelo qual passamos e a saudade ainda eram latentes. A situação piorava quando eu me olhava no espelho e conseguia ver a quase inexistente barriga. Era um sentimento que me dividia e confundia, porque aquele pequeno ser dentro de mim ainda era tão novo, quase um nada, mas já era meu tudo. Por ele, eu continuava de pé, também por ele eu temia consideravelmente. Tinha medo do que Tanya poderia ser capaz de fazer se descobrisse, por isso precisávamos resolver tudo em, no máximo, dois meses.

Estar grávida e não poder dividir essa alegria com o pai do meu filho era angustiante. Todos os dias as lembranças dele me implorando por um filho, roubando a minha cartela de anticoncepcionais e fazendo planos para um parque no jardim da casa tiravam o meu ar. Era tão importante e essencial que estivéssemos juntos dividindo aqueles momentos.

Foi pensando nisso que estacionei o carro na garagem dos dirigentes naquela manhã congelante. O ar frio sugeria a ideia de neve e exigia de todos um cuidado maior nos movimentos. Apertei o casaco em volta de mim, peguei minha bolsa e desci, então o vi estacionando sem muitos problemas. Por que Robert conseguia ser perfeito nas mínimas coisas? Colocar seu carro naquela vaga parecia uma tarefa tão fácil, como se houvesse um trilho que o conduzia, enquanto eu precisava de três tentativas, várias rés de ajuste e o carro ainda ficava torto. Merda!

Ele desceu do carro e rapidamente todo o ambiente foi ofuscado por sua beleza. Robert conseguia se impor mesmo quando não era sua vontade. Ele olhou para o veículo com devoção. Revirei os olhos. Homens! Todas as vezes que eu via demonstração de amor daquela natureza me questionava o motivo. Era como se o carro fosse seu próprio membro e, por isso, era motivo de orgulho e atenção. Mais uma vez, revirei os olhos. Era demais para mim.

Caminhei até o elevador, ciente de que passaria por ele. Meu coração estava descompassado e minhas mãos suadas, mas consegui manter a compostura. Tinha medo do que ele pudesse lembrar, ou de como estaria após uma noite tão complicada. Olhei-o rapidamente e o encontrei me observando. Sua expressão serena e um leve sorriso. Alisei meu sobretudo sentindo-me incomodada com o calor que aquecia meu corpo sob aquele olhar. Eu sentia tanta falta de seus toques.

Puta merda!

Outra coisa que aprendi com minha mãe, na época era apenas um motivo para rirmos das vizinhas, era que mulheres grávidas estão sempre mais dispostas para o sexo. E sexo matinal então... Eu realmente sentia muita falta. Apesar do frio, comecei a sentir calor.

– Bom dia, Senhor Carter!

De qualquer forma, ele me interceptaria, então não era possível ignorá-lo. Apenas antecipei as coisas.

Meu objetivo era cumprimentá-lo e seguir o meu caminho. Não foi como eu esperava. Estando a dois passos de distância, ele sorriu, correu as mãos nos cabelos ainda molhados e abriu espaço para que eu passasse. Agiu como um criminoso que analisava todos os gestos para despistar a vítima e, quando passei, suas mãos fortes e ágeis agarraram a minha cintura, fazendo-me girar, prendendo-me entre seu corpo e o carro. Em um segundo eu era a sua refém e logo seus lábios estavam nos meus.

Foi como uma injeção de adrenalina. Ele me imprensou com força contra a lataria do carro enquanto sua língua pedia passagem à minha. Foi impossível resistir. Senti seu gosto doce, seus lábios macios e sedentos, suas mãos quentes, tudo misturado ao seu cheiro másculo de limpeza e pós-barba, típico de Robert quando saía do banho. Eu me perdi naquele beijo permitindo que todas as sensações me atingissem.

E, sem controle sobre que estava sentindo, percebi o familiar formigamento no meio das minhas pernas, o meu corpo inteiro implorando por mais de sua boca e mãos... Do seu próprio corpo no meu. Minha calcinha imediatamente ficou úmida, o que me causaria desconforto durante o restante do dia, mas como me preocupar com esse detalhe estando com Robert em minha boca? Que vá para o inferno com a calcinha! Ele podia ficar com aquela também para a sua coleção depravada.

Da mesma forma brusca que começou, terminou. Ele interrompeu o beijo e sorriu ainda em meus lábios, afastando-se logo em seguida. Aquele filho da puta estava brincando comigo, divertindo-se com a minha fraqueza e se deliciando com a minha necessidade.

– Bom dia, Melissa!

Seu súbito afastamento me deixou tonta e logo senti tudo girar. O ar ficou retido em meu peito. Fechei os olhos e tentei respirar, mas todas as minhas ações pareciam pesadas e lentas.

– Melissa!

Ele pareceu assustado e rapidamente se reaproximou de mim. Suas mãos em meu rosto e seus olhos atentos me sondando.

– O que houve? Você está pálida.

Puta merda! Não ali. Não na frente dele. Eu estragaria tudo.

– Mel! Fale comigo! – Suas palavras ficaram mais urgentes.

Abri os olhos e tentei recuperar o equilíbrio. O ar frio ajudou e logo eu estava me sentindo melhor. Mesmo assim eu continuava lá, encostada na lataria do carro perfeito do meu ex-amante, enquanto ele me mantinha firme com o seu corpo e as mãos em meu rosto. Fiquei visivelmente envergonhada, sentindo minhas bochechas quentes.

– Deixe-me, Robert! – Tentei me desvencilhar, mas foi em vão.

– Você não está bem. Pare com isso! – Ele foi firme.

Sua voz perfeitamente no seu melhor estilo CEO. Aquele era o meu Robert. Involuntariamente, sorri.

Naquele instante eu soube que ele estava de volta. Robert estava muito mais seguro, com uma certeza interna que apenas ele conseguia ter e que não o deixava se abalar, nem cair. Aquele era o homem que me arrancava do chão e me atirava no espaço sem pedir permissão, que entrou em minha vida escancarando as portas e me roubando qualquer vontade, que se impôs fazendo-me sua, independente das consequências. Aquele era o meu Robert!

– O que foi? – Sua voz ficou doce e suas mãos fizeram menos pressão.

– Eu acho que... Não comi direito esta manhã. Foi isso.

Ele estreitou os olhos me observando.

– Eu...

Pisquei algumas vezes tentando fugir da força daquele olhar. Eu estava atrasada, então me apressei em sair. O rubor ultrapassava minhas bochechas e descia pelo meu pescoço. Seu sorriso se expandiu e seus olhos brilharam.

– Sempre atrasada, Melissa!

Era a minha deixa. Robert deu um passo para trás, o suficiente para que eu me firmasse em minhas pernas e voltasse a ser a Melissa que não mais se subjugava. Era necessário.

– Ora, Senhor Carter, não esqueça quem é o chefe aqui...

Ele sorriu ainda mais, como se tivesse certeza de que nada o impediria de agir.

– Eu não esqueço, Senhorita Simon.

– Senhora Bailey, por favor!

Ele desfez o sorriso e me encarou com um misto de tristeza e rancor.

– Sim. Senhora Bailey, Melissa. Como desejar. Vamos porque você está atrasada e sabe o que significa um atraso nesta empresa?

– Não comece – respondi.

Caminhei à sua frente ouvindo sua risada abafada. Ele era um cretino. Mas o cretino mais doce e irresistível que eu já tinha conhecido. Além de ser o mais sexy e gostoso. Merda! Onde eu havia deixado o meu juízo? Não podia permitir que Robert se aproximasse de forma tão íntima, muito menos que me agarrasse e beijasse quando bem entendesse. Era muito abuso!

Graças a Deus não ficamos nem um minuto sozinhos no elevador. Abby entrou logo em seguida, quando paramos na recepção e depois outras pessoas entraram, o que manteve as mãos dele bem distantes de mim e meus pensamentos mais confusos ainda. Ao mesmo tempo em que minha mente me bombardeava com a informação de quanto mais longe melhor, a pele gelada suplicava pelo calor dele, os lábios ansiavam pelo toque dos dele e a boca salivava pelo seu gosto.

Puta merda! Por que ele conseguia ser tão forte em mim?

A porta abriu, deixando-me livre daquela prisão que era estar em um cubículo, com Robert Carter e toda sua presença imponente, saí em disparada para a sala dele... A minha sala... A nossa sala... Céus!

Robert ainda parou, conversou um pouco com Abby, como sempre fazia comigo, e isso me deixou bastante enciumada, conferiu um fax que pelo visto já estava na máquina antes da nossa chegada, para só depois entrar. Eu me sentei rapidamente antes que ele conseguisse me alcançar outra vez. Meu ex-chefe passou pela porta, olhou para a minha mesa... Bom, a sua antiga mesa, eu fingi não notar e desviei o olhar para o meu computador, mas ainda o vi balançar a cabeça e se conformar com a novidade.

– Se precisar de ajuda, é só chamar – falou de costas para mim, caminhando para seu novo local de trabalho, contudo, eu poderia jurar que aquele sorriso escroto estava em seus lábios. Mesmo ciente de que ele não estava me vendo, levantei o queixo me sentindo desafiada. Absurdamente desafiada.

– Não conte com isso.

Sobre a minha mesa estava a cópia do novo planejamento de Bruno, as providências que seriam tomadas pela equipe de marketing, uma compilação de todos os arquivos, o contrato assinado com a empresa chinesa e uma espécie de sugestão de declaração para ser aprimorada e finalizada até o momento em que seria gravada. Levantei os olhos e vi Robert muito à vontade com seus documentos, e conferindo o computador. Suspirei.

Abby entrou com algumas pastas, mas parou sem saber ao certo qual direção seguir. Robert olhou para ela rapidamente, sorriu e apontou para mim. Estreitei os olhos. O que ele estava aprontando? Minha secretária se aproximou com as pastas e seus olhos brilhavam de excitação. Ela sorriu com uma alegria infantil e colocou as pastas sobre a mesa.

– Você... Quer dizer... Vocês terão uma reunião hoje com três novos fornecedores nacionais. Estes são os contratos. Bom, você estava fora, então estes são os novos fornecedores nacionais. Robert precisa discutir alguns detalhes da distribuição, pois todas as fábricas irão trabalhar com eles.

– Certo. Eu só preciso me atualizar a respeito do teor destes contratos, ok?

– Não. – Ela me olhou divertida. – Na verdade, você vai precisar encontrar uma maneira de equacionar estes contratos com os das transportadoras da forma mais econômica possível. Está em suas mãos.

– O Senhor Carter não fez isso antes?

Fiquei nervosa. Minhas mãos começaram suar. Era uma brincadeira. Como eu poderia analisar todos os contratos e encontrar uma forma de equilibrá-los em menos de um dia?

– Não. Ele conhece todos os contratos, por isso conseguia fazer estas ligações no espaço mínimo de tempo.

– Então peça para ele fazer. – Eu estava ciente de que Robert nos escutava e se divertia com o meu desespero. – Não posso executar esta façanha em tão pouco tempo.

– O Senhor Carter está cuidando da declaração e dos problemas do contrato da China. O pessoal do jurídico chegará em alguns minutos para apresentar as medidas tomadas e depois Olivia e Tanya para resolverem as ações...

Ele sorriu e aquele mínimo gesto foi o suficiente para mim.

– Tudo bem, Abby. Pode deixar comigo.

– Os e-mails…

– Para mim. – Segurei a primeira pasta já concentrada em meu trabalho. – Pode enviar uma cópia para o Senhor Carter.

– Hum! Adam acabou de ligar avisando que virá antes do almoço.

Merda! Tudo menos Adam Simpson.

– Ele teve um problema com a fábrica do norte.

– Tudo bem!

– Precisa de mais alguma coisa?

– Não.

– Um café?

– Um café. Obrigada, Abby!

– Senhor Carter?

Levantei os olhos imediatamente para a figura na outra extremidade da sala. Ele estava tão lindo! Como senti falta daquela sala, daquela postura amedrontadora que ele exibia e que tinha deixado de ser um empecilho para mim há muito tempo, já que ele não me intimidava mais. Bom… Quase sempre era assim.

– Um café, Abby, obrigado!

– Com licença.

Abby saiu e eu mergulhei em meu trabalho. Eram tantas informações, tantos procedimentos, as horas passaram, dois cafés foram consumidos e eu não encontrava uma forma de coordenar o trabalho conjunto dos três fornecedores com nossas transportadoras. Com certeza, Robert conseguiria se fosse ele o responsável por essa tarefa, enquanto eu, além de não conhecer os novos fornecedores, nem tinha conseguido terminar a leitura dos novos contratos. Era o meu fim. Mal comecei a ocupar a posição e já demonstrava minha incompetência.

Ele não deixaria passar em branco. Claro que, na próxima reunião do conselho, que aconteceria no final do dia, ele não hesitaria em relatar este fato. Comecei a ficar nervosa. Absurdamente nervosa. Terrivelmente nervosa. Tinha que ter um jeito. Na verdade eu até conseguiria encontrar a resposta se tivesse mais tempo.

Olhei para fora e Abby estava ao telefone. Talvez se ela me ajudasse – e é claro que ela conhecia muito bem aqueles contratos –, eu conseguiria encontrar a resposta mais rápido. Por isso levantei, com minhas anotações na mão, em busca do auxílio da minha secretária. Não me dei conta de que Robert estava vindo, por isso ele me alcançou antes que eu conseguisse esboçar uma reação.

Surpresa e excitada pela sua aproximação sem me dar tempo para me preparar e, após nossos momentos matinais, recuei encostando-me à mesa. Ele não parou até estar muito próximo. Meu corpo inteiro aqueceu com o calor que emanava do dele. Respirei fundo, tendo a certeza de que seria beijada mais uma vez. Robert Carter sempre conseguia o que queria. *Sempre*. Então, ou eu gritava e batia em meu ex-chefe e, com isso, perdia mais tempo, ou aceitava o que ele queria e o meu corpo implorava.

Fechei os olhos no momento em que seu rosto diminuiu a distância entre os nossos lábios, consciente de que naquele momento os meus estavam entreabertos, prontos e aguardando pelos dele. Mas Robert desviou de mim no último segundo, roçando minha pele com o nariz, inalando meu cheiro, passando pelo pescoço e demorando um pouco mais em minha clavícula exposta pelo vestido. Meu ar ficou preso nos pulmões e toda minha região pélvica se contraiu quando ele refez o caminho até minha boca. Ele simplesmente parou em minha orelha.

– Eu não vou te beijar, Melissa.

Puta. Que. Pariu!

Abri os olhos encarando aquela íris cinza e forcei meu corpo a acreditar naquela afirmação, apesar de tudo em mim não estar disposto a recuar. Merda! Eu o queria. Como continuar com o plano se eu não conseguia mais disfarçar o que sentia? Como proteger a criança que estava em meu ventre se não conseguisse dar andamento ao que havia ficado combinado. Muito em breve eu não poderia mais estar em cena ou correria o risco de precisar enfrentar diretamente Tanya e toda sua loucura.

– E quem disse que eu quero que você me beije? – Joguei meu corpo um pouco para trás aumentando o espaço entre nossos lábios. Ele sorriu lindamente.

– Você quer, mas eu não farei – e se afastou um pouco mais –, não enquanto não admitir para você mesma que aquele idiota com quem está casada não a satisfaz.

Abri a boca para replicar, mas ele não me deixou falar.

– Se ele fosse homem suficiente para você, Melissa, não ficaria tão entregue quando estou próximo, muito menos ficaria a ponto de desfalecer por causa de um beijo.

Aquele sorriso cretino estava lá.

– Posso imaginar como está sua calcinha agora e o quanto está ansiando por um toque meu.

– Seu...

Forcei a minha saída, contudo, Robert se impôs com o corpo impedindo a minha passagem.

– Admita, Melissa! Diga que me quer ainda. Que dorme com ele, mas que é em mim que pensa o tempo todo.

– Vá para o inferno, Robert!

– Que é a minha boca que deseja em sua pele, minhas mãos em seu corpo...
– Qual é o seu problema?
– Não! Qual é o seu?
Ele estava tranquilo. Falava como se conversássemos sobre o dia, o frio, o inverno em Chicago. Sua voz não se alterou um único segundo e sua expressão permanecia serena. Enquanto eu estava nervosa, ansiosa e fodidamente excitada. Eu o odiava.
– Se me quer tanto assim, então por que não diz? Você levou tudo de mim. Minhas ações, meu dinheiro. – Passou a mão pelos cabelos, captando a minha atenção. – Está agindo como eu sempre agi, pegando tudo o que quer sem pedir permissão, não é isso? Se eu sou o que você quer, por que não fala de uma vez? É só dizer, Melissa.
– Não sei do que você está falando.
As palavras dele me magoavam consideravelmente. Ele não entendia os meus motivos e, pelo visto, nunca entenderia.
– Eu amo meu marido e é com ele que eu quero estar. Não quero você. Não sou como você e nem vou cogitar a hipótese de aceitá-lo como meu amante, se é isso o que está sugerindo.
Ele sorriu com vontade.
– Saia da minha frente, Robert!
– Um amante? Ótima colocação. Eu também não quero você como amante.
Pela primeira vez, desde o início daquela conversa, Robert se alterou. Sua voz ficou grave e as veias do seu pescoço saltaram um pouco.
– Eu quero você de volta e não vou desistir de lutar por isso. Não vou parar um único minuto até que você se convença de que me ama e de que não existe a menor possibilidade de continuarmos separados.
Meu coração reagiu, porém eu não podia ceder. Eu precisava daquela força dele, também precisava que ele continuasse acreditando que era real, ou então ninguém mais acreditaria. Foi pensando nisso que sorri debochada ainda o encarando.
– Tudo isso para conseguir de volta suas ações?
Ele me olhou magoado como se minhas palavras abrissem uma ferida em seu peito.
– Você quer as ações?
– Você não?
– Vou reformular, Melissa. – Endireitou os ombros e passou a mão no cabelo. – Tudo se resume às ações? Você quer ficar com elas?
– Claro! Eu...
– São suas. Eu não me importo. Se realmente estivesse interessado em reaver estas ações, eu provaria na justiça que fui vítima do meu próprio golpe.

Claro que, com isso, poderia pagar caro, ser preso ou ter meu nome jogado na lama, ou as duas coisas. Eu tenho as imagens do dia em que você assinou o documento, posso provar que ele era falso e que foi assinado depois do acordo com os demais sócios, no qual eu ficava impossibilitado de vendê-las sem o aval deles.

– E você não fará isso? Vai perder assim com tanta facilidade?

– Perder? Não, Melissa! Eu não estou perdendo. Estou ganhando. Com você eu nunca perco, é nisso que continuo acreditando.

Engoli em seco incapaz de reagir.

– Eu não me importo, Mel... – continuou ele e seus olhos voltaram a ficar doces. – Antes com você do que com Tanya e, só de imaginar que pelo menos não existe chance de ela colocar as mãos em meu patrimônio, já fico mais aliviado. Não sei a razão, mas saiba que não deixei de confiar em você, seja lá o que esteja planejando.

– Mas, e a promessa?

– Estou cumprindo o que prometi ao meu pai. A empresa ficará nas mãos da minha família.

O mesmo sorriso cafajeste estava estampado em seu rosto. Tive vontade de esmurrá-lo.

– Não seja cretino, Robert!

– Você será minha esposa, Melissa.

– Ah, sim! Vai me dizer que seu acordo com Tanya vai acabar e finalmente você ficará livre para se casar comigo.

– Não. Você tem as ações, então não posso, por ora, dar um fim nisso. Esqueceu que o acordo previa a venda das ações? Pois bem, estou atrelado a Tanya até que descubra como sair disso sem que ela acabe com a empresa.

– Entendi. E você quer me convencer a entregá-las para que, enfim, eu possa me tornar sua esposa.

– Não. Você já está casada.

– Então o que você quer?

Levantei as mãos cansada de tentar entender o que ele pretendia com aquilo tudo.

– Você.

Foi impossível não me sentir tocada. Aquela simples palavra, dita com tamanho fervor e sinceridade, com a segurança de quem não tem dúvidas a respeito do que deseja e de que não será, nunca, jamais, persuadido a desistir. Nada do que eu fizesse o faria mudar ou se desviar do seu objetivo.

– Por quê?

– Por quê?

O sorriso perfeito e genuíno ofuscou todo e qualquer pensamento meu.

– Porque eu te amo! Eu amo tudo em você. Amo mesmo suas atitudes loucas e, mesmo sem entender o porquê disso tudo, continuo te amando e acreditando.

– Mas...

– Não tem como impedir, Melissa. Você me atingiu em cheio, com toda a sua força. Tirou o meu chão, desestabilizou a minha vida, perdi o foco e não posso lutar contra. Você casou com outro? Essa é uma grande merda, com toda a certeza. Cheguei a acreditar que meu amor morreria ou se transformaria em ódio com a mágoa, no entanto, estou aqui, ansioso para te beijar outra vez, para tocar seu corpo e sentir que você é minha. Não sou eu, mas, sim, tudo em mim, cada pedaço, cada célula, cada filamento. Roubou minhas ações? Outra grande merda, e mesmo eu não sabendo o seu propósito, me fez sentir tanto ódio... Mas entenda, Melissa. Eu não sou perfeito. Fiz muitas besteiras, passei por cima de tanta gente, provoquei esta e outras situações. E você também não é perfeita, mas, ainda assim, é tão perfeita em suas imperfeições que não consigo pensar em outra pessoa para estar ao meu lado. Mas eu sei que agora... agora você está casada e magoada, e nada do que eu disser vai mudar essa situação. Só quero que você saiba, que entenda que, mesmo em ruínas, eu estarei aqui. Esperando por você.

– Robert...

Meu celular tocou no exato momento em que me renderia, tirando-me do transe. Ele mordeu o lábio inferior, ainda mantendo-me presa em seu olhar. Droga! Eu o amava. Era só dizer. Era só contar a verdade e finalmente seríamos uma família. Ou não. Tanya nunca nos deixaria em paz. Robert corria perigo, assim como nosso filho e todos os outros envolvidos naquela armação. E tinha Abby. Eu devia isso a ela. E foi com muito pesar que consegui me livrar do seu domínio e atender ao telefone.

– Sim?

– *Foco, Melissa!* – Dean estava do outro lado da linha e, pela sua voz, ele não estava de bom humor.

– Dean!

– *Robert chega cheio de promessas e você acredita? Não vê que este foi o acordo dele com Tanya?*

– Eu... – Passei a mão na testa para clarear a mente. – Estou bastante ocupada. Preciso encontrar a solução para um problema aqui.

Robert passou por mim dando a volta em minha mesa e começou a anotar alguma coisa em um pequeno bloco. Minha atenção estava toda nele. Dean podia ter razão. Poderia ser mais uma jogada dele. Afinal de contas, não foi sempre assim?

– *Não deixe que ele termine tudo antes do tempo.*

– Eu sei.

– *Passo para te pegar em uma hora para almoçarmos juntos.*

– Dean, eu estou cheia de coisas para fazer.

– *Você precisa sair desta atmosfera ou ele vai te dominar rapidamente. Acredite em mim, é melhor passar um tempo fora.*

– Ok! Tudo bem. Em uma hora.

Ele desligou sem se despedir, e com isso, eu tive a noção do seu grau de irritação. Robert saiu de perto de mim e foi até Abby, mas deixou a sua anotação sobre a mesa. Curiosa, peguei o pedaço de papel e encontrei nele a resposta que tanto buscava. A forma correta de alinhar os fornecedores aos transportadores.

Puta merda! O filho da puta sabia o que fazer o tempo todo, mesmo assim deixou que eu me torturasse a manhã inteira. O que ele pretendia provar com aquilo tudo? Só ele mesmo poderia responder, mas eu não tinha vontade alguma de perguntar.

CAPÍTULO 10

Melissa não olhava mais para mim. Sabia que ela havia ficado furiosa por eu ter indicado a solução para o problema com os fornecedores, mas não dava mais para observá-la se desfazer em preocupação quando eu sabia muito bem o que deveria ser feito. Cinco dias antes consegui chegar a uma resposta, como minha ex-amante insistiu em me provocar com aquela história das ações e do casamento, simplesmente deixei que provasse um pouco da loucura que era ser um CEO.

Cansado de aguardar pelo que ela faria, resolvi que deveria almoçar, de preferência em algum lugar que não me lembrasse nada do nosso relacionamento. Já havia tomado doses extras do seu amor e estava fadigado de tanto me torturar pensando naquela merda.

O que ela faria?

Ordenei os papéis, desliguei o computador e levantei, quando me dei conta de que Melissa também estava de pé com a bolsa na mão, acessório que por sinal demonstrava seu valor, sim, não era difícil perceber quando uma coisa era cara ou barata, afinal de contas eu convivia com Tanya e Nicole há tempo suficiente para ter o mínimo de noção. Mais um pouco do meu dinheiro que ela gastava. Suspirei derrotado ao observar que seu vestido, lindo por sinal, que ficava perfeito naquele corpo que eu conhecia e desejava cada pedacinho, também era muito caro. Nicole com certeza diria que era de algum estilista famoso, mas este detalhe eu não conseguia mensurar.

Caminhamos juntos até porta e tive que parar para lhe dar passagem. Ela empinou o queixo e passou sem me olhar diretamente. Sorri. Aquela diaba era mesmo perfeita. Nervosa, então, era de tirar qualquer um do sério. Eu amava a forma como seus seios ficavam quando ela se enervava. Subiam e desciam em uma dança arfante. Eu amava aqueles seios.

– Vou almoçar com Dean, Abby. Volto logo. Qualquer coisa pode me ligar. – Eu sabia que ela queria me atingir com aquela informação.

Aliás, todo aquele absurdo de casamento era apenas uma forma de me atingir. Ela estava com raiva, porém eu sabia muito bem como fazer Melissa se curvar. Era só dar a corda que ela precisava e depois puxar.

– Também estou saindo, Abgail. Caso alguém me procure, volto em no máximo duas horas. Por favor, passe este documento para Bruno. É a declaração. Diga que estou pronto para filmar.

– E as reuniões? – Melissa virou para mim com um tom autoritário.

– Você está perfeitamente capacitada para conduzi-las. Não é a maior acionista? Tem que trabalhar como tal.

Seu rosto ficou imediatamente vermelho e meu coração pulou de saudade daquela reação. Ela mordeu o lábio inferior e passou a mão pelos cabelos. Eram os meus gestos espelhados em minha amante. Que ironia!

– Você é o CEO.

– Vou fazer o meu trabalho de CEO. Vou colocar a cara em rede nacional, ou mundial, admitir que erramos, pedir desculpas e prometer tornar o mundo um lugar melhor para se viver.

Caminhei até o elevador, acionando-o, ela me seguiu.

– Você programou esta reunião, é o responsável por ela.

– Eu programei tudo antes de você chegar e me informar que eu não tenho mais este poder. – Dei de ombros. – E Abgail esqueceu de avisar você sobre a viagem para a Tailândia.

– Tailândia? – Quase ri da sua surpresa.

– Sim. Esta viagem estava prevista há mais de um ano, só não sabíamos quando seria o melhor momento. Vamos visitar as fábricas em uma semana.

Ela fez uma careta, mas desviou o olhar sem querer continuar a conversa.

Entramos no elevador e ela permaneceu em silêncio, encarando a porta, com ar superior e ridiculamente forçado. Eu a beijaria naquele momento se não estivesse me poupando para outra ocasião. Era necessário dar um passo de cada vez com Melissa Simon, ou Melissa Bailey. Merda!

O elevador parou e aquela garota instigante, loira com lindos seios entrou. Ela fez cara de surpresa, arqueando uma sobrancelha, mas sorriu lascivamente, sem se importar com a presença de Melissa a meu lado. Eu, pelo canto do olho, consegui captar o incômodo da minha amante... ex-amante. Gostei da situação.

– Com licença. Senhor Carter, eu estava agora mesmo indo à sua sala para entregar o relatório solicitado.

– Outro relatório? – Fiz charme e sorri para a garota que retribuiu sem pestanejar.

– Foi o que o Senhor Otaki disse.

– Eu estou saindo para almoçar, Senhorita Garcia.

– Hum! – Ela fez uma careta e depois sorriu. – Tudo bem. Posso entregar para Abgail?

Melissa se remexeu aborrecida sem tirar os olhos da porta do elevador. Sorri, satisfeito com seu desconforto.

– Por que não fazemos assim: a senhorita aceita almoçar comigo, e durante o almoço, conversamos sobre o relatório?

Ela olhou no relógio, e depois para Melissa.

– Eu preciso pegar a minha bolsa.

– A senhorita não vai precisar dela e não vejo nada que precise ser ajeitado em sua aparência perfeita, logo, está pronta para me acompanhar.

Melissa não resistiu e virou o rosto para mim. Estava mortificada. Sem acreditar que eu era capaz de fazer uma coisa como aquela, principalmente depois de declarar todo o meu amor e de ter roubado um beijo. Mas era necessário que fosse assim. Minha ex-amante precisava ter a certeza do meu amor, da minha vontade de estar com ela, mas também temer que isso acabasse caso não voltasse atrás logo. Forjar uma amante era a arma perfeita.

– Ok. Será um prazer.

– O prazer será todo meu, Senhorita Garcia.

Saímos do elevador e Melissa se adiantou a caminhar. Eu vi, logo à frente, Dean encostado em mais um BMW, preto, fraudulentamente comprado com o meu dinheiro. Foi demais para mim. Indiquei meu carro à Senhorita Garcia e, com passos rápidos, alcancei minha ex-amante, que se virou surpresa com a minha atitude.

– Para alguém que não queria nem ouvir falar em gastar o meu dinheiro, você está vivendo muito bem, Melissa.

Ela me encarou, a princípio assustada e perplexa pelas minhas palavras, em seguida sorriu e estreitou os olhos.

– Pelo visto vou precisar usar muito mais do seu dinheiro. Necessito urgentemente de um analista, pois quando esta merda toda acabar não sei o que sobrará de mim. – E me encarou decidida a me enfrentar.

Soltei seu braço e sorri. Adorava aquela Melissa. Que inferno! Era para odiá-la só por ser obrigado a vê-la entrando no carro que ela comprou para aquele filho da puta, com o *meu* dinheiro. Porém, eu estava maravilhado com suas palavras "quando esta merda toda acabar".

Ah, Melissa! Você nem imagina o quanto estou ansiando por isso.

Voltei para o meu carro e Senhorita Garcia me aguardava. Ela não perguntou nada, nem demonstrou estar aborrecida, apenas sorriu quando eu entrei e dei partida. Não esperei que eles saíssem primeiro, simplesmente atirei meu carro à frente deles e saí da empresa como um louco. A garota ao meu lado sorriu, adorando aquela emoção.

Rodei um pouco, em busca de um local discreto, afinal de contas, Tanya não gostaria nada da ideia de uma nova amante. Porém, assim que estacionei o carro, meu celular tocou. Pensei em não atendê-lo, afinal de contas, eu estava em meu horário de almoço e realmente me sentia interessado em conhecer um pouco mais daquela garota sentada ao meu lado, mas quem quer que fosse ao telefone insistia em conseguir falar comigo.

– Sim?

– Senhor Carter? – Aquele sotaque não era estranho, mesmo assim não consegui identificar. – É a Senhora Alonso, a nova governanta.

Fiquei tenso na mesma hora. Nunca antes recebi um telefonema dos empregados da minha casa.

– O que houve?

– A Senhora Carter, ela teve um problema.

Revirei os olhos. O que Tanya estava aprontando daquela vez? E desde quando eu tinha alguma coisa com os problemas dela?

– Que tipo de problema?

– Os médicos chegaram, mas ela não quis ser atendida. Está trancada no quarto. Não sabemos explicar o que aconteceu. Ela estava no closet, quando de repente ouvimos um grito alarmante. Foi horrível! Um grito de pânico, Senhor Carter. Nós alertamos os seguranças e subimos em seguida, mas a encontramos desmaiada.

– Ela não quis ser atendida? O que aconteceu? Vocês encontraram alguma coisa? Qualquer coisa que indique o que aconteceu? Ela disse algo?

– Não, senhor. Como eu disse, ela está trancada no quarto. Quando despertou, tremia muito, ficou nervosa, como se temesse ser atacada a qualquer momento. Proibiu a copeira, a Senhorita Raquel, de sair do seu lado. Eu entrei agora há pouco com água e ela não parou de tremer. Pediu para chamá-lo.

Droga!

– Eu não posso sair agora. – Olhei para a garota ao meu lado, ela me olhava atentamente, sorrindo com ingenuidade.

– Senhor Carter, realmente o caso é preocupante. A Senhora Carter...

– Tudo bem – concordei irritado. – Tudo bem. Estou indo.

Desliguei e encarei a Senhorita Garcia.

– Desculpe, infelizmente surgiu um imprevisto e eu preciso resolvê-lo.

– Certo. Sem problemas. – Ela continuou sorrindo, sem se abalar. Fácil demais. Ela era extremamente atraente, mesmo assim não me fazia ter coragem, nem vontade de dar um passo à frente, tudo porque Melissa não saía da minha cabeça.

– Vou deixá-la na empresa. Pode me entregar o relatório?

– Claro! Mas eu prefiro ficar. Gosto deste restaurante, e não estamos muito longe, então poderei voltar em segurança para a empresa.

Dizendo isso, me passou a pasta que estava em suas mãos.

– Você está sem a bolsa. Deixe-me...

– Não precisa. Sou amiga do chefe. – Piscou de maneira divertida e jovem. – Obrigada pelo convite, Senhor Carter! Seria um prazer estar em sua companhia, mas...

Inclinou a cabeça para o lado e sorriu, então abriu a porta e desceu, deixando no ar a promessa do que poderia ter sido a nossa tarde.

Respirei profundamente e dei partida no carro. A chuva havia diminuído. A meteorologia alertava para o inverno rigoroso que nos atingiria em breve. O frio que eu sentia não estava nada relacionado à temperatura em Chicago, e sim ao medo do que encontraria pela frente. O que Tanya estaria aprontando?

Assim que cheguei em casa fui recebido pela nova governanta. Pela sua expressão, entendi que algo estava muito errado. Subi as escadas sem pressa. Precisava, primeiro, preparar-me para assimilar o que quer que tivesse acontecido, e ter o equilíbrio necessário para não me envolver em mais uma briga com Tanya. Seria o mesmo que dar um tiro no pé, afinal de contas, eu ainda precisava dela como aliada, ou então não teria como defender Melissa das suas garras.

Na porta do quarto dela havia um segurança. Ele parecia um pouco perdido, sem saber com o que estava lidando. Preferi abordar primeiro Tanya, colher as informações diretamente da fonte e, dependendo do que ela me revelasse, conversaria com os demais. Por isso apenas cumprimentei o rapaz e bati levemente na porta. Alguns segundos depois uma mocinha que trabalhava como auxiliar, a copeira, abriu uma fresta. Demonstrou surpresa ao me ver, mas logo saiu da frente para que eu pudesse entrar.

O quarto estava claro. Claro demais até para o que eu conhecia de Tanya. As cortinas abertas e as luzes, todas acesas, mesmo não sendo ainda o final do dia. Ela estava na cama, cabelos molhados, aparência pálida, olhos fechados e aparentemente úmidos, parecia frágil. Constatei que algumas vezes seu corpo tremeu e ela se encolheu ainda mais.

– O que aconteceu? – sussurrei com medo de despertá-la.

– Não sei dizer. Nós corremos quando ouvimos o grito e a encontramos desmaiada. Depois disso, ela apenas chorou e falou coisas sem sentido. Repetiu muitas vezes que não era possível e que não foi culpa dela, mas não contou o que realmente aconteceu.

– Tudo bem.

Tanya abriu os olhos e me encarou. Durante poucos segundos ela pareceu perdida, como se não soubesse ao certo se estava mesmo acordada ou sonhando, e, assim que se deu conta, cobriu o rosto com as mãos e chorou copiosamente. Fiquei em choque. Há muitos anos eu não via minha esposa tão indefesa, frágil como uma criança. Sem pensar duas vezes, sentei-me ao seu lado e toquei em seu braço. Ela sacudiu o rosto, negando a aproximação, porém não me impediu por muito tempo, logo estava em meus braços, chorando e sendo acalentada por mim.

Deixei que ela chorasse sem lhe fazer perguntas. Eu também estava assustado, surpreso com aquela demonstração de fraqueza e principalmente pela minha boa vontade em consolá-la. Mas havia algo de muito estranho naquele episódio. Tanya estava mesmo com medo. Aterrorizada pelo ocorrido e chorava desarmada sem saber como superar o seu temor.

– Você acredita... Seria possível que... Não posso acreditar. Mas foi real. Foi verdadeiro, Robert. Eu não estou mentindo. Por favor, acredite em mim. – Ela me encarou com os olhos molhados e a face pálida.

– Calma, Tanya! Você está tremendo.

– Como não tremer? – As lágrimas caíam com facilidade. – Como pode ser possível?

– Eu não consigo entender. Por que não me conta o que aconteceu?

Ela recuou um pouco e desviou o olhar, depois olhou sugestivamente para a copeira, que muito sem jeito pediu licença e se retirou do quarto deixando-nos sozinhos. Assim que a porta fechou, ela continuou.

– Eu estava passando o hidratante facial, começava a me preparar para encontrá-lo na empresa. Não havia nenhum som. – Sua voz ficou mais urgente. – Eu juro, Robert! A casa estava no mais perfeito silêncio. Ninguém estava no andar, mas... Por Deus, eu ouvi. Não foi alucinação. Como pode?

– Calma! O que exatamente você ouviu?

Seus olhos ficaram imensos.

– Eu estava em frente ao espelho, olhando meu rosto e verificando o creme em minha pele. Estava concentrada quando ouvi... Foi... Horrível! – Recomeçou a chorar.

– Tanya, não posso ajudar se você não me contar. Preciso saber o que ouviu. Não posso nem questionar os empregados...

– O pequeno Rob...

A princípio, não entendi o que ela dizia. Pensei que continuaria dizendo coisas sem sentido, mas ela me encarava firmemente.

– Eu o ouvi. Era o seu riso, a sua alegria. Foi tão real, tão presente, como duvidar? Era ele, mas como?

Meu coração acelerou de uma maneira incompreensível.

– Do que está falando, Tanya? O menino está morto!

– Morto. Como pode? Eu ouvi. Tenho certeza, não estou louca. Foi forte e alto, impossível confundir com qualquer outro som. Era ele. Agora me explique como? Ele está morto.

– Não existe essa possibilidade. Você deve ter imaginado.

Passei a mão no cabelo sem saber ao certo o que deveria fazer.

A loucura de Tanya estava ganhando proporções inacreditáveis. Mas também, eu podia acreditar que era possível que um dia os fantasmas do seu passado voltassem para cobrar pelos seus crimes. Olhei outra vez para minha esposa e senti pena. Não havia chance de acreditar que aquilo aconteceu senão apenas em sua mente doentia.

– Você deve estar cansada. Estressada. Estes últimos acontecimentos… Eu também estou sendo sabotado pela minha mente.

Imediatamente lembrei-me da visão que tive, quando acreditei que Melissa esteve ao meu lado e disse que me amava, pedindo que lutasse por nós dois. Aquilo também foi um truque da minha mente. Como condenar Tanya?

– Não me deixe sozinha, por favor! Eu sei que não estou imaginando. Robert, você precisa acreditar em mim. Por favor!

Ela agarrou meu braço, chorando desesperadamente.

– Tudo bem, Tanya.

E eu estava ali outra vez, acariciando seus cabelos e me perguntando por que estava tão tocado com sua fragilidade? Imediatamente soube a resposta. Porque Tanya não mentia. Pela primeira vez, em muitos anos, ela estava sendo apenas frágil. Sendo a Tanya que conheci quando me apaixonei.

***

– Pronto.

Aquela luz forte que me fazia transpirar apagou, deixando-me mais à vontade. Por mais que eu fosse uma figura pública, estar em frente a uma câmera era, no mínimo, desconfortável. Eu não me sentia bem falando com uma máquina, muito menos fingindo que milhares de pessoas estavam ali como plateia. Era constrangedor.

– Ficou ótimo, Robert – disse Bruno.

Ele apertou minha mão e sorriu. Olhei para a figura um pouco atrás dele, Melissa, que me encarava com um sorriso mínimo no rosto e com olhos orgulhosos. Tive vontade de beijá-la, mas me contive.

– Isso é um saco! Espero que consigamos o efeito desejado.

– Tudo vai dar certo. Olivia disse que Tanya teve uma indisposição, como ela está? – perguntou Bruno.

Pisquei várias vezes e puxei o ar com força. Aquele assunto era extremamente desconfortável.

– Ela ficou indisposta, apenas isso. Dor de cabeça, eu acho.

Ele sorriu e seus olhos ficaram mais vivos, aproximou-se confidente e disse:

– O que será que ela está aprontando agora?

– Não sei, mas acho que desta vez é realmente uma reação do seu corpo.

Ou da sua mente, pensei, sem conseguir me sentir seguro com aquele acontecimento.

– A que horas vai ao ar? – Desviei o assunto ainda incomodado com tudo o que tinha ocorrido.

– Em uma hora.

– Ótimo! Vou para casa. Falo com você mais tarde. – Voltei a olhar para Melissa, ela se apressou em recolher as suas coisas e sair da sala.

– Com certeza. Você vai ao baile amanhã?

– Sim. Em uma situação como esta, o melhor a fazer é aparecer publicamente e esbanjar interesse pelas causas sociais. Tenho que ir.

E Melissa estará lá, prontinha para mim, pensei, sorrindo com a possibilidade.

Apressei-me em sair na expectativa de ter um pouco mais de Melissa antes de perdê-la por mais aquele dia. Abby me olhou e sorriu, sabendo exatamente o que eu faria e corri, impedindo que o elevador descesse. Apenas ela estava no espaço, além de mim, é claro.

– Você leva jeito com as câmeras, Senhor Carter. Foi firme e convincente. – Ela tentava ser formal e fria.

Falava de forma cordial como se cumprisse uma obrigação social, ouvi-la tão distante e polida deixava-me ainda mais desejoso dela. Porque Melissa, na intimidade, era algo para suspirar, mas Melissa tentando impor uma barreira entre nós dois, tratando-me com tanta formalidade e falando comigo como fazia quando era apenas minha secretária, deixava-me fodidamente excitado. Droga! Eu poderia comê-la naquele elevador e ninguém poderia me deter. Ninguém, apenas a minha consciência de que deveria dar apenas um passo por dia e a necessidade de deixá-la acreditar que eu não daria este passo.

Ah, Melissa! Quanta saudade eu sinto desse corpo!

– Obrigado! Mas confesso que não desejo esta parte do sucesso – disse a ela sorrindo, mas mordendo os lábios se reprimindo.

– Como foi o seu almoço com a nova funcionária?

Tive vontade de rir. Eu sabia que conseguiria atingi-la com aquela palhaçada de convite.

– Foi... Perturbador.

Não consegui esconder a careta pelos acontecimentos ao lado de Tanya. Ainda não havia conseguido chegar a uma linha coerente de raciocínio que explicasse o acontecido.

A porta do elevador se abriu e ela saiu. Cheguei a me preparar para a imagem de Dean, com seu carro incrível, comprado com a merda do meu dinheiro, aguardando alegremente pela esposa que ele havia roubado de mim e que, provavelmente, aqueceria sua cama naquela noite fria. Fechei as mãos em punho.

Melissa caminhou calmamente até seu carro. O som do seu salto se chocando contra o chão e ecoando no vazio. Observei a mulher que eu amava. O que eu não daria por uma noite naquele apartamento pequeno e velho, naquele sofá nada confortável, abraçado ao seu corpo macio? E a noite estava tão fria!

– Melissa?

Automaticamente, ela olhou para mim antes de alcançar o seu carro. Observei sua expressão confusa. Havia alguma coisa diferente naquele rosto, e eu não sabia dizer ao certo o que era, só sei dizer que Melissa não era mais a mesma pessoa. Ela parecia mais segura, madura... Não apenas pelas suas atitudes, todas as que eu pude comprovar no pouco tempo desde a sua volta, mas seu corpo parecia mais maduro. Com certeza havia algo de diferente.

– O que, Robert? – Ela ficou impaciente vendo-me apenas estudá-la sem dizer nada.

– Você engordou?

Droga! O que deu em mim para fazer aquela pergunta? Que mulher em sã consciência ficaria feliz com uma pergunta dessas? Fiquei envergonhado, mas Melissa corou deliciosamente tirando-me a concentração. Depois sua boca abriu e fechou algumas vezes e ela segurou o casaco, fechando-o junto ao corpo como se quisesse esconder algo de mim.

– Vá à merda, Robert! – E abriu a porta do carro entrando imediatamente.

Ri alto. Não pelo fato de ela ter mesmo engordado. Bom... Não muito, tenho que ser justo, e com certeza, não de forma a prejudicar as suas curvas, que estavam mais belas e interessantes do que nunca, isso pude comprovar diversas vezes, mas pelo fato de tê-la irritado a tal ponto que fosse impossível segurar a sua rebeldia.

E eu amava aquela rebeldia.

CAPÍTULO 11

Robert partiu naquele carro com Carol e eu não consegui controlar meu coração. Este era mais um dos pontos negativos da gravidez. Você chora sem motivos, ou com motivos, mas nada tão sério, já que estava nos planos implantar Carol como sua nova amante, pelo menos teoricamente. O fato é que você chora sempre, e sem o menor controle. Sem contar que os nervos ficam à flor da pele, então você passa da maior tranquilidade à mais terrível irritação em segundos. E foi exatamente o que aconteceu.

– Você vai ficar monitorando todos os meus passos? Vai ficar escutando todas as minhas conversas com Robert sem me dar nem um segundo de paz? – perguntei a Dean.

Ele me olhou assustado. Dean nunca entenderia a minha situação.

– Melissa, nós combinamos isso. Não tenho culpa se não consegue impedir que ele se aproxime tanto e que fale as coisas que fala para você. Aliás, foi justamente por escutar que consegui impedir que Robert dobrasse você.

– Droga!

Cruzei os braços na barriga em uma birra infantil. Dean suspirou, ligou o carro e partiu, antes dando passagem ao homem que eu amava, que partia com aquela... aquela garota linda que poderia facilmente tirá-lo de mim. Passei a mão no rosto limpando as lágrimas.

– Você sabe que Carol vai apenas conduzi-lo para o ponto que desejamos.

– Ele vai transar com ela.

Mais lágrimas desceram e as mãos de Dean fecharam no volante denunciando a sua insegurança.

– Claro que não vai. Ele está apenas fazendo com que você pense que vai acontecer.

Dean sorriu e eu não senti força em suas palavras.

– Pare de chorar, Melissa! Você está me deixando louco com essas reações de mulher grávida. É pior do que TPM, aliás, é uma TPM agravada e constante. – Deu risada.

Minha cara mostrou que eu não estava gostando nadinha daquela conversa.

– Estou brincando, Mel! Meu Deus, hoje você está terrível.

– Como pode brincar sabendo que eles estão juntos neste momento?

– Eu confio na Carol. Se não confiasse, não a teria colocado nessa.

– Eu não confio no Robert.

Voltei a cruzar os braços na frente da barriga, mas Dean riu alto.

– Estou falando sério. Ele estava com Tanya, transando ou... ou... Você sabe, aquela merda toda e dizendo me amar? Então, acha mesmo que ele não vai levar a Carol para cama? Ele vai, sim. Eu tenho certeza. E ela vai permitir, porque eu conheço o Robert, sei como ele consegue ser persuasivo quando deseja uma mulher...

– Chega, Melissa! Droga! Estamos nesta merda unicamente por você, será que não dá para dar um tempo? Eu não preciso dessas ideias para passar o meu dia, ok? Como você acha que me sinto deixando a minha namorada ficar à disposição daquele... daquele filho da puta.

Sua postura firme e grave me fez parar assustada.

– Dean!

– Ah, claro! Ele rouba você de mim, te come praticamente na minha cara e como você quer que eu o veja?

Droga! Nós já tínhamos tido aquela conversa um milhão de vezes. Nunca conseguimos zerar o nosso passado. No mesmo instante, me arrependi de ter iniciado aquele assunto. Ele não merecia dividir comigo as minhas angústias. Dean já se sacrificara demais por mim. Não era justo.

– Desculpe-me, Dean! Desculpe! Eu não queria...

– Claro! Vamos almoçar, ok?

Sua voz de raiva contida entregava que ele não estava nada satisfeito com a nossa conversa. Ele parou o carro em frente ao restaurante e seu telefone tocou. Dean atendeu clicando no botão do volante. A voz de Zac, o antigo segurança contratado por Robert para me proteger das loucuras de Tanya, preencheu o espaço.

– *Deu tudo certo, Dean. Ela quase enfartou.* – E riu com vontade.

Dean não conseguiu entrar no clima da piada e eu nem sabia do que se tratava.

– Ok. Mantenha-me informado.

– *Só tem um probleminha* – continuou. – *Robert foi chamado. Pelo visto não será hoje que Carol conseguirá cumprir com o combinado.*

– Robert foi chamado?

– *Sim. A Senhora Alonso acabou cedendo aos apelos de Tanya e ligou solicitando a presença dele.*

– Menos mal! É bom que ele comece a perceber que a esposa não está equilibrada.

– *A ideia é essa.*

– Certo. Mantenha-me informado. – E desligou e olhou para mim ainda aborrecido.

– Dei autorização para agirmos contra Tanya. Iniciamos hoje o plano das fitas – explicou.

Oh, droga! O correto era fazermos isso quando Robert estivesse inserido em nosso grupo, e esta era a terceira etapa do plano. Eu deixei claro que só faríamos isso com o seu consentimento.

– Não comece a brigar, ok? Tanya estava disposta a se voltar contra ele e não teríamos tempo para refazer os planos, caso ela decidisse realmente matar você. Além do mais, você não conseguirá esconder esta gravidez por muito tempo. Se vamos convencer todo mundo de que ela está louca, quanto antes começarmos, melhor. Precisaremos do apoio da família para interná-la.

– Primeiro temos que encontrar as provas. Tanya desequilibrada é uma incógnita. Ela pode simplesmente decidir destruir a vida de Robert.

– Eu tenho tudo sob controle. Veja o lado bom, não será hoje que Robert transará com Carol.

Os olhos frios de Dean me fuzilaram enquanto ele acendia um cigarro.

***

O almoço foi uma droga. Dean aborrecido comigo, eu aborrecida com o Robert, e ele, com o mundo. Para piorar a minha sorte, Adam apareceu logo após minha chegada. Eu estava sozinha em minha sala, já que Robert permanecia na casa dele, consolando a esposa louca, e não teve como impedir o encontro. Implorei para que minha confusão hormonal não me fizesse atacar o Adam, afinal de contas eu ainda precisava dele. Forcei um sorriso.

– Adam Simpson! Pensei que o veria antes do almoço.

– Estava trabalhando. A filial está uma loucura. Mas não poderia deixar de vir aqui conferir com meus próprios olhos a sua volta. Nossa! A distância lhe fez bem...

Ele correu meu corpo com olhos famintos. Fingi não perceber. Era necessário.

– Conte-me sobre os problemas da fábrica. – Indiquei a cadeira com a mão.

– Vou contar, mas primeiro, fale-me sobre esta reviravolta. Quer dizer que agora você faz parte do conselho?

Ele fingia que não sabia de nada. Pelo menos não da parte podre da história. Mas eu sabia que ele estava a par da situação e que jogava a favor de Tanya.

– Sim. Entrei em um acordo com Robert e comprei algumas ações. Hoje faço parte do conselho, mas ele continua sendo o CEO.

Adam estreitou os olhos ciente da minha mentira, passou a língua no lábio inferior e sorriu.

– E está casada!

Essa afirmação me fez corar um pouco. Não que eu tivesse vergonha da minha situação, e sim porque não gostaria que a informação ganhasse uma proporção maior do que merecia.

– Sim. Casei com Dean Bailey, que era o meu namorado, como você sabe.
– Sei. Bom...

Ele esfregou as mãos, depois entrelaçou os dedos e continuou.

– E foi você quem descobriu o problema com as empresas da China. Grande sacada. Seu nome vai ficar marcado na história deste grupo. Onde está Robert?

Sorri, analisando cada detalhe daquela conversa e continuei:

– Saiu para almoçar e não voltou ainda. E os problemas?

– Se Robert continua sendo o CEO, eu devo tratar com ele, não acha? Aliás, qual é mesmo a sua função aqui dentro agora?

Puxei o ar com força. Merda! Qual era a minha função ali dentro?

– Continuo analisando o mercado para as nossas negociações, mas agora, como sócia majoritária, acompanho tudo de perto. É o melhor a ser feito.

Ele não demonstrou surpresa com a informação, nem questionou a forma como consegui o dinheiro.

– Concordo. A parte boa é que agora Robert não tem mais poder sobre você, não é? – E avançou um pouco, observando a minha reação. – Ele não pode mais dominá-la, como fazia. E seu marido não trabalha aqui, logo, terei mais liberdade para estar ao seu lado, com todo o respeito, é claro. – E piscou.

Embora a vontade de socá-lo fosse grande, segurei-me e sorri.

– Claro! Por que não?

Robert não chegou, e com isso, Adam não tinha mais motivo para permanecer ali comigo, então foi embora tão logo nossa conversa perdeu a força. Antes, ele revelou que seu problema era relacionado aos fornecedores e transportadores, mas para este problema eu já tinha uma solução. A mesma que meu ex-chefe fez o imenso favor de me dar.

Foi quando eu estava no meio da reunião com os fornecedores que Robert chegou, mas não entrou na sala em que estávamos, nem sequer olhou para mim. Perguntei-me quão profundamente o que estávamos fazendo com Tanya o atingiria? O quanto sofreria com a ideia de que seu filho, morto em circunstâncias tão absurdas, poderia estar se comunicando com a esposa louca.

– Então acredito que este seja o nosso maior problema. Concordo plenamente com a sua solução, Senhora Bailey... – disse o homem gordo e careca diante de mim.

Precisei me concentrar para entender no que aquele senhor cujo nome eu não conseguia lembrar de forma alguma, mas que era de suma importância para a empresa, estava falando comigo.

– Também concordo. Precisaremos fazer os ajustes adequados para que esta parceria seja realmente firmada – disse o outro homem.

Aquele era Fabricio Ramones, um espanhol conhecido como Rei do Ferro, que passou a fazer parte dos nossos fornecedores após muita negociação relacionada a valores. Ele era magro demais e tinha um nariz estranho.

– Todas as providências serão tomadas, senhores.

O terceiro homem, baixinho e forte, cabelos negros crescidos abaixo da orelha e de pele morena, nada dizia, mas me encarava com atenção.

– Chegamos a uma solução, então. Amanhã mesmo os senhores receberão o documento contendo o acordo entre as partes. Obrigada pela atenção de todos.

Após apertarmos as mãos, voltei para minha sala. Estava ansiosa para verificar como Robert estava, o que aquele problema havia sido para ele e como estava encarando a reação de Tanya. Ele só levantou os olhos quando eu entrei e não demorou nem meio segundo olhando para mim, rapidamente voltando a se dedicar aos papéis em sua mesa.

Pensei em criar alguma situação, fazer qualquer coisa para chamar a sua atenção. Depois de vê-lo flertando abertamente com Carol, em seguida correr para casa para socorrer a esposa, o mínimo que eu precisava era da confirmação do seu amor. Ele, aparentemente, não se importava com minha apatia e não me dirigia seu olhar. Eu estava levantando com o pretexto de lhe falar sobre a reunião, quando Olivia chegou.

– E Tanya? – perguntou direto a ele.

Ela não perdeu tempo tentando ser agradável comigo. Apenas me lançou um aceno de cabeça e voltou toda sua atenção ao filho.

– Está indisposta. Ela teve um problema hoje mais cedo, preferi que ficasse descansando. Não se preocupe, hoje mesmo a informarei do que combinarmos aqui.

Percebi que Olivia ficou um pouco incomodada com a forma zelosa com que Robert falava de Tanya. Eu compartilhava do seu sentimento.

Passei meia hora sentada de frente para ele, que conversava apenas o que era referente às ações de Tanya e Olivia contra a exploração sexual e trabalho infantil, o buraco em que a esposa dele tinha nos metido. E eu ainda não havia conseguido descobrir os motivos de ela ter escondido aquelas informações, só sabia que foi justamente por elas que decidimos que estava na hora de voltar.

Meu tempo gasto naquela reunião também serviu para me fazer ver o tamanho do ódio de Olivia por mim, pois esta, apesar de saber que era necessária a minha presença, por imposição minha, lógico, ignorou-me completamente durante todo o tempo em que esteve na sala. Nem preciso dizer que meu estômago embrulhou com aquela reação. Dean com certeza ficaria feliz, afinal de contas, aquilo tudo serviria para que todos continuassem acreditando que eu odiava realmente o Robert, ou que tudo não passava de um golpe.

O que ele não entendia era que, naquele jogo, cada lance acabava comigo e destruía o coração do homem que eu tanto amava. O pior de tudo era não poder confortá-lo.

Tão logo Olivia saiu, deixando tudo planejado para uma viagem à China em uma semana, coincidindo com a nossa à Tailândia. Merda! Seria muito complicado passar alguns dias ao lado dele sem poder viver o nosso amor.

– Como foi a reunião? – ele falou comigo, pegando-me de surpresa.

Olhei seus olhos cinza e quase me perdi neles. Eram tão perfeitos! E aquele queixo definido, aqueles lábios tentadores, e aquele inferno de sorriso torto que roubava minha sanidade mental? Merda! Eu precisava de sexo, e precisava urgentemente.

– Ótima! Eu queria mesmo conversar com você sobre...

Mas Bruno chegou e com ele toda a equipe de marketing que filmaria a declaração de Robert Carter. Droga! Eu me sentia péssima estando excitada na frente de tantas pessoas. Meu ex-chefe se distanciou, obedecendo as ordens das duas maquiadoras, se esquecendo completamente de mim. O que estava acontecendo comigo? As minhas reações estavam todas confusas e escandalosas.

Bruno me olhou sem muito interesse. Ele foi avisado que precisaria me odiar por mais tempo, já que Tanya precisava acreditar naquela farsa. Não me aproximei. Deixei que ele compusesse o seu papel junto ao irmão e fingisse a sua indignação pela minha presença forçada. Preferi ficar atrás, observando meu ex-amante assumir seu estilo superior e seguro. Ele era o homem perfeito.

Era preciso lutar contra toda sua influência. Pelo menos enquanto fosse necessário mantê-lo afastado. Por isso, assim que acabaram as filmagens, peguei minhas coisas e corri para o elevador. Era importante ficar longe, já que eu havia babado pelo meu ex-chefe durante todo o processo da declaração. Cada palavra dele era tão persuasiva que, por cada segundo, fui transportada para nossos momentos juntos, quando ele me explicava cada situação, com aquela voz firme, que tocava minha pele como se fossem suas próprias mãos, ou quando resolvia ser abusado mesmo e utilizava suas mãos, boca, lábios, língua... Puta merda! Como eu precisava daquele homem!

Entrei no elevador agradecendo por conseguir escapar, porém Robert logo me alcançou, entrando junto comigo e fazendo daquela viagem tão curta uma tortura. Minhas mãos ficaram suadas, meu coração, disparado, e minhas pernas, bambas. Pensei em algo que pudesse fazer ou dizer e não encontrava nada. Mas ele estava lá, ao meu lado, olhando para frente como eu.

– Você leva jeito com as câmeras, Senhor Carter.

Continuei olhando para frente, mas levei os braços às costas e entrelacei meus dedos, forçando-me a não tocá-lo. Era demais para meu autocontrole manter-me firme ao lado dele. Como eu o amava! Como o desejava! Todos os dias, todas as horas, todos os minutos e segundos. Robert era o dono dos meus pensamentos, de toda minha atenção e do meu amor. Sem pensar, deixei que um sorriso bobo escapasse em meu rosto.

– Obrigado! Mas confesso que não desejo esta parte do sucesso.

Reprimi o sorriso. Era necessário manter a compostura. Era fundamental, na verdade. Ou então eu me atiraria em seus braços ali mesmo. Além do mais, eu ainda estava com raiva. Aquele flerte descarado com a Carol foi o fim do mundo para mim, mesmo eu sabendo que ela não iria muito longe. Ou iria? Merda!

– Como foi seu almoço com a nova funcionária? – Fui amarga sem impedir.

– Foi... Perturbador.

Perturbador? Como assim? Por que perturbador? O que havia acontecido antes de ele ser interrompido para socorrer Tanya? Puta merda! Eu odiava aquela parte do plano. A porta abriu e eu disparei para fora. De repente, o ambiente estava sufocante. Caminhei apressadamente até meu novo carro. Queria fugir dali o mais rápido possível.

– Melissa?

Virei-me para encará-lo. Ele nada disse, apenas ficou me fitando com aquela cara de quem não sabe o que dizer.

– O que, Robert?

Merda! Eu precisava ir embora ou então voltaria os passos que nos separavam e o beijaria. Sabe-se lá o que mais eu faria.

– Você engordou?

Puta merda! Puta que pariu!

Eu engordei? Eu estou grávida, seu escroto! Grávida! De um filho seu. Seu puto! Escroto! Filho da mãe! Merda! Como ele podia dizer que eu estava gorda? Eu estava gorda? Será que eu estava mesmo gorda? Bom, eu engordaria, não engordaria? Gravidez faz estas coisas. Então por que o espanto? Ah, claro! Ele não sabia. Ele não sabia, mas deveria ser gentil. Onde já se viu perguntar a uma mulher se ela engordou? Que falta de sensibilidade! Que absurdo! Que incompetência! Filho da puta!

– Vá à merda, Robert!

Ele riu e eu entrei no carro desejando passar por cima dele. Mas me contive e dirigi direto para minha casa. Não seria nada bom ficar viúva sem nem ao menos casar. Muito pior seria ter meu filho sem pai. Não. Aquele ogro continuaria vivo, mas eu daria um jeito de retribuir a gentileza.

***

– Eu estou gorda?

Coloquei mais um pedaço de torta de chocolate, com cobertura de chocolate e pedaços de chocolate na boca. Dean sorriu e passou um braço em meus ombros.

– Não. Você está linda! – Engoli e logo coloquei outro pedaço na boca. – Está melhor agora?

Dean era o máximo! O único homem que tinha a sensibilidade adequada para oferecer chocolate a uma mulher quando ela estava sofrendo. Além de saber as palavras corretas para acalmar um coração desesperado.

– Não vou comer a torta toda. Tenho certeza de que minha bunda está maior. As bundas sempre crescem no período de gestação, não é? A minha está gigantesca.

Funguei limpando o rosto com as costas da mão.

– Que absurdo! Sua barriga nem apareceu ainda, como sua bunda pode estar maior? Aliás, sua bunda está ótima!

– Dean! – Dei um tapa no braço do meu marido e ele riu.

– Pare com isso. Robert queria apenas provocar. Você continua perfeita – completou.

Sorri e dei um beijo no rosto dele. Dean sorriu de uma maneira diferente. Merda! Até quando continuaríamos desta maneira? Até quando ele guardaria esperanças? Não era justo.

Estávamos sentados em nossa sala de televisão, no sofá central, com as pernas estiradas, um ao lado do outro, tudo escuro, apenas a luz vinda do aparelho clareava nossos rostos. Ficamos sozinhos para assistirmos juntos a declaração de Robert, mas também para que ele me consolasse como só meu amigo poderia fazer.

– Eu sei que você não está completa, mas não está feliz com a gravidez? – perguntou Dean.

Encarei seus olhos sem saber o que responder. Pela primeira vez, desde que descobri que estava grávida, sozinha, na Espanha, e fingindo ser outra pessoa, considerei pensar no assunto. Antes eu estava fechada para qualquer pensamento que me levasse a recuar. Estava obstinada em continuar com o plano, em me tornar forte, em endurecer o meu coração, pois precisava me libertar e, por consequência, libertar o homem que eu amava. O filho era um prêmio que só usufruiríamos quando tudo estivesse acabado.

Eu não podia pensar em minha fragilidade, ou na fragilidade daquela criança, pois sabia que acabaria desistindo, postergando tanto que chegaria ao ponto onde nada mais seria possível. Esperar? Não havia como. Tanya não daria o divórcio. Dean descobriu este detalhe tão logo começou a elaborar nossa estratégia. Ela tinha todas as cartas para destruir Robert e esta seria a sua forma de manter o casamento. Motivo? Era inacreditável, mas ela o amava. Era isso ou simplesmente estava decidida a infernizar a vida dele apenas por ter instintos psicóticos.

Dean passou a mão em meu rosto, recolhendo uma mecha de cabelo que estava escapando do coque frouxo e descia pela testa. Ele também me amava, mas sabia a hora de desistir e principalmente de recomeçar a sua vida. Era isso que ele tentava fazer, aceitando o seu relacionamento com Carol.

– Eu estou feliz! Claro que estou, porém, como você mesmo disse: não estou completa. Evito pensar na parte emocional. Na alegria em gerar um filho. Nos momentos que eu deveria dividir com Robert... Eu evito, mas não os esqueço, apenas guardo para quando for possível.

– Vai ser possível.

– Eu sei.

Sorri e coloquei mais um pouco da torta de chocolate na boca.

– E você vai engordar se continuar comendo assim.

Dei o meu melhor olhar de fúria para Dean, que riu alto, bagunçando meu cabelo.

Ouvimos uma batida fraca na porta e rapidamente nos ajeitamos no sofá. Não seria nada agradável se Carol entrasse e nos surpreendesse. Era Tom. *O que ele ainda faz aqui? Não fica nunca com a família?*, pensei, irritada por ter que me afastar dos cuidados do meu marido. Bom... Eu precisava dos cuidados dele. Estava grávida! Tinha esse direito, não tinha?

– Dean, Bruno Carter está subindo. Eu estou de saída, precisa que eu fique?

– Não. Bruno vem apenas para conversar. Pode deixar.

Passei as mãos pelos cabelos e nos olhos. Não queria que o irmão do homem que eu amava me encontrasse tão acabada como eu estava. Sabe-se lá o que aquele sem noção seria capaz de dizer ao irmão. Tom saiu e Dean se levantou. Segurei em seu braço antes que ele escapasse.

– Não conte da gravidez. – Ele estreitou os olhos. – Você sabe que ele pode contar tudo a Robert e aí o jogo termina para a gente.

Dean balançou a cabeça concordando e saiu da sala. Eu saí logo em seguida.

Bruno estava no meio da minha sala, usava jeans, camisa de algodão preta e um casaco grosso, indicando o frio que fazia do lado de fora. Ele me encarou sério, as mãos no bolso, olhos penetrantes. Por um segundo achei que ele me mataria, ou me condenaria por todo aquele plano que estava atirando seu irmão na merda. Mas, então, ele sorriu. Um sorriso amplo e brilhante, típico de uma criança que escondia um segredo.

– Então você é mesmo uma diabinha, Melissa Simon!

Tenho que confessar que suspirei aliviada. Saber que poderia contar com o apoio do irmão do meu ex-amante era muito importante para mim. Pelo menos eu sabia que, quando chegasse a hora de contar a verdade, ele estaria ao meu lado para me ajudar a justificar todos os meus erros.

– Não é? – disse Dean sorrindo, apertando a mão da nossa visita.

– Quer conhecer nosso QG? – Os olhos de Bruno brilharam.

– Cara, sempre quis me envolver em uma ação como esta. Todo o mistério, as farsas, a verdade escondida, tecnologia de ponta... – Passou a mão no cabelo e puxou o ar. – Vou me divertir muito.

– Vai sim – confirmei. – Mas precisamos manter tudo só entre a gente. Quanto menos pessoas participarem, melhor o resultado. Não podemos deixar que Tanya desconfie de nada.

Sorri caminhando até ele, começando a me sentir melhor com aquela história.

– Isso. Por este motivo, vou levar você para dar uma volta pelo nosso corredor. – Dean piscou para mim, gostando de estar no comando daquela operação. – A partir de agora, você entrará pelo apartamento cinco. É um pouco distante, porém será muito mais seguro. Só precisamos encontrar uma desculpa perfeita.

A campainha tocou e nós nos entreolhamos sem entender quem poderia ser.

– Você está esperando alguém? – Dean ficou tenso.

– Não. Os empregados já saíram – respondi com a voz baixa e senti meus músculos enrijecerem.

Zac invadiu a sala exasperado.

– Alexa Madden na porta.

– Olhamos um para o outro sem saber ao certo o que deveríamos fazer.

– Como ela conseguiu subir?

Bruno ficou mais nervoso do que todos os outros. Ele sabia do que sua namorada era capaz.

– Entrou junto com um casal. Ninguém percebeu. As câmeras a captaram chegando no andar inferior e subindo pelas escadas de emergência para a cobertura. – Zac estava em alerta.

Merda!

– Zac, leve Bruno pela passagem para o apartamento um. Eu e Melissa resolveremos o restante.

Apesar de hesitante, Bruno acabou concordando que deveria obedecer às ordens de Dean, já que tudo deveria permanecer em segredo. Caminhou rapidamente até o escritório da casa e sumiu na escuridão. Dean respirou profundamente e abriu a porta. Alexa estava lá. Sua postura indicava que não estava para brincadeira e que não aceitaria desculpas.

– Onde está Bruno? E não venha com nenhuma história de que ele não está aqui porque eu tenho a localização exata dele em meu celular.

Oh, merda! O idiota do Bruno era monitorado pela namorada.

CAPÍTULO 12

Estávamos sentados na minha sala de jantar, Dean ao meu lado, o braço colado ao meu, sobre a mesa com os dedos entrelaçados. Do outro lado, Bruno, extremamente irritado, e Alexa, constrangida, além de aborrecida. Ambos afastados um do outro em uma distância ridícula, típica de quem se evita.

– Alexa, é muito importante que ninguém saiba o que estamos fazendo – repeti pela quarta vez. Colocar mais uma pessoa naquele jogo era perigoso e arriscado. Ela abaixou os olhos e concordou com a cabeça.

– Você precisa continuar fingindo odiar Melissa. Tanya vai desconfiar se qualquer pessoa da família demonstrar amabilidade – Dean falou.

Ela, mais uma vez, concordou sem nada dizer. Ele suspirou e me olhou um pouco preocupado.

– Tudo bem?

– Sim. Mas acho que deveremos tomar outras medidas.

Eu olhava para Bruno e Alexa e deixava que minha mente arquitetasse uma solução há muito procurada.

– Outras medidas? – Bruno se interessou sem demonstrar a mesma empolgação.

– Com certeza Tanya sabe que vocês apareceram aqui. Os capangas dela montaram guarda na nossa porta desde que voltamos – continuei.

Dean olhou para mim entendendo a minha linha de raciocínio.

– Você está pensando em...

– É a única solução. O que ela vai pensar?

Voltei a olhar para os meus amigos que, ridiculamente, não se olhavam.

– Bom, temos ciência de que em algum momento alguém cobraria uma explicação.

– Duas vezes?

Conversávamos sem incluir meus amigos, que apenas nos olhavam sem entender nada.

– É verdade – disse Dean mordendo os lábios, olhando para as mãos enquanto pensava se seria mesmo o melhor a ser feito.

– Ok! – Sorri animada.

– O que vocês acham de morarem juntos?

Bruno arregalou os olhos espantado e Alexa ficou sem reação.

– O quê? – Bruno foi o primeiro a se manifestar. – Você só pode estar brincando. Ela colocou um localizador no meu celular!

Alexa o olhou com raiva e ele arqueou uma sobrancelha.

– Calma. Nós vamos precisar mesmo que você esteja por perto, Bruno. O apartamento dois precisa de movimento ou então vão começar a desconfiar. É o apartamento abaixo do nosso. Na verdade ele era apenas uma base, mas vocês podem habitá-lo sem problemas.

– Não vou morar com uma mulher que monitora a minha vida!

– Bruno Carter! – Alexa estourou. – Ou você para com isso agora ou eu juro, por tudo que existe de mais sagrado nesta vida, que termino de uma vez por todas este relacionamento!

– Termina o relacionamento? Você instalou um localizador em meu celular e quer me dizer que vai terminar o relacionamento?

Pronto! A conversa passou a ser só deles. Tudo o que nós menos precisávamos.

– Se você não estivesse sumindo no meio da noite sem dar satisfação a ninguém, isso não seria necessário.

– Eu estava seguindo o Robert! Ele surtou quando Melissa sumiu. O que deu em você?

– Eu... Acho melhor... – interferi.

Olhei sugestivamente para Dean, que levantou comigo para deixá-los sozinhos.

– O que deu em mim? O que deu em você! Pensa que não sei das suas noites de farra ao lado do seu irmão? Boa coisa não sai disso!

Batemos a porta e fomos para a cozinha. Eu necessitava de mais um pedaço da torta de chocolate. Dean tinha razão, eu engordaria. Mas como me manter livre dos desejos se eu não tinha nada além disso? Robert não estava lá para aplacar a parte significante da minha ansiedade, minhas amigas agora ou eram inimigas ou estavam envolvidas naquele jogo podre. Dean... Bom, era melhor manter Dean onde ele estava. Restava-me apenas o chocolate.

Ficamos em silêncio enquanto eu comia e fingia não me importar com o avanço das horas, quando, na verdade, o que eu mais precisava era deitar e descansar. Outro inconveniente da gravidez: o sono. Eu estava cada vez mais mole e, com toda a tensão do meu dia a dia, acabava apagando tão logo a noite chegava.

– Milagre a Carol não aparecer para arrastar você para casa – brinquei ao perceber que ele olhava de tempos em tempos para a porta da cozinha.

– Mandei uma mensagem avisando que Bruno apareceria.

– Você acha justo colocá-los nisso?

– Eles se meteram nisso – disse e cruzou os braços impaciente. – Será que vão demorar muito?

– Vamos lá. – Levantei, deixei o prato na pia, e caminhamos juntos de volta ao QG, mas paramos com a mão na maçaneta ao ouvir a conversa deles.

– É "lóxico" que amo "voxê", bebezona!

– Não ama, não. Meu meninão quer ficar brigadinho.

– Não, bebezona! Vamos ficar "achim" juntinhos.

Dean me olhou sem acreditar naquilo. Era mesmo muito engraçado imaginar um homem do porte de Bruno falando daquela forma, mas ouvir Alexa, aquela mulher linda, cheia de personalidade, se derreter pelo seu "meninão" era de se embolar de rir. Fiz sinal para que ele não começasse a dar risada, mas foi impossível. Então rimos juntos sem conseguir disfarçar pela situação tão constrangedora.

Em poucos segundos, a porta abriu e eles saíram de lá, totalmente envergonhados e também irritados pela forma como encarávamos a relação deles. Dean tentou engolir o riso, forçamos a mente a não enviar o desejo de rir, mas não conseguimos nos segurar por muito tempo, logo estávamos gargalhando descontroladamente. Bruno pigarreou, desistindo de esperar por nós.

– Decidimos aceitar o desafio.

– Alexa o olhou com cara feia. Também, qual mulher na face da Terra gostaria de ter o fato de morar com seu namorado encarado como um desafio? Só Bruno Carter para ser insensível a este ponto. Ele encarou a namorada sem entender em que parte tinha errado. Ela revirou os olhos desistindo de tentar fazê-lo entender.

– Ótimo! – Dean tomou a palavra assumindo postura de comando. – De quanto tempo vocês precisam? Vamos colocar o apartamento no seu nome, Bruno. Fica mais fácil, para o caso de Tanya investigar.

– O mais rápido possível, por favor! – Me adiantei a colocar a nossa urgência como pauta. Era importante conseguir resolver tudo antes que minha barriga começasse a aparecer.

– Uma semana? – Alexa arriscou. Na verdade eu precisava que fosse o quanto antes, mas uma semana estava de bom tamanho. Eu estaria na Tailândia e seria como se não soubéssemos de nada.

– Uma semana? – Bruno parecia assustado.

– Qual é o problema, Bruno? – disse Alexa.

Depois cruzou os braços na frente do peito e o encarou com raiva. Ele levantou as mãos, rendendo-se.

– Tudo bem. Tudo bem. – Olhei de soslaio para Dean, que ensaiou um sorriso zombeteiro, mas nada falou.

– Vamos fazer o seguinte: amanhã um corretor vai procurá-lo, Bruno, e levar o contrato de venda do apartamento. Ele está em nome de uma identidade que assumi quando precisei sumir do mapa...

E comecei a colocar aquela conversa de uma forma mais profissional.

– Vou precisar preparar Olivia para a minha saída de casa. Não vai ser nada fácil. – Passou a mão no cabelo e suspirou.

– Bruno! – recriminou Alexa impaciente.

– Você sabe que ela não vai abrir mão de um casamento, uma festa, tudo como deveria acontecer.

– Podemos fazer tudo isso. Podemos fazer da forma correta no futuro, mas, neste momento, vamos apenas morar juntos. Temos que pensar que é pela Melissa e, principalmente, pelo Robert. Talvez esta seja nossa única chance de colocar um ponto-final nas armações de Tanya.

Bruno encarou a namorada, pensativo, depois sorriu, como um menino tímido, que só o deixava mais bonito, bagunçou os cabelos e puxou o ar com força.

– Tudo bem, Alexa. Tudo bem. Vamos ver como será isso.

Minha amiga, então, pulou em seus braços, capturando seus lábios.

– Ok, ok! Tudo muito lindo, mas Melissa e eu precisamos dormir – disse Dean.

Ele estava ansioso demais, o que chamou a minha atenção. Bruno e Alexa se olharam e ficaram envergonhados. Minha amiga mordeu os lábios e Bruno colocou as mãos nos bolsos.

– Vocês dormem juntos? – Alexa foi logo direta.

Claro que a pergunta me pegou de surpresa, uma vez que já havíamos explicado que o casamento era uma farsa, no entanto, eu gostei que tenha sido feita, pelo menos tudo ficaria logo esclarecido.

– Não! Dean dorme todos os dias no apartamento que Carol está ocupando – respondi com bastante calma, passando confiança para meus amigos. Eu precisaria dessa confiança quando chegasse a hora de contar a verdade a Robert.

– A Senhorita Garcia – Bruno emendou. – Vocês dois...

– Isso, Bruno! Eu e Carol somos namorados.

Os olhos do irmão do meu ex-amante brilharam e eu percebi, mesmo constatando que a diferença era mínima, que seus ombros relaxaram. Eu também me sentia melhor assim.

– Agora, com licença, porque minha namorada me aguarda. – Piscou para o grupo. – Você vai ficar bem?

– Claro!

Ele sempre se preocupava demais comigo. Mesmo quando não havia mais risco algum.

– Vá antes que a Carol venha até aqui.

– Nós também já vamos. Preciso arrumar um plano para não matar Olivia do coração. Vamos, Alexa.

Alexa lhe deu um tapa no braço e ele se encolheu rindo da namorada.

Dean se despediu com um beijo no rosto e um afago gentil em minhas costas. Eu fui para meu quarto assim que todos saíram. Apaguei as luzes, melancólica. A casa ficava imensa quando não havia alguém para dividi-la comigo e, mesmo sabendo que sempre tinha alguém por lá, não era o mesmo que estar em meu antigo apartamento, pequeno e confortável, que ficava ainda menor com a presença dele: Robert Carter.

Eu nunca me acostumaria à sua ausência. Foram tantos momentos incríveis naquele pequeno imóvel, tantas emoções, sensações, revelações... Tantas trepadas sacanas, conversas estimulantes, presentes repletos de segundas intenções. Puta merda! Como eu sentia falta de tê-lo ao meu lado, tocando-me, cheirando meus cabelos, alisando minhas costas.

Minha pele fervia e eu já podia sentir a familiar umidade entre as minhas pernas. Era uma droga estar excitada e não ter Robert para aplacar minhas necessidades. Ok! Meus dedos poderiam resolver aquele problema e não seria a primeira vez. Que Dean nunca desconfiasse disso, não por ser ele uma pessoa a quem eu devia satisfações, e sim por ser algo tão forte e tão íntimo que nunca poderia ser revelado, ou compartilhado... Bom, compartilhado era bem possível, mas apenas com uma única pessoa.

Entrei no closet, peguei uma camisola comprida, senti o frio da noite em minha pele tão quente e, mais uma vez, as lembranças me invadiram. O dia em que ele me prendeu na sua sala e me "forçou" a me tocar na frente dele. Aquilo foi tão íntimo e extremamente delicioso que, constantemente, eu me via pensando na cena.

Penteei os cabelos, coloquei minha colônia, apenas um pouco para dormir me sentindo cheirosa, mesmo dormindo sozinha, desfiz a cama e apaguei as luzes do quarto. Deitei puxando o lençol até o pescoço e esfregando minhas pernas uma na outra tentando aplacar o desejo que se instalara ali. Era impossível.

A minha imagem sentada na mesa dele, sem calcinha, tocando-me com prazer enquanto ele me assistia, seus olhos famintos em meu sexo molhado, sua língua umedecendo os lábios, ansioso demais para me tocar, para me possuir. Merda! Por que eu não conseguia pensar em algo mais fácil, como caminhar em um jardim, ou comer bolo de chocolate? Por que eu precisava me torturar com aquelas lembranças que não me deixariam dormir? E por que merda eu não conseguia me livrar daquele desejo inesgotável?

Meu telefone tocou me fazendo estremecer. Praguejei por precisar levantar para buscá-lo na bolsa largada no chão do closet e ensaiei milhares de desaforos para dizer a Dean por ele ficar tão preocupado comigo. Mas não era meu marido na linha. Meu coração quase parou quando identifiquei o número. Robert Carter.

– Alô!

Pigarreei para limpar a garganta e liberar o bolo que me impedia de falar com naturalidade.

– Melissa!

Aquela voz rouca, aquele timbre dominante. Minha pele correspondeu imediatamente ao comando, arrepiando-se e espalhando pequenos espasmos por todas as minhas células.

– Robert? Como... Merda!

Ele riu.

Claro que eu ficaria confusa. Aquele número era novo. O antigo eu precisei descartar após descobrir que estava grampeado e o novo era monitorado por minha equipe. Claro que não havia necessidade de eles acompanharem todas as minhas conversas, apenas quando eu acionava a função.

– Preciso explicar que sempre consigo o que quero?

Suspirei e passei a mão no cabelo para clarear a mente. Ele me confundia. Atava meus braços e pernas e me conduzia para onde quisesse quando agia daquela forma tão... Puta merda! Tão Robert Carter!

– O que você quer?

Eu não conseguia sair daquele closet, não conseguia desligar a ligação e, principalmente, não conseguia me livrar do formigamento que se espalhava em meu sexo. Ele riu mais uma vez, permitindo que minha mente fantasiasse sobre todas as possibilidades relacionadas ao que ele queria comigo naquele momento.

– É muito simples, Melissa. Eu. Quero. Você.

Não respondi. Aquelas palavras eram tudo o que eu desejava em minha vida. Minha necessidade de sexo, mas, acima de tudo, de Robert Carter, era praticamente sufocante e simplesmente desafiá-la, ou reprimi-la, estava fora de cogitação. Eu sabia que, se desse aquele passo, não haveria volta.

– Ainda está aí?

– Não.

Minha voz saiu fraca. Tentei desanuviar a mente, mas foi impossível. Ele deu uma risada curta e rouca que lançou correntes elétricas em meu corpo como um todo.

– Onde você está?

Merda! Eu conhecia aquela brincadeira. Sabia aonde chegaríamos. Poderia me permitir? Poderia ir um pouco além?

– Onde você está? – devolvi a pergunta tentando ganhar um pouco mais de tempo.

Aproveitei e saí do closet, tranquei a porta do meu quarto e fiquei parada, sem saber se deveria ou não deitar. Era muito arriscado.

– Isso não vem ao caso.

– Claro que vem ao caso. Eu conheço o seu jogo, Senhor Carter, mas as circunstâncias mudaram.

O que eu estava fazendo? Eu queria jogar?

– Tudo bem! Dê as suas cartas, Melissa, e jogue comigo.

Oh, merda! Era muita tentação, mas eu não podia.

– Não vai acontecer, Carter! – tentei ser dura falhando vergonhosamente.

– Estou na praça em frente ao seu prédio. Neste momento, estou olhando fixamente para a sua janela. Então, sem sombra de dúvida, não vai acontecer como aconteceu antes. Mas...

Mordi meus lábios tentada demais a me aproximar da janela para vê-lo.

– Mas?

Dei alguns passos vacilantes, separando as cortinas com as pontas dos dedos, apenas o suficiente para visualizá-lo. Robert estava lá. Uma figura mínima e obstruída pelas árvores, quase impossível de ser notada devido à altura, mas eu sabia que era ele. Reconheceria ele mesmo que estivesse no espaço olhando para a Terra, eu saberia exatamente a sua localização. Porque eu não o via com os olhos, mas, sim, com meu corpo inteiro que captava sua presença onde quer que estivesse e, mais importante do que qualquer outra coisa, com o coração que sentia a intensidade do nosso amor por maior que fosse a distância.

Foi esta certeza que me fez voltar, porque eu sabia que ele estaria lá, esperando por mim, independentemente do tempo, lugar ou de qualquer acontecimento. Ela estaria lá, assim como eu.

– Eu sei que você deseja tanto quanto eu...

Respirei profundamente. Merda! Eu detestava aquela segurança dele que me desestabilizava por completo.

– Tenho duas propostas.

– Robert...

– Ah, meu amor! Eu amo ouvir meu nome saindo de seus lábios quando está excitada. Como senti falta disso.

Eu também sentia. Queria poder gritar seu nome no momento do êxtase, e sentir seus braços em volta do meu corpo para me certificar de que não fui pulverizada com o gozo e que meu mundo ainda se resumia a ele. Como eu o queria.

– A minha primeira proposta, e devo ressaltar que sei qual será a sua resposta, por este motivo deixarei claro que a farei novamente todos os dias até conseguir um sim.

Sorri. Aquele era o meu Robert.

– A resposta é não.

Continuei sorrindo. Ele fingiu não me escutar.

– Você pode descer e entrar em meu carro. Vamos para o meu iate e passaremos uma noite incrível. Vou fazer amor com você de todas as formas possíveis e arrancar de sua mente toda sua capacidade de raciocinar ou de me recusar. Eu sei que neste momento seu corpo está correspondendo a minha proposta da forma como eu morreria para presenciar. Sua pele está arrepiada, seus seios subindo e descendo devido à respiração descompassada, seus lábios entreabertos e seu sexo... Ah, Melissa! Eu enlouqueço ao imaginar o quanto você está molhada só em ouvir a minha voz.

Filho da puta convencido! Que droga! Como ele podia saber daquilo tudo sem nem me ver? Como podia ter tanta certeza de como o meu corpo reagia se eu só o tinha menosprezado desde que cheguei?

– Minha...

Vacilei. Não era normal me sentir daquela forma. Aliás, era perfeitamente normal, afinal de contas quem estava do outro lado da linha era o homem da minha vida, mas que não deveria ser. Pigarreei.

– Minha resposta ainda é não.

Eu tinha certeza de que ele sorria, que se divertia com a minha fraqueza.

– Tudo bem. Teremos tempo. A segunda proposta é...

– A noite está fria. Você vai congelar aí embaixo – tentei mudar de assunto, com receio do que estaria por vir.

– Está, sim, mas eu não estou congelando. Poderia ser melhor. Você poderia abrir a sua porta e me deixar entrar. Claro que Dean não vai gostar nadinha disso, no entanto, Melissa, quando você abrir a porta para mim, nada mais vai contar, não é?

Puta merda! Puta merda! Puta merda!

– Talvez o frio congelante ajude você a colocar as ideias no lugar.

Mais uma vez ele riu e eu podia visualizar seus lábios se abrindo em um sorriso perfeito. Os olhos incrivelmente cinza se fechando em fenda e o corpo inteiro pronto para me atacar. Merda, por que fui pensar no corpo dele?

– O que você está vestindo?

Olhei-me. A camisola fina de seda descendo até meus pés, acariciando levemente a minha pele e fazendo com que os bicos dos meus seios enrijecessem.

– Meu moletom velho.

Ele demorou um pouco mais para reagir. Seu silêncio foi quase constrangedor.

– Já houve época em que desejei tocar fogo neste conjunto ridículo que você insiste em usar. Hoje sinto falta de vê-la tão à vontade.

A revelação fez com que lágrimas se juntassem em meus olhos. Respirei fundo para não deixá-las cair e mordi o lábio inferior me impedindo de desfazer a mentira.

– Você está no seu quarto?

– Sim.

– Dean está...

– Não. Ele... – Olhei para os lados sem saber o que poderia inventar. – Está no escritório.

– Está na sua cama?

Meu coração acelerou, meu sangue correu com mais força e algo no meio das minhas pernas pulsou.

– Não. Estou na janela, olhando para você.

– É alto, mas eu posso imaginá-la me olhando.

A forma como ele falou foi totalmente instigante, como se quisesse sugerir que a forma como eu o olhava deixava claro o meu desejo. Puta que pariu! Era verdade!

– Tire a roupa.

O quê? Como assim? Como ele podia simplesmente me dar uma ordem daquela? E como meu corpo podia formigar tão intensamente apenas com uma merda de uma ordem?

– Robert, eu...

– Tire a roupa, Melissa! – Sua voz ficou um pouco mais baixa, muito mais rouca e intensa. Um comando impossível de ser rejeitado. – Eu não posso vê-la, mas será demasiadamente delicioso imaginá-la nua, na janela, olhando para mim.

Merda! Eu não queria, mas obedeci, como sempre fazia.

Com a respiração acelerada, minha mão subiu até as alças da minha camisola. Desci uma de cada vez e deixando-a cair ao chão, roçando meus seios, barriga e pernas até completar o seu trajeto.

– E então, você fez?

– Não.

Eu não podia admitir minha fraqueza. Justamente naquela noite eu dispensei a calcinha, então, estava nua, na janela, olhando para o homem que eu desejava e sabendo que ele, mesmo sem me ver, queimava minha pele com seus olhos intensos.

– Eu queria poder tocá-la agora. A sensação da sua pele clara e quente em minhas mãos frias é quase real. Queria poder tirar seu cabelo do pescoço, deixá-lo caído sobre o ombro, dando-me espaço para prová-la. Ah, Melissa! Eu queria sentir o seu gosto agora, deslizar meus lábios em suas costas, correr minhas mãos em seus braços, encontrar a sua cintura fina e delicada e tomá-la para mim, cercá-la com as mãos e puxá-la para minha ereção. Você ainda se lembra, não é? Sabe como eu reajo ao seu corpo macio.

Enquanto ele falava, minha mão agia sem precisar de ordem. Segurei meus cabelos jogando-os sobre os ombros, como ele tinha dito que desejava. Depois, meus dedos correram meu braço que segurava o telefone até alcançarem a minha cintura. Minha pele sentia como se fosse Robert comigo, exatamente igual à primeira vez em que fizemos sexo por telefone. Controlei a respiração para não dar pistas do que eu fazia.

– Não.

Respondi à pergunta, mas já tarde demais, com a imagem da ereção dele projetada em minha mente. Minha boca salivou e senti uma vontade incontrolável de tê-lo em meus lábios, de contornar sua extensão com minha língua e recebê-lo completamente em meu íntimo.

– Pois eu me lembro de cada detalhe seu. Se eu estivesse agora com você, colado a suas costas, tocaria seus seios com desejo, preencheria minha mão com seu volume e apertaria seus bicos entre meus dedos. Eu sei que você gosta assim.

Minha mão fez exatamente o que ele ditava e reprimi um gemido que, por pouco, não escapou.

– Beijaria seu pescoço e permitiria que minha mão descesse ao encontro do seu sexo, que, com certeza, estaria pulsando de excitação.

Ele suspirou audivelmente, demonstrando todo seu desejo.

Eu podia vê-lo passar a mão no cabelo e sentia sua ansiedade em tocar seu próprio membro. Tinha consciência da minha própria ansiedade em tocar o seu membro. Era sufocante, porque ele estava ali, a poucos metros, bastava um sim. Um simples sim e o alívio chegaria, não apenas uma vez, mas muitas vezes e, sempre, cada vez mais intenso, até que não existisse mais força, como ele mesmo prometeu que seria.

– Melissa?

– Diga – falei melosa.

Impossibilitada de responder de outra maneira, quando a minha mente lutava entre a necessidade de tê-lo de verdade ou somente aceitar aquele momento sem que ele percebesse o que eu fazia.

– Droga! Eu mataria alguém só para poder tocá-la neste momento. Se eu conseguisse alcançá-la, se minhas mãos tocassem seu corpo agora, eu seria o homem mais feliz da face da Terra.

– Para quê? – Respirei fundo. – Para que me tocaria?

– Para lhe dar o que tanto deseja. Eu posso sentir o seu desejo, a necessidade do seu corpo correspondendo a minha própria necessidade.

Imediatamente, meus dedos tocaram meu sexo, úmido e pulsante, como ele sabia que estava. Deixei que meu pequeno botão se acostumasse à pressão e depois acariciei a extensão com meus dedos.

– Para preenchê-la com tudo o que sou e assistir você desfalecer de tanto prazer enquanto grita meu nome.

Encostei a testa na parede fria e mantive meus olhos abertos, presos naquela imagem enquanto permitia que meus dedos brincassem intimamente.

Era excitante, estimulante e relaxante. Saber que ele estava lá embaixo, olhando para mim, apesar de não conseguir me ver, mas sabendo que eu correspondia ao seu comando, que eu estava nua, olhando para ele, ciente de que estava errando, sendo fraca e, aos olhos dele, leviana, mesmo assim, dando ao homem que eu amava o que ele tanto pedia. Eu lhe dava o meu prazer, todo o meu prazer. Não consegui segurar o gemido quando meus dedos me invadiram. Robert rosnou do outro lado, e eu recebi a sua reação com um incentivo para continuar.

– Isso, meu amor! Se entregue para mim.

Meus movimentos ficaram mais rápidos, urgentes, deliciosos.

– Como eu queria beijá-la agora. Não apenas seus lábios sedentos, Mel, também seus seios, sua barriga e, finalmente, seu sexo. Ah, como eu queria sentir seu gosto neste momento. Capturar sua excitação em meus lábios, acompanhar seu rebolado ensandecido e ansioso por mais. Eu sei que você quer mais, Melissa, e eu daria sempre mais. O quanto você precisasse.

Meus dedos entravam, se afundando em minha carne, a palma da minha mão pressionando meu clitóris e se esfregando nele, meus quadris se mexendo de encontro ao prazer e minha mente imaginando ser a sua boca a me masturbar, arrancando de mim o prazer mais profundo.

– Goze para mim, Melissa!

Não precisou de mais uma palavra. Não precisou que me pedisse mais de uma vez. Eu gozei sentindo o gelo do vidro na testa e o calor do meu gozo na mão, mas, o que realmente me aquecia, era o meu coração, que bombeava alegria por poder dividir mais aquele momento com Robert, mesmo que eu me arrependesse depois. E foi por isso que, naquel momento, entregue ao desejo e ao êxtase, me permiti chamar por ele.

– Robert!

Os espasmos percorreram meu corpo, fazendo-me tremer.

– Estou aqui, Mel. Sempre estarei aqui. Boa noite, meu amor!

E ele desligou.

CAPÍTULO 13

Foi impossível encarar Dean ou qualquer pessoa da equipe após aquela noite. Ninguém sabia o que havia acontecido, apenas que Robert esteve na frente do prédio por um tempo e que eu recebi uma ligação dele. Eu me sentia segura em relação a este ponto. Meu quarto não era vigiado, meu celular apenas captava as ligações e grampeava as conversas que eu autorizava, então esconder a verdade era fácil. Difícil era encará-la.

Era sábado, dia do tal jantar, baile, sei lá o que seria aquele evento, e eu estava muito nervosa com a obrigação de comparecer. Passei metade do meu dia trancada no quarto, alegando estar enjoada, e a outra metade, na biblioteca, aproveitando para ler meu livro novo: *O Presidente,* última parte daquela trilogia perfeita. Pelo menos, assim, conseguiria esquecer um pouco a sensação daquela voz em meu ouvido, do desejo urgente do meu corpo... Era melhor não lembrar.

– Você está bem? – Dean perguntou pela milésima vez.

Ele estava agitado, o que me deixava insegura.

– Sim. Já respondi várias vezes que sim.

Ele arqueou a sobrancelha olhando a minha imagem refletida no espelho.

– Desculpe! Eu estou tensa.

– Eu sei. Não vai mesmo me dizer o que foi que conversaram?

Meu rosto pegou fogo. Como eu poderia dizer ao meu marido, mesmo que de mentira, que eu havia me masturbado defronte à janela, olhando Robert parado do lado de fora. Puta merda!

– Ele queria conversar, apenas isso. Eu disse que ele deveria ir embora e foi o que fez.

O rosto de Dean deixava claro que não acreditava em mim. Não me dei ao trabalho de tentar me explicar.

Passei mais uma vez o batom e me encarei no espelho. Meus cabelos estavam presos até a metade da cabeça e desciam em cascata de cachos jogados sobre os ombros. Eu usava um vestido vermelho, insistência da Abby, que acreditava que Robert seria mais facilmente dominado se me visse tão linda. Não sei para quê, já que ele nem poderia me tocar. Era colado ao corpo, e por isso eu mal respirava com medo de minha barriga aparecer. Apenas uma fina segunda pele cobria, em um decote profundo e insinuante, dos seios até o pulso, decorada por pequenas pedras, forjando um brilho incomum na minha pele.

– Será que não...

– Não! – interrompi meu marido. – Eu vou, Dean. É necessário.

– Certo. Não vamos mais falar sobre isso. Você está mesmo deslumbrante!

E aquele mesmo olhar, tão familiar e acolhedor, ao mesmo tempo constrangedor, já que eu nunca seria capaz de retribuir seu amor, estava lá. Desviei os olhos e dei as costas ao espelho.

– Seu casaco, Senhora Bailey. – E ele se curvou em uma reverência digna de filme.

– Obrigada, Senhor Bailey. Muito atencioso da sua parte.

– Por você? Sempre, Melissa. Vamos. A noite está fria e já estamos quase no horário. Não é de bom tom chegar atrasado.

A limusine, propositalmente alugada para satisfazer os olhos da sociedade, parou em frente ao portal iluminado, onde fomos cordialmente recepcionados por uma garota de corpo perfeito e sorriso largo.

– Bem-vinda ao show... – Dean sussurrou no meu ouvido assim que percebi que havia gente demais prestando atenção em nós dois.

Paramos um pouco após a porta principal, guiados por um imenso tapete vermelho, para posarmos como um casal feliz para os diversos fotógrafos. Depois, uma mulher que aparentava seus trinta anos, usando vestido preto justo ao corpo e sem decotes, que abria em uma saia comprida, com o habitual sorriso de quem recepciona em um evento daquele porte, e demonstrando toda sua educação comprada, nos conduziu ao interior daquela imensa casa estilo colonial. Um amplo salão se abriu à nossa frente, iluminado da maneira mais sofisticada possível, repleto de casais que desfilavam e conversavam, sorrindo e confraternizando.

– Aqui está sua pulseira, Senhora Bailey. Seu pulso, por favor.

A mulher que nos guiava me deu uma pulseira de cor púrpura neon, que brilhava despertando a atenção de quem olhasse para mim.

Fiquei sem saber o que fazer. Não tinha ideia do que significava aquela pulseira e qual era o objetivo de me marcar com um acessório tão chamativo. Dean, que olhava tudo ao nosso redor, como se buscasse alguma coisa, olhou para mim como se estivesse muito bem ambientado com a situação.

– É para os dotes, querida. Não se preocupe. – E deu um beijo casto em meu rosto.

Tive vontade de questioná-lo sobre os tais "dotes". Que inferno de dotes eram aqueles? E para que serviam?

Mesmo assim estendi o punho esquerdo e puxei minha pulseira de brilhantes, a mesma que Robert havia me presenteado em outro momento, para que a mulher fixasse aquele acessório terrível em meu braço. Tenho que admitir que me senti marcada, como um animal que precisa ter o nome do dono para que não fosse confundido. Piorou muito quando vi que Dean também usaria uma da mesma cor da que estava no meu braço, como se fosse necessário indicar, para cada pessoa ali dentro, que pertencíamos um ao outro. Uma grande mentira.

– As mesas ficam do lado direito. Os envelopes podem ser entregues em até cinquenta minutos. Obrigada pela participação e aproveitem a noite.

Ela se afastou mantendo a delicadeza e discrição, enquanto se dirigia a outro casal que acabara de entrar. Dean colocou uma mão na base da minha coluna, conduzindo-me para uma das pontas do salão. A música suave e elegante, tocada por uma orquestra, preenchia o ambiente, e muitas pessoas já começavam a dançar em uma valsa lenta e pessoal. Casais sorriam um para o outro e se entregavam ao embalo como se a música fosse capaz de aquecer o seu amor. A verdade era que eu me sentiria da mesma forma, se o meu par fosse outra pessoa.

Não queria desmerecer Dean. Ele era um ótimo amigo, a pessoa correta que lutava por mim e que se metia em todas as encrencas possíveis apenas para não me deixar sozinha. Contudo, não era a mesma coisa. Robert era a minha vida e eu precisava dele cada vez mais ou, logo, tudo perderia o brilho.

– O que ela quis dizer com mesa do lado direito ou esquerdo? Aliás, o que você quis dizer com dotes?

Ele sorriu e estreitou os olhos.

– Como você pode participar de um evento como este sem ao menos se dar ao trabalho de pesquisar?

– Simplesmente porque não estava com a mínima vontade de participar. Esqueceu que estamos fazendo o jogo de Tanya? Ela está me jogando na fogueira e rezando para que eu queime rapidamente.

Ele riu e passou a mão no meu rosto.

– Eu nunca vou deixar isso acontecer. Relaxe e vamos curtir a noite.

Suspirei e corri os olhos pelo salão. Eu sabia que a família Carter estaria presente, no entanto, meus olhos buscavam por apenas um deles: Robert.

– As pulseiras indicam que somos um casal. – Ele segurou meu punho levando-o até o dele, colocando nossas pulseiras lado a lado. – Isso indica que, em determinado momento da festa, não poderei estar ao seu lado.

Ergui a sobrancelha surpresa com aquela revelação. Ele sorriu.

– Por este motivo, teremos os dotes, e as mesas... – Sorriu travesso. – Os dotes servem para arrecadar as doações. Funciona mais ou menos assim: primeiro temos que circular e verificar as damas disponíveis para darmos o dote. O cavalheiro não pode ofertar um dote pela sua dama, dando, assim, a oportunidade para que outras pessoas desfrutem da companhia dela. Está conseguindo acompanhar?

Fiz uma careta, arrancando uma gargalhada do meu marido.

– Certo. Quando escolher a mulher que deseja para aquela noite, é só buscar pela cor da sua pulseira nas mesas indicadas e fazer a sua oferta.

– Que horror!

– É divertido... – Ele sorriu e umedeceu os lábios. – Eu já sei quem será o meu alvo.

– Sério? – Fiquei animada. – Quem será?

Seria engraçado ver Dean passar a noite dançando com uma desconhecida.

– Aguarde. Logo, você vai saber.

– E como você pode ter tanta certeza? Pode ser que mais alguém esteja interessado nesta mesma dama e que consiga fazer a oferta primeiro.

– Duvido muito, mas não é assim que funciona. Primeiro cada dama pode receber até três dotes, vence o maior deles. Segundo, eu duvido muito que a dama em questão receba mais algum dote, além do meu, é claro. – E piscou.

Eu ri, achando graça daquela conversa, contudo, logo meu humor se perdeu, pois meus olhos capturaram a imagem que eu tanto ansiava e temia ao mesmo tempo. Ele estava lá.

Não havia acabado de chegar. Ele andava como se estivesse voltando da sua oferta de dote, o que me fez estremecer porque, se não nos encontramos antes, com certeza sua oferta não foi para mim. Mas o que eu esperava? Que Robert tivesse coragem de oferecer uma quantia extraordinária apenas para passar pouco tempo ao meu lado? Para dançar algumas músicas e depois me ver voltar para os braços do meu marido? Claro que não. Tanya com certeza estava lá, aguardando por ele, ansiosa para descobrir quem seria a dama a desfrutar do seu marido. Era melhor não arriscar. Não era? Meu coração não sabia. Estar em seus braços era prazeroso, porém seria forçar demais a minha capacidade mental, por outro lado, seria demasiadamente doloroso assisti-lo dançar e se divertir ao lado de outra pessoa, como se nosso amor não tivesse valor algum.

Ele não me viu, ou não me olhou diretamente, mas aceitou uma taça de champanhe oferecida pelo garçom que cruzou seu caminho. Colocou uma mão no bolso, afastando o seu smoking perfeitamente ajustado ao corpo definido que eu conhecia muito bem, e sorriu para um grupo logo à frente onde, pude perceber naquele momento, Tanya estava.

Merda! Ela estava linda. Com um vestido verde, costas nuas, um tecido leve que roçava sua pele clara, preso apenas por duas fitas que se encontravam no pescoço e sumiam por detrás dos seus cabelos cortados à altura do queixo. Ela sorria e era muito admirada. Robert agia como o marido perfeito, colocando-se ao lado da esposa e inserindo-se nas conversas com facilidade.

– Melissa? – Dean tomou todo o ângulo da minha visão, surgindo diante de mim.

Olhei-o o como se tivesse acabado de acordar de um sonho.

– Ouviu o que eu disse?

Pisquei sem conseguir me concentrar.

– Aconteceu alguma coisa?

– Não... – Puxei o ar com força. – Preciso de alguma coisa para beber.

– Hum! – Fez um gesto rápido com a mão chamando um dos garçons que serviam as pessoas no local em que estávamos.

– Água, por favor!

Em seguida, o garçom me serviu a água que bebi com urgência.

– Melhor agora?

– Sim. Eu estou bem. Só ansiosa para sair logo.

Suas sobrancelhas se juntaram enquanto ele analisava meu comportamento.

– Tudo isso porque viu o Robert?

Claro que seria impossível esconder do Dean aquele detalhe.

– Eu estou com medo, Dean. Só isso.

Logo atrás, minha visão captou Bruno e Alexa, rodopiando no salão sem trocar nenhuma palavra. Na verdade, Alexa parecia aborrecida e eu podia imaginar o motivo. Se fosse Robert o meu parceiro, com certeza eu também ficaria daquela forma por ser obrigada a dividi-lo com outra mulher, mesmo que fossem por apenas algumas danças.

– Não se preocupe, nós estamos no controle.

Ele piscou e eu sabia que suas palavras diziam muito mais do que ele foi capaz de expressar. Quatro garçons, uma recepcionista, dois cozinheiros e cinco seguranças trabalhavam para a gente naquele evento. Mesmo assim, eu não me sentia segura.

– Eu sei.

Encarei o copo em minha mão e busquei dentro de mim a força necessária para enfrentar aquela noite.

– Eu vou ofertar o meu dote. Volto logo.

Dean saiu, deixando-me sozinha. De repente, o ambiente não parecia mais tão aquecido. Eu me senti desprotegida, exposta e sozinha demais. Girei o corpo, buscando algum olhar amigo, mas não foi o que encontrei. Nicole estava ao fundo, Paul a seu lado, conversando com dois homens sem notar o que a noiva fazia. Ela me encarava com ódio, como se me cobrasse uma explicação e sem deixar de me acusar por todo aquele absurdo.

Minha vontade era de ir até ela e abraçá-la. Sentia falta da sua amizade, das suas loucuras e principalmente da sua falta de noção. Ela era incrível e estava ainda mais linda naquele vestido prata, longo e brilhante, que valorizava cada curva do seu corpo perfeito. Imaginei como ela reagiria ao meu vestido vermelho e a sua animação infantil, mas nada disso aconteceu. Ela me humilhou com os olhos, reconhecendo as joias que o irmão me deu como prova do seu amor e depois me desprezou, desviando o olhar sem me dedicar maior atenção.

– Pronto. – Sobressaltei-me com Dean ao meu lado. – Já fiz a minha parte e me certifiquei de que serei eu a ganhar esta competição.

Ele sorriu. Eu não consegui acompanhá-lo.

– O que foi agora? – disse ele seguindo meu olhar até encontrar Nicole. – Ah!

– Sinto falta dela... – revelei fazendo um esforço anormal para manter a cabeça erguida. – Sinto falta da vida que não tive ao lado deles. A mesma que Tanya me roubou quando me obrigou a partir. Era para estarmos juntas agora, rindo das pessoas e falando mal dos nossos amantes. Ela com certeza elogiaria meu cabelo, ficaria eufórica com meu vestido e passaria uma hora inteira descrevendo o seu processo de produção. Não deixaria de comentar cada detalhe desta festa e já começaria a esquematizar o próximo evento que teria que organizar.

Senti sua mão acariciar minhas costas, como se tentasse me consolar. Dean se aproximou e beijou minha testa, depois envolveu meus ombros e me puxou para um abraço carinhoso.

– Quer dançar?

– Quero.

A orquestra tocava *Unforgettable* e Dean me puxou, com toda a sua destreza, para o meio do salão, conduzindo-me lentamente de um lado para o outro, nossos corpos colados, como toda intimidade entre casais exigia, sua mão na minha, recuada de forma romântica e a outra espalmada em minhas costas. Ele me conduzia como um profissional, uma façanha do meu marido até então desconhecida para mim. Ele sabia disso, por isso sorria amplamente.

– Muito diferente das nossas danças nas boates, não é?

Sorri.

– Logo eles vão anunciar os novos casais. Ansiosa?

– Não. Quem poderia ter interesse em mim?

– Eu vi três envelopes destinados à minha esposa.

Seu olhar enigmático brincava com a minha curiosidade.

– Sério? E que velho bêbado, fedendo a charuto e com uma forte tendência a abusar da minha paciência eu terei que aturar?

– Provavelmente esta seria uma opção muito melhor do que Adam Simpson.

– Adam Simpson? Não!

Dean riu, divertindo-se com meu desespero.

– Ele fez uma oferta.

– Eu nem sabia que ele estaria aqui. Droga!

– É uma boa oportunidade. Adam sabe de alguma coisa, tenho certeza.

– Aturar Adam Simpson é uma tortura grande demais.

Dean riu alto e eu acabei rindo também.

– Tudo bem. Vou limitar seu tempo ao lado dele, mas você sabe que precisamos cercá-lo, e se puder ser com a sua colaboração, Abby agradece.

– Eca!

Ele riu mais uma vez.

– Vou ver o que consigo fazer – completei.

– De qualquer forma, ele não vai conseguir mais do que trocar algumas palavras com você esta noite.

Dean continuava sorrindo, mas seus olhos entregavam o seu verdadeiro estado de espírito e logo percebi que Robert tinha um dedo naquilo.

– Robert?

Ele concordou com um aceno de cabeça. Tentei não sorrir satisfeita. Era muito desaforo, mas não consegui esconder o brilho dos meus olhos.

– Tente não ficar tão eufórica assim quando estiver com ele. Todo o salão vai perceber que vocês estão apaixonados.

Ele me abraçou e beijou meu pescoço, trilhando em direção ao meu ouvido.

– Tanya está de olho em nós dois – se justificou quando seus lábios tocaram minha orelha.

– Tudo bem. Podemos dar uma volta?

– Claro!

Dean segurou minha mão e caminhou para fora do salão. Fomos interceptados por Tanya, que estava sozinha, atenta aos nossos passos, como ele já havia me alertado. Ela sorriu educadamente, olhando-me diretamente nos olhos.

– Como está sendo sua primeira noite em meio à alta sociedade, Melissa?

Tanya foi incapaz de nos saudar ou cumprimentar Dean.

– Insossa. Já tive noites mais animadas.

– Imagino que sim. Posso imaginar a distância entre os dois mundos.

Respirei profundamente para evitar um confronto direto com Tanya.

– Com licença, não tivemos o prazer em nos conhecer, eu sou Dean Bailey, marido de Melissa. Você, com certeza, é Tanya Carter. Não há como confundi-la, pelo que minha esposa descreveu.

Ele estendeu a mão recebendo a dela e levando-a aos lábios. Cortês demais. O que Dean pretendia?

– Sim, eu sei quem você é.

– Não duvido.

Ela logo desviou a atenção de mim para ele e seus olhos penetrantes se fixaram no meu marido, como se estivesse buscando por algo que ainda não havia conseguido obter.

– Tenho certeza de que é uma mulher muito bem informada e com Melissa agora como acionista majoritária torna-se importante conhecer a vida dela também, não é assim que funciona?

– Claro! Na verdade, todos ficamos muito curiosos com o casamento repentino de Melissa.

– Com licença, preciso ir ao toilette.

Agradeci a Deus por estar grávida e ter aquela desculpa para fugir de Tanya, ao menos naquele momento. Dean me deu um beijo no rosto e me deixou escapar.

Mal consegui chegar do outro lado do salão e fui interceptada. Na verdade, eu andava apressada, buscando um lugar onde pudesse me refugiar, quando fui puxada pelo braço de maneira brusca. Quase me choquei com Adam Simpson e me esforcei para não fazer uma careta de nojo ao perceber a forma como ele observava o meu decote.

– Melissa! Não imaginava que a encontraria aqui.

Que grande mentiroso. Sorri como se acreditasse em suas palavras.

– Acredite, eu também não fazia ideia de que o encontraria aqui.

Ele se afastou um pouco, mas seus olhos continuaram presos a mim, como um predador feroz, pronto para atacar.

– Teoricamente, faço parte da grande família real – disse rindo.

Eu apenas sorri fingindo desfrutar da sua companhia.

– Esta é uma grande noite. – Deu um pequeno passo à frente.

– A chance que homens apaixonados como eu têm para chegar perto das suas divas.

Aquilo foi mesmo ridículo, mas forcei um sorriso de satisfação. Se era de incentivo que Dean precisava, ele teria.

– Você tem razão. Esta é a noite em que tudo é permitido em pouco tempo.

Vi seus olhos brilharem de expectativa.

– Neste caso, acredito que devo fazer uma oferta de dote para uma certa dama.

– Você ainda não fez? Não acredito! Foi a primeira coisa que Dean fez quando chegamos.

– Vou corrigir meu erro. Até mais, Melissa!

– Até mais, Adam!

Observei o palerma mentiroso sair em busca da mesa e rezei intimamente para que Robert realmente tivesse feito uma oferta. Olhei ao redor, avistando Dean ainda com Tanya, do outro lado do salão. Ela ria e jogava charme para o meu marido. Aquilo era patético. Decidi continuar procurando o toilette.

Passei por muitas pessoas tentando descobrir onde ficava e só consegui encontrar quando realmente senti a necessidade de usá-lo. Uma das garotas que ajudava na organização da festa me indicou o caminho, que, por sinal, jamais teria encontrado se dependesse apenas de mim. Andei pelo corredor largo e praticamente vazio. Próximo à entrada, as paredes eram revestidas de espelhos, evitei me olhar neles e entrei sem parar para analisar o local. Abri a primeira cabine que encontrei e levantei o vestido, implorando para dar tempo. Foi quando acabei de satisfazer a minha necessidade que elas entraram.

– Inacreditável!

Reconheci de imediato a voz de Nicole.

– Ela desfila com o marido na cara do Robert e meu irmão, que é um idiota, ainda fica babando por aquela filha da puta.

– Nick! – A voz de Alexa indicava que ela estava ofendida. – Não fale assim.

– E como devo falar? Melissa traiu friamente o meu irmão, roubou as suas ações e ainda se acha no direito de galgar um espaço na sociedade ao lado daquele pilantra com cara de bom garoto.

Alexa riu.

– Dean é uma boa pessoa e Melissa também. Você sabe que está agindo pela emoção. Esfrie a cabeça.

– Ela traiu, roubou e humilhou Robert. Só ele mesmo pode ser capaz de perdoar uma situação como esta. Pelo visto, meu irmão nunca deixará de ser um cachorrinho nas mãos das mulheres que ama.

Aquelas palavras me feriam muito. Primeiro, porque ela me acusava de coisas horríveis e, apesar de saber que naquele momento aquele era o sentimento mais correto que ela deveria ter, eu me sentia péssima por saber que era assim que minha amiga me via. Segundo, por imaginar que ela ainda associava Tanya ao irmão e se referia a esta como uma das mulheres que ele amava. Era terrível!

– Eu avisei que as coisas sairiam do controle – disse Alexa.

Parecia estar mais distante do meu esconderijo, mesmo assim, sua voz ainda foi muito nítida.

– Sair do controle? Ele confiou nela. Melissa foi muito sonsa. Você viu o carro novo dela? Chega a ser engraçado de tão absurdo.

– Nick, Robert deu o dinheiro à Melissa. A conta estava no nome dela. Não foi um roubo, nem nada do tipo. Ela não fez nada de errado, apenas escolheu seguir outro caminho. Robert a fez de amante, forçou a barra até o limite, quem suportaria tanto tempo aquela situação?

– Quem ama de verdade, Alexa. Ele saiu de casa, abandonou Tanya, conseguiu provar a verdade à Olivia, e com isso, obteve a aceitação de Melissa pela nossa família. Quando ela conseguiu tudo, simplesmente aceitou as ameaças de Tanya, mesmo sabendo que Robert conseguiria inverter o jogo, sumiu e voltou com tudo, e casada. É muita sacanagem! Melissa é uma escrota, isso sim. Enganou todo mundo com aquela carinha de santa e voz de anjo.

– Não tenho como convencê-la do contrário. Só posso dizer que acredito que Melissa teve motivos para fazer tudo o que fez. Para o bem ou para o mal. Quem sabe se não era disso que Robert e Tanya precisavam? Vai entender qual a profundidade deste jogo maldito.

– Independentemente de quais sejam os motivos dela. Foi imperdoável! Nunca mais aceitaremos Melissa Simon, ou Bailey, em nossa família.

Houve um silêncio constrangedor por alguns segundos. Meus olhos ficaram cheios de lágrimas e meu coração, apertado.

– Eu sinto a falta dela – Alexa falou por fim, com a voz fraca e embargada. – Melissa era nossa amiga. Eu me apeguei muito rápido a ela. – Riu baixinho. – Não sei se foi pela necessidade de protegê-la do seu irmão, ou simplesmente por gostar de vê-la como um bichinho acuado.

– Eu também sinto falta dela – Nicole admitiu, deixando transparecer toda sua fragilidade naquelas palavras.

Sorri deixando que uma lágrima escapasse.

– Melissa era como uma irmã, assim como você. Éramos um trio perfeito. Formávamos três casais perfeitos. – Uma pausa rápida e logo ela continuou. – Melissa mudou. Muito. Ela está fria, forte... Não parece em nada com aquela garota que aceitamos ao nosso lado. Como pode? Tudo o que ela tem feito, as provas contra Robert, ficar com as ações... Não sei. Tudo me leva a acreditar que foi premeditado. Um plano bolado com Dean para tomar o dinheiro do meu irmão. Já vi isso em muitos filmes.

Sorri mais largamente. Nicole tinha uma imaginação muito fértil.

– Não acredito que seja essa a verdade, mas você tem razão, Melissa mudou muito. E eu tenho que dizer que prefiro esta nova versão de Melissa Simon, ou Bailey. – E voltou a rir. – Também acredito que esta Melissa seja muito melhor para o Robert.

Um som mecânico interrompeu a conversa das duas. Com certeza era uma mensagem no celular de uma das garotas.

– Hora de darmos atenção a nossos novos pares. Dá para acreditar no que esses dois foram capazes de fazer?

Alexa riu com vontade, acompanhada de Nicole.

– Dá, sim. Eu sei muito bem do que meu irmão é capaz. Bruno nunca aceitaria perder você para qualquer outro homem, nem que fosse por algumas danças. Assim como Paul não suportaria. Nada mais correto do que trocarem de damas.

Nick estava mais animada.

– Vai ser divertido.

– Isso porque não é você que vai dançar algumas vezes com o seu irmão. Bruno é um saco!

Alexa riu.

– Vamos ou eles vão surtar.

Ouvi o barulho dos saltos chocando no chão informando que elas estavam cada vez mais distantes, até que não mais estavam no toilette. Saí da cabine, endireitei o vestido e me olhei no espelho. Eu estava pálida e tensa. Abri a bolsa, retirei um lenço, sequei as lágrimas, refiz a maquiagem e decidi que era hora de sair e encarar o meu novo parceiro. Se ao menos fosse Robert…

Caminhei pelo corredor vazio, captando o som da orquestra anunciando dois cantores, fervorosamente aplaudidos, um homem e uma mulher que não me dei ao trabalho de gravar os nomes. Eles agradeceram enquanto eu encontrava a multidão que ocupava amplamente o salão de dança, com seus devidos pares. Corri os olhos procurando pelo meu marido e o encontrei da maneira mais imprevista possível. Ele estava com Tanya, uma mão em sua cintura, aguardando a hora de conduzi-la na dança. Se não fosse tão bizarro, eu sorriria. Mas sabia do que aquela mulher era capaz e temi pelo meu amigo. Eu interferiria se não tivesse a nítida certeza de que Dean sabia muito bem o que estava fazendo.

Então senti o toque em minha cintura. Poderia ser um toque qualquer, um simples esbarro ou pedido de licença, mas eu sabia muito bem quem era e o motivo de ele estar ali, às minhas costas. As mãos de Robert nunca seriam esquecidas por minha pele. Era como um código de barras, bastava encostar para que tudo em mim vibrasse reconhecendo o meu captor. O homem que eu tanto amava e desejava.

A orquestra introduziu a música que abriria a dança dos dotes. Um som suave preencheu o salão posicionando os participantes.

Foi uma infinidade de sentimentos. Meu corpo aqueceu, minha pele ficou arrepiada, minha mente foi coberta por uma nuvem de prazer, meus olhos perderam o foco, minha boca ficou seca e meu sexo, molhado. Ele se aproximou, atirando fogo em meu corpo à medida que diminuía os centímetros entre nós dois.

– Pronta?

Ainda em minhas costas, ele deixou que eu visse a pulseira púrpura em seu pulso, correspondendo à que eu tinha no meu. Olhei assustada para Dean e notei que ele exibia uma pulseira da mesma cor que a de Tanya.

– Finalmente, Melissa, tenho você só para mim.

CAPÍTULO 14

– Robert!

Arfei ao virar e encontrar aqueles olhos cinza como um fim de dia frio e chuvoso, encarando-me com propriedade, como se soubesse que, naquela noite, eu não seria de mais ninguém. Ele não desviava o olhar, nem temia que estivéssemos chamando atenção.

– Quem mais poderia ser?

Pisquei muitas vezes sem saber como quebrar aquele transe.

– Quem você esperava? – E estava lá, a dúvida, o medo e a tristeza que o acompanhavam desde a minha volta.

– Ninguém. – Sorri desarmada. Ele sorriu também, e naquele momento, vi um Robert diferente. Era o mesmo homem lindo, porém mais leve, jovem, como se nenhum problema fosse capaz de alcançá-lo. Ele estava perfeito.

– Amo o seu sorriso...

Desviei o olhar, mas foi impossível esconder minha satisfação. Ele segurou minha mão e me conduziu até o meio do salão. A voz doce e suave do cantor tornava tudo ainda mais encantador.

Robert colocou uma mão firme na base da minha coluna, juntando nossos corpos em uma intimidade muito familiar, e confesso que ansiava por aquilo. A outra mão segurou a minha, mas, em vez de levantá-la afastada do corpo, como todos os casais estavam fazendo, ele a levou ao peito, próximo ao coração, e a manteve ali. Nossa dança não era apenas uma gentileza concedida por um bem maior, era uma dança de amor, repleta de desejo.

Seus olhos não saíam dos meus, como se quisesse realmente toda a minha atenção. Meus olhos não saíam dos dele, como se temessem que aquela sensação desaparecesse como fumaça, assim que ele não estivesse mais como meu foco principal. A orquestra tocava *You'll Never Find Another Love Like Mine*. Meu coração acelerou. Eu sabia que ela seria todas as suas palavras. E foi o que aconteceu. Muito próximo de mim, em um gesto que poderia facilmente anteceder um beijo, Robert cantarolou:

– Você nunca irá encontrar, o tempo que você viver, alguém que te ame tanto quanto eu.

Não consegui reprimi-lo. Era encantador demais, romântico demais e revelador demais para que qualquer pessoa tentasse impedir. Naquele momento, cantarolando a música, invadindo-me com seu olhar e prendendo-me ao seu corpo, Robert derrubava qualquer barreira existente entre nós dois. Não importava mais se Tanya estava em algum lugar próximo a nós dois, ou se Dean não estaria de acordo com aquela quebra de protocolo. Importava apenas que ele estava ali, segurando-me em seus braços e declarando o seu amor por mim.

– *Você nunca irá achar, isso vai durar até o fim da nossa vida, alguém que te entenda do jeito que eu entendo.*

Ele sorriu. Era um sorriso que alcançava os olhos e deixava que sua alma transparecesse. Sorri também. Suas palavras inflavam meu ego e aqueciam meu coração. Aquele era o Robert que eu conhecia, presunçoso, cheio de confiança e controle, senhor de si, capaz de declarar, em qualquer circunstância, que eu nunca o esqueceria, porque ele era tudo o que eu precisava. E era a mais pura verdade.

– *Eu não estou tentando fazer você ficar, baby. Porque sou aquele que te ama.*

Seus dedos fizeram uma pressão maior nos meus e aquele sorriso torto, característica marcante do homem que amo, estava lá para me fazer esquecer o mundo. De repente, o salão ficou vazio. Nossos pés não tocavam o chão, o som era apenas da voz dele e nós voltamos a ser um só.

– *Você vai sentir falta do meu amor.*

Meu coração afundou no peito, ciente da amargura daquelas palavras. Era como se confirmássemos que a separação existia. Eu não queria pensar naquele assunto. Não enquanto estivéssemos flutuando, enquanto a nossa realidade não conseguia nos alcançar. Passei minha mão que estava em seu peito até alcançar seu pescoço, aproximando nosso contato. Ele fechou os olhos por alguns segundos enquanto repetia "Você vai sentir falta do meu amor" de uma maneira sofrida. Quando voltou a abrir, encarou-me parcialmente recuperado.

– *Eu não estou me gabando, baby, porque sou aquele que te ama. E não tem mais ninguém! Nenhum... Não há nenhum outro. Você vai sentir falta do meu amor.*

A música chegava ao fim enquanto eu o assistia derramar seu coração em nossa dança. Dominada pela emoção e ainda o ouvindo repetir "Você vai sentir falta do meu amor", acabei confessando. Da mesma forma como meu amante havia feito, cantarolei sem deixar que seus olhos fugissem dos meus.

– *Eu vou sentir falta do seu amor.*

Ele sorriu com aquela confirmação enquanto a música acabava. Todos aplaudiram, os cantores agradeceram de maneira gentil, os casais se preparavam para a próxima dança, mas nós dois continuávamos nos encarando, sem deixar que nossos corpos se afastassem.

Eu fugiria com ele naquele momento. Simplesmente abandonaria tudo e sairia daquele salão com o homem da minha vida, sem deixar dúvidas do nosso amor e principalmente sem me importar com Tanya ou qualquer outra pessoa. Oh, Deus, eu o amava, e o desejava de todas as formas possíveis e impossíveis. Era só ele dizer, bastava apenas que ele me pedisse, e eu seria dele, não apenas por aquela noite, mas por todas as noites das nossas vidas, simplesmente porque eu não queria mais sentir falta do seu amor.

Mas Robert se afastou de mim. Seus olhos, antes tão amorosos, deixaram os meus e se fixaram em algum ponto ao fundo. Foi nítida a forma como seus ombros ficaram rígidos e a tensão emanou dele. Não havia mais nada do amante apaixonado, mas ainda existia uma paixão nos seus olhos, uma que eu conhecia muito bem, quem estava ali era o CEO.

Sem saber ao certo o que deveria fazer, acompanhei seu olhar esperando encontrar Tanya ou qualquer outro dos seus desafetos. O que encontrei me deixou perdida. Robert encarava uma jovem. A princípio, tive dúvidas se era aquilo mesmo que ele fazia, mas era. Ele encarava a jovem, pele clara, corpo sensual, vestindo o mesmo vestido preto da mulher que me recepcionou, só que naquele corpo ele ficava muito mais chamativo. Cabelos negros e longos desciam até o meio das suas costas, e ela sorria. Sorria para o meu Robert, que continuava encarando-a infeliz. Ela fez um gesto de cabeça, chamando-o.

– Desculpe, Melissa! Eu preciso resolver um problema.

– O quê? – Fiquei confusa. Como ele podia mudar de uma hora para outra? Como podia se declarar de maneira tão apaixonada, sofrida, como se nada mais fosse importante no mundo e depois me descartar de maneira tão leviana?

Robert era a pessoa mais absurda e inacreditável do mundo. Chegava a ser desesperador. Senti que meu gênio ruim começava a se apossar de mim e nada do que resultasse disso seria interessante.

– Eu preciso resolver um problema. Volto logo. – Ele finalmente voltou a me olhar.

Por um segundo, parecia constrangido por estar me dispensando no meio do salão, logo em seguida, sua expressão mudou. Ele estreitou os olhos, ainda me encarando, inclinou um pouco a cabeça e parecia que ia falar alguma coisa, porém algo atrás de mim voltou a chamar a sua atenção, então ele sorriu, os lábios tortos, típico de cafajeste e da sua personalidade, e umedeceu os lábios.

Filho da puta! Miserável! Escroto! Filho da mãe!

– Você pagou uma fortuna para dançar comigo e vai me abandonar na primeira dança?

Foi impossível conter o tom indignado, acusatório e, principalmente, ciumento. Ele sorriu ainda mais.

– Primeiro: eu não paguei uma fortuna, apenas tirei os demais do meu caminho. Mas não fique ofendida, eu pagaria o valor que fosse para tê-la em meus braços por alguns minutos. Segundo: imprevistos acontecem. Eu preciso resolver um problema. Terceiro: Você está mesmo preocupada com o meu dinheiro ou está desejando um pouco mais do que uma dança com o seu ex-chefe?

– Vá à merda, Robert!

Ele riu alto, jogando a cabeça para trás e chamando a atenção de algumas pessoas. Olhei para os lados, constrangida e furiosa, e avistei a garota saindo do salão, ela ainda olhou para trás, em nossa direção, como se quisesse se certificar de que ele a seguiria. Eu poderia matar Robert naquele momento. Seria até aceitável a minha desculpa de amante grávida e traída.

– Com licença – disse ele.

Eu segurei o braço dele sentindo que minha raiva extrapolaria as barreiras.

– E o que eu faço? Estamos na hora da dança, a música está tocando. Não pode me abandonar aqui como uma palhaça. Dá para parar de ser um cretino?

Seus olhos abriram admirados com a minha explosão, mas ele sorriu deliciado.

– Eu adoraria ficar e discutir todos os seus questionamentos, mas, como disse, preciso resolver algumas coisas.

– Robert!

Ele voltou a rir e a olhar para a garota. A música tocava e todos dançavam a nossa volta, o que me deixava ainda mais furiosa.

– Olha, por que não dança com Dean? Ah, desculpe! Seu marido está se divertindo com a minha esposa, não é mesmo? Então... Adam?

– O quê?

Ele deu um passo para trás ciente de que daquela vez eu quebraria o seu nariz. Seus olhos brilhavam de expectativa e pareciam divertidos. O que ele queria? Acabar com a minha sanidade mental?

– Vá se... Vá embora, antes que eu quebre o seu nariz, seu filho da puta!

Ele riu e passou a mão no cabelo, bagunçando o que estava perfeitamente arrumado com gel.

– Espero que esteja mesmo se divertindo, e também que o quer que seja que vai fazer agora seja recompensador, pois esta foi a última vez que colocou as mãos em mim, Robert Carter.

Eu ia sair, mas foi a vez de ele me segurar.

– Melissa, eu...

Sua expressão mudou. Parecia com raiva também, mas estava inseguro.

– Eu preciso mesmo ir.

E saiu.

Eu fiquei parada naquele salão, sem acreditar no que havia acabado de acontecer. Robert foi embora mesmo. Simplesmente me abandonou e seguiu aquela... Aquela garota, como se eu não fosse ninguém. Não era possível. Eu não podia acreditar que ele foi capaz de tamanha sacanagem.

Muito provavelmente ele voltaria. Aquilo tudo era apenas uma forma de se vingar. Esta seria a sua justificativa. Só que eu não deixaria barato. Robert não teria argumentos contra os fatos. Sem pensar duas vezes, voltei minha atenção para a escada em que eles haviam subido e desaparecido. Precisava encontrá-los. Precisava mostrar a Robert que não era a boba que ele acreditava. Eu iria lá e mostraria a ele que não haveria perdão e não sobraria pedra sobre pedra naquela noite.

Subi as escadas, tomando o cuidado para não chamar muita atenção. Não queria que os demais convidados percebessem o que eu planejava, muito menos que Robert se desse conta de que eu o seguia. Assim que cheguei no topo, os avistei. A moça andava à frente, rebolando como se estivesse no cio. Ele a seguia, uma mão no bolso, a outra segurava o celular, desligando-o. Que cafajeste! Seguiam pelo corredor.

Uma das portas abriu e de lá saiu um casal que ria animadamente, sustentando seus copos de bebidas e abraçados. Tentaram se recompor quando avistaram Robert e sua amiga. Eu me escondi rapidamente atrás de uma planta imensa e fingi procurar por um brinco no chão, quando o casal passou por mim sem se importar com a minha presença.

A mulher e meu ex-amante sumiram no corredor. Andei rapidamente, tentando encontrar alguma pista quando percebi que, na verdade, eles apenas viraram à esquerda e continuaram andando por outro corredor. Observei os dois, que permaneciam da mesma forma, ela à frente e ele andando logo atrás, com as mãos nos bolsos. Vi quando ela parou para abrir as portas duplas dando acesso a Robert. Assim que as portas foram fechadas, caminhei até elas.

Não entrei imediatamente. Na verdade, ao parar diante dela, meu lado covarde falou mais alto. Eu queria desmascará-lo. Queria poder ver seus olhos quando o surpreendesse com aquela mulher. Queria ouvir suas desculpas e deixar minha raiva me dominar para finalmente quebrar o seu nariz. Sem me esquecer de que ele merecia cada segundo de sofrimento que lhe fiz passar. Por outro lado, mesmo com tanto ódio, com a vontade descontrolada que eu sentia de matá-lo, tive medo de abrir aquela porta e encarar a realidade. Ter a certeza de que Robert realmente me abandonou naquele salão para se encontrar com aquela garota. Que se vingou de mim aproveitando para transar com a primeira oferecida que apareceu.

Encostei o rosto na porta e tentei ouvir alguma coisa. Nada. Eles simplesmente não conversavam. Provavelmente estavam se beijando. Ele logo dominaria a garota, como fez comigo diversas vezes. Meu sangue borbulhou nas veias. Sem conseguir me conter, abri as portas utilizando toda a minha fúria. A garota estava lá.

Era uma sala ampla. Alguns sofás, uma mesa de apoio, quadros, um pequeno bar, que era justamente onde estava a menina em questão. Ela me olhou surpresa. Uma sobrancelha arqueada, um sorriso de deboche na cara. Nas mãos dela havia um copo de uísque, provavelmente para ele. Mas não havia nenhum sinal de Robert Carter. Olhei ao redor, percebendo mais duas portas. Uma delas deveria ser o quarto onde eles dois ficariam.

– Onde ele está?

Levantei o rosto encarando a garota sem demonstrar medo. Ela não me intimidava. Com certeza estava acreditando no súbito interesse daquele homem incrível. Coitada!

– Desculpe, mas a senhora não pode entrar aqui. – Deu dois passos em minha direção, ainda segurando o copo de uísque.

– Como eu não posso entrar? Você sabe quem eu sou?

Ela me mediu com os olhos, demonstrando ser ainda mais debochada.

– Não posso te culpar, garota. Eu sei muito bem do que Robert é capaz. Agora, poupe-me deste papel e me indique qual das portas eu devo abrir.

– Senhora, esta é uma reunião privada e a senhora não foi convidada. Por favor...

– Robert! – gritei sem me importar com toda aquela tentativa dela em me deter. – Saia daí, seu cretino!

Caminhei em direção à primeira porta e a abri. Era um escritório completo. As cortinas fechadas deixavam o ambiente sombrio. Mas Robert não estava lá.

– Eu vou chamar os seguranças se a senhora não...

– Vá à merda, garota!

Continuei andando, ansiosa demais para surpreendê-lo. Não era possível que ele não estivesse ouvindo os nossos gritos. Onde estava Robert? Não podia acreditar que ele se escondia. Não. Aquele não era o meu Robert.

– Está com medo? Mostre a sua cara, Robert Carter!

Juntei toda minha coragem e abri a outra porta. Ciente do medo dele, entrei como um furacão, pronta para pegá-lo com as calças nas mãos. Mas não foi o que aconteceu.

Assim que consegui reorganizar meus pensamentos, me dei conta de que estava em outra sala de reuniões. Esta era maior do que a outra. Uma mesa oval contendo seis cadeiras, todas ocupadas por homens. A julgar pelo porte destes, era mesmo uma reunião de negócios. Mas que merda!

Todos estavam parados, surpresos pela minha entrada teatral. Robert lentamente se levantou, encarando-me como quem desejava me matar. Estremeci. A garota entrou logo depois de mim, o telefone na mão e o uísque na outra.

– Desculpe, ela chegou parecendo uma louca e foi entrando e gritando. Eu já estou chamando os seguranças.

– Não será necessário, Thaises. Eu cuido disso.

Robert caminhou até mim. Parecia uma fera, pronta para atacar.

– O que está acontecendo aqui, Robert? Que tipo de negócio obscuro está armando agora? – sussurrei.

Tentei manter minhas palavras longe dos ouvidos daqueles homens. Ele riu cinicamente.

– Melissa, venha comigo, por favor! – Sua voz estava doce, porém eu sabia que, assim que ele conseguisse colocar as mãos em mim, eu seria uma mulher morta.

– Só depois que me explicar o que está acontecendo aqui.

Cruzei os braços, como se quisesse desafiá-lo, mas na verdade eu tentava esconder a forma como tremia de medo dele.

– Senhores, esta é Melissa Simon, minha...

Ele sorriu daquela forma que me desconcertava e me olhou de forma a me queimar por dentro. Era uma merda o jeito como meu corpo correspondia a ele.

– Secretária. – E arqueou uma sobrancelha, desafiando-me.

– O que...

– Venha comigo, Melissa. Agora!

Ele passou por mim como um raio.

Aquela ordem era para me deixar com mais raiva ainda, no entanto, apesar de estar confusa, desconcertada e desorientada, tudo em meu baixo-ventre se contorceu. Eu amava as ordens de Robert Carter. Adorava a maneira como ele me dominava em situações tão complicadas como aquela.

– Podemos continuar sem você, Carter?

Um homem de cabelos brancos, mas com um corpo muito jovem e um sorriso encantador nos lábios, inclinou-se sobre a mesa e me encarou, como se pudesse enxergar por baixo do meu vestido.

– Claro! Por favor, continuem. A Senhorita Simon deve ter um motivo muito importante para interromper uma reunião como esta.

E seu olhar me cortou em pedaços, e depois tocou fogo em mim.

– Vamos!

Ele saiu. Meu rosto estava tão vermelho que imaginei o quão ridícula deveria estar naquele momento. Por que eu nunca conseguia ficar quieta em meu canto? Por que deixava que Robert destruísse toda minha capacidade de pensar? Por que uma bomba não caía naquela casa naquele momento?

Como a boa covarde que eu era, obedeci, saindo da sala sem me despedir, ou encarar qualquer um deles. Passei pela moça, como Robert a chamou? Thaises? Droga! Ela era apenas a secretária e eu mandei a garota ir à merda. Ela estava certa em pensar que eu era louca.

– Thaises, eu e Melissa vamos ficar na sala ao lado. Por favor, não deixe que ninguém nos interrompa.

– Como quiser, Sr. Carter.

Ela não estava mais debochada. Muito pelo contrário. Era a típica secretária submissa e prestativa. Uma cobra.

– Esse uísque é para mim?

Ela olhou para o copo como se só naquele momento lembrasse da sua existência.

– Sim. Sim, senhor.

Ele retirou o copo da mão da garota e virou o conteúdo todo de uma vez. Uma típica atitude de quem estava com raiva.

– Obrigado! Agora, com licença. Melissa! Venha!

CAPÍTULO 15

Robert caminhou até a outra porta, que já estava aberta, pois eu havia invadido aquela também, mas parou na entrada, aguardando-me. Ainda pensei em fugir, mas tinha a certeza de que ele me alcançaria com facilidade e me faria entrar. Por isso, como nos velhos tempos, obedeci.

Entrei, tomando o cuidado de ficar no centro da sala. Assim ele não conseguiria me encurralar, muito menos me forçar a fazer qualquer coisa. Sem contar que eu poderia gritar e ser ouvida, o que certamente não aconteceria se ele me levasse para o fundo.

– O que você está fazendo?

Ele estava furioso. Puta merda! Até com raiva aquele homem me deixava excitada.

– O que estou fazendo? O que você está fazendo? Qual o motivo desta reunião? O que está escondendo de todo mundo? Você não tem jeito mesmo...

Ele avançou antes que eu pudesse recuar. Um segundo antes eu estava enfurecida, descarregando nele toda minha frustração. No segundo seguinte eu estava em seus braços, nossos lábios colados em um beijo repleto de desejo. Sua boca faminta exigia a minha, abrindo passagem para que sua língua saboreasse cada pedaço da minha, ofertado com luxúria.

Quando senti meus quadris esbarrarem na mesa, me dei conta da besteira que estávamos fazendo. Eu queria pôr um fim àquela tortura, mas ainda não era o momento certo. Robert precisava, primeiro, aceitar Carol em sua vida, e por mais que me doesse, eu sabia que era necessário, ou então Tanya desconfiaria.

– Não!

Tentei afastá-lo de mim. Robert reagiu me segurando com força. Naquele momento eu soube que não seria capaz de recusá-lo. Minhas mãos estavam espalmadas em seu peito para que ele não avançasse, contudo, nenhum movimento que eu fizesse conseguiria apartar nossos corpos.

– Sim.

E ele sorriu em meus lábios, deixando-me enfurecida por ser tão fraca e, principalmente, por saber que eu não conseguiria ser forte o suficiente para mandá-lo embora.

– Para com isso, Robert. Dean e Tanya estão lá embaixo. Existem pessoas na outra sala e aquela garota...

– Thaises...

Aquele cretino tinha a coragem de complicar ainda mais as coisas, pois sabia que eu estava consumida pelo ciúme, mesmo assim ele forçava ainda mais a barra, levando-me ao limite.

– Não importa o nome dela. Pouco me interessa o nome das suas aventuras.

As mãos se fecharam ainda mais em minha cintura forçando a junção dos nossos corpos. Eu sentia a sua ereção. Meu corpo acendeu de uma forma inacreditável. Como eu sentia falta daquele toque.

– Está com ciúme? Seus olhos podem indicar a quantidade de raiva que está sentindo, Melissa, mas não conseguem esconder o quanto está excitada.

Ele mordeu meu pescoço e deixou que sua barba por fazer roçasse minha pele quente. Fechei os olhos e mordi os lábios para impedir que um gemido escapasse.

– Deixe-me! Você não pode me forçar.

– Posso. Já fiz isso antes e você adorou.

– Você é sádico? Gosta de me torturar?

Encarei aquelas íris cinza e pude vislumbrar o quão escuras estavam.

Todo o ambiente ao redor não existia mais. Robert tinha este dom de ocupar a minha mente por completo, de dominar todos os meus pensamentos e de me persuadir a correr qualquer risco, porque naquele momento, meu único desejo era poder sentir seu toque e ser tomada da forma como apenas ele sabia fazer.

– Você está se sentindo torturada?

Roçou seu membro rijo em meu sexo molhado. O tecido da sua calça e do meu vestido impediam um maior contato, ainda assim, eu sentia o seu calor me invadindo.

– Pare com isso...

Mas minha voz já estava fraca e minhas mãos não mais o afastavam.

– Nunca vai acabar, Melissa. E eu não vou parar enquanto você também não parar.

– Eu parar?

– Sim. Eu vejo em seus olhos o fogo da nossa paixão. A intensidade do nosso amor. Não acabou para você também, não foi? Não foi uma aventura, uma brincadeira. Você me ama e me deseja com a mesma intensidade de sempre, então por que merda não acaba de uma vez com isso?

Sua mão forte subiu por minhas costas, alcançando meus cabelos e segurando-os com força para que meu rosto se alinhasse conforme o seu desejo. A outra mão me manteve firme, tocando em sua ereção e me deixando entender que o fogo vinha de todos os lados e dos dois corpos.

– Por que está casada com aquele merdinha se nem te satisfazer sexualmente ele consegue?

Debati-me, sem querer que ele seguisse por aquele caminho.

– Sou eu quem você busca, Melissa. É por mim que você goza, mesmo que seja com aquele monte de estrume.

– Deixe-me!

Meus olhos já estavam cheios de lágrimas frente àquele poço de mágoas em que Robert se transformava diante de mim.

– Não! O que você veio buscar? Por que me seguiu até aqui? O que queria?

Sua mão se fechou com mais força em meu cabelo.

– Eu sei o que você quer, Melissa, e vou te dar, porque te amo demais para deixá-la ir.

– Não...

Mas ele me tomou com sua boca, invadindo-me com seus lábios e me impedindo de protestar ou reagir. Minhas lágrimas desceram. Não porque eu me sentisse humilhada ou horrorizada, mas porque eu sentia que era assim que ele se sentia. Como um objeto. Uma diversão que eu buscava por não me sentir completa com o "meu marido". Se ele pudesse saber a verdade!

A mão que estava em minha cintura subiu em busca dos meus seios. Meu corpo arqueou com a expectativa e minha respiração acelerava à medida que sentia seu toque ora em um seio, ora em outro, mas sempre com aquele desejo e ansiedade que apenas os amantes podiam reconhecer.

E então Robert me girou, deixando-me de costas para ele. Sua mão quente me prendeu a ele e a sua ereção se espremeu em minha bunda. Tentei me aproveitar da posição para me afastar. Era preciso não deixar que chegássemos a tal ponto, contudo, ele me segurou forte, prendendo meu braço esquerdo para trás e retendo o peso do meu corpo com o outro.

– O que foi? Não quer jogar? – sussurrou no meu ouvido.

A voz rouca, típica dele, demonstrava toda sua excitação. Minha pele ficou arrepiada e os bicos dos meus seios intumescidos. Sua barba pinicava em minha pele quando seu maxilar movimentava. Éramos como fios desencapados, prestes a gerar um curto-circuito.

– Não. – Minha voz indicava o contrário. – Por que não me deixa em paz?

– Porque você não quer que eu deixe.

Mordeu meu pescoço. Meu corpo não reagia contra. Sua mão desceu em minha barriga, acariciando a pele por cima do vestido.

– Você fica linda de vermelho. Seu corpo está fantástico! Ganhou formas.

Estremeci. Como eu pude acreditar que Robert não perceberia as mudanças em meu corpo por causa da gestação recente?

– Não faça isso – implorei com medo do que ele poderia imaginar se desconfiasse daquela gravidez, estando eu casada com outro homem.

– Isso o quê? – continuou descendo a mão enquanto a outra abandonava meu braço e se apoderava de meu seio. As pontas dos dedos forçando o decote.

Eu sabia que os espasmos que percorriam meu corpo indicavam que não suportaria por muito tempo.

– Robert! – gemi em uma súplica angustiante.

Ele desceu um pouco o corpo e suas mãos longas alcançaram minha coxa pela fenda do vestido. Acariciou minha carne, subindo seus dedos de encontro ao meu sexo. O toque forte e urgente me deixou extasiada. Não consegui conter o gemido, então fechei os olhos e me deixei levar pelas sensações inebriantes.

Ele brincou comigo. Percorreu minha carne com a paciência de um mestre, tocou meus seios com a destreza de um sábio e eu fiquei perdida em sentimentos e sensações. Enquanto meu sexo pulsava ansioso pelo seu toque, ele deixava que a expectativa me torturasse, escorregando seus dedos pela borda da fina calcinha, sem nunca avançar. Cada vez que insinuava, eu gemia e arqueava o corpo, como se fosse capaz de forçar o tão desejado toque.

– Diga! – ordenou daquela forma única.

Ele tinha razão, nunca seria diferente, porque eu correspondia a todos os seus desejos e porque uma ordem sua causava em mim uma confusão de sentimentos capaz de me fazer chegar ao ápice sem ao menos ser estimulada.

– O quê? – gaguejei.

Precisei engolir em seco para formular melhor a minha ideia. Ele riu, saboreando cada reação minha.

– Robert, por favor! Nós não podemos…

Ele deixou que um dedo tocasse levemente, por cima da minha calcinha, o meu centro de prazer. Quase me desmancho em sua mão. Minhas pernas fraquejaram e eu gemi descaradamente.

– Por quê? Porque você é casada? Porque eu sou casado? Melissa! Isso nunca foi um empecilho para você. Já fizemos muitas coisas que nem mesmo um casamento conseguiu nos impedir.

Senti raiva. Ele tentava me punir.

Sua raiva duelava com o desejo e o amor. Robert oscilava entre se entregar ao nosso sentimento ou me fazer pagar pelo seu próprio sofrimento. O pior de tudo era que, mesmo sabendo que ele me punia, eu queria chegar até o fim. Meu corpo quente implorava pelo alívio. A saudade que eu sentia dele me jogava naquele abismo me impedindo de lutar contra. Não havia resistência.

– Beije-me!

Seu sussurro angustiado, revelando o amor e devoção que ele sentia, mas também o quanto aquilo tudo o magoava, atingiu-me como um soco no estômago. Por que ele me implorava por um beijo? Por que não agia como sempre fazia e simplesmente pegava o que era dele por direito?

– Por quê?

Minha mente estava confusa demais.

As lágrimas continuaram caindo, graças à pouca luminosidade em que nos encontrávamos e ao meu esforço anormal em manter os soluços controlados, era possível esconder dele a minha angústia. A minha pergunta não foi para a sua súplica, não diretamente para ele, mas, sim, para nós dois, para a nossa situação.

– Se fosse possível, Melissa, uma única vez, que você conseguisse experimentar os próprios lábios... Se conseguisse sentir a doçura da sua língua apenas por um momento... entenderia como me sinto ao te beijar. Então, beije-me.

Não pude negar aquele beijo. Não poderia mesmo que ele estivesse sendo obtuso. Eu o amava como nunca fui capaz de amar alguém. Robert era a minha vida, meu ar, meu mundo. Era por ele e pelo pedaço dele que eu gerava em meu ventre, que eu aceitava aquela separação. Do contrário, não suportaria nem um segundo sem o seu olhar quente, sem seu amor me banhar, sem seu corpo junto ao meu. A separação era insuportável. Mas, apenas por saber que em breve ficaríamos juntos para sempre, aceitei resignada.

Seus lábios encostaram nos meus, abrindo passagem para que a língua me explorasse. Senti seu gosto em minha boca e nele estava a sua ansiedade e o seu sofrimento. Foi neste momento que desisti de lutar e me entreguei completamente ao nosso amor, repleta da saudade.

Robert, sem tirar os lábios dos meus e não encontrando mais qualquer resistência da minha parte, forçou o decote do meu vestido, rasgando a meia fina que protegia minha pele do frio e libertando meu seio para o seu bel-prazer, onde seus dedos brincaram com a minha carne, dando-lhe uma atenção especial enquanto puxava e acariciava o bico rijo.

Com a outra mão ele avançou, subindo em minha coxa e acariciando a pele com devoção, admiração e, acima de tudo, muita paixão, revelando um desejo impossível de ser contido. Quando, finalmente, alcançou aquela parte do meu corpo, que pulsava de ansiedade e que já se encontrava molhada, pensei que me partiria ao meio.

Sem conseguir me conter, arqueei meu corpo para seus dedos, que se afundaram em meu íntimo sem pudor. Gemi, deliciada demais para dissimular, enquanto ele gemia de prazer, desejoso daquele contato tão nosso. Robert não aguardou por qualquer comando meu, ele simplesmente se deliciou em mim, esfregando seus dedos em meu sexo, arrancando da minha alma tudo o que podia.

Eu o sentia me invadindo e me tocando dos lados e no meio, em meu ponto de prazer, esfregando, apertando e roçando de todas as formas. Rebolei em seus dedos, permitindo que finalmente meu corpo tivesse o que tanto desejava, revivendo cada momento que tivemos daquela mesma forma, quando ele me pressionava para aceitá-lo, e muitos outros, quando ele apenas queria me dar o seu mundo e, por fim, aquele último momento, quando ele me implorava para não deixá-lo.

Seus lábios abandonaram os meus, arfei com a penetração de dois dos seus dedos em mim me alcançando mais fundo, ao mesmo tempo, sua mão se fechou com posse em meu seio, puxando-o para cima, e sua língua brincou no meu pescoço. Era demais para mim. Nossa senhora das mulheres casadas e desesperadas de tesão pelo ex-amante que me desse a mão.

– Oh, Deus! – Joguei a cabeça para trás, deixando-o desfrutar do meu corpo. Ele gemeu forte, cheio de tesão.

– Deliciosa! Como sempre. – Sua voz estava rouca e baixa, como se cada palavra escapasse de seus lábios em um momento de delírio ou de devoção. – Você sempre está pronta, sempre correspondendo às minhas expectativas, aos meus estímulos.

Ele falava e acariciava meu sexo, levando-me ao limite. Gemi manhosamente, sentindo que me desfazia em cada toque. Minha respiração estava entrecortada, meu coração acelerado e minha pele quente.

– Goze para mim, Mel! Deixe-me sentir seu gozo, sua carne se fechando em meus dedos, pulsando de prazer. Goze, Melissa!

Como não podia deixar de ser, sua ordem foi como fogo em um rastilho de pólvora. Eu podia sentir cada célula do meu corpo corresponder àquele estímulo. As chamas subiam por minhas veias, lambendo minha pele e acariciando meu sexo com a mais pura luxúria. E então, com apenas um toque, lento e delicioso, eu me desfiz em um milhão de pedaços, sentindo meu corpo pulverizar e flutuar pelo ar que nos cercava. Foi delicioso, como há muito não era. Eu sabia que ainda estava lá, mesmo sentindo-me solta no universo. Suas mãos em meu corpo me garantiam que, além do meu devaneio, da intensidade do meu prazer e do quanto eu precisaria ficar distante, ele estava lá, por mim e em mim, segurando-me com força para não me deixar partir. Nunca mais.

Logo depois, meu corpo relaxou em seus braços, suas carícias ficaram mais lentas. Ele roçava levemente os lábios em meu pescoço, deixando-me aproveitar cada segundo daquele momento inebriante. Mas eu sabia, e ele também, que a realidade nos aguardava. Robert não estava satisfeito, sua ereção continuava rígida, pressionando meus quadris, porém nada mais aconteceria. Ele nunca aceitaria me ter pela metade, dividir-me com outra pessoa. Para que me possuísse como desejávamos, era necessário que antes houvesse a confiança de que eu não partiria, e esta, ele ainda não tinha.

Por isso, mesmo com seus dedos correndo em meus braços, com sua respiração ofegante e com meu corpo tão entregue, ele juntou forças e me afastou. Meu vestido correu por minha coxa, escondendo minha intimidade, porém minha face rosada e o leve suor que fazia minha pele brilhar entregava o que havíamos feito. Além do odor de sexo que exalava de nós dois. Quando suas mãos, enfim, me abandonaram, eu me senti sozinha e vazia.

– Eu preciso voltar para a reunião.

Sua voz estava fraca, como se estivesse se obrigando a se afastar de mim. Não tive coragem de olhar em seus olhos. Eu estava envergonhada, não apenas pelo que tinha acontecido, mas pelo que eu estava obrigando-o passar.

– E você para o seu marido.

Foi como uma facada nas costas.

– Eu realmente preciso voltar, Robert. Mas não é como você está pensando.

Ele riu baixinho. Uma risada cínica e incrédula.

– É engraçado como os papéis se inverteram, não é?

Com muito esforço, forcei-me a olhá-lo nos olhos e encontrei a mais profunda tristeza, misturada com toda sua raiva. Robert me queimava com os olhos, como se quisesse exterminar tudo o que eu criara para a nossa realidade. Como se me culpasse pelo sofrimento que vivia e me cobrasse uma solução.

– Eu preciso mesmo ir.

Era como se ele quisesse dizer mais alguma coisa e não conseguisse, ou não pudesse.

– Não vai me contar o motivo desta reunião?

Robert piscou, confuso com a minha mudança repentina. Encostou-se à mesa, cada mão apoiada em seu tampo, segurando a borda, e cruzou as pernas. Seu corpo, instintivamente, inclinou-se para frente e seus olhos se estreitaram. Ele mordeu o lábio inferior, avaliando-me com cuidado, medindo cada pedaço do meu corpo.

– Você realmente engordou. Não muito. É quase imperceptível nos quadris e barriga.

E sorriu daquela maneira diabólica.

– Claro que nunca passaria despercebido por mim, que conheço cada detalhe do seu corpo. Mas os seios… – Inclinou a cabeça para o lado. – Estão mais cheios, volumosos. Acho que deveria reconsiderar a ideia de fazer mais atividades físicas, o casamento está engordando você.

O ar ficou preso em meus pulmões.

Aguardou pela minha explosão, que não veio. Eu estava petrificada. Suas palavras lançaram gelo em minhas veias, congelando cada célula do meu corpo. Ele descobriria a verdade e não a entenderia. Não! Eu precisava agir antes que Robert tirasse as suas próprias conclusões.

– Melissa?

Seus olhos me avaliaram com atenção. Um pouco assustado e um pouco divertido. Continuei sem conseguir respirar, encarando-o.

– Ah, o que é isso? Todo este drama por causa de alguns gramas a mais? Você não é este poço de vaidade para ficar tão abatida por causa...

– Tenho que ir.

Dei as costas e fugi daquela sala. Eu precisava encontrar Dean e acertar tudo para que Robert voltasse para a minha vida o quanto antes, ou então tudo estaria perdido. A garota, Thaises, ainda estava lá, sentada em uma poltrona do lado de fora. Ela aguardava alguma ordem, mas eu não quis descobrir qual seria, muito menos me dei ao trabalho de pensar nela. Saí como se precisasse de ar, como se as paredes estivessem se fechando ao meu redor, prontas para me sufocar.

Desci as escadas com a velocidade que meus saltos permitiam sem me colocar em perigo e encontrei Dean sozinho, olhando para a orquestra, que ainda tocava embalando os casais. Não parei para pensar em Tanya, nem sobre o seu paradeiro. Nossos olhos se encontraram e ele entendeu que alguma coisa estava errada. Meu marido abriu passagem até que, ao final da descida, ele já estava lá para me socorrer.

– O que aconteceu? – Sua voz estava urgente e ele conferia o meu vestido rasgado.

– Vamos embora. – Segurei a mão dele e o puxei até a saída.

– Melissa, o que aconteceu?

Ele me puxou de volta. Olhei para Dean, deixando transparecer todo o meu desespero.

– Robert vai descobrir a verdade. Precisamos trazê-lo para o nosso lado.

Ele abriu a boca e fechou, sem saber ao certo o que dizer.

– Por favor, Dean. Precisamos contar a verdade o quanto antes ou então tudo estará perdido.

CAPÍTULO 16

Dean não estava de acordo. O plano era conseguir inserir Carol na vida de Robert, fazer Tanya acreditar que eles tinham um caso e, só depois disso, contar a verdade. O que não esperávamos era que ele resistiria tanto à ideia de uma nova amante. O tempo estava passando e não avançávamos. Não encontrávamos as provas, não enganávamos Tanya, não eliminávamos o perigo e, principalmente, não conseguiríamos esconder por muito tempo minha gravidez.

Este era o ponto principal. Tanya não podia sequer imaginar que eu gerava um filho do Robert. Não sabíamos qual o nível da sua loucura e não queríamos, e nem podíamos, nos arriscar. Para tanto, era necessário manter meu ex-amante no escuro, mas até quando?

Na minha opinião, não havia mais tempo. Robert não era fácil de ser enganado, ele estava lendo nas entrelinhas, sabia que alguma coisa estava errada naquela história de casamento com o Dean, percebia que meu corpo estava mudando e não deixaria este detalhe passar despercebido. Aquele era o momento.

– Ele vai pôr tudo a perder – Dean repetiu dentro do carro se recusando a modificar os nossos planos. – Além do mais, se Robert não tiver um caso com a Carol, Tanya logo vai voltar sua atenção para você novamente.

– Tanya com certeza sabe que ele está atrás de mim. Não foi este o acordo entre eles?

– Mas ela não sabe que você o quer de volta, Melissa. Para Tanya, você está com raiva e magoada. Não vai perdoá-lo tão cedo. O único interesse dela é fazer Robert sofrer ao tentar reconquistar você. Está convicta de que não haverá reconciliação. Enquanto isso, está buscando formas de reaver ou conquistar as ações. Está contando com a possibilidade de você entregá-las a ela.

– Isso nunca vai acontecer.

Olhei para fora do carro. A noite estava muito fria do lado de fora. Não se falava em outra coisa que não fosse a nevasca que nos atingiria em pouco tempo.

– Tanya está em busca de alguma coisa que possa derrubar você. Alguma ameaça que faça recuar e vender as ações a ela, só assim terá Robert na mãos.

Dean falava como se soubesse de algo que eu não poderia saber. O frio que gelou meus ossos não foi causado pela baixa temperatura do ambiente.

O motorista abriu a porta, livrando-me da sensação de ser sufocada. Alguma coisa estava errada. Dean me alcançou, abraçando-me pela cintura e levando-me rapidamente para dentro. No elevador, ele parecia mais relaxado. Conferia seu celular.

– O que você sabe que eu não sei?

Ele voltou a ficar tenso, mas sorriu descaradamente, tentando me distrair.

– Você nem consegue imaginar. – E piscou.

Revirei os olhos.

– É sério, Dean! Você está sabendo de alguma coisa e não quer me contar.

Vi nos olhos dele que buscava um meio de se esquivar daquela conversa.

– Não faça isso. Eu estou pedindo, não faça isso. Robert fazia a mesma coisa, tentava a todo custo me manter de fora da situação e veja o que aconteceu. Não é justo.

Meus olhos ficaram cheios de lágrimas. Eu estava esgotada. Lutar contra a maré não era uma batalha muito agradável, principalmente estando grávida. Dean me sondou, sem saber ao certo o que fazer.

– Seus pais...

Meu coração perdeu uma batida.

– Conseguimos convencer sua mãe de que ela ganhou uma viagem de quinze dias para a Grécia com todas as despesas pagas. Adicionamos ao pacote um vale compras com um valor astronômico, tudo por conta de Robert Carter. – Sorriu diabólico. – Claro que esta parte não foi ressaltada. Ela simplesmente ganhou o prêmio devido ao seus gastos em sua fatura de cartão de crédito, que, por sinal, é absurda.

– Dean! – Levei a mão ao peito, sentindo que meu mundo desmoronava. – O que Tanya quer? Meus pais...

– Calma, Mel! Sua mãe embarcou hoje, junto com o marido que, apesar de relutante, decidiu acompanhá-la. Ela tentou ligar para você. Obviamente desviamos todas as ligações, então deixou um recado de voz em sua caixa-postal.

Engoli em seco concordando com tudo o que ele dizia.

– Ela está bem. Não poderia estar mais segura e o melhor é que Tanya nem imagina onde ela pode estar. Simplesmente os apagamos do mapa. Nenhum sinal de sua existência até que tudo esteja bem.

– Quinze dias? Não vamos conseguir resolver tudo em quinze dias.

– Mas saberemos o que fazer para neutralizar Tanya. O problema agora é o seu pai.

– Meu pai?

– Sim. Tentamos a mesma estratégia. Ele não aceitou por estar envolvido em um projeto que exige demais a sua presença.

– Droga! – Meu coração continuava acelerado.

– Conseguimos uma transferência temporária para o Canadá. Um projeto que ele desejava muito, contudo, o velho é duro demais na queda e só vai se apresentar quando terminar o trabalho aqui nos Estados Unidos. O jeito foi mandar uma equipe para lá e acompanhar todos os passos de Tanya.

– Que merda! – contestei.

Ele sorriu e arqueou uma sobrancelha. Depois me puxou para seus braços.

– Vai ficar tudo bem.

Fechei os olhos e apoiei minha cabeça em seu peito. Ele afagou meus ombros.

– Mel, eu estou cuidando de tudo. Relaxe. Eles estão bem.

A porta do elevador abriu e nós saímos, estancando na mesma hora sem saber o que fazer. Encarei a figura parada à minha porta incapaz de organizar meus pensamentos e dizer alguma coisa. Como se não bastassem todos os problemas, agora havia mais aquele. Era uma grande merda.

– Nicole? – Dean se adiantou, ficando na minha frente em posição de defesa. Não sabíamos o que esperar dela.

– Minha conversa não é com você – balbuciou ela.

Só então me dei conta de que ela se apoiava na parede, segurava suas sandálias em uma das mãos e a fala embolada deixava claro o quanto havia bebido.

– Eu quero falar é com ela! Essa...

E apontou para mim, mal conseguindo se manter de pé. Fez uma careta terrível e depois começou a chorar. Fiquei com o coração partido. Logo, toda a tensão se dissipou e a situação dos meus pais ficou parcialmente em segundo plano.

– Nicole...

Tentei alcançá-la, mas Dean me impediu. Olhei para meu marido que, discretamente, balançou a cabeça negando a minha atitude. Ela o olhou com cara de assassina.

– Olha, Nicole, este não é um bom momento. Você está... alterada. E nervosa. Talvez seja melhor levá-la para casa, ou ligar para Paul...

– Não! Eu...

Tentou ficar ereta e passou a mão no cabelo se desequilibrando e voltando a precisar do apoio da parede. Dean avançou um pouco mais e eu aproveitei para me aproximar da minha amiga. Ele reprovou a minha atitude, mas, como sempre fui muito malcriada, ignorei seu olhar e continuei.

– Nick, por que não entra e toma um café?

Dean fez uma cara terrível, visivelmente incomodado com o meu convite. Estreitei os olhos recriminando-o.

– Um café? – Parecia pensar no assunto. – Eu não quero um café. Quero respostas. Eu quero...

– Vamos entrar.

Passei por Dean e abri a porta para que ela passasse. Nicole tentou manter a pose, arrastando seu vestido e forçando seus pés a seguirem uma linha reta. Lógico que fracassou.

– O que você está fazendo? – ele murmurou ao passar por mim.

– Quero a minha amiga de volta.

– O quê? Você está maluca?

– Dá para parar de ficar falando como se eu não estivesse aqui.

Nick andou até o sofá e se deixou cair nele. Seus olhos não fixavam nada. Fui rapidamente até a cozinha.

– Como ela conseguiu chegar aqui?

Dean continuou falando bem baixo e me seguindo para todos os lados enquanto eu procurava tudo o que precisava para fazer o café.

– Pergunte aos rapazes. Agora eu tenho uma coisa mais importante para fazer.

Coloquei a cápsula escolhida na máquina e comecei o processo para fazer o café. Enquanto aguardava, preparei a xícara que levaria para Nicole.

– Eu vou fazer isso, mas só depois que aquela maluca estiver fora do nosso apartamento.

– Primeiro – falei para o meu marido despejando toda a minha raiva nele – ela não é maluca. É Nicole, minha amiga e futura cunhada, tia do meu filho.

Tive o cuidado de falar muito baixo, embora não deixasse de colocar em cada palavra o quanto a sua resistência estava me incomodando.

– Segundo: ela está magoada e eu a amo. Não vou deixar de cuidar de quem amo por causa desse jogo imundo.

Ele suspirou e me encarou por um tempo. Depois concordou com a cabeça.

Peguei o café e levei para a sala, onde Nick estava com os olhos fechados, mas logo ela me encarou. Mesmo bêbada, seus olhos me cobravam. Coloquei a xícara em suas mãos, temerosa que acabasse provocando um acidente mas, para minha surpresa, Nicole segurou firme o recipiente e tomou um gole do líquido, deixando que, aos poucos, a bebida amenizasse seu estado alterado.

– Eu só queria saber… – ela começou sem me olhar nos olhos. – Só queria entender, Melissa. Acreditei em você, em seu amor pelo meu irmão. Deixei que fosse a minha esperança de ajudá-lo a ser feliz. Droga!

Mordeu o lábio inferior sem conseguir impedir que uma lágrima descesse por sua face maquiada.

– Nicole…

– Não precisa me contar os seus motivos. Eu não quero saber o que a levou a agir assim, só preciso saber se foi mesmo verdade. Se o que você dizia sentir era verdadeiro. Preciso ter certeza de que não foi uma mentira, de que não foi um golpe perfeitamente esquematizado. Que não fui usada nesta…

E caiu no choro sem conseguir terminar.

– Não foi mentira.

Fui incapaz de continuar fingindo. Nicole era minha amiga. Era uma pessoa em quem eu confiava.

– Amei verdadeiramente Robert.

– Amou? Então...

– Eu amo o seu irmão, Nicole. Amo Robert Carter de uma maneira impossível de ser explicada.

– Mas...

– Hoje você não vai conseguir entender.

– Paul não concordou comigo. Ele nunca concordou. Eu dizia que você era uma vigarista e ele rebatia dizendo que eu não podia imaginar os seus motivos. De alguma forma, ele não ficou magoado, nem desacreditou do seu amor.

Ela falava sem parar, sem conseguir seguir uma linha de raciocínio coerente.

– Ele estava certo?

Parei para pensar no que poderia responder, mas fiquei confusa com aquela revelação. Como assim Paul continuava acreditando em mim? Era para ele também me odiar, ou simplesmente me desprezar pelo que eu tinha feito. Só que ele continuava acreditando. Será que eu tinha deixado escapar alguma coisa? Não tinha fingido de forma convincente? Droga! Eu precisava conversar sobre aquilo com Dean.

Olhei para meu marido, que estava parado na entrada da sala acompanhando tudo a distância. Ele estreitou os olhos, conferiu o celular e fez um gesto avisando que ia atrás dos rapazes para saber o que eles tinham a dizer sobre a presença de Nicole. Concordei e voltei a minha atenção para ela, que continuava perdida em pensamentos, olhando fixamente para a xícara em suas mãos.

– Oh, merda! Eu estou enjoada...

Sua voz era mole e embargada, revelando o quanto estava bêbada. Retirei rapidamente a xícara das suas mãos, colocando-a sobre a mesinha ao lado.

– Venha... – Fiz força para levantá-la. – Vamos deitar um pouco. Já é tarde e precisamos descansar.

Ela tropeçou, mas rapidamente se equilibrou.

– Eu sinto a sua falta – resmungou ainda fungando, por causa das lágrimas derramadas. – Merda, Melissa! Eu sinto a sua falta!

– Eu também, Nick! Venha.

***

Acordei com o movimento repentino de Nicole. Claro que havíamos dormido juntas. Nunca largaria a minha amiga em um quarto estranho depois de uma noite complicada, então estávamos no meu, em minha cama, e ela ainda usava uma camisola que me pertencia.

– Merda! – resmungou inquieta. – Merda, eu... Oh, droga! O que é isso?

Levantei bem devagar, ciente da existência dos meus enjoos matinais e de que essa parte do meu segredo ainda precisava ficar escondida. Olhei para a minha amiga, que olhava o quarto, confusa, sem saber onde estava. Quando nossos olhos se encontraram, ela ficou petrificada e depois, como se estivesse acordando de um pesadelo, exclamou:

– Puta. Que. Pariu!

Tive que rir. Foi impossível ficar séria com Nicole em minha cama, usando uma camisola folgada, os cabelos na maior desordem e com a maquiagem borrada, dizendo um sonoro "puta que pariu".

– Como vim parar aqui? O que… merda! Eu vou vomitar.

Levou a mão à boca, respirando como um cachorrinho para controlar a ânsia de vômito. Eu conhecia muito bem aquela realidade. Mordi os lábios para evitar outra risada.

– Você apareceu aqui ontem, bêbada, é bem verdade. Muito bêbada.

Acabei dando uma boa risada. Ela me encarou sem acreditar em minha reação.

– Perdão! Mas você é mesmo engraçada – continuei.

– O que tem de engraçado nisso?

Seu rosto demonstrava desespero, enquanto sua voz admitia o quanto ela também estava achando graça por acordar no meu quarto, na minha cama. E então me dei conta do motivo para tudo estar daquele jeito. Minha amiga estava ali, de volta à minha vida, e prestes a me abandonar mais uma vez. Pior, ela poderia não entender, não aceitar e estragar tudo.

– Você veio ontem.

O engraçado foi cedendo lugar para a difícil e temida conversa.

– Eu estava com tanta raiva. Insisti para Alexa me trazer para conhecer o apartamento novo e consegui escapar na primeira oportunidade. Droga, Alexa deve estar louca sem saber o que aconteceu comigo.

– Dean com certeza já deu um jeito nisso.

Ela puxou o lençol para seu corpo e se encolheu.

– Onde ele está? Este não é o seu quarto? Vocês não deveriam…

– Não. Dean não dorme aqui. Muito menos mora neste apartamento comigo.

Ela me olhou sem entender, sua boca abriu e fechou várias vezes, até que entendeu que precisava permanecer calada para que eu pudesse continuar.

– Chegou a hora de você saber a verdade.

***

– Não é possível. Essas coisas só acontecem em filmes de ação, ou em livros de ficção.

Nicole encarava o teto do meu quarto, sem desviar nem por um segundo a sua atenção. Eu permanecia calada ao lado dela. Havia revelado tudo, desde a minha mirabolante fuga, logo após Tanya me forçar a abandonar Robert, até a última noite, quando decidi revelar toda a verdade.

– Então são vários apartamentos interligados?

– Isso. – Ela sorriu, ainda encarando o teto.

– Dean mora com a namorada, que está infiltrada na empresa e conseguindo todas as informações possíveis a respeito das armações de Tanya e Adam?

Concordei silenciosamente, apenas balançando a cabeça, mesmo ciente de que ela não acompanhava o meu gesto.

– E o casamento nunca existiu?

– Tecnicamente eu sou casada. O documento tem valor legal e tudo mais. A única diferença é que já existe o divórcio, só não entrou no sistema ainda.

Ela sorriu amplamente e depois, tão rápido quanto conseguiu expandir aquele sorriso, conseguiu eliminá-lo.

– Robert está sofrendo – sussurrou.

– Eu sei. Sinto muito.

– Ele precisa saber. Não é justo.

– Não é justo que Tanya consiga descobrir tudo e acabe ganhando este jogo.

Ela ficou calada por alguns segundos e depois suspirou.

– Tem razão. Como vocês vão conseguir...

– Hoje tivemos mais uma dose. Dean deve estar cuidando desta parte agorinha mesmo.

– Parece loucura.

Nicole se levantou, sentando na cama e me olhando pela primeira vez desde que revelei o que realmente acontecia. Sondei sua expressão. Não havia raiva, nem rancor. Pude identificar um certo alívio e imaginei que isso poderia mesmo ser possível, apesar dos pesares.

– Robert precisa saber, Mel. Eu acho que vocês já alcançaram seu objetivo de fazer Tanya acreditar na separação.

– Ainda não. Mas já sei o que devo fazer e prometo que não vai demorar. Confie em mim.

Peguei na mão dela. Nick segurou na minha com força e depois sorriu.

– Eu confio. Pode contar comigo também. Prometo que serei uma megera com você. Vou fazer Tanya acreditar que tenho ódio de você, que nunca vou perdoá-la por enganar a nossa família e tudo o mais que você já sabe. Alexa e Bruno disfarçaram muito bem.

– Eles estão nessa há pouco tempo. Foi meio por acaso.

– Paul não pode ficar de fora.

– Nem Olivia.

Ela me olhou assustada.

– Chegou a hora de termos todos do nosso lado. Não temos muito tempo e precisamos encontrar as malditas provas.

– Posso providenciar isso. Alexa e Bruno querem um jantar para comemorar a vida nova. Será em dois dias.

Nicole estava com os olhos brilhantes, piscando como só ela conseguia fazer quando o assunto era festa.

– Por enquanto, deve ser apenas para vocês mesmo. Nada de pessoas estranhas ou de fora desta nossa realidade, por favor!

– Claro! – Parou pensativa e com cara de desagrado. – Tudo bem!

Saímos, depois de tomarmos banho e trocarmos de roupa. Nicole ficava engraçada com as minhas roupas, uma calça que ficava justa em mim, mas que precisou de um cinto para permanecer em seu corpo e uma camisa de mangas longas, que com certeza a protegeria do frio.

Dean aguardava por nós duas, acompanhado de Alexa, Bruno e Tom. Eles conversavam e riam. Logo imaginei que o assunto era assombrar Tanya. Então deduzi que a operação prosseguia com sucesso e que, naquela hora, a megera deveria estar aterrorizada.

– Bom dia!

Puxei a cadeira e me juntei ao grupo, levando Nicole comigo.

– Boa tarde! Vocês dormiram demais e perderam o melhor da festa – disse Dean, animado como nunca. Ele me entregou uma xícara com café.

Agradeci o calor do líquido.

– Está esfriando muito rápido.

Desviei o assunto enquanto ele entregava uma xícara à Nick, que agradeceu timidamente.

– Vamos ter neve hoje – ele continuou animado, como uma criança que acaba de aprontar uma travessura. – Como está sua ressaca, Nicole?

Minha amiga encolheu os ombros, visivelmente envergonhada.

– Melhor agora.

Alexa sorriu e acariciou o braço da amiga, confortando-a. Eu me senti em paz. Pela primeira vez desde a minha volta, a sensação de conforto amenizava a tensão que sempre me acompanhava. Meus amigos estavam lá, dispostos a lutar pela minha causa, o que me deixava mais segura e determinada.

– Como está a nova casa?

Alexa sorriu imensamente, mas não teve tempo de responder. Abby adentrou a sala, como um raio, levando nas mãos papéis e estava agitada, trazendo de volta a tensão ao meu corpo.

– Temos uma merda para resolver!

Parou ao ver Alexa, Nicole e Bruno sentados à mesa, tomando café da manhã comigo e Dean. Por alguns segundos, ficou confusa, mas como não a impedimos de continuar, ela se aproximou da mesa e recomeçou, olhando com desconfiança para o grupo.

– Aconteceu um problema sério. Preciso conversar com vocês.

– Tudo bem. Eles estão cientes do nosso plano. O que você descobriu?

Abby olhou mais uma vez para o grupo, indecisa sobre o que contar.

– Adam bebeu muito ontem e foi terminar a noite em minha casa.

– Sem uma ordem de Tanya?

Dean cruzou os braços e ficou mais atento à conversa.

– Isso. Ele estava muito bêbado, por isso chegou e quase dormiu no meu sofá. Aproveitei para escanear mais uma vez o seu celular e acabei descobrindo a sua senha do *Dropbox*.

Tanto eu quanto Dean nos inclinamos para frente, ansiosos para nos inteirar do que ela havia descoberto.

– Hoje pela manhã eu entrei na rede segura, liguei meu computador ao dele e simulei como se fosse o próprio Adam acessando a sua conta. Vocês não fazem ideia do que descobri.

CAPÍTULO 17

– Puta que pariu!

Encostei o corpo no banco do carro, encarando o lado de fora. Estava muito, muito frio. Tom, sentado ao meu lado, permanecia em silêncio, segurando os papéis que levara para comprovar o que haviam encontrado. Eu estava furioso. Não, estava muito mais do que furioso. Poderia matar Adam Simpson com minhas próprias mãos. E Tanya? O que aquela maldita pretendia com mais aquele ataque? Filha da puta!

– Robert, você precisa agir rápido.

– Sim, é o que vou fazer, mas a que custo? Aquela cretina não percebeu que sua manobra acarretaria em um prejuízo absurdo ao grupo?

– Talvez esta seja a intenção dela. Não sei.

Tom estava pensativo, não havia mais aquela emoção de antes, quando precisávamos contra-atacar para derrubar as artimanhas da minha esposa. Provavelmente estava cansado de tanta luta.

– Você deveria ter transado com ela.

Olhei rapidamente para ele, que desviou o olhar constrangido. Não era muito do Tom agir daquela forma, como se sentisse vergonha das suas atitudes, mas naquele momento era o que ele fazia.

– Você sabe, nós estamos atentos às filmagens da casa.

Ficou ainda mais envergonhado. Estreitei os olhos.

– Não quando eu estiver em qualquer momento particular, merda!

– Não foi a intenção, cara. Aconteceu. Ficamos tensos com a volta da Melissa.

– Apague esta merda. – Fechei os olhos sem querer pensar naquele problema também.

– Já fiz isso.

– E quanto a Adam?

– Ele nem faz ideia de que Abby conseguiu a planta falsa, também não vai nem passar pela cabeça dele que ela foi capaz disso. Aliás, quando você passar por eles como um rolo compressor, ninguém vai conseguir pensar em como você descobriu.

– Isso pouco me importa. Não posso tirar Tanya da empresa e ainda terei que manter Adam até obter tudo o que quero dos dois.

Fechei as mãos com força no volante, contemplando as luvas negras que havia escolhido para aquela manhã fria repleta de lembranças assustadoras. Peguei o celular e disquei o número dela.

– Uma ligação no domingo é mesmo um milagre. O que houve? Precisa de companhia em seu passeio melancólico e solitário? Ah, lembrei, Melissa não faz mais questão de acompanhar você...

– Cale esta maldita boca!

Fez silêncio por alguns segundos, mas logo sua risada cínica invadiu a ligação.

– O que você quer, Robert?

– Pode demorar o tempo que for, mas vou provar que você trocou as plantas da MXZ, sua louca. Vou jogar você na cadeia e te ver mofar nela, envelhecer e se acabar em poucos anos.

Ela riu mais uma vez.

– O que estava pensando? Tem alguma noção do que aconteceria se aquelas máquinas fossem utilizadas? Tem alguma ideia de quantas vidas você colocaria em risco?

– Prove que fui eu.

Ela mantinha a voz calma, simplesmente porque sabia que eu não tinha provas. Adam seria fácil de incriminar, mas Tanya... Ela não deixava rastros.

– Se usássemos a máquina, as pessoas estariam expostas à radiação de uma maneira irremediável. Em um prazo muito curto, seríamos destruídos, incriminados e desmoralizados.

– Você seria. Você é o responsável, não eu.

– Pois levarei a situação ao conselho e conseguirei afastá-la. Você está louca.

– Eu não estou louca! – ela gritou do outro lado me confundindo. – É isso o que você quer, não é? Essa sua mania de endeusar o garoto, de passar anos chorando no túmulo dele. A culpa é sua!

Tanya estava descontrolada.

– Do que você está falando?

– Eu sei o que está tentando fazer, Robert, mas não vai conseguir, entendeu? Não vai conseguir.

E desligou o telefone, deixando-me sem reação.

– Ela está piorando – Tom falou assustando-me.

Minha explosão com Tanya me fez esquecer tudo ao meu redor, até mesmo dele ali no carro.

– Tenho que conseguir logo essas provas, Tom. Não sei até onde posso ir com Tanya, nem até que ponto ela está desequilibrada. As coisas estão saindo do controle. Não é mais apenas contra mim. Ela tentou matar Melissa, atingiu Nicole e agora está colocando em risco a vida de milhares de pessoas inocentes. Não dá mais para ficar esperando.

– Só mais um tempo. Precisamos entrar na casa.

– Não está lá! Eu já vasculhei tudo, Tom. Não está lá!

– Mas temos que descobrir onde inferno ela escondeu!

Tom se exaltou e isso também chamou a minha atenção.

– Eu preciso ir. Vou buscar a planta correta e marcar uma reunião logo cedo com o conselho. Tenho que mandar para a produção, reajustar tudo e recomeçar.

– Ok. Vamos ter neve hoje, então, tome cuidado.

– Esta será a minha desculpa perfeita.

Olhei para fora como se a mínima menção à neve já fizesse meus ossos estremecerem de frio. Precisaria chegar logo à minha casa ou ficaria preso em algum lugar.

– Vou passar a noite em minha casa.

– Sua casa...

– Minha casa. Onde vivi com Melissa. O único lugar onde ainda tenho um pouco de paz.

Ele concordou com a cabeça e saiu do carro.

Conectei o celular ao som e dei partida sem saber ao certo por onde começar para desfazer aquela bagunça. Adam não seria poupado da minha raiva, por isso liguei para o verme, mesmo sabendo que mantê-lo afastado seria o mesmo que criar um ponto cego em minha luta contra Tanya.

– Robert?

Havia um som como pano de fundo, dando a entender que ele não estava em seu momento família.

– Porra, Adam! Que merda foi aquela que você fez com a produção da MXZ?

Ele fez silêncio e entendi que estava se deslocando para algum lugar mais reservado.

– Robert, eu realmente... O que aconteceu? O que houve com a produção da MXZ? Ontem mesmo...

– Seu monte de merda! Eu sei muito bem que as plantas foram trocadas e que você está diretamente ligado a esta armação.

– Eu? Não! Eu não estou sabendo de nada. Você disse troca de plantas? Eu estou trabalhando em cima da que foi passada, posso verificar tudo...

– Amanhã, muito cedo, na minha sala! – Desliguei.

Ele que ficasse com o seu desespero e atormentasse a cabeça de Tanya durante aquela noite.

Dirigi com cuidado. O gelo do dia já se apresentava em sua fina camada nas árvores e nas estradas. Era necessário ter muita cautela, principalmente com a mente fervilhando como estava a minha. Graças a Deus, consegui chegar antes da neve. Ainda olhei o céu, ciente de que minha noite seria solitária e cheia de lembranças aterrorizantes.

Passei pela casa vazia, inabitada desde que Melissa foi embora. Eu não havia voltado nem mesmo para verificar como tudo estava. Resolvi o problema com os empregados contratados, já que todos foram dispensados, apenas com um telefonema, e me enfiei naquele maldito apartamento, ao lado da minha maldita esposa, para continuar vivendo aquela maldita vida.

Fui direto para o meu escritório. Lembrei imediatamente de Melissa, do dia em que pensei que minha vida estava perfeita e que nada mais seria capaz de estragá-la. Ledo engano. Eu nem imaginava que aquela era apenas uma trégua e que logo em seguida eu me afundaria muito mais com o desaparecimento da minha amante.

Abri o cofre. A princípio, fiquei um pouco atordoado, sem entender ao certo o que estava errado comigo, e então me dei conta. Eu havia sido roubado. Mas como? Havia quatro meses que não abria aquele cofre. A última vez foi quando precisei... Puta que pariu! Melissa abriu a merda do cofre. Como não pensei nisso antes? Claro! Ela estava com as minhas ações, só poderia conseguir isso abrindo o cofre. Que grande merda!

Lacrei o recipiente imaginado o que deveria fazer. Mas para que porra ela pegou aquela planta? Só se... Não. Não era possível! Não poderia ter sido Melissa. Ela não colocaria em risco a vida de tantas pessoas. Colocaria?

– Puta que pariu!

Tive vontade de gritar até minha mente ficar vazia.

Sem pensar, busquei pelo celular de reserva que eu mantinha em meu escritório e que nem a própria Melissa sabia da existência e liguei para ela. O que eu deveria dizer? Como poderia confrontá-la? Pior, como eu agiria contra a mulher que eu tanto amava? Ela não atendia. Quando já ia desligar, ouvi sua voz. Aquela voz que era como um bálsamo para minhas feridas e que ao mesmo tempo me machucava cada vez mais.

– Melissa?

Ela hesitou ao ouvir a minha voz. Resolvi ser mais incisivo, sem deixar chance para que ela pensasse no assunto.

– Você roubou do meu cofre uma planta muito importante para o grupo.

– Robert? Eu... O quê?

– A planta da MXZ. Com certeza você não sabe ainda, mas alguém adulterou a planta original e repassou para a fábrica uma planta falsa, com um erro gravíssimo que iria expor muitas pessoas inocentes e, com certeza, nos destruiria.

Ela continuou calada.

– Tenho como provar que você retirou o documento do meu cofre. Consequentemente, existem indícios fortes de que você é a culpada por esta quase tragédia.

– Não seja ridículo! – ela esbravejou.

Bastou aquela reação para meu coração se acalmar. Melissa não era a culpada. Sua indignação demonstrava que, mesmo mantendo aquela pose fria e calculista, ela ainda era a minha doce e correta Melissa, embora não mais inocente.

– Preciso da planta original!

Mais uma vez ela hesitou.

– Eu preciso dela, Melissa. O nosso prejuízo já pode ser contabilizado em milhões. Tem alguma ideia de quanto nos custaria este erro?

– Eu imagino, mas não sou a culpada, Robert.

Eu confessaria que não mais acreditava em sua participação, porém, tendo em vista todo o nosso conflito desde a sua volta, era melhor não lhe dar tanta confiança.

– Isso você precisará provar. Quero essa planta em minhas mãos em trinta minutos.

– Você enlouqueceu? Teremos uma nevasca em breve. Não posso pedir a um portador para sair no meio deste...

– Eu estou na minha casa, não na casa que divido com Tanya e pouco me importa como fará para conseguir me entregar a planta. Se em meia hora ela não estiver aqui, chamarei a polícia e, se isso acabar expondo você, talvez sirva para aprender a não violar o que não lhe pertence.

Desliguei sem dar-lhe a chance de argumentar.

Fiquei parado, em pé, olhando a parede onde ficava o cofre, indeciso sobre o que fazer enquanto aguardava por alguma definição de Melissa. Ela seria capaz de comparecer? Não, com certeza não. Quem então? Dean? Seria um tanto quanto complicado esse encontro. Um empregado? Não sei se Melissa seria capaz de tanta confiança. Bom, eu precisaria aguardar para saber o que iria acontecer.

Aproveitei para manter a casa aquecida. Em breve teríamos uma nevasca, sendo assim, era importante que a casa estivesse pronta para me acolher. Caminhei até a cozinha, verifiquei os armários. Tinha macarrão instantâneo. Não era minha preferência, mas daria para passar uma noite. Também achei uma lata de salsicha em conserva. Era melhor que não estivesse vencida. Na adega, encontrei quatro garrafas de vinho, pelo menos estes eram da melhor qualidade. Peguei uma e voltei para a sala principal, onde havia uma lareira.

Quinze minutos depois, o fogo crepitava aquecendo o ambiente, mesmo assim, ainda continuava gelado. Olhei para fora da casa. A piscina estava vazia e alguns flocos de neve começavam a cair. Ninguém havia chegado. Bebi o meu vinho e decidi colocar o carro na garagem antes que a neve me impedisse de utilizá-lo.

Vinte minutos depois, eu estava de volta, direcionando minhas mãos para o fogo, na tentativa de mantê-las aquecidas. Fui até o quarto, peguei uma manta e voltei para a sala. Sentei próximo à lareira, com a taça na mão e o celular ao lado. Nenhum sinal de Melissa ou de quem quer que fosse levar o que gentilmente solicitei.

Peguei umas almofadas, coloquei-as nas costas e me aconcheguei aguardando pelo que aconteceria. Foi quando me assustei com uma batida forte na porta de entrada. Menos de um segundo depois, a pessoa voltou a bater, insistentemente. Enquanto eu andava até o local, as batidas continuaram fortes.

Quando coloquei a mão na maçaneta, toda a casa apagou. Olhei para cima, um pouco assustado com a escuridão. Pela janela do outro lado da sala, pude ver que a neve caía com bastante intensidade, tornando tudo do lado de fora branco e gelado.

– Merda!

Ouvi a voz de Melissa do lado de fora e em seguida as batidas fortes. Apressei-me em abrir a porta.

Ela estava lá, sua pele clara estava quase roxa e seus dentes batiam por causa do frio. Olhei-a atentamente e percebi que, mesmo com o casaco, ela estava ensopada. Flocos de neve derretiam em seu cabelo e enfeitavam sua roupa. Melissa entrou na casa, passou por mim como uma bala, e foi para perto lareira, que era o único local iluminado no recinto.

– A porcaria do meu carro quebrou na esquina. Tive que fazer o restante do caminho a pé!

Andei cautelosamente até ela, ainda com receio de me aproximar. Ela colocava as mãos em frente ao fogo, tremendo muito.

– É melhor tirar estas roupas. Vou buscar um roupão.

Nossos olhos se encontraram. Havia dúvida nos dela.

– Você vai acabar doente, Melissa.

– Eu não vou demorar. Aqui está a sua planta.

E estendeu o canudo para mim. Sem pensar duas vezes, peguei o material sem desconectar o nosso olhar.

– Meu celular está sem sinal, então vou precisar do seu para ligar para Dean e avisar que ele terá que vir me buscar – completou ela.

Não consegui segurar o sorriso que se projetou em meus lábios. Era irônico ela pensar que alguém conseguiria sair no meio daquela nevasca só para resgatá-la.

– Tudo bem.

Entreguei-lhe o celular ciente de que o meu também não tinha sinal.

– De qualquer jeito você ainda vai precisar se aquecer enquanto alguém vem buscá-la. Você está ficando roxa.

– Tudo bem? – Melissa perguntou incrédula da minha posição. Com o aparelho em mãos, ela continuava me encarando com aqueles olhos indecisos.

– Sim. Tudo bem.

Ela mordeu os lábios e entortou um pouco a cabeça para o lado. Eu raciocinava com lentidão. Havia sido um dia difícil, como todos os domingos, mas aquele especialmente foi repleto de problemas, o que só complicava ainda mais o meu estado.

– Vou buscar o roupão e dar mais privacidade para você conversar com o seu marido.

Desfiz o nosso contato visual e entrei na escuridão, deixando Melissa sozinha.

Era muito fácil me movimentar por aquela casa. Tudo continuava idêntico ao tempo em que... Quando o meu pequeno Rob me deixou. Olhei para frente, tentando esvaziar minha mente cansada, era muito difícil! Alcancei o banheiro e as prateleiras debaixo da pia. Rapidamente meus passos ecoavam de volta à sala. Meus olhos logo buscaram por ela. Melissa estava parada encarando o fogo. O celular na mão que pendia ao lado do corpo.

– Aqui está – indiquei a peça em minha mão e ela lentamente se virou para pegá-la. – Vou até a cozinha pegar uma taça para você. O vinho vai ajudar a mantê-la aquecida.

– O seu celular também está sem sinal – disse ela com voz fraca, receosa.

– Vista o roupão, não quero que fique doente.

E saí da sala outra vez, caminhando sem muita pressa até a cozinha.

Queria que Melissa tivesse a privacidade que necessitava naquele momento e eu precisava manter distância. Pelo visto, passaríamos a noite juntos e não seria nada bom começarmos com uma briga devido a meu hábito de querer impor sempre a minha vontade. Peguei uma taça e encostei na bancada, dando um tempo para retornar.

O vento do lado de fora castigava a casa e estava realmente esfriando cada vez mais. Voltei para a sala e a encontrei enrolada na manta, de frente para o fogo, os pés encolhidos. Peguei a garrafa de vinho, servi e entreguei a taça a ela. Melissa tomou um gole generoso, mas fez uma careta e deixou a bebida de lado.

– Não gostou?

Ela recuou um pouco quando sentei ao seu lado.

– Não é isso. – Me encarou mordendo os lábios. – É que... Deixa pra lá.

– Pelo visto vamos passar a noite aqui. – Encarei as chamas para não revelar meu sorriso de satisfação. – Ou será que Dean aparecerá para te resgatar? – Mais uma careta.

– Não consegui falar com Dean. Também...

Balançou a cabeça, negando-se a continuar. Eu ri. Não consegui me conter.

– O que foi?

Com o mesmo movimento de cabeça, me neguei a falar. Ela virou o rosto me ignorando.

– Não tem outra manta?

– Tem, sim. Eu posso...

– Não! – Ela me impediu de levantar, segurando a minha mão. – Não.

Largou rapidamente quando se deu conta de que o mínimo toque era capaz de acabar conosco. Ficamos nos olhando por um longo tempo, até que ela desviou o olhar de volta para as chamas.

– Você já sabia que seria assim, não é?

– Que seria assim como?

– Que a neve cairia e nos impediria de voltar. Foi por isso que me acusou, que armou toda esta confusão para me trazer aqui com tanta urgência.

Puxei o ar e passei a mão no cabelo.

– Estamos no meio de um caos, Melissa, então, não. Eu não planejei isso tudo. Ou seja, o mundo não gira ao seu redor.

Ela abriu a boca, um tanto surpresa pela minha grosseria, mas preferiu ignorar outra vez. Ficamos em silêncio. Eu estava coberto de mágoa, tristeza, preocupações, angústias e ressentimentos. Não era fácil manter a calma. Mas era necessário.

– Desculpe!

– Não se desculpe – revidou ela no mesmo tom que eu utilizava para repreendê-la.

Tive que sorrir.

– Eu estou realmente preocupado com este problema da planta.

Sustentei meu corpo com o braço direito e me inclinei um pouco na direção dela. Ela não recuou, mas respirou profundamente com a proximidade dos nossos corpos.

– O que pretende fazer?

– Suspendi os trabalhos da fábrica. Amanhã teremos uma reunião. Precisamos iniciar a produção com a planta certa e informar aos compradores sobre o provável atraso.

Ela concordou com a cabeça.

– Estamos falando de milhões, Melissa...

Ela concordou outra vez, sem nada dizer.

– Puta que pariu! Este inferno parece que nunca terá fim.

– Tanya mais uma vez?

Foi a minha vez de concordar sem nada dizer. Ela não reagiu com surpresa. Na verdade, pareceu que já sabia. Como não saber?

– Ela só pode estar louca.

– Você nem imagina o quanto.

Voltamos a ficar em silêncio. E então me dei conta de que aquela era a primeira vez, desde o retorno de Melissa, que conversávamos como antes. Ali nós estávamos sendo Robert e Mel, como éramos, companheiros, amigos... Fui arrebatado pela saudade e por um segundo acreditei que ela também. Seus olhos diziam tudo.

– Vou buscar a outra manta. – Levantei rapidamente. – Tudo bem ficar aqui sozinha?

– Não vai ser a primeira vez nesta noite.

E tomou um longo gole do seu vinho, voltando a fechar a manta ao redor do seu corpo.

– Nem em nossas vidas – completou como se as palavras fossem apenas pensamentos.

Pensei em argumentar, dizer que nunca a deixei sozinha, mas contra fatos não há argumentos, então apenas recuei nas sombras da noite e corri para o quarto. Com mais pressa do que em qualquer outro momento daquela noite, peguei a manta e voltei para o lado da mulher da minha vida.

– Está ficando cada vez mais frio – ela resmungou.

– Todas as pessoas de Chicago sabem conviver com o frio.

Ela riu. Uma risada gostosa, como há muito eu não ouvia.

– Não chegue muito perto do fogo. Pelo que conheço de você, alguma coisa vai acontecer para que esta manta queime até não sobrar mais nada.

Ela abriu a boca em protesto e estreitou os olhos.

– Não diga que é mentira, você sabe muito bem o que é ter duas mãos e dois pés esquerdos.

– Que absurdo! – continuou rindo. – Falou o Senhor Perfeito.

– Ah, não! Não mesmo! No quesito perfeição você também ganha disparado.

Ela ficou séria, na verdade havia um pouco de satisfação em seu olhar, que Melissa lutava bravamente para esconder.

– Robert...

– Você sabe que dia é hoje?

Busquei por seus olhos, que pareciam brilhar na pouca luz emitida pelas chamas. Ela ficou um pouco confusa, buscando na mente alguma data importante. Aproveitei e bebi o restante do líquido da minha taça e me servi de mais. Depois, voltei minha atenção para a criatura incrível ao meu lado.

– Nenhuma data significativa, Melissa.

Ela continuou me olhando com curiosidade e divertimento.

– Hoje é domingo. – E todo o seu brilho se apagou.

Naquele momento ela se tornou a mulher que me seguia naquela jornada dolorosa, com força e com a mais pura tristeza.

– Oh, droga! Eu... Desculpe! Eu...

– Tudo bem. Você não faz mais parte da minha vida, não é? Eu só falei para que entendesse que não estou tentando fazê-la voltar para mim. Não hoje.

Sorri para lhe transmitir confiança. Ela ficou em silêncio por tanto tempo que comecei a acreditar que não diria mais nada.

– É assim que você me vê?

Encarei a mulher que eu tanto amava, inseguro sobre como deveria me posicionar.

– Eu não faço mais parte da sua vida? – continuou ela.

Por que ela aparentava tanta tristeza? Por que parecia tão magoada com aquela informação? Eu não entendia Melissa.

– Não foi o que eu quis dizer, Mel. Você sempre fará parte da minha vida. Eu te amo! Sempre vou te amar. Foi você quem foi embora.

– Para proteger você.

– Eu posso me proteger! – rebati, negando-me a aceitar que ela estava certa.

– Você concordou que era o melhor a fazer.

– Eu não tive escolha. Tanya não a deixaria viva, mas não imaginei... Droga, Melissa! Por que estamos tendo esta conversa agora?

– Não sei.

– Merda! Eu concordei que você fosse porque imaginei que estaria em segurança até que eu conseguisse neutralizar Tanya. Não foi o que combinamos?

– Robert...

– Merda! Foi ou não foi?

Ela estremeceu e mesmo com a pouca claridade eu pude perceber seus olhos marejarem.

– Responda! – insisti.

– Foi. Foi o que combinamos.

– Você foi embora me deixando destruído com o nosso afastamento, aliás, o que vi naquela mulher que chorava me dizendo que precisava ir era o mesmo sofrimento que o meu. O mesmo desespero. Mas nunca, Melissa, nunca mesmo, imaginei que você seria capaz de fazer o que fez.

– Fazer o quê?

– Roubar tudo o que era meu. E ainda por cima se casar com... aquele filho da puta, engomadinho de merda!

– O Dean é um engomadinho? Olha só os ternos que você usa! E o seu carro? Sem contar o gel de cabelo e... Dean não é um engomadinho, tá legal?

– Meu carro? Você está falando do meu carro? Eu trabalhei para ter o meu carro, agora o que seu marido desfila pela cidade é fruto do dinheiro que você tirou de mim. Muito digno ser sustentado pela esposa que não passa de uma ladra.

– O quê? – A manta escorregou pelos seus ombros. Foi impossível não perceber sua pele branca exposta pela abertura do roupão. Melissa estava furiosa. Devo admitir que eu também. – Você me deu aquele dinheiro!

– Não para sustentar outro homem! – rebati deixando claro o meu péssimo estado de espírito.

– Eu não estou sustentando o Dean. Eu... Esquece. Não dá para conversar civilizadamente. Como sempre, você estraga tudo.

– Eu estrago tudo? Tudo o quê?

– Tudo! – ela gritou abrindo os braços. – Você consegue estragar cada segundo das nossas vidas.

– Então foi por isso que resolveu me roubar? É uma vingança por eu estragar cada segundo da sua vida? – Melissa fechou os olhos e mordeu os lábios. Imaginei que ela choraria naquele momento. Mas ela não o fez.

– Essa revolta toda é por causa das suas ações – afirmou com calma. – Você está tentando me reconquistar, me fazer sua amante outra vez, apenas para recuperar as suas ações. Não é porque me ama e nem por eu estar casada, tudo se resume a estas malditas ações.

– Não fale besteira, Melissa! Nós já conversamos sobre isso antes. Fique com as ações.

– Então qual é o seu problema? – ela gritou novamente.

– Você é o meu problema! – Elevei a voz para fazê-la calar. – Quando será que vai entrar nesta cabeça dura que eu te amo? Nunca, em toda a minha miserável vida, desejei tanto ter uma segunda oportunidade, qualquer segundo que fosse que me ajudasse a consertar meus erros com você. Que me fizesse enxergar que meu egoísmo atiraria você nos braços de outro homem. Que por você valeria a pena perder tudo. Voltar ao zero e recomeçar. Eu deveria ter deixado Tanya ficar com as ações. Deveria ter desistido deste jogo em vez de deixá-la ir embora. Eu nunca deveria ter deixado você ir, Melissa.

– Mas você deixou. – Algumas lágrimas escorreram de seus olhos e ela fungou.

– É, eu deixei.

– Pois é, você deixou. – Seu queixo se projetou em desafio, e eu não pensei em mais nada. – Você me deixou partir.

Avancei sobre ela e segurei seu rosto com as duas mãos.

– Cale a boca, Melissa! – sussurrei segundos antes de beijá-la.

CAPÍTULO 18

Ele me beijou. Robert Carter, em meio à tempestade de neve que caía perigosamente do lado de fora, em meio à confusão e transtornos causados por aquela troca de plantas, em meio ao dia extremamente doloroso que sempre era o domingo, beijou-me, e o meu mundo perdeu o eixo.

Minha mente, mesmo muito distante, ainda relembrava a última conversa com Dean e suas palavras que me impulsionaram a estar lá, na casa em que havíamos morado, decidida a enfrentar o mundo para estar ao lado do homem que eu amava.

– Faça ele aceitar Carol – Dean falou pela milésima vez, antes que eu finalmente colocasse a peruca, as lentes, a barriga de grávida e fosse para o acesso que me levaria para o apartamento da esquina.

– Vou pensar em uma forma de fazer isso. Pode deixar.

Conferi minha bolsa enquanto passava pelo corredor estreito e entrava na casa de Bruno, preocupada com o que poderia ver sem querer.

– Realmente, tenho que fazê-lo acreditar em nossa separação.

– Você tem apenas um dia, Melissa.

Suspirei. Eu sabia exatamente o que deveria fazer. Doeria, mas seria breve e rápido e, depois disso, Robert finalmente estaria de volta em minha vida e eu na dele.

– Já está saindo? – perguntou Bruno, que nos encontrou antes que eu alcançasse o outro corredor.

– Sim. Tenho pouco tempo. Robert já sabe das plantas trocadas e está me acusando de tentar sabotar o grupo. – Bruno sorriu sarcasticamente.

– Uma briga de leve é sempre gostosa antes de acertar os pontos. Traga meu irmão para o grupo.

E piscou daquela forma que apenas ele sabia fazer, cafajeste e idiota ao mesmo tempo.

– Só vai depender dele, Bruno.

Conferi os documentos falsos na bolsa e a chave do carro que, teoricamente, pertencia a Mary Guynes, minha segunda identidade, a que serviu para me manter invisível aos olhos de Tanya.

– Quebre o coração dele se for necessário, mas traga-o logo para o nosso lado. Ponha um fim nisso.

Dean colocou as mãos nos meus ombros me olhando nos olhos atentamente.

– Você sabe o que fazer.

– Dean... – Pensei duas vezes se deveria mesmo fazer aquele pedido. – Desligue as escutas... Por favor!

Ele concordou com um aceno de cabeça, ciente de que tudo o que aconteceria naquela noite deveria pertencer apenas a mim e a Robert.

E assim parti no frio, tentando dirigir o mais rápido possível sem colocar a minha vida em risco. Estava muito frio. Enregelante, e alguns flocos de neve já brincavam no ar, enfeitando o início da noite. Por precaução, estacionei o carro ainda bem distante da casa. Obviamente, aquele não era o meu carro. Tirei todo o meu disfarce e o escondi em uma pequena maleta. Pelo menos assim eu não despertaria a atenção de Tanya para o nosso encontro.

Do lado de fora, estava terrivelmente frio. Muito mais do que eu imaginava. Apertei o casaco em volta do meu corpo e caminhei com a neve já castigando o chão, tomando toda a paisagem e deixando claro que não estava ali para brincar. Apressei o passo, caí, molhei a roupa, mas consegui chegar à porta.

Robert estava estranho, preocupado, e não ficou nada feliz em me ver naquele estado. Foi inevitável imaginar como ele reagiria se soubesse que eu estava grávida. Do jeito como ele é superprotetor, enlouqueceria apenas com o fato de eu estar no meio daquele frio, toda molhada, arriscando-me a ficar doente.

Que tolo! Robert ainda acreditava que eu era uma criaturinha frágil que necessitava dos seus cuidados.

Enquanto eu aguardava pelo roupão, pensei em como o faria acreditar que passar aquela noite ali não era a minha vontade, mas, por força do destino, não havia outra solução. Eu sabia que precisava magoá-lo, desta vez muito mais do que das outras. Arrumar uma forma de fazê-lo seguir Carol e entrar naquele apartamento. Só assim tiraríamos Tanya do nosso encalço.

Mas eu não conseguia encontrar em mim forças suficientes para machucá-lo ainda mais. Com o roupão e a manta, parcialmente aquecida pelo fogo da lareira, eu ainda me sentia fria por dentro e sabia exatamente o motivo.

Ele voltou com a manta, brincou sobre o tempo, minha nada questionável coordenação motora, para não dizer o contrário, e não deixou passar a chance de me elogiar, o que me deixava ainda mais insegura e angustiada pelo que precisava fazer. Fechei os olhos e repeti mentalmente que era necessário, que não passaríamos mais do que vinte e quatro horas separados e que, após este tempo, seríamos um do outro novamente. Mas meu coração martelava.

– Robert...

– Você sabe que dia é hoje?

Um espasmo percorreu meu corpo. Algo que não foi causado pelo frio, muito menos pela necessidade que eu sentia dele. Era um arrepio que me fazia querer fugir, ou contar toda a verdade logo de uma vez, mas não simplesmente vê-lo se afogar em mágoa e nada fazer.

– Nenhuma data significativa, Melissa. Hoje é domingo.

Engoli em seco e tentei recompor a minha farsa.

– Oh, droga! Eu... Desculpe! Eu...

Merda! Não podia ser naquele dia. Não em um domingo. Não quando eu sabia que seu coração já estava esmigalhado, destroçado pela dor da culpa. Eu não podia ignorar aquele detalhe.

– Tudo bem. Você não faz mais parte da minha vida, não é? Eu só falei para que entendesse que não estou tentando fazê-la voltar para mim. Não hoje.

Suas palavras me machucaram mais do que acreditei que seria capaz. O que eu estava fazendo? O que eu era? Nada diferente do que ele foi e do que sempre condenei. Eu havia me tornado ele, em seu pior momento, em uma versão muito piorada. Forcei o choro a recuar, incerta se deveria ou não continuar.

– É assim que você me vê? Eu não faço mais parte da sua vida?

Merda! Eu não podia. Não podia. Era para ficar na defensiva, para fazê-lo entender que não havia mais nenhuma possibilidade. Dizer, ou melhor, ser forte o suficiente para dizer, que não havia espaço para ele em minha vida. Que eu estava feliz com Dean. E pedir, definitivamente, para ele desistir e me deixar em paz.

Mas eu não podia.

– Não foi o que eu quis dizer, Mel. Você sempre fará parte da minha vida. Eu te amo! Sempre vou te amar. Foi você quem foi embora.

Mesmo ciente de que a conversa jamais deveria seguir aquele rumo, eu não consegui deter o fluxo de angústia que escapava dos meus lábios.

– Para proteger você.

– Eu posso me proteger!

– Pensei no que eu poderia dizer.

De que forma eu mudaria a conversa para que eu conseguisse encaixar as palavras ensaiadas.

– Você concordou que era o melhor a fazer.

– Eu não tive escolha. Tanya não a deixaria viva, mas não imaginei... Droga, Melissa! Por que estamos tendo esta conversa agora?

– Não sei – sussurrei sentindo-me perdida naquele turbilhão de emoções.

Eu estava prestes a destruí-lo e, mesmo assim, doía muito mais em mim do que ele seria capaz de sentir.

– Merda! Eu concordei que você fosse porque imaginei que estaria em segurança até que eu conseguisse neutralizar Tanya. Não foi o que combinamos?

Robert de repente ficou exaltado. Como se naquele momento ele finalmente deixasse toda sua frustração se esvair. Como se visse que aquele era o único momento em que conseguiria arrancar de mim todas as confissões. Mas nós não precisávamos daquela cobrança. Aquele não era o momento.

Eu precisava esmagar o seu coração e partir, deixando-o morrer sozinho, e só assim, só depois disso, Robert renasceria para mim.

– Robert...

– Merda! Foi ou não foi? – Encarei o homem que eu tanto amava e vi seus olhos sofridos. Não consegui ser indiferente. – Responda!

– Foi. Foi o que combinamos.

– Você foi embora me deixando destruído com o nosso afastamento, aliás, o que vi naquela mulher que chorava me dizendo que precisava ir era o mesmo sofrimento que o meu. O mesmo desespero. Mas nunca, Melissa, nunca mesmo, imaginei que seria capaz de fazer o que fez.

Espere, espere, espere. O que ele queria dizer com aquele "o que fez"? Como ele esperava que eu voltasse? Eu estava grávida, será que dava para ele não se referir tanto ao meu aumento de peso?

– Fazer o quê?

– Roubar tudo o que era meu. E ainda por cima se casar com... Aquele filho da puta, engomadinho de merda!

Droga! Talvez aquela fosse a minha oportunidade. Talvez fosse o momento certo de levar a conversa para o lado que eu tanto precisava. Respirei fundo, sabendo que seria mais do que complicado e sofrido.

– O Dean é um engomadinho? Olha só os ternos que você usa! E o seu carro? Sem contar o gel de cabelo e... Dean não é um engomadinho, tá legal?

E eu precisava partir seu coração, dançar sobre ele até não restar mais nada e iria fazer isso defendendo o meu marido. Droga! Eu me sentia tão idiota armando aquela briga.

– Meu carro? Você está falando do meu carro? Eu trabalhei para ter o meu carro, agora o que seu marido desfila pela cidade é fruto do dinheiro que você tirou de mim. Muito digno ser sustentado pela esposa que não passa de uma ladra.

Puta merda! Seria maravilhoso se eu pudesse quebrar o seu nariz e sair de lá com toda minha dignidade. Quem sabe, assim, com um ou dois dias sob cuidados médicos, Robert aprendesse alguma coisa sobre não ofender, em hipótese alguma, uma mulher grávida.

– O quê? Você me deu aquele dinheiro!

Merda! Ele me deu sem eu nem saber que estava recebendo aquela quantia. Na verdade, Robert Carter me usou como laranja, fez de mim mais uma peça do seu jogo, só que acabou perdendo a mão, aliás, a fortuna, nesta jogada.

– Não para sustentar outro homem! – Fiquei enfurecida. Como ele podia ser tão burro? Como podia pensar aquilo de mim?

– Eu não estou sustentando o Dean. Eu... Esquece. Não dá para conversar civilizadamente. Como sempre, você estraga tudo.

– Eu estrago tudo? Tudo o quê?

– Tudo! Você consegue estragar cada segundo das nossas vidas. – Não deu para segurar a emoção.

Ok! Confesso que esta história de gravidez estava acabando comigo. Não dava para manter uma linha sensata de sentimentos, menos ainda quando ele simplesmente jogava na minha cara tudo o que fui forçada a fazer para salvar a pele dele. Tudo bem que Robert nem sabia disso, mesmo assim me senti violentamente ofendida.

E tudo o que vivemos? E todos os meus valores? E como ele podia dizer amar uma mulher para, em seguida, classificá-la como uma ladra?

– Então foi por isso que resolveu me roubar? É uma vingança por eu estragar cada segundo da sua vida?

Não consegui respirar. Robert sempre começava e terminava tudo mencionando aquelas merdas de ações. Ele nunca desistiria delas. Ou desistiria? Droga! O plano estava traçado.

– Essa revolta toda é por causa das suas ações. Você está tentando me reconquistar, me fazer sua amante outra vez, apenas para recuperar as suas ações. Não é porque me ama e nem por eu estar casada, tudo se resume a estas malditas ações.

– Não fale besteira, Melissa! Nós já conversamos sobre isso antes. Fique com as ações.

– Então qual é o seu problema? – fingi me exaltar, precisava daquela deixa.

– Você é o meu problema. Quando será que vai entrar nesta cabeça dura que eu te amo? Nunca, em toda minha miserável vida, desejei tanto ter uma segunda oportunidade. Qualquer segundo que fosse que me ajudasse a consertar meus erros com você. Que me fizesse enxergar que meu egoísmo atiraria você nos braços de outro homem. Que por você valeria a pena perder tudo. Voltar ao zero e recomeçar. Eu deveria ter deixado Tanya ficar com as ações. Deveria ter desistido deste jogo, em vez de deixá-la ir embora. Eu nunca deveria ter deixado você ir, Melissa.

E mais uma vez ele me desarmou. Puta merda! Eu o amava tanto! Queria tanto que o tempo passasse rapidamente e que tudo acabasse da melhor forma possível. Queria poder me atirar em seus braços e contar sobre o nosso filho. Queria... Eu quero tudo.

– Mas você deixou...

Merda! Eu chorei. Como não chorar? Merda de hormônios.

– É, eu deixei.

– Pois é você deixou. – Encarei seus olhos cinza e eles me sugaram. – Você me deixou partir.

Robert me segurou, puxando meu rosto. Sua boca muito próxima da minha. Seu corpo inteiro voltado para mim. E a atmosfera imediatamente se aqueceu.

– Cale a boca, Melissa!

Ele me beijou. Robert Carter, em meio à tempestade de neve que caía perigosamente do lado de fora, em meio à confusão e aos transtornos causados por aquela troca de plantas, em meio ao dia extremamente doloroso que sempre era o domingo, beijou-me, e o meu mundo perdeu o eixo.

Senti seus lábios macios e frios, tomando os meus com a posse que era apenas dele. Existia uma urgência, sentida de ambas as partes, e ao mesmo tempo um cuidado até então desconhecido. Robert agia com cautela, como se não desejasse antecipar nenhum segundo e meu coração afundou quando imaginei o seu motivo. Ele sabia que eu iria embora.

Suas mãos desceram lentamente para o meu pescoço onde seus dedos massagearam minha pele, esquentando cada célula do meu corpo. Não impedi que seus lábios tomassem os meus, muito menos que sua língua saboreasse a minha. Eu sentia falta daquele sabor, daquele desejo calmo e urgente ao mesmo tempo, capaz de deter o tempo, de nos transportar no espaço e nos fazer experimentar o mais perfeito nirvana.

Senti-me presa a seu encanto. Por um pequeno segundo, tendo seus dedos acariciando a minha pele, sua língua experimentando a minha e seus lábios dançando nos meus, esqueci o motivo de estar ali, naquela sala, agora mais quente do que a lareira à nossa frente, consciente da nevasca que assolava Chicago e do tempo que corria do lado de fora. Infelizmente, o meu objetivo não era estar em seus braços, não naquela hora.

– Robert...

Consegui desgrudar minha boca da dele, abaixando um pouco a cabeça para impedi-lo de me alcançar mais uma vez. Ele suspirou, soltando um gemido sofrido, de quem não podia acreditar que fui capaz de desfazer aquele momento, e ao mesmo tempo, como se estivesse aguardando por isso.

– Por favor!

– Feche os olhos – sussurrou ele ainda com as mãos em minha nuca.

Era como uma prisão da qual fosse impossível escapar. Seu hálito quente carregado de vinho fez minha boca salivar. Eu amava seus beijos, assim como ele disse ser inconcebível ficar sem os meus.

– O quê?

Voltei a levantar a cabeça, alcançando seus olhos, fortes e quentes como as chamas do fogo naquela chaminé.

– Feche os olhos, Melissa. Apenas escute o que tenho a dizer.

– Robert!

Eu deveria fugir daquilo tudo. Deveria gritar que era para ele ficar longe, que eu não desejava mais seus lábios, que meu marido era Dean e que era com ele que eu queria ficar, mas meu corpo sabia muito bem a quem pertencia, e, contra este detalhe, era impossível lutar. Por isso fechei os olhos, obedecendo, e me sentindo completa ao fazer isso, porque era o que eu era: Melissa Simon, a mulher da vida de Robert Carter, que o amava incondicionalmente e que destruiria o mundo só para sentir mais uma vez o seu homem em paz.

– Eu te amo, Mel! – sussurrou muito próximo dos meus lábios. – Não quero uma vida sem você.

Fiquei tensa e ele imediatamente sentiu a minha apreensão.

– Mas é o que vou fazer se esta for a sua vontade. Eu só peço uma única coisa: fique esta noite comigo. Seja a minha Melissa ao menos mais esta vez. Esqueça tudo o que existe lá fora, todas as circunstâncias que nos trouxeram até aqui. Seja minha! E, no final desta noite, se continuar casada com Dean for a sua opção, prometo desaparecer da sua vida, que não vou mais forçá-la a situações como esta e todas as outras que temos vivido. Não me importa o que aconteceu, nem o que a levou a agir desta forma. Não me importa, Melissa! Porque eu te amo! E nada vai conseguir mudar meus sentimentos. Então, esta noite apenas, seja minha outra vez.

Não precisei mais do que um átimo para saber o que deveria fazer. Não importava o mundo. Não importava nem o seu pedido. Não era necessário. Eu já era irrevogavelmente dele. Inquestionavelmente. Então tornou-se impossível qualquer distância entre nós dois.

Avancei sobre Robert cobrindo seus lábios com os meus em uma paixão sem limites. E o que eram os limites quando se tinha consciência de que não havia Melissa nem Robert. Éramos um só. Fundidos pelo mais elevado sentimento existente sobre a face da Terra, acima e abaixo dela inclusive. Éramos apenas amor. O mais puro e brilhante amor. Éramos a perfeição.

Uma visão muito romântica desta cena poderia facilmente descrever a luz que nossos corpos emitiam. Eu mesma a sentia sem que isso me impedisse de continuar. Tinha a consciência de que brilhávamos, não éramos capazes de parar o que fazíamos para observar o que acontecia, simplesmente porque, naquele momento, éramos a representação mais fiel do que era o amor, do desejo e também da luxúria.

Robert, surpreso pela minha atitude, a princípio apenas me aceitou em seus braços, mas menos do que um segundo foi necessário para que começasse a agir com precisão. Como apenas ele seria capaz de agir comigo.

Ele se projetou para frente, forçando meu corpo no sentido contrário. Rapidamente estávamos deitados. Ele sobre mim e eu já totalmente entregue a seus desejos. Suas mãos, sem demonstrar nenhum sinal de ansiedade, vagaram pela minha nuca, descendo pelos meus ombros, já desnudos pela facilidade do roupão, firmando seu corpo com os cotovelos. Robert me beijava sem pressa, saboreando, desfazendo-se em caprichos e vontades, enquanto meu corpo ansiava por mais. Sempre mais.

Eu podia sentir, não apenas por ele estar sobre mim, mas pelos movimentos discretos e leves, a sua ereção destacada. Como o desejava! Robert agia como o senhor da guerra. Sabia que estava em um campo minado, mesmo assim se movimentava com precisão, conhecendo exatamente cada passo dado, cada centímetro avançado, estruturando a base e armando sua estratégia com a segurança necessária de quem sabe que vencerá no final.

Ele levantou, abandonando meu corpo, sentando em cima dos joelhos, permanecendo entre as minhas pernas. Sua postura ainda era confiante e seus olhos não saiam dos meus. Eu ofegava, ansiando por seu próximo passo. Robert tirou o casaco, e junto com ele, a camisa. Seu tronco definido chamou minha atenção. Eu sentia falta do seu corpo e ele estava ali, bem pertinho de mim, ao alcance das minhas mãos.

Abriu o cinto, retirando-o e deixando-o junto à roupa descartada, depois afrouxou as calças, sem retirá-las. Ele, sem que eu estivesse esperando por isso, deslizou as mãos por minhas pernas, descendo pelas coxas. Os dedos abertos, alcançando cada detalhe, os polegares fazendo uma leve pressão na região interna da minha carne exposta. Mas não me tocou intimamente, como acreditei que faria.

Quando seus dedos chegaram perto do meu sexo, que já pulsava de desejo, um espasmo me percorreu, e instintivamente, arqueei as costas, gemendo de prazer e ansiedade. Fechei os olhos e me deixei levar pela deliciosa sensação que era ter, outra vez, suas mãos em minha pele. Robert, então, girou as mãos para o lado e seguiu o caminho pelos meus quadris, abrindo espaço no roupão grosso que ainda estava preso a meu corpo se apossando da minha barriga.

Inclinado sobre mim, eu me sentia uma presa fácil. Mesmo tendo consciência de que aquele golpe poderia ser a minha ruína, eu o desejava. Contava cada segundo que antecedia o seu toque.

Pacientemente, Robert desfez o nó do roupão e o tecido pendeu para os lados, deixando minha pele completamente exposta para o seu bel-prazer. Ele apoiou o corpo em uma das mãos e, com a outra, acariciou minha barriga. Seus olhos presos a ela em uma mistura de amor e devoção, e isto fez meus olhos marejarem. Ele não sabia, mas ali estava o seu filho, e todo aquele amor que ele emanava, toda aquela admiração, aqueles segundos em que ele parecia me cultuar, cercavam aquela criança, e a protegiam do mundo em que vivíamos, certificando-me de que continuaríamos lutando para modificá-lo, por ela e para ela.

Então seus olhos deixaram minha barriga e seguiram as mãos que subiam em busca dos meus seios. A expectativa era o meu maior inimigo naquele momento, porque Robert parecia demorar mais do que o necessário, matando-me aos poucos de ansiedade e prazer. Ele avançou com os dedos em minha pele, voltando a me tocar com ambas as mãos, seus joelhos mantendo os meus afastados e seu tronco deixando claro que não havia escapatória para mim. Mas quem pensava em escapar?

Ignorando por completo a barreira do meu sutiã, ele avançou, subindo o bojo, sem hesitar, alcançando meus seios. Cada mão atingiu seu objetivo e o vi fechar os olhos com uma expressão que dizia muito. Imediatamente, um gemido escapou dos meus lábios, preenchendo o ambiente e meu corpo, por vontade própria, se remexeu abaixo do dele.

Quando Robert voltou a abrir os olhos, havia duas labaredas de fogo neles e estas me queimaram com a mais pura luxúria. Fechei os meus, ciente de que aquele fogo, mesmo sem me tocar, lambia cada pedaço da minha pele e me empurrava para aquele mundo há muito deixado para trás. Um mundo que pertencia apenas a mim e a Robert Carter. Um mundo onde tudo era possível e nada que não fosse relacionado ao nosso amor importava. Um mundo totalmente nosso e somente nosso. Nele, eu era apenas daquele homem incrível e ele me pertencia. Era meu. Apenas meu.

Suas mãos se fecharam, sentindo meus seios, uma, duas vezes, lentamente, abrindo e fechando, então um gemido gutural saiu de sua garganta, arrepiando minha pele e me fazendo arfar e me contorcer, umedecendo meu sexo e fazendo-o latejar. Robert brincou com os dedos, esfregando nos bicos intumescidos, os olhos fixos no que fazia, certificando-se de que nada sairia errado, depois se inclinou, abocanhando um dos seios.

O primeiro contato me deixou sem fôlego. Tudo bem que desde a minha volta eu já tinha me permitido um pouco de intimidade com o homem que eu amava, mas tudo de uma forma estranha, obsessiva e impositiva, apesar de ter consciência de que com a minha permissão, não foi de forma tão completa e deliciosa. Meu corpo sentia falta de cada detalhe e cobrava com juros e correção, castigando-me com as mais intensas sensações. Por isso, ao sentir os lábios dele no meu bico foi como um misto de agonia e inquietude, como se algo escapasse do meu âmago, se apossasse do meu corpo e assumisse as rédeas, gritando e explodindo.

A esta altura, eu não controlava mais meus gemidos, muito menos meus movimentos. Minhas mãos foram para os seus cabelos, forçando-o a continuar. Era possível ter um orgasmo apenas com sua boca em meu seio? Porque eu me sentia exatamente assim. Era uma bomba-relógio, um vulcão prestes a entrar em erupção. Mas ele parou a carícia, prolongando-se um pouco em uma mordida sutil e excitante, onde seus dentes prendiam o bico do meu seio, fazendo uma pressão capaz de explodir uma casa, ou um corpo, como o meu.

Ele beijou a região entre meus seios, demorando o tempo necessário para meu corpo voltar a um nível aceitável de excitação. Robert nunca me deixaria acabar tão rápido, principalmente quando sabia que, assim que minha mente voltasse a dominar o meu corpo, tudo terminaria.

A tortura recomeçou quando ele alcançou o outro bico e brincou com ele enquanto se esfregava, com movimentos bruscos, em meu sexo. Quando pensei que não existiria mais espaço em mim, que meu corpo começaria a se desintegrar, ele parou e voltou a beijar meus lábios. Recebi-o sem contestar. Era deliciosa a sensação de tudo e nada ao mesmo tempo. Era potente e cada vez mais forte.

Ele segurou com força as minhas mãos, que estavam em seus cabelos, levou-as para cima da minha cabeça e as prendeu em suas garras. Os cotovelos faziam o trabalho de não deixar seu peso me sufocar, o que lhe permitia se movimentar, roçando e se esfregando em mim quando desejasse.

Robert levantou um pouco a cabeça, deixando poucos milímetros entre nossos lábios. Tentei alcançá-lo, mas ele recuou. Aquele sorriso delicioso e infernal estava lá, pirraçando e brincando com o que me restava de juízo. Fechei os olhos, pois sabia que de nada adiantaria tentar persuadi-lo, inclinando meu rosto um pouco para cima, oferecendo minha boca. Sua língua tocou a linha dos meus lábios e a redesenhou. Tive vontade de me contorcer, de friccionar meu sexo ao dele e receber o alívio que tanto ansiava, porém a recompensa pela espera era sempre muito mais valiosa do que o alívio imediato, por isso aguardei, como a boa menina que eu era.

Senti a ponta da sua língua traçar cada linha do meu queixo, descer pela lateral do meu pescoço, alternando em beijos lentos e pecaminosos. Ainda de olhos fechados, percebi quando suas mãos arrastaram as minhas um pouco mais para baixo, ficando ao lado da minha cabeça, para que ele voltasse a ter acesso livre aos meus seios, porém sua carícia não se prolongou nesta região, pois ali era arriscado demais e uma explosão de altíssima proporção poderia acontecer e estragar toda a nossa brincadeira.

O caminho de volta continuou, lento, arrastado, fazendo com que eu entendesse e percebesse cada célula por onde ele passava. Um beijo em minha cintura fez meu corpo se contorcer e ele arrastou mais uma vez minhas mãos até a lateral do meu corpo, ainda fixadas pelas suas garras que me mantinham prisioneira do seu desejo.

Tortura mesmo foi quando ele resolveu que era hora de me fazer sofrer e correu sua língua pela borda da minha barriga, abaixo do meu umbigo e acima do meu ponto mais sofrido e desesperado. Escapando do meu controle, meus quadris se movimentaram, implorando por mais. Como reprimenda, Robert mordeu meu sexo, por cima da calcinha, e eu gritei de prazer e desespero.

– Quietinha – sussurrou quase inaudível e suas mãos deixaram as minhas. Ele, então, levantou mais uma vez, levou-me consigo, deixando-me sentada, ainda com suas pernas no meio das minhas. Seu rosto ficou quase à altura do meu, e seus lábios voltaram a beijar minha boca, enquanto suas mãos tratavam de se livrar do roupão que ainda estava lá, desengonçado, mas preso em meus braços. Depois seus dedos esquadrinharam minhas costas, aquecendo-a e retirando o sutiã. Ele parou o beijo, a respiração entrecortada e os olhos baixos, admirando a minha nudez. Os toques recomeçaram, fazendo-me voltar a deitar, apenas para vislumbrá-lo se levantar novamente.

Parou por alguns segundos, averiguando meu corpo, reconhecendo-o e confirmando algumas suspeitas. O maldito confirmou meu aumento de peso, provavelmente. Merda! Eu deveria me cobrir, mas Robert continuou a me olhar e suas mãos chamaram a minha atenção quando foram até a sua calça, descendo-a e deixando aparecer a sua ereção.

Preciso dizer mais uma vez que a ereção dele era algo digno de aplausos. Aliás, Robert Carter, nu, era algo para se admirar. Mesmo com a pouca luz do ambiente eu podia perceber a sua perfeição, a harmonia do seu corpo, a magnanimidade que era sua potência e o quanto tudo aquilo realmente representava o que ele era. Firme, forte, seguro e dono da situação.

Alheio ao meu devaneio, ele se livrou do que restava da calça presa a seu corpo e se voltou outra vez para mim. Com dedos quentes e decididos, enroscou cada lado da minha calcinha retirando-a. Mordi os lábios e apertei as mãos contra o tapete felpudo embaixo de mim. Ele se inclinou, correndo uma mão aleatoriamente em minha pele e murmurou:

– Linda!

Sorri.

Robert mudava a cada segundo. Uma hora ele era um homem dominado pela excitação, outra, um súdito, reverenciando a sua rainha, em alguns momentos era o senhor da situação, controlando e decidindo tudo e, ainda assim, conseguia me dar liberdade para agir como eu quisesse.

– E minha.

Vi quando as veias do seu pescoço ficaram alteradas e ele se forçou a permanecer naquele nível de entrega. Suas próprias palavras o machucavam.

– Sua – confirmei o que ele dizia.

Não apenas pelo desejo e pela certeza de que aquela era a verdade, também e principalmente porque eu precisava dizer ao homem que amava, que aquela era a nossa realidade, e não o teatro armado pelo jogo massacrante ao qual havíamos nos submetido.

Foi o suficiente para que Robert recuperasse a confiança. Em um movimento seguro, ele deitou sobre o meu corpo, voltando a se apoderar de minhas mãos e prendê-las conforme a sua vontade e, sem aguardar por permissão ou qualquer outro fator, começou a me penetrar. Arfei arqueando o corpo e me projetando na direção dele. Não era possível controlar a ansiedade do meu corpo, muito menos impedi-lo de agir conforme a sua saudade. Eu precisava senti-lo dentro de mim, por completo, para que, enfim, pudesse me sentir de volta à vida.

Invadindo-me, com o corpo parcialmente arqueado e o rosto inclinado para que nossos lábios se mantivessem unidos, os dedos enroscados aos meus, prendendo meus braços em cada lado da minha cabeça, Robert investia lentamente, entrando e saindo, avançando um pouco a cada investida e serpenteando seu corpo em movimentos que me deixavam à beira da insanidade.

Seguindo o seu ritmo, rebolei recebendo seu membro cada vez que ele estocava, e permitindo a sua saída e retorno conforme o ritmo determinado por ele. Nosso beijo era espaçado, ele se movimentava, entrando e me beijando, depois saindo, deixando meus lábios e quase abandonando meu sexo. A sensação era estranha e prazerosa ao mesmo tempo.

Quando finalmente o senti em meu limite, recebendo-o por completo, os movimentos ficaram mais curtos e rápidos, assim como os beijos e os gemidos emitidos por ambos. Seu corpo, apesar de ainda suspenso, roçava o meu, fazendo com que os bicos dos meus seios sentissem sua pele tocá-los. Da mesma forma acontecia mais abaixo, quando ele não deixava nenhum espaço entre nossos sexos, o roçar em meu pontinho de prazer completava a sensação deixando claro que estávamos próximos da entrega total.

Ele gemeu com mais força e selou nossos lábios, um indicativo forte de que não nos restava muito tempo. Cruzei as pernas em seus quadris e o recebi um pouco mais a fundo. Foi inebriante! Gemi com sua boca colada à minha. Robert deixou os movimentos mais curtos, rebolando e roçando em mim. O beijo se desfez, meus olhos se fecharam e a sensação de que aquele lugar simplesmente estava desaparecendo e meu corpo flutuando foi me dominando.

– Robert... – Não consegui terminar.

Com um gemido, e ainda sentindo seus movimentos forçarem o meu orgasmo, senti como se meu corpo fosse incendiado, pulverizado e espalhado pelos quatro cantos do mundo. Pude sentir meu sexo se fechando e pulsando em um orgasmo que me despedaçava.

Ele continuou, pelos breves segundos em que meu corpo se desfez, a se movimentar lentamente, gemendo e assistindo ao meu prazer, logo em seguida chegou a sua vez, e ele, suspendendo um pouco mais o corpo, reiniciou as estocadas profundas e precisas, mais largas e rápidas, fazendo com que meu corpo sacudisse acompanhando a sua dança carregada de desejo animal.

Com uma estocada profunda, ele se espremeu em meu corpo e gemeu alto e engasgado, rosnando um prazer doloroso, repleto de saudade e súplica. Seu rosto, escondido em meu pescoço e a força da pressão que ainda exercia em mim enquanto se libertava, inundando-me com seu gozo, me fez pensar se ele se ressentia por ter deixado acontecer. Beijei seus cabelos da forma como pude, pois ainda estava presa por suas mãos e o peso do seu corpo não me permitia muita mobilidade, esfregando minhas pernas nas dele. Era o que eu podia lhe dar de carinho naquele momento.

Respirando profundamente, ele soltou minhas mãos. Imediatamente, o agarrei para mantê-lo firme em mim, e o abracei como se a qualquer momento eu fosse acordar e perceber que não passava de um sonho. Impedi minhas lágrimas de caírem, formando um nó na garganta. Eu queria que aquele momento nunca tivesse um fim. Mas teria.

Robert levantou o rosto e encarou meus olhos. Não precisamos dizer nada. Ele acariciou meus cabelos, beijou meus lábios, bochecha, queixo, brincou com mordidas em meu pescoço, e enfim, se deitou ao meu lado, puxando-me para junto do seu corpo e nos cobrindo com as mantas. O frio voltava ao ambiente como um presságio da nossa dor.

– Senti sua falta – disse enquanto encarava o teto e acariciava minhas costas.

Passei meu braço em seu peito e afundei meu rosto em seu pescoço. Permaneci calada. O que poderia dizer se o machucaria logo em seguida?

– Será que as estradas estarão livres amanhã?

Soltei um gemido, indicando cansaço e ele riu.

– Você sentiu falta de transar comigo. Por isso está tão louco para as estradas estarem liberadas.

Ele apertou o abraço, mantendo-me firme em seus braços e beijou o topo da minha cabeça.

– Eu senti muita falta de transar com você. Não é fácil, na minha idade, voltar a bater punheta.

– Robert!

Dei-lhe um tapa no peito e ele riu alto, girando o corpo para beijar meus lábios.

– Você é um idiota!

– É, eu sou. – E voltou a deitar encarando o teto. – Amanhã cedo preciso resolver o problema das plantas e achar uma forma de interditar Tanya. Não é mais uma questão pessoal e sim de segurança nacional.

– Você tem como provar que foi ela?

Ele soltou o ar com pesar.

– Não. Infelizmente, a única prova que tenho é contra você.

– Eu não...

– Eu sei. – Afagou minhas costas. – Eu sei, Mel.

Fiquei péssima com o excesso de confiança que ele depositava em mim. Principalmente porque eu sabia que seria necessário destruir o seu amor, nem que fosse por apenas vinte e quatro horas.

– Está com sono?

Fiz que sim, voltando a enterrar meu rosto em seu pescoço. Era mentira. Eu não conseguiria dormir, não depois do que havia acontecido

– Vamos ficar aqui na sala, tá? O fogo vai nos manter aquecidos e as mantas ajudarão.

Concordei mais uma vez.

Ficamos em silêncio. Robert acariciando minhas costas. Eu, imóvel, fingindo o sono que não existia, até que, depois do que me pareceu uma eternidade, ele finalmente adormeceu. Ainda aguardei até ter a certeza de que seu sono era mesmo profundo e então levantei.

Com muito cuidado, coloquei minhas roupas. Olhei para o homem que eu amava, dormindo no chão, o rosto sereno como o de uma criança, exceto pela presença da barba por fazer. Segurei os sapatos para que o som não acabasse revelando a minha fuga. Peguei a bolsa e tirei lá de dentro o que seria o tiro de misericórdia e rezei para que ele atingisse o coração de Robert.

Voltei a olhá-lo, ainda sem perceber a minha falta. A carta já estava pronta antes mesmo de imaginar o que poderia acontecer naquele encontro. Meu celular vibrou indicando uma mensagem. Claro que ele nunca ficaria sem sinal. Era uma das maravilhas que Dean utilizava para compor suas estratégias. Verifiquei o que dizia.

Tanya está indo ao seu encontro. Saia daí agora.

Deixei tudo sobre o sofá e saí apressadamente da casa. A neve nunca seria capaz de deter um furacão chamado Tanya, mas eu era. E começaria a fazer isso a partir daquele momento.

CAPÍTULO 19

Quando eu acordei, a sala estava gelada e a escuridão era quase completa. Apenas o som de saltos ecoava próximo de mim. Girei o corpo já na defensiva, pois alguma coisa me dizia que aquele som não vinha dos saltos de Melissa. O frio que assolava meu corpo indicava que ela não estava mais ali e a forma como o meu coração ficou despedaçado me dava a certeza de que nossa história de amor não existia mais. Havia acabado.

– Ela foi embora. – Era a voz de Tanya que preencheu o ambiente.

Mas minha esposa continuou no escuro. Um baque surdo atingiu o solo ao meu lado. Puxei a manta, protegendo meu corpo. Com muita cautela, peguei o envelope grosso que minha rival havia jogado para mim.

– Deixou um presente. Parabéns! Você conseguiu.

– O que você faz aqui? – Não tive coragem de verificar o conteúdo do envelope. Não queria que Tanya saboreasse o meu sofrimento. Melissa havia ido embora e, com ela, levou a minha vida. Nada mais me restava.

– Não acreditou que eu perderia este espetáculo, não é?

Puxou uma cadeira e se acomodou a minha frente. O fogo, em seu estágio final, crepitava, clareando um pouco a sua fisionomia.

– Pelo menos você cumpriu com a sua palavra, conseguiu seduzir Melissa e convencê-la a devolver as ações.

Como assim? Outra vez voltei minha atenção para o envelope, mas mantive a falta de vontade de conferir o seu conteúdo. Eu não sabia o que pensar, nem como reagir. Minha única certeza era de que eu queria sumir dali. Não precisar mais encarar Tanya, nem conviver com todo aquele inferno.

– Não vai abrir o envelope? Ela deixou uma cartinha. Sentimentalista!

Tanya levantou e foi até a lareira, onde permaneceu de costas.

– Sinceramente, não sei o que você tanto viu naquela garota. Romantismo nunca foi o seu forte.

Passei a mão no cabelo e decidi que era hora de partir. Peguei minhas roupas e comecei a vesti-las sem me preocupar com a presença da minha esposa.

– Não vai conferir?

– Não. Estou de saída.

Calcei os sapatos e levantei.

– Você não está convidada a permanecer aqui, então vá embora.

Conferi minha carteira e minhas chaves.

Ela riu.

– Ela te deixou. Devolveu as ações e afirmou amar o marido. Estranho, não é?

Fechei os olhos sentindo a dor que aquelas palavras me causavam. Ela havia decidido e eu cumpriria a minha parte do trato. Deixaria Melissa em paz e seguiria em frente.

– O que é estranho?

Tentei manter a indiferença na voz, porém a amargura subia até minha garganta e me sufocava.

– Eu pensei que Melissa fosse uma santinha, mas veja como ela é safada.

Seu tom irônico me deixou furioso, optei por controlar minha raiva e simplesmente sair dali.

– Ela vem, transa com você e volta para o marido. – Riu. – Uma vagabunda!

– Chega, Tanya!

– Ok! Parabéns, você está de volta, Robert Carter, CEO da C&H Medical Systems.

Ela andou até a porta, então voltou sorrindo.

– Cuidado com as estradas. Não quero ficar viúva antes da hora. – E saiu me deixando sozinho com a minha dor.

Ainda perdi alguns minutos encarando a porta fechada. Não havia luz do lado de fora, aliás, não havia luz em lugar algum. Eu me sentia no escuro, perdido e sem direção. Melissa precisava seguir em frente. Foi o que ela escolheu. Como eu seguiria em frente?

Temeroso, peguei o envelope e retirei de lá alguns papéis. Fui até a lareira, em busca de claridade, e reconheci imediatamente a letra dela. Meu coração se contorcia no meu peito antes mesmo de ler as palavras que ela havia escolhido para me dizer adeus.

Robert,

Esta não é a maneira mais correta de colocar um fim em um relacionamento, mas, olhando para trás, para a nossa história, a forma como tudo começou e terminou, o que seria correto?

Muitas vezes tentei dizer que não poderia ser mais da forma como você queria. Mas você continuou não aceitando, não entendendo e preferindo agir do jeito que sempre fez, impondo a sua vontade e me forçando a aceitá-la. Eu fiz uma escolha e nesta não há sofrimento, falsas esperanças, nem dor. Dean me traz segurança e conforto enquanto você apenas consegue me dar sofrimento e solidão.

Não posso dizer que não aceitei tudo o que vivi ao seu lado até agora, até mesmo este último momento. Nosso desejo é muito forte, a química entre nós dois constantemente causa esta explosão inconsequente e errada. Mas não podemos continuar permitindo que isso aconteça. Nós dois estamos errados, no entanto, eu acredito que sempre há a chance de consertar, de refazermos até acertarmos.

Eu escolhi Dean como marido. Não é um golpe, nem uma farsa, muito menos uma vingança, e a prova disso é este documento que estou lhe devolvendo. Suas ações. Esta foi a única maneira que encontrei de convencê-lo de que, para mim, acabou e pedir que a minha vontade, pelo menos desta vez, seja respeitada.

Eu te amei e acreditei no seu amor, que infelizmente não era nada além de ilusão. Você nunca vai deixar Tânya e ela nunca irá deixá-lo partir. Se você ainda é capaz de fazer alguma coisa por mim, por favor, aceite a nossa separação, e siga a sua vida como se eu nunca tivesse feito parte dela.

Obrigada por tudo.

Melissa Bailey

Encarei o fogo sem conseguir coordenar meus pensamentos. Eu havia feito a proposta, no final da noite ela poderia escolher, ou voltaria para mim e juntos reconstruiríamos a nossa vida, ou ficaria com Dean e eu sairia da vida dela. Melissa escolheu e eu precisava aceitar.

Como ela mesmo havia dito em sua carta, eu sempre impus a minha vontade e a forcei a aceitar. Dentre tantos erros, este era um que eu não voltaria a cometer. Não mais a forçaria a me aceitar.

Minha garganta queimava e as lágrimas forçavam a sua saída, apesar disso, eu me mantive firme. De nada adiantaria chorar ou praguejar todas as minhas desgraças. Tudo era consequência das minhas escolhas. Eu tive a chance de impedi-la de partir, mas acreditei que seria forte o suficiente para derrotar Tanya e recuperar Melissa. Eu fui um tolo!

A promessa que fiz ao meu pai martelava em minha mente, mas ele teria que me perdoar. Não havia mais sentido continuar. Nem ele mesmo colaborava. Nunca voltava, permanecia naquele quadro de vida sem vida, aguardando o quê? Não. Meu pai nunca exigiria que continuasse nesta guerra. Tanya estava louca e se autodestruindo, em algum momento a sua queda aconteceria.

Juntei todo o conteúdo do envelope e joguei no fogo. Não esperei para verificar como as chamas se alimentariam das minhas ações. Eu não as queria. Se Melissa achava que devolvê-las traria a minha paz de volta, estava muito enganada. Eu precisava fugir. Desaparecer do mapa.

Abri a porta e saí no frio congelante. Ignorei o carro, aliás, ignorei o mundo. O gelo, a neve, o vento cortante não me incomodavam mais do que o que acontecia dentro de mim. Eu estava oco, vazio e sozinho. Que merda! Acreditei o tempo todo que ela estava apenas magoada, e bastaria chegar um pouco mais perto, só mais um passo, e Melissa seria minha outra vez. Eu não entendia. Como aquilo pôde acontecer?

Eu disse que ela era minha e recebi sua confirmação, então por que ela escolheu partir? Porque eu não tenho nada de interessante para oferecer a ela. Dinheiro não é nada. Promessas não são capazes de trazer segurança. Prazer jamais conseguiria prendê-la a mim. Melissa merecia muito mais do que alguns momentos ao meu lado. Ela merecia uma vida plena, com amor, dedicação, compreensão, companheirismo... Merecia formar a sua própria família, com alguém que não tivesse um passado tão sujo, uma vida obscura e um futuro incerto. Ela estava casada com uma pessoa que a amava, que era capaz de lhe dar uma família e um futuro feliz e acolhedor.

Quando me dei conta, eu já estava no meio do caminho. Meus passos continuavam fortes, firmes e seguros. Eu olhava para frente sem me preocupar em como tudo se resolveria. Queria apenas chegar a algum lugar onde conseguisse me esconder do frio e do mundo. Mas onde?

Não passaria a minha vida me lamentando. Não era justo. Eu teria que seguir em frente. No entanto, não voltaria para Tanya, muito menos para aquela casa, nem permitiria que minha vida continuasse girando em função daquele jogo nojento. Eu iria embora. Recomeçaria. Construiria uma vida nova. Não levaria nada. Apenas continuaria andando até encontrar um ônibus, caminhão, navio, avião, qualquer coisa que desse um novo rumo a minha vida.

Virei à direita, encontrando uma via movimentada. A neve não impedia que as pessoas seguissem seu caminho. Eu estava me sentindo péssimo, cansado, molhado e precisava com urgência de um café ou de uma bebida capaz de aliviar meus pensamentos. Andei mais dois quarteirões e encontrei o que procurava. Passei pela portaria. Sem o meu carro, eu era apenas mais uma pessoa no mundo. O porteiro não fez a sua reverência, acredito que nem me reconheceu. Ele dava atenção a uma moça que lhe pedia alguma informação. Caminhei até a recepção. A enfermeira não era a de sempre, mas como poderia? Nunca havia visitado o meu pai em uma segunda-feira. A mulher levantou os olhos com nostalgia e me encarou, depois sua expressão mudou e ela sorriu levianamente. Tive vontade de revirar os olhos, mas não o fiz e me vi retribuindo seu sorriso.

– Preciso visitar o meu pai.

Ela piscou.

– Maximus Carter.

Ela piscou diversas vezes e depois balançou a cabeça se concentrando em alguns papéis à sua frente.

– Oh, sim! Desculpe! Senhor Carter, não é isso?

– Sim. Robert Carter.

Ela me passou um papel e aguardou enquanto eu assinava a minha entrada.

– Não é muito comum visitas na segunda-feira pela manhã.

– Imagino.

– Mas o seu pai já recebeu duas hoje.

Encarei a moça, curioso. Olivia deveria estar na empresa e não visitando o meu pai.

– Uma moça, cabelos castanhos e longos, deixe-me ver. – E procurou em seus papéis. – Aqui está: Melissa Simon.

Peguei o papel na mão dela sem me preocupar com a sua reação. Era a letra de Melissa, mas ela havia assinado Simon e não Bailey.

– Melissa esteve aqui? O que ela queria?

A enfermeira pareceu assustada. Pudera, eu parecia um louco. Passei as mãos pelos cabelos, devolvendo o papel.

– Com quem ela conversou?

– Eu... Eu não sei, Senhor Carter. Conferi a lista de restrição para as visitas e o nome dela faz parte do grupo seleto autorizado para...

– O nome dela faz parte? Como assim? Quem autorizou? – Fiquei nervoso.

Metade de mim ansiava para subir e conferir se estava tudo bem com o meu pai, a outra me dizia que Melissa, mesmo tendo aprontado tudo, era a pessoa que eu mais confiava na face da Terra. Mas eu sabia que o nome dela não estava na lista. O próprio nome de Tanya não estava e ela ainda era a minha esposa. Então como ela conseguiu subir?

– Quero conversar com o médico do plantão. Avise que Robert Carter o aguarda no quarto do meu pai, agora mesmo!

Meu tom autoritário não deixava margens para que ela sequer pensasse em não cumprir minha ordem. Sem contar que ela deveria saber o quanto eu era importante para a manutenção daquele hospital.

– Senhor, eu... O nome dela...

– O nome de Melissa Simon não estava na lista. Como ele foi parar lá pouco me importa!

Ela correu os olhos para o computador. Eu sabia o que fazia. Buscava uma forma de garantir que o erro não havia sido dela. Não me importei. Dei as costas e fui para o quarto do meu pai. Cada segundo dentro daquele elevador parecia uma eternidade. Cada passo que me separava do meu pai parecia me atirar no inferno.

Puta que pariu! O que Melissa pretendia? Ela não seria capaz de... Não, ela não seria e ponto-final. Por outro lado, aquela história estava muito estranha e eu precisava averiguar de perto. Entrei no quarto como uma bala e, de imediato, não encontrei nada diferente que pudesse chamar a minha atenção. Com dois passos, eu consegui verificar que meu pai continuava com o mesmo quadro do dia anterior. A mesma frequência cardíaca, ele imóvel respirando por aparelhos, a pele mais branca do que já foi possível prever. Ele estava morrendo.

Era difícil estar lá. Doía não poder fazer nada, ter que assistir àquilo tudo sem poder ajudá- lo. Doía principalmente saber que eu desejava a sua morte. Não por não amá-lo, mas, principalmente, por não suportar mais vê-lo vegetando, dia após dia, lutando com uma força impossível de ser imaginada, para quê? Para permanecer ali? Inerte daquele jeito? Meu pai não merecia aquilo. Se era verdade mesmo que as pessoas em coma são capazes de saber o que acontece ao seu redor, o meu pai vivia um inferno preso àquele corpo imóvel por tantos anos. Se ao menos eu conseguisse cumprir com a minha promessa.

– Eu não posso mais, pai...

As palavras queimaram em minha garganta. Senti-me fraco, egoísta, um traidor. O mais correto era vingar o meu pai tirando Tanya de combate, mas de onde tirar forças para continuar?

– Melissa...

– Senhor Carter?

Um homem alto, calvo e magro, muito magro, entrou na sala vestindo o jaleco do hospital. Levava nas mãos uma prancheta. Ele parecia ansioso e suava, o que era estranho para um dia tão frio e num hospital mantido na mais baixa temperatura possível por causa dos pacientes.

– Sou o doutor Robinson, respondo por este plantão. Fui informado de que o senhor desejava falar comigo.

– Melissa Simon...

Ele me olhou curioso.

– Ela esteve aqui hoje. Visitou o meu pai...

Ele continuou me olhando com atenção, como se não entendesse o que eu dizia.

– Preciso saber o que ela queria aqui já que o nome dela nunca esteve na lista de visitas permitidas.

– Desculpe-me, Senhor Carter, mas ninguém além do senhor visitou o seu pai hoje.

– A enfermeira me falou da visita de Melissa Simon, hoje pela manhã. Está registrada a sua entrada, basta buscar em seus arquivos.

– Eu entendo. – Olhou para fora. – Mas posso garantir que seu pai não recebeu nenhuma visita hoje. Houve uma piora em seu quadro ontem à noite e precisamos retirá-lo do quarto. Não alertamos a família por se tratar de uma situação controlável, contudo, seu pai passou a noite e a manhã na UTI, até termos certeza de que estava tudo bem. Para falar a verdade, tem exatos quinze minutos que o trouxemos de volta ao quarto.

– Mas então...

– Se alguém conseguiu subir, com certeza não o encontrou. Vamos alertar a segurança do hospital e averiguar o que aconteceu com a lista de visitas. O senhor gostaria de prestar uma queixa?

Fiquei bastante alarmado. Não pela situação do meu pai. Aquilo acontecia com frequência, mas pelo fato de alguém conseguir burlar o sistema do hospital e incluir o seu nome na lista. Mais ainda por ser Melissa esta pessoa.

– Não. Só gostaria que o nome fosse retirado da lista e que ficasse claro que ninguém mais pode ter acesso ao meu pai.

– Certamente, senhor.

– Quanto ao estado dele...

– Normalizado. O tempo dele está se esgotando. Não sabemos até quando conseguirá se agarrar à vida, como o senhor já sabe.

– Sim, eu sei. Preciso ir. Obrigado!

Saí do quarto já com o celular na mão. Tom atendeu no segundo toque.

– Quero a gravação das câmeras de segurança do hospital. Quero as imagens da entrada, do elevador e de acesso ao quarto do meu pai, e quero para ontem!

– Pelo visto as coisas não andam muito bem...

Tom não gostava quando eu precisava ser ríspido, mas não havia espaço para amenidades.

– Melissa esteve no hospital, Tom, e conseguiu a liberação para visitar o meu pai.

– Foi? – Ele ficou um pouco alarmado. – Como você soube disso?

– Eu estou aqui. Acabei de ficar sabendo. Preciso entender o que ela fez e o que queria, já que não conseguiu encontrá-lo.

– Você está no hospital? – Ficou ainda mais alarmado, deixando-me aborrecido.

– Merda, Tom! Faça o que mandei. Quero as imagens de Melissa. Quero saber o que ela fez e para onde foi!

– Tudo bem! Onde posso encontrar você?

Olhei ao redor enquanto aguardava o elevador. Eu não fazia ideia de para onde deveria ir. Estava sem carro, cansado e com fome. Conferi as horas, passava do meio-dia.

– Não sei ainda. Vou procurar algum lugar para comer. Assim que conseguir o que pedi, me avise.

– Certo! Vai ser muito fácil, então pense logo onde nos encontraremos.

Havia certa ansiedade em sua voz que me deixou alerta.

– Algum problema?

– Não. Só fiquei imaginando o que Melissa estaria fazendo no hospital em uma segunda-feira quando deveria estar no trabalho.

– Eu não sei. – Perdi a paciência e decidi optar pelas escadas. – Mas era a letra dela no caderno de registro.

– Muito estranho! Meus homens podem estar errados, pois agora há pouco confirmei a presença dela na empresa. Se não me engano, ela chegou pela manhã bem cedo e não houve registro de sua saída. Preciso averiguar esta informação.

– Puta que pariu!

Era mais um problema. Mais um para fazer parte do mar de problemas que era a minha vida. Que merda era aquela?

– Eu entro em contato. – E desliguei assim que alcancei o salão principal.

Saí do hospital me sentindo um pouco perdido. O que eu deveria fazer? Se Melissa estava na empresa eu deveria confrontá-la, mas não estava preparado para encará-la depois de tudo o que aconteceu na noite anterior. Não, eu não estava. Preferiria sumir a ter que olhar nos olhos dela e constatar que era tudo verdade.

Mesmo faminto, continuei andando. Precisava colocar os pensamentos em ordem e decidir o que fazer. O que Melissa queria no hospital? Qual era o plano dela? Por que envolvia o meu pai? Impossibilitado de continuar lutando contra a neve que voltava a castigar a cidade, entrei no primeiro lugar que encontrei. Um restaurante comum, sem luxo ou qualquer garantia de qualidade. Olhei para o seu interior. Duas pessoas comiam em seus biombos. O cheiro de gordura impregnava o local. As luzes acesas indicavam que eles previam uma longa permanência devido à nevasca. Sentei o mais próximo possível da janela e testei minha mão na madeira escura da mesa. Estava gordurosa também.

– O que vai querer? – A garçonete gorda, cabelos enrolados para cima e uma maquiagem que a deixava ainda mais terrível me encarava com atenção e espanto.

Devia ser estranho um homem como eu num lugar como aquele. Pensando bem, meu estado não era dos melhores. Eu estava molhado, a barba por fazer e uma cara nada amável, indicando o pouco interesse em fazer novos amigos. Confesso que não tive coragem de pedir nada para comer. Se fosse um pouco mais sensato, não beberia nem água do local. O que um estabelecimento como aquele fazia em um lugar tão sofisticado? Ou eu estava tão perdido em meus pensamentos que não prestei atenção na direção que estava seguindo?

– O que tem de bebida?

– Uísque, licor, vinho, cerveja, água. – A voz rouca e o audível pigarro alertava o fato de ela ser uma fumante.

– Qual uísque você tem?

Ela riu pigarreando ainda mais.

– Deixa pra lá, traga o que tiver.

Olhei para fora e procurei algum detalhe. Acionei meu celular e verifiquei onde me encontrava. Era fácil. Só precisava acionar meu GPS e coordená-lo com o sinal do celular e pronto, localização perfeita em segundos. Mandei uma mensagem para Tom, com a minha localização. Logo em seguida, a mulher trouxe a bomba que chamava de uísque. Ponderei. Ficar bêbado não era uma boa opção quando a bebida em questão era de qualidade duvidosa, por outro lado, ficar de cara limpa em meio a tudo o que eu tinha vivenciado nas últimas horas era muito pior. Talvez apenas relaxar fosse possível, se eu não me deixasse levar pelo uísque vagabundo que ela me servia como se fosse a melhor de todas as bebidas do mundo.

Já estava no quarto copo e minha mente começava a não funcionar muito bem. A fome havia passado, deixando em seu lugar a péssima sensação de ser corroído por dentro, afogando em bebida, mas eu ainda não estava bêbado. O frio me congelava. Pudera, meu casaco estava molhado, assim como meus pés e calças.

A falta de informação me atormentava. O que Melissa estava fazendo naquele momento? Conferi as horas, passava das três da tarde e nada de Tom. Em qual inferno o desgraçado havia se metido?

A mulher preencheu meu copo. Consegui sorrir agradecido por ela estar contribuindo para a minha insanidade mental. Em pouco tempo Melissa estaria em casa, de volta para os braços do marido, depois de passar a noite trepando comigo. Ri sozinho pensando na minha capacidade de ter aquele tipo de pensamento sobre a mulher que eu amava. Mas não poderia amar mais. Onde Tom estava? Merda! Liguei para ele e não completava. A merda do celular estava fora do ar outra vez. Maldita neve!

Foi no final da quinta dose que ela chegou. A princípio, não prestei atenção na entrada de alguém naquela espelunca em meio a uma tempestade de neve. Minha cabeça não estava ajudando muito e eu só pensava que deveria invadir aquele apartamento e exigir dela uma postura mais corajosa. Exigir uma explicação para sua visita a meu pai e saber como conseguiu inserir seu nome na lista de pessoas permitidas. Eu queria confrontá-la com a coragem que apenas a bebida me daria, já que, perto de Melissa Simon, eu não conseguia ser nada.

A moça, Carol Garcia, a loira dos seios lindos e corpo perfeito, que deixava claro que iria para a minha cama no momento em que eu quisesse, sentou-se ao meu lado e sorriu me encarando. Sorri de volta e balancei a cabeça sem acreditar como ela conseguia estar sempre nos lugares onde eu menos precisava dos seus serviços e nos momentos em que minha única vontade era sumir.

– O que faz aqui, Carol?

Ela sorriu outra vez.

– Estou me protegendo da neve e do frio. Tentando chegar em casa antes que o tempo piore.

– Você não deveria estar no trabalho? – O que estava acontecendo com as mulheres daquela empresa?

– Deveria...

Ela mordeu o lábio inferior e encolheu os ombros, afrouxando um pouco o tecido do decote e deixando transparecer o volume dos seus seios. Chamou a minha atenção. A mulher era sexy e sabia que era.

– Eu estava em uma consulta médica. Não vi o seu carro lá fora.

– Ele não está lá.

Bebi o restante do uísque e chamei a mulher para servir a última dose.

– Posso lhe dar uma carona, Senhor Carter...

Havia algo mais naquele sorriso. Um convite que não deixava dúvidas.

– A noite vai ser fria e eu posso levá-lo aonde desejar – sugeriu.

– Senhorita Garcia, o que exatamente você quer dizer com isso?

Pensei em Tom e no quanto ele estava demorando, porém nevava muito e ele poderia, facilmente, ter ficado preso em algum lugar.

– O que o senhor deseja que eu diga? – E se inclinou um pouco mais para frente.

Minha cabeça girava deixando-me tonto e enjoado. Eu queria poder recusar o convite, porém confesso que transar com uma mulher atraente como aquela poderia ser uma forma de extravasar a minha dor. Eu estava de volta ao meu mundo, então.

– Exatamente nada.

Sem pensar em cuidados ou charmes para criar uma situação, puxei a garota e a beijei em seguida. Ela retribuiu o beijo com ardor, colando seu corpo ao meu da maneira que era possível.

Acariciei suas costas, sentindo os músculos firmes e trabalhados. Um corpo perfeito em uma mulher linda.Era tudo o que eu precisava, mas imaginava não precisar. Melissa tinha que passar a fazer parte do meu passado. Esta era a minha promessa, e como um grande pagador de promessas que eu era, cumpriria com a minha parte, nem que tivesse que ter uma mulher diferente a cada noite.

A ideia de ter que esquecê-la me deixou ainda mais furioso. Por isso, apertei Carol junto a mim, aprofundando o nosso beijo e, sem me importar com o local, deixei que minha mão acariciasse sua coxa, subindo de maneira a levar o seu vestido junto, ganhando espaço em sua pele.

– Senhor Carter... – Ela me impediu desfazendo o nosso beijo, ainda ofegante.

– Robert.

Aquilo tudo não parava de me lembrar de Melissa. Do nosso começo, da sua resistência, da luta contra o desejo. Da minha insistência em torná-la mais íntima ao pedir para me chamar pelo nome. Merda! Não era Carol quem eu queria. Mas não desisti. Desci meus lábios em seu pescoço, segurando-a com firmeza.

– Robert, calma! Estamos em público.

– Vamos sair daqui.

Eu queria, na verdade, acabar logo com aquilo. Apagar e poder esquecer um pouco tudo o que me aguardava. Levantei e deixei algumas notas sobre a mesa. Segurando Carol pela mão, saí daquela espelunca e parei do lado de fora sem saber para onde deveríamos ir.

– Meu carro – ela disse ainda sem fôlego pela nossa saída tão abrupta. – Aquele!

Apontou para um carro branco quase escondido pela neve que caía cada vez mais intensa.

– Eu dirijo.

Não questionei. Não fazia ideia de onde poderíamos ir. Muito menos aceitaria assumir o volante tendo consciência de que estava bêbado o suficiente para me matar ou matar alguém no trânsito.

– Para onde devo levá-lo?

Ela me olhou assim que entramos no seu carro pequeno, embora novo e confortável.

– Para onde você for...

Ela sorriu e deu partida.

Fiquei observando a mulher com quem eu transaria em poucos minutos. Linda! Parecia forte e decidida. Nada nela indicava medo ou insegurança. Porém, eu não conseguia encontrar em mim a motivação necessária para continuar. Mas eu iria até o fim. Transaria com Carol e, na noite seguinte, com quem mais aparecesse, até que Melissa se tornasse apenas uma lembrança. Como havia devolvido as ações, provavelmente não permaneceria na empresa. Melhor assim.

Merda! Eu tinha queimado o documento que indicava ser outra vez o dono das ações. Droga! Teria que conseguir aquele documento de volta. Puta que pariu! E se ela voltasse atrás? E que motivos ela teria para fazer isso? Não foi a prova que achou adequada para confirmar a sua decisão? Só se... Não. Eu não deveria ter mais esse tipo de pensamento. Melissa tomou a decisão dela e eu teria que cumprir com a minha parte do acordo.

– Chegamos.

Assustei-me quando Carol falou comigo. Havia me esquecido completamente dela. Estava absorto em meus pensamentos, em Melissa Simon, ou Bailey, ou o inferno que fosse.

– Minha casa. Espero que não se importe.

Pude identificar o bairro, o mesmo quarteirão que o meu. Estranho para uma pessoa que trabalhava para mim em um cargo de menor escalão. Estranho para quem precisava trabalhar sendo tão jovem e possivelmente com posses.

– Você mora aqui?

Ela sorriu amplamente.

– Legal, não?

Estreitei os olhos querendo identificar o motivo do meu sensor de alerta disparar, imediatamente imaginei ser por estar tão próximo de casa e de Tanya, o que burlava descaradamente as suas regras. Sorri saboreando esta parte. Tanya que fosse para o inferno.

– Sim. Eu gosto daqui.

Entramos no prédio muito elegante, como tudo naquele bairro. Ela cumprimentou o porteiro, que a recebeu com familiaridade, e entramos no elevador. Sem querer dar mais vazão a meus pensamentos broxantes, puxei Carol para os meus braços e outra vez exigi seus lábios. Ela parecia não estar tão relaxada e à vontade quanto estava no restaurante. Para falar a verdade, apesar de retribuir o beijo e de não me censurar por avançar tanto o sinal, já que minha mão logo correu para sua bunda, ela não parecia querer o que fazíamos.

A porta do elevador abriu e a garota logo se afastou. Foi um alívio visível para ambas as partes e um tanto quanto constrangedor, já que eu também não estava querendo muito o que sabia que deveria querer. Nem mesmo uma ereção decente eu tive. Apenas um princípio de ereção causado mais pela vontade de me ver livre das amarras que me ligavam a Melissa, do que pelo tesão em si.

Carol vasculhou a bolsa em busca das chaves. Quase dei uma desculpa e fui embora. Não ia rolar, eu podia sentir, e antes que se tornasse algo realmente embaraçoso, era melhor eu inventar uma desculpa e partir. Ela mordeu o lábio inferior e fez uma careta no momento em que tirou as chaves da bolsa. Depois me olhou e sorriu. Sem que eu esperasse, avançou sobre mim e me beijou fervorosamente.

A garota só podia ser bipolar. Uma hora ela demonstrava não querer e na outra parecia uma louca ansiosa para me levar para cama. Se é que chegaríamos até a cama. Ok. Não era muito fácil deixar passar uma mulher como a Carol. Se eu me concentrasse nela e apenas nela... Decidi que valeria a pena tentar. Abracei-a e deixei que nosso beijo se aprofundasse. Para ajudar, corri as mãos pelo seu corpo, tirei as chaves da sua mão e, sem deixar que o calor do momento cedesse mais uma vez, abri a porta e me lancei com ela em meus braços para dentro do apartamento escuro.

Mal a porta bateu atrás de nós dois, senti uma dor aguda no pescoço. Um forte tremor dominou meus membros e eu caí sem conseguir amortecer a minha queda. No escuro do ambiente, antes de apagar de vez, vi que, além de Carol, havia mais um par de pernas femininas que corriam até mim. E então eu apaguei.

CAPÍTULO 20

– Merda! – falei pela milésima vez desde que Dean tinha atingido Robert com a sua pistola de choque. Minha vontade era de esmurrá-lo.

– Não seja dramática, Melissa! – Dean arrastava Robert pelo corredor que interligava os apartamentos. Carol o ajudava, visivelmente irritada.

– Você é um idiota, Dean. Não era necessário.

Eu os seguia atenta a Robert e suas possíveis reações.

– Não era necessário?

– Você é um idiota... – Carol resmungou. – Isso foi infantil!

Ela não havia gostado da reação ciumenta do namorado.

– Ele estava te agarrando!

– A ideia era essa!

Ela evitava entrar em um conflito maior com o namorado, porém o fato de Dean ter deixado a emoção dominá-lo e atingir Robert com um choque só para afastá-lo dela, depois de ter concordado com o que planejamos, era absurdo demais.

– Você não pode estragar tudo.

– Eu não estraguei. Ele está aqui, não está? Só apaguei o cara. Vai ser muito mais fácil quando ele acordar e o álcool não dominar tanto a sua mente.

– Vá à merda, Dean! – provoquei. – E da próxima vez que você apontar uma arma para o meu namorado eu vou atirar em você, entendeu?

Ele riu e balançou a cabeça.

Arrastamos Robert pelos apartamentos. Carol morava no apartamento mais distante do meu, justamente para evitar que Tanya fizesse qualquer associação. Em determinado ponto, Bruno compareceu para ajudar, ficando mais fácil remover meu namorado. Logo ele estava deitado em minha cama. Retirei seus sapatos molhados e, com a ajuda de Bruno, conseguimos livrá-lo das roupas que estavam no mesmo estado. Robert com certeza não ficaria nada satisfeito com o que fizemos, mas era necessário, ou ele pegaria um resfriado.

Cobri seu corpo com uma manta grossa e quente. Todos me observavam. Eu sabia que se Robert estivesse em seu perfeito estado já estaria acordando, mas como havia andado o dia inteiro sem destino certo, sem se alimentar e, ainda por cima, bêbado, o efeito do choque seria mais prolongado.

– Vamos deixá-los a sós – Dean falou já puxando Carol para fora do quarto.

Senti-me inquieta.

– Como assim? Vocês vão sair e me deixar aqui sozinha com ele?

Bruno deu seu tradicional sorriso indecente e idiota ao mesmo tempo.

– Não queremos assistir ao espetáculo. Preciso fazer o meu próprio.

– Cala a boca, Bruno! Isso é sério. Não sabemos como ele irá reagir.

Eu estava mesmo temerosa. Gostava de repetir para mim mesma que Robert nunca seria capaz de me fazer algum mal, entretanto, nas atuais circunstâncias, era impossível prever qualquer coisa. E se ele não aceitasse as minhas justificativas? E se não acreditasse em tudo o que acabei descobrindo? E se depois de estar com Carol descobrisse que não me amava mais? Merda! Merda! Merda! Eu não podia enfrentar aquilo tudo sozinha.

– Se quiser eu posso ficar para dar uma forcinha.

Dean colocou a mão na pistola de choque, indicando que tipo de ajuda me daria. Quase pulei no pescoço dele e arranquei sua cabeça.

– Fora daqui, Dean! Eu me viro sozinha. E a minha ameaça ainda está de pé.

Ele ria, mas Carol me olhou de cara fechada. Melhor. Eu não gostava dela mesmo.

– Tem certeza? – Olhou para mim e desta vez pareceu verdadeiro. – Sério, Mel. Eu posso ficar, se você quiser.

Pronto. Era o que faltava para Carol me odiar ainda mais.

– Melissa precisa de privacidade, Dean. Ela e Robert vão tentar acertar seus ponteiros. Não é necessário um ex-namorado no meio para apaziguar as coisas.

Ela mantinha a mão firme em seu braço, numa atitude de posse.

– Tudo bem! Tudo bem! Eu consigo fazer isso.

Olhei para Robert, que continuava apagado, alheio a tudo o que acontecia no mundo real.

– Tem certeza?

– Dean! – Carol resmungou.

E o namorado dela fez uma careta de desagrado. Bruno riu e caminhou até a porta.

– Vejo vocês em dois dias. – Sorriu e piscou para mim.

– Dois dias? Não combinamos que amanhã reuniríamos a sua família para contar a verdade?

Seu sorriso ficou ainda mais largo.

– Tem razão. Esqueci que você e o Robert não podem ser levados a sério. Mesmo depois de três meses. Não será brutal, se é que você me entende. – Estreitou os olhos me encarando.

– Ok, Bruno. Me faz um favor?

Ele inclinou um pouco a cabeça, curioso com a minha falta de aborrecimento pelas suas palavras.

– Vá à merda!

Assim que eles saíram, eu comecei a me sentir a pior e maior de todas as covardes. Como iria iniciar aquela conversa? Não poderia dizer "Robert, foi tudo mentira. Eu amo você!" e acreditar que ele pularia de alegria e me cobriria de amor. Não. Eu conhecia muito bem o meu homem para saber que com ele aconteceria de acordo com as expectativas. Resolvi seguir o maior dos conselhos que minha mãe já me deu: nunca converse com um homem antes de ele comer. Estômago satisfeito, homem perfeito. Certo. Era melhor preparar alguma coisa para ele.

Fui até a cozinha. A casa toda estava silenciosa e escura. Comecei a preparar um sanduíche frio de peito de peru com creme de ricota. Leve e suficiente para acalmar a fera. Suco de laranja talvez fosse uma boa pedida. Principalmente se ele acordasse com a ressaca prometida pela quantidade de álcool ingerida. Voltei ao quarto. Ele já começava a se mexer. Coloquei tudo no criado-mudo e recuei receosa. Robert voltou a ficar quieto.

– Melissa…

Fiquei tensa. Todos os meus músculos se retesaram. Mas ele nada disse. Com mais atenção, percebi que ainda dormia. Meu coração acelerou ao constatar que ele pensava em mim. Queria poder deitar ao seu lado e abraçá-lo. Dizer que estava tudo bem. Robert parecia tão frágil, encolhido embaixo daquela manta como uma criança carente.

– Merda! – Ele disse e todo o meu medo voltou. – Ele fez uma expressão de fúria. – Eu vou matar você!

Ok! Era o suficiente para mim. Levantei apressadamente, entrei em meu closet, peguei um caderno de anotações e uma caneta. Pensei que minha covardia poderia piorar tudo, mas deixar Robert sozinho por um tempo talvez o ajudasse a se acalmar um pouco antes do que eu iria revelar. Tudo bem. Talvez só piorasse mais, só que eu não queria ficar lá para verificar.

Robert, antes de qualquer coisa, alimente-se. Seu corpo não vai suportar tudo o que preciso te contar se não estiver pelo menos alimentado. Tem roupas suas no meu closet. Quando estiver pronto, eu retornarei.

Ps. A porta está trancada.

Sempre sua,

Melissa

Eu era uma covarde, admito. Principalmente depois de ouvir suas últimas palavras. Saí do quarto, tranquei a porta, guardei a chave cuidadosamente em meu bolso e fui até o QG. Tom estava lá, olhando atentamente as imagens do hospital. Todos nós estávamos tensos com o que acabáramos de descobrir. A crueldade e loucura de Tanya estavam chegando a um nível insustentável.

Infelizmente nada podíamos fazer no momento, a não ser alertar Robert e a família. Seria complicado explicar para a polícia de que forma conseguimos aquelas imagens.

– E então?

Tom me olhou surpreso.

– Você não devia estar com o Robert? – continuou retornando sua atenção para a tela diante dele.

A mesma imagem se repetia sem parar.

– Ele ainda está dormindo.

Achei melhor omitir a informação de que meu ex-amante havia ameaçado me matar, mesmo inconsciente.

– Só estou checando a quantas anda esta história.

– Complicado. Ainda não conseguimos descobrir o nome da substância que ela injeta nele, por isso não sabemos qual é o seu objetivo. Com certeza coisa boa não deve ser.

– Não podemos colocar na ficha dele um exame de sangue mais específico? Fazer com que as enfermeiras pensem que foi o médico quem solicitou?

– Sim, podemos. Mas não servirá como prova. Robert vai querer investigar isso mais a fundo. O melhor é aguardar que ele acorde para decidir qual o melhor caminho.

– Robert pode não aceitar colaborar com a gente. – Ele me olhou e sorriu.

Depois balançou a cabeça e voltou a olhar a tela, aproximando ao máximo a imagem em que a mulher tirava a seringa do jaleco.

– Robert é louco por você, Melissa. Mesmo que ele estivesse contra tudo o que estamos fazendo, não deixaria escapar a oportunidade de estar ao seu lado mais uma vez.

Eu quis acreditar naquelas palavras. Na verdade, até acreditava, só não achava que seria tão fácil quanto ele dizia. Sem contar que, com tantos problemas, Robert talvez não quisesse pensar muito em nosso relacionamento, e, sim, em uma solução contra a esposa dele.

– Tem razão. Eu vou verificar como ele está.

Imediatamente comecei a tremer. Abracei-me esfregando os braços, afastando a sensação ruim que me invadia. Era melhor encarar logo de frente o meu problema, porque ficar protelando não resolveria nada.

– Até amanhã.

– Até amanhã, Melissa.

Deixei Tom com sua investigação e fui para o quarto. Parei em frente à porta e aguardei para ter certeza dos movimentos do lado de dentro. Nada. O quarto estava em silêncio. Respirei fundo e destranquei a porta. Tudo ainda estava escuro, como eu deixei. Dei um passo assim que percebi o volume sobre a cama, mas fui agarrada e arremessada para dentro assim que comecei a relaxar. Puta merda!

– Onde eu estou? – ele rosnou atrás de mim, prendendo o meu braço para trás. – O que você faz aqui? O que aconteceu?

– Robert! – gemi de dor e surpresa. Ele não estava brincando. A ameaça era real.

– Que merda é essa, Melissa? O que você está pretendendo?

Uma de suas mãos pressionava meu braço para trás enquanto a outra apertava o meu pescoço.

– Solte-me! Você vai me machucar. – As lágrimas já começavam a cair.

Eu não conseguia acreditar que ele seria capaz de me agredir.

– O que aconteceu?

– Solte-me! – gritei da forma como pude e me debati.

– Para quê? Para você chamar seu marido? Eu mato aquele filho da puta, Melissa! Pode acreditar que eu o mato!

– Eu não vou chamar ninguém, Robert. Você enlouqueceu? O que vai fazer? Está me machucando, droga!

Ele me soltou, atirando-me sobre a cama. Só então me dei conta de que almofadas faziam o volume que acreditei ser do seu corpo dormindo. Como reflexo, me encolhi, alcançando um travesseiro e protegendo a minha barriga. Puta merda! Estava pior do que imaginei. Robert se afastou e acendeu a luz. Ele usava uma das calças jeans que conseguimos tirar da sua casa, sem camisa, descalço e seus cabelos molhados denunciavam o banho recente.

– Você vai me explicar direitinho o que fazia no hospital hoje pela manhã. O que você quer com o meu pai? – Seus olhos eram pura fúria.

Recuei um pouco mais.

– É uma história longa. Por que não se acalma?

Eu fiquei com tanto medo que minha voz quase não saía.

– Agora, Melissa! Não me faça... – Ele fechou as mãos em punho. – Enquanto era apenas comigo, eu não me preocupei. A dor era só minha e no fundo acreditei que merecia o seu desprezo. Sempre soube que um dia seria cobrado por tudo o que já fiz de ruim nesta vida e que você seria a minha punição, mas nunca vou aceitar que envolva a minha família nisso, entendeu?

– Robert, calma! Pelo amor de Deus, fique calmo! – As lágrimas continuavam caindo. – Não vai ajudar em nada se continuar agindo assim.

– Calma? – ele gritou. – Que inferno é este? O que eu faço aqui, em um quarto com você? Por que tenho roupas em seu closet? Por que a porta estava trancada? E por que inferno eu fui atingido pela pistola de choque outra vez? Puta que pariu!

– Era tudo mentira – revelei de vez em uma tentativa de fazê-lo recuar. Eu estava com o sangue acelerado e a respiração entrecortada devido às emoções do momento. Robert, a princípio, pareceu não me ouvir, mas logo em seguida me olhou com atenção, a mão no cabelo, puxando-os para trás, seus olhos estaavam arregalados.

– Era mentira, Robert! Desculpe! – O silêncio durou o que me pareceu uma eternidade. Quando ele falou, a raiva continuava em sua voz.

– O que exatamente era uma mentira?

– Tudo!

A palavra saiu com um soluço. Fechei os olhos e cobri o rosto com as mãos, respirando rapidamente para recuperar o equilíbrio.

– Tudo, Robert! É tudo uma imensa mentira.

Ele continuou me encarando sem reagir. Não piscava, não se mexia, parecia nem respirar.

– Robert?

– O que é mentira, Melissa? Droga! – gritou. – Não brinque comigo.

– Quando eu fui embora... – Engoli a emoção e tentei acalmar meu corpo. – Eu pensava em fazer o que combinamos. Encontraria um lugar onde pudesse me esconder e daria um jeito de voltar quando você conseguisse acabar com Tanya. Mas Abgail descobriu que, na verdade, Tanya tentaria me matar para conseguir me afastar de vez de você. Da mesma forma ela descobriu a conta em meu nome e que você havia feito uma retirada considerável. Eu estava muito abalada para entender tudo, por isso apenas me deixei conduzir. Abby armou todo o plano. Ela encontrou Dean e pediu ajuda. Com o dinheiro, contrataram a equipe e, quando eu pensei que meu mundo estava acabado, ele me resgatou em uma cena digna dos maiores filmes de ação. Consegui ficar escondida durante quase três meses porque utilizei três identidades falsas, sem contar os disfarces. Também contei com toda ajuda tecnológica que Dean utiliza em seu trabalho: celulares que não podem ser rastreados e um monte de parafernália que nos ajudaram a controlar toda a situação.

– Do que... Do que você está falando? – Ele coçou a testa e andou de um lado para o outro.

– Dean e Abby conseguiram manter Tanya longe de mim. Foi por isso que você não conseguiu me encontrar também.

– O que Abby sabia sobre isso?

– Tudo.

Ele me olhou ameaçadoramente.

– Ok! – Respirei fundo. – Quando eu entrei na empresa, Abby me contou uma parte da sua vida. Não as que ela deveria mesmo me contar, mas...enfim, ela me pediu para encontrar as provas que você tinha contra Tanya. As que a incriminavam no acidente que sofreu. Sinto muito, Robert!

– Você entrou na empresa para me roubar? Meu Deus! É inacreditável.

– Não para te roubar. Eu não sabia. Ela queria as provas, mas não me disse do que se tratava, apenas que você tinha os documentos que ela queria. Era muito importante, porém eu desisti. Juro que desisti, Robert. Quando eu fui embora...

– Você roubou todos os meus documentos. Abriu o meu cofre e roubou o que tinha dentro dele.

– Eu só queria...

– Ok! Abby é uma cretina e falsa que escondeu você de mim durante todo este tempo e eu sou um idiota por não perceber que ela não era uma aliada, mas o que isso tudo tem a ver com você visitar o meu pai? Esconderam este casamento de mim? Tudo bem! Roubaram o que era meu pelas minhas costas? Eu não engulo, mas a culpa é minha. Eu não entendo o que você quer? Por que me trouxe aqui para dizer que mentiu para mim este tempo todo? Isso não é nenhuma novidade, Melissa.

– Robert! – falei um pouco mais alto. – Que droga! Dá para deixar de ser tão cabeça-dura? O que aconteceu com você... É. Tudo. Uma. Mentira. Entendeu agora? O roubo, as ações, o casamento, eu não querer mais saber de você... É tudo mentira!

Ele parou congelado. As mãos ainda na nuca, segurando os cabelos um pouco mais compridos do que ele costumava usar, os olhos presos em mim, a respiração pesada. Um segundo pareceu uma eternidade. O ar pesava sobre nós dois e eu não sabia o que fazer.

– Era mentira?

– Era.

– Você e Dean...

– Tanya precisa acreditar. Nós descobrimos muitas coisas e, para agir contra ela, era preciso criar toda esta farsa. Eu sinto muito.

– Você sente muito? Mentiu para mim. Tem noção do que foram estes dias? Não! Você não tem a mínima ideia!

Recomeçou a andar. Levou a mão à boca e apertou os lábios.

– Era necessário. Sei que foi difícil. Para mim também foi. Eu tive que assistir a seu sofrimento todos os dias e ainda voltar para te machucar cada vez mais. Como você acha que foi para mim?

– Você não sabe. Você. Não. Faz. Ideia! – gritou com a voz embargada.

A mágoa que ele expressava me atingia como um soco e feria mais do que qualquer coisa que encontrasse de me atingir.

– Você estava aqui em seu mundo, procurando uma forma de resolver esta situação. Não se importou se esta guerra era minha. Merda! Esta maldita guerra é minha!

Fechou os olhos e segurou as palavras com raiva.

– Não é do Dean, nem da Abby, nem sua.

– É sua, mas é deles também. E minha. É minha luta, Robert.

– Por quê?

Encarei o meu namorado, ou o homem que eu amava e queria desesperadamente que voltasse a ser meu namorado, mas não tive coragem de contar a verdade. Não era o momento. Não enquanto ele estivesse com tanta raiva e mágoa. Robert não entenderia. Talvez no dia seguinte, quem sabe, quando ele estivesse mais receptivo.

– Porque a Abby passou por tudo aquilo que você já sabe e o Dean... Bom, Dean achou que era justo não dar mais motivos para sempre ir embora todos os dias. Ele disse que se você me roubou dele então que aprendesse a cuidar melhor de mim.

Sorri sem jeito, esperando que ele desistisse de brigar e ficasse mais feliz por descobrir a verdade.

– Eu morri todos os dias, Melissa. Morri um milhão de vezes vendo você nos braços de outro homem. Pior. Eu quase te matei. Pensei em matar. Ainda penso. Passei dias sonhando com a sua volta, lutando para que isso fosse possível e olha o que você fez... Você armou esta farsa e me fez acreditar que eu era o ser mais desprezível da face da Terra.

Uma lágrima desceu de seu olho. Meu coração quase parou.

– Não! Robert, não...

– Você sabe o que eu sou? Sabe o que eu sou, Melissa? Eu sou um homem que passou por cima de todo mundo. Eu simplesmente pisei em quem estivesse a minha frente. Lutei para manter este jogo vivo. Fui infiel, desleal, corrupto. Roubei, persuadi, menti, peguei o que eu queria, na hora em que quis. Eu fui um monstro!

– Não... – Minhas lágrimas não paravam de cair.

– Quando você entrou em minha vida eu vi uma luz. Achei que sua inocência e pureza conseguiriam limpar a minha alma. Ao que parece, eu sujei a sua. Olha o que você se tornou. – Suas palavras saíram com desprezo. – Pelo visto eu mato tudo o que toco.

– Pare com isso – implorei soluçando.

Engatinhei sobre a cama para alcançá-lo.

– Pare com isso. Robert, olhe para mim.

Segurei seu rosto com as mãos buscando pelos seus olhos, ele desviou o olhar.

– Ainda sou eu. Melissa. A sua Mel. – Ele riu sarcasticamente.

– Nem tão doce, nem tão inocente, não é mesmo?

– Robert, eu entendo a sua dor. Mas por favor, pare e pense. Tanya me queria morta. Ela tinha provas horríveis contra você. Conseguiria destruir sua vida e a da sua família também. Meu plano foi perfeito!

Ele riu mais uma vez com sarcasmo.

– Foi perfeito! Tanya, neste momento, está acreditando que você está com a Carol.

Os olhos dele me encararam assustados.

– Carol é namorada do Dean. Ela também faz parte do plano.

E eu sabia que ele recuaria de novo.

– O que mais faz parte do plano?

Ele deu um passo para trás ainda me encarando sem me deixar tocá-lo.

– O que mais você esconde de mim?

– Tanya precisa continuar acreditando que eu e Dean estamos casados e que eu não quero continuar com você, como deixei claro na carta quando fui embora esta manhã.

Ele fechou os olhos com a lembrança.

– Carol está infiltrada na empresa. Não existe nenhuma forma de ligá-la ao Dean. Ela será a sua nova...

Tive medo de dizer o que estava planejado para eles dois. Doía e incomodava.

– Minha amante. Não é isso? Aquela moça que vem me cercando estes dias todos, aparecendo quando eu menos esperava, sempre sabendo onde eu estava. O plano é ela ser a minha amante. E a Carol é namorada do Dean? – Estreitou os olhos e sorriu. – Que ironia, não?

Meu sangue gelou e a raiva começava a brotar. Eu não queria, mas na minha situação era impossível controlar o gênio.

– Sim, a Carol.

Cruzei os braços na frente do peito e o encarei com firmeza.

– Por quê? Gostou da ideia? Eu armar isso tudo para salvar você das garras da Tanya não é uma coisa interessante, mas vem esta... Esta... Esta garota se oferecendo para você e tudo fica perfeito. Sinceramente, Robert Carter, eu deveria terminar o serviço que fiz em seu nariz.

– Nem um passo, Melissa Simon!

A forma como ele falou o meu nome, enfatizando o Simon, fez com que meu corpo gelasse de medo.

– Você não está mais no comando e nem preciso dizer que merece uns belos tapas nesta bunda. Eu não hesitarei em fazer isso.

Recuei no mesmo instante. Sem querer, minha posição submissa se revelou, fazendo-me abaixar a cabeça. Admito que, era melhor do que enfrentá-lo naquele momento.

– Quero saber de tudo – ordenou.

– Você já sabe tudo.

Ele me olhou com uma ameaça mortal.

– Quase tudo. Quer dizer, precisamos conversar sobre os detalhes, e...

– O que vocês estão fazendo? – Passou a mão no rosto e cerrou os dentes. – Tanya... Ela tem tido alucinações com...

– Sim. Nós estamos causando isso.

Seus olhos ficaram imensos e ele puxou o ar com força.

– Precisamos ter provas de que ela não está em seu juízo perfeito – expliquei.

Ele soltou o ar com força, rindo com ironia.

– Pelo visto ninguém neste jogo está.

– Robert, nós descobrimos muitas coisas.

– Eu também! – E me encarou com dureza. – Eu também, Melissa! E agora não sei mais em quem confiar.

– Não faça isso comigo!

Era como se o meu mundo estivesse desmoronando diante de mim. Ele não me olhava mais com o mesmo amor. Não existia mais o mesmo sentimento, a mesma necessidade.

– E o que você fez comigo, não conta?

Deu mais um passo para trás, em direção à porta. Meu coração disparou.

– Eu não sei mais quem é você, Melissa.

– Robert, por favor...

Tentei alcançá-lo, mas ele continuou recuando.

– Eu fiz isso tudo por amor. Fiz para salvá-lo. Para nos salvar. Por que você não consegue enxergar?

Ele voltou a fechar os olhos e passar as mãos pelos cabelos, quando os abriu, estava mais calmo.

– Eu amo você. Deixei isso muito claro ontem. Eu disse em todos os meus gestos, na minha entrega, em minhas palavras. Não foi o suficiente?

Ele ficou em silêncio me encarando. Precisei me obrigar a acreditar que ele ponderava. Que recuperava a capacidade de raciocínio. Não era possível que Robert reagisse daquela forma. Bom... No primeiro instante, sim, mas minhas justificativas eram lógicas. E quantas vezes ele afirmou que me perdoava, que não entendia, mas que confiava em mim? Merda! O que estava dando errado? Com medo, desci da cama e dei um passo na direção dele.

– Não! – Ele estendeu a mão para manter-me afastada. – Não, Melissa!

– Eu amo você! – sussurrei mais assustada do que decidida. Não suportaria mais ficar distante dele. – Eu sei que você me ama. Não faça isso.

– Ainda não. Eu preciso de um tempo.

– Um tempo? – Quase morri com aquelas palavras.

– É. Preciso de um tempo. É tudo muito inacreditável. Eu preciso pensar em tudo antes de tomar qualquer decisão.

– Robert...

– Não, Melissa!

Foi duro e decidido e eu sabia que minha batalha estava perdida. Inconscientemente, cruzei os braços em volta da minha barriga. Ele não desviou o olhar do meu e por isso não suspeitou da minha atitude.

– Eu vou embora agora. A porta está trancada?

Sinalizei que não e ele foi saindo sem se importar comigo. Pensei que não suportaria assistir a partida dele.

– Eu pensei que estivesse fazendo o correto. Desculpe!

Ele parou com a mão na maçaneta. Permaneceu de costas para mim.

– Eu pensei muitas coisas, mas nunca sequer passou pela minha cabeça que você fosse capaz disso.

– Robert...

– Eu te amo, Melissa. Quer dizer... Eu amo a sua pureza, ou a ideia que tinha dela. A inocência que eu acreditava existir em você. A certeza de que o máximo que toda esta merda poderia chegar em você seria sempre por minha culpa, mas nunca por uma escolha sua. Eu tentei! Fiz tudo o que foi possível para mantê-la longe desta podridão, pelo visto você preferiu mergulhar de cabeça nesta lama. Agora eu nem sei mais quem é você. Eu amo uma mulher que não conheço. Engraçado, não é? Depois de tanto tempo, a história se repete. Você se tornou uma nova Tanya.

– Por favor, não diga isso.

Solucei sem conseguir ouvir as acusações de Robert. Eu não era uma nova Tanya. Ou era?

Robert abriu a porta e saiu, deixando-me sozinha com aquelas palavras que me matavam em doses homeopáticas. Precisei segui-lo. Ele estava em meu apartamento e não no da Carol. Era arriscar demais deixá-lo sair pela minha porta.

– Espere!

Ele continuou andando, como se conhecesse o local, seguindo até a saída.

– Robert, espere. Por favor! Você não pode sair pelo meu apartamento. Espere!

Ele parou e virou. Não havia como ignorar seus olhos marejados.

– Você precisa sair pelo apartamento da Carol. Tanya...

Neste momento Dean e Carol entraram em meu apartamento, como se tivéssemos ensaiado, Tom também entrou na sala. Robert ficou transtornado. Sem que pudéssemos evitar, ele se aproximou de Dean e deu-lhe um soco no rosto. Carol gritou e eu ecoei o seu desespero. Ele deu mais dois socos e

Dean não reagiu, provavelmente pela surpresa, até que Tom conseguiu conter Robert, afastando-o do meu amigo.

– Nunca mais. Nunca mais aponte uma merda de uma arma para mim. Entendeu?

A raiva que Robert demonstrava sentir estava muito além da sua indignação pelos choques. Ele foi solto e se afastou, respirando com dificuldade.

– Por onde eu saio? – Ninguém respondeu.

Carol cuidava do namorado, eu estava assustada demais para reagir e Tom não sabia o que fazer.

– Por onde eu saio, porra? – ele gritou.

– Calma Robert! – Tom tentou ajudar, mas foi em vão.

– Merda, Tom! Por onde eu saio desta porra de apartamento?

– Eu levo você.

Carol levantou com Dean ferido, mas recuperado. Robert olhou para ela e para o namorado e acabou concordando, como uma vingança miserável. Meu coração encolheu, mas eu tive que aceitar.

– Você volta? – Controlei minha raiva, indignação e humilhação.

– Eu não sei, Melissa. – Ele continuava com raiva e não voltou a me olhar. – Preciso de espaço, pelo amor de Deus!

Quase me encolhi com a forma rude como falou comigo.

– Vamos?

Carol saiu e se dirigiu à passagem. Robert a acompanhou sem pestanejar e, principalmente, sem olhar para trás. Foi como se uma parte de mim morresse.

– Puta merda!

E deixei meu corpo cair, sacudido pelo pranto.

CAPÍTULO 21

Minha mente era um turbilhão de ideias. Eu seguia por aquele corredor que curiosamente interligava um apartamento ao outro, assistindo Carol colocar senha e receber autorização para passar quando sua digital foi identificada no painel e então me vi em outro apartamento perto da saída. Melissa, seu choro, suas palavras não saíam da minha cabeça. Puta que pariu! O que significava aquela merda toda?

Não consegui equilíbrio suficiente para questioná-la sobre quase nada. O que ela fazia no hospital? Em que parte do seu plano o meu pai estava inserido? Por que ela demorou tanto para me contar sobre aquela porra toda?

Puta que pariu!

Eu deveria estar feliz por saber que foi tudo uma mentira. Que ela não estava casada com aquele filho da puta do Dean, que por sinal mereceu cada soco que lhe dei. Filho da puta de merda! O que ele fazia naquele jogo? Por que inferno ajudava Melissa a lutar por mim se ainda era louco por ela? Aquela história de permitir que a namorada me seduzisse não descia e formava um bolo sufocante em minha garganta.

E Melissa? Droga! Eu a amava! Desejei noite e dia que ela voltasse para mim, então por que não consegui ficar feliz com a verdade? Por que queria aquela distância? Merda! Eu não podia continuar. Não enquanto não conseguisse enxergar nela a mulher da minha vida. A Melissa que eu deixei partir não era aquela mulher, capaz de me humilhar de tantas formas diferentes apenas para conseguir atingir o seu objetivo.

Merda! Mas ela fez aquilo por mim. Por nós dois. Foi tudo para manter Tanya afastada.

Que droga! Será que ela não sabia que o que fez colocou todo mundo em risco? Apenas o fato de ela ter ficado com as ações poderia ter feito Tanya agir de maneira muito pior. Ser atropelada de forma tão violenta não foi o suficiente? Nunca conseguimos uma prova que relacionasse Tanya ao crime. Melissa era tão burra!

Ela era burra! Uma menina idiota que acreditava ser capaz de vencer aquela guerra. Puta. Que. Pariu! Eu passei meses me esforçando para mantê-la segura e o que ela fazia? Simplesmente aparecia como se pudesse enfrentar Tanya de igual para igual.

Por que fui embora? Era preciso ficar e saber mais. Saber o que eles faziam, o que tinham, o que pretendiam... Queria poder abraçá-la e acreditar que tudo ficaria bem. Mas aquele não era o momento. Eu precisava de tempo e espaço.

– Eu sei que parece muito confuso à primeira vista.

A garota que caminhava à minha frente quebrou o silêncio assim que destrancou mais uma porta de acesso a outro apartamento, este um pouco menor e mais simples que os demais.

– Estamos muito bem equipados, Robert. O nosso esquema é perfeito.

Fez uma careta de desagrado como se não estivesse totalmente de acordo com o envolvimento do seu namorado naquele esquema.

– Dean sabe o que está fazendo. Vai ser ruim para você ouvir o que vou dizer, mas a nossa equipe é a melhor que você pode ter numa situação como esta, além do que, a sua própria equipe trabalha conosco agora.

Parei sem acreditar. Eu não podia confiar em mais ninguém. Nem conseguia entender mais quem eu era no meio daquela merda toda e o que deveria fazer. Quem eram os meus reais inimigos.

– Não somos seus inimigos.

Espantei-me com a facilidade que ela tinha em ler as minhas expressões.

– Melissa e Abby querem livrá-lo de Tanya. Cada uma com o seu próprio motivo, é claro! Mas, no geral, as duas lutam do mesmo lado, que é o seu lado.

Ela caminhou até a porta de saída do apartamento.

– Pense bem sobre o que estamos fazendo. Caso aceite continuar, serei a sua nova amante, então sempre que quiser ver Melissa ou resolver qualquer coisa relacionada a este plano, precisa entrar por esta porta.

Carol retirou uma chave do bolso e me entregou.

– Esta é a sua cópia. Você sempre tem uma, não? – Sorriu tranquilamente. – E este é o aparelho que o fará entrar em contato com qualquer pessoa da nossa equipe, incluindo Dean, Melissa e eu. É uma cópia fiel do seu telefone, só que este é codificado. Nós nos comunicamos por mensagens, é mais seguro e não vai chamar atenção de Tanya. Faça de tudo para que ela não perceba a existência deste aparelho, já que sempre vai achar que é o que você usa normalmente. Todas as nossas mensagens são codificadas e apenas o destinatário consegue visualizar o seu conteúdo, por isso não existe a menor possibilidade de sua esposa descobrir o que conversamos. Vá para casa, Robert. Pense no assunto e volte quando decidir que está pronto. Daqui para frente a nossa guerra será real. Melissa não dispõe de mais tempo…

– Como assim?

Ela me olhou com uma expressão confusa, recompondo-se rapidamente.

– Ela quer acabar logo com isso. Todos nós queremos.

– Entendo.

– Bom… Você vai precisar me beijar do lado de fora deste apartamento. Apenas para que Tanya possa se certificar do nosso envolvimento.

– Eu não tenho certeza…

Ela sorriu.

– Não se preocupe. Não precisamos de um espetáculo. Tanya já mordeu a isca. É apenas um beijo. Melissa e Dean monitoram todos os nossos passos, é o que devem estar fazendo neste momento.

E indicou um abajur, que a princípio não vi nada de diferente, logo me dei conta de que ali deveria ter uma câmera, ou escuta, ou os dois. Respirei profundamente.

– Eu preciso pensar melhor, Carol. Não tenho certeza sobre isso tudo. É melhor que eu saia sozinho.

Ela concordou e deixou que eu abrisse a porta.

– Lembre-se, utilize sempre o celular para enviar mensagens.

Confirmei com a cabeça e saí. Tudo parecia surreal demais para ser verdade. Então Melissa não estava casada e, com Tanya pensando que eu agora estava em um caso amoroso com a mais nova funcionária da empresa, ela estaria fora de perigo. Bom... nem tanto. Eu havia queimado o documento que me dava a posse das ações outra vez. Uma grande merda. Talvez fosse melhor assim. Ter Melissa como dona seria melhor do que extrapolar meu tempo e perder tudo para Tanya.

Eu precisava esfriar a cabeça e decidir como deveria agir. Mas como? Minha raiva não tinha fim. Eu fui feito de bobo, humilhado, me desdobrei para conseguir provar a ela o meu amor... Puta que pariu! Só conseguia me sentir um merda naquela porra toda. Até o Dean teve sua chance de me fazer de idiota, e tudo isso com a autorização de Melissa. Que grande merda!

Parei um táxi e entrei. Por alguns segundos não sabia ao certo para onde deveria ir. Não havia trabalhado, almoçado, jantado, descansado, nada. Eu era, somente pedaços de Robert Carter. Acabei voltando para a minha casa, onde Melissa havia colocado um fim em nosso relacionamento. Era mesmo um fim? Eu conseguiria superar toda aquela merda?

Ainda nevava e estava muito frio. Consegui manter a lareira acesa e acabei adormecendo no mesmo lugar onde Melissa esteve comigo. Onde nos entregamos ao nosso amor. Era mesmo verdade ou não passava de mais uma jogada? Afinal de contas, muitos segredos ainda estavam encobertos por aquela farsa. Como a sua visita ao hospital, por exemplo. Eu precisava me aprofundar mais neste detalhe.

Acordei muito cedo. O fogo ainda crepitava baixinho, embora o frio imperasse. Puxei a manta procurando pelo meu celular, que não parava de vibrar. Não o meu aparelho, mas o que Carol havia me dado. Na tela uma imagem piscava fazendo-me entender que precisava da minha digital para que a mensagem aparecesse. Foi o que fiz.

Vá para casa.

Apenas isso. A única informação que eu tinha era que a mensagem partiu do celular da Carol. Não entendi o motivo. Ainda não havia dito se participaria ou não daquela armação. Não era obrigado a colaborar com a farsa, muito menos suportaria enfrentar Melissa tão cedo, sem nem ao menos ter ideia de como seria nosso relacionamento dali para frente.

Como seria?

Eu não sabia. Não dava para saber como me comportar. Mesmo assim, levantei, peguei meu carro e fui para o apartamento que dividia com Tanya. O que eles estavam aprontando? Não fazia a mínima ideia. Apenas o fato de saber que eles me monitoravam a ponto de saberem que eu havia passado a noite em outro local, e pior, que eu estava fazendo exatamente o que me havia sido ordenado, já me deixava com raiva.

Mas dirigi até o meu apartamento, e mesmo frustrado, decepcionado, com raiva e confuso, entrei em casa. Era cedo demais, por isso não esperava encontrar Tanya. Fui até o meu quarto, tomei um banho, escolhi um terno para um dia normal de trabalho, bem como tudo o que fosse necessário para compor a minha imagem. Era o meu primeiro dia de volta à empresa após descobrir toda a verdade, ou parte dela.

Quando cheguei à sala, o café estava posto, conforme orientação de Tanya aos empregados. Olhei com desconfiança para a governanta, afinal de contas, em quem mais eu poderia confiar? Ela me cumprimentou com um aceno de cabeça e aguardou por alguma ordem.

– Está tudo de acordo com minhas instruções?

Tanya irrompeu na sala chamando a minha atenção. Não era da sua natureza estar tão cedo na ativa. Ela me olhou com ironia e tomou o seu lugar de costume à mesa. Suspirei pesadamente e sentei na outra extremidade. A governanta saiu discretamente dando espaço ao casal. Pelo menos era o que ela acreditava ser.

– Arrumou uma nova diversão?

Ela não esperou para saber até onde meu suposto caso com Carol iria. Pelo visto, Tanya não estava querendo prolongar a brincadeira.

– Com certeza você foi avisada sobre a nova reunião hoje cedo.

– Claro! Depois de você surtar e desaparecer, deixando todos à sua espera? Ou depois de você ter passado parte da sua tarde e noite transando com mais uma funcionária da empresa?

Quando eu ia falar, ela me interrompeu.

– Sinceramente, Robert! Perder Melissa o deixou tão desesperado assim?

Fechei os olhos analisando o efeito que aquelas palavras tinham sobre mim. Deduzi que não doíam tanto quanto antes, já que eu sabia que não era verdade o que ela afirmava.

– Eu vou incriminar Adam se conseguir provar que ele está diretamente envolvido na troca das plantas. – Optei por ignorá-la. – E vou chegar até você.

– Ele não está envolvido. Ontem, enquanto você chorava lamentando o fato de Melissa ter preferido Dean, nós analisávamos a situação. Alguém trocou as plantas diretamente nos arquivos do Adam. Coitado!

Pelo menos, neste ponto, Melissa tinha razão. Tanya realmente acreditava em minha dor e em nossa separação. Seria prudente aproveitar desta situação? Ela seguiu se servindo de suco e torradas. Fiz o mesmo, afinal de contas, eu estava faminto.

– Você só pode estar louca.

Ela bateu o copo com força no vidro da mesa. Levantei os olhos e encontrei seu olhar furioso. Arqueei uma sobrancelha em desafio e sorri com deboche.

– Talvez eu deva alegar isso quando pedir sua interdição ao juiz. Problema resolvido.

– Talvez eu escolha ficar viúva mais cedo.

Ri com ironia, mas eu sabia que ela falava sério. Mesmo assim, passei geleia na torrada e comi sem lhe dar o gostinho do meu medo.

– Seu tempo está acabando. Logo nossa separação será legítima e suas ações serão minhas. Não vejo a hora de me ver livre dos seus absurdos.

– Não será tão fácil quanto pensa...

Ela falou sem se alterar, o que despertou a minha atenção. Era importante ficar atento a todos os seus passos.

– Eu não espero que seja.

– Você não pode ter amantes na empresa.

Neste momento, meu celular vibrou. Discretamente, coloquei o polegar na tela e abri a mensagem.

– O que pretende? Perder outra vez suas ações?

– Você tem amantes na empresa. Não vamos entrar neste mérito outra vez, tenha um pouco mais de dignidade.

Olhei a tela *Você precisa decidir,* outra mensagem da Carol.

– Além do mais, eu sempre tive amantes, o que não muda nada.

– Ela é um meio de provocar Melissa ou de me agredir?

– Não seja ridícula!

Outra mensagem. Mais uma vez coloquei a digital e abri *Está ou não neste jogo?*.

– Carol é uma gostosa diversão, apenas isso.

Sem querer, eu estava naquele jogo.

– Mais uma para roubar quando você virar as costas. Mal recuperou as ações e já vai colocá-las à mercê de mais uma vigarista? Carol é bonita e me parece muito ansiosa para fisgar o chefe. Pelo menos as ações voltaram para as suas mãos, o que significa que é menos uma dor de cabeça para mim.

– Eu as queimei.

Ela parou a xícara no meio do caminho, olhando-me sem acreditar no que eu dizia.

– Queimei o documento que me dava posse das ações outra vez.

Os olhos de Tanya viraram labaredas. Ela estava furiosa.

– Está mentindo!

– Não. Prefiro que Melissa fique com tudo. É muito mais justo do que me arriscar a perdê-las para você, que, no final das contas, é o que busca realmente.

Digitei rapidamente minha resposta *sim* e vi a tela girar e modificar até sumir.

– Melissa, apesar de tudo, as merece muito mais do que você. É uma ótima forma de fazer você entender que eu a quero longe da minha vida.

– Cuidado com as suas escolhas, Robert.

Ela levantou para sair e meu celular voltou a vibrar. Refiz o processo rapidamente enquanto Tanya estava de costas. *Feche os olhos e disfarce o susto.* O quê? Sem pensar duas vezes, fechei os olhos e abaixei minha cabeça nas mãos apoiadas pelo cotovelo sobre a mesa. Foi quando ouvi.

No primeiro instante, estremeci violentamente. Há muito não ouvia aquele riso verdadeiro e infantil. O riso do meu filho. Da criança que eu amava e cuja falta ainda me causava sofrimento. Sua risada preencheu a sala em poucos segundos, seguida por sua voz chamando "mamãe" de uma maneira ainda pouco articulada, finalizou o processo. Após este momento fantasmagórico eu ouvi o baque do copo se espatifando no chão. Não durou mais do que alguns segundos, mas foi o suficiente para me atordoar. Levantei a cabeça e encontrei os olhos aterrorizados de Tanya.

– Você ouviu! – acusou sem conseguir esconder o pânico. – Você ouviu, eu sei. Diga!

Seus olhos dementes não conseguiam se fixar direito em nada.

– Diga, Robert!

Encarei aquela mulher despida de toda sua capacidade de fingir e totalmente entregue à sua demência e senti pena. Respirei fundo para recuperar meu equilíbrio.

– Ouvi o quê? – Minha voz ainda estava engasgada.

– Não minta para mim. Eu sei que você ouviu também. Eu sei. Não é possível. Foi alto e real. – Ela se aproximou, segurando minhas mãos. – Por favor, diga que você também ouviu!

– Eu… Eu não sei do que você está falando, Tanya. Apenas ouvi o barulho do copo se quebrando no chão.

– Mentira!

Ela gritou no momento em que uma empregada adentrava a sala para limpar os cacos. Ela se assustou e recuou.

– Você está fazendo isso. Quer me enlouquecer.

A empregada continuou parada, assistindo o desespero de Tanya.

– Você! – Foi até a moça que, assustada, recuou. – Você ouviu uma risada de criança? Ouviu uma criança rindo aqui na sala?

A mulher olhou para mim e para Tanya, visivelmente abalada.

– Não... Não, senhora. Eu estava na cozinha quando ouvi o copo quebrando. Fui buscar o material para limpar. Não ouvi nada, não.

– Como não? – Tanya continuava gritando. – Ele riu. Foi alto...

E os soluços preencheram o ambiente.

Eu levantei e fui até ela.

– Você deve estar cansada, Tanya. Por que não volta e deita um pouco?

Ela se encolheu em meus braços ainda chorando.

– Providencie o calmante da Senhora Carter, por favor!

A garota saiu rapidamente da sala. Aproveitei e levei Tanya de volta ao quarto. Ela se permitiu ser conduzida, ainda agarrada a mim, como uma criança com medo do que poderia encontrar pela frente.

– Eu ouvi. Juro que ouvi. Não estou louca, Robert! O que está acontecendo?

Puxei o lençol, a deitei na cama, e em seguida a cobri. A empregada entrou no quarto com um copo com água e o comprimido.

– Descanse um pouco. Quando acordar, conversaremos. Vamos encontrar uma resposta. Fique calma!

Ela aceitou o calmante e me prendeu ao seu lado até que o efeito do remédio não permitisse mais que reagisse.

Enquanto assistia o seu desespero e via seu corpo relaxando sob efeito de calmantes, eu me sentia um canalha. Tanya estava louca, independentemente daquela reação, forçadamente causada, eu sabia, ela não estava mais em seu perfeito juízo. Os acidentes provocados contra a Abby já eram o suficiente para provar, e a troca das plantas fechava com chave de ouro. Eu nunca conseguiria interditá-la perante a justiça sem as devidas provas. No máximo ela seria uma filha tentando defender a honra da mãe, a herança da família, uma esposa traída com raiva, mas nunca uma louca incapaz de separar a ilusão da realidade.

Como o perfeito miserável que eu era, reconheci que mais uma vez Melissa estava certa. Se Tanya fosse diagnosticada como louca, eu não a teria mais em meu caminho e muito provavelmente ninguém levaria em consideração as suas acusações contra mim. Era a minha chance de encerrar aquele jogo e cumprir minha promessa. Eu estaria livre. Não poderíamos descartar a hipótese de ela surtar de vez e resolver jogar toda a merda no ventilador.

– Ela adormeceu?

A governanta estava logo atrás de mim e me assustou ao perguntar. Eu ainda estava sob o impacto da voz do pequeno Rob. Pareceu tão real!

– Sim. A Senhora Carter tem tido momentos difíceis.

– Eu entendo. – Ela sorriu confidente.

– Preciso sair. Tenho uma reunião importante. Por favor, fique atenta a ela e me mantenha informado.

– Claro, Senhor Carter. Este é o meu papel aqui dentro. – E naquele instante eu entendi que ela também era uma peça daquele jogo.

CAPÍTULO 22

Acordar foi a parte mais complicada. Minha cabeça doía, o estômago embrulhava e a mente me maltratava com as lembranças. Robert tinha ido embora sem me perdoar. Deu tudo errado.

Mesmo tendo chorado a noite inteira, invadido a madrugada derramando lágrimas, ainda conseguia lamentar ao acordar. Tentei permanecer imóvel na esperança de que o sonho retornasse e me fizesse esquecer, quando senti dedos em meus cabelos. Por um segundo... Aliás, apenas míseros milésimos de segundos, acreditei que ele tivesse retornado ao se dar conta de que eu não merecia aquela reação. Depois lembrei que Dean havia passado a noite cuidando de mim, após presenciar o meu ataque de choro e desespero.

Tudo bem que com isso eu piorei minha situação com Carol, no entanto, estava tão fragilizada, que ter o meu amigo ao meu lado em um momento tão difícil foi tentador demais para abrir mão. Eu não queria ficar sozinha. Ele foi categórico e a sua namorada, mesmo tentando se mostrar superior, ficou revoltada.

– Ainda assim?

Fechei os olhos deixando uma lágrima rolar.

– Ele vai entender, Mel! Você sabe disso. Robert é um cretino egoísta, mas te ama.

– Ele me odeia.

Dean riu e continuou acariciando meus cabelos.

– Você ficou aqui?

– Sim, mas dormi na poltrona. Já saí, verifiquei como andam as coisas, preguei mais um susto na Tanya, foi muito divertido por sinal... – Riu. – Ela vai ficar louca. Aliás, ela finalmente vai mostrar o quanto é louca.

– Carol não tentou te matar?

O humor dele mudou ligeiramente.

– Ela vai compreender. Somos uma equipe.

Não havia tanta segurança em suas palavras, o que me fez sentir muito medo.

– Merda!

– É... – Ele puxou o ar com força. – Você precisa levantar.

– Que horas são?

– Já passamos do meio-dia.

Encolhi-me embaixo do lençol sem coragem para encarar a vida.

– E você deveria estar no trabalho.

– Eu não tenho mais um emprego. Devolvi as ações ao Robert e duvido muito que ele ainda me queira por lá.

– Não foi o que ele disse a Carol.

– Carol? Ele falou com ela? – Levantei rapidamente procurando pelo meu celular. – Ele tentou falar comigo?

Ainda estava atordoada, sem saber ao certo para qual lado ir. Dean fez uma cara estranha, que me desanimou completamente.

– Ele trocou mensagens com a Carol. Apenas isso.

– Merda!

– Mel, ele é um idiota e cabeça-dura. Não vai simplesmente aceitar que foi enganado e correr para os seus braços. Já conversamos sobre isso e você deveria saber que seria assim. O que não significa que ele não queira mais passar a vida ao seu lado. Tenha paciência. Robert está no jogo, não era o que você queria?

– Ele disse isso?

– Disse.

– Disse à Carol – afirmei mortalmente ferida pelo ciúme. – Que droga!

– Vá trabalhar! Mostre que está segura dos seus atos e que foi o melhor para vocês dois. Se Robert não confiasse em você, não aceitaria o jogo. Além do mais, ele queimou o documento que devolvia as ações.

– Queimou?

– Sim. Ele queimou. E disse a Tanya que era melhor que elas ficassem com você do que com ela. É um ótimo indício. – Piscou para mim, deixando-me ver o hematoma em seu rosto. Robert tinha pegado pesado com Dean. Mordi o lábio inferior sentindo medo do que seria colocar os dois no mesmo ambiente.

– Hoje teremos a reunião na casa do Bruno.

– Eu sei. Vou tomar um banho, mas não vou trabalhar. Deixe Robert sentir um pouco o gosto do poder outra vez. Quem sabe assim ele consegue me perdoar mais rápido.

– Como quiser. Estarei no QG caso precise de alguma coisa.

O restante do meu dia foi assim: comi pouco, enjoei muito e fiquei mais do que ansiosa. Quanto mais as horas passavam, mais eu temia o encontro. Carol havia enviado uma mensagem ao Dean, afirmando que Robert compareceria à reunião e que eles dois nos encontrariam no horário combinado, em meu apartamento, e de lá seguiríamos pela passagem secreta para o de Bruno. Eu nem queria imaginar como seria.

Meia hora antes eu estava pronta, com o meu vestido preto que disfarçava muito bem a minha barriga, apesar de Dean ter me dito um milhão de vezes que era impossível alguém perceber a gravidez. Mesmo assim eu preferia não arriscar.

– Vai continuar andando de um lado para o outro?

Dean estava parado, encostado à mesa, braços cruzados e visivelmente incomodado com a minha reação.

– Desculpe! – Continuei andando. – Carol deu notícias?

– Não.

– Mas ela disse alguma coisa?

– Não.

Ele revirou os olhos e andou até a janela. Foi quando ouvimos o barulho da porta do esconderijo. Imediatamente Dean ficou alerta e eu, em pânico. Meus olhos não desgrudavam daquela entrada.

Carol passou primeiro. Estava linda em um vestido amarelo que favorecia suas curvas perfeitas despertando em mim a mais pura fúria. Ela havia feito de propósito, para se vingar por eu ter aceitado a companhia de Dean a noite toda. Pela reação de Dean, eu entendi que ele também não ficou satisfeito com a namorada.

Robert entrou depois. Lindo! Estava em sua mais perfeita segurança. O típico dono do mundo. Trajava uma calça jeans, camisa de botão na cor clara e um blazer marrom que lhe caía muito bem. Era a perfeição em forma de homem. A barba estava feita e os cabelos molhados indicavam o banho recente. Ele parou logo após a entrada, seus olhos não se demoraram em mim e foram para Dean, a quem não deixou de confirmar a aversão.

– Boa noite.

Carol passou parando ao lado do namorado, sem demonstrar estar a fim de conversa.

Meus olhos voltaram a encontrar os dele. Robert hesitou, piscou e puxou o ar parecendo incomodado por estar mais uma vez comigo. Meu coração disparou. Eu havia ido longe demais? Havia conseguido matar o amor dele por mim? Meu ar ficou retido nos pulmões.

– Melissa... – finalmente ele me cumprimentou, sem muito ânimo ou emoção.

– Robert... – Minha voz indicava o quanto meus nervos estavam à flor da pele.

Foi como uma súplica e tive vontade de chorar, no entanto eu precisava ser forte. Dean tinha razão. Fiz tudo por ele e precisava fazê-lo entender que foi melhor assim.

Então ele desviou o olhar, sem se aproximar ou demonstrar interesse em mim. Fiquei decepcionada, apesar disso, respeitei a sua distância. Quem sabe um dia, quando todo aquele inferno terminasse, eu voltaria a ser o seu recomeço. Engoli em seco, triste por aquela lembrança tão doce.

– Bruno enviou uma mensagem avisando que todos já estão lá.

Dean começou falando diretamente com Robert, uma atitude clara de quem queria demonstrar que não tinha medo.

– Nós vamos descer para encontrá-los. Melissa e eu vamos explicar todo o plano – continuou.

Robert se moveu incomodado, mas não disse nada.

– O importante é fazer com que os outros concordem em ficar do nosso lado. Nosso foco maior é em Paul. O fato de ele ser irmão de Tanya pode dificultar as coisas. Por isso achamos melhor omitir, pelo menos por enquanto, o que estamos fazendo para provar que ela está desequilibrada.

– Robert concordou com a cabeça, sem nada dizer.

– Vocês dois precisam de mais algum tempo? – Dean perguntou visivelmente incomodado com esta possibilidade.

Meu coração disparou. Robert olhou para mim e depois para ele.

– Não. Vamos fazer logo o que precisamos e pôr um fim nesta confusão.

Mordi meus lábios segurando o desespero por tanto desprezo. Dean me olhou com carinho, passando-me confiança e Carol se incomodou ainda mais com esta atitude.

– Então vamos?

Ela passou na frente. Dean a seguiu. Robert aguardou por mim, apenas por educação, e me seguiu assim que passei por ele.

Caminhamos pelo corredor sem nos tocar ou trocar palavras. Ele nem me olhava. Eu, de tempos em tempos, o observava sem nunca conseguir sua atenção. Paramos enquanto Dean abria a passagem e entramos no escritório que escondia nossa presença. Podíamos ouvir vozes animadas e uma música suave. Bruno falava alto enquanto as pessoas riam. Senti falta daqueles tempos, quando éramos um grupo de amigos e eu, a mulher da vida do Robert. Puxei o ar com força.

– Ok! Todos preparados? – Dean continuava com a postura defensiva ao falar com o grupo.

Carol mandava uma mensagem enquanto Dean assumia mais uma vez o controle da situação. Naquele instante, finalmente Robert me olhou. Havia um pouco mais de doçura em seu olhar.

– Tem certeza de que quer enfrentá-los? Não seria melhor...

– Eu vou.

Tentei ser firme, apesar de estar emocionalmente abalada. Uma hora ele me desprezava e na outra se preocupava comigo.

– Eles precisam saber que fiz isso tudo para proteger você e, consequentemente, protegê-los.

A mandíbula dele ficou rígida. Mesmo com a mão no bolso eu percebi que seu corpo enrijeceu.

– Eu posso cuidar da minha família!

O "minha", ressaltado pelo seu tom de voz, deixava claro o quanto ele havia me excluído desta parte da sua vida.

– Tenho certeza de que sim, Robert. Foi só o que fez nos últimos anos. O que não desmerece os meus esforços.

– Melissa...

Ele hesitou irritado demais para continuar. Continuei firme ao encará-lo. Robert era mesmo um cabeça-dura, mas eu não permitiria que ele simplesmente invalidasse o meu trabalho.

– Droga! – Passou a mão no cabelo, chamando a minha atenção. Eu amava aquele gesto dele.

– Vamos acabar logo com esta merda!

Dean concordou, abrindo a porta e seguindo pelo corredor que nos levaria à sala onde todos estavam. Não havia mais música, nem risos. Bruno pedia que todos confiassem neles e no que seus convidados contariam. Dava para sentir a tensão do ambiente.

– É uma situação complicada – ele dizia ao grupo. – Gostaria que vocês, especialmente Paul e Olivia, mantivessem a mente aberta.

Dean foi o primeiro a entrar e, imediatamente, o silêncio imperou. Carol o seguiu e logo em seguida eu entrei encontrando o olhar chocado e depois confuso de Olivia ao perceber o filho dela ao meu lado. Fiquei confiante tendo Robert tão próximo. Provavelmente ele havia feito aquilo para que todos me aceitassem. Uma atitude de defesa, como sempre acontecia com ele.

– Melissa? Robert? – Paul foi o primeiro a quebrar o silêncio.

Ele continuou sentado, mas seus olhos diziam o quanto estava perdido.

– Paul, Olivia – Robert os cumprimentou com a segurança de poucos. – Peço desculpas pela forma que escolhemos para revelar a verdade, infelizmente não encontramos uma maneira melhor. Dean e Melissa vão explicar tudo.

Dean se moveu, incomodado por Robert ter assumido a liderança, porém não fez nada para impedi-lo. Ele começou a falar, detalhando o plano. Eu contei como tudo aconteceu, relatei a forma como Dean me resgatou, o envolvimento da Abby, a necessidade do casamento. Durante toda a conversa, ninguém se atreveu a nos interromper.

– O que vocês pretendem? – perguntou Paul que ainda não parecia convencido.

Olivia já me olhava diferente e sorria timidamente, desviando sua atenção de mim para Robert encantada como só as mães são capazes de ser em situações como aquela.

– Queremos o apoio de vocês – Dean continuou. – Precisamos seguir com o planejado. Melissa continuará sendo a inimiga, vamos manter o teatro e Carol vai entrar como nova amante do Robert.

E todo o seu descontentamento estava naquelas palavras. Paul olhou para Robert e depois para mim, percebendo a nossa distância sentimental.

– Você sabia de tudo? – acusou.

– Não! – Robert fez uma careta incomodada. – Fui pego de surpresa, assim como todos vocês.

– Foi necessário – o interrompi. – Tanya precisa acreditar nesta verdade.

– Ninguém vai acreditar nesta verdade. É só olhar para vocês dois quando estão juntos, Melissa! – Paul acusou. – Tanya pode acreditar que vocês estão separados, mas nunca que este amor morreu.

Robert se afastou de mim e se aproximou da mãe.

– Nosso amor não morreu – afirmei, olhando diretamente para Robert. – Eu desisti de tentar esconder isso. O plano é fazê-la crer que eu não quero ficar com ele, independentemente dos meus sentimentos. Enquanto ela acreditar no sofrimento dele, vai continuar pensando que eu não o quero.

A tensão estava no ar. Paul olhou para Robert cobrando uma posição.

– Eu aceitei este jogo. Pode parecer absurdo, mas eles estão muito bem preparados. Como contei hoje mais cedo, na reunião que Melissa faltou.

Quase sorri, mas estava muito tensa para achar bonita aquela cobrança.

– Tanya passou dos limites.

– Você não tem como provar que foi ela! – Paul rebateu.

– Você sabe que foi ela, Paul. Pelo amor de Deus, Tanya tentou matar Melissa e Nicole, esqueceu? E o que fez à Abby? Não dá mais para deixá-la agir impunemente!

– Sua preocupação é com a segurança das pessoas, com a empresa ou com o que vai encontrar naquela maldita conta? – Paul não seria convencido com tanta facilidade.

– Não interessa qual é o interesse do Robert! – Nicole os interrompeu. – Tanya tem que ser contida, Paul. Quem ela precisará matar para convencê-lo disso? O que ela precisa destruir? Não esqueça que tudo aconteceu porque ela resolveu dar um golpe na empresa. O seu pai morreu pelo mesmo motivo, e o meu amarga um estado vegetativo. Não dá mais para fechar os olhos!

Paul levantou e caminhou pela sala.

– Ela será tratada, Paul! Nós sabemos que Tanya está fora de controle e o que queremos é provar isso na justiça – tentei convencê-lo.

Ele baixou os olhos.

– Tanya será jogada em uma prisão e nunca mais conseguirá sair – lamentou.

– Ou será internada onde receberá o tratamento necessário. – Nicole levantou indo até o noivo. – Esta é a única forma possível de você ajudar a sua irmã.

Abraçou Paul pelas costas.

– Tudo bem! Eu só preciso fingir que acredito nesta farsa, não é isso?

– É, sim – Dean voltou a assumir a situação. – Falta pouco agora. Estamos tentando encontrar as provas que ela tem contra Robert. Com isso, pretendemos anular todas as chances de ela prejudicá-lo. Vocês precisam nos passar as informações que julguem importantes e que possam nos ajudar a encontrá-las.

– Certo. Posso sair agora? – Paul surpreendeu a todos com aquele pedido.

– Paul... – Robert levantou.

– Não, Robert. Eu concordo, mas preciso sair agora, ok? Eu vou fingir que não sei de nada.

Robert olhou para Dean, que concordou, então saiu da frente do amigo, deixando que Paul saísse da sala. Nicole ia acompanhá-lo, mas foi impedida de segui-lo. Paul queria ficar sozinho. Ele bateu a porta e a tensão se fez presente entre os convidados. Dean sacou o celular e eu sabia que ele se incumbia de enviar alguém para seguir o nosso amigo.

– Ele vai ficar bem – Robert afirmou levantando-se do lado da mãe e indo até Nicole, que estava nervosa.

– Só espero que...

– Ele quer um fim tanto quanto a gente, Nick. – Tratou de aliviar a angústia da irmã. – E eu confio no plano.

Naquele momento, nossos olhos se encontraram. Foram poucos segundos, mas eu sentia que, gradativamente, voltávamos ao nosso eixo.

– Quanto tempo para conseguir neutralizar Tanya? – Olivia falou pela primeira vez. – Amanhã eu embarco junto com ela para a China. Não é arriscado?

– Não. Nossa equipe estará atenta. O piloto é da nossa confiança e estamos monitorando todos os passos dela. Tanya não vai tentar nada. O alvo não é você, Olivia. De qualquer forma, uma agente nossa acompanhará vocês. Ela vai assumir o papel de tradutora, mas, na verdade, é mais uma da nossa equipe, designada para mantê-la em segurança. Haverá também uma secretária, elas duas vão se revezar ao seu lado.

Robert concordou. Ele me olhava de tempos em tempos, como se procurasse alguma demonstração de insegurança ou temor. Na tentativa de captar alguma falha, qualquer coisa que colocasse a sua mãe em risco. Não havia. Tínhamos o controle total da situação.

– Tudo bem! – disse Olivia.

Ela não parecia amedrontada, pelo contrário. Ela estava segura e me olhava com confiança.

– Eles possuem um aparato de filme, Olivia. É realmente tecnologia de última geração. Conseguem criar qualquer realidade, como esta que você está vendo agora. – Bruno chamou a atenção da mãe, preocupado em mantê-la segura daquela decisão.

– Só precisamos continuar agindo como se tivéssemos mágoa de Melissa e desejássemos que Robert realmente desistisse dela de uma vez por todas. – Alexa se manifestou pela primeira vez desde a nossa entrada. – Como não somos o foco de Tanya, poderemos observá-la melhor, ficaremos atentos a todos os seus passos.

– Todas as informações são importantes – Dean completou.

– Ficarei atenta.

Olivia veio até mim. Não tive medo, ela sorria.

– Fico feliz, Melissa. No fundo eu não conseguia acreditar que você fosse capaz de fazer qualquer coisa para destruir o meu filho. Eu tentava entender e fiquei magoada, mas não consegui odiar você porque você ainda tinha aquele olhar de amor por ele.

Senti meu rosto ficando vermelho. Eu era uma atriz tão ruim assim?

– Robert tem sorte em ter uma mulher tão forte e corajosa. Era exatamente o que ele precisava – continuou Olivia.

Abaixei os olhos. Ela não sabia da rejeição dele e colocava sua fé em nosso amor quando nem o próprio Robert era capaz de fazer.

Olivia era uma mulher inteligente demais para deixar qualquer informação passar despercebida. Ela era astuta, observadora. Seu silêncio, muitas vezes, encobria a sua verdadeira posição, mas naquele instante eu entendi que ela sabia a minha real situação com Robert. Seus olhos correram para o filho e neles estava toda a sua incompreensão.

– Vamos, Olivia? – Nicole se aproximou de nós duas.

Ela me lançou um olhar carinhoso, porém a minha amiga estava com problemas demais para resolver e não poderia se ocupar dos meus. Melhor assim.

– Preciso voltar e descobrir o que está acontecendo com Paul.

– Ele está bem. Acabei de receber uma mensagem.

Dean também parecia cansado, com vontade de encerrar a conversa.

– Tudo bem! Vamos. Eu embarco amanhã muito cedo, como faremos para nos comunicar?

– Carol tem um aparelho para lhe passar.

A namorada do Dean se adiantou retirando os aparelhos da bolsa e entregando à Nicole e Olivia.

– É idêntico ao de vocês. Fizemos isso para não chamar a atenção da Tanya. De qualquer forma, sempre nos comunicaremos através de mensagens codificadas. Para desbloqueá-las basta colocar o polegar na tela. Olivia, tenha o cuidado de nunca fazer isso na frente de Tanya, também não deixe os dois aparelhos à vista para que ela não descubra a existência deste segundo.

– Entendi.

– Todos os números estão na memória. O processo é sempre o mesmo – ela continuou se esforçando para deixar tudo bem esclarecido. – A diferença é que basta você clicar neste botão ao lado, que normalmente regula o volume, para nos enviar o áudio do momento. Deve ser usado para situações reais, ou seja, na hora exata da conversa. É como se você estivesse permitindo que outras pessoas ouvissem. Ela nunca irá descobrir esta função. Em nosso QG um sinal será emitido e, imediatamente a conversa começará a ser gravada. O mesmo vale para o botão de baixo, nele será acionada uma microcâmera onde captaremos as imagens.

– Tudo bem! – Ela acompanhava com atenção sem perder qualquer informação.

– Todos os aparelhos possuem esta função e vocês podem acioná-las quando acharem necessário e sem necessidade de nos avisar previamente. Todos entenderam?

– E Paul? Ele não terá um destes? – perguntou Nicole.

Ela se preocupava com o noivo e parecia impaciente. Dean trocou o lado do peso do corpo, visivelmente desconfortável com a pergunta.

– Paul é um assunto um pouco delicado. Ele pode não abrir o bico e contar sobre a nossa armação, mas não vai querer produzir provas contra a irmã. Precisamos observá-lo atentamente primeiro.

Ela concordou e suspirou resignada.

– Será por pouco tempo, Nicole. Precisamos trabalhar em conjunto para acabar logo com isso.

– O mais importante é não permitir que nada mude. Tanya precisa continuar acreditando na farsa – Carol intercedeu.

– Eu entendi. Odiamos Melissa e continuamos detestando Tanya – ela falou desanimada.

– Exatamente!

A namorada do Dean caminhou parando ao lado do Robert. Sem conseguir me conter, me mexi desgostosa com aquela aproximação.

– Robert, esteja bem atento a estas funções. Seu contato com Tanya é mais amplo do que os demais e tudo nos leva a crer que ela esconde as provas no apartamento.

– Nós vamos aproveitar a viagem para abrir o túnel até a casa de vocês. Depois disso ficará muito mais fácil, pois poderemos entrar e checar cada detalhe – Dean se intrometeu.

Parou ao lado da namorada, colocando uma mão em sua cintura. Uma disputa de território ridícula e irritante.

– Tudo bem. Eu preciso ir – Nicole interrompeu já se posicionando para partir.

Olivia concordou com a filha e a acompanhou.

– E agora? – perguntou Bruno.

Olhou para mim e depois para Robert. Seu olhar era uma mistura de deboche e cinismo. Tive vontade de socá-lo, mas me limitei a desviar os olhos e ignorá-lo.

– Vamos seguir com o plano – Robert se adiantou, assumindo a conversa. – E eu venho aqui amanhã à noite para conversarmos melhor.

– Claro, mano! Amanhã, depois de toda a farsa lá na empresa poderemos nos encontrar aqui para uma conversa...

Eu e Alexa trocamos um olhar significativo.

– Então eu vou visitar a Mel. Precisamos mesmo do nosso momento de garotas.

Sorri. Eu sentia tanta falta de momentos normais ao lado de amigas.

– Bom... Boa noite para vocês! – Robert deu a dica e Carol rapidamente o acompanhou. Tive que me conter para não colocar meu pé na sua frente e deixá-la tropeçar acidentalmente. O que ela pretendia?

Dean a seguiu de perto e eu fiquei por último, sentindo-me cansada, desgastada, absurdamente incomodada com tudo aquilo. Mesmo assim, os segui sem nada dizer. Assim que alcançamos o meu apartamento, um clima muito chato se formou entre nós quatro.

Dean não queria deixar Carol sozinha com Robert no caminho de volta para casa, mas desejava me acompanhar até o meu apartamento. Carol não parecia disposta a recuar. Robert não demonstrava interesse em partir e eu desejava apenas que Tanya morresse e meus problemas acabassem. Ok! Isso foi terrível, mas eu estava grávida, cansada, humilhada e precisando urgentemente do meu namorado de volta. Seria muito ruim desejar a morte de alguém?

Como ninguém cedia, eu desisti. Eles que continuassem com aquele jogo ridículo.

– Boa noite! – Virei e fui até a porta que me permitiria desviar do caminho deles.

Dean se apressou em me seguir.

– Mel, espere! Tem certeza de que ficará bem? Eu posso ficar se for necessário.

Ele olhou sem graça para Carol, que já ameaçava continuar andando.

– Não é preciso! – Robert avançou. – Eu gostaria de conversar com você, Melissa. – Seus olhos, cinza como uma tempestade, encaravam-me. Meu coração acelerou e minha boca ficou seca. – Se você estiver de acordo, é claro!

CAPÍTULO 23

Ainda sem saber o que poderia esperar, concordei sem emitir um único som e me virei para abrir a porta. Caminhei sem olhar para trás assim que adentrei o escritório e só parei quando ouvi o baque da porta sendo fechada e lacrada. Robert não deu mais nenhum passo. Ele me avaliou por uma eternidade. Parecia ponderar sobre o que dizer.

– Este escritório é monitorado?

– Sim. – Minha voz estava engasgada. Tive medo de criar qualquer expectativa favorável com a sua pergunta, afinal de contas, se ele não queria que ninguém invadisse a nossa privacidade seria por dois motivos: ou ele me mataria, ou cederia de uma vez e ficaria comigo.

– Existe alguma parte desta casa que não seja fiscalizada? – disse com a voz ainda dura e seca, o que me fazia recuar um pouco.

– Levando-se em consideração que este é o foco principal do interesse de Tanya, as partes mais importantes são constantemente vigiadas. Se não por seguranças, pela nossa equipe que controla tudo pelas microcâmeras estrategicamente distribuídas.

Ele continuou me olhando sem nada dizer. As mãos no bolso do jeans e os ombros levemente encolhidos.

– Meu quarto é um campo neutro.

Ele hesitou. Tentei me manter impassível, sem demonstrar interesse ou qualquer emoção por conversarmos em meu quarto. Robert passou a mão no cabelo, e com um suspiro, concordou. Abri a porta e caminhei na frente, ciente de que ele ainda estava pouco familiarizado com o apartamento.

– Tom está aqui? – Ele quebrou o silêncio atrás de mim.

Dei de ombros.

– Ele não tem um horário certo. Está sempre que necessário. Acompanha a equipe de perto...

– Quando vou saber exatamente de tudo?

– Quando quiser. – Olhei para trás para deixar claro que eu dizia a verdade. – Você está no jogo agora, Robert. Nada mais será feito sem a sua permissão, muito menos contra a sua vontade.

Essa parte eu já não tinha tanta certeza.

Ele ficou calado. Continuou caminhando atrás de mim, acompanhando meus passos até alcançarmos meu quarto. Segui o padrão, entrando e deixando a porta aberta para que ele ficasse à vontade. Robert entrou e fechou a porta. Virei-me para encará-lo e vi ali um homem completamente perdido. Ele parecia bastante confuso, sem saber qual seria a melhor atitude.

Suas mãos voltaram aos cabelos, puxando-os para trás. Robert olhou para o ambiente, percebendo a cama logo atrás de mim, mas preferiu a poltrona, um pouco afastada. Sentou-se e apoiou os cotovelos nas pernas e a cabeça enterrada nas mãos. Durante um tempo, permanecemos assim. Tive medo de quebrar o silêncio e receber algo não muito agradável a meus ouvidos. Ele levantou a cabeça, olhando-me nos olhos e eu entendi que não era o meu Robert apaixonado que estava ali, e sim um homem duro, que jogava sem medo, independentemente das consequências.

– Você não foi trabalhar.

Seus dedos se entrelaçaram e apoiaram o queixo. Os olhos ainda fixos em mim. Soltei o ar dos pulmões e sentei na beira da cama, sentindo meu mundo girar.

– Eu não sabia o que você queria. Devolvi as ações e não tinha mais nada para fazer lá.

– Eu as queimei.

– Eu sei.

Ele ficou surpreso com a minha revelação.

– Carol contou ao Dean.

Seu rosto deixava claro que não estava nada satisfeito com aquela situação.

– Teoricamente, continuam sendo suas. E você ainda é a minha analista. Se pretende continuar nesse jogo, ficar afastada da empresa não é o melhor caminho.

Fiquei em silêncio, observando.

O que Robert queria? Eu não tinha vontade de conversar sobre nada que não fôssemos nós dois. Queria saber quando, finalmente, ele me tiraria do castigo e voltaria a ser meu. Apenas meu.

– Eu quero você na empresa, Melissa. – Não havia emoção em sua afirmação. – Temos uma viagem em poucos dias e preciso me organizar para isso.

– Droga! – Deixei escapar.

Eu havia me esquecido completamente. Obviamente, Abby não me deixaria esquecer, mas, devido aos últimos acontecimentos, me preocupar com uma viagem a trabalho não era minha primeira opção.

– É muito sacrifício para você?

Suspirei e resolvi encarar a situação.

– Não. Eu apenas esqueci.

Ele sorriu sarcasticamente.

– Sua mente deve estar muito ocupada. Outras tarefas...

Mais uma vez respirou com força e se posicionou como o CEO que era.

– O que você foi fazer no hospital? O que queria com meu pai?

Meu coração acelerou. O que eu poderia contar?

– Há uma semana, descobrimos que Tanya recebe ajuda de uma pessoa lá de dentro.

Hesitei sem saber se deveria prosseguir.

– Tanya? Ajuda para quê? – Ele ficou visivelmente tenso.

– Descobrimos que uma enfermeira entrava algumas vezes no quarto do Maximus e lhe aplicava uma injeção.

Ele me olhou sem compreender e eu continuei:

– Não sabemos qual é a substância, mas verificamos que foi aplicada uma dose além do que estava prescrito. Fomos mais a fundo e descobrimos que, nos horários em que ela aparecia, nenhuma medicação estava programada.

– Puta que pariu! – Ele levantou nervoso.

– Tivemos o cuidado de analisar os exames e não ocorreu nenhuma alteração no quadro.

– Ele passou mal na noite passada. Precisou de intervenção.

– É o normal para o quadro, Robert. Nas outras semanas a medicação foi administrada e nem por isso ele teve alteração.

– O que vocês descobriram? Qual é a medicação e como sabem que Tanya está envolvida?

– Uma coisa de cada vez, mas para explicar detalhadamente como descobrimos é melhor você conversar com Dean e Tom amanhã. Eles podem mostrar todo o processo a você. Não sabemos ainda o que está sendo aplicado. Eu fui ao hospital porque, como frequentei o local por um tempo, sabíamos que inserir o meu nome na lista não despertaria a curiosidade de ninguém. Antes que pergunte o que eu procurava, a ideia era colher o sangue dele e descobrir se os exames também foram forjados, ou conseguir identificar a substância e, com isso, chegar ao plano de Tanya.

– Eu vou matar Tanya!

– Não antes de descobrirmos qual é a intenção dela ao fazer isso.

Robert voltou a se sentar na poltrona.

– Eu sei que é difícil. Mas tenha calma. Dean está organizando uma equipe para descobrir o que está acontecendo. Amanhã mesmo eu irei outra vez ao hospital para coletar o sangue dele. Mantenha a calma.

– Pra você, é fácil falar. Não é o seu pai naquela cama, vegetando e sofrendo sabe-se lá o quê por causa daquela maluca.

– Isso mesmo. Ela está louca. Nós só precisamos provar isso e pronto. Problema resolvido.

– O quê? Você acha mesmo que vou aguardar enquanto ela faz o que quer que seja com o meu pai? Só pode estar de brincadeira. Eu vou agora mesmo procurar a polícia e descobrir o que ela está aprontando. Pouco me importa que tipo de merda vai acontecer.

– E como vai provar o que descobriu? O que vai dizer? Que está vigiando a sua esposa baseado em um plano que passa por cima de qualquer lei? O máximo que vai conseguir é uma prova contra si mesmo.

– Pouco me importa. Eu consigo as filmagens do hospital e comprovo tudo o que você me disse. Peço uma bateria de exames para descobrir o que ela está fazendo. – A raiva e a revolta eram latentes em suas palavras.

– Robert, calma! Amanhã eu consigo o que você precisa.

– Como posso confiar em você? Como posso acreditar que isso também não faz parte do seu plano mirabolante? Puta que pariu! Eu vou enlouquecer!

Enterrou o rosto nas mãos. Meu coração estava acelerado deixando-me enjoada. Ficamos em silêncio.

Eu estava tão nervosa, cansada e desgastada, e o fato de receber aquelas acusações só deixava o meu caso mais complicado. Por que ele agia assim comigo? Não já havia lhe dado provas suficientes do meu amor? O silêncio passou a incomodar. Ele não se mexia e escondia de mim o seu rosto. Também não ia embora, se bem que eu não queria que ele fosse. Apenas desejava que ele relaxasse e acreditasse.

Mas o que acontecia era que, a cada segundo que passava, uma barreira enorme se erguia entre nós dois, o que me angustiava. Em pouco tempo eu já me sentia sufocar.

– Robert, eu não sei o que você está pensando. Não consigo nem imaginar o que passa em sua cabeça. Só queria entender o que pretende. Eu... Estou tão confusa!

– Bem-vinda ao clube!

Ele riu com ironia, mantendo a cabeça escondida entre as mãos. Caminhei até ele, ansiosa demais para acabar de uma vez por todas com a nossa distância.

– Robert...

– Não, Melissa!

Parei chocada e triste por ele ainda desejar me evitar.

– Por quê?

Ele levantou a cabeça e me encarou. Foi como uma bofetada, pois seus olhos me acusavam da maneira mais sincera e transparente possível.

– Quando vai entender que eu não estou errada? Que tudo o que fiz foi pela sua família, por você, por nós dois.

Ele puxou o ar com força e riu. Mais escárnio.

– Merda! O que preciso fazer para que entenda que foi tudo por amor? Eu não suportava mais assistir este jogo e não fazer nada para encerrá-lo.

– A ideia foi sua? Pensei que Abby tivesse tramado tudo.

– Claro que não foi minha ideia. – Revirei os olhos e caminhei pelo quarto. – Eu já contei, Abby planejou junto com Dean, eu apenas concordei quando fui inserida nesta loucura toda.

– Dean deve ter ficado muito feliz por estar ajudando você. É o seu marido.

As palavras acusatórias deixavam claro que ele ainda não havia superado aquela parte do plano, mesmo sendo uma mentira.

– Isso é o que está contando?

– Tudo está contando.

– O meu amor por você também?

Ele parou surpreso com a minha pergunta.

– Conta ou não?

– Você não pode justificar tudo o que fez usando como argumento o seu amor!

– Não foi só o que você fez comigo até hoje?

Mais uma vez ele ficou surpreso. Passou a mão no cabelo e umedeceu os lábios. Puta merda! Ele era capaz de me excitar até quando incitava minha raiva e desespero.

– Você me perseguiu, seduziu, invadiu minha casa e minha vida, me vigiou, impôs regras e mais regras, determinou todos os meus passos e tudo por quê? Porque você me ama?

– É diferente.

– Pelo amor de Deus! – falei um pouco mais alto. – Não subestime a minha inteligência! Você pode decidir a minha vida, prometer o que nunca conseguiria cumprir e vem me dizer que é diferente?

– Eu sei como lidar com Tanya. Estou neste jogo há bastante tempo – atacou visivelmente acuado.

– O que não lhe deu a vitória. Muito pelo contrário, nos separou!

– E não é exatamente o que está acontecendo agora? – ele se exaltou.

Foi a minha vez de ficar chocada com aquela declaração. Robert reconhecia a nossa separação. Sabia que nada mais nos impedia, mesmo assim aceitava e afirmava que estávamos separados.

– O seu plano nos separou.

– É a sua escolha? – Meus olhos já estavam marejados e minha voz embargada. – É o que você quer? Só não justifique sua escolha com base no plano, porque você sabe, e eu sei que, se não acreditasse no que estamos fazendo, se não confiasse em mim, você não aceitaria participar disso tudo.

– Eu aceito porque não há mais nada que possa ser feito. Você arriscou a sua vida se colocando neste plano...

– Você arriscou a minha vida muito antes, quando decidiu que me tomaria como amante.

Mais uma vez duelamos com o olhar, porém ele recuou.

– Eu errei! Satisfeita? Errei quando coloquei você nesta história! Errei quando a escolhi como amante! Errei quando acreditei que o nosso amor era mais forte do que tudo! – gritou.

Mas a dor estava em suas palavras como uma faca afiada cortando tudo o que alcançasse.

Foi o suficiente para mim. As lágrimas rolaram e a dor lasciva apertou o meu coração. Mesmo assim o encarei determinada a não me deixar vencer. Robert vacilou diante do meu choro, mesmo com a minha postura firme.

– Pois eu não vou desistir. Nada do que você disser ou fizer vai me fazer acreditar que eu errei. O que eu fiz foi buscando a sua felicidade, a nossa felicidade. Mesmo que ela não tenha mais nenhum valor para você. Eu fiz e faria tudo novamente. Porque eu te amo! E se o seu amor não foi forte o suficiente para suportar isso tudo, o meu continua sendo. Porque nós não somos iguais, Robert! Eu não sou capaz de matar o que sinto. Não deixei de te amar quando descobri que você era casado, muito menos quando Tanya disse que estava grávida, nem quando descobri toda a verdade, menos ainda quando quase morri por este amor. Sabe do que mais? Eu viveria tudo novamente. Eu te amo! É vivo e real dentro de mim. Impossível de ser desprezado. Lamento muito que seja tão mais fácil para você.

Solucei, sentindo raiva de mim, dele e de toda a situação. Robert era um idiota, cabeça-dura que não sabia conviver com a perda do controle. Toda a sua raiva e frustração se resumia a um único fato: controle. E eu tinha vontade de socá-lo por isso. Dei as costas e me afastei. Queria poder chorar sozinha e depois me restabelecer sem precisar de mais ninguém.

– Há muito tempo eu descobri que é impossível desprezar um amor. – Sua voz cortou o nosso silêncio e me sobressaltou.

Sem me sentir envergonhada pelo meu estado, virei em sua direção.

– Se você consegue, é porque não é amor verdadeiro – ele acusou e eu mordi os lábios sentindo o peso das suas palavras.

Fechei os olhos contendo o desespero. Era o nosso fim?

– Eu não posso desprezar o que sinto – Robert sussurrou como se estivesse em um confessionário.

Solucei com o alívio imediato, mas não me permiti acreditar.

– Não pude quando achei que você tinha me roubado, nem quando tive que aceitar que você estava casada e que não me queria mais. Eu simplesmente não consigo.

– Mesmo assim prefere me deixar. – Tive coragem de afirmar.

A dúvida estava me machucando demais e eu precisava que tudo fosse muito bem colocado.

– Não, Melissa.

Ele suspirou e eu fui dominada pelo choro.

– Então por quê?

– Porque eu não posso agora. É... Complicado. Difícil demais para mim. A raiva é grande. Estou consumido pela mágoa!

Dei as costas e caminhei até a janela, chorando copiosamente. Eu não sabia mais o que pensar, o que esperar e no que acreditar. O que ele queria realmente me dizer com aquelas palavras?

Ouvi a poltrona ranger com seu movimento, e depois seus passos vindo até mim, mas não quis olhá-lo. Robert parou às minhas costas, suas mãos acariciaram meus braços, embora ainda mantivesse a distância entre nós dois, mesmo quando seus lábios tocaram minha cabeça em um beijo de consolo e quando ele aspirou meu cheiro de maneira saudosa. Mesmo assim, não houve o rompimento das barreiras.

– Preciso ir. Descanse um pouco.

Funguei e enxuguei as lágrimas com a palma da mão.

– Não se preocupe. Eu vou ficar bem.

Afastei-me um pouco na tentativa de impedir que o desejo e amor falassem mais alto e eu acabasse implorando para que ele não fosse embora.

– Vai deitar?

– Não. Minha cabeça dói. Acho que vou andar um pouco pela casa, ou ler um livro.

– Não seja absurda, Melissa! Você precisa descansar. Deite um pouco.

– Não quero. – Contra minha vontade, recomecei a chorar. – Por favor, eu não quero.

– Por quê?

– Porque não quero ver você indo embora mais uma vez. Sinto muito. Sei que estou sendo uma idiota, mas, droga! Sabe quantas vezes eu sonhei com este momento? Eu fantasiei com o dia em que finalmente poderia contar a verdade. Que poderia ver você ainda mais apaixonado e aliviado por podermos ficar juntos de novo, mas veja o que está acontecendo.

– Mel, calma! Nós já discutimos demais esse assunto. Vamos dar um tempo, deixar a poeira baixar. Por favor!

– Tudo bem!

Eu tinha raiva de mim por me permitir ser digna de pena.

– Venha, eu vou colocar você na cama.

Ele segurou em minha mão e meu corpo inteiro correspondeu ao seu toque.

– Não!

– Nem se eu ficar com você?

Encontrei seus olhos e vi o quanto ele estava cansado. Robert não me aguentava mais. Eu era uma grávida que chorava demais, enjoava demais e irritava demais. Merda!

– Vai passar a noite aqui?

– Não. Só até você pegar no sono. Tanya está em casa e acreditando que eu estou com a Carol. Ela sabe muito bem que eu não arriscaria tanto por um caso tão recente.

Concordei sem nada dizer e ele me levou até a cama.

Desfez os lençóis e, após me ajeitar adequadamente, cobriu-me com a manta. Tive medo de olhá-lo e acabar exigindo demais. Ele se deitou ao meu lado e me abraçou, puxando-me para junto de seu peito. Seus dedos acariciaram meus cabelos. Apoiei-me em seu corpo e fechei os olhos. Novamente o silêncio se fez quando ele apagou a luz utilizando o controle da cama. Ficamos no escuro, apenas com o toque sutil dos seus dedos no meu couro cabeludo e as nossas dores. O sono me venceria rapidamente, o choro e a gravidez colaboravam para que isso acontecesse.

– Eu te amo!

Afundei em seu peito e aspirei seu cheiro, ciente de que não mais estava em meu mundo, e sim mergulhando no mundo dos sonhos.

– Eu também te amo – sussurrou antes que eu afundasse no sono.

CAPÍTULO 24

Olhei mais uma vez para a minha imagem no espelho do closet. Era muito complicado encarar aquela barriga imensa, fruto do disfarce que era necessário todas as vezes que eu precisava sair sem captar a atenção de Tanya, ou de quem quer que estivesse incumbido a vigiar-me.

Minha cabeça ainda doía. A noite anterior foi terrível e, mesmo adormecendo nos braços de Robert, acordar e perceber que ele não estava mais lá me deixou derrotada. Contudo, eu não desistiria da luta só porque ele era um cabeça-dura. Peguei um elástico de cabelo e saí em busca da minha equipe.

Encontrei Abby já na porta de saída. Ela me olhou de uma forma estranha. Parecia desapontada, ou triste, não sei ao certo. Seus olhos focaram em minha barriga e então ela sorriu e voltou para me abraçar.

– Você realmente fica linda grávida.

– Obrigada! – Sorri sem jeito para a minha amiga. – Você aqui tão cedo?

Mais uma vez captei seu olhar triste, ou qualquer coisa que roubava seu brilho.

– Acho melhor eu voltar ao QG com você.

Sem que eu conseguisse dizer qualquer coisa, fui praticamente arrastada pela minha amiga até o QG. Antes de entrar na sala já podia ouvir a voz de Robert. Imediatamente estremeci, mas fui impedida de recuar. Abby avançou, abrindo a porta e me levando para dentro.

– Não vamos envolver Melissa nisso e ponto-final.

No mesmo instante, meus olhos encontraram os de Robert, ele desceu o olhar, descobrindo a barriga falsa avantajada em meu vestido longo. A cabeça inclinou um pouco para o lado enquanto continuava me observando com atenção.

– Oi! – Minha voz quase não saiu. Minha vontade era fugir daquela sala.

– Grávida?

Tive certeza de que meu rosto corava em diversos tons de vermelho. Minha boca ficou seca e a voz teimava em não sair.

– Mel, já está pronta? – Dean me salvou, vindo em minha direção. – Este é um dos disfarces que usamos para manter Melissa longe das garras de Tanya. Hoje vamos usá-lo para conseguir descobrir a substância que estão aplicando em seu pai. Melissa vai ao hospital colher um pouco do sangue dele, já que esta madrugada a tal mulher conseguiu aplicar mais uma dose.

– Isso... – confirmei, conseguindo recuperar a pose. – Tenho uma consulta marcada, quer dizer, Mary Guynes tem.

Alguma coisa na forma como Robert soltou o ar mexeu comigo. Eu não sabia se ele estava frustrado com a situação do pai ou com o fato de minha gravidez ser "falsa".

– E em que exatamente eu não posso me envolver?

Vi meu amante, se é que ainda podia chamá-lo assim, se remexer incomodado.

– Na noite passada, Adam falou uma coisa que pode nos ajudar muito.

– Abby! – Robert sibilou tentando calar a minha amiga.

Mas ela só olhou para ele sem se importar com o que poderia fazer. Abgail não tinha medo da sua fúria e isso estava bem claro.

– Ele disse que sabia que Robert tentava encontrar uma coisa e só por isso não se separava de Tanya. Mas, enquanto ele estiver preocupado em recuperar você como amante, não vai perceber que tudo o que ele busca está mais próximo do que imagina. Dormindo ao seu lado todas as noites.

O clima ficou tenso. Dean me olhou e eu sabia que ele queria dizer muito mais do que Abby foi capaz de falar.

– E onde eu me encaixo nisso?

– Em lugar nenhum.

Robert deu um passo para frente, como se quisesse deixar claro que a partir dali qualquer informação seria uma guerra declarada.

– Vamos deixar uma coisa bem clara aqui. Eu estou neste jogo e nada deve ser escondido de mim.

Dean mordeu os lábios formando uma linha fina.

– Não coloquei tudo o que tinha em risco para ser tirada do jogo agora – falei, olhando diretamente para Robert.

– Não se trata de tirar você do jogo, Melissa – ele respondeu sem recuar nem um pouco em sua decisão.

– Você não decide nada aqui, Robert.

O silêncio que se fez foi constrangedor. Mas seus lábios se torceram em um sorriso de canto que indicavam o quanto ele me admirava e me desafiava ao mesmo tempo.

– Pois tente passar por cima de uma decisão minha e vamos ver até onde consegue ir.

Ok! Ficou realmente tenso. Sem perceber, eu estava com os braços cruzados e uma sobrancelha erguida, encarando o homem que amo e vendo-o revidar a minha indignação. Não seria nada fácil trabalhar com ele.

– Hum! Mel, acho que você vai acabar se atrasando, não? – Dean era o mais incomodado com aquele problema.

Sem Robert na linha de frente, era mais fácil bolarmos os planos. Ele não se importava se eu ia ou não enfrentar o perigo, apenas providenciava para que nada de errado acontecesse, já Robert…

– E você? – perguntei para meu amante, ou ex-amante, ou ex-futuro-amante, sei lá. – Não vai trabalhar?

Ele sorriu com cinismo.

– Vou, sim! Na verdade, vim buscar a Carol. Com Tanya viajando, vamos forçar um pouco a barra.

Ele realmente estava satisfeito em me empregar aquele golpe.

– Ok. É melhor eu sair logo então. Vejo você na empresa. Temos aquela reunião com Adam hoje, não é mesmo Abby?

Ela sorriu e concordou sem nada dizer.

– Ótimo! Quem sabe um almoço possa me ajudar a estar mais por dentro das informações.

Saí da sala antes que Robert conseguisse expressar a sua fúria. Se ele podia usar o ciúme como arma, eu também podia e usaria até ele ceder.

***

Passar pela recepção foi fácil. A peruca loira e as lentes de contato me deixavam mesmo irreconhecível, sem contar que a barriga de uma gestação avançada e a documentação falsa corroboravam com a farsa. Mas, tive que voltar a ser Melissa Simon assim que saí do elevador. Eu tinha tempo. Entrei no banheiro e troquei de roupa. Conforme havíamos estabelecido, deixei a sacolinha na cabine, tranquei a porta com minha chave mestra, conseguida por Dean e sua incrível capacidade, e saí para coletar o sangue.

Tudo estava muito bem esquematizado para que eu entrasse, tirasse o sangue e saísse sem precisar prestar maiores informações, porém, estar frente a frente com Maximus Carter não era tão fácil quanto eu imaginava.

– Bom dia, Maximus! – Fui tola, mas não podia entrar lá e sair sem nada dizer. Robert acreditava que seu pai podia ouvir e sentir tudo, desta forma, uma satisfação deveria ser dada. – Não se preocupe. Estou tentando ajudar você e sua família. Só preciso de um pouco do seu sangue. – Aquilo era estranho, tenho que confessar. – Vamos fazer um exame... Descobrir o que estão aplicando... Você deve saber... Sei lá....

Peguei a seringa, mas não consegui ser rápida. Sentei na poltrona ao lado.

– Isso tudo é tão estranho e confuso, sabe? O Robert... Você sabe como o seu filho é um cabeça-dura. Ele não entende os meus motivos. Tá lá, todo fechado, dizendo que não sabe o que fazer com o nosso amor, se vale a pena... Teve coragem de me comparar a Tanya. Dá para acreditar em uma coisa dessa? E eu chorei, é claro! As grávidas têm dessas coisas. Oh, Deus! Esqueci que não teria como você saber disso.

Levantei e me posicionei ao lado da cama. Aproveitei para captar o cateter.

– Bom... Estou grávida! Isso mesmo. Você será vovô. Não é ótimo? Quer dizer... Seria ótimo se Robert pudesse participar disso, mas ele não pode, pelo menos não agora. Você precisava ver hoje mais cedo. Ele estava todo "senhor da autoridade" tentando me impedir de fazer o que era necessário. Já imaginou se eu conto que estou grávida?

Apliquei a seringa e puxei tirando o seu sangue. Fiz cara de nojo, claro!

– Se ele quer me deixar de fora sem saber deste filho, se ficar sabendo vai é querer me matar...

Tirei a seringa e rapidamente despejei o material coletado em um frasco apropriado.

– É isso, Maximus! Com certeza, depois que conseguirmos acabar com esta loucura toda, o seu filho vai me perdoar, ficar muito feliz com o filho, e juntos viremos aqui para lhe visitar. Obrigada pela conversa.

Deixei o quarto como se a minha visita fosse uma coisa normal. Fui até o provador, coloquei a peruca loira, troquei os documentos, coloquei as lentes de contato e deixei o restante do disfarce trancado naquele alojamento. Desci dois andares e caminhei até a recepção para confirmar a minha consulta. Lógico que nenhuma Melissa Simon poderia ter uma consulta com uma ginecologista daquele hospital, mas como eu realmente estava grávida e como estava mais do que na hora de dar andamento ao meu pré-natal, fiz a consulta no nome de Mary Guynes. O que importava era saber se estava tudo bem com o meu bebê.

Enquanto aguardava sentada em uma pequena recepção, aproveitei para ler algumas revistas sobre gravidez e fiquei chocada com a quantidade de coisas que eu tinha deixado passar. Todos aqueles cuidados foram deixados de lado enquanto eu me envolvia naquela confusão sem fim.

– Mary Guynes.

A recepcionista chamou, mas eu continuei atenta à revista, espantada com todas as vitaminas, os relatos sobre partos, ácido fólico e a sua importância para a formação da criança, o tempo em que pode-se descobrir o sexo do feto. Quando ele deixa de ser feto para ser...

– Mary Guynes? – a enfermeira falou um pouco mais alto. – Mary Guynes?

Ela estava bem ao meu lado quando eu finalmente me dei conta de que Mary Guynes era eu. Merda!

– Oh, sim! Perdão! Estava com a revista...

Passei a mão em meu vestido, este um pouco mais justo ao corpo, já que precisava me virar com o maior do disfarce.

– Posso entrar?

– Claro! – Ela parecia aborrecida.

Entrei no consultório ainda perdida em pensamentos. A médica, uma mulher de meia-idade, cabelos negros cortados acima dos ombros, um pouco gordinha, usava óculos de grau e não parou para me olhar. Era absurdo, mas aquela falta de sensibilidade me ajudaria.

– Senhora Guynes? Em seu prontuário está constando que estamos tratando de uma gestação de mais ou menos quatorze semanas.

– Mais ou menos – confirmei olhando tudo ao meu redor.

Um computador à frente da médica chamava a sua atenção, onde ela lia todas as informações implantadas por Dean para aquela consulta.

– Como está de enjoo?

– Terrível! Especialmente pelas manhãs.

– Tem se alimentado de três em três horas?

Ela finalmente tirou os óculos e me observou. Baixei os olhos impedindo uma avaliação mais detalhada.

– Hum! Não. Nem sempre.

– Senhora Guynes, uma forma de aliviar os enjoos do início da gravidez é seguindo corretamente a dieta. Vou imprimir uma lista de alimentos recomendados e receitar um remédio para auxiliar no controle das náuseas. Alguma cólica?

– Não.

– Tontura? Inchaço?

– Não.

– Corrimento?

– Não!

– Os corrimentos são normais no seu estado, Senhora Guynes. O mais importante é não se alarmar e contar à sua médica. Aqui consta que você já toma vitaminas recomendadas pela médica que a acompanhava na Espanha. Muito bom. Alguma pergunta?

– Eu li sobre ácido fólico. – Fiz uma careta.

– O correto é três meses antes da fecundação e três meses após. A senhora está no final deste período.

– Então meu filho vai ter problemas de formação?

Ela riu e sua expressão tão desinteressada modificou para totalmente interessada.

– Não. Esta é só uma forma de prevenir. Eu nunca tomei esta vitamina e mesmo assim meus filhos nasceram saudáveis, assim como os da minha avó. Venha! Vamos ver como está a criança.

Ela levantou e foi até uma porta que revelava outra sala com uma maca e alguns equipamentos.

– Vista esta camisola com a abertura para frente e me chame quando estiver pronta.

Fiz o que me mandou, mas, antes de deitar na maca, observei a minha barriga. Eu podia ver o pequeno calombo. Era bem verdade que este ainda estava imperceptível para todos os outros. Será que meu filho deixou de crescer porque não tomei o tal ácido fólico?

Deitei na maca e chamei pela médica. Ela entrou e logo ligou o computador ao lado. Uma tela verde com uma mancha preta apareceu. A doutora colocou luvas e apalpou minha barriga. Sem dizer nada, mediu meu ventre, depois deu atenção aos meus seios. Uma situação um tanto quanto constrangedora, já que a senhora puxou o bico e analisou o resultado. Doeu um pouco.

– Não sei se conseguiremos ver o sexo do bebê, mas se for possível, será do seu interesse saber se estamos cuidando de um menino ou de uma menina?

Pensei no assunto. Eu queria saber? Claro que queria! Porém esta deveria ser uma situação em que deveria ser compartilhada com o pai da criança. Robert, com certeza, estaria tão ansioso quanto eu. Doido para saber se teríamos um jogador de beisebol ou uma bailarina. Mas ele não estava comigo e eu nem sabia quando poderia me acompanhar. Sem perceber, uma lágrima rolou do meu rosto.

– Não. Prefiro que seja uma surpresa.

– Tudo bem. Vamos lá?

Ela espalhou um gel estranho em minha barriga, protegendo a minha calcinha com o que parecia ser um guardanapo. Com um aparelho que me lembrava um leitor de código de barras ela correu meu ventre olhando diretamente para a tela. Foi quando aquele barulhinho preencheu o ambiente. Eu nunca tinha ouvido nada igual, mesmo assim foi impossível não reconhecer os batimentos cardíacos do meu bebê. Chorar foi a parte mais fácil.

– Coração forte, batimentos corretos, até agora está tudo bem. Consegue ver seu filho na tela?

– Não...

Chorei mais ainda. Aquela confusão que aparecia e sumia, pulsando e mudando a cada segundo não me deixava acreditar de que se tratava de uma criança.

– Veja aqui.

Ela apontou com o dedo para uma bolinha que não parecia com nada. As lágrimas continuam caindo.

– Todo perfeitinho até aqui. Sua gestação está ótima, nada que possa nos preocupar. E realmente não dá para saber o sexo. Quem sabe na próxima a senhora volte decidida a saber.

– Quem sabe?

Concordei com a esperança em meu coração de que na próxima vez Robert estivesse comigo, festejando a vida daquela criança e dando a ela o que merecia: o amor dos seus pais.

***

– Então deu tudo certo.

Dean colocava o paletó para sair para o trabalho. Ele ainda precisava fingir estar envolvido em outro caso.

– Sim. Já entreguei a amostra. Agora é só aguardar para descobrirmos o que Tanya está aprontando.

– E com o bebê?

Meus olhos voltaram a ficar cheios de lágrimas.

– Está tudo certo. Ouvi o batimento cardíaco dele.

Dean sorriu com a felicidade de um pai. Exatamente como Robert faria se fosse ele a receber aquela notícia.

– Tem certeza de que não quer contar a ele?

– Dean, se Robert sonhar com esta criança ele vai me tirar de vez deste jogo. Sem contar que ele não conseguirá ficar longe e vai acabar despertando a atenção de Tanya.

– Você tem razão.

– Não vai me contar o que aconteceu hoje mais cedo? Do que o Robert quer me manter longe?

– Do Adam.

Ele riu.

– Eu sabia que você não ia esquecer esta história.

– Desembuche. – Dean apertou a gravata e virou para ficar de frente para mim.

– Você sabe que tudo o que Adam mais quer hoje é levar você para cama. Abby acha que deveríamos arriscar.

Fiz cara de nojo.

– Ela quer que eu transe com o Adam? – Minha voz subiu dois tons e minha cara foi das piores.

– Não! Pelo amor de Deus! Abby é louca e é capaz de tudo para acabar de uma vez por todas com Tanya, mas sabe que ninguém concordaria com uma loucura dessas.

– Deus me livre!

– É, mas ela sugeriu que você deixasse ele acreditar nisso. O plano é bom, mas Robert não deixou opção. Ele não quer que Adam Simpson encoste em você.

– Esse é o meu Robert!

Ele me encarou sem conseguir esconder o quanto minha animação pela posse do homem da minha vida o deixava triste, afinal de contas, foi assim que Robert me tirou da dele.

– Conte o plano.

Dean não demorou nem dez minutos para contar o plano e muito menos do que isso para que eu tivesse a certeza de que era o mais correto a ser feito. Difícil mesmo seria convencer Robert a aceitar, ou, quem sabe, fazer tudo pelas suas costas e depois enfrentar a sua raiva.

Saí para a empresa depois de me alimentar conforme a médica tinha informado. Vestida como Melissa Simon, eu entrei na empresa sem saber se tinha mesmo forças para encarar Robert Carter. Não depois de toda a minha experiência de mais cedo. Eu queria poder acabar com mais aquela mentira. Era muito injusto fazer segredo da minha gravidez. Era injusto que Robert não fizesse parte daquela etapa. Não quando eu sabia que aquele detalhe, aquele ser que crescia dentro de mim, seria o nosso recomeço. Não podia continuar escondendo dele aquela situação. Não quando um filho foi o seu único pedido, levando-se em conta que ele nunca pedia nada. Mas aquela criança ele quis tanto, implorou. Não podia mais manter aquela mentira.

– Bom dia! O Senhor Carter pediu para avisar que aguarda por você na sala de reuniões – disse Abby, que estava estranha e eu começava a desconfiar que sua apatia era devido ao plano envolvendo Adam Simpson.

Olhei para o aquário que chamávamos de sala de reuniões e avistei o homem que eu amava, absorto em papéis. Suspirei pesadamente. Como ele reagiria? Como seria revelar que eu gerava um filho dele?

– Algum problema?

– Adam Simpson chegará a qualquer momento, então acredito que ele deseje alinhar a pauta. – Abby permanecia distante. – Quer que eu leve suas coisas para a sala?

– Quero sim.

Ela pegou minha bolsa e pasta.

– Que tal um café?

– Ótimo!

Com minha amiga e secretária dando conta das suas atividades, fui até Robert. A necessidade de acabar com mais aquela muralha fritava dentro de mim, implorando para que eu tomasse coragem e revelasse minha gravidez.

Seria tão bom se eu pudesse sentar e comentar que ouvi o coração do nosso filho que, de acordo com a médica, estava tudo bem com ele, mesmo eu tendo cometido a falha de não tomar ácido fólico. Queria poder dizer que, mesmo não aparentando, minha barriga estava no tamanho correto para uma gestação de quatorze semanas, e eu não conseguia entender como esta contagem era feita, já que sempre pensei em meses, mas... Ele levantou os olhos e me encarou no momento em que abri a porta da sala. Suspirei e senti meus olhos úmidos.

– Oi! – Minha voz melosa, carregada de emoção, deixava claro o quanto eu o amava. – Deu tudo certo.

Ele sorriu e brincou com a caneta na mão.

– Eu sei. Carol me falou.

Puta merda! Robert Carter era tão broxante!

– Falou? Pelo visto a "amizade" entre vocês vai além do combinado.

Ele puxou o ar e o soltou uma risada curta e abafada.

– São as curvas das estradas, Melissa.

Senti uma raiva que me consumiu. Cogitei a possibilidade de avançar sobre ele e acertar aquele soco tão desejado. Mas me contive.

– Sente-se, vamos conversar. Adam deve chegar a qualquer momento.

Ele voltou a analisar os seus papéis enquanto eu caminhava para a cadeira ao seu lado.

– O que pretende fazer?

– Pressioná-lo. Quero conseguir as informações que ele tem.

– Não vai dar certo. – Sentei-me e tentei prestar atenção no que ele tanto analisava. Eram os relatórios referentes ao erro de planta. – Adam quer algo em troca...

– Não. – Robert foi categórico.

– Não estou pedindo a você permissão para nada – rebati, captando a atenção dele. – Eu sacrifiquei muito do que amo para conseguir destruir Tanya e não vou perder esta oportunidade simplesmente porque você não consegue confiar em mim.

– Eu confio em você e já conversamos sobre isso. Está ficando cansativo, Melissa!

Se havia uma coisa que eu odiava em Robert Carter era a sua facilidade de desfazer do que eu queria. De tentar me fazer a aceitar a vontade dele, intimidando-me. Era o que ele estava fazendo naquele momento, jogando com os meus sentimentos, fazendo com que eu ficasse com medo de perdê-lo por insistir em bater na mesma tecla.

Que se dane!

– Vou ameaçar processá-lo pelo problema com a troca das plantas. Vou acusá-lo pelo crime, demiti-lo e pedir uma indenização pelos danos financeiros. Vou...

– Primeiro: eu ainda sou a sócia majoritária. Segundo: você não tem como acusá-lo de nada disso. Terceiro: não vou permitir que coloque Adam na cadeia antes que ele me ceda, gentilmente, a informação que tanto desejo.

– Não me provoque! – Desta vez ele foi mesmo intimidador.

Instintivamente, recuei na cadeira e tenho certeza de que meus olhos ficaram arregalados.

– Eu tranco você naquele quarto até que Adam seja reduzido a pó.

– Não adianta me amedrontar, Robert. Você não tem provas contra Adam. O máximo que vai conseguir, se é que vai conseguir alguma coisa, é despertar a ira de Tanya. Ela não vai hesitar em entregar as provas que tem contra você, e o fará, se sentir que pode perder de alguma forma.

Ele ficou calado. Sua língua umedeceu o lábio inferior enquanto me analisava.

– Eu cheguei até aqui, Robert. Fiz tudo da forma certa. Todo mundo acredita que eu não te amo mais. Adam acha que eu quero me vingar de você e, com isso, pensa que posso dar este passo.

– Não vou aceitar! O que está pensando? Que posso ficar quieto vendo Adam se aproveitar desta situação? Que vou entregar você a ele de mão beijada?

– Vai ser mais uma farsa.

– Não estou de acordo! Existem outras formas.

– Nenhuma que nos traga resultado tão rápido.

– Não, Melissa! – falou um pouco mais alto. – Por Deus! – Passou a mão no cabelo e fechou os olhos como se procurasse pelo equilíbrio necessário para continuar naquela sala. Sem pensar duas vezes, repeti o seu gesto.

– Você pode desfilar com Carol, tonar-se cada vez mais íntimo e mesmo assim acha que pode decidir como eu devo ou não agir. – Mantive a voz baixa e calma.

Era como uma lamentação e não uma cobrança.

– Não seja infantil! Isso foi ideia sua.

– E você nem é mais meu namorado – constatei sem me importar com seus argumentos.

Robert se calou. Nossos olhos estavam fixos um no outro e neles estava a dor daquela constatação.

– Melissa…

– Sinto a sua falta – disse eu fazendo com que ele fosse pego de surpresa.

Robert encostou-se na mesa, apoiou seu cotovelo e virou o corpo para mim. Seus dedos brincaram com seus cabelos enquanto ele pensava sobre o que deveria ou poderia falar naquele momento. Mordeu o lábio inferior, ainda me encarando e depois soltou o ar, visivelmente mais relaxado.

– Eu também… – revelou por fim. – Eu também sinto a sua falta, Mel.

Aquelas palavras, assim como toda a atmosfera que se fez para contemplar sua revelação, duraram poucos segundos. E um momento ele me encarava com os olhos cheios de amor e no outro, um átimo de segundo depois, estava de volta à sua posição. Os olhos presos em seus papéis e o gelo da sua distância esfriando o meu corpo. Foi quando ouvi o barulho do elevador abrindo as portas.

Robert era muito melhor naquele jogo do que eu. Ele estava, constantemente, atento. Seu personagem estava sempre à espreita, pronto para assumir mais uma vez a sua personalidade, enquanto eu continuava lá, desconcertada, ansiosa e temerosa ao mesmo tempo.

– E eu ainda sou o seu namorado, Senhorita Simon.

Ele disse pouco antes de Adam Simpson alcançar a sala e furar a nossa bolha. Estávamos de volta ao jogo.

CAPÍTULO 25

– Eu não tenho culpa se recebi a planta errada!

Adam estava muito agitado, tentando se defender de todas as acusações que Robert lhe fazia.

– Fiz o que fui mandado fazer. Supervisionei os detalhes, mas não sou especialista no assunto, como posso saber que os valores estavam alterados?

– Você é o gestor de uma equipe. Ninguém percebeu? Nenhum dos cientistas? Como pode explicar isso? – Robert continuava atacando. – Quem vai pagar pelos prejuízos?

– Robert... – Tentei amenizar o clima.

Eu sabia, e ele também, que o máximo que poderíamos fazer era culpar Adam por não ter percebido o erro, mas não por ter sido o responsável por este.

– Não preciso levar o caso ao conselho. Tenho autonomia para demitir e contratar quem eu acho que seja realmente necessário dentro deste grupo. – Ele encarava Adam sem desviar a sua atenção. Assumia uma postura totalmente ameaçadora.

– Vai me demitir?

Ok. Hora de brincar de policial bom e policial ruim. Era meu papel evitar que Robert fizesse aquela besteira. Ainda precisávamos de Adam e tê-lo tão ressentido não facilitaria em nada.

– Claro que não vamos demiti-lo, Adam!

Robert engoliu em seco, contudo, sem deixar de encarar sua vítima.

– Robert só precisa de culpados.

– Não sou o culpado! – defendeu-se. O coitado estava morrendo de medo.

– E quem é?

Nosso CEO se inclinou um pouco para frente, como se fosse atacar o pobre do Adam Simpson, que arregalou os olhos com aquela atitude.

– Eu não sei. Quando fizemos a reunião, você me informou que me passaria a planta por e-mail e que um sistema seria instalado em meu computador para que esta pudesse ser melhor analisada. Trabalhei com estas informações o tempo todo. Eu não sou louco, Robert! Nunca aceitaria uma situação como esta. Existe muito mais a arriscar do que a sua necessidade de medir forças com Tanya.

Aquilo incomodou o homem que eu amava. Ele não revidou. Não se expressou. Apenas a pequena veia sobressaltada em sua testa indicava que não estava gostando do rumo da conversa.

– Estamos falando de vidas e eu nunca aceitaria participar de algo deste tipo! – completou Adam.

Aquela conversa, despida de mentiras e conveniências, mostravaa que Adam tratava abertamente sobre a sua posição ao lado de Tanya, mesmo que não expressada verbalmente, e deixava claro que não precisávamos manter a cortina de farsas que assumíamos quando estávamos naquele tabuleiro. Endireitei a coluna e encarei o nosso adversário.

– O que aconteceu foi um erro grave, Adam. Você tem razão. Ultrapassou todas as barreiras desta disputa. Nossas cabeças foram colocadas em cheque e, com certeza, todas rolariam se não tivéssemos percebido a tempo. Não temos como comprovar a participação de Tanya, então só você ficou em evidência. Não estou de acordo com a posição do Robert em puni-lo quando sabemos que existe muito mais por detrás. Também não podemos fechar os olhos. A partir de agora, você será constantemente vigiado, e se conseguirmos qualquer prova da sua participação, abriremos um inquérito e o incriminaremos.

Adam engoliu em seco. Robert se remexeu incomodado com a minha posição.

– Quero um relatório diário. Para a sua sorte, estamos partindo para a Tailândia em poucos dias e poderemos acompanhar de perto a fabricação da base. Não quero falhas desta vez, entendido? – declarou Robert.

Mesmo incomodado, ele não foi capaz de se posicionar contra mim.

– A partir de hoje você assina o relatório, sendo o único responsável por qualquer falha deste projeto. Será desta forma que vamos trabalhar. Cuidado! Você está caminhando em uma corda bamba.

– Tudo bem.

Existia amargura em sua voz, assim como ressentimento. Com certeza depois de Tanya tê-lo abandonado à própria sorte, Adam pensaria melhor em me dar a ajuda que eu tanto precisava.

– Está dispensado – Robert finalizou com desprezo.

Adam me olhou por alguns segundos e eu tive a certeza de que ele queria dizer algo mais. Porém, ele apenas se levantou.

– Vejo vocês depois.

E saiu da sala. Parou para conversar com Abby sob o nosso olhar atento. Era importante ter cuidado com o que poderíamos ou não deixar transparecer. O celular do Robert vibrou chamando a sua atenção. Ele olhou para a tela e sorriu, depois digitou uma resposta rápida. Fiquei muito tentada a descobrir o que era, afinal de contas eu sou a mãe do filho dele, então...

– Ele vai pensar duas vezes antes de se envolver em outro caso como este – disse, por fim, voltando a ficar sério.

– Ele não está envolvido. Pelo menos não neste. Adam é idiota e egoísta, mas não é capaz de aceitar fazer parte de algo tão desumano.

– E o acidente da Abby? – Arqueou uma sobrancelha me encarando. – Você não sabe quem é Adam Simpson.

Voltei a olhar para a sala, onde Adam e Abby ainda conversavam. Por que ela ainda era apaixonada por ele?

– Pode até ser, mas vou aproveitar o que ele é para resolver a minha vida.

Robert suspirou pesadamente sem querer demonstrar muito da sua frustração.

– Não vai, não... – Abaixou os olhos para os papéis sobre a mesa. – Vou amarrá-la na cama, Melissa, e se alguém te ajudar, eu mato.

Levantou o rosto para me encarar com esta última frase.

– E isso vale para aquele merdinha do seu "marido"!

– Robert...

O celular dele voltou a vibrar. Mais uma vez ele olhou a mensagem e sorriu, respondendo rapidamente.

– O que você tanto acha engraçado?

– Engraçado?

– Sim. Chega uma mensagem, você confere e sorri para responder logo em seguida.

– Ah!

Ele me encarou com uma expressão estranha e depois voltou a anotar alguma coisa em seus papéis.

– E então?

Cruzei os braços no peito e olhei para fora, vendo Adam andar até a copa com Abby.

– Você está prestando atenção... – afirmou sem se dar ao trabalho de me olhar, apenas riu.

– Qual é o problema, Robert Carter?

– Hum!

Ele fingiu pensar e depois riu, mordendo os lábios para conter o riso. Parecia um menino agindo daquela forma.

– Que droga!

Ele me olhou e seu sorriso foi imenso.

– No papel de meu namorado você não deveria manter segredos.

O homem que amo arqueou uma sobrancelha, mantendo uma expressão engraçada.

– Afinal de contas, estamos ou não juntos outra vez?

Ele continuou sorrindo, como um garoto levado que pregava uma peça na namoradinha.

– Claro que sim... – Seus olhos se estreitaram acompanhando aquele sorriso torto que me deixava extremamente excitada. – Você é minha namorada, mas Carol continua sendo a minha amante.

E sorriu deliciado com aquelas palavras.

Sem contar tempo, peguei todos os papéis que estavam sobre a mesa e os atirei nele. Robert se protegeu como pôde e gargalhou, o que me deu mais raiva. Levantei para ir embora, furiosa com aquele comentário infeliz. Abri a porta e fui para minha sala. Ele estava logo atrás de mim, ainda rindo. Parei na mesa de Abby, peguei suas agendas e atirei nele, que se esquivou com agilidade.

– Fique longe de mim! – ameacei.

Ele continuou rindo.

– Vou ficar. Tenho um compromisso agora. Volto depois do almoço.

Abby e Adam se aproximaram assustados com a minha reação. Meu rosto pegou fogo. Robert tentou manter uma postura superior, contudo, ainda ria.

– Acalme sua chefa, Abgail.

O elevador abriu e ele entrou sem aguardar por mim.

Que ódio!

– Melissa? Calma! O que houve?

Então me dei conta de que tinha acabado de arruinar o meu disfarce. Adam havia presenciado aquela briga que facilmente passaria por uma discussão entre um casal apaixonado, ou pelo menos, a mulher em questão estava apaixonada. E revoltada.

– Você conhece o seu chefe, Abgail. Ele consegue tirar qualquer pessoa do sério.

Ela me olhava conseguindo manter o tom profissional, apesar de não precisarmos esconder a nossa intimidade. Éramos amigas.

– Robert Carter não tem limite. Ele quer e ele faz – Adam comentou se aproximando mais de mim.

Notei o olhar de Abby apesar de ela tentar disfarçar.

– Quer um café? Uma água?

Pela forma como ela me olhou eu soube que tinha a sua permissão para agir. Minha amiga estava me dando carta branca, mesmo que isso acabasse ferindo o seu coração. Engoli em seco. Robert havia me ameaçado de todas as formas. Valia a pena contrariá-lo? Claro que valia. Ele estava me sacaneando com toda aquela história com a Carol. Merda!

– Um café, obrigada! Adam? – Ele ficou surpreso e piscou algumas vezes.

– Um café também. Obrigado, Abby.

Minha secretária saiu nos dando espaço.

– Desculpe por isso, Adam. Robert está insuportável nos últimos dias – fingi constrangimento colocando meu cabelo para trás da orelha e baixando o olhar.

– Eu compreendo. Robert é complicado. Quer tudo ao mesmo tempo e no final acaba ficando sem nada.

O que ele queria dizer com aquilo?

– Ele não consegue definir o que fazer. Sabe por quê?

Andamos até a minha sala enquanto ele falava. Eu sentei na minha cadeira e ele se alojou bem na minha frente, sem desviar a atenção um único minuto. Meu coração martelava no peito.

– Melissa, eu sei o que aconteceu.

Fiquei tensa, mas disfarcei ligando o computador sobre a mesa.

– Eu estou neste jogo há muito mais tempo do que você e posso afirmar: Robert passa por cima de qualquer pessoa para se manter de pé neste jogo com Tanya, e sabe por quê?

Suspirei e olhei para ele, que me encarava com fúria.

– Robert Carter ainda é louco pela esposa.

Minha cabeça girou.

– Eu sei que você deve estar pensando que é improvável, mas sei o que acontece entre eles dois. Tanya e Robert sustentam esta loucura porque ainda se amam, mas esta é a forma que encontraram de satisfazer este amor.

– Adam...

– Desculpe! Esta conversa não deve lhe fazer bem, mas veja você... – Sorriu com os olhos brilhantes. – Deu a volta por cima. Tomou tudo dele e ainda voltou casada. Por essa Robert não esperava. Por isso não me surpreendo com a fúria dele para todos os lados.

Hesitou um pouco e sorriu.

– Você deve saber que não foi a única amante dele. – Fez uma nova pausa me encarando. Era complicado manter a farsa ouvindo-o despejar toda aquela podridão. – E com certeza já deve saber que ele encontrou outra garota para se divertir.

Ele sorriu de maneira diabólica. Mordi os lábios evitando que toda aquela merda me quebrasse. Era um plano, nada mais do que isso, e estávamos conseguindo chegar ao nosso objetivo. Logo Tanya estaria internada, Adam atrás das grades e minha vida voltaria ao seu eixo. Eu, Robert e nosso filho, em uma vida normal e feliz.

– Pelo visto, Robert tem o dom de despertar amor e ódio nas mulheres.

Levantei os olhos, respirei fundo e resolvi que era hora de jogar.

– Pelo visto, sim...

Ele sorriu mais uma vez.

– Você fez tudo isso por vingança ou para chamar a atenção dele?

Suspirei e levantei encarando a paisagem de Chicago congelada.

– Você tem razão quando diz que Robert desperta o amor e o ódio. Foi assim com Tanya, não foi? E agora é comigo.

Ele continuou calado.

– Eu quero destruí-lo, Adam. Concordo com a sua teoria. Eles ainda se amam e se divertem com tudo o que fazem. Este é o jogo doentio deles. Robert me usou, me iludiu e depois me mandou embora, como se eu fosse um peso que ele precisava eliminar.

– Mas você voltou.

– Voltei. Não suportei ficar escondida, com medo de tudo. Não demorou para que eu percebesse que ele me queria longe. Que aquela desculpa de precisarmos estar separados para que Tanya não o atingisse era apenas uma forma de me manter distante. Então descobri o contrato das ações. Dean sempre esteve ao meu lado. Era um ex-namorado aguardando uma segunda chance e Robert o odeia, então, juntei o útil ao agradável.

– Foi um belo tapa na cara. Mas...

– Mas eu quero mais! – Virei encarando-o. – Quero fazer o que Tanya apenas ameaça. Quero as provas contra ele e colocá-lo na cadeia. Vou destruir o seu império, destruir o Robert CEO e o Robert homem. Quero que ele não seja mais nada!

Sem perceber, avancei sobre a mesa, segurando meu corpo com as duas mãos apoiadas, inclinei-me sobre Adam. Fiz um ótimo trabalho. Ele me encarava com atenção.

– Com licença – Abby entrou no momento certo.

Estava certa de que ela havia ensaiado aquela entrada estratégica, já que podia ouvir o que discutíamos pela escuta colocada na sala.

– O café.

Voltei a sentar enquanto ela levava a nossa bebida quente. Em silêncio, colocou as duas xícaras sobre a mesa e saiu. Dei um longo gole e me senti enjoada. As emoções estavam a pino. Adam me observava.

– Tanya reúne provas, mas nunca as usará. Não posso me aliar a ela, pois sei que, assim que ela perceber o meu objetivo, vai tratar de me tirar do campo.

Ele concordou com a cabeça e deu uma risada cínica.

– Eu sei que você pode me ajudar, Adam. Foi por isso que não permiti que Robert fosse tão longe hoje. Porque queria que ele entendesse quem manda agora.

Vi seu sorriso se expandir. Era um idiota mesmo.

– Será uma troca. Eu te ajudo e você me ajuda.

– Melissa, Tanya não é uma adversária fácil de lidar.

– Eu sei.

– E eu tenho muito a perder se for contra ela. – Piscou fazendo-me corar. Ele não desistiria.

– Eu entendo. Mas Tanya nem precisa saber que você me ajudou.

– Vou pensar em alguma forma. – Ele olhou as próprias mãos. – Mas meu preço é único.

Quando levantou seus olhos eu pude enxergar a luxúria neles. Era enjoativo e nojento. Mas sorri.

– Eu preciso resolver algumas coisas agora. Conversaremos durante o dia.

– Tudo bem. Minha ideia é ficar por aqui hoje. Qualquer coisa é só ligar.

Observei Adam sair contendo a minha vontade de vomitar. Estava com tanto nojo daquela conversa e daquela forma absurda como ele me cobrou sexo em troca das informações. Adam era nojento, asqueroso e merecia uma lição inesquecível. Corri para o banheiro e vomitei toda a minha indignação.

– Está melhor? – Abby estava bem atrás de mim com um copo de água em mãos. – Beba.

– Eu vou vomitar tudo outra vez se colocar alguma coisa para dentro agora.

– Água vai fazer bem. – Ela não me acusava, apenas mantinha aquela postura fria e indiferente.

– Abby, eu sei o quanto isso é ruim para você...

– Tudo bem. Adam é um idiota! Vamos nos preocupar agora com a reação do Robert.

– Ele não entende, mas eu vou até o final. Dean me garantiu que não deixará Adam tocar em mim.

Ela concordou, mas seus lábios viraram uma linha fina.

– Você tem razão, Adam é um idiota. – Peguei o copo com água e bebi em goles pequenos. – Alguma novidade?

– Sim. Os capangas de Tanya acabaram de comunicá-la que Robert está almoçando, neste momento, com Carol.

Parou para me sondar. Fiz uma careta de reprovação.

– É apenas o jogo, Mel.

– Eu sei.

Mas ele estava almoçando com ela e adorando a ideia. Era tão frustrante.

– E Tanya?

– Ela não expressa muitos sentimentos. Olivia enviou um áudio esta madrugada. Ela estava muito assustada com um ataque de nervos que Tanya teve. – Olhei intrigada para a minha amiga. – Dean conseguiu reproduzir a voz do menino, aí... – Deu de ombros.

– Na China? Meu Deus!

– Olivia ficou bastante assustada. Dean preferiu não contar a verdade. Concordamos que, quanto menos ela souber, menos ela entrega caso seja confrontada.

– Merda! Tudo bem, então.

– Vamos almoçar?

Sorri concordando. Pelo menos naquele momento, durante o nosso almoço, seríamos Melissa e Abgail. Amigas da época da faculdade quando, pelo menos eu, nem sonhava que esta loucura toda seria possível.

***

Olhei mais uma vez para Robert. Ele continuava em silêncio. Naquela tarde ele havia voltado mais sério. Fez alguns telefonemas, nada que fosse relacionado à nossa vida contra as forças do mal, mas relacionado a outros empresários e alguns gerentes, um tempo considerável para Bruno e outro para Paul. Sempre assuntos de negócios.

Eu fiquei dividida entre realmente trabalhar, afinal de contas ainda precisava preparar um relatório completo sobre as nossas atividades na Tailândia. Precisava estudar as análises entregues alguns dias antes, verificar os porcentuais, entender as pesquisas, as planilhas e checar a viabilidade de tudo. Sem contar que ainda precisávamos encontrar uma forma de vistoriar a fabricação da MXZ. E ficar atenta ao meu amante. Ainda me sentia incomodada pelo seu almoço com Carol. Robert olhou o relógio de pulso, arrumou o material e se levantou.

– Preciso ir... – Foi só o que disse, andando até a porta.

– Mais algum compromisso com Carol?

Minha garganta queimava de indignação e minha vontade era de acabar com aquele sorriso miserável que ele direcionava para mim.

– Se não for jogar mais nada em mim, sim.

Minha cara deixou claro o quanto aquela informação me incomodou.

– Eu a trouxe, preciso levá-la.

Não foi o suficiente para mim. Ele andou em minha direção e parou em frente à minha mesa.

– Melissa, se vamos fazer isso dar certo então você também precisa confiar em mim. Carol está fazendo papel de minha amante. Não está sendo fácil para ninguém, ok? Colabore.

– Eu não disse nada. – Cruzei os braços na frente do peito, visivelmente incomodada.

– E precisa falar?

– Tudo bem. Eu estou incomodada. Como queria que eu ficasse? Droga! Você simplesmente está curtindo esta ideia. Fica desfilando com a Carol com a desculpa de que isso vai colaborar com o plano, mas está criando o maior problema com o esquema do Adam.

– Seu gênio piorou muito nos últimos tempos. – Passou a mão no cabelo, puxando o ar com força.

– Vá à merda, Robert! Não venha com este ar superior porque você não é. E não pouse de meu dono, tá legal? Se quer desfilar com a Carol, faça, mas não me cobre uma posição submissa. Faça a sua parte e não atrapalhe a minha!

– Hoje está impossível conversar com você.

– Ótimo! Porque conversar é uma coisa que você não sabe fazer. Sabe mandar, ordenar e coagir, mas conversar, nunca!

Ele parou, surpreso com a minha reação. Na verdade até eu fiquei surpresa. Por que aquilo tudo me irritava tanto se eu estava de acordo? E por que inferno eu tinha que brigar com ele quando o que eu mais queria era tê-lo de volta?

– Desculpe! – sussurrei deixando-me abater. – Desculpe. Não sei o que está acontecendo comigo.

– Mas eu sei... – A sua voz ficou mais suave e seus olhos ficaram cheios de amor. – Tenha calma, eu vou resolver tudo.

Fechei os olhos e cobri meu rosto com as mãos. Eu me sentia como em uma montanha-russa, com tanta mudança de emoção.

– Melissa, eu...

Levantei o rosto e o vi tirar o celular do bolso para ler a mensagem e fazer uma careta.

– Eu preciso ir. Se comporte. – Piscou e se dirigiu à saída.

Fiquei sentada sem saber qual deveria ser o meu próximo passo. Eu não queria ir embora. Não queria me enfurnar naquele QG e saber das novidades. Não queria passar mais uma noite sozinha pensando em todas as bobagens que certamente pensaria. Mas, sobretudo, não queria ficar nem mais um segundo sem a certeza do seu amor por mim. Sem os seus toques, seus beijos, sua atenção.

De repente eu me senti sufocando. Aquela sala parecia se fechar sobre mim. Toda a minha realidade queria me cobrar em dobro as consequências das minhas escolhas. Uma leve pontada no pé da barriga fez com que a minha atenção se voltasse para a criança que eu levava comigo.

– Vai ficar tudo bem... – Olhei ao redor vendo Abigail se preparar para finalizar o seu dia de trabalho. – Mamãe e papai vão cuidar de tudo.

Acompanhei minha amiga até o elevador e depois nos despedimos. Abby usava o estacionamento dos mortais, já eu, depois do meu golpe, fazia parte dos imortais. Enquanto ajustava minhas coisas, acoplando meu aparelho celular em meu dispositivo de som, vi Adam caminhando apressado até o carro dele.

Dei partida e sinalizei a minha saída. Mesmo com os vidros fechados, com a voz de Adele preenchendo minha mente, e o motor do carro já cheio de vida, ouvi o engasgar do carro do Adam. Olhei pelo retrovisor e vi quando ele bateu no volante, abriu a porta, saiu do carro e foi até o capô. Não precisei pensar duas vezes. Dirigi até ele e parei do lado.

– Problemas?

Ele sorriu e fechou o capô, visivelmente irritado.

– Eu não entendo nada de carros, mas esta droga aqui é nova. Não deveria dar problema.

Abriu a porta retirando suas coisas de dentro do carro.

– Eu também não entendo nada de carros, desculpe!

– Tudo bem. Eu vou tentar um táxi e pedir para o meu seguro se virar com esta lata-velha.

– Posso oferecer uma carona?

Vi seus olhos brilharem. No mesmo instante minha nuca pinicou me alertando do perigo, mesmo assim resolvi arriscar.

– Claro!

Adam entrou. O som da porta batendo foi como uma sentença. Eu sabia até onde deveria ir, mas conseguiria? Teria coragem? Duvidei disso naquele instante.

CAPÍTULO 26

Estávamos parados na entrada do apartamento de Adam Simpson. Instintivamente, acionei o botão do meu celular que permitia ao pessoal do QG escutar tudo o que conversávamos. Eu estava enojada com a tentativa de Adam em me levar para cama. Era sujo, absurdo e nojento. Ele sabia que eu queria aquelas provas e acreditava que eu iria até o final para consegui-las. Tolinho!

– Robert deveria tomar cuidado com as mulheres que escolhe...

Riu e inclinou o corpo para perto de mim. Sorri, como se estivesse satisfeita com a sua forma ridícula de cortejar.

– Você é uma menina muito malvada, Melissa.

– Você nem imagina o quanto!

Pisquei fingindo flertar e imaginando o quanto ele realmente desconhecia a minha capacidade de ser cruel. Até eu desconhecia e me assustava com tantos pensamentos maquiavélicos que inundavam minha mente naquele momento.

Adam interpretou a atitude como um incentivo. Sua mão tocou minha perna. Pensei que seria capaz de quebrar o nariz dele, mas me contive varrendo a mente para encontrar uma saída. Precisava que Dean estivesse pronto para agir e, como aquilo tudo foi impensado, não teríamos como fazer nada sem chamar atenção.

– Por que não entramos um pouco? A noite está fria...

A mão dele subiu por minha perna alcançando a coxa. Puta merda! Robert me mataria. Para a minha felicidade, ou desgraça, meu celular começou a tocar. Aproveitei e me encolhi para pegá-lo, fazendo com que aquelas mãos nojentas deixassem meu corpo.

– Dean?

A voz saiu com um alívio perceptível. Em parte eu estava satisfeita por conseguir afastar Adam, mas o maior motivo para o meu estado era pelo fato de não ser Robert a fazer aquela ligação.

– *Saia já daí !* – Ele também estava aborrecido e não se preocupou em deixar claro em seu tom de voz. – *Saia ou vou mandar nossos homens detonarem Adam agora mesmo.*

Merda! Dean estava conseguindo aprender o que existia de pior em Robert Carter.

– Claro, querido! Eu havia esquecido deste compromisso, mas já estou voltando para casa.

Adam me olhou com desejo e revirei os olhos como se quisesse dizer que infelizmente teríamos que adiar o encontro.

– *Merda, Melissa! Eu disse: quando estivermos com tudo pronto.*

– Chego em dez minutos. – Desliguei e sorri para Adam. – Preciso ir. Dean fica ansioso quando eu preciso me atrasar um pouco.

– Marido inseguro?

Fiz uma careta e aproveitei para utilizá-la da forma certa.

– Robert continua me rondando. Dean não sabe administrar muito bem a presença dele.

Foi como fogo em uma banheira de álcool. Adam se sentiu ainda mais estimulado sabendo que, me levando para a cama, atingiria diretamente o seu alvo.

– Preciso mesmo ir.

– Tudo bem! Quando quiser conversar sobre Tanya, Robert... As provas... Sabe onde pode me encontrar.

E olhou sugestivamente para a entrada do seu apartamento.

– Assim que eu voltar de viagem – prometi.

Assisti as labaredas nos seus olhos aumentarem.

– Tão cedo assim?

Que imbecil!

– Sim. Você nem imagina o quanto eu desejo essas provas.

***

Passar ilesa por Dean foi fácil demais. Carol estava por perto, o que o impedia de ser tão incisivo. Apenas contei para ele a minha ideia e fui mais do que alertada de que Robert já estava sabendo o que eu havia feito. Nenhuma outra informação. Por isso, após saborear a torta de frango com queijo maravilhosa que a Senhora Allen havia, gentilmente, preparado para mim, mesmo com toda a recomendação sobre verduras e comidas mais saudáveis nesta fase da minha vida, fui para meu quarto ansiando por um banho bem quente.

Eu tinha combinado um encontro com Alexa enquanto Robert conversaria com Bruno sobre tudo o que achava daquele plano, por isso eu sabia que mais cedo ou mais tarde ele apareceria para me cobrar satisfações... Ou não? Fiquei inquieta, mas prorroguei ao máximo o banho.

Robert não havia aparecido, nem ligado com a sua fúria implacável, o que me deixava cada vez mais insegura. O que estava diferente? O que havia mudado em sua forma de me amar? Desliguei o chuveiro e logo me enrolei na toalha. Sequei o corpo, soltei o cabelo e troquei a toalha por um roupão felpudo, mas não o fechei. Estar grávida exigia de mim diversos detalhes antes ignorados, como usar hidratante constantemente. Não um hidratante corporal que fosse para todo o meu corpo, mas um específico para cada parte. Isso era uma tortura para mim.

Logo, meus quadris estariam com o dobro do tamanho, minha barriga esticada, imensa e pesada e meus seios não seriam mais tão atraentes. A mínima ideia me fez despejar uma quantidade generosa de hidratante e massagear minhas pernas e quadris. Foi neste momento que ele entrou. O baque da porta demonstrava a sua fúria.

– Melissa! – falou o mais alto possível, sem me encontrar no quarto.

Respirei fundo colocando a minha máscara de indiferente e continuei o meu serviço. Pelo visto ele havia adiado a conversa com o irmão, logo, eu também precisaria adiar com minha amiga.

– Aqui – forcei minha voz a sair da maneira mais natural possível.

Robert não demorou nem dez segundos para chegar à porta do closet e me surpreender nua, com o roupão aberto, espalhando hidratante em meu corpo.

Se ele estava com raiva, posso jurar que esta se misturou a algo muito mais forte: desejo. Nossos olhos se encontraram, mas os dele abandonaram os meus para percorrer meu corpo, acompanhando cada movimento da minha mão. Eu podia ser uma idiota apaixonada, que se submetia a todos os caprichos daquele homem que ardia de desejo à minha frente, mas sejamos francos, em matéria de dominar Robert Carter, de seduzi-lo até o limite, eu era mestra.

– Algum problema?

O homem da minha vida me olhava de uma forma que poderia facilmente me possuir sem que precisasse de muito. Ele puxou o ar com força e passou a mão no cabelo molhado, indicando um banho recente. Usava uma calça jeans escura, um suéter preto e uma camisa branca por dentro. Pelo visto estava muito frio do lado de fora. Curvei um pouco os ombros para frente, sentindo-me intimidada pelo fato de ele poder desconfiar da gravidez.

– O que foi aquela merda toda com o Simpson?

Sorri, troquei o pote de hidratante e lambuzei a minha barriga, ainda com o seu olhar atento queimando a minha pele.

– Eu disse que não perderia a oportunidade...

Ele fechou a mão em punho.

– Que merda, Melissa! O que pensa que está fazendo? Vai permitir que aquele... Aquele filho da puta se aproveite de você só para conseguir algumas informações?

– Robert...

Caminhei até a penteadeira e peguei outro pode de creme. Fui até um espelho de corpo todo e me admirei.

– Ele não vai nem conseguir tocar em mim. Dean vai cuidar de tudo.

– Vai uma merda! Eu não vou arriscar – falou mais alto, deixando a raiva tomar conta da situação. – Não me provoque, Melissa! Nunca mais se aproxime do Adam...

– Ou então? – Virei para encará-lo.

Estava cansada de ele tentar sempre me intimidar. Robert não podia simplesmente decidir por mim.

– Vai me prender na cama? Vai ameaçar todo mundo? Vai me ameaçar de todas as formas possíveis?

Virei de volta para o espelho sem lhe dar atenção.

– Vá em frente, Robert. Pode me prender, me ameaçar, mas eu não vou desistir. Na primeira oportunidade, vou lá e faço o que tem que ser feito.

– Você está louca? O que está acontecendo com você, Melissa? Perdeu o juízo?

Ele estava feroz. Agia como alguém que não sabia mais como recuperar o controle, mas que lutaria por este até o fim. Seus passos em minha direção foram decididos. Não recuei.

– Não queira medir forças comigo.

– Eu não tenho medo de você, Robert! – Virei encarando-o com determinação.

Ele estancou surpreso com a minha atitude.

– Não vou desistir de tudo o que consegui até aqui só porque você tem que ter a última palavra. Se conforme. Por que não vai se consolar com sua nova amiguinha?

Ele piscou algumas vezes e depois sorriu. Um sorriso que indicava o tamanho da sua ira. E naquele momento eu soube que ele partiria com tudo para cima de mim.

– Não tem medo de mim?

Ele estava a poucos centímetros. Seu corpo subjugando o meu, seu calor me aquecendo, aliás, queimando.

Quem um dia disse que a melhor maneira de fazer amor é depois de uma briga, entendia muito bem do assunto. Naquele momento, ardendo de raiva de toda a sua petulância, de sua forma de me tratar como se eu fosse mais uma de suas funcionárias, odiando toda a sua aproximação com a Carol, detestando a distância que ele impôs, e grávida, mas sem poder revelar, eu só pensava em uma única coisa: eu o queria dentro de mim. Sem mais um segundo, sem espera e sem limite.

– Não tem medo de mim, Melissa? – Deu mais um passo me fazendo recuar. – Mas eu sei muito bem como fazê-la descer deste pedestal.

Um passo mínimo foi dado em minha direção e seu corpo enfim tocou o meu. Ele avançava e eu era forçada a recuar.

– Vou acabar com esta pose de dona da situação.

As palavras passaram por seus lábios com raiva. Como se ele fosse mesmo me dobrar até que não sobrasse mais nada de mim. Meu coração acelerou.

– Eu não tenho medo de você – repeti, contudo, sem a força de antes. Que droga!

– Não?

Outro passo e eu estava presa entre o corpo dele e o espelho.

– N… Não! – Engoli em seco e levantei o queixo para desafiá-lo.

Robert sorriu amplamente.

O passo seguinte me pegou desprevenida.

Ele avançou sobre mim. Uma mão me segurou pelo quadril enquanto a outra se apossou do meu pescoço, permitindo que seus lábios tomassem os meus. O fogo que me assolou foi mais forte do que eu e me consumiu em poucos segundos.

Ok. Meu corpo é um traidor. Eu podia ser forte e dizer *não* um milhão de vezes, mas quando Robert ele chegava, ele ditava todas as ordens. Ele dizia o que queria e lá estava eu, prontinha para lhe atender. Merda!

Minhas mãos voaram para seu cabelo, prendendo os fios entre os dedos e segurando o meu homem em meus lábios. Ele gemeu deliciado e sorriu, saboreando a vitória. Pensei em um milhão de palavrões que serviriam muito bem para atribuir ao meu amante naquele momento.

Ele prendeu minha perna em seu quadril e acariciou minha coxa, daquela forma única que fazia minha pele formigar, depois subiu a mão, sem vontade de esperar por nada, sem capacidade para prolongar a tortura, e segurou meu seio com força. O gemido que saiu de mim foi incapaz de ser contido, piorou muito quando senti sua língua brincar com o bico rígido de desejo.

– Puta que pariu!

Meu corpo tinha vontade própria. Robert estava em todos os lugares ao mesmo tempo, com as mãos, a língua e os lábios deixando-me confusa e desconexa. Sua mão alcançou meu pescoço, prendendo-me contra o espelho e apertando de maneira a me manter presa. Eu era sua refém.

Ao mesmo tempo, sua outra mão desceu roçando minha pele com posse, com propriedade. Eu não podia olhar o que ele pretendia, pois seus dedos em meu pescoço me mantinham firme, ereta, olhando em seus olhos, que deixavam claro quem mandava ali. Até que enfim senti o que ele queria. Seus dedos roçaram meu sexo, a princípio de maneira inocente, se é que existe forma inocente de se tocar uma pessoa tão intimamente, mas a ideia dele ali não era me dar prazer e sim me fazer entender que seria como, quando e onde ele queria.

– Eu já disse muitas vezes, Melissa: você é minha! Só minha! E nem aquele merdinha do Adam, nem o imbecil do Dean vão colocar as mãos no que é meu. Entendeu?

Ele falava e me acariciava.

Puta. Merda!

Eu estava como um vulcão prestes a entrar em erupção. Robert deixou que seus dedos captassem a minha excitação e a espalhou por toda a minha feminilidade, deixando com que brincassem com o meu juízo à medida que escorriam pelo meu sexo deixando-me completamente úmida.

– Entendeu? – Dois dedos me invadiram fazendo-me arfar. Robert soltou um risinho cínico, próprio de quem sabia que estava no comando e de quem se divertia com este fato.

– Responda, Melissa!

Seus lábios foram para meus seios e ele mordeu o bico no mesmo instante em que seus dedos se afundaram até o limite em mim.

– Não tem mais medo?

Sugou meu seio e deixou que o polegar apertasse meu clitóris, rodando o dedo de maneira a atiçar minha incapacidade de raciocinar. Eu estava fodidamente irritada e excitada. Queria matá-lo, mas antes, queria, desesperadamente, aquele orgasmo.

– Onde está toda a sua coragem?

Subiu roçando os lábios em minha pele e mordendo meu pescoço firme em sua mão.

– Ah, você é minha, Melissa, e não vai mudar esta situação. – Seu dedo fez um trabalho mais preciso no centro das minhas pernas. Gemi sentindo raiva por me entregar daquela forma, mas que se dane! Eu implorava para tê-lo.

Seus dedos me abandonaram por algum tempo, mas seus lábios brincaram comigo, ora em minha boca, ora em meu pescoço e muitas vezes em meus seios. Rebolei sem conseguir controlar meus quadris e ansiosa para que sua mão voltasse a brincar em mim.

– Diga! Quero que você diga quem manda aqui.

Puta merda! Que filho da puta! Eu não lhe daria aquele gostinho.

– Quem manda aqui, Melissa?

– Vá à merda, Robert! – rebati raivosa ciente de que aquilo só pioraria a minha situação.

Mas ele riu, olhando nos meus olhos.

– Esta é a minha garota.

E me cercou com seus lábios no exato momento em que seu membro me invadiu bruscamente. Robert se afundou em mim até o limite. Quando não havia mais espaço para ser preenchido gememos juntos. Eu arqueando o corpo e jogando a cabeça para trás, que era o máximo que conseguia fazer com sua mão ainda segurando em minha garganta. Ele, afundando o rosto no meu pescoço, se escondendo em meu cabelo e enfraquecendo qualquer que fosse seu domínio.

O prazer era algo que enfraquecia e incapacitava. Fato! E Robert não estava isento a esta regra. Ele ficou imóvel, curtindo a sensação de estar dentro de mim, e eu fazia o mesmo. Nenhuma palavra foi dita. Não era necessário. Então, lentamente, ele saiu, e voltou, e saiu outra vez. Testando, sentindo e saboreando cada centímetro do meu íntimo e deixando-me desfrutar da mesma sensação.

Aos poucos, o ato foi ganhando força. O silêncio foi rompido pelos gemidos que chegaram tímidos, mas que logo ecoavam o ambiente. Suas estocadas, a princípio, apenas abriam espaço em mim, ganhando o terreno pouco a pouco, mas tão logo a familiaridade se cercou de nossos atos, tudo correspondeu às suas investidas.

Os braços voltaram a agir, as mãos tornaram a explorar e colaborar com o desejo latente que nos possuía ditando os passos daquela dança perfeita. Imprensada no espelho, com seu corpo me invadindo, eu rebolava e sentia seu membro roçar minhas paredes. A sensação luxuriante não poderia ser contida, pois à medida que eu o sentia tocar cada parte do meu íntimo, minha pele parecia formigar.

Era a sensação mais gostosa que uma pessoa poderia sentir. Minha carne se fechava ao redor do seu membro rígido, lutando entre recebê-lo e acomodá-lo, ou expulsá-lo, o que me desmanchava em prazer e sensações deliciosas. Ao mesmo tempo, ele me tocava.

Sua mão deixou meu pescoço, mas me agarrou com força pelos quadris, puxando minhas pernas para se fecharem ao redor do seu corpo, com isso, meu amante me invadia com mais vontade, estocando mais fundo. Robert rebolava quando entrava em mim, para depois sair recebendo meus próprios movimentos. Suas mãos me exploravam, apertando e puxando o que desejavam. Seus dedos mordiam e despertavam em meu corpo ondas que corriam minha pele como um tsunami.

A reação de Robert era um show à parte. Ele agia por instinto, como um animal sedento, mas o que eu conseguia enxergar naquele momento era a imagem de um homem que amava com cada poro. Que sentia prazer com cada centímetro alcançado em mim, com cada gesto e som. Ele simplesmente se deliciava em mim, desmanchando-se em desejos e vontades. Se esfregando ou estocando como bem sentia necessidade de fazer e deixando-me alucinada de tantas sensações prazerosas.

Sem avisar eu o senti pulsar dentro de mim. Um sinal claro de que não suportaria mais. Estávamos no limite, prestes a gozar. Ansiosos para liberar o amor que latejava em nosso corpo e que nos invadia e inundava, Robert segurou meu cabelo forçando-me a encará-lo. As pupilas dilatadas deixavam-no ainda mais excitante.

– Eu amo você! – disse com a voz ofegante.

Se eu não estivesse tão no ponto limite teria perdido o meu foco.

– Porra, Melissa! Eu amo você!

Seus lábios me impediram de responder. Ele me prendeu em sua boca e gozou no mesmo segundo, levando-me junto. O orgasmo que me invadiu lambeu meu corpo de maneira tão luxuriosa que pensei perder a realidade por algum instante. Robert se espremeu em mim com tanta força que meu ar faltou. E então relaxamos. Ele desceu me segurando até que alcançamos o chão.

Ele sentou com minhas pernas ainda cruzando seu corpo. O peito colado ao meu, deixando que eu sentisse o bater acelerado do seu coração, mesmo com a barreira do seu suéter. Pensei em nós dois e imaginei o quanto aquela cena, vista de fora, deve ter sido sensual. Ele completamente vestido, investindo em mim, completamente nua, entregue ao seu desejo. Puta merda! Meu tesão nunca passava.

– Desculpe... – resmungou.

O rosto enterrado em meu pescoço como se a vergonha o estivesse consumido.

– Não faça isso. – Puxei o ar com força sentindo que aquelas palavras me machucavam mais do que o necessário. – Não se desculpe por ter feito amor comigo. – Senti que minhas lágrimas desceriam.

Tentei levantar e ele me deteve. Seus olhos buscaram pelos meus.

– Eu não falei por isso. Jamais me desculparia por ter feito amor com a mulher que eu amo, então contenha o seu gênio difícil.

Engoli o choro e o meu orgulho e me acalmei, encarando-o.

– Desculpe por ter sido tão brusco. Esta não é a melhor forma de reatar nosso relacionamento.

Sorri e limpei uma lágrima que teimou em descer.

– Eu estava com raiva.

Ele tirou uma mecha da frente do meu rosto e colocou para trás do meu ombro.

– Você consegue tirar meu chão, Melissa.

– Então transou comigo para me punir?

– Não. Fiz amor com você porque estava louco de saudade. Deus sabe o quanto eu quis ter você em meus braços assim, sendo minha, apenas minha.

Desviei os olhos me sentindo tímida demais.

– E como a minha desgraça nunca pode ser pouca, você voltou ainda mais bonita. Como se fosse possível melhorar qualquer coisa em você, mas quando eu te olho... – Vasculhou meu rosto com os olhos saudosos e repletos de devoção. – Você está cheia de luz. Tudo em você brilha, está cheio de vida, de beleza. Nunca a vi desta forma. Está tão linda!

Senti mais algumas lágrimas escorrerem pelo meu rosto. Robert era capaz de captar a minha essência. Mesmo sem saber a minha realidade, ele podia sentir que havia luz em mim. Porque era isso o que nosso filho era: luz. Era o que nos guiaria, o que nos permitiria recomeçar.

– Por que está chorando?

Funguei sem nenhuma delicadeza, tentando romper o nó em minha garganta.

– Robert, eu estou...

Ouvimos uma batida forte na porta. Robert olhou para trás já levantando o meu roupão.

– Quem será? – Ele ficou tenso e eu, alerta. – Você está esperando alguém?

– Alexa, mas pensei que você tivesse adiado o seu encontro com Bruno.

– E adiei.

A sobrancelha dele levantou um pouco, intrigado com a visita da minha amiga.

– Ele sabe que eu estava enfurecido com a sua manobra arriscada e que vim direto para cá.

– Então não deve ser Alexa...

Outra vez a batida na porta, só que um pouco mais alta.

– Mais alguém ficou de aparecer?

– Não. – Ajustei o roupão e levantei. – Mas os seguranças ficam sempre por aqui.

– Melissa? – Ouvimos a voz de Dean. Robert revirou os olhos e levantou ajustando suas roupas.

– Mel?

– Entre, Dean. – Robert me olhou repreendendo minha atitude. Dei de ombros. O que mais poderia fazer? Com o roupão cobrindo meu corpo, fui para o quarto e meu amigo entrou, parecendo constrangido.

– Oi!

– Oi! Pensei que já estaria dormindo. – Seus olhos me sondavam com atenção. – Está tudo bem?

– Está tudo ótimo – Robert respondeu por mim entrando no quarto. – Algum problema, Dean?

Vi meu amigo ficar surpreso e depois agitado, como se a presença do meu namorado tirasse o seu conforto.

– Na verdade, temos, sim.

Ele olhou para Robert, disputando território, mas logo se voltou para mim.

– O que aconteceu?

Tentei fazer com que eles dois deixassem de agir como dois homens das cavernas e se concentrassem no que estava acontecendo.

– Deve ser algo muito ruim, não é? Para que você nos interrompa desta forma – Robert provocou e me puxou para seus braços.

Tive vontade de atingi-lo com uma cotovelada, mas desisti. Era melhor manter a paz entre nós dois, já que tínhamos acabado de reatar oficialmente.

– Depende muito do seu conceito de ruim, Robert... – disse Dean.

E cruzou os braços na frente do peito encarando meu namorado. Merda!

– Dá para parar? O que está acontecendo, Dean? O que Tanya aprontou desta vez?

– Hum! – Ele andou pelo quarto e parou bem próximo a mim. – Não é com Tanya. É com o seu pai.

– Meu pai?

Fiquei alarmada. O que estava acontecendo? O que Tanya conseguiu fazer? Senti meu chão sumindo e uma força me puxando para baixo. Meu pai. O que aconteceu? Eu precisava ser forte. Não poderia desmaiar sem antes saber o que estava mesmo acontecendo.

– Mel, calma! – Robert e Dean correram para me acudir. Levantei a mão impedindo-os de se aproximarem.

– O que aconteceu? – Coloquei o máximo de coragem na voz para que Dean entendesse que eu não aceitaria desculpas.

– Nada absurdo – ele disse tão surpreso quanto eu fiquei. – Você está pálida! Meu Deus, Melissa!

Passou a mão na testa e me encarou.

– Como assim? Você chega aqui a esta hora dizendo que tem um problema e que este está diretamente ligado ao pai da Melissa.

Robert se agitou ao meu lado nitidamente nervoso. O que estava acontecendo?

– Droga! Vocês dois estão muito esquentadinhos – Dean recuou irritado com a nossa situação.

– Conta logo, merda! – Perdi a paciência.

Era demais para meu estado aguentar uma tensão tão grande.

– Ele está vindo para cá. Quer dizer... Não para cá, mas para Chicago. Sua mãe deu a ele o que seria o seu endereço com o Robert. Lembre-se de que Elizabeth ainda acredita que você está morando com o Robert e que continua trabalhando e viajando muito ao seu lado.

Puta merda!

Meu pai estava vindo me visitar. Conhecer a minha nova vida. Verificar como as coisas estavam. E tudo isso em meio ao caos que estávamos tentando administrar. Como eu conseguiria contar a verdade a ele? Impossível! Mas como sustentar uma mentira que seria a minha vida feliz ao lado do Robert? Merda! Nós não só não morávamos mais naquele endereço, como não dividíamos mais o mesmo teto.

– Merda! – Soltei sem conseguir evitar. – Como eu vou fazer? Ele não pode vir aqui. Não podemos montar uma fantasia na casa do Robert. O que eu faço?

– Como ele conseguiu embarcar sem que vocês soubessem?

Robert não compartilhava da mesma insegurança que eu. Suspirei e me deixei cair de costas no colchão.

– Ele estava viajando a trabalho, como conseguimos providenciar, mas hoje, enquanto estava programado para embarcar para uma viagem curta, de dois dias para a Califórnia, decidiu de última hora que seria bom passar um tempo ao lado da filha. Não conseguimos detectar o que pretendia. Uma falha imensa, admito, estávamos mais focados em Tanya e Adam e, como ela não estava sendo uma ameaça, acabamos deixando passar esta possibilidade.

– Que merda! Que merda! Que merda! – resmunguei sem conseguir pensar em mais nada. – O que faremos?

– Eu tenho uma ideia.

Robert mantinha a voz calma e falou como o CEO que ele bem sabia assumir em momentos de tensão.

– Vamos dizer que escolhemos este novo endereço porque fica mais próximo da empresa. Posso aproveitar a desculpa do caso com a Carol e da viagem da Tanya para ficar aqui por dois dias, já que viajaremos depois disso.

– Não vai dar certo... – murmurei sem acreditar que conseguiríamos manter tudo escondido do meu pai. Seria arriscado demais.

– Vai, sim. – Dean corroborou com Robert. – Na verdade, será o melhor a ser feito e com isso manteremos a segurança do seu pai.

– Como vamos esconder os aparatos que temos aqui? – Meu desânimo me impedia de enxergar a luz no fim do túnel.

– Transferimos tudo o que pudermos para o QG. Lá é tão amplo quanto aqui e vai nos ajudar a não perder nada. Sem contar que vocês podem, a qualquer momento, nos encontrar, é só manter o esconderijo longe dos olhos dele.

– Dean, isso não vai dar certo. Meu pai não é uma pessoa fácil de se enganar.

– Vamos deixá-lo chegar ao endereço, com isso ganhamos tempo. Quando ele chegar lá e encontrar, a casa vazia, vai ligar, então mandamos o motorista buscá-lo. Quando ele chegar, vai encontrar tudo pronto.

– Eu concordo.

Robert estava mais amigável e completava todas as ideias de Dean sem gerar nenhum problema ou atrito.

– Eu não concordo... – Eles me olharam impacientes.

– Melissa, eu já disse, deixe comigo que resolvo, ok? – Robert apelou.

Ele sabia que eu não iria contra ele quando havíamos acabado de reatar.

– Você nem pode sair pela minha porta, Robert! Acha mesmo que vai conseguir enganá-lo?

– São só dois dias e nós vamos tratar de colaborar para que tudo seja resolvido! Fique tranquila e atenta ao seu celular. – Dean olhou para Robert e este concordou com um sinal de cabeça. – Nós vamos ajustar a mudança para o QG.

Eles saíram e me deixaram sozinha. Pareciam duas crianças animadas demais para começar o teatro, enquanto eu estava em pânico. Como seria enrolar por dois dias o meu pai? E como seria ter Robert de volta como marido? Uma parte de mim vibrou satisfeita. Realmente, era impossível me sentir saciada por completo quando se tratava de Robert Carter. Que absurdo!

CAPÍTULO 27

– Senti sua falta.

Meu pai se mantinha ao meu lado. Um sorriso largo e sincero que deixava o meu coração mole.

– Eu também... – admiti reconhecendo que minha mente parecia estar de volta à infância.

– Seu pai precisa de notícias. Não é porque agora é uma mulher cheia de responsabilidades, que não depende mais financeiramente dos pais, que pode ficar tanto tempo sem ligar – me repreendeu sem realmente querer fazê-lo.

– Pai! Eu ligo sempre, não seja tão chorão. – Ele riu e Robert nos acompanhou.

Ele estava ao meu lado, respeitando o meu momento com Kurt e fazendo o seu melhor papel de marido apaixonado. Tenho que ressaltar que ele conseguia ser melhor como marido apaixonado do que CEO. Seus dedos, de tempos em tempos, acariciavam meus braços e sua mão estava sempre na minha.

– Tem certeza de que não quer comer nada?

Meu pai negou com a cabeça. Havia comido no caminho. Ele e sua mania de ser sempre independente.

– Eu estou bem. Feliz por estar aqui, mesmo que por pouco tempo.

– Sinto muito. A viagem já estava agendada há muito tempo. Se tivesse avisado...

Robert interferiu, fazendo questão de ser agradável.

– Mas fazemos questão de tê-lo como hóspede por quanto tempo precisar, Kurt. Não é, meu amor?

Puta merda! O que ele estava fazendo? Meu pai não podia ficar mais do que planejamos. O que ele faria naquele apartamento sozinho? Como conseguiríamos dar seguimento ao plano se ele ficasse por lá? Não. Não seria possível. Robert passou o braço sobre os meus ombros e acariciou meu braço, confortando-me.

– Eu realmente não pretendo ficar muito tempo. Como sabem, tenho que partir em dois dias. O trabalho exige muito de mim e não é fácil passar tanto tempo longe de casa.

Sorri aliviada para me censurar logo em seguida. Era o meu pai e eu não podia desejar que ele partisse tão rápido.

– Melissa, você está bem mais corada, ganhou peso.

Robert riu provocante e eu pensei mais uma vez na possibilidade de atacá-lo com meu cotovelo.

– Não faça isso, Kurt! Você acaba de despertar uma fera.

Eles riram, deixando-me ainda mais irritada.

– Isso não tem graça! – adverti.

– Você está linda, meu amor! – Meu "marido" beijou minha cabeça e acariciou meu braço.

– Realmente, você está linda, minha filha.

Mas ambos continuaram rindo. Movimentei meus quadris sobre o sofá, demonstrando desconforto.

– Bom... Vou deixá-los. Preciso tomar um banho e fazer algumas ligações antes de deitar. – Robert se levantou estendendo a mão para meu pai. – É um prazer conhecê-lo, Kurt! Aproveite a sua filha.

– Obrigado, Robert! É um prazer conhecê-lo também.

Vi Robert ir para o quarto e me perguntei o que exatamente ele tinha de tão importante para resolver. O que ele faria sozinho no meu quarto? O que buscaria? Merda! Ainda tinha na bolsa o CD da ultrassonografia. Rezei internamente para que ele não o encontrasse.

– Cansada? – Meu pai me tirou do meu devaneio.

– Um pouco. Apenas um pouco. Como estão as coisas?

Ele sorriu e me olhou por um tempo, sem responder a minha pergunta.

– Como estão as coisas, Melissa?

Devolveu a pergunta e inclinou o corpo para frente, apoiando os cotovelos nos joelhos. Fiquei vermelha. Eu sabia que, em algum momento, teríamos que ter aquela conversa.

– Eu estou feliz – admiti timidamente.

– Eu sei.

– Pai... Não sei de que forma a mamãe passou as informações...

– Ela me contou a verdade. Apenas isso.

Rapidamente, fiquei alerta. Como assim ela havia contado a verdade? Elizabeth teve a coragem de contar o passado de Robert? Não havíamos dito que tudo aquilo deveria continuar em segredo?

– Eu sei que Robert era casado e que largou a esposa para ficar com você. Sei também que ele é o seu chefe e que vocês ainda precisam enfrentar a ex-esposa como sócia.

– É por pouco tempo. – Minha voz estava presa na garganta.

Minha mãe tinha cumprido com a promessa de não contar, ela só não omitiu aquele detalhe que me doía. Eu era a amante.

– Sim, eu sei. Vocês estão morando juntos. Ele parece gostar de você e nem vou falar do que vejo em seu olhar.

Sorriu outra vez, ficando constrangida.

– Eu o amo!

– Isso é o mais importante.

Ele me observou com bastante atenção. Franziu o cenho e depois sorriu.

– Preciso deitar agora. Seu pai está velho e qualquer horinha dentro de um avião já me deixa fora de combate.

– Tudo bem. – Levantei aceitando seu braço como apoio. – Vou levá-lo ao quarto de hóspedes.

Após acomodá-lo da melhor maneira possível, deixei meu pai e fui atrás do meu "marido". Abri a porta devagar, louca para pegar qualquer deslize dele, mas o que ouvi foi o som do chuveiro sendo encerrado, depois o box abrindo e passos molhados. Aguardei no quarto enquanto o deixava em sua intimidade. Pouco tempo depois, ele passou pela porta do closet, secando os cabelos com uma toalha, que identifiquei ser a que ficava sobre a pia e a outra presa na cintura, que me pertencia. Robert estancou quando me viu.

– Ora, Senhor Carter! Não é que desejava mesmo um banho? – Caminhei até a poltrona, percorrendo aquele corpo incrível escondido pela minha toalha.

– Eu desejava saber se Carol tinha alguma novidade. Eles estão com o sangue do meu pai e até agora nada foi dito.

Entendi a preocupação dele, mas apenas o fato de saber que ele havia me deixado sozinha e correu para falar com a Carol foi o suficiente para me deixar irritada.

– Esta toalha é minha! – Cruzei os braços no peito e arqueei uma sobrancelha.

Ele ficou surpreso com a minha reação. Levantou os braços e olhou para o próprio corpo de uma forma divertida. Seus olhos se estreitaram e um leve sorriso brotou em seus lábios. Então, Robert Carter, em todo o seu poder intimidador, tirou a toalha e a jogou para mim, ficando nu.

– Sua toalha, senhorita. – Seu tom de voz era debochado.

Tentei não parecer surpresa, nem intimidada com a sua nudez, mas ele estava mesmo confortável, andando pelo meu quarto sem roupa nenhuma. Caminhou de volta ao closet, acompanhei seus passos, ele parou na penteadeira pegando uma escova e arrumando seus cabelos da maneira mais organizada possível. Aguardei já sentindo a ansiedade se apossar de mim.

De costas, Robert era um ser incrivelmente lindo. Cada músculo muito bem trabalhado, cada membro, cada parte daquele corpo tinha uma harmonia incomum. Ele deixou a escova sobre a penteadeira e se virou para mim. Meus olhos correram seu corpo, captando sua ereção ainda tímida, mas que deixava claro o que aconteceria ali.

– Esta casa não está preparada para mim – disse de maneira natural.

Ele me olhava nos olhos e buscava por alguma coisa que eu não conseguia identificar.

– Não? – quase gaguejei.

– Não, Melissa.

Aproximando-se de mim com passos fortes e decididos, ele me fez recuar. Voltei ao quarto, com Robert na minha cola. Não sei explicar o motivo, mas ele estava me deixando nervosa e eu podia jurar que ele sabia disso e usava desse artifício para me desestruturar. De frente um para o outro, ele me fez recuar até minhas pernas sentirem minha cama atrás de mim. Com um simples toque eu me deixei cair de costas no colchão. Ele continuava me contemplando.

– Sua cama, senhorita.

Meus olhos presos a seu corpo. Sua ereção completamente magnânima, rígida, potencializando o poder que aquele homem tinha sobre mim. Robert subiu na cama de joelhos, projetando seu corpo acima do meu, sustentando seu peso nos cotovelos. Lentamente, ele se inclinou e beijou meu pescoço. Fechei os olhos e suspirei. Roçando minha pele com os lábios até minha orelha, ele disse:

– Seu homem, senhorita.

Puta merda! Como não se entregar sem reservas a um homem como Robert Carter? Ele conseguia me consumir por completo, dominar meus pensamentos, impedir meus passos, incapacitar as minhas ações, deter o tempo e possuir todo o meu êxtase apenas com poucas palavras. Porque, quando Robert Carter agia, tudo ao meu redor deixava de existir.

– Meu homem, é?

– Sim. Seu homem.

Com a ponta do nariz, escorregou até minha boca, mas não me beijou, apenas pairou a milésimos de centímetros de distância, deixando a ansiedade me torturar.

– Mas não se anime, Senhorita Simon. – Afastou-se para alcançar meus olhos e sorriu descaradamente. – Seu pai está no quarto ao lado e não quero que ele saiba da filha safada que tem.

Tentei falar e ele me calou colocando um dedo em meus lábios. Eu queria rebater, contestar, ir contra os seus argumentos, no entanto, era impossível manter qualquer linha de raciocínio com meu amante sobre o meu corpo, pronto para me fazer dele.

– Baixinho – sussurrou, deixando um beijo casto em meus lábios e trilhando o caminho do meu decote. Suspirei.

– O que podemos fazer em silêncio?

Ouvi sua risadinha cheia de segundas intenções.

– Ah, Melissa! Você nem imagina o que consigo fazer para manter esta boca silenciosa.

Promessas! Todas as vezes que meu cérebro registrava qualquer indício de promessa, milhares de borboletas levantavam voo em meu estômago. O centro do meu corpo formigou e minha boca ficou seca. Ele, com leves beijos, teceu o caminho até a minha orelha, arrepiando a minha pele.

– Mas você pode gemer bem baixinho – sussurrou.

Sua voz rouca, baixa, seus lábios tocando meu lóbulo, tudo era a fórmula perfeita para me enlouquecer.

– Pode sussurrar o seu prazer.

Involuntariamente, um gemido escapou dos meus lábios.

– Isso. Assim mesmo, Mel!

Movimentou-se sobre o meu corpo, deixando que uma mão adentrasse em meu vestido. Nem preciso dizer que cada toque era como fogo queimando a minha pele. Enquanto isso, brincava em meu pescoço, fazendo-me gemer baixinho. Meu peito já sofria com o coração acelerado, ansioso demais com a aproximação da sua mão em meu sexo já úmido. Ele desceu os lábios, acariciando o meu decote, acompanhando o arfar dos meus seios.

– Vamos nos livrar disso. – Levantou o corpo e começou a retirar minha calcinha.

Seus olhos atentos vagaram para o meu sexo, deixando-me completamente vermelha, então ele olhou para mim e sorriu largamente.

– Eu daria meu coração só para vê-la corando desta forma, Senhorita Simon. Minha mente fica cheia de ideias.

– Ideias?

Seus olhos viraram chamas. E então minha calcinha foi retirada.

– Sim, ideias. – E eu já estava entregue.

Desejosa daquelas ideias, ansiosa para colocá-las em prática.

– Abra as pernas para mim.

Ele pediu, mas seu pedido era como uma ordem. Luxuriosa e sensual. Fiquei ainda mais envergonhada. Uma coisa era ficar nua na frente do meu amante, outra era abrir as pernas para que ele pudesse me ver melhor, ou ver a minha... feminilidade. Como se meu corpo estivesse atento aos meus pensamentos, minhas pernas se fecharam. Robert riu e movimentou a cabeça negando o meu movimento. Colocou as mãos em meus joelhos, separando-os sem fazer força.

– Abra as pernas. – Sua voz continuava calma, inalterada.

– Robert...

– Abra, Melissa.

E a ordem mais uma vez vibrou dentro de mim. Minhas pernas se abriram, sem esperar por qualquer comando do meu cérebro.

Fechei os olhos sem querer voltar a me sentir constrangida com a forma como ele olhava o centro das minhas pernas. O fato de não poder visualizá-lo preencheu meus pensamentos com imagens quentes, sexy e repletas do mais pungente pecado carnal.

Suas mãos correram dos meus joelhos às minhas coxas. Cada dedo pressionando minha carne na medida certa. Abri os olhos a tempo de vê-lo se inclinando e voltei a fechá-lo quando um beijo singelo foi depositado no meu centro de prazer. No exato momento em que seus lábios tocaram aquele ponto, meu corpo arqueou e eu gemi, deliciada demais para ser contida.

Primeiro eram apenas seus lábios me explorando, fazendo-me amolecer de uma forma inexplicável para a física. Depois ele completou a brincadeira com a língua. Puta merda! O que era Robert Carter lambendo meu sexo como se ali estivesse o mais puro mel? Se deliciando em meus grandes e pequenos lábios. Sugando aquele ponto tão pequeno e ao mesmo tempo tão potente.

Quando eu estudava, aprendi que dois corpos afins, quando misturados, geravam calor, ou energia. Desta forma, entendi que eu e Robert éramos a mistura perfeita. A composição mais harmoniosa possível. Porque quando ele estava comigo, o mundo girava mais rápido, e quando seus lábios estavam em meu sexo... Ah, quando ele me beijava daquela forma, todas as moléculas se agitavam freneticamente, chocando-se umas contra as outras e gerando calor ou energia capaz de sustentar um continente, ou de explodir uma bomba atômica.

Com as mãos em seus cabelos, não evitei que meu corpo assumisse seus desejos, e rebolei em sua língua, conduzindo-o de forma a aperfeiçoar a perfeição, se é que isso era possível. E meu amante, apesar de ser o ponto forte da nossa relação e de fazer questão de ditar as cartas, se deixava conduzir, explorando-me e satisfazendo meus apelos.

E então, como se ainda fosse necessário mais algum artifício para me levar à loucura, seus dedos se juntaram aos lábios e língua e eu fui invadida, tocada e acariciada em diversos ângulos. Arqueei o corpo e apertei as mãos nos seus fios molhados, forçando um maior contato. Sustentando o tronco, sua outra mão se cercou do meu decote, forçando a libertação dos meus seios e se apossando deles, um de cada vez. Pele com pele, posse com possuidor. Toques firmes, seguros e maestrais, apertando e puxando em sincronia com o que ele fazia mais abaixo. E tudo em mim vibrava de uma maneira única. Eu explodiria em poucos segundos.

Ele beijava meu sexo como se fosse minha boca, com cuidado e com muito ardor. Meu ventre estremeceu, a sensação sufocante como se as milhares de borboletas fossem sair pela minha garganta a qualquer momento se instalou em meu corpo. Com mais pressão, ele sugou o centro entre as minhas pernas, tentei arquear o corpo, mas fui impedida pelos seus braços fazendo força para baixo e fui punida com a sua língua me invadindo.

– Robert... – Meu corpo ficou mortalmente sensível. – Oh, merda! – gemi contendo o tom da minha voz.

Ele intensificou o processo, chupando e lambendo, arrancando de mim, de cada nervo, de cada neurônio, o mais puro orgasmo. Cheio de cores e sensações. Uma realidade à parte. Outra dimensão. Meu mundo girou tirando o meu foco. E então Robert estava em meus lábios.

Sua boca tinha gosto de sexo. Era luxuriante.

– Sabe qual é o problema em estar com você – ele falou.

Tentei me concentrar no que ele dizia, meu corpo ainda não estava em seu estado normal, meus olhos não focavam e minha mente produzia um mundo de rosas, lírios e fadas. Respirei profundamente recuperando o ar. Ele riu.

– Eu nunca fico satisfeito.

E seus dedos voltaram para o centro das minhas pernas, pressionando o que já estava sensível, dormente e latejante. No mesmo instante, seus lábios se fecharam em meu seio, provocando o bico intumescido. Senti uma angústia se formar. Eu não tinha mais condições, porém, indo contra tudo o que minha mente ditava, meu corpo estava pronto, quente e carente de mais do meu amante em mim.

– Você é afrodisíaca – sussurrou em devoção, trocando o seio em seus lábios. Com os dentes, brincou com minha carne. – Deliciosa.

O som rouco da sua voz, a palavra sussurrada em minha pele, o desejo que transbordava do corpo dele para o meu. Tudo era uma névoa de luxúria que me envolvia e dominava.

– E minha.

Puta que pariu! Tem como não sentir prazer com um homem como Robert Carter?

Seus dedos continuavam em meu sexo, sem forçar, sem pressionar, apenas uma carícia dengosa, lenta, com o único objetivo de me manter submersa naquele oceano de prazer. Minha pele estava quente e, com seus lábios nela, ficava muito mais difícil pensar com coerência.

– Minha, Mel!

Foi como uma prece, profana é bem verdade, pois seus dedos me invadiram, massageando minhas paredes e fazendo-me arfar. Foi como adentrar no paraíso. Robert se movimentou sobre o meu corpo.

– Abra as pernas, meu bem. – Uma ordem baixa e imediatamente cumprida.

Ele se posicionou entre minhas pernas e me penetrou com cuidado. Seus movimentos lentos e deliciosos faziam com que nossos corpos se encaixassem em harmonia. Ele não tinha pressa. Saboreava cada centímetro conquistado, cada investida e se deliciava com as sensações oferecidas pelo nosso momento.

Eu tinha acabado de ter um orgasmo. Na verdade, não estava ainda nem de volta à nossa realidade, mas podia sentir todas as sensações escandalosas que era ter Robert Carter entre as minhas pernas. Mesmo com ele desacelerando o tempo, mesmo com movimentos pensados e calculados, uma dança muito bem ensaiada, uma orquestra familiarizada com o seu repertório, mesmo sabendo que ele adiava seu próprio prazer apenas pelo fato de saber que ver-me tão submersa naquele mundo só nosso, tão entregue às suas vontades, submissa, e tão perdida em sentimentos e sensações o jogava no mais completo nirvana, muito mais poderoso do que qualquer orgasmo arrancado apenas da junção das carnes...

Eu o queria daquela forma.

Queria senti-lo me invadindo, ganhando território, marcando meu corpo e dominando minhas ações. Queria ser sua. Unicamente e completamente sua. Obedecer suas ordens, satisfazer suas vontades, ir até o limite e extrapolá-lo apenas para sentir o que eu sentia naquele momento: a perfeição. Olhar em seus olhos e entender que éramos um só corpo, uma só alma, um amor tão puro e verdadeiro que inundava nossas vidas, tornando-nos fortes, completos... Perfeitos. Invencíveis.

Foi impossível não sorrir. Ele sorriu de volta e se movimentou em mim, sem romper nosso contato visual, sem precisar dizer nenhuma palavra. Eu sabia que aquela devoção, que seus olhos deixavam claro existir, era a forma exata de me dizer o quanto me amava. E quando seus olhos se fecharam, impedindo-me de ver o seu amor, seu rosto deixou explícito o que apenas completava: o seu prazer.

Ele mordeu o lábio inferior sem deixar de entrar e sair de mim, aumentando um pouco o ritmo das suas estocadas e adorando o que fazia. Era nítido que estar em meu corpo daquela forma, envolvido por minha carne, apertado pelo meu desejo pulsante, o desfazia em prazer. Robert simplesmente se desmanchava com o que sentia naquele momento. Ele se satisfazia.

Sem que eu pudesse reagir, seu braço passou por debaixo da minha perna esquerda, suspendendo-a e rendendo-a como bem queria. Eu corei, mas não tive tempo para pensar no meu constrangimento. Abrindo-me daquela forma, deixando mais exposta para as suas vontades, ele ganhava mais espaço e avançava com mais facilidade. Investidas firmes, fortes, capazes de ocupar todo o local, de preencher cada pedaço, chegando ao limite e tocando todos os meus pontos sensíveis.

Seus olhos ora estavam em seus movimentos, conferindo a sua técnica perfeita, suas investidas ágeis, sua entrada em minha carne, ora em meu rosto, conferindo minhas reações e esboçando as suas. Era simplesmente impossível não sentir que meu corpo reagia de uma maneira avassaladora. Eu não podia me desvencilhar do que ele me impunha, eu simplesmente me entregava a tudo o que ele fazia.

E foi assim que o familiar formigamento, a princípio tímido, um pequeno movimento das borboletas, começou a dominar meu corpo. Presa aos seus olhos, permiti que ele arrancasse de mim o que fosse necessário e o senti cada vez mais forte, mais ágil e fundo. Seu corpo roçando meu clitóris, devido ao ângulo em que se encontrava e seu membro se arrastando em minhas paredes, deixando que uma corrente elétrica se estabelecesse naquele local.

– Agora, meu bem – ele disse com a voz consumida pelo esforço, arfante pelos movimentos. – Aperte meu pau dentro de você, Mel.

Oh, merda! Eu estava quase gozando, como conseguiria me concentrar para fazer os movimentos corretos? Como regular minha respiração? Ele me aguardava. Continuava investindo, entrando e saindo de mim com força. Puxei o ar e iniciei o processo. No primeiro aperto ele gemeu, sem conseguir controlar o volume e precisou parar. Mantive-o preso em meu sexo, no abraço apertado e gostoso. Ouvi-o murmurar algo como "gostosa" e depois alguma coisa parecida com "puta que pariu, como pode", mas meu sexo já pulsava avisando que não suportaria muito mais.

– Eu vou… Robert, eu…

Ele me olhou entendendo a minha necessidade e recomeçou os movimentos, mais leves, porém firmes, e seu sexo entrava e saía de mim sendo lambido e pressionado pela minha carne, como se fossem meus próprios lábios a sugá-lo.

– Ah, Mel!

Mas eu gozei, e com o gozo meu corpo se apertou ainda mais em volta do dele, tirando do meu amante o seu orgasmo.

O líquido quente me invadiu, lambuzando-me e aliviando o abraço de luxúria, mas não foi este detalhe que ganhou a minha atenção. Robert manteve o corpo suspenso quando o prazer avassalador o dominou e eu vi seu rosto se contrair, depois relaxar e então revelar o quanto era gostoso gozar em mim, por mim e para mim. Vê-lo entregue, satisfazendo-se em meu corpo, lançou no ar uma fina e quase imperceptível camada de luz dourada. Pequenas partículas suspensas formando nossa bolha e estendendo o máximo possível toda e qualquer sensação.

Ele se deixou cair sobre meu corpo, ainda arfante, ainda deliciado e se deliciando, movimentando-se devagar, aos poucos, apenas para prorrogar um pouco mais o seu prazer. Acariciei suas costas, e ao sentir minha perna liberada, senti meu corpo relaxar e tremer pelo esforço e pela atividade física que havia sido a nossa relação.

– É, seu pai vai ter muito o que pensar.

E riu completamente relaxado

– Satisfeita, Senhorita Simon?

– Nunca, Senhor Meu Marido.

Ele sorriu daquela forma que só ele sabia fazer e beijou meus lábios saindo de dentro de mim. O vazio foi impossível de ser ignorado.

– Marido, é?

Deitou o rosto nos braços, virando para me encarar. Fechei os olhos e puxei o ar. Eu estava parcialmente satisfeita. Sentia falta daquela intimidade. Daquela paz disfarçada. De tê-lo tão entregue.

– E Dean? Até onde eu sei ele é o seu marido.

– E você ainda é o marido de Tanya. – Ri sarcástica.

– Ok. Você venceu esta.

Sua voz entregava o quanto estava cansado. O relaxamento nos conduzia aos poucos para o descanso merecido.

– Somos amantes. Pior, agora eu também sou o seu amante.

– Isso é uma droga! – resmunguei. Ele passou seu braço em meu corpo me puxando para perto.

– É, sim. Uma imensa droga! Vocês aterrorizaram Tanya hoje. Olivia ficou chocada.

Aconcheguei-me em seu corpo.

– Eu não sabia, desculpe! Não estou controlando esta parte. Deve ser sempre quando Dean e a equipe acharem que é favorável.

– Eu sei. Só não estou confortável com esta parte. Estamos forçando uma situação.

Ele concordou sem nada dizer.

– Nós precisamos colocá-la em um sanatório. Só assim vamos conseguir mantê-la fora do nosso caminho.

Ele se mexeu incomodado.

– Tanya tem que pagar pelos seus crimes, Melissa, e quanto a isso eu nada farei contra. Não acho justo forçarmos uma situação. Não sei se é o mais correto.

Senti um aperto no peito. Ouvindo Robert falar daquela forma, como se estivesse sofrendo pelo destino da esposa, as palavras de Adam pareciam fazer sentido. Ele se importava demais com o destino de alguém que só lhe causou sofrimento e que sabia possuir todos os requisitos para estar trancafiada em um sanatório. Seria possível?

Eu amei muito Tanya, Mel.

Aquela frase, dita em um passado que parecia tão distante, quando eu ainda não conhecia a sua alma, parecia ser tão real naquele momento. E se Adam estivesse certo? E se Robert ainda amasse Tanya, mas tentasse a todo custo não amá-la por não aceitar tudo o que já tinha acontecido?

– Meu coração pelos seus pensamentos.

Abri os olhos e encarei o teto. Eu poderia questioná-lo? Poderia trazer este assunto à tona? Não ali. Não naquele momento.

– Eu já tenho o seu coração, Senhor Carter – preferi brincar.

Apenas mais alguns dias e tudo estaria resolvido. Era melhor não abusar.

– Muito injusto – ele sussurrou com tristeza e acariciou meu rosto. – Eu não tenho os seus pensamentos.

CAPÍTULO 28

– Preciso ir – sussurrou se separando dos meus lábios.

Gemi um descontento. Robert sorriu timidamente e se afastou um pouco mais.

– Não posso perder a chance de sair agora.

Havíamos transado pela manhã, logo quando Robert acordou. Foi calmo, lento e cheio do sentimento que nos movia: amor. Meu amante me cercou de cuidados e carinho. Não teve pressa. Não havia urgência alguma. Pelo menos até o telefone tocar e Dean lhe avisar que meu pai ainda dormia. Era o momento certo para que ele conseguisse sair pela passagem secreta.

– Tenho que ir, Mel. Desfaça esta cara.

– É a única que eu tenho.

Ok. Eu estava sendo infantil, admito. Mas era ruim estar nos braços do homem da minha vida e depois precisar voltar para a nossa realidade. Piorava e muito quando eu tomava consciência de que o fato de ele precisar ir embora pelo corredor secreto o ligava ainda mais a Carol e lá estava o ponto principal da minha zanga.

– Estou cumprindo com a minha parte do plano. Do *seu* plano.

Ressaltou o "seu" para deixar claro que não concordava com tudo o que decidíamos, como a história de Tanya, por exemplo. O curioso é que ele aceitava muito bem a sua história com a nova amante.

– Isso não muda nada, Robert Carter. E pode ir embora, estou ficando nervosa com toda a sua ansiedade.

Ele piscou algumas vezes sem entender a minha mudança súbita de humor. Passou a mão no cabelo e endireitou a coluna. Puxei o lençol, protegendo meu corpo ainda despido e cruzei os braços na frente do peito, sem coragem de encará-lo.

Talvez insegurança fosse um dos sintomas da gravidez. Porém quem não ficaria insegura vendo uma Carol com pernas longas, esquias e bronzeadas mesmo em um clima como o nosso? Com uma barriga enxuta, seios fartos e duros, enquanto eu sabia que em pouco tempo minha barriga seria uma abominação, meu corpo ficaria deformado e meus seios nunca mais voltariam a ser os mesmos. E tudo isso desfilando e posando de amante do meu amante. Puta merda! Eu já estava piorando.

– Melissa, isso tudo é porque eu preciso ir ou por causa da Carol?

Olhei para Robert como se ele estivesse me acordando de um pesadelo.

– Ela é namorada do Dean!

Revirei os olhos e me encostei na cabeceira da cama. Até parece que existiam barreiras como estas para Robert Carter. Quando ele queria uma coisa, ele fazia. Independentemente das consequências. Eu era a prova viva daquela realidade.

– Você finge um casamento com seu ex-namorado, o mesmo que precisei lutar contra para arrancar você daquele relacionamento ridículo, mas estou confiando neste plano e deixando para trás todos os meus medos.

– Que grande mentiroso!

Ele riu e mordeu o lábio inferior.

– Estou controlando a minha insegurança e o ciúme. Fica melhor assim?

– Não!

Mais uma vez ele riu.

– Eu te amo, Melissa!

Inclinou-se sobre mim, conseguiu capturar toda a minha atenção. Seus lábios alcançaram os meus em um beijo leve e casto, no entanto, repleto de amor e devoção.

– Amo ter você de volta – sussurrou ainda em minha boca. – Deus sabe o que passei sem saber o que estava acontecendo, sem notícias suas.

Deixou sua testa colada à minha e continuou sussurrando a sua confissão.

– Não tenha medo. Eu só quero que isso tudo acabe logo. Quero tirar minha família desta confusão, afastar os riscos de ter Tanya por perto e finalmente poder viver com você. Dar continuidade ao que estávamos vivendo antes de ela chegar e levá-la para longe de mim. Preciso acabar com isso logo, Mel!

– Eu sei… Eu…

– Não, você não sabe!

Ele se afastou e passou a mão no cabelo, bagunçando tudo. Ficou ainda mais bonito.

– Você não sabe o que é passar alguns dias no paraíso depois de anos vivendo no inferno. Não faz ideia do que aqueles poucos dias foram capazes de fazer com minha alma. Eu acreditei. Simplesmente acreditei que poderia ser possível.

– É possível!

– É possível! – ele repetiu me olhando nos olhos. – Eu sei que é. Porém sempre estamos desenterrando novas situações. A história só é alimentada e nunca eliminada. Droga, Melissa! Era para vivermos em nossa casa. Casados. Você com certeza estaria grávida e eu…

Ele sorriu e meu coração perdeu uma batida. Rapidamente meus olhos ficaram repletos de lágrimas, prontas para cair.

– Eu seria o homem mais feliz do mundo.

As lágrimas romperam, forçando um soluço a sair da minha garganta.

Merda! Eu estava fodidamente arrasada com aquela declaração. Merda! Merda! Merda! Eu estava grávida e ele tinha o direito de ser o homem mais feliz do mundo. Nós dois podíamos, sim, ter o que ele sonhava, o que tanto ansiava.

– Por que está chorando? – Sua voz ficou cálida e seus dedos correram para meu rosto. Uma carícia confortante.

Por que eu simplesmente não rompia aquela barreira? Por que não levantava a cabeça e admitia o meu erro em ter escondido aquela gravidez? Se eu via, entendia e ansiava pelo momento em que, enfim, Robert saberia que nosso amor havia gerado um milagre. Um pequeno ser já tão amado, tão forte e iluminado. Era o nosso filho! E ele precisava saber. Fiquei tão presa em meus pensamentos, em meu desespero, que não percebi o celular tocar, só ouvi Robert murmurar um "ok" rápido.

– Dean ligou avisando que eu já posso sair. Tenho mesmo que ir.

– Não! – quase gritei em desespero alertando Robert. – Não vá agora. Eu tenho... Eu estou... Eu preciso te contar uma coisa.

Limpei as lágrimas com as costas das mãos. Robert me encarava sem entender e pelo visto achando que aquela era mais uma das minhas demonstrações de insegurança e infantilidade.

– Mel, esta é a minha chance de sair. Dean está mantendo o caminho livre, mas não vai conseguir se seu pai sair daquele quarto!

– Robert, por favor! Eu preciso contar uma coisa.

– E tem que ser agora? Não pode ser por telefone ou daqui a uma hora quando você estiver comigo na empresa?

Ele estava exaltado. Não com raiva, mas tenso e ansioso.

Desisti.

Não dava para largar um "estou grávida" e esperar que ele fosse embora sem alertar metade da população mundial. Definitivamente aquele não era o momento adequado. Não com Robert tenso, preocupado com a sua saída. Era melhor aguardar.

– Tudo bem. – Mordi os lábios sem conseguir evitar o desconforto.

– Tudo bem? – Buscou por meus olhos. – Mesmo?

– Mesmo. Converso com você depois.

– Tá... – Mas ele hesitou avaliando meu rosto. – Certo. Eu tenho mesmo que ir.

Levantou-se da cama ainda sem demonstrar partir.

– Mel, é só porque não quero o seu pai envolvido nesta sujeira toda.

– Eu sei. Está tudo bem. Eu só fiquei emocionada com as suas palavras. – Tentei sorrir, falhando descaradamente.

Robert me beijou rapidamente.

– Te amo, Melissa Simon! – E saiu sem que eu pudesse retribuir.

Não sei mensurar o tempo que levei naquela cama absorvendo tudo o que havia acontecido. O fato foi que eu me vi presa a uma realidade. Robert precisava ser pai. Merecia ser pai daquele filho que eu gerava e escondia. Eu queria acabar com o inferno, afinal de contas foi para isso que eu havia voltado. Foi por este motivo que abri mão de toda felicidade, da saudade, do amor... Eu queria tudo o que Robert me prometia. Uma vida de paz, repleta de felicidade.

No entanto, para que tudo o que eu sonhava fosse possível, era necessário agir. E eu sabia exatamente o que fazer para que metade do caminho fosse percorrido. E naquele momento eu me dei conta de que esconder a gravidez seria o melhor a ser feito. Robert nunca permitiria que eu fizesse o que planejava sabendo que um filho seu estava em meu ventre. Não, ele nunca permitiria. E eu não podia mais esperar que minha realidade mudasse. Sem pensar duas vezes, levantei-me em busca do meu celular e assim que consegui encontrar o número que eu precisava em sua agenda, dei início ao meu plano.

O sinal deu início à ligação fazendo meu sangue gelar. Com certeza Dean conseguiria rastrear e, ao descobrir o seu teor, seria o primeiro a me torrar a paciência. Ele não era totalmente a favor, apesar de concordar que seria uma ótima cartada. Quando me dei conta de que o tempo passava e ele não atendia, me acovardei, mas quando pensei em desligar, ouvi sua voz sonolenta do outro lado da linha.

– Alô...

Parecia que ainda não estava conectado com o mundo. Sua voz arrasada e pastosa me fez enjoar.

– Quem é? Adam? Pensei que seu dia começasse cedo. Não é assim para todos os homens de negócio?

Pude sentir a sua surpresa quando ele pigarreou e um leve farfalhar de lençóis preencheu o silêncio do outro lado da linha.

– Melissa? Ora, ora!

Era nojento. Precisei respirar fundo e me concentrar para continuar com o plano.

– Cedo assim só me faz imaginar uma coisa: você quer muito estas provas.

– Exatamente! – Fui direto ao ponto.

Não dava para ficar ensebando muito quando minha vontade era de vomitar.

– Eu quero essas provas, Adam. É uma questão de honra!

Ele riu.

– Robert realmente não deveria ter pisado em seu calo.

A disputa ridícula que ele travava com o chefe me fazia desejar ainda mais aquele desfecho. Seria ótimo que Adam Simpson entendesse de uma vez que não havia como medir forças com Robert Carter.

– Agora são duas Tanyas para destruí-lo.

Fechei os olhos e procurei controlar o meu gênio.

Ser comparada a Tanya era o mesmo que ser apunhalada sem piedade. E foi o que mais ouvi nos últimos tempos. Não era daquela forma que eu queria ser vista, mas era assim que Adam precisava me ver.

– Não, Adam. Você vai entender que eu não posso ser comparada a Tanya, simplesmente porque sou algo muito pior do que ela.

Ouvi o estalar da sua língua, deliciado com a minha postura.

– Ah é? Sempre achei você muito santinha, Melissa. A garota que o Robert levava na coleira...

– Está enganado – o interrompi.

Uma parte de mim estava louca de vontade de xingar até a última geração de Adam Simpson, e a outra se contorcia de vontade de quebrar o nariz do Robert por ele sempre agir de forma a fazer com que as pessoas pensassem isso. Idiotas.

– Pois é. Estou enganado.

– E isso muda em quê?

Tive medo do fato de eu não ser a garota submissa que ele imaginava fizesse com que ele perdesse o interesse em mim. Era importante que Adam continuasse me vendo como um prêmio pelo qual valeria a pena lutar.

– Em nada! – Sua resposta foi rápida e com uma pitada de urgência. – Você é uma mulher interessante, Melissa! Gosto do fato de parecer frágil, mas que na verdade não nos dá muita margem para saber ao certo o que esperar.

Engoli em seco. Era a minha hora de agir.

– Eu quero as provas. Como posso consegui-las? – Forcei a voz a sair doce, contudo, o arranhar das palavras em minha garganta denunciava a tensão existente.

– Rápido assim?

Ele riu outra vez e eu soube que era necessário que o deixasse achar que estava no comando.

– Sim, rápido. O quanto antes!

– E o que eu ganho com isso? Veja bem, Melissa, estou arriscando demais para te ajudar. Tanya não é uma mulher que aceita uma traição com facilidade.

– Você sabe onde estão as provas. Eu só preciso da informação, o resto faço sozinha.

Fiquei ansiosa demais e não deveria demonstrar esta fragilidade. Adam pareceu satisfeito em notar a minha necessidade por aquela informação.

– Eu já disse: sei o que Tanya deixa escapar.

– Mas ela tem cópias? Porque eu não posso confiar em conseguir um trunfo contra Robert se Tanya continuar tendo este poder sobre ele.

– Não. Tanya não é nenhuma menina. Ela sabe muito bem como arrumar este jogo. Não existem cópias, ou Robert já as teria. Ela sabe que ele busca consegui-las para neutralizar o seu poder e por isso mesmo não deixa nenhum rastro de como ele pode encontrá-las.

– Só existe um arquivo então? Tudo está escondido no mesmo lugar?

– Vamos com calma. Eu disse que só sei o que ela deixa escapar, e pelo visto, Tanya prefere cuidar pessoalmente desta parte da história deles dois.

A risada dele deixou claro o que ele queria insinuar.

– Será que posso arriscar?

– Vai ficar a seu critério, Melissa – recuou estrategicamente.

Eu precisava tê-lo de volta no jogo.

– Podemos marcar um jantar quando eu voltar da Tailândia, assim conversamos melhor. O que acha?

– Pensei que você tivesse pressa.

Puta merda!

– Eu tenho, mas você não define de que forma pode me ajudar, Adam.

– Posso ajudar com a informação que você precisa, Melissa. Posso dar todas as cartas para que consiga destruir Robert Carter. Agora só depende de você.

Eu não poderia esperar nada menos do que aquilo quando relacionado a Adam Simpson. Devo admitir que ouvir a sua postura tão decidida em me levar para a cama, mesmo que fosse contra a minha vontade, ou apenas para conseguir o que eu queria, me deixava mais do que enjoada. Era sujo, nojento e podre. Exatamente o que definia para mim a sua personalidade doentia.

– Será conforme a sua necessidade. Só lembre que, com Tanya viajando, fica muito mais fácil não chamar atenção.

– Eu estou com um problema. Meu pai apareceu de surpresa para uma visita rápida e amanhã embarco para Tailândia. Não tenho como resolver nada antes disso.

– Entendo. Acertamos, então, após a sua volta.

– Até lá…

Falei doce e desliguei antes que vomitasse meu nojo por aquela conversa.

Corri para o banheiro e consegui alcançar o vaso. Meu enjoo matinal tinha acalmado por um tempo, mas havia voltado e cobrado em dobro depois daquela conversa com Adam. Com o rosto pálido e as pernas trêmulas, me olhei no espelho e tentei encontrar em mim algum resquício da antiga Melissa. Não havia nada que me lembrasse aquela garota calma, de vida pacata, que se contentava com o que tinha, e não tinha grandes ambições. Quem sabe um emprego significativo ou um romance que fosse um pouco mais do que as noites esporádicas que eu tinha com Dean, mas nada que fosse parecido com o que eu estava vivendo nos últimos meses.

– Falta pouco agora. Você precisa ser forte – falei a mim.

Liguei o chuveiro e me atirei na água quente.

De olhos fechados, imaginei como seria a minha vida se Robert Carter nunca tivesse me olhado da forma como me olhou quando nos vimos a primeira vez. Havia desejo naquele olhar e um pouco de raiva também, porém esta foi a mistura que me atirou em seus braços.

Céus, Melissa! Você só pode ser uma doente. Como pôde desejar um homem que te odiou no primeiro instante?

Mas eu sabia que havia muito mais de desejo do que ódio e que, na verdade, este segundo sentimento foi apenas a forma que ele encontrou de tentar fugir do que sabia que estava predestinado para nós dois. No fundo, tanto Robert quanto eu sabíamos que seria inevitável. Não, não existia maneira de a minha vida acontecer sem que ele entrasse nela e ocupasse todos os espaços.

– E se for verdade? E se ele ainda ama Tanya? – eu falava comigo mesma, como se precisasse disso para me sentir inteira, sã e confiante. – Robert me ama. Eu sei disso. Quantas vezes já afirmou este amor? E toda a sua luta para estar ao meu lado, para me ter de volta? Seria possível?

Puta merda! Sim. Seria possível. Calei-me no instante em que me dei conta da possibilidade. Havia um histórico horrível entre eles dois, onde mortes traições e destruição manchavam a sua linda história de amor. Ele escolheu viver, amar e casar com Tanya, assim como escolheu construir uma família ao seu lado. Era possível que aquele amor saudoso, aquele que ocupava o seu coração quando os problemas não existiam, ainda estivesse por lá, apenas acuado, sofrido e escondido, simplesmente porque Robert não aceitaria amar uma pessoa que foi capaz de deixar o seu filho morrer, que o roubou, bom... roubou de verdade e que deu início à série de acontecimentos que só o tornou o que ele era.

E então aquelas palavras invadiram a minha mente como um tsunami *Há muito tempo eu descobri que é impossível desprezar um amor...* ele disse isso quando discutimos pouco depois de revelar toda a verdade. Puta que pariu! Merda! Senti minhas pernas tremerem. Robert era seguro demais para deixar transparecer um amor ainda existente por uma pessoa como Tanya, mas nem ele conseguiria sustentar uma farsa por tanto tempo, e era o que acontecia, aos poucos, sem desejar que acontecesse, ele deixava que algo viesse à tona, e assim a verdade aparecia.

Ele podia me amar. Um amor de esperança, de desejo de sair daquela realidade tão sofrida, de não se punir por ainda amar uma pessoa capaz de destruir tanto. Eu era o seu recomeço, o que não anulava o que sentia pela esposa.

Merda!

Saí do banho, me sequei ainda sentindo o corpo trêmulo e voltei a deitar, respirando profundamente para recuperar o equilíbrio. Eu precisava levantar e fingir que tudo estava bem. Meu pai certamente já estava acordado. Levantei e me forcei a continuar. Ficar especulando não me levaria a nada, então o melhor a fazer era sair e encarar a vida.

Encontrei meu pai tomando o seu café da manhã acompanhado de Dean. Eu deveria imaginar. Sem conseguir me conter, revirei os olhos para a superproteção do meu amigo, mas sorri ao beijar Kurt e cumprimentar seu acompanhante.

– E Robert? – Olhei discretamente para Dean, que me olhava de maneira estranha.

– Robert sai sempre muito cedo, pai. Ele vive para o trabalho.

Ele fez um sinal com a cabeça como se compreendesse a atitude do meu "marido". Mal sabia o meu pai que na verdade Robert preferia outras práticas, mas que por causa da sua inesperada visita, tivemos que adiar.

Só de pensar nele meu coração apertou, lembrando-me de toda a minha insegurança. Era melhor desviar os pensamentos. Engoli um pedaço de bolo e forcei para dentro com o café fumegante. Estava uma delícia.

– E você, Dean?

Arqueei uma sobrancelha curiosa sobre a sua desculpa para estar em minha casa tão cedo sabendo que o meu pai era meu hóspede e não imaginava o que acontecia naquele conjunto de apartamentos interligados.

– Robert pediu que eu levasse o seu carro para uma revisão, então vou levá-la à empresa, depois deixo seu carro na oficina e volto para buscá-la no final do dia.

Alguma coisa estava errada. Por qual motivo Robert pediria que meu carro fosse para a revisão.

– É bom saber que alguém está cuidando desta parte para você, querida. – Meu pai riu de suas lembranças enquanto mordia uma torrada.

Fiquei furiosa. Não era fácil manter a pose de mulher forte, independente e segura quando havia sempre alguém capaz de compartilhar meus momentos ridículos, como o caso da falta de água no meu carro. Ok! Hoje eu sei que foi um fato absurdo, mas como eu poderia saber que era necessário abastecer o veículo com água? Ninguém havia me alertado e eu só descobri quando tudo começou a fumaçar e uma fila se formou atrás do meu carro, que se recusava a subir a ladeira. Meu pai precisou me socorrer, e com isso, eu ganhei o título de motorista desligada, ou desleixada ou desatenta, desde que isso lhe rendesse boas gargalhadas.

– Não vejo motivo para revisar o meu carro. Eu tenho feito isso regularmente.

A mínima menção da minha falha já me deixava na defensiva. Piorava quando Robert alimentava a situação pedindo, às minhas costas, que Dean cuidasse daquilo. Nós teríamos uma conversa sobre os limites da nossa relação.

– Robert pediu e eu achei que não seria nenhum problema atender ao pedido de um amigo. Não seja infantil, Melissa! É só uma revisão, e se vai deixar seu marido mais seguro, por que não?

Fiquei ainda mais intrigada.

– Tudo bem. Como vocês quiserem! – Meu pai voltou a rir, deixando-me incomodada demais.

– O que vai fazer, papai? Se quiser eu posso ficar para passarmos um tempo juntos.

– Não precisa, querida. Eu não quero atrapalhar a sua rotina. Provavelmente Robert precisa da sua ajuda. Vou apenas andar por aí e visitar alguns pontos turísticos.

– Sei! Com este frio e a neve que insiste em nos limitar? Posso até imaginar qual será o seu compromisso.

Ele riu abertamente, mas nada acrescentou.

Se eu bem conhecia o meu pai, alguma mulher fazia parte dos seus planos. Existem coisas que nunca mudam. O meu pai ser um namorador nato nunca vai mudar. Sorte da minha mãe ter saído do casamento enquanto ainda tinha tempo.

– Tudo bem, então.

Peguei uma torrada e praticamente a ensopei com geleia de morango. Minha boca aguou. Só quando estava me preparando para a primeira mordida percebi o olhar do meu pai sobre mim. Fiquei constrangida.

– Hum! Hoje acordei realmente com fome.

Ele fez uma cara esquisita, mas não falou nada, apenas voltou sua atenção para o jornal e a xícara de café do lado.

– Precisamos sair, Melissa – Dean advertiu.

Olhei para a minha torrada deliciosamente doce e depois para meu amigo que sinalizou com os olhos para o meu pai. Droga!

– Kurt, foi um prazer conhecê-lo.

Ele se levantou após apertar a mão do meu pai.

– Vamos?

Droga, eu queria aquela torrada.

– Traga a torrada, Melissa...

Revirou os olhos e saiu resmungando alguma coisa como "depois sofre com o peso". Cogitei deixar a comida, afinal de contas, Dean tinha razão, eu estava engordando, mas minha boca continuava aguando, e meu estômago implorando por aquele sabor.

– Tchau, pai! Jantamos juntos?

– Claro! Vejo você mais tarde. – Ele sorriu e eu o beijei como uma filha obediente. – E pegue de uma vez esta torrada, está me dando dó de ver você querer tanto e ter que deixar.

Sorri como uma criança que acabara de ganhar o presente de natal, peguei a torrada e saí em busca da minha bolsa.

CAPÍTULO 29

– Ele vai acabar comigo se souber que estou concordando.

Dean ainda estava sério, mas eu sabia que contrariar Robert era uma das poucas coisas que ainda lhe dava prazer em estar ao meu lado.

– Ele tem que se acostumar com o fato de que não tem o controle de tudo.

Dean sorriu e continuou encarando o caminho à nossa frente.

– Mas você não vai entrar no quarto. É só fazer com que ele vá até lá com você e pronto. Depois disso eu assumo, combinado?

– Não dá para prever algo deste tipo, Dean.

– Melissa!

– Tudo bem! Vamos apenas ver como as coisas vão se encaixar, ok? Meu Deus! Não dá para confiar em mim ao menos uma vez?

– Eu confio em você!

A frase imediatamente me levou a pensar em Robert. Era o que ele mais repetia nos últimos tempos.

– Mas não posso deixar que Adam coloque as mãos em você e depois encarar o problema que Robert vai criar.

– Eu cuido dele.

Dean mordeu o lábio e depois olhou rapidamente para mim.

– Você precisa pensar mais em seu filho. Colocar-se o tempo todo em situações de risco é ruim demais.

Instintivamente, levei as mãos à barriga.

– É por isso que não quer contar a ele?

Olhei para fora pela janela do carro sem querer encarar meu amigo.

– Sabe que não é justo, não é? Se você vai se enfiar nesta missão nojenta tem que deixar Robert pelo menos saber que está esperando um filho dele.

– Se ele souber, não vai permitir que eu faça.

– Droga, Melissa!

Engoli em seco sem conseguir pensar naquela situação sem enjoar.

– Eu vou contar. Só preciso que Adam indique a localização das provas. Apenas isso.

– É com você. Eu só estou avisando...

– Eu sei. Pode deixar. Fale-me sobre amanhã. Como vamos conseguir sair?

– O voo do seu pai foi antecipado.

Ele percebeu a minha expressão de surpresa.

– O que você queria? Que ele nos visse saindo juntos, outra vez? Tive que antecipar o voo, assim poderemos viajar sem chamar a atenção de ninguém. – E piscou divertido.

Aquela conversa relaxou Dean e me deixou um pouco intrigada.

– Parece que alguém está muito animado com a viagem.

– E você não? – Ele sorriu amplamente. – Só quero ver a reação de Tanya quando descobrir que Robert embarcará com a amante. Na verdade, todos nós estamos prontos para atacar no mesmo instante...

Mas eu não estava mais prestando atenção ao que ele estava dizendo.

– Como assim Robert vai embarcar com a amante?

– Ele não contou pra você? Bom, nós combinamos que Carol vai nesta viagem. Primeiro porque a ideia é demonstrar logo que Tanya está louca. Conseguimos trocar os remédios dela e no exato momento em que for avisada do nosso embarque vamos liberar mais um áudio. Com sorte, conseguiremos um ataque de fúria testemunhado por Olivia e mais algumas pessoas.

– Por que Robert vai levar a Carol?

Não me importava o plano, nem a forma como conseguiríamos que Tanya fosse diagnosticada como louca, apenas o fato de aquela garota estar mais uma vez entre nós dois.

– Você não está ouvindo nada do que eu estou dizendo? – Ele me olhou rapidamente, censurando-me. – E também não achei justo ir com vocês e ficar apenas chupando dedo. No final das contas, Tanya vai achar que ele usou Carol para maltratar você, porém isso não é o que importa agora.

– Por que eu não fui avisada?

– Você deveria facilitar as coisas.

– Eu não quero assistir Robert brincar de amante.

– E você acha que eu estou em uma posição confortável? Primeiro tenho que conviver com vocês dois, depois de ser obrigado a engolir Robert tomar você de mim sem o menor escrúpulo, e agora me vejo obrigado a assistir minha namorada nos braços daquele filho da puta!

– Dean!

– Olha, Melissa, não está sendo fácil para ninguém, ok? Não sei qual é a palhaçada do destino para me colocar nesta jogada e até hoje não acredito que aceitei ajudar, então colabore e facilite para mim. Já basta eu ter que presenciar os risinhos e brincadeiras de toda a equipe todas as vezes que eles se beijam.

– Eles se beijam?!!!

Tudo bem, eu gritei. Não estava preparada para esta revelação e não havia nenhuma possibilidade de manter a calma naquele momento.

– O que você acha que eles fazem? É para ser real. Nós também nos beijamos, não é? Precisamos que este circo seja pelo menos convincente para que Tanya não volte a focar apenas em você.

– O Robert beija a Carol quando não estamos olhando?

Puta merda! Era demais para mim. Carol e sua pele dourada, suas pernas longas, seus cabelos loiros... Merda!

– Quando você não precisa estar olhando. Eu estou sempre lá, sendo obrigado a assistir.

– Merda, Dean! – explodi.

Não dava para segurar a barra sendo bombardeada por hormônios da gestação. Mentira. Esta era a minha desculpa, mas a verdade era que minha reação seria a mesma se eu não estivesse esperando um filho. Era demais conviver com aquela situação e não reagir de maneira explosiva.

– Pois é. Merda! E é justamente por isso que quero que você faça o processo com o Adam Simpson, para que esta merda toda tenha logo um fim!

Só então me dei conta de que ele também gritava e que estávamos parados em minha vaga no prédio da C&H Medical Systems.

Nos encaramos por um tempo. Minha respiração estava acelerada assim como o meu coração. Dean mantinha as mãos fechadas no volante com tanta força que os nós dos dedos estavam brancos.

– Desculpe! – ele disse por fim. – Você não tem culpa disso. Não vamos brigar por causa dele outra vez, certo?

– Não é por causa dele. – Minha voz estava fraca.

Naquele instante, mesmo que fosse mais uma de minhas infantilidades, minha mente só conseguia me levar para os pensamentos de mais cedo. Robert se divertia tendo Carol como amante e se aproveitava da situação. Este era o jogo dele com Tanya.

– Mel, eu não queria...

– Tudo bem. Eu só posso entender você, não é mesmo? Estamos na mesma situação.

Ele sorriu, mas não foi um sorriso verdadeiro.

– Eu vou entrar.

– Certo. Volto para pegar você mais tarde. – Voltou sua atenção para o painel do carro. – A história da revisão foi a forma que encontrei de poder sair de casa com você. Não tem nada de errado com o seu carro.

– Imaginei.

Abri a porta do carro e agradeci pelo clima frio. Quem sabe assim acalmasse meu ânimo, porque naquele momento minha única vontade era matar Robert Carter!

Entrei no elevador ainda a tempo de ver Dean manobrar e sair da garagem. À medida que o elevador subia, eu sentia minha raiva aumentar. Para que inferno ele beijava a Carol? Não precisava de tanto. Comigo nunca fora assim, sempre fomos discretos então qual a necessidade de fazer de uma forma tão explícita? E por que merda Dean concordou com aquilo tudo?

A porta abriu e revelou a sala já em seu movimento habitual. Abby arrumava alguns papéis enquanto Robert e Bruno aguardavam do lado dela. Todos me olharam e, cada um do seu jeito, entendeu o meu estado de espírito. Melhor assim.

– Bom dia, Melissa!

Abby, como sempre, foi gentil e educada, conforme a sua posição exigia.

– Melissa!

Robert e Bruno foram menos formais e mais contidos, sem deixar que seus olhos pousassem mais do que o necessário em mim.

Minha irritação era tanta que preferi não responder. Que se dane a educação e os bons modos, eu queria poder esbofetear Robert ali mesmo e arrancar dele aquele sorrisinho cafajeste. Ele saiu cedo, teve que passar pelo apartamento dela, bancar o amante... Filho da puta! Tinha beijado a cretina pelas minhas costas. Percebi seu suspiro de resignação.

– E não esqueça de mandar este fax, Abgail. É importante...

Não consegui me conter.

– Fax? – disse eu e todos eles se viraram para mim como se estivessem vendo um E.T. – Por que você tem que ser tão antiquado? Nós temos uma impressora com scanner de última geração e você está mesmo pedindo para a Abby enviar um fax?

Ele continuou calado,olhando-me como se fosse eu a louca ali. Ok, eu era a louca naquele momento, mas não dava para ser diferente.

– Por que esta merda de empresa tem que ser tão burocrática? Por que simplesmente não manda escanear o documento e enviar? Por que você, como CEO do tão importante grupo C&H Medical Systems não consegue ser mais moderno?

Fui até eles e assisti quando todos recuaram um pouco, assustados com o meu ataque sem motivo aparente. Sem me preocupar em ser cuidadosa, arranquei os papéis das mãos do meu amante e os coloquei sobre a mesa.

– Até um maldito celular consegue fazer este trabalho.

Peguei meu iPhone e tirei uma foto do documento.

– Vê? Simples, rápido e nada burocrático.

Praticamente esfreguei o aparelho na cara dele. Bruno riu, mas abafou o riso para que não sobrasse para ele também.

– Tudo bem – ele disse com a voz fraca e uma expressão estranha no rosto. – Como você quiser, Melissa. Abby, faça como a Senhora Bailey está sugerindo.

E ele continuava me sondando com os olhos e sendo cauteloso com os gestos e palavras.

– Ótimo! – Dei as costas e saí em direção a minha sala. Podia senti-lo a poucos passos de mim, mas não me dei ao trabalho de virar para encará-lo.

Alcancei minha mesa e logo tratei de iniciar as atividades. Guardei a bolsa, coloquei o celular sobre a mesa, liguei o computador colocando a digital para que apenas eu tivesse acesso às informações e tentei, com todo esforço possível, ignorar a figura dele parada na minha frente.

– Aconteceu alguma coisa? – continuava cauteloso.

Eu queria poder gritar que eu não o queria beijando a cretina da Carol, mas não podia fazer isso em nosso local de trabalho, então preferi puxar bastante ar e tentar me acalmar, o que não foi possível.

– Melissa? O que está acontecendo?

– Você nunca ouviu falar que a burocracia mata a empresa?

Minha voz continuava alta. Por instinto, Robert olhou para a recepção, mesmo sabendo que, com a porta fechada, eles não poderiam nos ouvir.

– Você está irritada assim por causa de um aparelho de fax?

– É. Estou irritada por causa do maldito aparelho de fax e por causa das terríveis agendas coloridas e pelo fato de você ainda ser tão retrógrado, machista, canalha e insuportavelmente cheio de si! – Ele estreitou os olhos, visivelmente descontente com as minhas acusações. Sem dizer nada, apertou o viva-voz do meu aparelho telefônico e acionou o ramal de Abby.

– Sim?

– Abgail, por gentileza, peça para alguém retirar o aparelho de fax e dar um fim nas agendas. A Senhora Bailey vai demonstrar como você deve proceder daqui para frente.

Ela pareceu surpresa por alguns segundos, mas sua pose profissional não permitia que questionasse o chefe. Revirei os olhos.

– Claro, Senhor Carter. Agora mesmo.

Ele voltou a me encarar. Parecia cobrar uma explicação. Não fiz questão de me manifestar, ele que ficasse com as suas dúvidas.

– Vai me contar o que aconteceu?

– Já contei. Você é um velho, retrógrado e antiquado, que quer gerir a empresa com punhos de aço e com um aparelho de fax.

Essa foi boa e eu quase não seguro o riso. Minha oscilação de humor era algo com o qual eu definitivamente não conseguia lidar.

– Eu uso o fax porque através dele não temos vírus, nem desvio de informação, nem nada disso que a alta tecnologia nos permite viver. Eu já tive meu computador invadido, meus arquivos copiados, uma planta mais do que importante alterada e recentemente recebi um artigo que contava a história de um garoto que invadiu alguns arquivos nas nuvens e disponibilizou para quem quisesse, apenas pelo prazer de provar ao mundo que ele podia fazer isso. Satisfeita? O fax é importante para passarmos informações que não devem ser desviadas da sua finalidade, mas se você está tão incomodada... – Deu de ombros. – Vamos fazer do seu jeito.

Ficamos nos encarando de uma maneira ridícula, medindo forças e sabedoria. Puta merda! O pior de tudo era que ele tinha razão, apesar de continuar acreditando que um aparelho de fax deveria estar em um museu, mas tinha lógica a sua justificativa, como sempre, Robert Carter sabia o que fazia. Sem lhe dar o gostinho da vitória, apertei o botão que me ligava a Abby.

– Sim – respondeu receosa.

– Pode deixar o aparelho de fax, Abby, mas vamos abolir as agendas.

– Tudo bem. – Notei um certo divertimento em sua voz.

Desliguei e voltei a olhar para o meu computador sem querer encarar o meu amante. Podia sentir minha pele corando em diversos tons e seu olhar sobre mim de maneira impiedosa.

– Não tem mais nada de interessante para fazer hoje?

Ouvi seu suspiro e pude deduzir que sua mão estava no cabelo.

– Tenho, mas preciso descobrir que bicho te mordeu. Qual a razão para tanta raiva?

– Bruno está aguardando.

Virei para pegar o telefone e ele me impediu projetando o corpo para frente e forçando meus olhos a encará-lo.

– Ele não vai entrar até que eu diga para fazê-lo – recuei. Robert estava no seu melhor modo CEO. Instintivamente, retirei minha mão do aparelho e aguardei.

– Agora me diga, Melissa.

– Eu... – Engoli em seco, no entanto, raiva ainda estava em mim. – Pra que inferno você beija a Carol quando eu não estou olhando?

Robert recuou, piscou algumas vezes sem acreditar no que eu havia dito, passou a mão no cabelo, olhou ao redor, conferindo a sala e depois voltou a me olhar, porém seus olhos estavam divertidos. Não havia nada da sua força ou brutalidade.

– A sala...

– É segura. Quer dizer, o nosso pessoal está bloqueando Tanya.

Ele soltou o ar e ampliou o sorriso.

– Mas o nosso pessoal pode ouvir o que estamos conversando?

Concordei com a cabeça.

– E nos ver também.

– Ótimo! Tem algum lugar onde eu possa ter um pouco de privacidade com você?

Eu não queria, mas olhei para o banheiro me traindo completamente. Ele também olhou na mesma direção e soltou um risinho que podia ser tudo, menos inocente.

– Nem pense nisso, Robert Carter! Eu ainda posso quebrar o seu nariz.

– Oh, tenho certeza de que sim, Senhorita Simon. Você é uma força incomum da natureza.

– Vá à merda, Robert! E não pense que vai me enganar desviando o assunto. Que merda é essa de ficar beijando a Carol?

– Ela é minha amante – brincou.

Fechei os olhos e puxei o ar com força.

– Ok, não quebre nada nem atire as coisas em mim. Foram apenas algumas vezes, quando sabíamos que chegaria até Tanya apenas para reforçar a situação.

Mordi os lábios com força e cogitei a hipótese de atirar uma cadeira nele.

– Eu pensei que a ideia era essa e a Carol falou que estava tudo bem, que deveríamos fazer o nosso melhor, e modéstia à parte... Tá, Melissa, eu estou só brincando, não precisa me encarar como se quisesse me esganar ou coisa parecida.

– Robert Carter... Saia da minha frente. Agora!

– Tudo bem.

Ele tentou evitar, mas eu podia notar seu sorriso disfarçado.

– Vou pedir para Bruno entrar. – E abriu a porta chamando pelo irmão.

Ambos entraram e foram até a mesa nova do CEO do grupo. Bruno lançou um olhar rápido e debochado para mim e depois sussurrou o que eu identifiquei como "mulher de TPM é o diabo" para rir disfarçadamente acompanhado do irmão. Olhei para o peso de papel na minha frente e pensei se o estrago seria muito grande se eu o acertasse na cabeça. Melhor não.

Trabalhei mantendo a concentração em não errar. Precisava de alguns relatórios para a viagem, sem contar que estava atrasada em minhas atividades. Mesmo assim, a informação que Dean havia gentilmente fornecido ainda maltratava minha mente. Por alguns minutos, me peguei pensando em que nível de loucura o meu amor estava. Não era possível que eu me sentisse tão ferida por uma coisa que eu mesma armei, aceitei e coloquei em prática. E por que Robert conseguia dominar tanto os meus pensamentos que eu não conseguia comer, conversar, trabalhar, pensar sem que isso me levasse a ele?

Onde eu estava dentro de mim? Como pude me deixar envolver tanto e a tal ponto que não reconhecia mais as minhas ações? Quando eu me tornei uma mulher neurótica, insegura e bipolar? A resposta estava na ponta da língua: quando engravidei. Claro que eu não podia colocar a culpa de todos os meus defeitos na minha gravidez, mas sejamos justos, engravidar era o nosso plano e não poder compartilhar este segredo, dividir esta alegria com o homem que amo e que eu sabia que explodiria de felicidade estava mexendo demais comigo.

Ou eu já era tudo isso e só me dei conta depois da gravidez?

– Não vai almoçar? – Sobressaltei-me com a voz de Robert.

Meu coração acelerou e precisei de alguns segundos para me dar conta de que eu encarava a tela do computador sem nada fazer. Provavelmente minha cara estava terrível.

– Algum problema que eu possa ajudar?

Pisquei algumas vezes para ajustar meu pensamento e entortei a boca, pensativa. Ele poderia me ajudar? Provavelmente não! Pelo menos não naquele momento.

– Tudo bem. Eu só estava pensando que ainda não arrumei as malas e nem sei o que devo levar.

– Não leve nada, amor! Prefiro você assim.

Ele fez um biquinho lindo tentando conter o riso. Fiquei vermelha. Com certeza os rapazes do QG estavam ouvindo a nossa conversa. Sem querer me vi olhando para o local onde a escuta ficava, Robert sorriu largamente.

– Não tente me distrair, Senhor Carter, eu ainda estou com muita raiva.

– Posso mudar isso. – Olhou sugestivamente para o banheiro.

Meu rosto ficou ainda mais vermelho.

– Não vai almoçar com a sua amante hoje? – debochei.

Queria desprezar o seu convite silencioso, mas meu corpo já estava aquecido. Se existia uma forma de expurgar a raiva era transando com Robert Carter.

– Eu ia, mas posso mudar os meus planos. Só depende de você.

Era para sentir mais raiva ainda, mas saber que ele deixaria Carol esperando e que, pelo menos naquele dia, não existiria beijo em público entre eles dois, já me deixava mais calma.

– Não estou com fome – rebati sem querer dar o braço a torcer.

– Eu estou faminto.

Seus olhos encararam o que podiam do meu corpo e... Puta merda! Eu já estava molhada. O que era aquele homem me dizendo estar faminto e me olhando como se eu fosse a sua comida?

– Comporte-se, Robert! – Olhei para fora da sala, onde Abby estava.

– Ela vai sair em alguns minutos.

– E você não vai fazer nada do que está pensando.

– Minha raiva vai aumentar por estar me expondo desta forma.

Ele riu baixo e passou a mão no cabelo. Ainda sorrindo olhou para Abby depois para o banheiro e em seguida para mim. Neguei com a cabeça o seu convite silencioso.

Inferno! Será que ele acreditava que tudo em mim se resolvia com uma boa rodada de sexo? Bom... Pensando por este lado... Não! Não poderia ser tão fácil assim. Sexo entre nós dois era inevitável, mesmo assim, eu não poderia deixar que isso fosse a solução dos nossos problemas, já que sabíamos que eu, no fundo, não resolvia nada.

– Então vou pedir a Abby que providencie o nosso almoço. Vou aproveitar para ajustar os últimos pontos para a reunião da Tailândia.

– Tudo bem.

Voltei a encarar a tela do computador e a planilha aberta a minha frente, a mesma que fingi analisar durante uma boa parte da minha manhã e que, na verdade, nem consegui enxergar. Almoçar com o meu amante após recusar estar em seus braços não era uma tarefa muito fácil.

– Mas eu vou ligar para Dean e mandá-lo nos dar uma hora de descanso sem que ninguém fique ouvindo tudo o que conversamos.

– Nós estamos no trabalho.

– Eu sei! – Ele foi seco e ríspido. – O que não dá a ninguém o direito de invadir a minha privacidade. Quero um tempo livre com a minha namorada, ok? Precisamos disso ou vamos enlouquecer.

– O recado já está dado.

Peguei meu celular que vibrava anunciando uma mensagem recente, com a certeza de que seria a nossa resposta. *Ok! Vocês têm uma hora, mais do que isso, Tanya vai desconfiar*. Li a mensagem para que ele soubesse do que se tratava.

– Tom foi quem enviou.

Ele fez uma cara de desagrado. Pelo visto sua situação com o investigador pessoal não estava nada boa.

– Ótimo! – Pegando o telefone, ligou para Abby.

– Vamos almoçar aqui, poderia providenciar alguma coisa rápida?

Ele teve o cuidado de não colocar no viva voz.

– Obrigado! – E desligou. – Abby vai fazer o pedido a um restaurante aqui perto.

– Ok! E sobre o que exatamente você quer conversar?

Ele me olhou como se tivesse sido pego em uma traquinagem. Arrastando uma cadeira, sentou-se à minha frente e cruzou os braços no peito.

– Carol.

Seus olhos continuavam fixos em mim, avaliando minhas feições e demonstrando incerteza sobre como deveria conduzir a conversa. A careta de desagrado que fiz deixou claro que não seria nada fácil.

– Deixe que eu fale, Melissa. Só depois exponha a sua opinião.

Não foi um pedido, e sim uma ordem clara. Fiquei com mais raiva ainda, mas aceitei.

– Eu sei o que você vai dizer sobre este plano, mas só aceitei porque a proposta foi sua. Nós quase nos perdemos por causa disso tudo e não posso arriscar perder você outra vez. Estamos nessa juntos, apesar do caminho que você escolheu para me colocar neste jogo. O plano é: Carol é a minha amante e Tanya precisa acreditar nisso, não é?

Relutei, mas concordei.

– Você é minha amante e sabe como as coisas funcionam para mim.

Engoli em seco. Eu sabia como funcionava, apesar de acreditar que comigo aconteceu de maneira diferente.

– Tanya não vai cruzar os braços e assistir de camarote o meu envolvimento com você ou qualquer outra pessoa, ela vai atacar. Sinceramente? Eu prefiro que ataque a Carol do que você, e não, eu não estou dizendo que não me importo com ela, mas a Carol está melhor preparada e sabe como controlar a situação. Não existe um envolvimento emocional entre nós dois, o que facilita muito a minha atuação e acredito que a dela também, o que não torna nada mais confortável, se é o que você pensa.

– Aonde você quer chegar?

Cruzei os braços no peito em uma atitude de defesa. Eu não queria admitir, mas Robert estava coberto de razão. Merda!

– Se você não consegue conviver com as suas escolhas, nós paramos por aqui.

Encarei meu amante sem acreditar no que ele dizia. Robert estava terminando comigo para conseguir dar continuidade ao plano? Sem controlar minhas emoções, meus olhos ficaram úmidos. Pensei em dizer alguma coisa, mas não vinha nenhum pensamento que pudesse modificar a situação. Se antes eu estava com raiva, aquilo piorou ainda mais. Ainda olhando para ele, vi quando revirou os olhos e passou a mão no cabelo, demonstrando impaciência.

– Não pense besteira.

Foi uma repreensão, deixando claro que realmente estava sem paciência para as minhas coisas de mulher. Engoli o choro e o encarei desafiadora.

– Não estou terminando com você, mas saindo do jogo. Se vamos ter que passar sempre por situações embaraçosas por causa do seu ciúme em relação à Carol, o melhor a fazer é não dar andamento ao planejado. Eu tentei, mas não consigo administrar as duas coisas. Não dá para levar uma farsa com a Carol e ter medo de como você vai reagir a cada atitude minha.

Eu não sabia se chorava ou sorria. Saber que ele não estava me abandonando era um alívio imensurável, porém, colocar em risco tudo o que planejamos era péssimo. Respirei profundamente sem saber o que dizer.

– Podemos pensar em outra coisa.

– Não dá para voltar atrás. – Minha voz fraca indicava o quanto aquilo tudo me abalou.

– Eu não vou colocar nosso relacionamento na berlinda, Melissa. Se for preciso, simplesmente bato de frente com Tanya e assumo os riscos, mas não vou perdê-la outra vez, não quero mais nenhum dia sem você e não me importam as consequências desta decisão.

– Robert, não! Não quero que você se arrisque desta forma.

Instintivamente, levei a mão à barriga. Nós éramos uma família, e como tal, deveríamos permanecer unidos. Não seria nada fácil se ele fosse preso ou se eu precisasse conviver todos os dias com a sua decepção por ter destruído o que seu pai construiu.

– Melissa...

– Eu vou me comportar. Prometo!

Não tive coragem de encará-lo. Minhas lágrimas rolaram antes mesmo que eu tivesse qualquer domínio sobre elas.

– Mel! – Ele se levantou indo em minha direção.

Sem que eu tivesse como entender, as persianas fecharam lentamente e eu estava no colo dele.

– Mel, não chore! – Ele acariciava meus cabelos enquanto eu soluçava.

Merda! Meus hormônios estavam um parafuso.

– Não quero pôr tudo a perder. Precisamos deste plano, só assim vamos conseguir acabar logo com todo este inferno.

– Eu sei. Fique calma. Tá vendo? É disso que eu falo, Melissa. Tenho medo do quanto isso tudo pode destruir você. Não quero conseguir acabar com Tanya, mas ter que conviver com o seu sofrimento. É um preço alto demais.

– Não é. E eu vou ficar bem.

Limpei as lágrimas sentindo uma vontade anormal de contar a Robert o motivo daquela mudança súbita de humor, daquela incapacidade de me manter equilibrada, porém aquele segredo deveria continuar. Se eu quisesse abreviar aquele sofrimento, estar com Adam seria o melhor caminho.

– Já estou bem. – Levantei o corpo e disfarcei com um sorriso terrível que foi interrompido pelo som do telefone.

– Sim? – Robert atendeu sem se importar se aquele era o meu ramal. – Obrigado, Abby. Já saio para pegar tudo.

Desligou e me encarou.

– Nosso almoço chegou – disse como se estivesse se desculpando. – Você está bem?

– Estou. Estou ótima e com fome.

Seu sorriso indicava que não acreditava em minhas palavras.

– Não vai mudar nada, não é? Vamos dar continuidade ao plano.

– Se isso não for gerar uma briga a cada hora entre nós dois, sim.

– Não vai. Prometo.

– Está bem. – Ele me beijou rapidamente. – Vou buscar o almoço.

Ele saiu e eu estremeci. Eu sentia como se as palavras dele fossem um presságio, como se Robert, de alguma forma, soubesse que darmos continuidade àquele plano nos mataria. Que o nosso fim era certo, e por isso fazia tanta questão de desistir. Eu não podia mais chorar. Queria uma vida ao lado dele, ter a nossa família, mas queria, acima de tudo, que ele fosse feliz, que aquele inferno acabasse e que o homem que eu tanto amava pudesse ter paz outra vez. E era nisso que eu me apegaria.

CAPÍTULO 30

– Então seu dia foi bom?

Eu conversava com o meu pai durante o jantar. Ele estava animado, sorridente e tranquilo, enquanto eu tentava empurrar para o fundo do meu íntimo a sensação de perda que havia cercado o meu coração desde a minha pequena briga com Robert. Este estava calado, apenas observando a conversa com meu pai. De tempos em tempos colaborava com alguma opinião e sorria de maneira agradável, mas no geral se manteve distante. Eu queria entender, mas não conseguia.

Após nossa conversa, almoçamos e passamos o restante do nosso tempo livre, abraçados no sofá da sala, jogando conversa fora, sem muita vontade de interagir. Aproveitei as carícias das suas mãos em meus braços e ele continuou a fazer, mas ambos estávamos distantes. Não conseguia deixar de me culpar por ser tão fraca e frágil. Provavelmente minha crise de choro o fez repensar nosso relacionamento.

De volta para casa, agíamos como um casal normal, mesmo ele tendo entrado pelo escritório, após fingir visitar a sua amante e Dean precisar aguardar alguns minutos no carro, antes de subir comigo e fugir pela passagem secreta. De longe, não tínhamos problemas.

– Só conversei com alguns amigos que também estavam pela cidade. Nada de mais – disse Kurt, que comia com apetite, como se tivesse fechado o dia com chave de ouro. – E vocês, como foi o dia na empresa?

Robert sorriu educadamente.

– Meu trabalho nunca termina, Kurt. Estou sempre com algum problema para resolver, relatório para analisar, ou até mesmo para construir. Como vamos viajar amanhã cedo, preciso estudar meu material e rever alguns pontos.

– Entendo. Não é fácil gerir uma empresa. Eu tenho algumas pessoas que estão sob o meu comando e sei como é complicado.

– Exatamente. – Seus olhos encontraram os meus e eu soube que alguma coisa não estava certa.

– Mas Robert adora, papai. – Consegui chamar a atenção do meu pai para mim. – Ele é viciado em trabalho.

Era nítido que Robert estava querendo sair da mesa para resolver os seus problemas.

– Por isso mesmo, se me permitirem, preciso resolver algumas coisas no escritório. Sinto muito, Kurt, mas hoje realmente preciso me ausentar.

Levantou-se e meu coração disparou. Ele disse que precisava se ausentar e foi como se fosse um recado para mim. Iria para o escritório, onde ficava a passagem secreta. O que estava acontecendo?

– Espero que faça uma boa viagem e que volte logo, com mais tempo.

– Obrigado, Robert! Estimo que consiga resolver o problema, seja ele qual for.

Robert me beijou com respeito e foi para o escritório. Eu não podia me deixar levar outra vez pelas emoções e estragar tudo. Precisava ficar e entreter meu pai, e assim evitar que ele percebesse o que nos cercava.

– Uma pena seu voo ter sido antecipado.

– Realmente, mas no fundo não faz muita diferença, não é? Você também vai viajar cedo e eu nada mais terei a fazer aqui. – Colocou sua mão sobre a minha e me olhou com atenção. – Está tudo bem?

Pisquei algumas vezes procurando saber o que meu pai tinha conseguido descobrir naqueles poucos minutos ao meu lado.

– Robert está distante e não vou acreditar que seja por causa do trabalho.

Mordi os lábios.

– Não quero me intrometer em sua vida, afinal de contas já é uma mulher madura e capaz de se cuidar, mas quero que saiba que estou aqui e que ainda sou o seu pai.

Seus olhos brilharam e os meus ficaram marejados.

– Eu sei. Não tem nada de errado. Robert sempre se fecha quando precisa resolver os problemas da empresa. Tivemos um erro grave, que poderia gerar muitos problemas, caso não tivéssemos descoberto antes, então estamos tensos, mas seguros. É apenas isso, pai.

Ele me olhou por algum tempo e depois sorriu.

– Ele não sabe ainda, não é? – E estava lá.

Aquele olhar de quem sabia da verdade e que seria incapaz de ser enganado, exatamente como era na minha infância e tentava esconder alguma coisa errada.

– Eu posso não ter sido o pai mais atencioso do mundo, mas pelo amor de Deus, Melissa, sei quando uma mulher está grávida!

Meu rosto corou de uma forma que não imaginava ser possível.

Não era como ser pega na mentira, ou mexendo no que não era da minha conta, mas eu estava grávida, escondia a verdade do meu marido e das demais pessoas, entretanto, Kurt estava lá, dizendo que foi fácil perceber o que ocorria e que eu não o enganava.

– Pai, eu…

– Tudo bem, Mel! Eu só quero entender. O que está errado? Por que Robert não pode saber?

– Não tem nada de errado. – Respirei fundo e comecei a falar esperando não precisar revelar muito. – Eu e Robert passamos um tempo separados. Não sei como te explicar isso.

– Este filho é dele?

Meus olhos ficaram enormes e a vermelhidão do meu rosto desceu para meu pescoço e se espalhou pelas orelhas queimando a minha pele.

– Claro que sim! – O constrangimento era visível. – Eu só não sei como contar ainda. Descobri recentemente, você sabe... Sempre fui muito desatenta a estas coisas e, com tantos problemas, acabei deixando passar. Não quero contar agora.

– Por quê?

Os olhos dele não saíam do meu rosto e eu me senti como se estivesse me confessando a um padre, como minha mãe chegou a me obrigar algumas vezes.

– Pai! – Soltei o ar sem saber ao certo como me explicar. – Robert é um tanto... possessivo e dominador. Ele não vai agir como uma pessoa normal.

– Ele não quer filhos?

Estava ficando cada vez mais complicado.

– Quer! É o que mais quer!

Sorri para as lembranças, quando ele me implorou pelo nosso filho.

– Ele quer muito, pai! Mas se eu contar agora ele vai me excluir de algumas situações que quero muito participar. Como esta viagem, por exemplo, ele nunca me permitiria acompanhá-lo.

Seus olhos se estreitaram sem entender o porquê do Robert poder agir desta forma. Revirei os olhos e sorri.

– Ele quer tanto um filho que vai me forçar a ficar deitada repousando até que a criança nasça. Vai ser difícil convencê-lo do contrário.

– Sério? – Ele riu sem acreditar naquilo.

– Ah, sim! Robert é das antigas. Acredita que ainda usa um aparelho de fax?

Meu pai riu alto.

– Não acredito!

– Pois é! É disso que estou falando. Os quatro primeiros meses são críticos, mas ninguém vive perdendo filho por causa do trabalho, então resolvi esperar até que este tempo passe, para quando contar ele não poder alegar nada.

Eu estava feliz em conseguir mentir sem deixar nenhuma margem para meu pai desconfiar. Era ruim, mas necessário. O que eu poderia dizer? Estava em meio a uma guerra e precisava me enfiar em um quarto de motel com outro cara, então, se Robert descobrisse, ia preferir me amarrar na cama a me deixar cooperar. Não! Eu nunca poderia dizer isso ao meu pai.

– Filha, eu entendo todos os seus argumentos e sei o quanto você defende a sua necessidade profissional, mas não acho muito justo com o Robert. Se este filho é o que ele mais quer, você não está sendo honesta, mesmo que isso lhe custe abrir mão de algumas coisas ou passar mais algumas noites em meio a brigas por não concordarem quanto ao seu posicionamento. Estamos falando de um filho e não de um contrato. Não é justo que o pai seja enganado desta forma, sem contar que pode acontecer de uma maneira ruim. Robert pode, simplesmente, descobrir de outra forma, como eu descobri, e entender tudo errado, como eu cheguei a pensar.

O bolo em minha garganta indicava que eu nada podia dizer. Sabia que meu pai estava certo, mas estava convicta de que não poderia contar a verdade a Robert. Pelo menos não enquanto minha participação com Adam não estivesse terminada.

– Eu sei. Eu vou contar, afinal de contas, não dá para esconder uma gravidez por tanto tempo, não é mesmo?

– É, sim.

Ele passou a mão em meus cabelos e deixou transparecer sua preocupação.

– Nós vamos ficar bem, pai.

– Eu sei. – Levantou-se fazendo menção de sair, mas voltou um pouco mais animado. – Tenho uma coisa para você.

– Para mim? – Por alguns segundos consegui sorrir animada. Foi como voltar a infância, quando meu pai dispersava as minhas queixas com presentes inesperados.

– Fique aqui, eu já volto.

Saiu rapidamente, foi até as escadas e sumiu. Fiquei aguardando, sentindo a ansiedade crescer, em parte por saber o que meu pai reservava para mim, mas também por poder ir até Robert e descobrir o que tanto o afligia. Ele reapareceu com uma embalagem nas mãos.

– Pronto! Passei em uma livraria e não pude deixar de lembrar de você.

– Obrigada, pai! – Tentei pegar a embalagem, mas ele a afastou de mim e sorriu.

– Parabéns!

Fiquei emocionada. Ele sempre se lembrava, mas tê-lo tão perto e em um momento tão especial me deixava desarmada.

– Você não é mais a minha menininha, vai ser mãe – sussurrou respeitando o meu direito de manter o segredo. – Não podia deixar de lembrar do seu aniversário.

Abraçou-me e beijou o topo da minha cabeça.

– Ainda faltam alguns dias.

Me encolhi com o seu carinho e voltei a atenção para o embrulho.

– Mas eu não estarei aqui. – Depositou o presente em minhas mãos. – Curta sem moderação. Agora eu vou deitar. Preciso dormir mais cedo para acordar ainda mais cedo.

– Vou acordar para acompanhar o senhor. – Minha atenção estava toda voltada para o livro que ele havia acabado de me presentear.

– Não precisa, você tem que descansar.

– Precisa, sim, já estou decidida.

– Tudo bem! Se quer assim... Boa leitura para você. Boa noite!

– Boa noite, pai!

Fiquei ainda um tempo animada com o presente. Faltava pouco para o meu aniversário e esta era uma data que eu adorava. Tudo era perfeito nesse dia, os presentes, os abraços, as demonstrações de carinho... Eu até podia imaginar o que Robert faria.

Robert... Puta merda! Era melhor descobrir o que estava acontecendo com ele. Ainda aguardei um tempo para me certificar de que meu pai não voltaria mais, então fui até o meu quarto, guardei o presente que ele havia me dado, depois corri para o escritório em busca das minhas respostas. Tentei não parecer desconfiada ou ansiosa, abri a porta com cautela, ele não estava lá. Entrei sentindo o coração oprimido. Será que Robert tinha mesmo ido embora? Foi quando notei um bilhete sobre a mesa.

No QG.

Era só o que estava escrito. Precisei me apoiar na mesa para controlar o tremor nas pernas e respirar profundamente. O que estava acontecendo comigo? O que era toda aquela insegurança e angústia? Tomando cuidado em trancar a porta e ciente de que eles estavam monitorando a casa, entrei no corredor e fui atrás dele. Encontrei todos reunidos no QG. O clima era tenso, não pude deixar de perceber, e o olhar que Robert lançou diretamente para mim não deixou mais margens para dúvidas.

– O que aconteceu?

Fui até meu amante, ele segurou minha mão com carinho e confiança, porém seus olhos expressavam dúvida e medo.

– O resultado do exame...

Senti meu corpo inteiro tremer. Sentei ao lado dele mantendo nossas mãos unidas. Meus olhos não deixavam os dele.

– Não sabemos o que está acontecendo – ele disse por fim.

– Como assim? – Olhei para Dean procurando respostas.

– Tanya está dando ao Senhor Maximus Carter uma substância que o mantém vivo.

Minha cabeça girou sem me deixar entender.

– Dean... Robert. – Voltei a olhar para o homem da minha vida.

– Ela... – Apertou a minha mão com mais força. – Quando meu pai ficou neste estado e os médicos desistiram, aprovamos que uma substância fosse retirada da sua medicação. Falando de uma forma bastante resumida, sem esta substância, o corpo do meu pai deveria ceder aos poucos e não reagir mais. Não havia esperança e não queríamos mantê-lo vivo apenas para satisfazer a nossa vontade.

Fiz questão de pressionar seus dedos cruzados aos meus, como para apoiá-lo.

– Eu sempre achei estranho ele continuar vivo, lutando. Conversamos sobre isso diversas vezes, lembra?

Afirmei com a cabeça sem querer interrompê-lo ou questioná-lo.

– Era isso. – Fez um gesto vago com a mão livre. – Ela continuou aplicando a medicação, mantendo-o vivo sem que eu soubesse, mas por quê? Para que Tanya quer meu pai vivo? Eu não consigo entender.

Senti vontade de abraçá-lo, confortá-lo. Aquilo era desumano.

– Estamos cogitando a hipótese de ela agir assim para prorrogar a sua participação no jogo. – Olhei para Carol, interessada em sua teoria. – Ela sabe que se o Senhor Maximus Carter morrer, você desiste, por causa da promessa.

E eu pude ver o leve constrangimento em sua face. Carol sabia dos segredos de Robert, mas como? Eles tinham tamanha intimidade? Desviei os olhos sem querer criar mais uma cena de ciúme.

– Pode ser – Dean tomou a palavra –, ou Tanya pode nutrir ainda o sentimento de reatar o relacionamento. Sabe que, mantendo seu pai vivo, mantém você por perto.

– Impossível! – Robert se agitou ao meu lado.

Aquilo o incomodava?

– Tanya não faz questão nenhuma de reatar o relacionamento. Seu único objetivo é conseguir a senha e me destruir.

Dean me olhou sem querer dar continuidade ao que começou, no entanto, entendi que ele acreditava mesmo naquela teoria, e o pior de tudo era que eu começava a acreditar também. Instantaneamente fiquei angustiada.

– O que vamos fazer? – falei diretamente, para Robert, cabia apenas a ele aquela decisão.

– Não sei.

– Precisamos decidir hoje o que será melhor – Dean, mais uma vez, se manifestou. – Amanhã estaremos longe e sabemos que ele receberá mais uma dose.

Robert suspirou pesadamente. Eu entendia que aquela era a decisão mais difícil da sua vida, e era a segunda vez que precisava tomar.

– Já decidimos isso antes. Não está em minhas mãos. – Ele tentava manter a voz firme e parecia perfeito em sua farsa. – Vamos evitar que a medicação seja ministrada. Quero um segurança na porta, acho que seu advogado pode cuidar disso.

Falou com mais cuidado se direcionando a mim. Concordei sem palavras mais uma vez.

– Quero uma lista de restrição mais acirrada, e o nome de todos os médicos, enfermeiros, auxiliares, qualquer pessoa que possa cuidar do meu pai, ninguém entra sem se identificar e sem mostrar o que vai ministrar. Se não tiver devidamente identificado, não passa, entendido?

Todos olhavam para Robert da forma como deveria ser. Ele era o CEO, o líder, e fazia jus ao seu cargo. Eu entendia que aquele momento era triste, confuso e delicado, mas foi impossível evitar o orgulho que senti do pai do meu filho. Ele era forte, mesmo sendo sempre atingido por uma avalanche. Ele não caía.

– Tudo bem – Dean respondeu lançando um olhar para um dos seus homens que acompanhava a conversa um pouco mais afastado. – Precisamos conversar sobre como agiremos com Adam.

Robert se mexeu desconfortável. Firmei meus dedos nos seus como se esta atitude fosse suficiente para mantê-lo equilibrado. Trocamos um olhar tenso, mas nada dissemos.

– É imprescindível alinharmos as ações para quando voltarmos. Teremos que conseguir a informação do Adam o quanto antes e, ao mesmo tempo, puxar a loucura de Tanya ao limite. Você sabe o que vamos fazer, então assim que chegarmos, vamos apertar Adam, conseguir a localização das provas, encontrá-las e conseguir internar Tanya. É importante agilizarmos o processo, pois não dá mais para prever qual será o próximo passo dela.

– Eu cuido do Adam – meu amante se adiantou me deixando visivelmente irritada. – Eu cuido do Adam, Melissa – repetiu se dirigindo diretamente a mim, como se aquela conversa pertencesse apenas a nós dois.

– Já conversamos sobre isso. Não dá mais para apenas reagirmos às investidas de Tanya, precisamos de algo mais concreto e Adam só vai ceder se for comigo.

Ele passou a mão no cabelo e olhou para Dean.

– Eu cuido disso.

– Não faça como se eu não tivesse poder de escolha! – Ele não virou para me encarar, mas soltou o ar pesadamente.

– Não vamos discutir, certo? Eu não vou permitir que o filho da puta do Adam coloque as mãos em você e ponto-final! – Foi mais rude.

– Ele não vai me tocar! Dean, conta para ele o nosso plano.

Meu amigo mordeu os lábios sem muita paciência, mas colaborou.

– Ela só vai precisar levá-lo até o quarto do motel, de lá nós o cercamos e conduzimos.

– De jeito nenhum! Adam não é nenhum menino e ele vai arrumar um jeito de se aproveitar dela antes de chegar ao local. Eu marco uma reunião com ele em um lugar neutro e lá conseguimos fazê-lo entregar a informação.

– Você não pode se envolver – intervi. – Se ele desconfiar que você sabe de alguma coisa, se ligar os dois no mesmo plano, Tanya terá tempo para reagir. É arriscar demais.

– Você não vai sair com ele e não falamos mais nisso! – Sua voz ficou mais alta e seus olhos me fuzilaram.

Senti raiva. Robert não podia agir comigo como se eu fosse uma criança. Meu rosto ficou tão vermelho que pensei que explodiria. Minha vontade era socá-lo não apenas para quebrar o seu nariz, mas para fazer um belo trabalho em sua cara. Respirei fundo. *A gravidez está me deixando violenta*, pensei com receio.

– Pois eu estou dizendo que nós – fiz um gesto largo com o dedo indicando todos os envolvidos naquela reunião – concordamos que eu sou a melhor opção e, por este motivo, vamos colocar o plano em prática!

– Não vai, não! – Sua voz arrastada e contrita demonstrava a quantidade da sua raiva. – E não me desafie, Melissa.

– Sinta-se desafiado. Eu vou marcar o encontro com Adam, aliás, vou deixar acontecer para não lhe dar a chance de estragar tudo. Vou conseguir esta merda de informação e enfiar sua esposa em um sanatório que é onde ela deveria estar e, se isso não lhe agrada, lamento muito, mas não me agrada também prolongarmos esta situação.

Sem pensar, levantei para voltar ao meu apartamento. Eu já estava irritada ao limite e cansada. Foram muitos acontecimentos para um único dia.

– Melissa! – ele ameaçou, mas eu não conseguia mais pensar em nada.

– Vá à merda, Robert! – E saí da sala sem querer mais contato. Ele que engolisse essa e digerisse da forma como quisesse.

Andei apressadamente pelo corredor e logo consegui chegar ao escritório. Eu sabia que Robert me alcançaria e que não deixaria barato, mesmo assim não tive medo, apenas não queria que meu pai participasse das nossas brigas. Rapidamente, cheguei ao meu quarto e, decidida a não perder tempo pensando na raiva que estava sentindo, abri as torneiras da banheira preparando um banho relaxante.

Voltei ao closet, peguei um roupão, tirei as roupas e envolvi meu corpo com ele. Voltei ao banheiro, testei a temperatura, despejei na água morna os sais de banho que eu tanto gostava e, quando estava prendendo os cabelos para entrar, ele apareceu.

Apesar da minha postura segura, estremeci com a sua presença. Este era um dos efeitos de Robert Carter em mim, por isso não entrei imediatamente na água, apenas aguardei pelo que ele diria. Meu amante me olhou de uma maneira indecifrável. Desatou o nó da gravata e desabotoou a camisa, deixando-a caída no chão. Sem conversar, tirou os sapatos e meias, desafivelou o cinto e desceu a calça desprovido de vergonha.

Nu, veio até mim, desfez o nó do meu roupão abrindo-o, seus dedos roçaram minha pele durante o processo e, sem a minha permissão, deixou-me inteiramente nua. Seus olhos vasculharam meu corpo deixando-me constrangida. Mordi os lábios para evitar o sentimento de intimidação que ele tentava me infringir, e continuei observando todas as suas ações.

– Gosto do seu corpo – disse por fim, sem demonstrar maiores interesses. – Gosto de você nua. – Seus olhos encontraram os meus e me senti invadida. Intimamente invadida. Possuída. Como ele conseguia aquilo?

– Gosto do seu também – rebati sem saber ao certo se deveria ou não falar naquele momento. Ele me deu um sorriso torto totalmente encantador.

– Eu sei. Venha... – Estendeu a mão para mim sabendo que eu nunca desacataria aquela ordem.

Entramos juntos na banheira e sentamos um de frente para o outro. Robert não manteve sua mão na minha, nem me tocou. Eu sabia o que ele estava fazendo e tentei me convencer a não me importar, mas minha pele cobrou aquele toque.

Peguei a esponja e comecei a esfregar meus braços, implorando para que meu corpo entendesse que naquele momento o melhor a fazer era ignorar, mas era impossível. Robert apenas deitou o corpo, mantendo-se ainda distante, e descansou a cabeça na borda. Com os olhos fechados, os cabelos levemente molhados e o peitoral parcialmente fora da água, ele parecia um Deus. Era lindo demais.

– Vai ficar sem falar comigo? – Eu não consegui me manter distante.

Estava muito incomodada com a sua indiferença. Se este era o plano dele, deu certo. Robert abriu os olhos como se estivesse despertando do sono e ajustou um pouco o corpo.

– Eu deveria, Melissa. Estou cansado da sua rebeldia.

– Não sou sua filha, Robert – rebati ofendida e aborrecida por ele ainda continuar querendo me fazer recuar.

– Não é, graças a Deus! – Voltou a fechar os olhos e a deitar a cabeça na borda. – Mas merecia umas palmadas pela falta de respeito.

– Eu não... – Preferi não bater tão de frente. – Detesto ser tratada como mais um dos seus funcionários. Você não pode simplesmente decidir por mim e nem me dar a chance de expressar a minha opinião. Veja você, todo animado com a sua nova amante, distribuindo beijos apaixonados, sustentando este papel que hoje mesmo pela manhã me pediu para confiar. Não é o mesmo?

– Não!

– Claro que é! E eu não vou ficar me agarrando com o Adam em praça pública. Quer dizer... Não é como confraternizar com o inimigo, Robert.

– Adam é perigoso. Você não tem ideia do que ele é capaz.

– Mas eu tenho ideia do que Tanya é. E você também tem, mas isso não o impediu de estar com ela inúmeras vezes, inclusive depois da minha volta.

Vi quando seus ombros ficaram tensos. Robert sentou outra vez, passou a mão no cabelo e me encarou.

– Você viu aquilo?

Pode ser absurdo, mas a sua expressão me desarmou completamente.

– Robert…

– Dean não deveria ter deixado você ver aquilo. Droga!

Fez menção de levantar. Avancei sobre ele para impedi-lo.

– Tudo bem, tudo bem. Eu entendi.

Ele continuou sentado, mas sem me tocar, mesmo eu estando sentada em seu colo.

– Não quero falar sobre este assunto, eu só… Só quero que você entenda que posso fazer isso sem me colocar em risco. Todos estarão comigo e Dean vai monitorar a situação de perto.

Ele fechou os olhos e fez um muxoxo.

– Robert, confie em mim! Por favor!

– Olha, eu não quero mais conversar sobre isso.

– Robert!

– Não quero, Melissa! Meu dia foi cheio, estou cansado e irritado.

– Ok!

Estremeci com as suas palavras. Tudo nele indicava que não estávamos mais em harmonia. Não porque estávamos brigando, mas porque brigávamos muito e nos últimos tempos brigávamos duas vezes mais.

– Vamos deixar este assunto para depois.

Encostei a cabeça no seu pescoço e aguardei para que ele enfim reagisse, mas nada aconteceu.

– Não quero mais brigar.

Robert soltou um riso curto e abafado, ironizando minha última frase.

– É sério.

– Eu sei.

Finalmente seus braços me cercaram e ele beijou o topo da minha cabeça.

– Você me confunde, Mel. Ora é estourada, desafiadora, destemida, capaz de tirar o meu equilíbrio, me deixa puto da vida; ora é assim: uma garotinha cheia de medos e traumas, que praticamente me implora por atenção.

– É justamente por isso que você me ama – brinquei desejando quebrar aquele clima.

– Não, não. Eu te amo por outros motivos.

Levantei e o encarei. Tive medo de ali estar o seu recado de que estava se cansando de mim e de meus intemperismos. Robert sorriu e colocou uma mecha do meu cabelo que tinha se soltado para trás.

– Por este também, mas não mais por este, nem apenas por ele. Eu amo o que você é, mesmo tendo que frear meu desejo de dar-lhe umas palmadas, ou ser forçado a aprender que muitas vezes é melhor ignorar do que...

– Concordar comigo?

– Desafiar você.

– Entendo. – Mordi meu lábio inferior evitando o sorriso.

Ele acariciou minhas costas, subindo os dedos até minha nuca, eriçando meus pelos e levando meus pensamentos para outra direção. Busquei seus lábios e ele correspondeu ao beijo, cercando-me com suas mãos espalmadas puxando-me de encontro ao seu corpo, mantendo-me ali, firme. Pele com pele, boca com boca e tudo em mim acendeu. Tão rápido quanto iniciou, acabou.

– Mas neste momento...

Sem muita força, retirou-me do seu colo, deixando-me ao seu lado.

– Eu estou muito puto da vida com você, Melissa.

Sua voz não indicava o que ele dizia, deixando clara a sua excitação.

– Antes de chegar aqui ao quarto precisei pensar e repensar sobre o impasse de mais cedo e na forma como você não hesita em me desafiar e me contrariar na frente dos outros.

– Pensei que você não quisesse conversar sobre esse assunto.

Implorei mentalmente para que ele não avançasse com a conversa. Eu queria curtir meu amante e aproveitar o tempo que tínhamos sem precisar de mais brigas.

– E não quero.

– Então por que...

– Porque não vou transar com você até que desista desta ideia ridícula e absurda de sair com o Simpson.

CAPÍTULO 31

– Greve de sexo, é isso?

Custei a acreditar que Robert estava mesmo abrindo mão do que existia de melhor entre nós dois apenas por acreditar que conseguiria me demover da ideia de conseguir com meus próprios méritos as informações que Adam tanto queria me fornecer.

Ele estava de pé, coberto pelo roupão, aguardando por mim, que ainda estava dentro da banheira, surpresa demais para fazer qualquer atividade cotidiana. Aliás, sexo com o meu amante era mesmo uma atividade cotidiana e eu duvidava muito que Robert seria capaz de manter o seu plano, por isso ainda tinha a capacidade de sorrir e ironizar.

– Não é greve de sexo, Melissa, mas, sim, a minha forma de demonstrar o quanto estou insatisfeito pelo pouco amor que você tem por si mesma.

Ok. Esta realmente me chocou. Tenho consciência de que minha boca abriu, minha mente trabalhou ferozmente por uma resposta, e eu apenas me calei e levantei da banheira sem me importar com o seu olhar, que, claro, foi bastante guloso. Robert pode ser muito forte em mim, mas eu também tenho minha quota de encantos que poderiam colocá-lo a perder.

– Tudo bem.

– Tudo bem? – De maneira quase imperceptível, seus olhos estreitaram.

– Pode ficar sem encostar um dedo em mim. Depois que eu conseguir as provas, resolveremos isso. Falta bem pouco agora.

– Melissa!

– Resolvido. Não vamos transar até que você entenda que eu não vou voltar atrás.

Ele ia avançar, mas se conteve. Melhor assim. Era só aguardar para saber até quando conseguiríamos cumprir com a promessa. Devo admitir, já implorava para que não demorasse tanto.

Robert passou por mim indo direto para o closet. Caminhei silenciosamente na mesma direção. Uma coisa era certa: estava grávida e precisar cuidar do corpo, por isso estava me favorecendo em diversos pontos, aquele era um destes momentos. Peguei uma toalha seca e a esfreguei em meu corpo tão teatralmente que me questionei o quão ridículo deveria estar, mesmo assim continuei, depois fiz questão de caminhar nua pelo espaço, fingindo desinteresse, e demorei longos minutos lambuzando meu corpo com creme hidratante, sem esquecer nem por um segundo de murchar a barriga ao máximo. Vai que ele desconfia. Sorri ao vê-lo jogar a toalha e sair rapidamente para o quarto.

Quando cheguei, ele já estava deitado, os braços cruzados atrás da cabeça, corpo coberto e olhos abertos. Encarava o teto, pensativo e com um "quê" de raiva e frustração que me deixava até um certo ponto comovida, apesar de achar tudo muito engraçado.

– Boa noite, meu bem. – Me abaixei para beijar sua boca, mas ele não contribuiu muito.

Passei na frente dele, puxei o lençol e deitei nua. Pude vislumbrar seu queixo projetado e o maxilar travado. Ele fechou os olhos e não se moveu nem um milímetro. Parecia uma estátua, mal respirava. Como havia descoberto o meu lado "malévola" desde que resolvi que poderia entrar naquele jogo, não achei que seria demais forçar um pouco a barra. Deslizando sob o lençol, encostei-me ao seu corpo, cobrindo seu peitoral com meu braço e seus quadris com a minha perna. Ele engoliu em seco e alguma coisa muito próxima a minha coxa começava a reagir.

– Está frio hoje, mas acredito que logo, logo, teremos bom tempo.

Ele nada disse. Permaneceu de olhos fechados e com os braços atrás da cabeça.

– Vai fazer greve de palavras também? Não vamos mais conversar?

Robert se movimentou, incomodado com a proximidade. Tirou os braços da cabeça e virou o corpo para ficar de frente para mim. Sua mão me puxou para perto e meu corpo inteiro correspondeu.

– Não, mas estou cansado, então prefiro dormir do que continuar discutindo ou conversando sobre o tempo, sobre o qual, por sinal, você não sabe nada. Foi apenas um momento de frio, estamos em uma estação de clima bom, então é fatídico o tempo bom.

Ele sorriu e me beijou com carinho. Eu queria mais do que brincadeiras ou beijos respeitosos.

Suspirei e encostei a cabeça em seu peito, sentindo seu cheiro perfeito de homem limpo. Eu amava sua pele no pós-banho, a maciez, a textura e a temperatura. Era um frescor que me cercava e seduzia, tirando minha capacidade de raciocínio.

– Sabe o que eu acho, amor?

– Hum! – murmurou como se já estivesse dormindo.

– Quando um faz greve de sexo, dois perdem. – Ele riu e me abraçou ainda mais.

– Durma, Mel!

***

Era para ser uma noite fria, mas quando me dei conta de que estava dormindo, naquele momento em que você transita entre o mundo dos sonhos e a realidade, tudo ficou maravilhosamente quente. Minha pele aquecia à medida que sentia sua mão subindo por minha perna. Eu estava de costas para Robert, a mente ainda implorando por alguns minutos de sono, mas o despertador tocava uma música suave indicando que era hora de levantar. Eu não queria.

Ele estava tão grudado em meu corpo que eu podia sentir aquela parte tão importante e desejada completamente desperta e buscando por mim, mesmo por baixo da calça de moletom que ele insistiu em usar para dormir. Sua mão alcançou meus quadris e me puxou, roçando sua magnitude em minha bunda, enquanto despejava beijos preguiçosos em meu ombro nu.

Gemi quando ele levemente me mordeu e, ao mesmo tempo, desceu a mão em encontro ao meu sexo, o que não aconteceu, pois Robert absurdamente se afastou, cumprindo com o que havia prometido.

– Bom dia! – Aquela voz rouca, carregada de preguiça e tesão matutino, apenas colaborou para o fogo que se espalhava pelo meu corpo. Eu precisava dele.

– Bom dia! – Girei o corpo ficando sobre o dele.

Imediatamente suas mãos correram minhas costas e acariciaram minha bunda. Eu podia sentir sua ereção entre minhas pernas. Rebolei provocante, passando a mão em seu peitoral e beijando sua pele quente. Robert gemeu. Foi um gemido cheio de desejo e de frustração.

Continuei beijando sua pele e acariciando. Aos poucos deixei meu corpo descer, buscando por aquela parte que pulsava e que eu estava louca para que vencesse a sua teimosia. Quando cheguei à barreira da calça, fiz menção de que a ultrapassaria, mas ele me deteve.

– Nada disso, Senhorita Simon. Trato é trato.

Tentei não lhe dar ouvidos e continuar com a minha intenção, mas ele foi mais forte do que eu e me puxou para seu lado, girando o corpo e invertendo as posições. Senti seu membro rígido entre minhas pernas, roçando meu sexo nu e úmido, em uma fricção deliciosa. Robert sorriu e abocanhou um seio meu, tudo em um tempo menos do que eu necessitava.

– Você pode acabar com isso – sussurrou com a voz rouca que me enlouquecia.

– Ah, sim! Eu vou acabar com isso. – Enrosquei minhas pernas em seus quadris e rebolei, aumentando a fricção. Robert se afastou, desprendendo-me do seu corpo.

– Sem alívio, Melissa.

– Você não quer realmente isso.

– Claro que eu não quero. Nos últimos tempos este é o meu único momento de paz. – Apoiou o corpo no braço e me encarou. – E eu adoro te comer pela manhã.

Um sorriso sacana brincou em seus lábios, foi o suficiente para incendiar meu corpo.

Puta merda! Eu precisava de um orgasmo. Com urgência.

– Robert...

– Sem acordos. – Sua mão livre brincou com meu seio.

Mordi os lábios deliciada com o toque tão maestralmente executado.

– Só existe uma condição.

A mão deslizou pela minha barriga e acariciou a região entre minha coxa e meu sexo. Arqueei o corpo com a expectativa.

– Uma condição... – E apertou minha carne.

– Obedecer às suas ordens.

Ele riu.

– Basicamente isso.

Sorri para esconder a raiva que senti. Robert era absurdamente insuportável com aquela mania de controle e piorava muito mais quando decidia colocar o sexo como parte da sua punição.

– Tudo bem.

– Tudo bem? – Arqueou uma sobrancelha.

Concordei com a cabeça assistindo seus olhos brilharem.

– Então vai desistir daquele plano ridículo?

– Não. Vou me masturbar durante o banho. – E dei o meu melhor sorriso inocente.

Robert puxou o ar, passou uma mão no cabelo e arqueou o corpo para melhor me observar. Tentei manter minhas expressões serenas, mas tive vontade de gargalhar. Ele me analisou, depois varreu meu corpo com os olhos cheios de luxúria. Oh, merda! Eu poderia sentir onde aquilo acabaria.

– Você vai se masturbar – afirmou enquanto pensava em alguma coisa que eu não consegui definir.

– Vou.

– Tudo bem. – Foi a vez de ele ficar indiferente.

– Tudo bem?

Aquela conversa estava ficando repetitiva e estranha, pois sem querer imitei as suas reações, ergui a sobrancelha, esquadrilhei seu rosto em busca de alguma dica e vasculhei seu corpo, conferindo a ereção gritante.

– Sim. Acho justo, já que a minha ideia era não transarmos e, pelo visto, este será o nosso único meio de alívio.

– Nosso... Meio de alívio? Então você vai...

– Me masturbar? Claro!

Puta merda! Que sacana! O que ele pretendia com aquilo? Só em ouvi-lo afirmar que se masturbaria meu pensamento ficou lotado de imagens de Robert buscando o próprio prazer. Mordi o lábio inferior.

– E vai pensar em mim?

O que era aquilo? Por que eu estava preocupada com aquela informação? Bom... ter meu homem se masturbando era algo que me atirava nas nuvens, mas ter o meu amante se proporcionando prazer enquanto me desejava era realmente de tirar o fôlego. Ele sorriu de uma maneira linda, de um certo modo envergonhado, eu acho, mas foi lindo.

– Vou, sim – admitiu com a voz baixa, confirmando sentir vergonha naquele momento. – Eu sempre penso em você.

Seus dedos correram minha barriga fazendo movimentos circulares que poderiam facilmente passar por um carinho ingênuo, só que eu sabia que nada em Robert Carter poderia ser classificado desta forma.

– Isso virou uma rotina? – Ele riu e me encarou com aqueles olhos cinzas como uma tempestade.

– Eu senti a sua falta, então algumas vezes... E você?

Meu coração perdeu uma batida.

Ah, eu havia sentido a falta dele, de todas as formas e maneiras, mas essencialmente daquela. Meu rosto corou com tanta intensidade que pude sentir minhas bochechas arderem e o fluxo de sangue subir pelas minhas orelhas.

– Ora, Senhorita Simon, não posso acreditar que este assunto a deixe tão constrangida.

Sorri e mordi o lábio inferior, desviando o olhar.

– Você até já me mostrou como faz. Lembra? – sussurrou.

E eu entendi que aquela era mais uma tentativa em me persuadir.

Eu também lembrava. Como esquecer? Não é todos os dias que uma mulher pode ser coagida a se masturbar na mesa do chefe enquanto este a assiste de camarote, observando cada detalhe. Claro que eu lembrava. Umedeci os lábios controlando minha vontade de movimentar os quadris, esfregar as pernas uma na outra até encontrar o alívio tão desejado. Mas Robert saltou da cama.

– Se vamos precisar de mais alguns minutos no banho é melhor sairmos logo desta cama, ou então não vamos conseguir nos despedir do seu pai.

Oh, merda, meu pai! Com tanta ansiedade acabei esquecendo o motivo por ter acordado tão cedo.

– Hum! Realmente não vamos ter tempo. Tenho que adiar a brincadeira. – Ele levantou as mãos e deu de ombros.

– Faça como quiser, Melissa. Eu vou para o meu banho e não preciso prestar contas do que vai acontecer por lá.

Maldito!

– Nada disso, Carter! Vamos tomar banho juntos e nada de gracinha. Se eu não posso, você também não pode.

– Tão cheia de ordens, Senhorita Simon!

– Pro banho, Senhor Carter.

Era para ser um banho rápido e dentro do padrão de normalidade, no entanto, nada com Robert Carter podia ser classificado como normal, então o banho ganhou outra proporção quando ele insistiu que precisava esfregar minhas costas e depois que eu não sabia tomar banho direito, ou qualquer outra coisa que justificasse suas mãos em meu corpo, tocando em partes que não deveriam ser tocadas se não fosse para ir até o final.

Eu deveria imaginar que aquilo não daria certo. No final do banho eu estava quente. Muito quente. Meu corpo implorava por alívio e minha mente não conseguia ajustar os pensamentos de uma maneira coerente.

Maldito Robert Carter!

Encontramos meu pai já desfrutando o seu desjejum. Tentei parecer tranquila, mas um vulcão entrava em erupção dentro de mim. Corei significativamente ao encarar meu pai. Se ele conseguiu enxergar minha gravidez, com certeza enxergaria a minha necessidade de sexo.

– Bom dia, pai! – eu disse timidamente, evitando olhar em seus olhos.

Ok, era até ridículo pensar assim, mas eu não queria arriscar.

– Kurt – Robert cumprimentou meu pai, tratando de sentar para iniciar o seu dia.

– Animado?

– Eu gosto de Chicago, mas voltar para a Califórnia é sempre muito gratificante. Não me acostumo com o frio exagerado desta parte dos Estados Unidos.

– Você não sabe o que é frio – Robert brincou enquanto eu mal conseguia pensar em algo para comer.

Por que meu corpo simplesmente não se conformava? E como ele poderia estar tão tranquilo se há pouco estava tão excitado quanto eu?

– Já peguei algumas temperaturas ruins, você deve saber, eu sempre estou viajando por causa do trabalho, mas nunca me adaptei. Prefiro praia, calor e mulheres de biquíni.

Revirei os olhos, meu pai era incorrigível.

– Ah, sim! Uma das maravilhas em poder ter o sol sempre presente.

Robert riu e eu tive vontade de atirar meu copo de iogurte nele. Como assim?

– Pode acreditar que sim. E você, Mel? Como foi sua noite?

Pisquei várias vezes quando meu pai me chamou, pois minha mente produzia a imagem de Robert melado com iogurte e não foram nada inocentes tais pensamentos. Corei.

– Dormi bem, obrigada!

– Está tudo bem? – Claro, meu pai nunca deixaria aquele detalhe passar em branco.

– Sim. Tirando o fato de o senhor incitar o meu marido a admirar mulheres de biquíni, está tudo ótimo!

Seu sorriso foi encantador. Típico de um pai que se sente bem ao lado da filha.

– Eu posso arriscar a minha cabeça, ele não. Foi por isso que preferi não casar outra vez.

Ok. Eu podia passar sem essa. Robert estava dando um passo a caminho do segundo casamento. Com tantos problemas era bem fácil ele repensar o assunto. Droga!

– Já passou da hora de deixar de arriscar a cabeça, papai. Ninguém pode viver de casos por tanto tempo. Logo, o senhor não será mais tão jovem, nem tão atraente, para conseguir manter tantas mulheres entretidas e vai acabar envelhecendo sozinho.

Destilei todo o meu veneno no meu velho pai que nem tinha culpa dos meus problemas, mas era bom que ele entendesse logo que a vida de solteiro não poderia durar uma eternidade. Robert me lançou um olhar reprovador, mas eu nem liguei e tive vontade de lhe mostrar a língua.

– Eu sei disso. Na verdade...

– Não vai dizer que se apaixonou?

Seus olhos brilharam e seu sorriso foi tímido.

– Puta merda! Quem é você e o que fez com o meu pai?

Eu sabia que seria repreendida pelo palavrão, porém minha atenção estava toda voltada para aquele fenômeno raro da natureza.

– É sério?

– Não sei se é sério, mocinha. E não é porque agora é casada que vou deixar de ensiná-la bons modos.

Mas ele sorria e deixava o fato de estar realmente gostando de alguém ser mais importante do que me ensinar os tais bons modos. Meu pai se levantou com um sorriso imenso no rosto. Parecia outra pessoa. Por isso estava tão mais leve e amoroso. Eu deveria ter percebido antes.

– Foi por isso que veio a Chicago?

Ele foi até a sala, onde sua mala já estava disposta, mas virou rapidamente para me lançar um sorriso encantador.

– Vim a Chicago para ver a minha filha.

Levantei-me para acompanhá-lo.

– E a tal mulher-maravilha é da Califórnia? Vocês se conhecem há muito tempo? Como ela é? Quantos anos tem? Tem filhos?

– Calma, Mel!

Robert falou da mesa, sem levantar para se despedir formalmente.

– Seu pai sabe o que faz – completou.

– Só estou interessada. É ruim estar interessada na vida do pai?

– Não é... – Meu pai riu e me abraçou. – Mas são muitas perguntas para pouco tempo. Vou sentir saudade, Mel. Cuide-se!

E seus olhos deixavam claro o que ele queria dizer. Não era para eu cuidar apenas de mim, e sim do meu filho, além de contar a verdade ao meu marido.

– Já sou grandinha e sei me cuidar.

Ele jogou uma mochila no ombro e a mala do notebook.

– Não vai nem me dizer como ela é?

– Loira, alta, linda... Muito linda. – Acompanhei o seu sorriso. – Não tem filhos, está se divorciando e é daqui de Chicago, mas pretende se mudar para a Califórnia para recomeçar a vida assim que tudo estiver resolvido.

À medida que ele ia descrevendo a tal mulher, apenas uma imagem se formava em minha mente. Aos poucos, meu sorriso se desfez e meu sangue começou a gelar nas veias. O nó em minha garganta me impedia de falar, ou era o medo de confirmar minhas dúvidas? Sem que eu percebesse, ou mesmo entendesse como, Robert estava ao meu lado. Sua mão tocou a minha e seus dedos pressionaram os meus. Olhei para meu amante e suas expressões eram calmas, serenas.

– Ela é daqui, Kurt? E o que faz? Será que conhecemos, amor?

– Chicago é imenso demais para que vocês conheçam cada pessoa. Ela também trabalha com arquitetura, mas deseja mudar de ramo.

– E... Onde ela está agora? – arrisquei falar, sentindo medo de entregar o meu estado de espírito.

– Viajando. Ela precisou viajar a negócios. Eu não sabia.

Puta merda! Puta merda! Puta merda!

Senti os dedos do Robert apertarem ainda mais os meus, como um aviso para me manter firme. Respirei fundo já ciente de que meu mundo estava girando rápido demais. Que merda era aquela? Seria possível? Como, se estávamos monitorando cada passo dela?

– Preciso ir ou então vou perder o voo. Foi um prazer, Robert.

Estendeu a mão para meu amante, que a apertou com segurança.

– O prazer foi meu, Kurt. Espero que possa voltar em breve, com mais calma e em um momento menos conturbado.

– Com certeza.

Minha cabeça não parava de trabalhar. Eu queria encontrar respostas, ter a certeza de que tudo era apenas um conjunto de coincidências, só que meu raciocínio não me deixava chegar a outra conclusão. Ela havia conseguido colocar as mãos no meu pai e, com isso, colocou-as diretamente em mim.

– Melissa, filha, apareça. Sinto a sua falta.

Deu um beijo carinhoso na minha testa e começou a se afastar.

– Espere...

O silêncio que se fez parecia uma pedra sobre o meu peito. Meu pai me encarou entendendo que alguma coisa estava errada. Eu não podia lançá-lo naquele jogo imundo. Não era justo. Caminhei em sua direção abraçando-o para esconder meu rosto, então me aproximei. A mão dele logo afagou minhas costas.

– Não posso nem saber o nome dela?

– Isso tudo porque seu velho pai resolveu colocar os pés no chão?

Era para eu rir e fazer uma piada, mas não consegui.

– Melissa? – Robert me chamou como um alerta, mas tentou ser gentil. – Seu pai precisar ir e Dean já está a caminho. Este é o problema em mimar tanto uma filha, Kurt.

Ele deixou uma dica de que Dean já estava sabendo do problema e já estava arrumando tudo para manter meu pai seguro.

– Por favor, papai!

– Tanya. O nome dela é Tanya.

CAPÍTULO 32

– Fique calma! – Robert ainda me abraçava tentando me fazer raciocinar da forma correta.

Se não fosse pelo meu amante, eu teria desabado na frente do meu pai. Robert, prevendo o que seria revelado, se adiantou a me tirar dos braços de Kurt e fingiu que tudo não passava de um ataque de ciúme de uma filha única. Claro que suas mãos sustentando meu corpo me ajudaram a colaborar com a farsa. Quando meu pai suspeitou de alguma coisa, eu apenas disse que era um leve enjoo matinal e ele acabou cedendo acreditando que eu estava apenas tendo uma reação à gravidez, e como nada poderia ser revelado ao meu "marido", preferiu aceitar e se despedir.

Depois disso, eu desabei.

– Como ela pôde? O que vamos fazer?

Eu tremia consideravelmente e as lágrimas desciam sem que fosse possível impedi-las. Dean levou menos de vinte minutos para estar ao meu lado com um plano traçado e em prática, mesmo assim, eu não me acalmava. Tanya tinha alcançado meu pai e sabe-se lá quem mais em minha vida.

– Minha mãe...

– Continua protegida, Mel. Recebi imagens dela aproveitando as férias.

Dean estava tenso, mas seguro.

– Tanya não chegou até ela e, se depender de mim, não vai chegar.

– E como ela conseguiu estar com o meu pai? Como se envolveu com ele sem que tivéssemos noção do que estava acontecendo? Você me garantiu que ele estava seguro.

– E ele estava. Não existe nenhum registro de contato entre eles dois. Esta história está estranha e mal contada, mas eu já coloquei uma equipe investigando.

– Eu não vou suportar! Por favor, não posso deixar que aconteça alguma coisa!

Os braços de Robert ainda estavam a minha volta, mesmo estando eu sentada no chão do quarto.

– Nada vai acontecer, amor. Nós reforçamos a segurança. Olivia está nos mantendo informados de cada passo de Tanya, o telefone dela está grampeado, o quarto tem escuta, não tem como um detalhe como este passar despercebido.

Olhei para Robert e depois para Dean, que confirmava com a cabeça tudo o que meu amante dizia. Outra crise de choro se apossou de mim, e junto chegou um leve incômodo no pé da barriga, rapidamente minhas mãos correram meu ventre. Alguma coisa estava errada. Vi os olhos de Dean acompanharem meu movimento e sua boca formar uma linha fina.

– Mel. – Dean se ajoelhou na minha frente. – Você precisa se acalmar. – Os olhos dele diziam exatamente o que ele temia. Meu coração acelerou. – Vamos enfrentar uma viagem longa e tudo precisa estar bem com você.

Oh, merda! Como se fosse um presságio, a cólica aumentou e senti meu ventre contrair. Merda! Tentei conter minha cara de dor. Não era absurdamente doloroso, mas o pavor de perder meu filho deixava tudo mais difícil. Dean se mexeu incomodado. O que poderíamos fazer? Revelar naquele momento a Robert que eu esperava um filho? Correr para o hospital sem ao menos lhe dar a chance de absorver a informação.

– Por favor, Melissa! – Dean estava apreensivo. Uma gota de suor escorreu em minha testa. Eu estava me esforçando para conter o desespero.

– O que eu posso fazer?

Robert pareceu incomodado com a aproximação de Dean.

– Mel, você precisa se acalmar. Vou buscar um calmante para você. Vai ser melhor assim.

– Não! – quase gritei.

Robert não sabia, mas eu não podia tomar qualquer remédio.

– Eu vou me acalmar.

– Melissa, você vai precisar muito mais do que seu autocontrole quase inexistente – me repreendeu.

Não podia condená-lo, ele não sabia que estaria prejudicando o próprio filho.

– Eu vou ficar bem. Só preciso... – E olhei para Dean e sabia que poderia contar com ele. – Só preciso dar uma volta.

– Uma volta? – Robert esbravejou ao meu lado. – Está maluca? Nós precisamos estar no aeroporto em duas horas. Não posso deixar você sair por aí neste estado!

– Eu vou com ela. – Dean entendeu o meu plano. – Ninguém vai desconfiar se sairmos para dar uma volta no parque. Vamos de carro para encurtar o caminho.

– Ah, não! Nada de ficar andando por aí neste estado.

Mas eu sabia o motivo da sua discórdia. Ele não queria que fosse Dean a me ajudar quando ele próprio estava ali e deveria ser o suficiente.

– Eu vou cuidar de você, Mel!

Puta merda! Puta merda! Puta merda!

Eu partiria o coração do homem que eu amava, mas não podia contar a verdade naquele momento. Com certeza Robert criaria um problema ainda maior. Um filho não é uma negociação entre empresas, é um filho! E ele não deixaria passar a ideia de que eu omiti aquele fato por tanto tempo, principalmente quando descobrisse que Dean já conhecia a verdade. Com certeza ele ligaria uma coisa à outra e desconfiaria que o filho era do meu amigo e não dele. Doía só de imaginar.

– Eu quero sair, Robert! – Fui firme contendo a dor e me forçando a levantar. – Quero caminhar um pouco e isso você ainda não pode fazer comigo. Agora que aquela filha da puta mostrou o que está fazendo, nós precisamos ser firmes e levar o plano adiante. Eu vou sair com Dean, vou colocar minha cabeça no lugar e voltar a tempo para a nossa viagem.

Vi em seus olhos o quanto ele não estava satisfeito com a situação. Pudera! Mas o que estava feito não havia como consertar e eu precisava chegar ao hospital o mais rápido possível e me certificar de que estava tudo bem com meu filho e que a viagem não pioraria a minha situação.

Tentando andar sem demonstrar o incômodo, caminhei até Dean e saí, deixando Robert sozinho no quarto. Sabia que custaria a amenizar a situação. Ele não aceitaria com tanta facilidade, mesmo assim, naquele momento, a vida de meu filho valia muito mais do que qualquer problema com o homem da minha vida.

Na garagem demos de cara com Tom, um rapaz que reconheci como Martin, um dos agentes que cobria os passos de Adam, mas que fingia ser o marido de uma de minhas identidades falsas. Logo em seguida a agente Lee, uma garota que tinha o corpo muito parecido com o meu, mas com feições orientais, se apressou a juntar-se ao grupo, levando nas mãos uma peruca, muito parecida com o meu cabelo e óculos escuros. Havia um plano traçado ali.

– Tom...

Dean o cumprimentou com um aperto de mão, mas seu rosto demonstrava que não sabia do que se tratava.

– Se você e Melissa derem entrada em um hospital para uma consulta de emergência por causa de uma gravidez, Tanya vai conseguir esta informação, então achei melhor ela sair como Blanca Lopez, enquanto a agente Lee vai caminhar com você no parque, como se fosse a sua esposa.

Era um plano perfeito, eu só precisava de alguém em quem eu pudesse confiar para estar ao meu lado em uma situação crítica como aquela. Senti a alfinetada em meu útero e decidi que era melhor concordar logo de vez e conseguir chegar o mais rápido possível ao hospital.

– Tudo bem. – Me adiantei a pegar a peruca preta e curta que Tom estendeu para mim. Dean ficou inquieto, mas também sabia que era o melhor a ser feito. Rapidamente enrolei meus cabelos em volta da cabeça e a agente Lee me ajudou a compor minha falsa identidade.

– Aqui estão os seus documentos. – Ele me entregou uma bolsa grande que eu sabia conter tudo o que precisava, inclusive um pré-natal completamente falso, mas que ajudaria a compor a farsa.

– Vocês dois vão subir até o apartamento do Bruno, ele já foi alertado à necessidade da passagem, e de lá vão para o apartamento do Martin, de onde sairão para cumprir com o combinado, certo?

– Certo.

Eu já ia me virar quando Dean me segurou em um abraço forte.

– Vai dar tudo certo. Fique tranquila. O agente Martin vai me manter informado e qualquer coisa eu mando este plano para o ar e vou encontrar você.

Eu sabia que Dean seria capaz de fazer aquilo, mas pedi a Deus para que não fosse necessário. Apenas concordei com um aceno de cabeça e saí, deixando-me conduzir.

Bruno já nos esperava. Ele lançou um olhar debochado quando me viu de peruca. O irmão do meu amante nada sabia a respeito da gravidez e eu não sabia se era melhor não mencionar qualquer dor ou urgência em partir. Alexa também estava lá, linda como sempre e com os olhos preocupados.

– Posso ser informado pelo menos do motivo desta operação e principalmente por que Robert não pode saber de nada?

Olhei para o agente Martin sem conseguir decifrar que tipo de desculpa Tom tinha tramado. Eu tinha o conhecimento de que, independente de qual fosse, Bruno deveria saber a verdade. Pelo menos assim eu me sentiria mais aliviada. Mas não naquele momento. Chegar ao hospital era imprescindível.

– Bruno...

Ele estava relaxado por isso me aproximei e não tive medo do que ia dizer.

– Você confia em mim?

Seu sorriso foi se desfazendo quando entendeu que não se tratava de apenas mais uma operação. Vi sua postura mudar e seus olhos ficarem sérios, concentrados. Alexa se aproximou do noivo, colocando uma mão no seu ombro e captando o seu olhar. Eles conversavam silenciosamente e ali estava a minha sentença.

– Confio, Melissa – ele disse por fim, sem deixar margens ou desvios em sua resposta. Bruno realmente confiava em mim, assim como Alexa.

– O que você vai fazer, Mel? – Foi minha amiga quem me questionou. Alexa era prudente demais e tinha uma imensa capacidade de entender nas entrelinhas. Assim como eu merecia a sua confiança, ela também merecia a minha.

– Preciso ir ao hospital, mas não posso explicar agora o motivo. – Mais uma vez eles trocaram um olhar cheio de significado.

– É relacionado a meu pai?

Bruno descruzou os braços e diminuiu a distância entre nós dois.

– Se for, Melissa...

– Não é. Confie em mim, eu jamais o deixaria de fora disso. O problema é comigo.

Outra vez a dor incômoda me alertou da necessidade de ser rápida.

– Prometo que ainda hoje esclareço tudo.

– Tudo bem.

Foi Alexa quem entendeu que eu realmente precisava sair dali o mais rápido possível.

– Espero que você esteja bem e que não passe de um susto. – Ela me abraçou.

Olhei para Bruno e a dureza do seu olhar havia cedido um pouco.

– Ok, Melissa! Espero que esteja tudo bem.

Começamos a caminhar pelo corredor, e não sei o porquê, mas meu coração diminuía a cada passo. Algumas lágrimas caíram e eu não me senti no direito de esconder a dor que sentia.

– Mel, tem certeza de que está tudo bem?

Alexa ainda mantinha o braço em minha cintura, apoiando-me da forma como podia.

– Está, sim. É só que... As coisas complicaram hoje cedo e eu estou um pouco nervosa.

– E Robert, onde ele está?

Bruno abriu a porta do corredor, dando-nos passagem. Alexa parou para se despedir.

– Na minha casa. Eu o deixei com a desculpa de que precisava caminhar e que Dean me acompanharia.

Ele fez uma careta engraçada, entendendo o quanto estava complicado para o irmão.

– Acho que vou dar uma passada lá.

– Faça isso. Obrigada! Encontro vocês na volta.

Passei para dentro do pequeno corredor virando em direção ao nosso destino.

– Melissa?

Bruno me segurou pelo braço fazendo-me olhá-lo nos olhos. Senti toda a minha vergonha por esconder a verdade queimar meu rosto.

– Espero por você.

***

– Puta que pariu, Melissa! – Bruno caminhou pela sala ampla. Suas duas mãos estavam espalmadas em seus cabelos e ele estava apreensivo.

– Você tem certeza de que está bem? – Alexa estava sentada ao meu lado no sofá, com uma expressão que ora parecia feliz com a novidade e ora preocupada com o fato de eu esconder de Robert.

– Estou bem. A médica disse que foi apenas um susto. Passou alguns remédios, mas no geral estou liberada para viajar, porém devo ficar atenta porque cólicas são normais, mas contrações não. Principalmente por ainda estar no início. Eu ouvi o coração dele.

Sorri como uma boba e minha amiga também.

– Não dá nem para notar a barriga. Quer dizer... Agora que você falou eu posso ver seu rosto levemente mais redondo e os seios estão maiores também. – Dean deu uma risada sarcástica.

Ele sabia o quanto aquela parte me incomodava. Tentei não ficar aborrecida. Meu amigo também me aguardava na casa de Bruno, pois estava ansioso demais para esperar até o meu retorno.

– Não acho justo Robert não saber, afinal ele é o pai, não é?

Todos olharam para Bruno. Não era a intenção, mas ficou parecendo que havia uma dúvida a respeito da paternidade do meu filho. Vi quando ele olhou para Dean e depois para mim.

– Ou não é?

– Claro que é, Bruno! Que bobagem! – Alexa ficou incomodada e ao mesmo tempo sem jeito com a possibilidade levantada pelo noivo na maior cara dura.

– É sim, Bruno. O motivo de ainda não ter revelado a existência deste filho não é porque tenho dúvidas em relação à paternidade, mas, sim, porque conheço o seu irmão o suficiente para saber que ele vai me tirar do jogo em dois segundos. E não vai existir argumento que o convença a agir de outra forma.

– Você é muito cabeça-dura, Melissa. Quando Robert descobrir, não vai sobrar pedra sobre pedra. O que acha que está fazendo? Está arriscando a vida deste filho.

Senti que encolhia no sofá. Eu sabia o quanto aquelas palavras eram verdadeiras, mas sabia também que eu não estava fazendo nada que pudesse arriscar a gestação. Pelo menos não propositalmente.

– E ele deveria saber. É o seu direito como pai. Você está tirando dele o direto de acompanhar esta gestação e eu sei que meu irmão adoraria saber de cada passo, de cada detalhe. Eu lembro quando....

E se calou. O silêncio que se fez foi constrangedor. Todos ali sabiam o que Bruno falaria: sobre quando Tanya engravidou e Robert ainda era um homem feliz que pôde acompanhar e se alegrar com cada detalhe daquela gravidez. Meu coração diminuiu consideravelmente. Ele havia me pedido aquele filho, então deveríamos estar festejando o som do seu coraçãozinho.

– Melissa tem um motivo justo, Bruno... – Dean me salvou, como sempre. – Eu fui o primeiro a não achar certo esconder a gravidez, apesar disso, todos nós sabemos o quanto Robert é surtado com a ideia de proteção, sem contar que ele jamais permitiria que Melissa continuasse com o plano. Só que não podemos correr o risco de que Tanya saiba deste filho, ela, sim, é o nosso maior medo. Além de tudo, Adam só vai contribuir se Melissa estiver à frente, só ela pode conseguir esta informação. Se seu irmão descobre que ela está grávida, nosso plano vai por água abaixo.

Bruno hesitou. Recomeçou a andar pela sala, pensando em uma forma de absorver cada detalhe daquelas informações. Alexa apertou sua mão na minha e seus olhos estavam cheios de compaixão, além de confiança. Ela era mesmo minha amiga.

– Se alguma coisa acontecer com esta criança, Robert me mata, você sabe disso, não é?

Puta que pariu! Era melhor eu não saber de nada. Seria muito melhor se eu fosse pega de surpresa junto com ele. Puta que pariu! Robert nunca vai me perdoar.

– Eu vou encontrar com Adam assim que voltar da Tailândia, e quando conseguir a informação, vou contar tudo a Robert. Prometo. Também não consigo mais esconder a verdade e da mesma forma que você, também acho injusto. Mas é por este filho que mantenho a mentira. Ele precisa de uma vida sem medos, precisa ser o nosso recomeço, Bruno. Robert merece uma família que lhe traga paz e é por isso que estou lutando. Falta bem pouco agora.

Ele me olhava enquanto eu falava e eu sabia que ali, naquele momento, o irmão do meu amante aceitava entrar naquela luta comigo. Fiquei mais confiante.

– Precisamos voltar. Temos pouco tempo, Mel.

– Robert já foi – Bruno revelou.

Eu já sabia que ele não sairia de casa comigo. Muito pelo contrário. O plano era que ele saísse da casa dele depois de passar a noite na casa da amante, no caso a Carol, e de lá seguiria para o aeroporto, onde nos encontraria. Mas só de ouvir que ele partiu sem saber notícias minhas, ou aguardar a minha volta, me deixou incomodada, mais precisamente, temerosa.

Nossa senhora das amantes grávidas que cuidasse da cabeça dos seus homens dominadores e cheios de vontade.

Levantei ainda com a pequena angústia no coração.

– Certo. Encontramos com ele no avião, Dean.

– E Carol? – Alexa tratou de nos acompanhar de volta ao corredor. – Ela vai encontrar vocês na Tailândia?

– Sim. Não tem como Tanya acreditar que Robert seria capaz de levar a amante no mesmo voo, já que ela não tem nada a ver com o que vamos fazer lá. Será como se fosse um encontro escondido. Como se ele tentasse esconder de todos a permanência de Carol no hotel.

– Bom, não será a primeira vez que Robert fará isso.

Eu e Alexa olhamos ao mesmo tempo para Bruno. Ela, irritada por ele ser tão indiscreto e eu abismada com aquela revelação. Eu odiava o histórico de Robert Carter mais do que qualquer amante que ele já teve.

– O que foi?

Ele parecia inocente, o que não era mentira, afinal de contas estamos falando de Bruno Carter, o cara mais inconveniente que já havia cruzado o meu caminho. Alexa balançou a cabeça e me dirigiu um olhar de desculpas. Achei melhor não comentar nada.

– Dean, boa sorte!

Mais uma vez Bruno chamou a minha atenção para a bomba que provavelmente soltaria.

– Não será nada fácil ficar quase um dia inteiro ao lado de pessoas como Robert e Melissa. Aliás, duvido muito que você consiga vê-los por muito tempo, esses dois possuem uma atração por avião...

Seu sorriso sacana estava lá, demonstrando mais uma vez a sua imensa capacidade de perder a chance de ficar calado. Quase pedi para ele calar a boca, mas me contive.

– Seria uma viagem solitária, se não fosse por Paul e Abby.

À medida que ele falava, eu sentia que poderia facilmente acertá-lo com meu sapato e fazê-lo entender que o silêncio valia ouro. Não era possível que Bruno não se tocava da minha história com Dean e do quanto Robert contribuiu para que esta tivesse um fim quase trágico. Meu amigo me lançou um olhar que dizia tudo. Puta merda! Eu deveria matar Bruno.

– Bruno! – Alexa não se conteve, acertando o noivo com um soco no braço.

– Ai! O que foi? Só estou dizendo o que realmente vai acontecer. Da forma como Paul anda evitando todo mundo e Abgail é profissional, esta será uma viagem quase solitária. Acho bom levar um livro ou umas revistas e... Ai! Tá maluca?

Sua noiva havia acertado mais um soco em seu braço.

– Cala a boca! – Ele ficou sério e depois soltou uma risada estrondosa.

– Vou levar mais um soco, mas você vai ver que eu tenho razão. Ai! Meu bem, não faça isso. Ai!

Alexa estava incontrolável e acertou o noivo com um chute na canela, depois virou e voltou para o apartamento. Quase dei risada. Quase.

– Essas mulheres são o diabo. – E riu estrondosamente.

Minhas malas já estavam prontas com tudo o que eu achei que seria necessário para estar na Tailândia. Seriam quatro dias, dos quais, dois estaríamos presos em um avião em uma longa e cansativa viagem. Apesar de toda a tensão das últimas horas, estar em um lugar onde eu poderia abusar da tranquilidade era tentador. Talvez fosse bom me desligar do mundo e, se Deus quisesse, Robert me acompanharia nestes momentos, como foi na Grécia.

Ah, Grécia! Como eu gostei de te conhecer.

– Tudo pronto?

– Tudo sim.

Dean me observou com cuidado. Desde a falta de senso do Bruno ele estava esquisito. Não quis perguntar sobre o que o incomodava. Pode parecer egoísmo, mas eu já tinha batido a minha quota de aborrecimentos e o dia mal tinha começado, então apenas sorri para meu amigo e esperei que este lhe transmitisse segurança.

– Estamos cobrindo todos os rastros do seu pai. Ele trocou mensagens com a tal Tanya. Confirmamos com Olivia e, neste horário, Tanya, a nossa Tanya, estava com ela e não tocou no celular em momento algum.

Ele pegou minhas duas malas e as levou para fora do quarto, onde um empregado nos aguardava. Assim que entramos no elevador, ele continuou.

– Estamos trabalhando com a ideia de uma espiã. Uma pessoa implantada para nos desviar, acreditando ser Tanya mesmo a se envolver com o seu pai.

– Como assim? – O elevador parou e nós seguimos até o carro.

– Passamos a noite revisando todo o esquema implantado para seguir Tanya e chegamos à conclusão de que ela não teria como se aproximar sem chamar a nossa atenção. Acompanhamos seus passos de perto e não existe nenhuma possibilidade de ela ter ido à Califórnia ou a qualquer outro local em que ele tenha estado.

– Então existe outra pessoa?

– Sim. Alguém com as mesmas características e que esteja se passando por ela, contando a mesma história e envolvendo seu pai nesta confusão. Por isso ele foi até o centro, ficou um tempo sozinho no bar, aguardando por alguém e depois desistiu. Levou longos minutos trocando mensagens e no final do dia voltou para casa. Provavelmente, a tal mulher inventou esta história da viagem, assim as informações ficariam casadas.

– Posso confiar nisso?

– Não. Mas vamos trabalhar para confirmar esta versão, ok? Agora vamos apenas entrar naquele avião e realizar a viagem solitária.

Abriu a porta do carro dando-me passagem.

– Duvido muito que seja desta forma. – Suspirei ao lembrar que agora Robert tinha mais motivos para manter a sua greve de sexo. Droga!

– Vá com calma. O que aconteceu hoje foi só um susto, mas você sabe... – Ele entortou um pouco a cabeça e sorriu como se soubesse que não deveria falar sobre o assunto. – Não force muito a barra, tá legal?

Meu rosto pegou fogo. Que droga! Todo mundo acreditava que minha vida com Robert era apenas sexo? Nós éramos um casal normal. Quer dizer... Nem tão normal assim, mas tentávamos ser na medida do possível. Ok! Nós gostávamos de sexo e que mal há nisso? Todo mundo gosta de transar com quem ama, não é? Na mesma intensidade, ou mais ou menos, mas sempre seria sexo. Droga!

– Não precisa morrer sufocada por isso... – ele brincou e sorriu com ironia.

Meu rosto queimou e senti minhas orelhas alcançarem o mesmo estado. Engoli com dificuldade e entrei no carro me acomodando no canto.

– Mel, não precisa ficar tão constrangida.

– Não quero falar sobre isso – cortei meu amigo, que riu da minha situação.

– Só estou dizendo para pegar leve. Pelo menos por hoje.

– Dean! Este não é um assunto que eu queira discutir com você.

– Por que não? Eu sou o seu marido, conheço suas necessidades.

Revirei os olhos lembrando do quanto ele conhecia a minhas necessidades. Era melhor Dean estar brincado ou eu o acertaria com um soco e o estrago seria muito maior do que o que eu dei em meu amante.

– Relaxe, Mel! Estou só brincando. De qualquer forma, o alerta é válido.

– Vá à merda!

– Ah, eu vou! Será mesmo uma merda saber o que vocês farão enquanto eu estarei do lado de fora conferindo o relógio.

– Cala a boca, Dean!

Ele riu, mas ficou em silêncio.

CAPÍTULO 33

Chegar ao aeroporto foi fácil, difícil mesmo foi encarar Robert depois do que eu havia feito. Ele estava sentado em uma das poltronas tão conhecidas por mim e que me arremetia a um passado não muito distante onde nossa única preocupação era esgotar o prazo de Tanya. Seus olhos vidrados no computador à sua frente, e ele, como sempre, impecável, lindo em um paletó completo, negro, os cabelos perfeitamente arrumados, um ar fresco pós-banho, pelo menos assim eu achava, e com a postura de quem sabia que possuía o mundo e dele podia dispor. Estava sexy, insuportavelmente sexy.

Abby também estava lá, cumprindo com o seu papel e exercendo uma posição que antes era minha. Ela apenas aguardava e segurava duas pastas que, provavelmente, eram os contratos e mais alguns documentos dos quais o nosso chefe certamente precisaria. Paul se limitou a me cumprimentar com um singelo bom-dia e voltou a sua atenção para o celular. Ele ainda não havia me perdoado por tramar contra a sua irmã, mesmo sabendo que era necessário.

Eu mal sabia qual seria a minha participação naquela viagem, apenas que, como acionista, mesmo não sendo uma coisa pública, eu deveria ter o mínimo de interesse na sua finalidade. Suspeitava que o real motivo da minha presença era simplesmente o fato de Robert me querer por perto. Sorri sentindo meu corpo aquecer.

Dean passou à frente, levando todo o seu aparato para que conseguisse continuar monitorando de perto os passos de cada um dos nossos opositores. Robert apenas nos observou entrar sem nada dizer. Sentamos e nos acomodamos. Ele continuou em silêncio.

– Carol embarcou mais cedo. Conseguimos captar a mensagem que Tanya recebeu avisando que ela estaria nesta viagem, até agora nada com que precisamos nos preocupar.

Seu olhar não fraquejou diante de Paul, o que, para mim, foi ótimo. Deixava claro que não recuaríamos.

– Certo. – Robert não desviou os olhos da tela do seu computador. – Conversei com Carol antes de ela embarcar, e com Tanya agora há pouco. Pelo que parece, tudo está dando certo nos nossos planos para a China.

– Que ótimo! Recebeu meu relatório? – Tentei parecer empolgada e chamar a sua atenção para mim.

– Claro! – Foi só o que ele disse e isso sem me olhar diretamente.

Abby me encarou e sorriu, balançando um pouco a cabeça como se quisesse dizer "não é nada de mais, fique tranquila", mas eu não fiquei. Estava nervosa e ansiosa demais para ignorar meu amante.

– E o que achou?

– Excelente, como sempre.

A comissária entrou levando dois copos de uísque. Não consegui evitar minha cara de desagrado. Era cedo demais para consumir álcool. Outra vez troquei um olhar cheio de significado com Abby, que ergueu uma sobrancelha e fez uma cara de "o que podemos fazer? Ele é o chefe". Robert a olhou com um sorriso educado e aceitou o copo, bebendo do seu líquido no mesmo instante. O outro era para Paul, que aceitou sem nada acrescentar.

– Vamos decolar em vinte minutos. Por favor, coloquem seus pertences nos compartimentos.

Ela fazia o seu trabalho, mas eu só pensava no quanto aquela loira me incomodava.

Nunca consegui me sentir à vontade com aquela garota e havia em mim uma certeza de que algo já tinha acontecido entre ela e o meu amante. Contudo, preferi deixar este assunto para outro momento.

– E Kurt? – ele perguntou diretamente a Dean.

Fiquei incrivelmente incomodada. Por que porra ele estava me tratando daquela forma?

– Estamos com tudo sob controle. Tom já te passou o que concluímos?

– Sim e estou apostando nesta possibilidade.

Eu apenas ouvia a conversa deles dois, olhando para fora e tentando não me importar tanto com o que ele estava fazendo comigo. Era impossível.

– Também acredito que este seja o plano de Tanya – disse Abby, que começou a participar da conversa.

Paul fechou os olhos e engoliu em seco. Ele também já sabia.

– Ela sabe que desestruturaria Melissa se conseguisse, de alguma forma, alcançar a sua família, mas realmente duvido muito que se desse ao trabalho de manter um caso com Kurt só para lhe causar dor.

Lembrei do quanto realmente doeu quando ele me disse o nome da mulher com quem estava se relacionando. Saber que não era a Tanya que povoava meus pesadelos, quem estava se relacionando com o meu pai, deixava-me um pouco aliviada, mesmo assim, ainda existia uma pessoa que o enganava, manipulava e fazia o jogo da minha inimiga apenas para me atingir, o que era o suficiente para me manter tensa e temerosa.

– O que você acha disso, Melissa? – perguntou Robert.

Olhei para meu amante sem saber em que pé aquela conversa estava. Ele fez uma careta intrigante.

– O contrato com o governo – completou.

Quanto tempo eu passei presa em meus pensamentos?

– Ah, sim, claro! É importante manter o acordo. Foi um imenso passo para o grupo e os investimentos são incríveis. O governo da Tailândia tem muito interesse em melhorar a saúde pública, por isso, dar andamento ao processo é de fundamental importância.

– Eu não estava falando sobre isso. – Ele me sondou com olhos instigantes.

Fiquei constrangida. Onde estavam os meus pensamentos?

– Pelo visto você não conseguiu se recuperar depois do seu passeio.

Abri a boca um milhão de vezes sem saber ao certo o que responder. Dean desviou o olhar deixando-me sozinha no impasse.

– Está sendo um dia complicado, Robert!

– Para todo mundo, eu acredito – ele rebateu sem me dar a importância que eu desejava. – Abby, pode me passar a pasta?

– Claro! – Ela lhe entregou uma pasta preta, mas antes me lançou outro olhar que encarei como um "o que está acontecendo?". Encostei na poltrona e descansei o corpo, sentindo que, em minha mente, um tsunami se aproximava.

O piloto nos deu as boas-vindas, avisando que estávamos prestes a levantar voo. Nos acomodamos e ficamos em silêncio aguardando o momento em que estaríamos liberados para transitar livremente. Pensei em toda a minha situação e não entendi como ainda conseguia estar de pé. Tanya estava destruindo toda a minha sanidade e Robert ainda achava que eu não deveria me encontrar com Adam, quando este seria o passo mais importante para aquela batalha. Eu precisava encerrar a guerra e terminar minha gravidez em paz. Mas tudo indicava que meu relacionamento estava por um fio. E este não era um dos objetivos de Tanya?

– Melissa? – Dean chamou, tirando-me do meu transe.

Só então vi a mulher parada ao meu lado me encarando com certa ironia.

– Desculpe!

– Deseja alguma coisa, bebida, amendoins, revista?

– Ah! Hum! Acho que uma água, por favor!

Ela serviu a água em um copo de vidro e me entregou.

– Obrigada!

– Está tudo bem? – perguntou Dean.

Ele se levantou e puxou a poltrona para perto de mim. Ele estava tão familiarizado que despertou a minha atenção. Como ele poderia saber que aquelas poltronas possuíam trilhos?

– Sim. Só estou um pouco sonolenta. Deve ser o remédio.

– Que remédio? – perguntou Robert.

Estremeci. Robert não fazia ideia do que me acontecia e era lógico que mencionar um remédio chamaria a sua atenção.

– Senti muita dor de cabeça mais cedo, quando voltei ao apartamento, então tomei um remédio, provavelmente o alívio está me causando sono.

Ele concordou. Parecia querer dizer algo mas não o fez.

Achei estranho Robert continuar na poltrona. Normalmente ficávamos sozinhos na cabine dele. Discutíamos o trabalho, namorávamos, transávamos... Lembrei de como éramos antes da minha volta e o que estávamos sendo. Onde estava o nosso relacionamento? Por que estávamos deixando acabar? O que estava acontecendo?

– Acho que vou deitar um pouco – eu disse.

Levantei-me sem encarar meus amigos, muito menos me dei ao trabalho de olhar para meu amante. Minha única vontade era não ser fraca em sua frente e poder chorar sozinha sem precisar me justificar pelos meus medos e escolhas.

Conhecendo muito bem o caminho, não demorei muito para entrar naquele mesmo quarto que tantas outras vezes me fez tão feliz. Ficar ali sem ele, e sob aquelas circunstâncias, me fez sentir um buraco no peito. Estávamos distantes e eu sabia que o que nos separava não eram apenas as duas portas que existiam entre a poltrona que ele ocupava e o ambiente em que eu me encontrava. Havia uma lacuna, um rasgo em nossa bolha, que parecia que nunca mais se recuperaria.

Subi na cama sem tirar os sapatos. Podia vê-lo me alcançando, tirando a roupa, me abraçando ali mesmo, naquele lugar, mas era apenas a lembrança do passado. Robert estava magoado demais para me buscar e eu ferida o suficiente para desejar a solidão. Sem ter vontade de me conter, deixei as lágrimas escorrerem e, com elas, desejei que todos os meus fantasmas fossem exorcizados.

Não sei quanto tempo se passou, nem quando exatamente ele entrou no quarto, mas em um determinado momento, nossos olhares se encontraram. Nenhum dos dois tomou a iniciativa, apenas ficamos nos encarando, ele em pé, próximo à porta, e eu na cama, sentada e encolhida, abraçando minhas pernas e com o rosto marcado pelas lágrimas que continuavam caindo.

E então eu senti. Um leve puxão quase que imperceptível, mas que ajustava as pontas da nossa bolha, remendando e tornando possível um recomeço, um acerto de contas. Ele se moveu, um passo tímido em um corpo rígido de quem não sabe ao certo ainda o que e como fazer. Soltei minhas pernas sentindo meu corpo protestar.

Robert se sentou à minha frente, um joelho dobrado em uma posição informal. Nossos olhos não desviavam. Parece loucura, mas eu sentia que alguma coisa mudaria com aquele encontro, como se, de repente, algumas peças começassem a se movimentar, acomodando-se em seus devidos lugares e fazendo com que a máquina, que era o nosso relacionamento, voltasse a funcionar. Ele arrastou a mão sobre a coberta e alcançou a minha. Seu aperto de confiança era o que faltava para que eu abrisse a porta dos meus sentimentos. Fechei os olhos.

– Nós estamos nos perdendo... – Ouvi sua respiração ficar pesada e sem olhá-lo eu soube que ele concordava comigo. – Quando eu aceitei entrar em sua vida... Quando aceitei lutar pelo nosso amor, não pensei, em nenhum momento, que daríamos a Tanya o que ela desejava. Simplesmente desgastamos o que sentimos e nos afastamos, tudo porque não conseguimos um equilíbrio para agirmos juntos.

– Eu sei. – Sua voz baixa e rouca indicava que era difícil para ele também admitir aquela sensação.

– Eu não entendo por que permitimos que seja assim. O que aconteceu, Robert?

– Não sei, Melissa! – Seus dedos apertaram ainda mais os meus.

Uma pontada de tristeza se fez presente em meu peito. Aquela era a fina camada que resolveria o nosso relacionamento, para o bem ou para o mal. Era delicado, mesmo assim senti necessidade de manuseá-la, sabendo que poderia facilmente rasgá-la.

– Você não é mais a mesma pessoa que eu conheci. Há quatro meses eu estava desesperado, sofrendo por ser obrigado a deixar você partir. Vi uma mulher frágil, amedrontada, sair pela minha porta e por algum tempo cheguei a acreditar que deveria ser realmente desta forma. Não que eu preferisse que você continuasse sendo frágil, eu sei que o fato de você ser forte facilita muito para mim, mas eu amava a sua delicadeza, a sua necessidade de mim e isso é ridículo, eu sei, mas era a forma como eu me sentia. Era ótimo saber que eu estaria ali para fazer por você. Mas veja só, você voltou e, com a sua volta, veio à tona muito do que é a sua realidade, do que existe dentro de você.

– E você não ama esta mulher que eu sou hoje... – afirmei tentando amenizar o seu sofrimento por me dizer aquelas palavras.

– Eu amo! – Ele hesitou e depois soltou o ar preso nos pulmões. – Eu amo, Mel! Só não sei ainda como lidar com tudo o que você se tornou... Com tudo o que a minha vida fodida fez você se tornar.

– Não fale assim. Eu ainda sou a mesma pessoa! Ainda te amo com a mesma intensidade e ainda desejo tudo o que planejamos. Só que agora...

Puxei o ar com força. O que eu poderia dizer?

– Agora nós temos uma pedra imensa em nosso caminho e precisamos eliminá-la e não simplesmente removê-la. Robert... – Coloquei minha outra mão sobre a dele. – Eu era uma mulher que mal sabia da vida. Eu simplesmente acordava, trabalhava, fazia tudo o que uma pessoa normal podia fazer para a vida seguir sem precisar de muitos esforços. Você ter entrado em minha vida como um furacão não foi a causa desta mudança. Existia em mim um desejo latente de mudar, de fazer melhor do que eu fazia, e isso eu descobri com o seu amor. Não foi o fato de você me escolher como amante, mas por Tanya ser uma pessoa que não merece metade do que tem. Não é para protegê-lo, mas para tirar da sociedade mais uma mente doentia.

– Eu também errei. Eu também fiz coisas ruins e mereço a minha punição.

– Você já foi punido.

Olhei-o e enxerguei a sua dor. Eu sabia que, por mais que Robert tivesse o direito de recomeçar, aquela dor o acompanharia para sempre e a sua alma já estava marcada para toda a eternidade. Ele fez uma careta.

– Qual é o problema? Eu estou aqui, lutando ao seu lado, ansiosa para pôr um fim nisso tudo, por que você simplesmente não acredita em mim? Por que não me dá um voto de confiança?

Outra vez ele fez uma careta e desviou o olhar.

– Eu não quero que você se atole ainda mais nesta merda! Não acho justo que seja sacrificada, que sua alma seja violentada com toda esta sujeira, Mel. Entenda...

Ele avançou puxando minhas mãos para junto dele.

– Você é doce, é meiga, é simples, é luz, vida, alegria. Desde que voltou eu não consigo enxergar essas características, simplesmente porque está tão envolvida e motivada em destruir Tanya que não deixa espaço para ser o que realmente você é! Não sei se vou conseguir expressar corretamente o que sinto, mas todos os dias eu acordo e espero encontrar a minha Melissa, a garota confusa, chorona, que tira o meu juízo e que a única preocupação era se fazer reconhecida pela qualidade profissional. Eu não sei o que dizer desta Melissa que preciso encarar todos os dias. Não é ruim e não é uma pessoa que eu não amaria, mas é... estranho. É como se nossos papéis estivessem invertidos porque eu sou o cara confuso e inseguro, que não sabe como agir, que tem medo de fazer qualquer merda e acabar tirando você de vez da minha vida, porque eu sei que você é forte o suficiente para fazer isso, mas e eu? Eu sou? Neste meio que criamos, não existe espaço para duas forças que se chocam o tempo inteiro, então ou sou eu ou é você, e eu não quero que seja você!

– Por quê?

– Porque eu sou um filho da puta, Melissa! Eu sou o monstro que vai destruir Tanya. Que vai ter coragem de cravar a estaca em seu coração mesmo que isso me cause mais pesadelos. Porque não posso aceitar que sua vida seja cercada de dor, que o que sinto todas as vezes que preciso me encarar seja a sua realidade. Eu não quero uma Melissa sofrida pelas escolhas que precisará fazer, ferida pelos estilhaços dessa bomba atômica que vai explodir e que vai levar muita gente com ela. Se alguém vai se foder nesta história, este alguém sou eu!

Não consegui sentir nada além de tristeza e compaixão. Um Robert desprovido de vaidade, de arrogância, de forças, estava à minha frente, desnudo de todo e qualquer papel que precisou assumir nesta vida suja e que tinha se embrenhado. Aquele era o meu Robert, o homem que eu amava, que seria capaz de tudo para manter a integridade daqueles que amava.

– Droga, Mel! Eu sinto como se, a cada passo que avançamos, um abismo se apresentasse entre nós dois, e eu não quero perder você!

A sinceridade daquelas palavras alcançou meu coração, aquecendo-o. Ali estava a nossa solução. Sorri entre as lágrimas e me aproximei ainda mais dele, sentando em seu colo. Robert encostou a cabeça em meu pescoço e se escondeu entre meus cabelos como uma criança assustada.

– Nós podemos fazer isso. Não precisamos ser duas forças contrárias, mas somos capazes de sermos apenas uma única força direcionada para o mesmo objetivo. Só precisamos realinhar o plano, organizar o que sentimos e confiarmos um no outro. Você me pediu para confiar em você e foi só o que fiz desde então. Vamos trabalhar juntos, amor, e conseguiremos acabar de uma vez por todas com este sofrimento.

Ele respirou fundo e, depois do que imaginei ser um tempo razoável, concordou com a cabeça.

– Eu tenho medo, Mel! Tenho um medo filho da puta! E tenho tanta raiva de ter medo que não consigo conter a fúria dentro de mim. Todas as vezes que perco o controle sobre você, me desespero. Todas as vezes que sei que só poderei respirar se impedi-la de agir, se limitá-la, se proibi-la... Droga! Eu me sinto um merda por precisar fazer isso, mas às vezes é impossível.

– Confie em mim! – Apertei meu abraço, deixando-o colado ao meu corpo. – Só preciso deste voto de confiança – completei.

– E se alguma coisa acontecer com você?

– Você estará lá por mim. Vamos fazer isso juntos, Robert! Vamos pegar o Adam, a Tanya e depois acabar com tudo e viver a nossa vida. Eu vou voltar a ser a sua Melissa e você não precisará mais ser este Robert. Será apenas o meu marido, o meu homem, o meu companheiro, pai dos meus filhos. Não vamos mais ter medo do que pode acontecer.

Ele me fechou com seus braços e me prendeu como se, com isso, pudesse me proteger de qualquer problema que poderíamos encontrar pela frente. Continuamos assim, sem querer desfazer nosso abraço, mas cientes de que aquela etapa da nossa vida estava ficando para trás, e que, dali para frente, seríamos mais fortes e voltaríamos a ser um só.

Depois de um tempo, ele afrouxou o aperto e buscou por meus olhos. Havia uma súplica tão nítida nos dele que foi impossível não me comover. Quando Robert me beijou eu entendi que enfim voltávamos a nossa realidade e tudo estava em seu devido lugar. Meu corpo aqueceu à medida que seus lábios massageavam os meus e que sua língua experimentava a minha. Foi um beijo cheio de amor, de reconhecimento, de decisão. Era a assinatura do não. Quando ele se afastou, quando eu já estava necessitada do ar, não me senti vazia, ou incompleta.

– Então estamos de bem? Acabou a greve de sexo?

Ele riu e beijou minha testa, correndo uma mão nas minhas costas e mantendo-me firme junto ao seu corpo.

– Estamos bem.

Como se precisássemos daquele pequeno indicador, aquele mínimo toque no botão que liberava o desejo do meu corpo, senti que tudo ficava para trás e que, naquele instante, minha única vontade era ter o meu amante em mim, da única forma em que conseguíamos realmente nos sintonizar com tanta harmonia. Eu precisava fazer amor com ele e assim entender que nada ficou em palavras ou sentimentos, era tudo real e concreto.

Deixei que minhas mãos ousassem se aventurar pelas suas costas e peitoral, subirem pelo seu pescoço e prenderem seus fios sedosos entre os dedos, mantendo-o perto, sem reservas. Ele aprofundou o beijo e depois parou.

– Ainda não. – Seus olhos quentes continuavam me queimando por dentro.

Ele disse não, mas eu entendi apenas que sim, porque era o que eu queria. Avancei sobre ele alcançando seus lábios. No impulso, Robert caiu de costas no colchão e eu fui levada junto, ficando por cima. Aproveitei a oportunidade me postando sobre seu corpo e aprofundando o beijo que ele correspondia com vigor.

– Mel, não!

Ele tentava parar, mas eu não queria ouvir. Sentia-me cansada daquela história de greve de sexo. Robert era meu, assim como eu era dele e, se tantas vezes eu fui traída pelo meu corpo e forçada a ceder as suas investidas, era a vez de ele provar um pouco do próprio veneno.

– Sim!

Rebolei sobre seu quadril e senti o que eu queria se revelando. Ele estava excitado e... Puta merda! Meu sexo ficou rapidamente molhado. Desci minhas mãos ao encontro do meu objeto de desejo, assim que o encontrei apertei e acariciei deliciada com o gemido que ele deixou escapar.

– Porra, Melissa! Pare com isso.

– Com isso o quê?

Coloquei minha mão por dentro da sua calça. Ele arqueou o corpo em direção à minha mão.

– Não quero transar agora – rebateu tentando tirar minha mão de dentro da sua calça.

– Isso é uma mentira absurda, Robert Carter!

Ele mordeu o lábio inferior e fechou os olhos ainda tentando me conter.

– Não temos mais problemas para resolver então por que esperar tanto?

– Porque eu ainda estou com raiva!

– O que nunca o impediu de me tomar para você. Aliás, nós combinamos que não vamos mais medir forças.

Ele riu debochado e arrancou minha mão do meio de suas pernas.

– Esta é uma guerra perdida, Melissa!

– Robert, eu estou fodidamente estressada. Tive um dia filho da puta, então pelo amor de Deus, pare com este papo de virgem.

Ele me encarou, estreitando os olhos, umedeceu os lábios e então…

Robert girou e eu me vi sendo jogada para o lado, no entanto, ele me segurou para que meu pouso fosse suave. Em um gesto rápido, passou uma perna sobre as minhas e sua mão prendeu meus braços para cima. Nossos olhos se encontraram, os deles correspondiam aos meus: eram apenas fogo, chamas que nos consumiriam rapidamente.

– Está vendo o que eu digo? São duas forças duelando. Eu fico fodido com isso, Melissa! Não quero ter que brigar para te convencer a nada. Não quero medir forças para que você entenda quem manda nesta relação.

E aquele sorriso debochado teimava em aparecer. Ele bem que tentava disfarçar, mas estava lá, em suas expressões, o quanto ele gostava daquela nossa situação.

– É só você esquecer esta história ridícula de greve de sexo e eu prometo obedecer todas as suas ordens.

Um sorriso brincou em seus lábios.

– Vamos deixar uma coisa bem clara aqui, certo?

– Certo.

Uma angústia crescente incomodava o meu ventre, como se formigas passeassem por todos os lados, abrindo caminho e me enlouquecendo.

– Nós somos um, vamos equilibrar esta disputa por poder, vou aceitar as suas decisões, mas nesta merda de cama quem manda sou eu.

Ele dizia com uma raiva feroz que eu bem conhecia. Apoiando o corpo no quadril, subiu a mão livre e se apossou do meu seio com propriedade. Gemi deliciada demais para ficar quieta.

– Você é minha, eu mando aqui, mando em você, mando neste corpo delicioso. – Desceu os lábios mordendo meu pescoço. – Mando nas suas vontades, no seu desejo.

Segurou meu queixo com força, comprimindo meus lábios e forçando o beijo. Como se isso fosse realmente necessário para me impelir a fazer as suas vontades.

– Eu te como quando, onde e na hora em que eu quiser, entendido?

Tentei concordar com a cabeça, mas ele desceu a mão e, sem muito cuidado, ultrapassou minha calcinha e investiu em meu sexo. Dois dedos quentes e luxuriosos se moviam em mim arrancando gemidos impossíveis de serem contidos. Com minhas pernas presas pelas dele, eu não podia nem me mexer para colaborar. Encontrava-me totalmente entregue ao seu bel-prazer.

– Você pode ser esta mulher decidida lá fora, eu não me importo, mas aqui, enquanto eu estiver dentro de você, no momento que eu estiver te comendo, você será apenas a minha Melissa e eu não aceito nada menos do que isso!

Pisquei várias vezes tentando me concentrar em tudo o que ele dizia, mas não conseguia. Havia dentro de mim um vulcão em erupção, ansioso demais para explodir.

– Vá à merda e me coma logo de uma vez, Robert!

Pensei que ele pararia, mas meu amante riu e enfiou seus dedos com mais força em mim.

– Como eu disse: estou fodido!

E, em segundos, ele estava em mim.

CAPÍTULO 34

Meu vestido estava embolado na cintura, minhas mãos continuavam presas pelas suas garras, acima da minha cabeça. As pernas estavam abertas, a calcinha puxada para o lado, enquanto ele investia em mim daquela forma que apenas Robert Carter era capaz de fazer.

Seu peso estava suspenso pelos cotovelos, apoiando no colchão, um de cada lado da minha cabeça. Seus lábios estavam ora em minha boca, ora no decote que continuava firme em seu princípio de se manter no lugar. Droga de roupa apertada.

Mas ele estava lá, entre as minhas pernas, ainda vestido, com exceção daquela parte que estava em meu corpo, completando-me, preenchendo, conduzindo e me fazendo obedecer às suas vontades. Devo confessar que atender as suas ordens era tudo o que eu mais gostava de fazer nesta vida.

Seus olhos cheios de desejo cobriam diversas partes do meu corpo com um calor que me fazia arfar. Robert avançava, entrando em mim, roçando minha carne, tocando as paredes. Seu sexo colado ao meu, sua carne se esfregando na minha em investidas curtas, mas com movimentos incrivelmente deliciosos.

No mesmo instante, ele me beijava e mordia meu pescoço, arranhava meu busto com os dentes ou com a barba por fazer, e em todos os instantes deixava claro quem mandava ali, e eu nem me importava com isso, contanto que ele continuasse onde estava, mexendo daquela forma única e arrancando de mim gemidos que indicavam o mais puro prazer.

Senti que não demoraria muito. Meu corpo estava preparado e desejoso daquela sensação extraordinária. Era o remédio certo para curar as minhas dores, saciar a sede e sanar todos os medos e dúvidas, porque enquanto eu o sentia avançar dentro de mim sabia que nada mais tinha importância, que poderíamos vencer o mundo se quiséssemos, porque eu estaria ali sempre por ele e ele sempre por mim, não importava o tamanho do perigo ou do obstáculo.

E então Robert estremeceu fazendo-me sentir o leve tremor do seu sexo rígido em minha carne. Minha pulsação acelerou e tudo em meu ventre começou a se contrair. Ele se esforçava para não ser o primeiro, o que era bem típico do Senhor Carter, priorizava satisfazer para depois ficar satisfeito, e eu amava este detalhe em nossa relação. Naquele momento, e ciente de que quando eu me entregava ao orgasmo pouco conseguia acompanhar do espetáculo à parte que era meu amante gozando, eu queria poder assisti-lo.

Não sabia explicar o motivo do desejo tão intenso de, inclusive, sacrificar o meu próprio prazer, mas eu sabia que necessitava assistir o meu homem se perdendo entre minhas pernas, espremendo-se em meu corpo e gozando o prazer que apenas eu podia proporcionar..

Mas como fazer depois de uma declaração nítida de que ele precisava daquele momento de controle? Como burlar uma regra tão clara sem lhe causar mais frustração? E como não atender a uma vontade gritante que me cercava implorando para persuadi-lo a aceitar?

Minha carne se fechava, acompanhando o seu ritmo e pronta para se entregar ao êxtase, mas eu não queria. Precisava de uma forma de atender às necessidades do homem que eu amava e satisfazer a minha vontade. Então eu tive uma ideia. Enquanto Robert se controlava em investidas mais lentas e precisas, aguardando por mim, buscava em meus olhos o sinal de que eu chegaria logo. Prendi uma perna em seu quadril e a outra enrosquei na sua, massageando a panturrilha com a ponta do pé.

– Não goze – alertei.

Um brilho de dúvida cruzou o seu olhar, então ele estreitou os olhos sem entender o motivo da ordem.

– O quê?

– Não goze, por favor! – E eu já sentia o vulcão entrando em erupção em mim.

– Melissa...

– Por favor!

Ele se apertou em mim e, sem que eu tivesse qualquer controle do meu corpo, senti os músculos ficarem rígidos e a explosão acontecer.

Tentei manter o mínimo de consciência possível enquanto aquele mundo encantado de prazer delicioso lambia meu corpo em um desejo luxurioso, levando-me ao nirvana com todos os nervos, poros e partículas. Nos braços de Robert, que ainda permanecia imóvel, eu me tornei pó, sentindo o ar me levantar e em segundos fui materializada outra vez.

O tempo inteiro mantive meus olhos abertos, prendendo a tempestade que se formava nos olhos do meu amante. Como se estivesse enfeitiçado, Robert manteve o olhar e eu entendi que ali, naqueles míseros segundos, eu era um rio límpido, transparente, que permitia que ele enxergasse a minha alma, o que eu era, o que sentia e o que desejava. Naqueles segundos, dei a Robert o que existia de melhor em mim.

Ainda arfante, ele continuou me encarando. Tive medo de ter estragado tudo, mas Robert me soltou. Doeu um pouco, porém eu precisava abraçá-lo, me prender a ele e sentir que estava realmente de volta. Com a mão livre, acariciou meu rosto, sem desviar o olhar.

– Você é linda, Melissa Simon – sussurrou como uma prece.

Despertando do transe, voltou a se movimentar. A princípio lentamente, voltando ao ritmo, reconquistando o que sentia, experimentando o que eu tinha para oferecer. Colaborei, seguindo seus passos, acompanhando a sua dança, e ainda sustentávamos o olhar. Devo admitir que assistir àqueles olhos cinza escurecerem à medida que o sentia empurrar minhas paredes e chegar o mais fundo possível em mim, era o mesmo que passar pela porta do paraíso.

Eu pude ver cada detalhe, cada segundo de prazer que ele sentia, a forma como seu corpo reagia a cada avanço, o quanto ele se aproximava do abismo que saltaria e enfim se entregaria ao seu momento de liberdade, onde também encontraria a satisfação.

Ele desceu uma mão até minhas coxas, a região que ligava a perna ao quadril, e me segurou abrindo um pouco mais minha perna e ganhando espaço para se movimentar com mais vontade. Sua boca abriu levemente no mesmo instante em que sua pupila dilatou um pouco, uma bola negra em uma tempestade de íris cinza. Seus olhos ameaçaram fechar, mas ele manteve-se firme, encarando-me e permitindo que eu também pudesse enxergar o que existia dentro dele.

Sua respiração ficou mais urgente, suas investidas mais fortes e contidas, enquanto ele se espremia em meu sexo para, enfim, deixar cair o véu que nos cercava. Robert gozou, fazendo um esforço inacreditável para manter os olhos abertos, e eu fui contemplada com uma alma linda, pura, forte, repleta de amor, ansiosa para se libertar, para curar as suas feridas, para ser absolvida dos seus pecados.

Ao mesmo tempo eu via o quanto ele me desejava e o quanto aquilo que vivíamos, independentemente do tempo que duraria, seria para sempre, seria eterno, unicamente nosso, e apenas por mim. Nenhuma mulher conseguiria ter de Robert Carter o que eu tinha e aquilo era o bastante para me fazer segui-lo pelo resto da minha vida.

O que Robert me mostrou ao desnudar a sua alma era exatamente o que eu precisava para completar a minha. Nada mais importava. E então ele fechou os olhos, nos levando de volta à realidade.

***

– Só vamos precisar fazer algumas visitas com o ministro pela fábrica, apresentar o nosso interesse em manter a parceria e fazê-lo ver que a C&H Medical Systems é realmente o melhor grupo para desenvolver o projeto que ele deseja.

– Como se fosse uma tarefa fácil! – brinquei com meu amante.

Estávamos deitados. Havíamos nos livrado das nossas roupas e estávamos sob o grosso cobertor que cobria a cama. Robert me mantinha firme ao seu corpo, acariciando minhas costas com uma mão e com a outra segurando o relatório que eu havia enviado a ele. Discutíamos alguns detalhes da nossa visita à fábrica e a necessidade de não deixar que descobrissem o problema com a troca das plantas que, com certeza, colocaria em risco muitos contratos firmados.

– É uma tarefa fácil... – Ele riu. – Um dia você se acostuma. Eu já estou escolado em conversar com pessoas que pensam que têm o poder e com isso acabam me dando a possibilidade de conduzi-las pelo caminho que desejo.

Beijou o alto da minha cabeça. Eu entendi a indireta, mas preferi me calar.

– Vai dormir um pouco? Ainda tempos um longo caminho pela frente.

– Não estou com sono.

Encostei minha cabeça no peito dele deixando meus pensamentos vagarem por um caminho perigoso.

– Você está estranha, Melissa. Cheia de picos de humor, emoções afloradas, mudança de comportamentos que antes eu tinha como padrão para você. Já é a segunda vez que a vejo enjoar, tudo bem que hoje foi por um motivo justo, vai saber o que acontece para que as mulheres reajam sempre com vômitos ou desmaios quando passam por situações ruins.

Eu estou grávida, pensei revirando os olhos. Graças a Deus Robert não podia ver o meu rosto.

– Esta loucura toda está mexendo comigo. Acho que só quando conseguir acabar com isso volto a me sentir normal.

– Duvido muito – ele sussurrou.

E eu bem sabia o motivo daquela tristeza em sua voz.

– Você pode achar que isso vai me traumatizar, mas não vai. Tenho certeza de que vou deitar minha cabeça no travesseiro e dormir o sono dos justos depois que conseguir trancafiar Tanya em um manicômio.

– O que não é uma mulher vingativa? – ele brincou.

Mas eu sabia que era apenas um disfarce para amenizar o clima. Aliás, ele também sabia que eu o conhecia suficiente para não cair mais naquele jogo.

Ficamos em silêncio por um tempo, ele ainda passando as pontas dos dedos em minhas costas, eu encarando a parede que nos separava dos demais ambientes daquele avião. Eu sabia o que estava por vir e me preparava psicologicamente para o que poderia se tornar.

– Precisamos acertar algumas coisas – disse ele.

Robert tentava manter a voz firme e segura, porém eu ouvia o seu coração e este estava acelerado.

– Precisamos?

– É, precisamos.

Seus dedos pararam e ele me puxou para que pudesse encará-lo.

– Não quero que nada dê errado. Você quer sua chance de arrancar do Simpson o que precisamos e vou confiar na sua capacidade, mas não quero precisar arrombar aquela porta e matar o Adam, e eu sei que é isso o que vou fazer caso ele coloque um dedo em você, Melissa!

Engoli em seco. Puta merda! Ele realmente seria capaz disso, pelo menos eu sabia que ele poderia colocar tudo a perder apenas para impedir que Adam avançasse um pouco mais.

– Robert...

– Não! Espere eu acabar.

Ele puxou o ar e passou uma mão no cabelo.

– Eu não estou brincando quando digo que mato Adam Simpson. Conheço aquele merda melhor do que você pode imaginar, sei bem do que ele é capaz para ter o que quer, conheço todas as suas podridões e seu instinto desumano, Melissa. Vá por mim, você não gostaria de saber o que eu sei.

Estremeci visivelmente. Não adiantaria em nada tentar esconder do meu amante que aquelas informações me deixavam com medo. O mais importante ali era ser honesta com ele e comigo mesma. Eu poderia fazer aquilo? Só de imaginar qualquer coisa dando errado meu coração acelerava. Mas Robert estaria lá e se encarregaria de evitar que algo desse errado.

– Eu vou aceitar a sua opção em manter o plano, mas estarei lá, pronto para agir, e você vai prometer que fará apenas o combinado. Não vai adiantar dar uma de salvadora da pátria porque, se algo acontecer, você vai destruir a minha vida também!

Fechei os olhos sem saber o que deveria fazer.

– Eu preciso deixar claro o que penso e o tamanho da sua responsabilidade. Se alguma coisa acontecer com você vai acontecer a nós dois, entendido?

Engoli em seco e concordei com a cabeça. Ele segurou meu queixo levantando o meu olhar.

– Ótimo! Agora vamos definir como vai acontecer.

– Dean já definiu tudo.

– Eu vou definir!

E estava lá outra vez o meu CEO, o único homem capaz de estar deitado em uma cama, sem roupas, abraçado ao meu corpo e me dando ordens como se estivesse no escritório.

– Ok! – Revirei os olhos e ele sorriu suavizando o clima. – Diz aí!

– Você vai marcar para encontrar o Adam e não ir junto com ele para o local combinado.

– Ele não vai topar. Adam não é burro. Além do mais, eu acredito que vá preferir que seja no apartamento dele.

– Ele vai topar justamente porque é burro. Você é uma mulher casada, Melissa! E Adam sabe que Tanya vigia seus passos. Está muito acima do que alimentar o ego, ele não vai querer ser associado a você quando Tanya descobrir que conseguimos as provas.

– Tudo bem. O que mais?

– Você vai entrar, distrair Adam, mas sem deixá-lo avançar, e depois dar passagem para a entrada de Dean e a sua equipe.

Mordi o lábio inferior contendo um sorriso e concordei.

– Ótimo!

Seus dedos acariciaram meu rosto deixando um rastro quente em minha pele. Pode parecer absurdo, mas se havia algo que me excitava era Robert Carter no seu melhor estilo CEO me dizendo como devo agir.

– Tenho certeza de que Dean, provavelmente, já bolou esta parte, mas tudo será filmado, não apenas a partir do momento em que ele tiver acesso ao quarto, mas vamos ter o cuidado de instalar câmeras por todo o local para buscar o máximo de provas possíveis.

– Está ótimo para mim.

– Após Dean assumir o controle da situação, você deixa o local.

– Robert...

– Não vamos discutir. Eu estarei muito perto e vou entrar naquele quarto e tirar você de lá à força se for necessário!

Merda! Eu tinha que estar lá. Tinha que esfregar na cara do filho da mãe do Adam Simpson o quanto ele era ridículo e idiota. Precisava fazer isso por mim e por Abby. Não seria justo sair e deixar a sua confissão por conta do Dean.

– Melissa?

– Tudo bem. Como quiser, Robert!

Mas eu sabia que aquela seria mais uma promessa que não cumpriria. Depois eu pensaria em uma forma de acalmar a onça, ou o leão.

– Por que será que não consigo acreditar em você?

Vi meu amante ficar tenso. Sua mandíbula ficou mais definida, algumas veias do seu pescoço mais ressaltadas e seu olhar mais escuro. Era melhor não alimentar a sua desconfiança. Só tinha uma forma de persuadi-lo a desistir de arrancar de mim a verdade. Passei os dedos no peitoral dele.

– Porque você é um chefe muito desconfiado... E porque detesta não estar no controle... Além de não conseguir acreditar que eu seja capaz de obedecer.

Desci um pouco e acariciei seu abdômen definido.

– Você não é capaz de obedecer, isso é fato! – Percebi sua voz mais relaxada.

– Muita falta de confiança, Senhor Carter.

Seus olhos brilharam quando desci a mão e brinquei muito próximo do seu sexo. Uma carícia leve e provocante.

– Até parece que sou esta garota problema que o senhor me pinta...

Desci um pouco mais, roçando as pontas dos dedos em volta do seu limite e me demorando no saco. Ele abriu um pouco a boca, dando passagem ao ar que definia o seu ritmo de excitação.

– Ah, Melissa! Você é a garota problema! Acredito que nenhuma expressão defina melhor você..

– Sério?

Segurei seu sexo já animado e sorri inocentemente antes de manipulá-lo lentamente para cima e para baixo. Robert se remexeu, acomodando-se e permitindo a minha atuação.

– Então ninguém vai ficar surpreso se eu fizer isso.

Sem lhe dar a chance de me conter, levantei o corpo abocanhando seu sexo com vontade. Robert gemeu deliciosamente enquanto eu deixava seu membro rígido deslizar pelos meus lábios e se acomodar em minha boca. Com um pouco de pressão fiz uma leve sucção em sua glande e, sabendo que seria capaz de enlouquecê-lo, rocei minha língua, em um movimento giratório, acariciando a ponta para depois chupar com mais força.

Ele se movimentou, deixando que seu sexo entrasse um pouco mais em minha boca e chegasse ao meu limite. Puta que pariu! O que eu faria com aquilo tudo? Gentilmente, mas sem deixar de demonstrar o quanto estava se deliciando com minha atitude, Robert retirou meus cabelos de frente do rosto segurando-o acima, dando-lhe uma visão mais ampla do meu trabalho e assim conseguir conduzir meus movimentos conforme a sua vontade.

Um gemido gutural preencheu o quarto quando sua mão impeliu um pouco mais de força e velocidade forçando-me a recebê-lo quase que por inteiro e depois liberá-lo. Estreitei os lábios, sugando o que podia de sua carne e segurei sua base para facilitar o processo. Com a mão já em seu membro, juntei os dois trabalhos e o masturbei ao mesmo tempo em que o chupava fazendo com que todo o ato ficasse ainda mais gostoso.

– Porra, você gosta disso, não é? – Sua voz estava rouca.

Aquilo fez meu corpo vibrar e minha pele ficar arrepiada. Era a forma mais sacana que Robert assumia quando estávamos juntos e eu não sabia o que estaria me esperando, ou melhor... podia imaginar.

– Gosta de me ter na sua boca porque sabe que assim me tem em suas mãos.

Aquele familiar puxão em meu ventre que antecipava e iniciava a minha excitação incontrolável se apresentou com força. Intensifiquei o movimento, chupando, puxando sua pele, fazendo mais força em sua glande e deixando minha mão subir para depois recomeçar. Ele gemeu mais alto. Olhei para meu amante e ele estava com os olhos fechados, seu rosto era puro prazer e sua cabeça estava um pouco jogada para cima, suas mãos continuavam na minha cabeça forçando-me a atender a todos os seus apelos.

Continuamos nesta brincadeira, ele se movimentando aos poucos, avançando em mim conforme sua vontade, aproveitando cada movimento da minha língua e me induzindo a continuar. E então tudo mudou. Robert levantou o corpo, alcançando o meu e me puxou. Não exatamente como eu imaginei que seria, mas ele simplesmente se apossou de mim como se eu fosse uma boneca de pano e me deixou de quatro, sendo que minha parte traseira estava de frente para ele.

Não sei se fiquei mais nervosa ou ansiosa. Entendi quase que imediatamente o que ele estava me propondo. Puta merda! Nunca na minha vida havia feito algo tão ousado, no entanto estava louca para que continuássemos. Se a ideia era distrair o meu amante, devo confessar que eu nem me lembrava mais do problema.

– Mais para trás – ele ordenou. – Continue trabalhando e confie em mim.

Porém, eu fiquei meio que "Como?".

Ok! Não dava para duvidar de que Robert sempre me surpreendia, muito menos de que, no final, a satisfação era garantida, mas no momento em que ele passou os braços em minhas coxas e subiu meus quadris içando-me até ele, eu pensei que em nenhuma outra situação eu me sentiria mais constrangida.

Quase me bati com o seu sexo que continuava duro à minha frente aguardando por mim. Não dava para continuar sabendo que ele encarava toda a minha intimidade e o pior, totalmente aberta e à disposição. Impossível imaginar uma forma de ficar pior, mas ficou.

Sustentando minhas coxas em seus braços ele alcançou minha bunda, mais precisamente o meio que separa o meu sexo do... Puta merda! Ele estava com uma visão ampla do meu... pontinho recentemente descoberto como de puro prazer, e abriu aquela parte.

Era constrangedor! Definitivamente constrangedor!

Mas tudo desapareceu como um passe de mágica no instante em que seus lábios se juntaram ao meu sexo, em um beijo delicioso e molhado ao mesmo tempo em que seu dedo roçou meu... Hum! Aquele ponto que me recuso a nomear, mas que já conseguia me tirar do equilíbrio. Foi um conjunto de ações que rapidamente transformaram meu cérebro em gelatina.

Gemi alto e fechei os olhos, permitindo-me viajar em algo tão saboroso. Era complicado descrever exatamente a forma como o meu corpo reagia, mas eu sei explicar que naquela posição eu nada poderia fazer, já que seus braços praticamente me imobilizaram da cintura para baixo, ou, no caso, para cima.

Robert, a princípio, apenas permitiu que seus lábios massageassem meu sexo, se estendendo em toda a sua carne, enquanto continuava com a abordagem naquele outro ponto. De acordo com o seu desejo, eu me sentia içada mais para cima e assim permitindo que sua boca chegasse até o meu clitóris, ou para baixo, onde ela quase se juntava ao dedo que me animava demasiadamente.

Só então me dei conta de que, por sentir tamanho prazer e surpresa, havia paralisado toda a minha ação e que o propósito daquela posição era simplesmente o prazer mútuo. Busquei dentro de mim a força necessária para sair daquela inércia, que por sinal eu passaria a eternidade sem me fazer de rogada, e agir conforme as regras da brincadeira.

Não precisava de muito, afinal de contas seu pênis estava lá, na minha frente, ereto e ansioso, prontinho para continuar sua travessura que, por sinal, me fazia aguar. Como Robert mesmo havia dito: eu gostava de tê-lo em minha boca.

Apoiei o braço no colchão, levantei um pouco a cabeça e deslizei seu sexo por meus lábios. Ouvi um delicioso "hum" que partiu do meu amante sem se desvencilhar de mim e me empolguei fazendo com que fosse cada vez mais fundo, utilizando o mesmo processo: lamber, sugar, chupar e masturbar com a mão livre, deixando o tempo e nossas ações nos levarem à beira daquele abismo tão familiar, do qual não tínhamos medo de pular.

Porém, como Robert Carter sempre dava um jeito de me fazer perder a sanidade, sua língua vasculhou minhas paredes enquanto seus lábios abertos contribuíam. Fechei os olhos e quase cerrei os dentes, mas não podia, pois eu o tinha em minha boca e seria um desastre terminarmos algo tão delicioso por causa de um descuido meu. Então, retirando-o quase que completamente, apenas mantive a glande entre meus lábios, fazendo a pressão certa. Com a ponta da língua brinquei com a sua sensibilidade e senti seus lábios pararem com um murmúrio enlouquecedor. Eu amava acertar a medida com o meu amante.

Senti seu gosto presentear meu paladar e percebi que ele já liberava o líquido pré-gozo, o que me deu uma imensa satisfação. Devido a este pequeno adicional, voltei a masturbá-lo, mantendo-o firme só pela ponta em minha boca, sugando a cabeça conforme os movimentos da minha mão.

Ele me suspendeu mais uma vez e sua língua apertou meu clitóris. Assim como eu, ele também tinha um adicional para me apresentar, sem que eu pudesse contar com isso, senti a ponta do seu dedo me invadir, lá, naquele lugar mesmo, o tão animador e inominável. Para que a surpresa não me fizesse perder o ritmo, outro dedo acariciou as pontas e ao mesmo tempo sua língua estimulou diversos outros pontos. Eu tenho que confessar que este detalhe, aquela pequena parte do seu corpo se aventurando em terras desconhecidas de maneira tão profundamente, atirou-me de vez no precipício e eu gozei sem conseguir me conter.

As estrelas passaram por mim rapidamente. Ao longe eu ainda o sentia me estimulando, só que devagar, e com persistência. Eu ainda gozava, dizendo coisas incoerentes e com a certeza de que meu corpo havia evaporado. Eu era só luz e sensações.

Abri os olhos e me vi com a cara no colchão. Eu ainda estava de quatro, quer dizer, eu estava com os joelhos na cama, mas minhas pernas ainda não tinham a consistência necessária para que eu pudesse reagir, e elas estavam abertas, escancaradas, de maneira a empinar minha bunda, com as de Robert entre elas, forçando-as ao limite.

Ele estava ajoelhado atrás de mim. Uma mão me segurava firme pelo quadril e a outra, pelo que pude entender, segurava o seu próprio membro, roçando-o naquele mesmo lugar que tinha me levado à loucura. Joguei meus braços para frente, testando meu corpo e voltando a senti-lo como um todo. Espreguicei a coluna e com isso senti que Robert estava mesmo encostado naquela outra entrada ainda tão proibida, ou não mais?

O que eu poderia fazer? Deixaria que fosse aquele o momento para darmos um passo tão importante quanto era o sexo anal? E por que não? Afinal de contas foi justamente a permissão do desconhecido que havia me proporcionado um orgasmo tão delicioso, mas eu estava preparada? Como saber?

A decisão foi tomada quando senti seus dedos buscarem meu sexo. Foi como se todo o ar estivesse suspenso, como se os segundos não corressem mais e o tempo estivesse parado para vislumbrar aquele acontecimento. Ele roçou mais uma vez seu membro no espaço que já estava em expectativa e o lubrificou com o que havia deixado sair da sua excitação, espalhando o pré-gozo com os dedos, acariciando, afundando um pouco, testando e me fazendo fechar os olhos de prazer.

E então Robert se posicionou, mexeu um pouco os quadris, como se ensaiasse o movimento correto. A cabeça do seu membro brincava comigo, forçando um pouco e recuando. Não admitir que àquela altura eu desejava que finalmente ele me tomasse era mentir para mim mesma.

– Puta que pariu, Mel! – ele gemeu demonstrando o esforço que fazia para conter o próprio gozo. – Eu quero me enfiar todo em você. Aqui...

Acariciou com o dedo o local tão desejado, fazendo-me gemer com ele.

– Porra, você também quer. – E a ponta do seu sexo se forçou em uma investida mais apropriada.

Gemi de tesão e de expectativa. Com a mão que estava em meus quadris ele me puxou mais para perto, descendo até meu sexo e afundando um dedo entre minhas pernas. A palma da sua mão roçou com força meu clitóris e eu gemi deliciada. Era insano, mas eu sabia que gozaria mais uma vez, ou mais quantas Robert quisesse.

– Merda, Melissa! Pare de me estimular a continuar, eu não posso assim...

Naquela hora eu senti aquele ardor que indicava que algo além do meu limite ultrapassava uma barreira fina e incômoda. Ele avançava em meu corpo. Robert gemeu abertamente, mas parou.

– Não posso aqui, Mel! Não pode ser assim...

Mas ele não saía, nem avançava, apenas girava os quadris fazendo-me acostumar com a sensação.

– Porra, eu não vou aguentar me segurar por tanto tempo e não posso ser tão insensível ao ponto de te comer assim sem me preocupar com você. – Sua voz contida indicava que aquele era mesmo o limite dele.

Robert estava prestes a gozar.

Seus dedos continuavam a trabalhar em mim enquanto ele se deliciava testando meu corpo, entrando minimamente e saindo. Ora ele simplesmente esfregava o membro em minha bunda, ora se forçava mais um pouco, até que eu soube que estávamos mesmo no fim, forcei meus quadris para trás e me atrevi a rebolar um pouco com ele dentro, mesmo que tão pouco dentro. Robert gozou com um gemido que abalou minhas estruturas. O pouco espaço fez seu líquido transbordar e escorrer, lambuzando minha bunda e sexo enquanto ele ainda se espremia em mim. Foi revigorante.

Continuei a rebolar lentamente, sentindo a umidade facilitar o trabalho de seus dedos e aproveitando que ele ainda me queria ativa, e em poucos segundos fui atingida por outro orgasmo tão forte e gostoso quanto o primeiro e que me fez perder de vez a força das pernas. Caí no colchão sem condições para responder a nada. Robert apoiou o corpo nos braços, evitando despejar sobre mim o seu peso e aos poucos foi recuperando o fôlego.

– É, Melissa! Você acabou de escancarar a porta do inferno!

CAPÍTULO 35

Estava quente na Tailândia. Não tão quente quanto em Dubai, mas de uma forma gostosa, como na Grécia, nada parecido com o verão em Chicago. A viagem foi muito chata, muito tempo trancada em uma lata que, depois das dez primeiras horas, não era mais interessante nem tão grande quanto eu achava antes de embarcar. Dormir também não foi uma tarefa muito fácil, apesar de todo esforço do meu amante em me desgastar. Não da forma como provavelmente qualquer pessoa pensaria. Bom... Não totalmente desta forma, mas ele conseguiu me fazer revisar umas cinco vezes o meu relatório, o contrato com o governo, o desenvolvimento da fábrica e entender o que era aquela maldita planta.

Fizemos uma parada no Japão, ele não saiu do avião, assim como Paul que, cansado de tentar ser indiferente, tomou um remédio e apagou. Bem fazia ele, enquanto eu, Abby e Dean aproveitamos para andar um pouco e ver a cara de algumas pessoas. Era mesmo cansativo viajar por tantas horas. A pior parte era saber que ficamos tanto tempo correndo no sentido contrário do nosso horário e, quando chegamos à Tailândia, era para ser a metade de outro dia em Chicago, mas era apenas a noite um pouco avançada. Não dava para enganar o meu corpo que acreditava ser dia, enquanto meus olhos viam noite. Como dormir?

Eu e Robert mantivemos a distância segura desde o momento em que descemos do avião, afinal de contas ninguém sabia ao certo onde estavam os "olhos" de Tanya. Meu amante ficou visivelmente incomodado com toda a aproximação de Dean, que se cercou de minha cintura conduzindo-me como um marido apaixonado até o carro que nos aguardava. Não trocamos uma palavra durante o caminho até o hotel.

O hotel, como não podia deixar de ser, era incrível. Estávamos em Bangkok, a capital. Devo confessar que, apesar de toda a minha pesquisa, não tive como evitar a pequena decepção ao me deparar com uma cidade moderna, cheia de prédios altos, muitos destinados a negócios, tudo o que eu já estava acostumada a ver. O que eu realmente ansiava era o nosso momento em contato com a cultura tailandesa, cercada de templos, natureza, meditação e silêncio, mas esta parte ficaria para dois dias depois da nossa chegada.

Eu já imaginava que Robert providenciaria apartamentos com passagens e isso me fez pensar no quanto pessoas importantes tentavam esconder os seus casos com as suas secretárias, massagistas, esposas dos sócios ou qualquer outro tipo de relacionamento que deveria ficar escondido de olhos curiosos. Tenho que dizer que me senti péssima por ser eu esta pessoa.

Aquele apartamento era mais discreto que o de Dubai, afinal de contas, o que Robert teoricamente ocuparia com a sua amante ficava mais adiante, virando à direita e em outro corredor. De fato ninguém imaginaria que, por detrás daquelas imensas portas de madeira cara com puxadores de ouro, existia o que podemos chamar de uma verdadeira troca de casais. Revirei os olhos e puxei o ar antes de dar uma última olhada para meu amante, que ia para o quarto, mesmo ciente de que Paul e Abby estavam logo atrás da gente.

Com a mão nas minhas costas, Dean me conduziu para dentro do quarto e seu sorriso foi realmente radiante diante da imensidão e bom gosto estes. Havia um pouco de tudo naquele espaço tão grande: luxo, simplicidade e cultura, porém tudo muito harmonicamente decorado. Aliás, por que os quartos destinados a altos executivos eram tão grandes?

Sem muita vontade de ficar animada com a decoração ou amplitude, segui o rapaz que gentilmente conduzia minhas malas para o quarto e quase o perdi quando passamos pelas duas salas, onde uma delas dava para uma piscina interna, com teto de vidro. Uma beleza! Mas fui para o corredor, percebendo a existência de duas suítes. Lógico que as minhas malas foram levadas para a minha "suíte", já que teoricamente éramos um casal. E apaixonados, como Dean fez questão de demonstrar o tempo todo.

– Uma maravilha, não? Será que Carol viu tudo isso?

Meu marido estava logo atrás de mim, ainda sorrindo e com olhos brilhantes.

Oh, merda! Carol. Ela estava com Robert naquele momento, dividindo as emoções e jogando conversa fora. Droga! E se ela estivesse na piscina? E se ele estivesse bastante interessado em seu corpo incrível em um biquíni minúsculo, ou com nada para cobri-lo?

Puta merda!

– Muito mesmo. Eu acho que...

Olhei para o meu amigo que pouco se interessava em mim.

– Vou procurar a tal passagem dos amantes.

– Certo – Dean ficou mais interessado.

Colocou as mãos nos bolsos e me encarou. Pensei ter visto um certo desânimo em seus olhos, no entanto, eu realmente estava disposta a manter Robert longe de Carol.

– Vou pedir para Carol...

– Eu já estou aqui.

Ela apareceu logo atrás de nós. Usava um roupão e os cabelos estavam molhados. Podia ser um banho ou... a piscina. Merda!

Carol cruzou o quarto e alcançou o namorado, buscando por seus lábios. Dean correspondeu, mas eu achei que não havia uma paixão real. Corei só de pensar sobre isso. Não era da minha conta e eu não podia ficar ali olhando eles dois se beijando.

– Ah, Melissa! Conversei com Robert, mas achei melhor passar esta informação quando estivéssemos todos juntos. – Carol se desprendeu do namorado e me encarou.

– Aconteceu alguma coisa?

Meu estômago embrulhou um pouco, mas preferi ignorar.

– Já estou aqui. – Robert apareceu logo atrás de mim, depositando a mão em minha cintura.

Olhei para ele e me senti ainda mais alarmada.

– Tom ligou avisando que Tanya já sabe que Robert fortaleceu a segurança impedindo que ela aplicasse a injeção prevista para hoje.

Ela olhou para Robert ficando um pouco tensa.

– Ele está preocupado com este detalhe, afinal de contas, de que forma você conseguiria descobrir este detalhe agora?

– Tanya sabe que eu sempre investiguei tudo o que ela fazia, então em algum momento eu descobriria.

Robert parecia não se importar, mas eu sabia que aquele ponto poderia dar a Tanya o que pensar.

– Precisamos tomar mais cuidado – alertei.

Minha voz indicou o quanto eu me preocupava com aquela nova informação.

– Não tem como Tanya me ligar a você, Mel. Estamos fazendo tudo certo.

Robert tentou me acalmar, subindo sua mão pela minha coluna e massageando minha nuca com as pontas dos dedos.

– Não entre em pânico agora.

– Meu pai… – As palavras saíram como um sussurro.

Senti minhas pernas tremerem à medida que ia me dando conta da situação.

– Seu pai está seguro – Dean garantiu sem entender o que eu queria dizer.

– Não, Dean! A mulher que Tanya implantou para enganar o meu pai. Ela sabe que ele esteve em Chicago, que foi visitar a filha e conhecer o seu marido…

E então todos se deram conta do problema.

– Puta que pariu! Como não pensamos nisso antes – Robert se agitou ao meu lado.

– Ela pode contar a Tanya que eu e Robert estamos juntos.

Oh, merda! E que eu estava grávida. Meu coração acelerou.

Carol começou a andar pelo quarto em busca do computador.

– Vamos manter a calma. Nós estamos monitorando as ligações deles. Se ele contou alguma coisa à falsa Tanya, nós temos esta informação.

Começou a digitar rapidamente enquanto prestava atenção na tela.

– Vou ligar para Tom. De qualquer forma, precisamos encontrar uma forma de impedir que eles se encontrem ou que conversem. Vamos desviar as ligações e impedir que Kurt volte para a Califórnia. Tom vai saber o que fazer.

Dean iniciou uma conversa com a sua equipe. Eu pouco conseguia acompanhar. Se Tanya soubesse da gravidez eu corria um risco indescritível.

– Vai ficar tudo bem... – Robert me abraçou e beijou minha testa. – Tenho certeza de que tudo ainda está em nosso controle. Se Kurt tivesse falado alguma coisa já estaríamos sabendo. Eu vou ligar para Olivia e tentar descobrir alguma coisa. Você vem?

Apenas concordei com a cabeça, mas meu corpo ainda continuava tenso.

– Vá na frente. Vou aguardar a resposta de Dean.

Robert concordou e saiu do quarto. Eu ainda aguardei alguns minutos até que ele finalmente desligou.

– Nenhuma conversa entre eles que possa colocar em risco o nosso plano – Carol informou assim que Dean se aproximou.

– Tom já está atento. Vamos desviar as ligações e derrubar as que ela conseguir fazer. Seu pai vai fazer uma viagem para o Brasil, uma empreiteira de lá fechou hoje um grande contrato com a empresa que ele trabalha. Ganhamos seis meses, mas vamos seguir de perto este processo.

– Ótimo! Então agora que não temos mais problemas...

Carol abraçou Dean pela cintura e beijou seu pescoço. Ele sorriu um pouco sem graça.

– Onde é a passagem?

Fiquei constrangida com a facilidade que ela teve em me dispensar. Um minuto antes estávamos tensos e preocupados, então ela simplesmente resolveu que era hora de esquecer e se dedicar ao namorado.

– Porta no final do corredor – ela respondeu sem desviar os olhos de Dean.

Peguei uma das malas, a que eu acreditava conter tudo o que eu precisava para aquela noite, e saí do quarto.

Encontrei a passagem, nada discreta, diga-se de passagem, ainda aberta. Não sabia se Carol não teve o cuidado de mantê-la fechada ou se Robert a deixou aberta aguardando a minha entrada. Coube a mim fechar a ligação entre os apartamentos. A porta, na verdade, era uma parede falsa de um pequeno escritório. Passei por este ambiente encontrando um corredor que estava devidamente iluminado.

Avancei encontrando uma sala imensa, da mesma forma daquela que Dean ocupava, que permitia a visão de outra sala onde ficava a piscina interna e o teto de vidro. A noite clara e os azulejos escuros davam ao local um certo mistério e luxo que tornavam o conjunto convidativo.

Passei pelas outras duas salas, uma continha a imensa TV em um móvel que parecia um mastro preso ao chão e ao teto, possibilitando que o aparelho pudesse girar 360 graus, assim o hóspede poderia escolher se assistia no sofá imenso que ficava em um dos lados, ou nas poltronas que também aparentavam ser bem confortáveis e adaptáveis, ou até mesmo enquanto degustava um lanche na pequena cozinha americana, ou o que parecia ser uma. A outra sala era destinada para o jantar e devo dizer que a mesa, com dez lugares, assim como as cadeiras e o aparador, eram de enfeitiçar qualquer mulher. Bom... As que gostavam de móveis finos com certeza.

Logo depois encontrei a entrada para os quartos. Ficava separada dos demais ambientes por portas duplas e dividindo em três compartimentos. No centro, apenas uma mesa de madeira com um jarro com rosas brancas. Foi fácil achar o quarto que Robert ocupava pois a porta estava aberta e, ao me aproximar, pude ouvir o barulho do chuveiro. Logo desejei um banho.

Deixei a mala próxima à entrada e comecei a tirar a roupa. O vestido ficou jogado no caminho até a porta do banheiro, logo à frente deixei as sandálias, a calcinha e o sutiã. Soltei os cabelos antes de ultrapassar a porta do banheiro e estanquei ao ver o meu amante de costas, deixando a água escorrer pelo seu corpo de maneira indecorosa, lambendo cada pedacinho dele. Invejei aquela capacidade de poder tocá-lo em todos os lugares de forma tão desfrutável, tudo ao mesmo tempo e de uma vez só. Era mesmo algo que eu poderia desejar.

– Não vai entrar?

– Por que um banho sempre marca as nossas viagens? – Ele riu, porém não virou para me olhar.

– Está aí um padrão que nunca parei para pensar. Acho que na Grécia não tivemos esta oportunidade.

– Se levarmos em conta a banheira de hidromassagem...

– Verdade. Venha, a água está deliciosa.

E havia algo além da temperatura da água, ou da sua intensidade, naquela ordem. Havia um desejo que não poderia jamais ser ignorado. Como era possível? Talvez eu estivesse aliviada por não termos mais um problema para resolver.

Andei sem observar tudo o que o banheiro continha, abri a porta de vidro, entrei envolvendo-o com meus braços. Robert segurou minhas mãos, beijando-as, mas permaneceu de costas, a cabeça levemente inclinada para cima, os olhos fechados, aproveitando o prazer do banho. Senti a água me envolver e lamber meu corpo até que ele finalmente virou para mim.

– Olivia disse que não percebeu nenhuma alteração... – informou sem muita vontade em entrar no assunto.

– Dean e Carol disseram que eles não conversaram sobre a gente e que vão conseguir impedir novas ligações.

– Muito bom! – Robert passou a mãos no cabelo tirando o excesso de água. – Agora esqueça isso!

– Vai ser complicado. – Encostei a testa em seu peito e deixei que a água se cercasse de mim também.

– Eu vou ajudar. Não quero minha namorada tensa.

Com a água fazendo uma cortina entre nós dois, senti sua mão em meu queixo, puxando meu rosto para cima e seus lábios tocando os meus. Um beijo leve, carinhoso, repleto de amor. Sua boca se abria enquanto sua língua sentia a textura e o sabor da minha. Ao mesmo tempo, suas mãos subiam e desciam nas laterais do meu corpo, em uma carícia lenta e leve. O beijo foi longo, deliciosamente longo. Eu podia sentir a ereção do meu amante roçando aos poucos, sem pressionar, a minha barriga. Ele me tocava, mas nada que demonstrasse urgência. Suas mãos corriam cada pedacinho do meu corpo com a mesma leveza de uma pluma.

– Vire um pouco – sussurrou ao interromper o beijo. – Vou esfregar suas costas.

Obedeci. Sem pressa, ele começou a esfregar uma esponja em minhas costas. Um aroma agradável subiu, mas eu não soube identificar exatamente do que se tratava. Era doce como mel, leve como flores, um pouco exótico e nada passava da medida, inclusive a pressão das suas mãos.

– Você está um pouco tensa, Senhorita Simon. – Beijou de leve meus ombros e suas mãos desceram em meu corpo, uma pela frente e a outra por trás.

Sem nenhum pudor Robert espalmou sua mão em meu sexo. Seus dedos brincaram comigo, esfregando o sabonete líquido de uma forma que eu nunca mais esqueceria. Fechei os olhos e me deixei levar. Apoiei a cabeça em seu peito enquanto sentia sua outra mão esfregar descaradamente a minha bunda. Que banho era aquele? Mas meu amante se afastou antes que eu pudesse suspirar.

Com a mão me girou, deixando-me de frente para ele e se abaixou alcançando minhas pernas. Lógico que corei. Era o que sempre acontecia quando Robert ficava tão de frente com… Bom, com o meu sexo de uma forma tão exposta. Mas tentei ignorar a vergonha, principalmente depois que ele olhou para cima e sorriu torto, deliciado com o meu constrangimento.

Lentamente esfregou uma coxa, fazendo um trabalho meticuloso, que na verdade era apenas o seu instinto perverso. Ele queria que eu ficasse cada vez mais envergonhada, como na hora em que levantou minha perna, apoiando na sua e assim seus dedos quase tocaram meu sexo. Quase. Porém ele não deixou de me enlouquecer, aos poucos foi chegando muito perto, como se estivesse analisando o seu trabalho e quando estava quase lá, virou o rosto e deu um beijo casto em minha intimidade exposta. Ok! Jamais poderia ser casto, visto que eu praticamente incendiei por dentro.

– Puta merda, Robert! – Tentei me desvencilhar, mas ele me segurou com força.

– Aonde pensa que vai, Melissa? Eu ainda não terminei por aqui.

Depositou minha perna no chão e logo fez o mesmo processo com a outra. Mordi os lábios na expectativa do beijo, o que não aconteceu.

– Não acha que já tivemos o suficiente de sexo por hoje? Se nossa vida sexual virasse livro destruiríamos a vida de muitos casais.

Ele riu, terminando de esfregar meu pé. Depois levantou focando em meus olhos.

– Está cansada? – Mordi os lábios reprimindo um riso, mas neguei com a cabeça. – Ótimo! Eu sou o tipo de homem que quando está cansado precisa de uma boa trepada para relaxar, quando está puto da vida o sexo é o melhor remédio, principalmente se ele for mais... – Entortou um pouco a cabeça para o lado. – Intenso.

Sorriu torto e pegou um frasco de xampu, que identifiquei como o que ele usava.

– Só tem este aqui, pode ser? – Aguardou minha permissão e esfregou meus cabelos cuidadosamente.

Era bom ser cuidada. Puta merda! O que era Robert Carter?

– Então, se estou relaxado, descansado, disposto, gosto de transar com mais calma, observando cada detalhe, explorando. – E sorriu outra vez ao notar minha língua umedecendo os lábios. – Sou um pouco hiperativo, então preciso gastar minha energia de alguma forma.

– Você não é normal! – Ri da minha excitação.

– E você é deliciosa!

Beijou minha boca, girando-me em direção ao chuveiro, onde me prendeu pela nuca e explorou meus lábios com uma habilidade descomunal. Seu membro rígido se espremeu em mim fazendo-me desejá-lo como desejo o ar.

– Prontinho, Senhorita Simon. – E me largou.

Meu mundo parecia perder o eixo. Precisei de toda a minha concentração para saber o que mesmo eu estava fazendo ali. Robert abriu a porta de vidro, pegou uma toalha e saiu do banho. Fiquei embaixo do chuveiro, observando e sem saber o que poderia fazer. Depois ri um pouco ciente de que aquele era mesmo o meu Robert Carter, o homem que me surpreendia a cada respiração. Certo. Não teríamos uma trepada sacana no banho, o que não significava que a fogueira em meu corpo não seria apagada.

Desliguei o chuveiro, tirei o excesso de água dos cabelos e peguei uma toalha para auxiliar. Tudo sem tirar os olhos do homem nu que desfilava à minha frente. Deixando a toalha de lado, Robert se aproximou e me cercou pela cintura. Meu sangue borbulhou. Sua ereção não diminuiu nem um milímetro, eu podia jurar.

– Vou resolver uma coisa e já volto.

O quê? Como assim ele ia sair e voltava depois? Eu estava pegando fogo! Merda! Nem tive tempo de explanar meu descontentamento pois Robert saiu logo em seguida. Nu! Eu queria poder matá-lo.

Fui até o quarto e peguei minha mala. Levei até o closet, coloquei sobre a mesa de apoio e quando abri descobri que estava com a mala errada. Merda um milhão de vezes. O que eu faria com vestido de festa, roupa executiva, saltos altos, maquiagem, calça jeans e nenhuma calcinha?

Não dava para voltar ao quarto do Dean para buscar a outra mala, então eu teria que passar a noite sem camisola, hidratantes, calcinhas ou qualquer outra coisa que pudesse me dar uma noite digna. Peguei o pente que Robert havia deixado sobre a bancada e desembaracei os cabelos. Encontrei uma camisa branca social no meio das coisas dele, que ficaria imensa em mim, mas que seria muito confortável.

Saí para o quarto enquanto finalizava os botões e dei de cara com Robert. Ele usava apenas uma calça de moletom preta. Seus olhos estavam tão quentes que senti minhas células fazerem a dancinha da chuva. Ele correu os olhos por meu corpo e depois sorriu.

– Vire-se – ordenou sem desviar os olhos.

– Primeiro. – Levantei um dedo o impedindo de me alcançar. – Como você está agora?

Ele me olhou de uma maneira divertida, erguendo uma das sobrancelhas.

– Cansado, puto da vida, relaxado, hiperativo. – Vi seus lábios se projetarem em um sorriso encantador.

– Relaxado... – Deu um passo em minha direção. – E hiperativo... – Me alcançou antes que eu pudesse dizer qualquer coisa. – Vire-se.

Obedeci sem pestanejar.

– Então vai ser com calma, observando e explorando?

Senti seu hálito quente em meu pescoço para logo em seguida sentir seus lábios tocarem minha pele. Nem preciso dizer que fiquei toda arrepiada.

– Quer uma agenda, Senhora Secretária, ou seu iPhone pode fazer este serviço também?

– Não, Senhor Carter. Minha mente é capaz de registrar cada detalhe.

– Ótimo!

Suas mãos seguraram na camisa e aos poucos seus dedos foram se desfazendo dos botões. Minha respiração ficou acelerada e a angústia crescia a cada segundo a mais que ele se demorava para abrir cada um deles. Quando o último foi desfeito, o tecido foi retirado enquanto seus dedos longos roçavam meu busto e deslizavam até os ombros. Deixei que ele tirasse a camisa revelando a minha nudez. Sorri. Eu conhecia o efeito que causava em meu amante.

– Sem calcinha! – sussurrou deixando que a frase brincasse com minha pele. Tentei controlar minha respiração, mas foi praticamente impossível.

– Como eu disse, Melissa, você é deliciosa!

Segurando em minha cintura, me conduziu até a cama, que, diga-se de passagem, era tão grande que cabiam cinco pessoas tranquilamente. Havia uma toalha estendia sobre ela, não entendi muito bem a sua finalidade, afinal de contas ele nunca tinha tomado este cuidado, nem nenhum outro tipo. Tive que sorrir.

– Suba.

Aquela ordem reverberou em meu íntimo. O que faríamos ali, sobre aquela toalha?

– Deite-se de costas.

Suas mãos acompanharam meu corpo, escorrendo por minha pele à medida que me acomodava conforme ele ordenou. Eu já podia sentir a familiar umidade no meio das minhas pernas.

Robert demorou a subir na cama. Ele se movimentou pelo quarto, apagou a luz, acendeu apenas as que ficavam sobre a cama, mas que deixavam o quarto com uma claridade gostosa, fraca e insinuante. Também senti o cheiro exótico do banho, só que mais suave, que se espalhou no momento em que ele subiu na cama, os joelhos afundando no colchão. Suas pernas de cada lado da minha, até que ele estava sobre meus quadris.

– Vou precisar fazer isso.

Uma máscara de dormir foi colocada em meus olhos, me impedindo de conferir os detalhes.

– Relaxe, Melissa! Vou fazer apenas uma massagem.

Uma massagem? E precisava de tudo aquilo por uma massagem? Foi quando suas mãos desceram nos meus seios. Um líquido quente tocou minha pele e ele iniciou o processo de subir e descer espalhando o produto. Não era um toque ousado, mas era sensual o suficiente para me fazer desejar abrir as pernas. Suas mãos passavam pelos meus seios, sem se prolongar muito.

– Uma massagem muito, muito... – Espalhou mais um pouco do óleo descendo pelos meus ombros e braços. – Muito gostosa...

Lambuzou as mãos, fazendo uma leve pressão.

– Você só precisa relaxar e esquecer os problemas.

Espalhou um pouco mais o produto. Seus dedões pressionando e fazendo movimentos circulares, explorando, como ele havia prometido. Segurava minha mão, circulando seus dedos. Estes repetiram o processo subindo pelo braço, apertando e se demorando sempre que achava necessário. Para mim, cada passo só aumentava a ansiedade e repercutia em meu ventre. O mesmo foi feito no outro braço.

Não poder enxergar o que ele fazia deixava todos os outros sentidos mais sensíveis. Robert embebia a mão com o óleo e o espalhava em mim. Aquecia um pouco, tinha um cheiro ótimo e cada ponto em que me tocava fazia com que meu corpo o desejasse com mais intensidade.

Senti seus dedos correndo pelos meus ombros, suas mãos se fechando em um aperto delicioso. Ele podia me possuir naquele momento, pois eu já estava pronta. Não precisava olhá-lo para saber que o aperto das suas mãos em meu corpo era uma forma de extravasar o seu desejo, pois minha mente registrava o toque da mesma forma como entendia uma estocada em meu íntimo.

Contemplando o silêncio e apenas me permitindo todas as sensações de suas mãos deslizando em minha pele, senti seu toque correndo pela lateral do meu tronco, evitando meus seios. Percebi o momento em que ele desceu um pouco o corpo, revelando minha nudez com mais exatidão. Tenho certeza de que corei. Suas mãos acariciaram minha barriga. Sorri.

Tudo bem que ele não sabia da minha gravidez. Mesmo assim, sentir suas mãos onde o nosso filho estava criava uma conexão impossível de ser descrita. Era algo que me completava, me definia, me deixava feliz sem medidas. Quantas vezes mais ele teria a chance de acariciar minha barriga? Quando enfim teríamos a chance de fazer daquilo um momento onde a verdade prevaleceria?

Não tive tempo para pensar. Suas mãos avançaram com propriedade, alcançando os seios e segurando-os por completo. O óleo esquentava mais ou era a minha pele fervente? Não sabia definir. Ele pressionou, fechando as mãos e abrindo, massageando, envolvendo-me. Percebi que seus quadris também se movimentavam, interpretando a ação de me possuir. Suas mãos avançavam e ele também.

E então seu corpo parou. A massagem ficou um pouco mais fraca enquanto tudo em mim estava um turbilhão de emoções. Ele prendeu cada bico entre dois dedos e os suspendeu. Doeu um pouco, afinal de contas aquela era uma parte sensível e que aumentava muito durante a gestação, mas devo confessar que foi muito bom. Não. Foi absurdamente bom. Delicioso ao ponto de me contorcer de prazer e gemer sem pudor.

Robert desceu o torço juntando-se ao meu corpo. Ele se movimentou como uma serpente, como se tudo nele pudesse me massagear, e se espremeu em mim, roçando minha pele e me apertando nas laterais. Minha respiração ficou mais acelerada. Quis abrir as pernas e recebê-lo, mas fui impedida. Ele apenas me testava e enlouquecia.

Levantando o corpo, juntou as mãos em meu ventre e então as escorregou em caminhos contrários. Uma subiu e se apossou de meu seio e a outra... Ah, a outra se fechou em concha em meu sexo iniciando o mesmo processo da massagem. Eu podia sentir as duas mãos trabalhando em conjunto, apertando e ao mesmo tempo aliviando, avançando e recuando. Sem me conter, movimentei os quadris em suas mãos, deixando que seus dedos me tocassem com mais vontade.

E foi o que ele fez.

Robert se demorou alisando meu sexo, massageando com movimentos giratórios a carne já ansiosa, os lábios e o pequeno ponto de prazer. Eu gemia, mas nem sobre isso eu tinha controle. Meus seios em sua mão eram trabalhados de maneira enlouquecedora, enquanto lá embaixo ele se divertia tirando minha sanidade mental.

Como eu já deveria imaginar, o que era bom deveria acabar logo. Aquela massagem tinha um objetivo que com certeza não era me fazer gozar em seus dedos. Por isso ele umedeceu mais uma vez as mãos e desceu por minhas pernas, cumprindo a sua missão até chegar aos meus pés.

Este é o ponto. Quando eu poderia imaginar que um pé poderia me dar tanto prazer? Mas foi o que aconteceu. Robert, como não podia deixar de ser, conhecia os lugares certos para apertar, os apropriados para apenas alisar e os que mereciam a ajuda dos seus lábios, e porra! Aquilo era mesmo de fazer perder o controle.

Enquanto ele mordiscava meus dedos, sua mão descia por minha panturrilha, pressionando de uma maneira tão interessante que eu me sentia estimulada diretamente no meu sexo. Era delicioso, excitante e absurdamente luxurioso. Eu precisava dele, não queria mais esperar, nem ter paciência, nem nada que não fosse ligado a Robert Carter dentro de mim.

– Vire-se.

O quê? Não. Eu não queria mais massagem. Aquilo era uma tortura. Quem disse que iniciar um ato sexual com uma massagem de corpo inteiro era maravilhoso não conhecia a palavra "ansiedade". Porra, o que eu podia fazer? Dizer não e bater pé firme de que era a hora de transarmos para valer? Claro que eu nunca faria isso, até porque meu rosto viraria uma beterraba e eu não suportaria a carinha de vitória que ele, com toda certeza, faria. Por isso obedeci.

Com pouco espaço entre as suas pernas, girei o corpo e deitei, mantendo os braços esticados ao lado. Imediatamente o senti se movimentar. Seu membro rígido se posicionou exatamente no meio da minha bunda e lá ele ficou, roçando aos poucos, insinuando o que faria, mas apenas acompanhando suas mãos que inundavam minhas costas e ombros.

Ele iniciou a massagem, mantendo seu membro lá, naquele aviso angustiante e ao mesmo tempo gostoso. Seu peso estava todo em suas pernas, por isso suas mãos podiam trabalhar livremente, sem fazer uma pressão desnecessária ao mesmo tempo em que seu sexo ora investia com mais propriedade, roçando minha bunda e abrindo passagem, ora com leveza, só uma carícia.

Seus dedos alcançavam cada ponto do meu corpo necessário para me manter firme naquele desejo. Meus ombros rapidamente relaxaram, meus braços foram explorados, a pele ficou ainda mais aquecida e meu sexo mais latejante. Era possível estar tão desperta por tanto tempo? Nem por um segundo eu me desviei daquele desejo.

– Mantenha as pernas fechadas. – Sua voz sussurrante preencheu minha mente roubando minha atenção.

Não tive tempo de processar o seu pedido. Apenas percebi que ele se agachou, uma mão estava em minhas costas mantendo-me firme na posição e a outra estava em algum lugar que não era o meu corpo. Poderia ser o dele? Porra, eu podia levar horas fantasiando com Robert acariciando o próprio corpo. Mas nem isso eu consegui fazer. Meu amante avançou um pouco, cautelosamente, mas o suficiente para me fazer gemer sem receio do que eu fazia.

Minhas paredes úmidas reconheceram de imediato aquele corpo que avançava devagar. Com as pernas fechadas e naquela posição, ser penetrada era algo que realmente poderia ser sentido de todos os ângulos. Ouvi seu gemido e meu corpo inteiro correspondeu. Puta merda! O que era Robert sentindo prazer?

Ele avançou um pouco mais até que estivesse firme e seguro, então senti minha carne sendo ainda mais explorada, no exato momento em que ele levantou, apoiando o peso mais uma vez nas pernas. Não era como estar sentado, assim eu acreditava, mas acho que ele estava inclinado de maneira a conseguir me massagear e penetrar ao mesmo tempo.

Puta merda!

Robert se enfiou em mim até o seu limite, ou o meu, e eu pude perceber o quanto aquilo tudo era complicado. Eu sentia meu corpo envolvendo o seu membro em um abraço apertado. Todas as minhas terminações nervosas podiam sentir. Com um gemido carregado da mais pura luxúria, ele começou a sair. Suas mãos avançaram em minhas costas com os mesmos movimentos de massagem utilizados durante todo aquele processo. Como ele conseguia se concentrar em duas coisas tão diferentes?

Ele saía e entrava, saía e entrava outra vez, sem interromper a massagem em minhas costas, ombros e braços. Não eram estocadas fortes, era mais ou menos como chupar um picolé, era necessário colocar para dentro lentamente, sentindo o gelo, o sabor, a textura, o prazer da língua tocando o produto, e depois tirar da boca, chupando para reter o melhor do que ele poderia te oferecer.

Ok! Foi uma comparação um tanto quanto vulgar, mas o que eu poderia dizer? Robert agia daquela forma, como se seu membro fosse o mais puro fruto e o meu sexo a boca exata para devorá-lo.

As entradas e saídas continuaram, seguindo o mesmo ritmo das mãos. Eu queria rebolar, avançar, forçá-lo a me penetrar sem receio, mas suas pernas me impediam de agir, assim como suas mãos que se mantinham firmes em minhas costas. Robert gemia livremente. Não era um gemido qualquer, era uma canção, a forma que seu corpo encontrou para descrever as maravilhas que ele sentia ao me possuir daquela maneira. Eram gemidos que saíam do seu íntimo pela sensação deliciosa por estar dentro de mim, invadindo-me conforme desejava, que faziam com que aquele desejo se projetasse para fora e se expressassem em forma de gemidos. Era delicioso.

Senti uma mão ao meu lado, apoiada no colchão, enquanto a outra desceu até meus quadris, segurando-me por um tempo para que ele pudesse aumentar seu ritmo. Foi ainda mais gostoso. Eu podia senti-lo completamente, todo e sem limites dentro de mim. Se eu pudesse assistir àquela cena, poderia colocá-la no rol das que, certamente, seriam capazes de me excitar só em ver.

O que minha mente projetava era um Robert com movimentos precisos de quadris, um rebolado delicioso, fazendo o que lhe desse vontade enquanto abusava de mim, a cabeça levemente jogada para trás, os olhos fechados, a boca entreaberta e o prazer latejando por todo o seu corpo. Puta merda, como eu queria aquilo!

Eu pensava que aquele seria o nosso limite, o auge da relação, pois meu corpo já demonstrava sinais de que estava prestes a se saciar, porém como eu disse antes: Robert Carter conseguia me surpreender a cada suspiro. Foi quando ele levantou ainda mais, afundando-se de uma maneira inacreditável em mim, sem deixar de estocar e sem perder o ritmo.

Eu podia jurar que sua coluna estava quase ereta, pela forma que sentia seu membro me invadir. Meu sexo já estava quase dormente, aquela sensação gostosa que indica o prazer consumindo cada célula e que antecipa o momento final, mas ele voltou a me massagear, na bunda, aumentando e diminuindo o ritmo, até que precisou se apoiar outra vez, mas a outra mão avançou e sem pedir permissão me tocou daquela maneira tão íntima.

– Oh, Deus!

Não dava para controlar. O que fazia com que as mulheres acreditassem que aquele local era proibido? Por que eu pensava assim antes de permitir que ele me mostrasse outro caminho? Porra, aquilo era tão estimulante e excitante que eu podia me partir em milhões de pedaços e nunca mais conseguir voltar. Robert sabia disso. Sabia que poderia me tocar, experimentar, me testar daquela forma enquanto se afundava em meu sexo com vontade.

– Eu quero estar aqui, Melissa. Eu vou estar – rosnou insinuando o dedo em uma penetração curta.

A forma como ele falou, a maneira como deixou que seu dedo adentrasse um pouco aquela região, fez o meu corpo entender quem mandava ali e... Puta merda! Eu queria apenas obedecer.

Minha intenção foi abrir a boca e dizer em alto e bom tom que sabia que pertencia a ele e, como tal, meu corpo estava a sua disposição, porém o único som que saiu dos meus lábios foi o gemido mais sensual que já fui capaz de emitir. Ele adorou e projetou um pouco mais o dedo ao mesmo tempo que estocava com mais vontade.

Abaixando o corpo, pairando sobre minhas costas, o dedo ainda me penetrando assim como seu sexo insaciável, a outra mão se fechou em meu cabelo, puxando-o para melhor lhe dar acesso ao meu pescoço. Senti seus lábios se fechando em minha orelha e sua língua me explorando.

– Puta que pariu! Você é muito gostosa! Essa sua bundinha é uma delícia, Melissa. Eu quero que você goze assim. Tenho certeza de que você pode.

E então ele diminuiu as estocadas em meu sexo e aumentou as que fazia com o dedo. Eu gritei. Havia dois agravantes naquela situação. O primeiro era que eu estava adorando. Minha excitação já passava do estado de inundação e cada vez mais eu me convencia de que estava pronta para aquilo. Eu gostava. Realmente gostava, tenho que confessar. O segundo era que ele queria que fosse assim e para mim bastava apenas uma ordem. Não era segredo que meu corpo correspondia a ele e apenas àquele homem, então gozar conforme ele ordenava não era um trabalho árduo.

Por isso eu me entreguei ao orgasmo. Não me importava a forma como ele me estimulava, onde eu sentia o prazer, o fato era que eu gozei e fiz isso de uma maneira deliciosa, gemendo e permitindo que meu corpo aproveitasse o que Robert me proporcionava. Com a mão ainda fechada em meus cabelos, seu sexo rígido avançando lentamente e saindo da mesma forma, seu dedo me estimulando porém diminuindo o ritmo, eu pensei que meu corpo não se recuperaria.

Ledo engano.

Robert não parou um só segundo. Apenas seu dedo me abandonou. Bom... Abandonou aquela parte tão sensível e delicada. Claro que não seria só aquilo, se é que podemos chamar de "só aquilo" o orgasmo que eu tive, mas Robert Carter era sempre mais. Por isso não fiquei surpresa quando, ainda ofegante, senti sua mão soltar o meu cabelo e se espremer entre minhas pernas, alcançando aquele outro pontinho, o que eu já conhecia muito bem e que sempre agradecia por ser lembrado.

Gemi sentindo o corpo protestar. Depois de uma massagem tão gostosa, um orgasmo surpreendente, voltar a corresponder era algo que não deveria ser considerado natural. Sim, se não estivéssemos falando do meu amante. Sempre é válido ressaltar o quanto meu corpo obedecia, e se ele queria continuar me mantendo no clima, era assim que eu ficaria.

– Agora assim, gostosa!

Robert se enfiou em mim com força. Minhas paredes ainda estavam sensíveis, contudo, de uma forma que não sei explicar, parecia que não houve saciedade naquela parte do meu corpo, como se o primeiro orgasmo pertencesse a um setor e naquele momento eu daria o que o outro necessitava. E assim seus dedos iniciaram as carícias, movimentando-se com mais habilidade, ali era uma área conhecida, que dava a Robert a segurança para agir confortavelmente.

Seu sexo me invadia, mais fundo e forte, mais rápido e poderoso, forçando meu corpo contra o colchão, mas, devido a este detalhe, apertando e esfregando ainda mais meu clitóris. Seu peitoral tocou em minhas costas, tive vontade de gritar de prazer, seu corpo roçava minha bunda cada vez mais, devido aos movimentos precisos. Seus gemidos praticamente no meu ouvido, a privação da visão, o afloramento da audição, do tato e do olfato.

Porra, eu era totalmente sentidos!

Ele aumentou a velocidade, instigando-me a acompanhá-lo, pressionando com mais força, usando de toda a sua capacidade. Robert avançou mais fundo e se espremeu, segurando a respiração e deixando-me ouvir o quanto lutava para se controlar, mas nem precisava. Eu já estava lá, pronta para ele, deliciada pelas investidas profundas que abriam passagem em minha carne apertada, e pelos dedos sábios, mágicos, que brincavam com minhas terminações nervosas. Estava lá, prontinha para escorregar no nosso abismo, para gemer seu nome em veneração e gozar deliciosamente enquanto sentia seu desejo quente se derramar em mim.

– Porra, Melissa! Eu vou... Hum! Vamos lá...

– Robert! Rober... Ro... Oh, meu Deus!

Eu já o sentia se derramando em meu sexo. Podia ouvi-lo, percebia em cada pulsação do seu membro dentro de mim e então explodi me espremendo em seu dedo, forçando o contato, agarrando-me ao lençol como se dependesse dele para não ser tragada pelo mundo à parte que era o orgasmo. Robert gemia, se esfregando lentamente e aproveitando cada gotícula de prazer que era proporcionado a ele.

Nossas respirações estavam aceleradas. Ele ainda estava dentro de mim, mas sua mão estava ao lado do meu corpo, evitando que seu peso desabasse sobre mim. Ele beijou minha nuca, desceu pelo pescoço, distribuiu diversos por minha coluna, até que saiu de dentro de mim e se jogou ao meu lado. Arranquei a máscara. Não precisei me adaptar à claridade, esta era mínima. Robert me puxou para si, beijou meu rosto, meus lábios, meu pescoço. Acariciou meus seios, brincou entre minhas pernas, mas acabou por aí.

– Hora de dormir.

Beijou a ponta do meu nariz enquanto me puxava para retirar a toalha de baixo do nosso corpo.

– Isso é coisa de casal que não tem sobre o que conversar.

Ele riu e me girou para que ficássemos da forma certa na cama.

– Isso é coisa de casal que precisa levantar cedo para trabalhar – completou ele.

E puxou os lençóis de uma só vez, desfez o mais fino e puxou para me cobrir.

– De que adianta namorar um magnata se ele sempre tem que se preocupar com horário? Se trabalhar é mais importante do que transar com a sua namorada?

– Eu transei com você! – Deitou-se ao meu lado e puxou o lençol para si. – E foi uma promessa de dias fantásticos. – Me puxou colando nossos corpos.

– Dias fantásticos?

– Ah, sim! – Sua mão desceu por minha bunda insinuando o que ele dizia.

– Robert!

Ele riu da minha reação.

– O quê? Não seja uma falsa puritana, Melissa! Você está tão doidinha para deixar que eu brinque com esta bunda deliciosa de uma maneira mais... – fez uma pausa proposital – realista.

Passou a mão por cima de mim e apagou as luzes.

– Não estou, não!

Meu rosto esquentou tanto que agradeci por estarmos no escuro. Por que aquilo me incomodava? Não foi gostoso?

– Não? – provocou mordendo meu pescoço. – Não foi o que eu vi!

E riu de uma maneira muito cínica.

– Vou começar a rever minhas concessões, Senhor Carter.

– Isso não me parece nada justo, Senhorita Simon. Não é muito louvável tirar o doce da boca de uma criança.

– Você já é bastante crescidinho.

Ele se acomodou ao meu lado e suspirou.

– O que é meu é meu, Melissa. Não tem como evitar o inevitável!

– Vamos acabar com esta conversa?

– Foi você quem disse que os casais precisam conversar depois do sexo. – Sua voz sonolenta parecia bastante divertida.

Robert estava adorando aquela conversa.

– Sobre outros assuntos.

– Desculpe, amor! Depois de sexo eu só consigo pensar em sexo, ou nas promessas do sexo.

Riu quando eu me movi incomodada.

– Vamos dormir! – falei melhor me acomodando.

– Vamos.

CAPÍTULO 36

Visitar a fábrica da Tailândia não exigia muito de mim, pelo menos no que poderia falar de vestimentas. Eu apenas precisaria ser discreta, por isso escolhi uma calça de linho, preta, cintura alta, uma camisa branca, sem manga, com alguns detalhes em renda e um blazer também preto com um corte moderno, maquiagem leve e cabelos presos em um coque que me deixava com cara de executiva.

Robert já estava pronto e lindo como sempre. Optou por um conjunto de terno no tom grafite e uma gravata bem clarinha. A camisa branca completava o seu padrão, e eu gostava disso. O cabelo estava perfeitamente arrumado, a barba feita, o corpo perfeito... Nós não havíamos transado pela manhã. Droga!

Definitivamente, eu não era uma pessoa normal. Por que pensava que deveríamos transar todas as manhãs? E por qual motivo transaríamos se um dia antes tivemos uma bela rodada de sexo? Não era suficiente?

Não. Bastava olhar para Robert para que meu corpo o reivindicasse.

– Enjoo outra vez? – Seus olhos estavam mais atentos.

Merda! Ele poderia facilmente chegar à resposta, era só prestar atenção aos detalhes.

– Não! – Desviei o olhar. Era péssimo mentir. – Perdi a noção quando estava escovando os dentes e enfiei a escova longe demais, causando a ânsia de vômito.

Olhei para Robert tentando ser convincente, ele estreitou os olhos, mas preferiu não dizer nada.

– Vamos tomar café?

Passei por Robert sem dar atenção à sua desconfiança. Eu mal lembrava o caminho de volta à sala, mas segui em frente desejando ficar livre daquela conversa. Ele me seguiu sem nada dizer. O café da manhã não era nada cultural. Não sei dizer se isso me alegrou ou me desanimou. As descobertas na Grécia foram ótimas, mas era bom a familiaridade das torradas, ovos mexidos, café preto, frutas frescas... Estava faminta.

– Com fome?

Oh, droga! Eu precisava de apenas mais alguns dias, só isso. Será que era muito pedir que Robert continuasse na ignorância até que as informações do Adam estivessem em nossas mãos?

– Senhor Carter, ontem eu tive um dia desgastante e uma madrugada que me consumiu, então, sim! Estou apenas recuperando o mínimo de energia que preciso para aguentar a nova sessão.

Mais uma vez ele estreitou os olhos, unindo as sobrancelhas.

– Uma sessão cheia de novidades?

E aquele sorriso fodidamente sexy estava lá. Merda! Nós não transamos naquela manhã. Mordi os lábios.

– Você está muito sedento por novidades, Robert.

– E você não?

– Não! – Desviei o olhar e mordi minha torrada ouvindo seu risinho cínico.

– Não me instigue, Melissa. Quanto mais tenta me deter, mais vontade eu tenho de ir a fundo, se é que me entende. – E ergueu uma sobrancelha.

Corei imediatamente.

– Contra a minha vontade?

Seu sorriso se ampliou. Oh, droga! Eu sabia o que ele estava deixando claro nas entrelinhas. Não seria contra a minha vontade e ele tinha este conhecimento.

– Bom dia! – Dean entrou levando Carol pela mão, sem se dar conta do clima que acabara de quebrar. – Eu estou faminto.

Robert ainda me encarava, um sorriso debochado em seus lábios e um brilho todo especial em suas íris cinzentas.

– Eu preciso te acompanhar? – Meu marido fez cara de quem realmente não queria cumprir com este papel.

– Hum! Acho que não – respondi ao meu amigo ainda sem conseguir me controlar.

– Beleza!

– Quanta animação! – Carol também estava mais relaxada.

Pelo visto a noite deles também tinha sido muito boa.

– Lembre que estamos aqui a trabalho. – E sorriu para o namorado de maneira confidente.

– Pois é. É bom prestar atenção em Tanya e Adam – disse Robert.

Em seguida, voltou sua atenção à comida no prato.

– Pode deixar. Dá para fazer tudo de olho no monitor.

Ok! Com essa eu realmente corei e quase engasguei. O que Dean estava fazendo insinuando coisas tão íntimas?

Terminamos o café e nos preparamos para o teatro que precisaríamos contracenar. Precisaríamos fingir indiferença, afinal de contas, para Tanya, eu buscava vingança e tentava destruir Robert, enquanto este estava ferido de amor e por isso tentava me magoar com a presença da sua amante.

Fui até o quarto para buscar as coisas que eu necessitava, como meu computador e celular, por exemplo, e Robert me seguiu sem nada dizer. Ele estava estranho. Não um estranho como se algo de ruim estivesse acontecendo, mas um estranho do tipo *Estou pensando em algo muito indecoroso para fazer com você, Melissa Simon*. Confesso que meu corpo ficou quente. Por que mesmo não transamos naquela manhã?

– Só preciso de um minuto...

Assim que passei pela porta e tentei iniciar uma conversa, ele me puxou com força contra a parede. Suas mãos já estavam em mim, explorando daquela forma única. Meu sangue borbulhou.

– Robert, não temos tempo.

Mas o que meu corpo dizia era *dane-se o tempo e faça o que bem entender de mim*. Por que meu lado profissional sempre tentava ser mais forte?

– Eu sei.

Seus lábios já estavam em meu pescoço e sua mão descia abrindo minha calça.

– Só preciso fazer uma coisa.

O que ele precisava fazer entre as minhas pernas? Puta merda! Suas mãos forçaram um pouco minha calça, sem realmente abaixá-la, mas abrindo o zíper e buscando por espaço.

– Não faça isso, Robert! Não... Oh, Deus!

Seus dedos quentes se alojaram em meu sexo, esfregando os lábios e friccionando o clitóris. Pensei que minhas pernas não suportariam.

– Puta merda! O que... Ah! Robert...

Ele gemeu deliciado e então tirou a mão de dentro da minha calcinha. Senti o mundo girar mais rápido e parar de repente, sem nenhum aviso. O que estava acontecendo? O que...

– Não podia sair sem uma lembrancinha. Meu amuleto. Vai servir como estímulo para a nossa volta.

Ainda ofegante, encarei meu amante sem acreditar no que ele havia feito. Que inferno! E eu? Meu sexo pulsava de uma forma tão absurda que eu não me reconhecia. O desejo provocado pela surpresa e pelo trabalho preciso dos seus dedos me faria ter um orgasmo em segundos, mas ele parou. O filho da puta parou. Que droga!

– Você só pode ser louco! – Comecei a arrumar minhas roupas com seus olhos quentes em mim.

– Guarde todo este desejo para mais tarde – murmurou.

A voz baixa e carregada de tesão foi como um choque elétrico. Uma promessa muito tentadora e que, com certeza, me manteria acesa durante todo o dia.

– Mais tarde será tarde demais, Senhor Carter! – Deixei meu gênio ruim me dominar. – E eu vou encontrar alívio antes mesmo que o senhor consiga me alcançar outra vez.

Ele apenas riu, colocando as mãos nos bolsos. Minha atenção foi roubada por aquela mão, a mesma que me estimulava um pouco antes. Oh, merda! Era aquilo. Aquela mão me controlaria durante todo o dia, como uma coleira, um controle remoto.

– Vamos?

Saiu da minha frente sem voltar ao assunto ou até mesmo me provocar. E precisava? Eu já estava mais do que dominada.

– Por que você é tão cretino?

Ele ergueu uma sobrancelha, possivelmente admirado com a minha reação, mas seu sorriso torto brincou em seus lábios tirando minhas forças.

– Eu sou?

– É, sim!

Encarei meu amante totalmente disposta a resolver aquele problema o mais rápido possível. Ele deu um passo à frente, as mãos ainda nos bolsos.

– Ok, eu sou. – Umedeceu os lábios.

Merda! Eu o desejava de uma maneira insana.

– Mas podemos resolver isso com uma aposta.

– Aposta? Você só pode estar de brincadeira!

– É pegar ou largar.

– Diga logo. – Me movimentei ansiosa demais para ficar parada.

– Vou lhe dar a chance de ser uma cretina também.

Suspirei. Aquilo tudo era demais para mim.

– Se você conseguir se masturbar em algum momento do dia, obtendo o seu alívio antes mesmo que eu a alcance de novo, palavras suas... – Fez uma carinha sacana, do tipo que me faria gozar só com uma ordem. – Poderá fazer o que quiser comigo por um dia.

Cruzei os braços na frente do peito.

– Isso é ridículo!

– Se eu ganhar... – E deu mais um passo. – Se eu evitar que você consiga se masturbar, ganho o mesmo direito, com um detalhe: vou cumprir com a promessa.

Encarei meu amante sem acreditar naquilo tudo.

– Como você vai conseguir saber? Eu posso ir ao banheiro sem ser acompanhada ou fiscalizada. Posso não estar no mesmo ambiente que você...

Ele tirou a mão da calça. Aquela mão. Puta merda! Levou a boca e lambeu o dedo.

– Eu conheço o seu gosto.

Puta que pariu! Levou outro dedo, passando-o discretamente pelo nariz.

– Conheço seu cheiro...

Puta merda um milhão de vezes!

– E você vai precisar me provar.

***

Evitei conversar com Robert durante todo o percurso até a fábrica. Se o objetivo era demonstrar que nos odiávamos, deu certo. Não foi possível conter a irritação que eu sentia. Piorava e muito todas as vezes que ele movimentava aquela mão. A maldita mão! Parecia que ele fazia de propósito, gesticulando enquanto falava ao telefone com o pessoal de outra unidade ou quando acertava algum detalhe com Abby, que não entendia a minha irritação. Eu enlouqueceria até o final do dia. Pior, viraria uma chama viva correndo pelos corredores da fábrica. Era um inferno!

Paul permanecia calado. Ele não fora tomar o café da manhã conosco. Estava estranho desde quando soube o que planejávamos, mas correspondia a Robert sempre que era solicitado em algum assunto, o que não ocorreu muitas vezes. Ele apenas conferia o seu celular e tratava de alguns assuntos pela Internet.

A chegada à fábrica aconteceu como sempre acontecia. Meu chefe era tratado como um rei, o senhor da autoridade. Quem não o temia o idolatrava. Era estranho e constrangedor. Ele apertava a mão de todo mundo mantendo a outra, a que mais me interessava, no bolso. Pelo menos isso. Eu ficaria muito pior se tivesse que imaginar que um pouco de mim passava de mão em mão. Ok, foi forçado, mas era basicamente isso.

O primeiro passo foi conversar com o diretor e responsável pela produção que identificamos conter o erro. Graças a Deus o tradutor não foi necessário. Foi um pouco tenso, principalmente porque Robert gostava de intimidar as pessoas, mesmo sabendo que o coitado, visivelmente nervoso, não tinha como saber que as plantas haviam sido trocadas. Mas meu amante estava implacável, sem perdoar ninguém. Para piorar minha situação, aquela aposta tornou-se um meio de sobrevivência, então eu precisava vencê-la.

Claro que tudo o que aconteceu na noite passada, e em diversos outros momentos, foi maravilhoso. Eu gostei. Gostei de verdade. Era... excitante saber que ele conseguia avançar sobre algo tão proibido, pelo menos para mim, mas daí permitir que algo mais profundo acontecesse, era exigir muito de mim.

Tudo bem, tenho que admitir que se ele conseguisse mesmo colocar as mãos em mim eu mudaria de opinião em dois tempos, mas era uma questão de honra resistir. E ganhar aquela aposta. O que eu faria com Robert? Eram tantas possibilidades.

– Melissa? – Sua voz me acordou do transe. Meu rosto ficou vermelho. Ninguém podia ler meus pensamentos, mesmo assim eu me senti envergonhada por eles. Olhei Robert e me arrependi. Aquele sorriso torto filho da puta me provocava. – Vamos para a linha de produção?

Olhei ao redor e todos já estavam de pé, menos eu, que estava pensando nas obscenidades que gostaria de fazer com o meu chefe. Droga, eu precisava vencer aquele desafio. Olhei ao redor procurando qualquer lugar que me desse um pouco de intimidade.

– Vão na frente, eu preciso ir ao banheiro. Dei bandeira.

Seu sorriso aumentou. O que ele pretendia? Me proibir de usar o banheiro? Tenha santa paciência.

– A senhora pode usar o daqui da diretoria – disse o homem pequeno.

Era o diretor da fábrica, magro demais, rosto redondo com olhos puxados e sorriso fácil, falou com um sotaque muito carregado. Como é mesmo o nome dele? Suchart? Era isso? Bom, ele me ofereceu o banheiro daquela sala. Robert sorriu amplamente.

– Nós podemos aguardar – disse Robert.

O filho da puta não pretendia perder e eu não podia fazer aquilo sabendo que todos aguardavam por mim do lado de fora.

– Tudo bem, eu só ia retocar a maquiagem e ligar para meu marido. Posso fazer isso mais tarde. – Levantei-me sentindo muita raiva daquele sorriso.

Passei por Paul, que me lançou um olhar estranho, porém um tanto quanto divertido. Nunca fomos grandes amigos, pudera, eu era amante do marido da irmã dele, que mesmo sendo uma bruxa ainda era a sua única irmã, pelo menos a única que ele tinha conhecimento. Não pude evitar olhar para Abby, que nada percebia, ou fingia não perceber.

Caminhamos pela fábrica, verificamos os produtos que continham erro, conversamos sobre a forma mais barata e eficiente para refazer as máquinas, falamos com alguns operários. Paul era o mais interessado. Ele tinha as perguntas exatas, descrevia para Robert o verdadeiro motivo do seu interesse e demonstrava bastante familiaridade com os produtos.

A visita demorou muito mais do que eu esperava e em nenhum momento encontrei uma forma de vencer aquela aposta. Verificamos todo o processo e finalmente fomos almoçar em um restaurante que já tinha reserva para o nosso grupo e que não ficava muito longe de onde estávamos.

O local sofisticado parecia excelente. Existia um misto de cultura e parecia ser preparado não apenas para atender o paladar do seu povo, mas também para agradar povos de culturas diferentes. Agradeci mentalmente a... Como era mesmo o nome dele? Eu estava com a mente péssima para guardar nomes esquisitos. Acho que era Suchart, mas podia jurar que estava enganada. Bom, agradeci ao nosso diretor por ter escolhido aquele lugar sem dar preferência a nos fazer conhecer um pouco mais da sua culinária.

Mas o cheiro estava incrível. Senti minha boca aguar e meu estômago dar sinal de vida. O que era aquilo? Desejo? Sorri ao pensar na superstição boba que dizia que quando um desejo de uma grávida não era atendido a criança saía com a cara do que a mãe tanto desejou. Se isso fosse verdade, que cara meu filho teria? A de um cafajeste sedutor, pois a sua mãe nunca desejou tanto sexo como quando durante a gravidez.

– Está com fome? Este sorriso todo é apenas porque vamos comer?

Sorri ainda mais para o meu amante sentindo vontade de gargalhar dos meus pensamentos. E se eu tivesse vontade de comer alguma coisa específica da Tailândia e não conseguisse, meu filho sairia com olhos puxados. Não deu para segurar o riso.

– Quanta alegria, Senhorita Simon – ele sussurrou ao passar por mim.

– Sou uma mulher faminta, Senhor Carter.

E olhei para ele de uma maneira depravada, aproveitando que estávamos afastados dos demais, ou pouco observados. Robert parou surpreso, estreitou os olhos e entortou a boca em um projeto de sorriso.

– E eu um, homem ansioso, Melissa.

Puta merda! Senti que aquela vontade que antes estava concentrada em um único lugar se alastrar pelo meu ventre. Eu precisava vencer aquela disputa ou então Robert não me pouparia e faria de mim a sua bonequinha de luxo. Imediatamente me imaginei presa pelos braços e pernas enquanto ele abusava do meu corpo de formas indecorosas. Corei.

– Melissa? Você está bem? – Abby se aproximou com um olhar estranho.

– Estou. Eu só... estou com fome.

Sorri sabendo que meus olhos deixavam claro o que eu sentia naquele momento. Eles brilhavam e minha face estava vermelha, o que só podia significar uma coisa: tesão.

– Então vamos! Você está esquisita, aérea... – disse ela e sorriu confidente. – Precisa se concentrar.

– Ok! – Respirei fundo observando que todos já se dirigiam à mesa. – Você tem razão.

Abby me segurou quando eu tentei me juntar ao grupo. Depois se conteve demorando um pouco para ajustar os pensamentos

– Mel? Não deixe que ele saiba antes de conseguir o encontro com Adam – sussurrou em meu ouvido. – Robert não é nenhum menino. Ele vai perceber e vai estragar tudo. Eu preciso... Nós precisamos que Adam seja pego!

Não entendi o motivo daquele desejo referente ao que aconteceria a Adam. Afinal de contas, Abby sempre demonstrou estar envolvida, mesmo que no fundo eu soubesse que ela concordava com todo o plano, e isso incluía entregar Adam Simpson à polícia, porém a forma como ela me falou fez com que minha mente entendesse como um apelo desesperado. O que estava acontecendo que eu não sabia?

Caminhamos em silêncio até a mesa onde o... o diretor, desisti de tentar lembrar do seu nome, da fábrica fazia um discurso sobre a culinária tailandesa. Robert sorria e confraternizava com os outros homens, todos ocupantes de cargos importantes na filial da empresa, que por sinal visitaríamos pela tarde. Paul sentou ao meu lado, também prestando atenção ao homem e saboreando uma bebida servida logo em seguida. Recusei o copo ao perceber que continha álcool, mesmo sabendo que seria apenas um aperitivo.

– Nossas refeições são divididas em pequeno almoço, que é o similar ao café da manhã de vocês, mas o nosso é composto por uma variedade de comidas para que o corpo tenha energia suficiente para iniciar o dia. Basicamente, temos: arroz de frango, gambás com alho, ovos, porco, pepinos em vinagre...

Ele falava e sorria, como se realmente fosse algo admirável tanta comida em um horário tão pouco apropriado, sem falar no gambá. Quem em sã consciência poderia comer aquilo?

– Nosso café da manhã foi um pouco mais normal, podemos assim dizer – Robert brincou. – Acho que prefiro frutas, ovos e pães sem dispensar uma boa xícara de café.

Todos riram. Somente um homem como Robert Carter poderia desfazer da cultura deles sem ser encarado como um desrespeitoso.

– O almoço sempre é mais leve – o diretor continuou falando, ganhando a atenção do meu amante. – Como começamos o dia com uma alimentação mais reforçada, não há necessidade de tanto alimento, então optamos por arroz frito, sanduíches, legumes. Coisas mais leves.

Fez um gesto vago com as mãos.

– A refeição principal é o jantar.

Sorri. O jantar era o inimigo das mulheres que desejavam perder peso, como associar à refeição principal? O mundo oriental era mesmo diferente do ocidental. Agradeci pelo jantar ser no hotel e por este atender às minhas necessidades ocidentais.

– Quero comprar uma joia para Nicole – Paul sussurrou se inclinando um pouco e sem querer demonstrar intimidade. – Você pode me ajudar?

Nossos olhares se encontraram e eu percebi o quanto ele estava constrangido e inseguro. Suas mãos, as duas, estavam segurando o copo como se ele fosse o seu porto seguro.

– Claro! Você já tem alguma ideia?

Ele negou com a cabeça, encarando o copo.

– É o nosso aniversário de namoro. Quero alguma coisa especial. – Ele sorriu timidamente.

– Aniversário de namoro? Legal! Quando?

– Amanhã.

Ele desviou os olhos e bebeu um pouco da sua bebida. Mesmo sentindo a estranheza em conversar com Paul, eu senti meu coração aquecer.

– É o meu aniversário! – sussurrei sem esconder o ânimo.

Aquele era o dia mais especial do ano, como dizia a minha mãe. O dia em que eu podia tudo, afirmava o meu pai, mas, na verdade, era o dia em que eu me sentia especial. E eu o amava por isso. Paul me encarou por alguns instantes. Ficou calado apenas me olhando, como se tentasse descobrir algo em mim. Corei.

– Quando eu voltar para o hotel, vou pedir à joalheria para enviar algumas sugestões. Levo para você me ajudar a escolher.

– Combinado!

Não sei o porquê, mas conversar daquela forma com Paul estava me deixando desconfortável. Ele olhou para o lado e depois me encarou.

– Ela confia muito em você. Age como se vocês fossem irmãs.

Fez uma careta e tomou um longo gole da sua bebida. Senti um calafrio. Paul tinha um histórico ruim com bebidas.

– Eu amo Nicole e ela é como uma irmã para mim. Também confio nela, e não estou dizendo isso para lhe deixar mais seguro.

Ele sorriu e concordou com a cabeça.

Da mesma forma como começou aquela conversa, terminou, sem mais nem menos e de uma hora para a outra. Preferi não passar muito tempo pensando no assunto.

Vários garçons chegaram levando os pratos. O cheiro estava ótimo, mas não consegui identificar o que era. Quando um garçom colocou à minha frente dois vasilhames e dois pratos pequenos contendo comidas, eu levei um bom tempo tentando entender do que se tratava. Era algo preto, tive vergonha de encarar por muito tempo e acabar ofendendo os demais ocupantes da mesa, mas olhei discretamente para Robert, que estava ao lado do homem que estava de frente para mim. Ele me olhou rapidamente e sorriu. Filho da mãe! Era lindo até quando tentava me sacanear.

Em um pote de louça, havia uma espécie de sopa amarela com uns pedaços vermelhos que identifiquei como pimenta. Tive medo, confesso. No outro prato uma... Panqueca? Será? E em outro umas coisinhas vermelhas que lembravam calabresa, mas eram mais finas. Havia apenas garfos e colheres, nada de faca. Voltei a olhar para a comida, verificando se algo ali precisaria de faca. Senti falta também dos pratos. Como comeríamos?

O mais interessante de tudo era que em toda a mesa, e digo toda porque era em todos os pratos, havia flores e frutas decoradas. Era uma mistura de cores muito bonita e o aroma estava divino.

Assim que todas as comidas foram postas, os tailandeses que compunham aquele grupo trataram de pegar cada um o prato do seu desejo e começar a degustá-lo. Olhei para Abby, que deu de ombros e pegou o potinho com a coisa preta e com a ajuda de uma colher levou-o à boca. Fez uma cara engraçada e por fim aprovou o paladar. Sorri e escolhi a mesma coisa.

Aproveitei o fato de podermos comer sem a vigilância constante da boa educação ocidental, sem desmerecer a boa educação oriental, mas salientando a diferença imensa entre ambas, observei do que se tratava e qual foi a minha surpresa quando coloquei a colher e aproximei a comida do meu rosto? Era arroz. Um arroz preto com algumas coisinhas parecendo sementes. Coloquei uma pequena porção na boca e me surpreendi pelo fato de o gosto não ser tão diferente.

Robert estava com a sopa e parecia não achar ruim o que comia. O homem ao seu lado, o tal diretor que eu nunca lembrava do nome, conversava animadamente sobre os pontos turísticos, acompanhado dos demais funcionários da fábrica, e meu amante parecia bastante interessado no que ele falava. Coloquei o arroz de lado, sem saber se estava sendo errada ao fazer isso, mas preferi experimentar a sopa também. Bastou apenas uma colher para que eu sentisse minha garganta pegar fogo.

Meu rosto ficou vermelho, meus olhos repletos de lágrimas, e eu comecei a tossir sem parar, sufocada pelo calor da pimenta exagerada existente na sopa. Aquilo não era natural. Como Robert conseguia ingerir o líquido sem se incomodar com o seu ardor? Todos se preocuparam com a minha situação, inclusive Paul, que mesmo rindo conseguiu colocar um copo com água na minha mão, o qual bebi de uma só vez buscando pelo alívio.

– Vá com calma... – Paul sussurrou ao meu lado. – Pensei que havia pesquisado sobre a comida, que sabia que aqui quase tudo é muito temperado e apimentado.

Corei pela milésima vez naquele dia. Era estranho encarar Paul e assumir que minha cabeça andava uma loucura. Pudera, era muita coisa para lembrar. Eu precisava me lembrar de que era casada com Dean e que odiava Robert, fazer Tanya acreditar que meu objetivo era destruí-lo, contudo não podia esquecer que Dean era um amigo que me ajudava naquela empreitada, que eu amava Robert e que gerava um filho dele. Também não podia esquecer que ainda possuía as ações, mesmo sabendo que elas pertenciam realmente ao meu amante e que, por causa disso, a sua esposa estava tentando, e muitas vezes conseguindo, atingir a minha família e tirar o meu equilíbrio. Não dava para pensar em tanta coisa e ainda me preocupar com o tipo de comida que seria servido durante a nossa estadia.

Quando finalmente me senti parcialmente recuperada, ainda sentindo o ardor não só em minha garganta como em minha face, tive vergonha de olhar para os demais. Foi simplesmente constrangedor. Todos falavam em sua língua nativa e eu ouvia apenas alguns "ela não tem costume" ou "precisamos de algo menos apimentado" ou até mesmo "falta de costume ocidental" e alguns risos de quem se vangloriava em conseguir comer aquilo. Era demais.

Um garçom se aproximou de mim levando mais água e colocou na minha frente um prato de arroz, uma espécie de risoto com camarão. Com um sotaque carregado, disse:

– *Pad thai goong*. – E sorriu de uma maneira muito simpática.

Retribuí o sorriso, mas tive medo de comer outra vez. O diretor – droga, eu precisava saber o seu nome – bom, ele me olhou sorrindo e fez um gesto com a cabeça me incentivando a experimentar.

– Arroz e camarão. Sem pimenta – informou sorrindo.

– A Senhora Bailey é muito corajosa, não vai se intimidar pelo sabor apimentado. – Robert ainda sorria, mas piscou para mim de uma forma indecorosa.

Graças a Deus eu já estava vermelha.

– Posso garantir que ela não é uma mulher de se render tão fácil – completou.

Puta merda!

Ainda temerosa, tomei coragem, peguei a colher e coloquei um pouco do arroz na boca. Mastiguei com receio e acabei sorrindo quando vi que o seu sabor era divino. Nada de pimenta, como havia sido a promessa.

O restante do almoço transcorreu de maneira natural. Eu comi mais do que deveria e, como não podia deixar de ser, senti-me péssima por permitir que a gravidez mexesse tanto comigo. Era bom começar a me cuidar ou me transformaria em uma baleia. Por este motivo, dispensei a sobremesa, mesmo recebendo um olhar curioso de Robert. Era melhor assim.

Nos despedimos no restaurante. Precisávamos seguir para a filial, um andar exclusivo em um prédio comercial onde todos os passos realizados em nossas empresas na Tailândia eram geridos. Lá, nossos dirigentes nos aguardavam para mais uma reunião. Em nenhum momento consegui uma brecha para conseguir cumprir com a minha missão e ganhar aquela aposta.

Robert sentou-se ao meu lado no carro, não me tocou, mas colocou aquela mão, sim, eu ainda me lembrava dela, sobre a coxa, deixando-a exposta e entupindo minha mente de imagens que eu nunca poderia dizer em voz alta. Jamais admitiria que a ideia de perder aquela aposta e deixá-lo fazer o que tanto desejava comigo me deixava quente. E aquela mão estava lá, cheia de promessas.

Ele tirou o celular do bolso no mesmo instante em que Abby, e ambos demoraram algum tempo com uma cara estranha ao lerem a mensagem. Fiz o mesmo, peguei meu celular e chequei o que havia de tão errado. Nada. Não havia nenhuma mensagem para mim. Que estranho! Assim que eu tivesse oportunidade procuraria saber do que se tratava.

Mas meus olhos se encontraram com os de Paul e ele estava com uma expressão estranha. Só então me dei conta de que ele não sabia dos aparelhos trocados. Não fazia ideia do que acontecia ali. Fiquei triste. Eu sabia que o irmão de Tanya ainda era uma incógnita. Aliás, ele era realmente uma bomba-relógio, pronta para explodir, e quando isso acontecesse, ninguém sabia para que lado ele penderia. Era uma situação complicada e delicada.

Chegamos ao prédio onde ficava a nossa sede. Era alto, como poucos por lá, pelo menos comparado a Chicago, à beira do rio *Chao Phraya*, como eu havia pesquisado. Sim, eu pesquisei isso, afinal de contas não estava tão fora de foco assim. O prédio não era o tipo de arquitetura de última geração, mais uma vez fiz comparação a Chicago e toda a sua arquitetura que tanto orgulhava seus cidadãos, mas era alto, novo e organizado.

Duas pessoas nos aguardavam, uma mulher muito bonita, cabelos compridos penteados para trás, negros e lisos, rosto oval, olhos puxados, feições finas, um tipo exótico lindo de se admirar, era magra e alta e trajava uma roupa executiva muito composta, e um homem, também alto, loiro, branco, cabelos bem-arrumados e um sorriso imenso. Usava um terno muito bonito, azul-marinho.

– Boa tarde, Senhor Carter – o homem falou sem sotaque algum, mas juntou as palmas das mãos e se curvou ligeiramente em uma saudação.

Ele era americano, com certeza.

– Senhor Hanson, senhoras.

– Boa tarde, Odell! – Robert o cumprimentou com familiaridade.

– Esta é a Senhorita Ratree, a secretária do Senhor Jittatad.

– *Sawatdee ka!* – Ela fez o mesmo cumprimento de Odell e nos saudou com um imenso sorriso no rosto.

– *Sawatdee krap!* – Robert fez a mesma reverência e falou sem que eu entendesse do que se tratava.

– Eu sou Odell Ullmann, sou secretário do nosso presidente, o Senhor Thiele – falou diretamente comigo e com Abby, que sorrimos em resposta.

– Tudo pronto? – Nosso CEO não nos deu a chance de nos apresentar.

– Sim, tudo pronto. Eles aguardam pelo senhor na sala de reuniões.

– Ótimo!

Seguimos em conjunto para o imenso elevador. Robert matinha sua pose imperativa de CEO incontestável, soberano, dono de si. Eu amava quando ele ficava desta forma, tão senhor da autoridade! Mordi os lábios pensando em como seria delicioso se eu ganhasse aquela aposta. Imediatamente senti meu corpo corresponder aos meus sentimentos. Como eu conseguiria fazer aquilo sem chamar atenção?

A porta abriu para um espaço amplo, moderno, organizado e movimentado. Uma parede de vidro fosco separava determinado ambiente dos demais. Percebi diversos olhares sobre nós. Muitos olhos puxados e sorrisos educados.

Todos nos cumprimentaram com a mesma reverência. Fomos recepcionados pela secretária que ficava em frente à imensa parede fosca, ela já estava preparada para nos acompanhar. Não precisaríamos de tradutor, pois os dirigentes falavam inglês e alguns eram americanos, como o presidente, por exemplo.

O presidente, o Senhor Thiele, era um homem bonito. Devia ter entre cinquenta e sessenta anos, mas tinha um porte que o tornava lindo e sensual. O típico homem que sabe o que quer e sabe como conseguir. Era alto e esguio, como Robert. Cabelos negros, já com uma leve aparência grisalha, olhos verdes, pele bronzeada um sorriso perfeito. Percebi seu olhar mais guloso para Abgail, que agia de maneira extremamente profissional.

Já o Senhor Jittatad, o diretor comercial geral, era uma figura engraçada. Muito magro, cabelos lisos e negros, expressões finas, olhos puxados, sorriso leve com dentes espaçados. Tinha um nariz muito alongado que, com a magreza exagerada, parecia ser ainda maior. Sustentava óculos que escorregavam de tempos em tempos. Ele nos conduziu até a sala de reuniões, com atitudes educadas e pacientes.

A reunião foi longa. Muito tempo estudando a situação da Tailândia, problemas políticos, um certo desconforto na sociedade, existia o medo de que a relação empresa versus governo ficasse abalada. Robert não discutiu a troca das plantas e ninguém tocou no assunto. Apenas estudaram os gráficos dos prejuízos devido ao erro na produção da nova máquina, o que ninguém sabia determinar como aconteceu. Imaginei que Robert conseguiu dar um jeito de esconder o fato de que a sua esposa, psicopata, tinha tentado acabar com o grupo com apenas um golpe.

Eu prestava atenção em tudo, interferia quando achava necessário e Robert aprovava as minhas colocações. O Senhor Jittatad era muito inteligente, possuía informações seguras e interessantes. Conseguia enxergar além dos demais, apontando algumas direções e ajustando os meus relatórios. O Senhor Thiele fazia o papel de figurão, um sorriso imenso, olhares cheios de ambição para Abby. Também era inteligente, mas parecia, muitas vezes, querer esconder o jogo, o que me deixou com uma pulga atrás da orelha. Abby cumpria o seu papel de secretária, anotava tudo, cuidava para que nada faltasse e, com isso, agradava cada vez mais ao chefe. Fiquei um pouco constrangida com este último pensamento.

Paul era uma autoridade no assunto. O setor dele era o mais afetado por aquela crise instalada por Tanya. Era o diretor-geral de peças e havia sido uma única peça que alterou todo o processo da nova máquina. Tudo partiria do seu setor, caso a produção tivesse sido finalizada. Aonde Tanya queria chegar com aquilo ninguém sabia, afinal de contas ela não ignorava o fato de que o próprio irmão poderia ser incriminado.

– Amanhã faremos uma visita à fábrica junto com o primeiro-ministro. É essencial que tudo ocorra conforme o combinado. Não podemos perder este contrato! – Robert sinalizou batendo com a ponta da caneta na mesa.

Todos estavam muito atentos.

– A prioridade será dar continuidade à produção. Precisamos fazer as entregas da maneira correta e na data estipulada.

– Estamos mantendo o que ficou esquematizado, Senhor Carter. O pessoal das pesquisas nucleares já está alinhado conosco. Se continuarmos com o terceiro turno, os funcionários temporários vão dar conta do trabalho. O que mais importa agora é tentarmos diminuir o máximo possível os danos causados pelo erro na produção. Pensamos em ampliar o processo. Podemos demonstrar…

O Senhor Thiele continuou falando, falando, falando, mas minha mente não conseguia mais captar nada. Eu sabia que era importante, que estávamos decidindo uma forma viável de amenizar o prejuízo causado pelas loucuras de Tanya, mas minha mente simplesmente fundiu quando me dei conta da mão de Robert segurando aquela caneta. Ele utilizava os dedos para alisar o canudo e meu corpo inteiro aqueceu com a carícia que deveria ser em mim, então me dei conta de que o dia estava acabando e de que eu ainda não tinha tentado vencer a aposta.

– Podemos passar pelos setores agora? Existem muitas coisas que podem ser melhor esclarecidas pelos próprios idealizadores! – disse o Senhor Thiele.

Ele estava animado, eu podia até dizer ansioso, para demonstrar serviço. Afinal, ele era o presidente do complexo oriental. Muito provavelmente havia estado com Tanya um pouco antes de nos encontrar. E quem sabe não era mais um da sua equipe?

Robert levantou decidido a acompanhá-lo. Eu não sentia tanto interesse em seguir a comitiva de sala em sala, constranger as pessoas que estavam trabalhando sossegadamente e que, provavelmente, ficariam desconfortáveis com a nossa presença, não era a melhor parte do dia. Além do mais, provavelmente receberíamos um documento com tudo o que eles planejavam para que fosse passado para o conselho.

Fomos saindo da sala aos poucos. Robert seguia na frente conversando no seu melhor estilo CEO com Paul, o Senhor Thiele e o Senhor Jittatad, que falavam de números, estatísticas, como estava o mercado, como deveria estar, porém tudo de maneira informal, então eu não poderia me meter na conversa e opinar. Fui ficando para trás até encontrar Abby, que seguia a outra secretária. Foi quando tive a ideia.

– Preciso ir ao banheiro – falei para Abby tomando o cuidado de manter o tom muito baixo.

Não teria como Robert me impedir.

– Vá na frente, eu alcanço vocês.

Seus olhos ficaram imensos enquanto ela me observava.

– Está tudo bem? É alguma coisa relacionada a... Você sabe... – Olhou para minha barriga. Corei!

– Está tudo bem, Abby! Eu só preciso fazer xixi e beber um pouco de água. Este calor está me matando!

– Água? Ali. – A outra secretária apontou um minibar dentro da sala de reuniões.

– Obrigada!

– Quer que eu espere? – Abby olhou apressadamente para o grupo.

– Não. Você precisa estar com o seu chefe ou então ele logo vai enlouquecer!

Ela sorriu. Robert era mesmo chato com suas regras, agendas, fax... Tive que rir.

– Eu já alcanço vocês.

Corri para o banheiro que ficava em frente à sala de reuniões. Tranquei a porta e parei. Merda, o que eu estava fazendo? O que eu pensava, que conseguiria entrar naquele banheiro, me masturbar e sair contente para mostrar a prova do meu crime para Robert? Droga, não era tão fácil assim!

Mas eu tinha que tentar.

Parei em frete ao espelho, abri a torneira, peguei um pouco de água e joguei na nuca. Era importante ser rápida, pois Robert, assim que desse pela minha falta, apareceria para tentar me impedir. Bom, eu não me sentia mais tão estimulada. Confesso que tive medo de cometer uma bobagem dessa só para ganhar uma aposta. Porém, o simples fato de mostrar ao meu amante do que eu era capaz me impelia a continuar.

Abri três botões da minha camisa e passei a mão molhada por dentro, acariciando o volume dos meus seios. Fechei os olhos. Se era para começar a me preparar então nada como pensar em Robert, em seus toques, naquela sua mão cheia de promessas, seus lábios nos meus, em minha pele, em meu sexo... Mordi os lábios. Já sentia meu corpo esquentar. Arrisquei avançar um pouco além do sutiã e encontrei o bico dos meus seios. Ri desgostosa. Não dava. Eu precisava de mais do que aquilo.

Ok! Precisava de um tratamento de choque. Desfiz o botão da minha calça, abri o zíper e coloquei minha mão para dentro da minha calcinha encontrando aquele pontinho que seria o meu melhor amigo naquele momento. Pressionei dois dedos nele. Merda! Eu sabia fazer aquilo, então por que não estava funcionando?

Eu não desistiria. Apertei os dedos em meu sexo, acariciei de leve e lembrei de quando Robert fazia aquilo. Mais precisamente quando ele fez naquela manhã, chamando minha excitação de amuleto. Puta merda, Robert era quente! Muito quente! Alguma coisa em mim já respondia.

Afundei um pouco a mão e me apoiei na pia. Bem devagar, deixei meus dedos brincarem. Uma vez eu fiz aquilo para ele por causa de uma pequena mentira. Foi muito além do que eu já fui capaz de prever. Foi absurdamente gostoso saber que eu fazia algo que, teoricamente, sofre retaliação da sociedade e que, ainda por cima, era observada pelo homem com quem eu tinha um relacionamento altamente proibido. Mordi os lábios sentindo a umidade em meus dedos. Sorri em vitória, mas parei. Eu já tinha o suficiente.

Não dava para imaginar que eu poderia ir até o fim com algo tão íntimo, não é? Claro que eu não iria. Se conseguisse finalizar eu nunca poderia olhar no rosto de qualquer pessoa dentro daquela empresa sem corar. O que eu tinha já era o suficiente para convencer Robert de que eu havia feito. Sempre fui uma covarde, assumo, e aprendi a ser trapaceira no pouco tempo de convívio com o meu amante. Afinal de contas, se ele podia agir desta forma eu também podia. E uma simples trapaça não faria Robert perder o seu dia. No final das contas, da minha forma seria gostoso para nós dois. Já a dele...

Saí do banheiro sorridente, tomando o máximo de cuidado para não esbarrar a minha mão em nada. Voltei à sala de reuniões e bebi um copo com água, contei exatos dois minutos e saí em busca do grupo. Não demorei a encontrá-los. Eles saíam de uma sala e se preparavam para entrar em outra. Robert não estava com uma cara muito boa e quando seus olhos pousaram em mim eu tive a certeza de que o meu sumiço o incomodou mais do que o normal. Sorri inocentemente.

– Você demorou! – Abby sussurrou assim que cheguei perto dela. – Ele perguntou três vezes por você, Melissa.

– Eu sei. Estava quente, precisei molhar o rosto e refazer a maquiagem. Essas coisas.

– Você está corada. Parece que terá outra vez problema com o calor.

Estreitei os olhos, mas lembrei do problema que tive em Dubai. Era bom que aquilo não se repetisse.

– É, parece. – Voltei a olhar meu amante que, de tempos em tempos, olhava-me também. Entramos na sala onde cinco pessoas trabalhavam e pararam para observar a comitiva.

Nosso presidente falou algo para eles que não entendemos e depois voltou ao grupo.

– Aqui fica o pessoal das vendas. Na verdade, esta sala é dos gerentes e eles controlam tudo daqui. Nossos relatórios são excelentes e podemos falar com muita segurança...

E eu já quicava de ansiedade. Precisava fazer com que Robert acreditasse que eu havia ido até o final. Precisava assistir seus olhos escurecerem de raiva ou de tesão, pouco importava se o final seria o mesmo, mas, acima de tudo, precisava chegar mais rápido ao quarto e fazê-lo cumprir com o combinado. Levei tanto tempo divagando sobre todas as minhas necessidades que não percebi quando ele interrompeu o grupo.

– Tudo bem, para mim já é o suficiente. O mais importante é que tudo isso esteja a minha disposição o quanto antes. Abgail cuidará desta parte e Bruno fará um bom trabalho. Tenho certeza de que esta pode ser uma excelente saída. Bom trabalho!

Rapidamente, todos começaram a apertar as mãos. Eu não queria e nem podia fazer aquele cumprimento, então, simplesmente dei as costas e fui para a recepção. Cheguei minutos antes do grupo e notei o olhar do meu chefe recair sobre mim com reprovação e ansiedade.

– Tudo bem, vejo você amanhã na fábrica.

Ele apertou a mão do Senhor Thiele, do Senhor Jittatad e de mais alguns executivos que fizeram questão de acompanhá-lo. Fui ousada o suficiente para revirar os olhos e mais uma vez o vi me olhar em desacordo.

– Se conseguirmos expandir nosso mercado, poderemos aproveitar o pessoal do terceiro turno, o que recairá bem aos olhos do governo. Mais empregos, mais renda, mais consumo e mais felicidade, não é assim que funciona? – O Senhor Thiele falou acompanhando Robert até o elevador.

– Será um prazer reencontrá-los amanhã!

Mas seus olhos estavam em Abby que fingia nada perceber.

Fomos para o elevador e finalmente nos vimos longe daquela comitiva. Apenas Odell e a Senhorita Ratree, a outra secretária que nos acompanhou durante toda a jornada, seguiram conosco, mas se despediram amigavelmente na entrada do prédio. Abby tratou logo de entrar no carro. Paul segurou a porta para me dar passagem, porém meu amante o interrompeu.

– Pode aguardar por nós dois lá dentro? – ele fez a pergunta para Paul.

Porém nós sabíamos que existia uma ordem embutida nas palavras educadas. Paul olhou para o cunhado e depois para mim e concordou com a cabeça, entrando logo em seguida. Robert fechou a porta e parou olhando para mim. Fiquei constrangida.

Estávamos na rua. Nossos amigos estavam dentro do carro sem entender nada, sem contar que outras pessoas faziam questão de nos observar. Ele estreitou os olhos, colocou as mãos nos bolsos e me observou com cuidado.

– Você sumiu? Por que a falta de interesse no que estava acontecendo?

Levei alguns segundos até entender do que se tratava, então sorri maliciosamente.

– Digamos que tive assuntos mais importantes e urgentes para resolver, Senhor Carter.

Fiquei deliciada em acompanhar a mudança daquele olhar. Robert passou de tenso para... O quê? Expectante? Excitado? Sorri tentando não parecer tão íntima. Meu amante umedeceu os lábios, passou a mão no cabelo. Sim, aquela mão. A maldita mão que me levou àquela loucura. Sorri mais uma vez, sentindo meu corpo começar a esquentar.

– Eu duvido, Melissa!

Oh, Robert! Você não deveria fazer isso.

– Eu provo, Robert! – E estendi minha mão.

Ele segurou meus dedos e os levou aos lábios como se fosse beijar minha mão educadamente, apesar de ser descabido para a ocasião. Senti quando cheirou meus dedos muito discretamente e logo em seguida seus lábios os experimentaram. Eu queria rir, mas meu corpo foi consumido por um desejo sem igual enquanto me via queimando sob o seu olhar. Como dizia Yasmine, uma colega de faculdade que me fazia rir muito, ele era o homem dos meus pecados. Robert dos meus pecados. Sorri vitoriosa.

– Touché!

Falei baixinho acompanhando a reação do meu corpo. Eu estava fodidamente ansiosa pelo meu direito de fazer o que quisesse daquele homem.

CAPÍTULO 37

Entrei no apartamento com o corpo ainda implorando pelo meu amante. Eu estava ansiosa demais, mas precisava encenar meu papel e me manter distante. Caminhamos todos juntos para o nosso andar, mas nos separamos tão logo as portas do elevador se abriram. Robert estava na minha frente, andando decidido, como se estivesse mesmo louco para encontrar Carol. Tentei abstrair esta ideia. Assim que entrei, Dean colocou a cabeça para fora da sala e sorriu.

– Deu tudo certo! – afirmou. – Até agora Tanya está sob controle. Ela embarca ainda hoje de volta a Chicago.

Tentei sorrir, mas eu estava louca para encontrar Robert. A nossa noite prometia.

– Que bom.

Caminhei entrando na sala onde Carol estava sentada no imenso sofá. As pernas longas e roliças estavam expostas em um short curto e revelador. Segurava um balde de pipoca.

– Oi, Carol. – Tentei ser educada.

– Boa noite, Melissa. Nós já jantamos, você e Robert podem ficar livres de nós dois por esta noite.

Tive vontade de agradecer a ela por isso, mas me contive. Carol não era a minha inimiga.

– Tudo bem! Tivemos um dia exaustivo e amanhã será cheio de compromissos, então...

– Você viu meu carregador? Meu celular descarregou e eu nem percebi. Isso nunca aconteceu antes.

Dean começou a se movimentar pela sala, puxando as almofadas e procurando pelo aparelho.

– Provavelmente lá no quarto, amor.

Eles trocaram um olhar cúmplice cheio de lembranças e promessas. Foi constrangedor.

– Onde está o seu celular? – Ele ficou sério de repente encarando a namorada.

Carol olhou para os lados, mexeu nos bolsos do short e deu de ombros.

– Devo ter deixado no quarto também. Nós praticamente não saímos de lá.

Mas o encanto acabou. Dean ficou tenso, desaprovou a atitude da namorada e foi para o quarto. Ele resmungou "não dá para acreditar" antes de sumir no corredor.

– Bom, eu vou indo. Paul ficou de aparecer para falar comigo, mas eu não sei se ele vai tentar aqui ou no outro apartamento.

– Ah, tudo bem. As joias, não é isso?

Fiquei incomodada por não existir nada que eles não soubessem a respeito do que fazíamos e ao mesmo tempo constrangida com a ideia de eles saberem até demais.

– Nós vimos a solicitação na joalheria. Todo o sistema está integrado em nossos computadores – ela esclareceu.

Aquiesci e segui pelo corredor. Sentia uma necessidade estranha de sair logo dali.

Encontrei Robert caminhando até a sala do apartamento em que eu e Dean teoricamente ocupávamos. Já estava sem o paletó e a gravata. A camisa estava com alguns botões abertos e ele parecia um tanto quanto nervoso, o que me deixou tensa imediatamente.

– Você demorou! – Seus braços me cercaram e ali eu tive a certeza de que algo estava errado.

– Estávamos mantendo o circo. Aconteceu alguma coisa?

Ele suspirou e me encarou por alguns segundos.

– Preciso falar com Dean! – Segurou em minha mão e voltou pelo corredor me levando junto.

– Já estou sabendo!

Meu amigo saiu do quarto e a cara dele colaborava para a minha certeza de que a primeira bomba da viagem já havia sido lançada.

– Acabei de receber a mensagem, um relatório, para ser mais sincero. Meu celular estava desligado e eu acabei esquecendo, mas o da Carol nos alertou.

Não tocou no assunto do esquecimento do aparelho por um tempo, o que nos atrasou na informação. Carol apareceu logo em seguida. Dean deu o aparelho a ela que, imediatamente, conferiu as mensagens.

– Então você sabe o motivo?

– Que motivo? – Olhei para Robert, que estava visivelmente nervoso.

Ele ainda mantinha minha mão na dele, mas olhava diretamente para Dean.

– Sim.

Meu amigo deu dois passos em direção à sala e parou para nos observar, depois continuou andando com a certeza de que o seguiríamos.

– Pelo que parece uma denúncia anônima, mas nós sabemos muito bem de quem se trata.

– Denúncia anônima? – eu e Robert falamos ao mesmo tempo.

– Alguém pode me explicar o que está acontecendo? – Comecei a ficar tensa.

– Um minuto.

Dean olhou o celular verificando alguma mensagem. Olhei para Robert, que hesitou, mas resolveu me contar.

– Acabei de receber uma ligação. O Conselho para a Segurança Nacional quer me ver, agora, sozinho. Pelo que entendi, tudo vai correr como segredo de estado e esta não é uma atitude normal.

– Não é mesmo! – Dean rebateu. – Eles são uma junta militar e, como tal, mantêm as rédeas do país. Receberam um e-mail contando sobre a troca das plantas, colocando em dúvida a eficiência da C&H Medical Systems, alertando para possível terrorismo, já que o que aconteceu colocava em risco a saúde de muita gente.

Foi como se o céu descesse sobre a gente. Sufocante, pesado e vingativo.

– Puta que pariu! – Robert rosnou soltando minha mão e se aproximando de Dean. – Tanya. Foi ela, eu tenho certeza disso. Puta que pariu! Puta que pariu!

– Precisamos pensar em alguma coisa, Robert.

Eu sentia minhas pernas tremerem, mas precisava ficar forte para apoiá-lo.

– Merda, Melissa! O que Tanya está pretendendo?

– Nós seguimos todos os passos dela, estávamos atentos, não tinha como dar errado. Se ela fez isso, foi muito bem arquitetado. Coisa planejada há muito tempo – disse Dean,que tentava encontrar alguma resposta.

– Mas por que ela faria uma merda dessa? – perguntei sem conseguir conter o meu medo.

– Incriminar alguém... – Carol falou chamando atenção de todos. – E ela já tinha todo o plano armado. Provavelmente contou com a ajuda de alguém que ainda não temos controle e muito provavelmente ela programou tudo quando soube da sua viagem ao país.

No mesmo instante, a campainha tocou. Sem trocarmos uma palavra, Robert e Carol recuaram pelo corredor e Dean foi até a porta verificar o que acontecia. Não ouvimos vozes, mas, sim, o som da porta abrindo e depois fechando para logo em seguida o som de passos abafados pelo piso. Ficamos em alerta, mas Dean nada falava, até que eles apareceram na porta.

– Paul? – Robert se adiantou.

Ele com certeza havia pensado o mesmo que eu.

– Pelo que parece Tanya deu o seu primeiro passo.

Paul me olhou de uma forma dura.

Eu disse que duvidava que ela ficasse quieta.

– Ninguém esperava por isso! – rebati forçando a voz a ficar calma. – Quem fez a denúncia? – busquei a resposta em Dean.

Ele suspirou e balançou a cabeça.

– Não sabemos. A ID corresponde a um endereço clandestino. Nossos homens foram para lá, mas não existe nada no local.

– E agora? – Paul questionou Robert sem ceder em sua postura nem um segundo.

– Como você ficou sabendo? – Robert devolveu intimidando o cunhado.

Este piscou e vacilou. Seus olhos desviaram e ele deu dois passos para trás.

– Ela acabou de me ligar – revelou.

– Tanya ligou para você? – não consegui me controlar.

Outra vez a campainha tocou. Estávamos todos tensos.

– É Abby – Dean nos tranquilizou saindo para abrir a porta. – Ela enviou uma mensagem avisando.

– O que Tanya queria? – Robert voltou sua atenção para Paul, que continuava inquieto.

– Queria avisar o que tinha acontecido. Disse que quando você quiser conversar ela estará à disposição.

– Filha da puta! – Robert esbravejou e começou a andar de um lado para o outro. – Precisamos encontrar uma saída.

– Ou um culpado! – Abby entrou na sala chamando a atenção. – Tanya está jogando contra você porque sabe o quanto este contrato é importante. Ela quer alguma coisa em troca da solução.

– O que seria? – questionei minha amiga acreditando que ela tivesse a resposta.

– Com certeza é alguma coisa relacionada a você, Melissa! – Ela me olhou de uma forma estranha.

Paul mantinha os olhos baixos, mas falou alto o suficiente para que todos prestassem atenção nele.

– Abgail tem razão. Tanya vai acusar Melissa e ela tem como fazer isso.

Senti os olhos de Robert em mim. Meu coração disparou, mas mantive a calma, encarando Paul enquanto o aguardava falar.

– Você retirou a planta original do cofre, roubou as ações, voltou assumindo tudo. Teoricamente, está buscando vingança!

Entendi o que ele dizia. Tanya já tinha prometido isso. Eu apenas não tinha pensado que seria desta forma. Ela sabia o que fazia o tempo todo. Aguardou o momento certo para agir e deu o golpe mortal. Não olhei para Robert, eu não queria fraquejar. Era importante continuar a procurar uma saída e, se eu fosse fraca naquela hora, ele não conseguiria manter o foco.

– Abby disse que ela provavelmente quer alguma coisa em troca. Foi assim que fez da outra vez, ameaçou Robert para que eu me afastasse, então tenho motivos óbvios para acreditar que ela vai manter este padrão.

– Melissa, não! – A voz de Robert estava firme, mesmo assim eu sabia o quanto de desespero ele guardava.

– Robert, ela quer conversar. – Me arrisquei a encarar o meu amante. – Antes de qualquer coisa, precisamos saber o que ela quer, só depois poderemos traçar um plano.

Ele me olhou mantendo a postura, apesar da sua respiração estar acelerada, seus olhos me diziam o quanto havia de medo.

– Certo. Eu tenho apenas trinta minutos. Eles vão mandar um carro para me buscar. – Engoli em seco.

– Vamos ouvir o que ela quer em troca. Tanya não é burra e não joga com a emoção. Sabe que, se deu esta cartada, existe uma forma de reverter a situação, pois não colocaria em risco a sua, fortuna – afirmei sentindo que não aguentaria segurar por tanto tempo uma tensão que gritava para extravasar em meu corpo.

– Vamos ficar atentos! – Dean assumiu a conversa. – Não podemos ficar reunidos aqui. Abby é minha amiga e tem esta desculpa, mas Paul não tem motivos para estar aqui e isso pode chamar a atenção da sua irmã para nosso grupo, então vamos fazer o seguinte...

Ele começou a traçar um plano para o tempo em que precisaríamos aguardar a volta de Robert. Eu ouvia, assimilava, mas não conseguia reagir a nada. Meu amante ainda me olhava segurando o seu desespero. Eu não podia acreditar que Tanya nos separaria mais uma vez.

– Eu vou ligar para ela – Robert quebrou o clima. – Preciso me preparar para o que vou dizer ao Conselho.

– Ficarei atento e, por favor, me avisem sobre o que ficou decidido.

Paul se adiantou para deixar a sala, mas parou a minha frente, parecia querer dizer algo, mas desistiu e apenas acenou com a cabeça, deixando o recinto logo em seguida.

– O que o pessoal lá em Chicago tem para dizer? – Abby iniciou uma conversa com Dean.

Eu não quis ficar para dar continuidade. Estava exausta.

– Eu vou... – Indiquei com o dedo o caminho para o apartamento em que eu ocupava junto com meu amante.

Dean me lançou um olhar preocupado. Tentei sorrir. Tentei.

– Eu estou bem, só me mantenha informada.

– Certo. – Ele continuou com aquele olhar que começava a me aborrecer.

Saí sem aguardar por Robert e, pelo que pude perceber, ele não me seguiu. Melhor assim. Eu precisava de ar. Precisava andar pelo quarto, já que este seria o meu único espaço, e também tinha que me desesperar e voltar a me equilibrar, só assim conseguiria ser forte o suficiente para estar ao seu lado.

Não sei dizer quanto tempo fiquei que nem uma louca, andando de um lado para o outro e deixando o meu corpo tremer em desespero. Trancada no banheiro, eu chorei o meu medo. Paul tinha razão, Tanya poderia facilmente provar que eu fui a responsável pela troca das plantas. Eu seria presa, condenada e horrorizada pela sociedade. Meu pai e minha mãe ficariam decepcionados. Robert seria exposto e com isso a sua família também. Meu Deus!

– Melissa? – Uma batida fraca na porta me tirou do transe. Robert estava lá. – Está tudo bem?

Respirei fundo decidida a ajudá-lo. Se ele tinha que decidir, era importante que soubesse que eu estaria de acordo, que o apoiava independente do que fosse acontecer.

– Estou bem! Já vou sair. – Mantive a voz tranquila.

Molhei um pouco o rosto. Precisava de um banho, mas o tempo dele era curto então eu teria que sair logo para enfrentar o nosso problema. Depois de conferir a minha imagem no espelho, respirei fundo e abri a porta. Ele me olhava com cautela, aguardando pelo momento em que eu desabaria.

– Ligou para Tanya?

Passei por meu amante e caminhei até a cama onde sentei aguardando pela sua resposta.

– Não.

Ele piscou, hesitou um pouco e depois caminhou sentando de frente para mim.

– Vou ligar antes de chegar ao local da reunião.

– Ok!

Eu estava cansada demais e precisava dormir um pouco, no entanto, sabia que não conseguiria.

– Mel, vai dar tudo certo!

– Eu sei. – Me apressei a segurar a sua mão, mas sem me atrever a olhá-lo – Eu sei. Confio em você, Robert! Sei que vamos achar uma solução.

Ele ficou em silêncio aguardando por mim, mas, como nada falei, ele se adiantou.

– Tenho pouco tempo. Logo alguém vai chegar para me buscar.

Continuei olhando para nossas mãos, sem coragem para dizer alguma coisa e com medo do que ele me diria. Porque eu sabia aonde chegaríamos. Tanya havia conseguido nos dar um golpe forte e, assim, estávamos, mesmo que temporariamente, nas mãos dela. Era assustador e angustiante. Meu coração acelerava a cada segundo que se estendia lentamente enquanto Robert continuava em silêncio, evitando dizer o que nós dois sabíamos que seria necessário.

– Antes de ligar para Tanya, eu quero... – Senti sua mão fria se apertar à minha.

Era o momento, eu podia sentir.

– Mel eu preciso te dizer uma coisa, na verdade, eu preciso te pedir uma coisa.

O breve segundo que se passou após esta fala esmagou o meu coração. Eu sabia que a separação era necessária, mas não podia evitar a decepção por ter lutado tanto, por ter traçado um plano que julgava ser impecável e por simplesmente saber que seria muito egoísmo da minha parte não aceitar, tomar uma atitude infantil e bater pé firme de que não me afastaria, mesmo entendendo que estávamos mais perto do que nunca.

Insistir em ficar, em não atender às exigências de Tanya, não era apenas assumir os riscos para mim ou para Robert, era virar as costas para Abby, Nicole, Bruno, Olivia e até mesmo Paul. Era não me importar com o que seria para o grupo C&H Medical Systems caso todos os escândalos viessem à tona. Sim, porque era apenas uma questão de tempo. A minha história desencadearia o desenterrar de muitas outras, até que não restasse mais pedra sobre pedra.

Mesmo assim, mesmo tendo toda esta consciência, ouvir da boca de Robert que o melhor seria eu me afastar doía mais do que eu imaginava. Saber que eu teria que continuar seguindo com toda a minha mentira me sufocava. Minha barriga cresceria, meu filho seguiria se desenvolvendo sem que ele estivesse ao meu lado e, pior, sem que soubesse da sua existência. Enquanto Tanya continuasse com cartas para jogar, esta parte da minha vida deveria continuar escondida.

Tive coragem para encará-lo. Enxergar o seu sofrimento, a insegurança que seus olhos me passavam, apenas confirmou todo o meu temor. Respirei fundo, pois precisava ser forte. Nosso relacionamento não poderia ter um elo frágil e Robert precisava da minha força para continuar.

– O que você quiser.

Mantive o olhar dando-lhe a certeza de que eu aguentaria e cumpriria com as minhas obrigações naquele jogo.

– Eu vou aceitar o que Tanya pedir.

Concordei, sentindo que as lágrimas se formavam, mesmo assim, lutei contra elas.

– Você sabe que estamos a um passo de acabar com tudo isso, então precisamos fazer com que ela acredite que está dando as cartas.

– Eu sei. Você está certo.

– Mel, eu preciso que você me diga...

Outra vez ele hesitou, seus olhos me queimaram em expectativa.

– Prometa que você não vai embora, que independente do que Tanya vá fazer, nós vamos ficar juntos. Eu não quero que você vá!

Meu mundo parou de girar durante aquele longo segundo.

Sem conseguir conter a emoção, pulei em seu colo e rompi em lágrimas. Não dava para ignorar o alívio em meu coração, mesmo entendendo que seria arriscar demais. Não sabíamos se Tanya havia descoberto que estávamos juntos ou se estava apenas tentando me tirar de uma vez por todas do seu caminho. O fato era que, ter Robert Carter, o homem da minha vida, me pedindo para não ir embora era o suficiente para que eu esquecesse qualquer golpe de consciência.

– Mel!

Sua voz estava repleta de emoção, porém eu sabia que Robert jamais a expressaria. Ele era o CEO, o chefe e guia e, como tal, precisava estar sempre acima dos seus sentimentos, mesmo depois de me pedir, muito apaixonadamente, para ficar.

Ah, eu o amava tanto!

– Vai ficar tudo bem, meu amor.

Envolveu-me em seus braços e beijou o topo da minha cabeça.

Pouco me importava se ali, naquele momento, eu fosse uma menina frágil em seus braços, se ele precisaria me acalentar e embalar como a uma criança e repetir centenas de vezes que tudo ficaria bem. Eu não me importava. Porque estava imensamente, absurdamente e egoisticamente feliz. Sentindo-me amada, completa e segura, e era assim que eu queria ficar, mesmo que Tanya estivesse em algum lugar, espreitando, aguardando uma forma de nos ferir. Nada importava. Nós seríamos fortes.

– Mel, olhe para mim.

Funguei forçando-me a encarar aquelas íris cinza que seriam capazes de me consumir em segundos. Ele sorriu e limpou minhas lágrimas, mas elas insistiam em cair.

– Confie em mim. Resista, seja firme e deixe que o resto eu resolvo, ok?

Concordei com a cabeça.

– Eu te amo!

Tentei responder. Juro que eu queria abrir a boca e dizer com a voz clara e limpa que o amava mais do que a mim mesma, como acontecia nos filmes românticos. Só que o máximo que consegui fazer foi chorar ainda mais, soluçando e deixando-me envolver por seus braços mais uma vez.

– Eu preciso ir embora, Melissa, mas não posso deixar você assim. Olha, por que não fica um pouco com Abby ou Dean?

Tudo bem. Robert sugerir que eu ficasse com Dean significava que ele estava mesmo preocupado comigo, e sejamos francos, ele não precisava daquilo naquele momento. Estávamos prestes a sucumbir, sem saber que rumo levaria aquela reunião, então estar com a cabeça ocupada com o meu comportamento era tudo o que não poderia acontecer.

Sequei as lágrimas e engoli o choro. Eu estava feliz, não estava? Não precisaria ir embora, ou, pelo menos, tinha a certeza de que não nos separaríamos, sem contar que Tanya ainda não havia feito as suas exigências então esta seria outra parte complicada para vivenciarmos. Eu precisava ser forte.

– Eu estou bem. – Sorri mesmo sabendo que não o convenceria. – Só preciso... Tomar um banho. Acho que vou ler um pouco enquanto aguardo por você. Apenas isso.

Ele demorou me observando, mas acabou concordando.

– Eu tenho mesmo que ir. Quero falar com Tanya antes de encarar o ministro.

Ele hesitou outra vez, conferindo se estava mesmo tudo bem comigo, depois me beijou com carinho. Correspondi ao beijo, como não podia deixar de ser.

Mas Robert foi embora e com ele levou toda a minha coragem.

***

– Melissa?

Olhei para fora do banheiro e encontrei Abby parada na entrada do quarto.

– Abby? Aconteceu alguma coisa? – Saí encarando minha amiga.

Meu coração estava tão sensível que disparou só pela presença da minha amiga ali. De repente senti frio e fechei um pouco mais o roupão em meu corpo.

– Não. – Ela sorriu sem muito ânimo. – Não, não aconteceu nada. Eu só queria saber como você estava. Dean e Carol estão rastreando Robert e acompanhando a conversa dele com Tanya. Da mesma forma, vamos conseguir ouvir a conversa com o pessoal do conselho.

– Ok! – Respirei aliviada. – Estou bem, só um pouco cansada.

– Imagino. – Ela andou até a cama e sentou na ponta encarando por um tempo os lençóis. – E o bebê?

– Tudo bem. – Sorri. – Ele é muito forte!

– Pois é.

Finalmente minha amiga sorriu de verdade, como há muito eu não via.

– Tem que ser mesmo muito forte para aguentar isso tudo.

– Você aguentou muito mais do que nós dois juntos.

Seu sorriso se desfez e ela passou a mão nos lençóis e ficou olhando para eles.

– Verdade. Mas graças a Deus estamos chegando ao fim.

– Abby. – Respirei fundo.

Precisávamos ter aquela conversa o quanto antes. Ali a minha frente estava Abgail, a minha amiga, e não a secretária fria e calculista que buscava vingança e passava por cima de todos para conseguir seus objetivos.

– Por que você me fez aquele pedido hoje mais cedo, no restaurante?

Ela riu levemente.

– Porque eu sei, e você também sabe, que se Robert descobrir este filho, tudo vai mudar. Da mesma forma, nós duas sabemos que nossas chances estão se findando. Adam só vai cair em nossas mãos se for através de você, da mesma forma que Tanya só vai ser despistada se Robert não estiver envolvido.

– Ok, mas é que me pareceu...

Olhei minha amiga ainda em dúvida se deveria continuar com a conversa. Era melhor irmos até o fim.

– Pensei que você estivesse mais envolvida com Adam – continuei.

– Adam é um cretino, Melissa!

A forma como Abby me cortou me fez estremecer. Havia muito mais naquela história do que qualquer pessoa havia me contado.

– Mas você gosta dele.

Ela balançou a cabeça e desviou o olhar.

– Não gosta?

– Eu precisei dele para conseguir chegar até aqui. Adam nem imagina que tudo o que fiz, tudo o que fui capaz de fazer, possuía apenas um objetivo.

– Destruir Tanya.

– Não apenas ela, mas todos os que decidiram seguir o seu caminho.

– Eu não entendo, Abby. Adam é mau-caráter, roubou a empresa, preferiu estar do lado de Tanya mesmo sabendo de tudo o que ela fez com a mãe dele, mas ele não tem nada a ver com a sua história, então...

– Ele tem a ver com histórias como a minha.

Demorei para entender, mas entendi, e quando aconteceu pensei que não conseguiria sustentar o olhar. Deus! Adam... Não era possível!

– Abby... Eu... Nem sei o que dizer.

Passei a mão na testa sem coragem de encarar a minha amiga.

– Certo, Melissa. Esta conversa será ótima para nós duas porque assim você vai entender o porquê de Robert não querer Adam perto de você e o que deve esperar para o encontro de vocês.

Fiquei visivelmente assustada. O que eu poderia fazer? Era impossível não ficar assim.

– Adam é um sádico. Aquela cara de idiota, que passa a ideia de cachorrinho de madame, apenas esconde a verdadeira face de um monstro.

– Ele...

Engoli em seco com medo de falar em voz alta o que se passava em minha mente.

– Ele é um estuprador, se é isso o que você quer perguntar. Mas ainda não conseguiu se livrar de algumas amarras que estão prestes a se romper.

– Como assim?

– Ele tem medo de ser pego, ou identificado. Está construindo um império, como acredita ser, e não quer ser condenado à morte sem poder desfrutar de tudo o que está juntando. Este é o único ponto que ainda não o fez assumir a sua verdadeira personalidade.

– Eu não entendo...

– Adam gosta de machucar, de humilhar suas "vítimas". – Ela sorriu triste. – Ele paga para conseguir sexo desta forma. Ou, às vezes, encontra quem concorde em fazer como ele gosta.

Puta merda! Puta merda! Puta merda! Abby! Eu quase não conseguia respirar.

– Exatamente isso. Para conseguir entrar na vida de Adam, eu precisei aceitar entrar em seu mundo e posso garantir, não é nada comparado a qualquer coisa que você já tenha experimentado.

– Abby! – Uma lágrima rolou sem que eu conseguisse controlá-la.

– Não sinta pena de mim, Melissa. Eu vivi coisas piores e sem meu consentimento. Com Adam pelo menos sei que é por um bem maior. Pelo menos sei que no final o mundo estará livre de pessoas como ele e Tanya.

Tentei concordar com a cabeça, mas acabei chorando ainda mais.

– Eu pensei que ele fosse um idiota, um canalha, um cretino, mas... isso? Abby, não é certo. Nós não podemos continuar com isso.

– Oh, não, Melissa! Isso acaba com você. Não entendeu? Eu tenho muitas provas contra Adam. Tenho como mostrar ao mundo o que ele é capaz de fazer, mas ele tem o mais importante, a informação que pode livrar Robert deste inferno. Adam está obcecado por você. Você é esta pequena amarra que falta para ele deixar o monstro vir à tona e é por isso que Robert não quer aceitar. Adam não quer apenas a garota do chefe, ele quer do jeito dele e sem o seu consentimento, entendeu?

Meu sangue gelou imediatamente. Merda! No que eu estava me metendo? Como poderia dar continuidade ao plano? Como ficaria ao lado de um monstro como Adam e não entraria em pânico sabendo o que ele pretendia comigo?

– Não tenha medo. – Ela segurou em minha mão e forçou o nosso olhar. – Eu estarei lá. Todos nós estaremos, mas apenas você terá a chance de vingar todas as pessoas que sofreram com ele.

– Eu? Ele quer me violentar, Abby. Como posso conseguir vingar qualquer pessoa se meu único desejo é ficar longe dele?

– Simples. Eu tenho um plano e, se tudo der certo, Adam nunca mais vai esquecer a noite em que colocar as mãos em você.

Ela sorriu e neste momento eu pude entender que Abby também tinha uma dose de monstro em sua personalidade, assim como eu, Robert, Tanya, Paul... Todos tínhamos uma porção ruim, uma que gritava para explodir, para agir, eu só não sabia até quando aquilo tudo poderia ser considerado saudável. Se é que poderíamos chamar de saudável. A única coisa que eu sabia era que Abby tinha um plano, eu iria cumpri-lo e vingá-la.

CAPÍTULO 38

Assim que fechei a porta do apartamento, senti todo o peso do mundo em minhas costas. Provavelmente Melissa sabia o valor que nos custaria aquela decisão, mas ela não fazia ideia do quanto Tanya poderia nos destruir. Era importante ter cautela, jogar da forma certa e deixá-la acreditar que estava por cima. Enquanto isso, nós continuaríamos com o plano.

Amaldiçoei minha consciência, pois me alertava que a atuação da minha amante em seu encontro com Adam seria a nossa cartada mais importante. Dependíamos disso para continuar à frente e principalmente para derrotarmos de uma vez por todas a minha esposa.

Droga, como eu precisava daquilo!

Saquei o celular e liguei para Tanya. Era melhor definirmos logo como seria. Eu queria saber o que ela pretendia e quais eram as suas condições. O elevador chegou, eu entrei ainda aguardando, por que inferno ela não atendia já que estava me esperando?

– Você demorou desta vez.

A voz dela, carregada de segurança e ironia me fez fechar a mão em punho. A infeliz sabia que estava no comando, mas ela não perdia por esperar.

– Tenho pouco tempo. Logo alguém chegará para me buscar e eu preciso saber exatamente o que você pretende com isso tudo.

– Você tem duas escolhas, Robert. Podemos deixar rolar e logo vão descobrir que sua amante roubou as suas ações e, como vingança, trocou as plantas. Isso pode valer a vida dela, sem contar que não vai demorar para que todo o grupo fique exposto. Quando Melissa cair, levará todo mundo junto.

– O que inclui você!

– Será?

Ficamos em silêncio por poucos segundos, mas que pareceram uma eternidade.

– O que você quer?

– Quero Melissa longe! – Foi taxativa.

Meu coração acelerou de uma forma estranha. Tanya pedia tudo o que eu não podia dar. Respirei fundo e ri, tentando ser sarcástico.

– Você sabe que Melissa não é mais minha amante. Ela pode me amar ainda, ou desejar como faz questão de rebater, mas não me quer mais ao seu lado. Além do mais, o que posso fazer? Dizer para ela ir embora? Melissa é maior de idade, é casada e cabeça-dura pra caralho! Sem contar que provavelmente ela vai escolher arrastar todo mundo nesta merda!

– Ela ainda tem as ações e desta vez foi por uma escolha sua.

Ok, outro golpe. Se eu entregasse aquelas ações a Tanya, estava tudo perdido.

– Você sabe que eu vou preferir te matar a entregar estas ações em suas mãos, não é?

Ela riu divertida.

– Bom, este não é o meu plano... Por enquanto.

– E o que você quer?

– Quero que ela te devolva as ações.

Parei surpreso. A porta do elevador abriu e mesmo assim demorei para entender que deveria sair. Tanya queria que eu voltasse a ser o acionista majoritário? Por quê?

– Você deve ter um motivo muito forte para querer que eu volte a ser o dono de tudo.

Saí para o saguão percebendo que o avançar das horas deixava o local quase que deserto.

– Eu tenho, pode acreditar!

Merda! Dava para arriscar?

– Posso conseguir isso.

Andei até a sala de espera.

– Ótimo! Segunda exigência: quero Melissa longe das minhas empresas. Quero que a demita. Nenhum cargo em nenhuma das empresas.

Esse seria um golpe forte para minha amante, mas daria para resolver tão logo Tanya estivesse sob controle.

– Assim que voltarmos de viagem...

– Hoje! Carol também. Se você quer ter amantes, que seja longe do meu patrimônio. Quero as duas longe! Nicole pode providenciar tudo, basta ter um pedido seu.

Mesmo contrariado, não dava para bater de frente com Tanya. Não naquele momento. Eu só esperava que a saída da Carol não prejudicasse muito o plano.

– Tudo bem. O que você vai me dar em troca? A denúncia já foi feita e não dá para enganá-los. Eu preciso de uma saída.

Mais uma vez ela riu, deixando-me furioso.

– Posso entregar o responsável pela troca das plantas e também pelo golpe das doações. É só apresentarmos à polícia, demonstrar interesse em eliminar o sujeito e a confiança será restabelecida. Podemos, inclusive, acusá-lo de terrorismo, sem contar que foi a mesma pessoa quem denunciou o grupo para o governo, outra forma de ameaça. Vai dar tudo certo.

– Você vai mesmo se entregar?

Ela riu com vontade. Eu estava intrigado demais e sem muita confiança, por isso brinquei, como se quisesse demonstrar que não estava tão desesperado.

– Boa tentativa, Robert.

– Quando terei estas informações? Tenho pouco tempo agora.

Olhei para fora conferindo o movimento.

– Ainda não fiz a minha quarta e mais importante exigência.

Gelei. Eu sabia o que vinha pela frente e confesso que era tudo o que eu menos desejava.

– Tudo o que pediu pode ser considerado como mais do que merecia, já que com isso eu vou salvar a sua cara também.

– Não tenho medo da cadeia, Robert. Vai ser divertido saber que até isso viveremos juntos.

– Vai ser divertido saber que só desta forma eu vou me livrar de você.

O clima ficou tenso. Praguejei mil vezes por não poder confrontá-la. Não era a hora.

– O que você ainda acha que tem direito de exigir?

– O nosso acordo ainda está em vigor. Em poucos dias, nosso divórcio sai e com isso você terá a sua paz.

Eu queria gritar e atirar o celular longe, mas me contive. Puta que pariu!

– Exatamente o que eu menos desejo.

– Você também não quer este casamento, sejamos francos. Chega a ser ridículo vivermos juntos enquanto transamos com outras pessoas e não nos suportamos.

As palavras saíam com a raiva que eu sentia. Tanya estava calma, da forma correta para jogar.

– Deixe isso acabar, Tanya. Eu não tenho a merda da senha e você já sabe disso.

– Não vai acabar – disse com muita tranquilidade e segurança. – Eu tenho muito mais a perder se deixar este acordo continuar.

– Você vai receber metade de toda a minha fortuna. Tudo o que eu construí a minha vida toda, não é suficiente?

– Não!

Puta que pariu! Eu não podia. Não dava para ceder, para deixar que aquele inferno continuasse, se estendesse. Não podia deixar que ela ganhasse mais tempo. Merda! Eu não podia fazer aquilo com Melissa. Ela não suportaria por mais tempo, eu não suportaria. Tinha que ter um fim.

– Eu não aceito!

– Tudo bem. Boa sorte com Melissa. Ela pode não ser mais a sua amante, pode usá-lo e desprezá-lo, pode ser feliz naquele casamento meia-boca, mas e você? Será que será forte o suficiente para vê-la ser condenada à morte? Será que este amor que sente, que é capaz de fazer você se humilhar, que derrota o tão poderoso Carter, é capaz de suportar assistir à sua amada definhar em uma prisão? Eu ouvi dizer que muitos casos de terror são encomendados para quem precisa passar uma vida em uma cadeia.

Cerrei os dentes. Eu tinha a certeza de que conseguiria pegar Tanya, que estava muito próximo e que, muito provavelmente, nada daquele sofrimento seria necessário, mas o pavor do incerto me cercava. E se não desse certo? E se Melissa precisasse passar por situações mais complicadas do que enfrentar Adam Simpson enquanto eu ainda procurava pelas provas?

Ser preso, passar a vida condenado, ver as minhas empresas virarem pó, nada disso me causava mais pânico do que o cenário que Tanya me descrevia. Melissa não merecia nem a ideia daquilo tudo. Não era justo. Ninguém precisava ser condenado pelos meus erros, ou pelos de Tanya.

– Tudo bem, Tanya. Quais são as condições?

– No seu e-mail tem um documento que cancela o acordo antigo. Um novo será estabelecido quando você voltar. Abgail pode providenciar o que você vai precisar e a sua assinatura eletrônica serve. É só enviar para Frank que amanhã teremos um acordo.

– E quanto ao que eu preciso?

– Assim que eu receber o documento assinado, a confirmação da devolução das ações e as demissões, você as terá. É melhor começar a agir, seu tempo realmente é curto.

Olhei para a recepção e vi um homem alto, forte, trajando um terno de bom corte, da maneira oriental, é bem verdade, mas que impunha respeito e segurança. Só podia ser ele. Confirmei quando o recepcionista apontou em minha direção.

– Eles chegaram. Preciso desligar.

Olhei mais uma vez para o homem de terno escuro que se aproximava de mim. Eu ainda precisava que Abby me ajudasse com os papéis que Tanya exigia antes de chegar até a fatídica reunião.

– Senhor Carter?

– Sim. Robert Carter.

Ele me avaliou por alguns segundos e eu não consegui decifrar o que se passava por sua cabeça.

– Por aqui, por favor... – E indicou o caminho da saída do hotel.

Passamos pelo saguão, pela porta giratória e encontramos um carro grande, alto e preto, com os vidros totalmente negros. Mais dois homens nos aguardavam, provavelmente eram seguranças. Ele abriu a porta para mim, dando-me passagem para o interior escuro. Assim que entrei, tratei de trocar os aparelhos de celular. O que Dean havia me dado estava no mesmo bolso, mas eu não podia deixar que o homem ao meu lado notasse este detalhe. Rapidamente digitei uma mensagem para minha secretária.

Preciso de você. Tanya enviou um documento para o meu e-mail. Você precisa colocar a minha assinatura eletrônica. Não conte nada a Melissa. Também preciso que redija um documento onde ela me devolve as ações da empresa, mas consiga fazer como um contrato de compra e venda e faça uma transferência para a conta de Melissa, uma que seja o suficiente para mantê-la bem até isso tudo acabar. Ela precisa saber apenas que está me devolvendo as ações, a parte do dinheiro você deixa comigo, será mais fácil para resolver. Depois mande os dois documentos para o e-mail de Frank e isso tem que ser agora. Peça para Dean forjar uma conversa para este acordo, uma que faça com que Tanya acredite que tive que negociar com Melissa.

Enviei me certificando de que ela havia recebido a mensagem, o que me deixou mais aliviado. Ainda faltava uma parte e só Nicole poderia me ajudar. Respirei fundo sabendo que não seria nada fácil com a minha irmã.

Preciso que demita Melissa e Carol. É agora. Não dá para explicar, então seja boazinha e faça o que eu estou mandando. Amanhã nenhuma das duas deve fazer mais parte da nossa folha de pagamento. Mande uma cópia da carta de demissão para Frank.

Enquanto digitava, senti o aparelho vibrar indicando a chegada de outra mensagem. Olhei para fora do carro, fingindo não ser nada de tão importante. A rua não estava deserta, mesmo com o avançar das horas, mas não poderíamos comparar a Nova York, por exemplo. Suspirei, demonstrando falta de interesse, e voltei ao meu aparelho.

Já estamos providenciando tudo. Dean conseguiu interceptar a sua ligação e nós acompanhamos toda a conversa. Estamos com quase tudo pronto.

Ótimo! Nunca em toda a minha vida me senti tão grato por ser vigiado. Verdade seja dita, Dean era mesmo muito bom no que fazia e este detalhe me deixou esperançoso. Só esperava que eles conseguissem fazer todo o processo antes de eu entrar na tal reunião. Seria péssimo não ter o que responder ou nenhum plano bolado.

Voltei a olhar para fora. Minha cabeça girava em diversos ângulos. Como Melissa receberia aquele novo acordo? Eu sabia que ela era forte o suficiente para me dizer que aceitaria já que era por um bem maior e eu, na verdade, estava me sacrificando por ela também, mas saber que, mesmo temporariamente, eu não a faria feliz, não poderia lhe dar a felicidade e paz que tanto prometi, arrasava-me por dentro. E quanto a tudo o que sonhamos? E a família que construiríamos? Tudo precisaria ser adiado, mas até quando?

Meu celular voltou a vibrar.

Mensagens enviadas. Dean rastreou o e-mail de Frank e ele já as recebeu. Agora é aguardar.

Mas eu não podia esperar tanto. Arrisquei a segurança daquela transação, destroquei os aparelhos e liguei para Tanya, rezando internamente para que Dean tivesse conseguido forjar a conversa.

– Você foi bem rápido – ela disse com a voz calma e segura.

– Sim. Digamos que não gosto de perder tempo.

– E Melissa não prefere perdê-lo com um processo ou na cadeia.

Ok, a conversa forjada deu certo. Pelo visto, Tanya acreditava que Melissa concordou com o processo por medo de ser incriminada.

– Vamos ao que interessa.

Olhei discretamente para o lado, ciente de que o homem responsável pela minha presença naquela reunião estava alerta a todos os meus passos.

– No seu e-mail, Robert.

Ótimo! Assim Dean também teria uma ideia do que Tanya pretendia.

– Certo. – E desliguei sem aguardar por mais nada.

O carro passou por uma infinidade de grades pintadas de branco, que revelavam um extenso jardim e, ao fundo, uma casa também branca, muito grande e no estilo colonial, como sempre eram as residências de pessoas envolvidas com política, assim eu pensava. Vários seguranças caminhavam sem pressa pelo gramado enquanto entrávamos e seguíamos um caminho de pedras. Pelas janelas da casa eu podia perceber o pouco movimento do lado de dentro, assim como a pouca luminosidade.

O carro parou no exato momento em que decidi acessar meu e-mail. Realmente existia uma nova mensagem de Tanya, com dois anexos. Saí do carro, acompanhando o tal homem que não havia se identificado. Ele caminhava de maneira mais relaxada e, à medida que avançava, os seguranças abriam passagem se afastando um pouco, mas sem tirar os olhos de mim. Tive vontade de rir, mas preferi conferir o e-mail.

Faça bom uso.

Era só o que dizia a mensagem. Ainda intrigado, cliquei no primeiro anexo. Era uma pasta que continha quatorze fotos. Ampliei a primeira e... Puta que pariu! O que Tanya pretendia com aquilo?

***

O elevador abriu as portas indicando que eu estava em território amigo. Eu estava exausto, confuso e com muita coisa para resolver. Tudo indicava que não poderia descansar tão cedo. Mesmo assim, senti-me renovado. As solicitações foram encaminhadas. Com as provas que Tanya enviou ficou muito mais fácil convencer o ministro de que estávamos sofrendo um ataque terrorista, ou que éramos vítimas de uma pessoa que apenas queria se vingar por causa da ganância, já que conseguimos descobrir a sua participação no roubo das doações.

Por esta ninguém esperava.

Abri a porta do apartamento, mas não fui para o quarto, precisava encontrar o pessoal e saber em que pé estavam as coisas. A reunião com o conselho foi apenas a ponta do iceberg, havia muito ainda a se fazer. Inclusive o nosso encontro na fábrica, para assegurar-lhes que nada mais poderia dar errado. Assim eu esperava, porém, se Tanya fazia daquela forma, eu podia acreditar que estávamos seguros.

Encontrei Dean, Carol, Abby e Paul aguardando por mim. Não quis questionar se aquela reunião era segura. Já estava mais do que convencido de que Dean não brincava em serviço, então era melhor deixar que ele fizesse o trabalho dele sem a minha interferência. Mas Melissa não estava entre eles. O que estava acontecendo?

– E Melissa?

– Dormiu – Carol respondeu sem se importar muito com o fato. Ela estava bastante concentrada em seu notebook.

– Abby ficou com ela por um tempo, mas Melissa estava muito cansada e acabou dormindo.

Dean veio até mim.

– Deu tudo certo. Consegui um contato na polícia que vai averiguar a legitimidade das provas, mas precisamos ser rápidos. Melissa terá que se encontrar com Adam antes de eles colocarem as mãos nele.

Engoli em seco. Era necessário.

– Vocês vão voltar antes?

Continuei me convencendo de que era importante aceitar que ela faria tudo sem mim.

– Não! Vamos manter o plano. Logo cedo partiremos para o SPA. Tanya vai achar que preferimos assim porque Melissa ficou muito abalada, ou qualquer coisa do tipo. Você conseguiu ler o arquivo que enviamos com a conversa que eu forjei?

– Consegui. Ficou ótimo e deu para enrolar Tanya. Ela caiu na conversa.

– Ótimo! – Olhei para Paul, ele se mantinha calmo.

– Vamos fazer a coisa certa. Se Adam é mesmo o responsável deve pagar pelos seus crimes, já que não podemos incriminá-lo pelos outros.

Abby me olhou séria e por um segundo acreditei que aquilo lhe causava dor. Nós dois sabíamos do que Adam era capaz.

– Tanya é a responsável por estes crimes, Adam é apenas o seu empregado, o que faz o trabalho sujo – Paul se manifestou.

Ele não fazia ideia do que Adam Simpson era capaz.

– Sim, ela é, mas não temos como fazer de outra forma agora. Colocar Adam na cadeia antes de Tanya não vai mudar os nossos planos. Só que precisamos colocar as mãos nele primeiro.

Abby levantou e se aproximou.

– Tomara que Melissa consiga. Que bom que deu tudo certo.

Sua mão pousou no meu ombro. Uma aproximação que há muito ela não tentava.

– Está seguro para sairmos. Tom está controlando as câmeras deste andar. É melhor deitarmos agora já que se aproxima a hora de estarmos na ativa outra vez.

– Será melhor.

Dean se afastou e foi ficar perto da namorada.

– Carol vai ficar, até porque assim chamaremos menos atenção e também conseguiremos mantê-lo mais seguro e atualizado.

Concordei com a cabeça, sentindo meu corpo pesar.

– Tudo bem. Vejo vocês em algumas horas.

Todos começaram a se encaminhar para seus aposentos. Virei para o corredor, o mesmo que Dean e Carol seguiam, e tratei de encarar logo de uma vez o problema que seria com Melissa. Se eles cumpriram com o que eu mandei, minha amante nada sabia a respeito do fim do meu acordo com Tanya.

Entrei no quarto, dominado pela penumbra, e identifiquei seu corpo pequeno envolto nos lençóis finos que cumpriam perfeitamente o seu papel de torná-la ainda mais desejável. Puta que pariu, como eu podia pensar em sexo estando tão fodido mentalmente? O ar-condicionado fazia um zumbido suave e os outros barulhos eram apenas o som da noite.

Pensei um milhão de vezes que poderia deixar aquela conversa para depois. Com certeza Melissa dormia vencida pelo cansaço, se não do corpo, da mente. Não me parecia muito justo acordá-la para tratar de assuntos tão desagradáveis. De pé, ao lado da cama, decidi tomar um banho primeiro, assim eu teria tempo para pensar exclusivamente no que poderia dizer a ela.

Não deu muito certo. O banho terminou antes mesmo que eu pudesse formular a maneira certa de iniciarmos o assunto. Eu tinha certeza de que Melissa seria forte, mas, porra, eu sabia que isso acabaria com ela. Mel era forte e decidida, no entanto, eu seria um miserável se não reconhecesse que podia decifrar perfeitamente a sua máscara e sentir a dor que aquilo tudo lhe causaria e que ela nunca seria capaz de externar pelo simples fato de não ser uma pessoa egoísta.

Coloquei apenas cueca e uma camisa sem mangas e sentei na cama perto dela. Ela dormia como um anjo. Chegava a ser profano despertá-la, mas eu precisava. As horas corriam e não dava para esperar pelos nossos últimos quinze minutos para conversar sobre tudo o que precisei fazer.

Passei a mão em seus cabelos e ela se mexeu um pouco, então acariciei seu rosto. Melissa virou de frente e abriu os olhos, encarou o teto e lentamente olhou para mim. Piscou algumas vezes, mas sorriu. Não um sorriso de felicidade, mas um que me dava segurança e força. Era a hora.

– Oi!

Notei que minha voz não estava no tom exato por isso precisei pigarrear.

– Oi.

A dela estava sonolenta, melosa e manhosa. Tive vontade de deitar em seu peito e deixar tudo para depois.

– Noite difícil – afirmou, não perguntou.

Ela já sabia de muito do que havia feito para chegar até ali.

– Muito. Precisamos conversar.

Ela se mexeu um pouco confusa e depois levantou o corpo sentando na cama.

– Melissa...

– Diga de uma vez.

Olhei minha amante e entendi. Não dava mais para fazer voltas. Era importante encararmos o problema de frente.

– Tanya revogou o acordo!

Aguardei um pouco, dando à minha amante o direito de absorver a informação. Melissa continuou séria me encarando.

– Cancelamos o acordo que me tornaria livre em alguns dias. Não sei ainda quanto tempo vai durar o próximo, mas...

– Tudo bem... – ela me cortou com a voz decidida.

– Não. Não está tudo bem, Mel! Você não precisa ser forte agora. Eu fiz uma promessa a você!

– Foi melhor assim, Robert. Tanya me entregaria à polícia e seria muito mais complicado. Não tínhamos como provar a minha inocência.

– Mesmo assim...

– Nós ainda temos uma chance.

– Eu sei! Mesmo assim, continuou com medo.

– Eu não tenho medo!

Sua voz doce preencheu o ambiente de uma maneira tão forte que por alguns segundos me permiti sorrir. Melissa era incrível!

– Do que está rindo?

– Nada, só lembrei de você fugindo pela janela para não ter que encarar Olivia. É inacreditável como pode ter medo de coisas que são fáceis de resolver e, de outras que chegam a ser estarrecedoras, você age como se fosse a mais natural de todas.

Ela sorriu também.

– As circunstâncias mudaram. – Respirei fundo com a sua afirmação.

E como haviam mudado. Em um golpe rápido da vida fomos lançados do topo para o fundo. Eu bem conhecia esta sensação e não gostaria que Melissa fosse obrigada a passar por isso, mais uma vez e mais, e mais, e mais, e mais uma infinidade de mais. Precisávamos de um fim.

– Então agora eu sou uma mulher desempregada?

– Ah, sim! Mas será por pouco tempo, eu prometo!

– Tudo bem, Robert! Ainda tenho como me manter por alguns meses.

Fez uma careta que me alertou. Ali estava a sua dor. Tanya estava minando Melissa de todas as formas.

– Vamos continuar juntos, lembra?

Tentei de alguma forma lhe mostrar que não estava sozinha. Eu ainda estaria lá por ela. Sempre. Eternamente.

– E vendi as ações por medo de ser incriminada?

Ri.

– Isso também.

– E vou precisar partir amanhã.

Sua voz ficou um tom mais baixo. Também notei que existia mais tristeza por este detalhe do que por todos os outros. Melissa era mesmo imprevisível. Quando ela se partiria em pedaços? E por que eu ainda aguardava por isso? Puxei o lençol, a levei para o lado e me deitei na cama. Puxei minha amante junto ao meu corpo. Era reconfortante tê-la em meus braços depois de momentos tão angustiantes.

– Que horas são?

– Já é tarde. Vamos dormir, em pouco tempo vou precisar estar de pé para a inspeção com o ministro. – Soltei um longo suspiro. Meu corpo estava cansado, mas minha mente ainda trabalhava freneticamente.

– Tarde quanto? – O que estava acontecendo com Melissa? Por que se importava tanto com as horas?

– Hum! Acho que... – Fiz esforço para ter uma previsão do horário em que saí do banho até aquele momento. – Duas e meia ou quarenta. Muito tarde mesmo!

– Então hoje já é amanhã? – Ficou empolgada como uma criança. Que mudança repentina.

– Vamos dormir, Mel! Você vai viajar logo cedo e eu também vou precisar enfrentar uma barra, então vamos apenas relaxar um pouco.

– Mas é um dia importante!

– Sim, é um dia importante, mas eu só conto como o dia propriamente dito, quando o sol nasce e eu preciso levantar, ok?

Eu sentia meus olhos se fechando de uma maneira impossível de contestar. Melissa deu um risinho infantil e se virou para me dar um beijo rápido e depois deitar no meu peito, acomodando-se.

Eu esperava por um pouco mais de drama. No mínimo uma conversa mais complicada. Confesso que ainda estava achando tudo muito estranho. Parecia que ela não se importava. Ou estava disfarçando muito bem, ou havia algo muito mais importante do que isso tudo para fazê-la estar tão animada. Preferi não perder muito tempo com estes pensamentos. Era necessário dormir.

– Ok! Vou aguardar até que hoje seja amanhã para você.

Ri.

***

Quando acordei, senti que meu corpo ainda não estava preparado para isso. Doía de uma maneira desconfortável e minha mente ficou um pouco confusa. Ao lembrar do motivo por eu ter descansado tão pouco senti que era atirado de volta à realidade de uma maneira descomunal. O mesmo que estar flutuando no céu e descobrir que não tem asas.

Olhei o relógio conferindo o tempo que ainda me faltava. Olhei para Melissa, que me encarava. Tentei decifrar suas expressões. Ela parecia tranquila, até alegre, mas como era possível sabendo que nos separaríamos, mesmo que temporariamente, por causa de Tanya?

– Bom dia!

Tentei parecer tranquilo também, porém eu estava ansioso, angustiado e temeroso. Algumas horas eram suficientes para mudar toda a situação. Enquanto eu dormia, Tanya agia, ou agora, quem sabe, o próprio conselho poderia simplesmente resolver me atacar.

– Bom dia.

Ela sorriu e se espreguiçou. Sorri um pouco e a puxei para meus braços.

– Que sorriso lindo! – sussurrei no ouvido dela. – Meu sonho é acordar todos os dias assim.

Ela se encolheu como uma gatinha manhosa se enroscando em mim.

– Hoje já é hoje?

Ri, roçando minhas mãos em suas costas.

– Sim, hoje já é hoje, Melissa, e nosso tempo é bem curto.

Girei nossos corpos ficando por cima dela. Melissa riu divertida. Estava muito leve, alegre como se o dia fosse realmente especial.

Como eu amava aquela mulher! A sua força, sua forma única de encarar os fatos e de me surpreender. Ela era o centro do meu universo. E sim, eu estava com a mente fodida, com os nervos à flor da pele, mas ansioso para transar, pois trepar sempre foi uma válvula de escape para colocar para fora o que eu não conseguia no meu dia a dia. Aquele era um destes momentos.

Melissa estava entregue, quente, sonolenta, sorridente, perfeita para fazer amor, mas eu queria muito mais do que tocá-la com carinho, beijá-la com suavidade. Eu queria fodê-la sem limites, levar minha amante ao extremo, fazê-la esquecer seu mundo e, por consequência, esquecer o meu. Queria simplesmente não pensar no quanto amava aquela mulher, porque lembrar daquele amor, naquele momento, era lembrar também de toda a raiva que eu sentia e do quanto eu precisaria lutar para manter Melissa ao meu lado.

Eu não precisava daquilo. Precisava apenas da sua entrega, do seu desejo, do seu prazer. Precisava dos seus gemidos, das suas súplicas, da sua forma única de me pedir para possuí-la, sem parar, sem parar, sem parar até que ela estivesse em êxtase. Só assim eu teria paz de espírito para seguir em frente.

Mas ela ainda me olhava, daquela forma doce, como uma criança esperando por um presente. O que havia de diferente em Melissa naquela manhã? Eu não soube dizer, mas havia uma suavidade que anulava a minha animosidade. Ela esperava muito mais de mim. Sem conseguir decifrar, beijei seus lábios com cuidado. Ela retribuiu, mas desfez o beijo muito antes do que eu desejava.

– Não vai dizer nada?

O quê? Eu não entendia o que ela queria. Mesmo assim não me desvencilhei.

– O que você quer que eu diga? – falei de maneira mansa, sem deixá-la fugir de mim.

Melissa me encarou por alguns segundos. Parecia querer entrar em meus pensamentos.

– Eu te amo! – arrisquei.

Ela ergueu uma sobrancelha ainda me encarando.

– Só isso? – Ela piscava visivelmente nervosa.

O que acontecia com aquela mulher? O que mais eu poderia dizer?

– Você não sabe, não é?

Como assim? O que eu não sabia?

– Do que exatamente eu não sei, Mel?

Tive medo do que poderia estar acontecendo, então desviei o olhar e beijei seu pescoço. Ela se mexeu um pouco embaixo de mim, mas não me afastou.

– Hoje é um dia importante... – ela voltou a falar ainda incomodada.

– Sim. É claro que é um dia importante. Hoje vamos saber se conseguimos ou não passar pelo aval do governo.

Ela me empurrou um pouco, fazendo-me levantar.

– Qual é o problema, Melissa?

– Você não sabe mesmo? – Sua voz ficou um pouco mais alta. Havia mágoa e irritação.

– O quê? Hoje é o nosso aniversário de namoro? É sério mesmo que você está contando meses?

– Eu não acredito, Robert Carter! Não acredito nisso!

Ela se levantou da cama e se trancou no banheiro. Pela forma como bateu a porta eu entendi que tinha pisado na bola. Mas o que ela queria? Quanto tempo tínhamos juntos? Eu deveria lembrar disso? Sério?

Puta que pariu! E eu precisava mesmo trepar e aliviar a tensão. As mulheres eram seres complicados. Não dava apenas para transarmos antes da briga? Um orgasmo cairia muito bem antes da inspeção do conselho na fábrica.

Fiquei aguardando até que ela abriu a porta e saiu pronta. Vestia um vestido curto, mas solto. Estava linda com os cabelos molhados caídos pelas costas. Seu perfume tomou conta do ambiente. Meu desejo aumentou.

– Mel?

Mas ela simplesmente saiu e bateu a porta do quarto, deixando-me para trás. Pelo visto, Melissa esperava mesmo que eu lembrasse daquela data. Droga! Não dava para pensar em tudo ao mesmo tempo. Era coisa demais e ainda precisava estar pronto, preparado para a guerra com Tanya, com o conselho, com Adam… Puta que pariu!

Levantei e preferi tomar um banho antes de qualquer coisa. Não me sentia sujo, mas precisava de um tempo embaixo d'água para organizar a minha mente. Sem contar que meu pau latejava implorando por um pouco de alívio. O jeito era aguardar até que pudéssemos estar juntos, outra vez. Não havia mais tempo.

Limpo, vestido e ainda tenso, saí do quarto. Não encontrei Melissa em nenhum lugar do nosso apartamento, então deduzi que ela estava no outro, junto com Dean e Carol. Abri a porta e fui em busca deles. Encontrei Melissa abraçada com Dean. Ok, isso não era algo que eu já havia superado. Não dava. Era muito mais forte do que eu. Parei na entrada da sala onde o café da manhã foi servido e aguardei até que eles notassem a minha presença.

– Atrapalho?

Mesmo com a presença de Carol eu não consegui me sentir mais seguro vendo-os tão íntimos. Melissa me olhou com mágoa e eu percebi que ela tinha chorado. Que droga! Precisava mesmo disso?

– Não.

Dean me olhou de uma maneira rebelde, mas largou Melissa e colocou as mãos no bolso.

– Eu estava…

– Tudo bem, Dean – Melissa o interrompeu me encarando de uma forma dura.

Mesmo assim se desfez do abraço e caminhou em minha direção.

– Tenha um bom-dia, Robert. Encontro você amanhã. Até lá.

Então, me deu um beijo nos lábios, mas era apenas uma forma de não comprar a briga. Foi frio e sem sentimento. Aliás, havia sentimento, mas eu não queria pensar nele naquele momento.

– Já comeu alguma coisa? – Foi só o que consegui falar.

Melissa estava muito estranha.

– Não. Estou sem fome. Preciso resolver algumas coisas com Paul. Ele me pediu para ajudá-lo com um presente para Nicole.

Seus olhos ficaram cheios de lágrimas contra as quais ela lutou bravamente.

– Vejo você depois... – E saiu.

– O que deu nela? – fiquei intrigado.

Carol riu e levantou as mãos.

– O que deu em você? – Dean rebateu. – Vai dizer que não sabe mesmo que dia é hoje?

Havia tanta reprovação em sua voz e em suas expressões que eu me senti constrangido.

– Não consigo acreditar. Você sabe tudo da vida de Melissa!

– Quase tudo! – Ele me cortou com um olhar que me repreendia.

– Ok, Dean, o que eu perdi?

– Sério?

– Olha, é melhor você dizer logo pois meu tempo está passando.

– Hoje é o aniversário dela!

Puta que pariu!

CAPÍTULO 39

– Tem certeza de que este é o que ela escolheria? – Paul me observava com calma.

Estava bastante concentrado em encontrar a joia perfeita para Nicole, mas tinha percebido meus olhos vermelhos, o semblante abatido e a voz baixa e desanimada.

– É complicado ter certeza sobre qualquer coisa que diga respeito a Nick.

Ele riu e concordou.

– Mas tenho certeza de que ela vai amar este.

Segurei um par de brincos de ouro branco, com pedras vermelhas, rubi. Eram lindos, delicados e cheios de personalidade, assim como minha amiga. Ela amaria com toda certeza.

– Certo, então vou levar este!

Ele retirou os brincos de minhas mãos e os depositou na pequena caixinha de veludo azul com a marca de uma das maiores e mais importantes joalherias do mundo.

– E este... – Levantou um saquinho de veludo preto e o estendeu para mim. – É para você. Feliz aniversário!

Não sei se eu não estava preparada para uma atitude como aquela partindo de Paul, ou se por Robert não ter se lembrado da data, o que era um absurdo, afinal de contas, ele se deu ao trabalho de saber o tamanho ideal das minhas calcinhas, como pôde ter esquecido de uma data tão especial como aquela? Mas o fato foi que eu caí em lágrimas, chorando tudo o que havia conseguido conter até aquele momento.

Paul ficou meio desconcertado com meu choro. Sua primeira reação foi recuar se certificando se havia feito algo de errado, contudo, logo em seguida, envolveu-me em seus braços e afagou minhas costas, como um irmão mais velho ou um amigo muito próximo.

– Ei! É seu aniversário, não era para ser um dia feliz?

Respirei fundo tentando conter a enxurrada que teimava em descer. Paul me passou um guardanapo, peguei para assoar o nariz e limpar as lágrimas. Ele me observava com cuidado, aguardando por mais choro de minha parte.

– Era sim... – Enxuguei o rosto mais uma vez e tentei sorrir. – Desculpe. É um dia feliz. Tem que ser, não é?

Sua boca formou uma linha fina enquanto me observava.

– Foi o Robert, não foi?

Pela forma como meus olhos ficaram repletos de lágrimas ele obteve a sua resposta.

– Olha, Mel, Robert é uma pessoa boa, mesmo com toda esta confusão com a minha irmã.

– Eu sei. Só que...

– Ele esqueceu – deduziu.

Concordei com um gesto de cabeça e ele suspirou pesadamente.

– Abgail sempre foi a responsável por estes lembretes e a secretária antes dela também fazia este papel.

Imediatamente lembrei dos avisos nas agendas quando comecei a trabalhar com ele. Presentes, flores, Tanya, Olivia... Droga. Eu deveria ter feito uma observação. Mesmo assim, não dava para acreditar que ele se deu ao trabalho de fazer uma cópia das chaves da minha casa, mas não se preocupou em saber a data do meu aniversário. Se eu fosse uma pessoa que não se importava com este dia, ou que até mesmo não via nada de especial, talvez não me machucasse tanto, mas, poxa! Eu amava o meu aniversário. Era o dia mais especial de todos os dias do ano. Era o meu dia! E ele deveria saber disso. Merda!

– Não fique triste, Mel! Robert tem a mente repleta de problemas, de coisas que não pode esquecer e estas comemorações passam a ser secundárias. Uma vez ele esqueceu o Natal, dá para acreditar?

Ri sem me sentir mais feliz por isso.

– Eu acho que foi a primeira grande crise que eles tiveram.

Ele riu e então parou se dando conta de que aquele não era o momento ideal para relembrar o passado feliz da irmã com o cunhado.

– Desculpe!

– Tudo bem... – sussurrei. – Eles não se odiaram a vida inteira.

– E nem agora.

Ele olhou para mim, mas desviou rapidamente os olhos com medo de revelar além do que poderia.

– Desculpe, outra vez, Mel. Talvez...

– Fale!

Senti meu peito doer. Respirei fundo, talvez eu precisasse ouvir aquilo.

– A verdade deve ser dita. É por isso que você reluta tanto em estar envolvido com esta história?

Paul se afastou de mim e se sentou em uma cadeira.

– Eu não quero falar sobre isso porque não é muito confortável discutir com a amante do meu cunhado o que penso sobre o relacionamento dele com a minha irmã... – Ele foi duro, mas eu não me intimidei. – Olha, Melissa, eu não tenho nada contra você, aliás, eu gosto de você, então não quero que encare isso como uma coisa pessoal.

– Fale logo de uma vez, Paul!

– Um homem jamais dormiria com uma mulher que ele odeia.

Nos encaramos por incontáveis segundos.

– Não tenho dúvidas de que ele gosta de você e até mesmo que queira ficar com você no final de tudo, mas o que eles sentem, o que pende esta balança, não é o ódio. Sinto muito.

Por um instante pensei que meus pulmões não sabiam mais o que era respirar. Meu coração doía pelo simples fato de eu saber que aquilo era verdade. Como um homem poderia ir para a cama com uma mulher que não desejava? Não era tão fácil fingir, como era para as mulheres. Eu poderia acreditar que era tudo uma mentira?

Não. Eu não podia.

– Certo… – Limpei uma lágrima que desceu pelo canto do meu olho. – Certo. Obrigada por ter sido verdadeiro.

– Mel… – Ele levantou e se inclinou em minha direção. – Eu não disse que ele não te ama.

– Mas disse que ele ama Tanya também.

– Se isso for realmente possível para alguém, sim, foi o que eu disse. O que ela fez… Tudo o que ele precisou passar por causa dela é o suficiente para que você seja a eleita, não importa o que ele ainda sinta e tente se convencer do contrário.

– Isso não ajuda muito.

– Não mesmo, mas ele te ama e eu não tenho como duvidar disso. É de uma forma diferente.

Mais uma vez me encarou por um tempo longo demais. Tive vontade de dar as costas e ir embora, mas minhas pernas não me obedeciam.

– Se eu tenho que fazer, então farei da forma certa. Sente-se.

Obedeci prontamente. Paul puxou a cadeira e sentou-se na minha frente com a cadeira invertida, as pernas transpassadas. Apoiou o queixo nos braços cruzados no encosto da cadeira.

– Ele e Tanya viviam um amor muito intenso. Não sei se você vai conseguir me entender, mas quando meu pai resolveu ser sócio do pai dele, logo, todos nos tornamos uma família só. Robert era meu amigo, o melhor que eu tinha, assim como Bruno. Éramos novos, mas cheios de vontade de fazer dar certo. Tanya e ele se apaixonaram. Eu nunca aceitei muito bem a forma como eles fizeram isso. Entenda, não era um ciúme de irmão, foi apenas porque minha irmã era uma pessoa, e quando Robert finalmente a aceitou, ela era outra.

– Como assim?

– Ela se transformou exatamente no que ele queria. Mudou de uma hora para a outra. Eu sei que quando nos apaixonamos fazemos coisas deste tipo, abrimos mão de parte do que somos, mas ela…

Olhou para o nada, como se as lembranças fossem fortes demais.

– Ela mudou muito e com isso conseguiu o coração dele. Não fiquei preocupado, eles pareciam felizes e eu já estava envolvido com Nicole, apesar de não deixar isso muito claro ou não aceitar tanto o que sentia. – Sorriu ao mencionar minha amiga. – Eu nunca me intrometi na vida deles, mas de longe, sem fazer comentários, eu via tudo e sabia que a intensidade daquele sentimento era uma coisa estranha. Não sei descrever.

– Era um amor muito forte?

– Era um amor doentio. Pelo menos o que ela sentia. – Abaixou o olhar constrangido com o que revelava. – Tanya nunca foi de fazer escândalo ou se fazer de vítima, mas eu via em seu olhar o ódio que sentia quando acreditava que Robert a enganava.

– E ele fazia isso?

– Não sei. Acredito que não, pelo menos não claramente como passou a fazer depois que tudo aconteceu.

– Entendo...

Mas, na verdade, não entendia. Minha cabeça era uma bagunça e eu não sabia o motivo de estar ali, ouvindo aquele desabafo.

– Tanya agia como se Robert fosse o seu único objetivo. Passou a vida fazendo isso, criando um mundo para ele, se esforçando para que nada atrapalhasse seus planos. – Mordeu os lábios. – É por isso que me sinto melhor sabendo que ela receberá um tratamento em vez de apodrecer na cadeia, ou ser condenada à morte.

– Então você acredita que ela está mesmo doente.

– De amor? Sim, eu acredito.

– Paul, eu não sei o que pensar.

– Mas a forma como ele faz com você. A forma como ele olha para você, como vive este relacionamento, é diferente. Ele fez o que pôde para salvar o casamento com Tanya, mas nunca vai se permitir recomeçar com ela e, pelo que tenho visto, tudo o que ele deseja é ter esta oportunidade com você.

E aquelas palavras, as mesmas que Robert utilizou uma vez, aqueceram o meu coração, porque eu sabia que eu era o seu recomeço. Eu e aquela criança gerada em meu ventre.

– Obrigada! – Sorri e levantei.

Eu não precisava mais ouvir a sua narrativa.

– Não vai abrir o presente?

Peguei o saquinho de veludo e, com cuidado, abri, retirando de lá uma tornozeleira, deduzi pelo tamanho e pelos penduricalhos. Era linda, de ouro, com bolinhas que fazia um leve barulhinho quando balançada. Sorri largamente.

– É lindo!

– Sei que não é de uso habitual. Na verdade tem muito mais a ver com a cultura tailandesa, mas achei que ficaria interessante, que seria um algo a mais quando você não precisasse mais ser a executiva.

– Obrigada!

– Por nada. Nicole ficará feliz em saber que eu pensei no presente.

Abriu um largo sorriso.

– Vai, sim. Obrigada!

– Ok! – Ele suspirou. – Agora eu preciso ir ou então Robert vai me matar.

Confesso que minha maior vontade naquele momento era encontrar com o meu amante. Queria saber se ele já tinha se dado conta e o que faria para se redimir, mas ele não me procurou. Nem uma ligação, uma mensagem, nada. Entrei no apartamento do Dean com a esperança de ainda encontrar Robert. Mas não aconteceu.

– Ele já foi – Carol me informou assim que entrei e caminhei apressadamente pelo apartamento em direção ao corredor que ligava os dois quartos. – Conversou bastante com Dean e partiu.

Meu coração afundou no peito. Então ele não se importava.

– Eu só vou buscar minhas malas no outro quarto.

– Ok! Dean estava ajustando as coisas deles e dando algumas coordenadas ao pessoal.

Notei que Carol não sentia nenhum prazer em me passar aquelas informações. Pudera, o namorado dela precisaria estar em um SPA comigo por tempo demais. Era realmente algo que não deixava ninguém confortável.

– Então encontro com ele em alguns minutos.

Ela concordou com a cabeça. Saí mais por precisar estar só do que pressa para vivenciar o meu aniversário solitário. Cheguei ao quarto vazio e ele parecia ser ainda maior. Tudo estava lá, exatamente no seu lugar, inclusive as coisas dele, mesmo assim, foi como um imenso buraco no espaço aguardando para me engolir.

Era para ser o meu dia feliz. Era para ser o dia mais especial do ano. Então por que eu não conseguia sentir aquela segurança que sempre me fazia forte neste dia? Por que a familiar alegria não me dominava? Como era mesmo que dizíamos? Toda a tristeza, todas as dificuldades continuariam existindo no dia seguinte, então apenas hoje, por ser hoje, eu vou ser feliz e nada vai me abalar, porque hoje é o dia mais especial do ano. Eu podia até ouvir a voz de minha mãe dizendo aquelas palavras. Uma dor se instalou em meu peito. Não, aquele não era mais o meu dia feliz, porque eu precisava dele para me sentir inteira. Era tudo um grande saco de merda!

Ri da minha birra e chorei pela minha solidão enquanto juntava as poucas coisas que eu havia conseguido espalhar pelo quarto. Peguei o livro que meu pai me deu e o presente de Paul e os coloquei na bolsa. Era bom estar perto de presentes. Fechei a primeira mala misturando meus cremes às poucas peças de roupas e sem me importar com o que daria aquilo.

– Oi! – Dean apareceu sem bater.

Não deu para esconder as lágrimas. Ele fez uma caretinha linda e me abraçou.

– Vamos ter um dia especial, ok?

– Dean!

– Nada disso. Hoje é o seu dia e eu estou cheio de planos.

Suspirei. O que ele teria como plano para o meu aniversário arrasado logo cedo?

***

Estiquei os braços e me espreguicei adorando o sol na minha pele. Estávamos no tão almejado SPA, o mesmo que eu tinha desejado estar com o homem da minha vida um dia antes, mas que, naquele momento, acolhia a mim e ao meu amigo. Eu usava um biquíni ousado que Abby havia deixado de presente para mim antes de sair, com um lindo bilhetinho dizendo: "Aproveite o máximo do seu dia. Parabéns!". Eu amava presentes de aniversário, eram tão importantes!

Peguei mais uma vez a minha bebida servida em um abacaxi e suguei seu conteúdo. Dean disse que eu podia tudo, mas, apesar da minha vontade de álcool, preferi uma bebida mais consciente, afinal de contas, eu estava grávida.

– É melhor passar mais um pouco de protetor solar, Mel. Sua pele já está ficando vermelha.

Revirei os olhos.

– Não vai ter ninguém para me fazer arder, então vou aproveitar o sol ao máximo.

Ele riu.

– Você não contou mesmo a ele?

Ok, eu já havia feito aquela pergunta um milhão de vezes, mesmo assim eu continuava fazendo. Por que Dean conversou com Robert mas não contou?

– Não. Eu não contei!

Abri a boca para a mesma pergunta que eu fazia após a sua resposta, mas ele me conteve.

– E não contei porque achei que você não iria gostar.

Sorri.

– Eu disse que não seria uma boa amiga hoje.

– Você sempre é uma boa amiga e, não, eu não estou arrependido de ter vindo.

O sorriso dele ficou imenso e eu ri. Dean estava mesmo salvando o meu dia. Se não fosse aquele detalhe... Não, eu não me permitiria chorar mais.

– Poderíamos fazer uma daquelas massagens maravilhosas.

Sugeri, determinada a mudar de assunto.

– Boa ideia, mas você vai precisar manter isso em segredo.

Fez uma careta engraçada.

– Por quê? – Levantei encarando o meu amigo que riu.

– Porque Carol não vai encarar muito bem a ideia de massagistas tailandesas colocando as mãos em meu lindo corpinho.

Repeti a sua careta.

– Tem razão. Robert também não vai ficar nada satisfeito.

Mas a ideia me deixou animada e eu acabei sorrindo travessa e o meu amigo me acompanhou.

– Ok! É o nosso segredo. Vamos!

Ele levantou todo empolgado levando-me junto.

O SPA era simplesmente um paraíso. Não apenas pelo mar maravilhoso à nossa frente, nem pela piscina que tinha apenas uma borda de vidro separando da água do mar, muito menos pelo seu espaço tão amplo que permitia qualquer pessoa se hospedar de maneira discreta, mas ele tinha um "quê" de liberdade, prazer e felicidade que fazia ser impossível não se sentir bem naquele lugar.

Todos os funcionários com quem eu tive o prazer de interagir eram discretos e agradáveis, além de educados e sorridentes, claro. O quarto era tão grande, com decoração em branco e madeira e amplas portas que davam passagem para a área da piscina e praia que permitiam que uma brisa gostosa refrescasse o ambiente. Nossas bebidas não esquentavam nem acabavam, pois sempre aparecia alguém para substituí-las e comer também não era problema. Aliás, era o problema, pois você conseguia de tudo e, para uma mulher grávida, era a perfeita perdição.

– Eu acho que sua barriga já começou a aparecer. – Estremeci.

Mas Dean continuou segurando firme em minha mão e não me deixou esmaecer.

– Quase não dá para notar, só se a pessoa estiver atenta e como eu, que sei da gravidez, fica mais fácil identificar.

– Não está ajudando, Dean. Ou eu estou grávida ou estou gorda, é mais ou menos isso o que está dizendo.

Ele riu.

– Mas você está grávida, o que significa que não está gorda. O que você prefere? – Apontou para a tela de led que informava os tipos de massagens oferecidos naquele local.

– Não tem nada de cunho sexual aí, não é?

Ele riu.

– Pelo visto, não. Que decepção, hein?

– Com certeza... – Revirei os olhos.

– E o que vai ser?

– Hum! Não sei. Acho que o que for mais completo. O que acha?

– Acho ótimo!

Ele conversou com o atendente e rapidamente fomos levados para uma tenda, como nos contos de fadas, abertas dos lados, com cortinas esvoaçantes, uma enorme maca branca, um cheiro delicioso e um massagista sorridente usando apenas uma calça folgada. Ele era muito bonito e tinha um corpo perfeito. Bom, pelo menos assim eu me vingaria do meu amante. Quem mandou ele esquecer do meu aniversário?

Olhei para o lado e tive um breve vislumbre de Dean tirando a camisa e deitando na maca. Uma garota com top e uma calça folgada da mesma cor que a do meu massagista aguardava por ele. Sorri. Aquilo tinha que ser proposital. Deitei de bruços e aguardei.

Enquanto ele iniciava a massagem com as mãos quentes e o óleo que só aumentava a temperatura, deixei-me pensar em Robert e não consegui sufocar a tristeza por não ser ele ali. Não deu para pensar em meu amante por muito tempo, aliás, não deu para pensar em nada. Menos de cinco minutos após o início da massagem eu não consegui mais raciocinar. Minha mente virou uma tela branca e meu corpo uma massa incapaz de reagir.

Era tudo tão relaxante, tão perfeito e gostoso que, quando seus dedos subiram por meus cabelos, apertando minha nuca e explorando meu couro cabeludo, eu adormeci. Não sei se o motivo real foi a massagem, ou se o choro e a tensão da noite anterior esgotaram minha capacidade de ficar alerta, mas dormi como há muito não dormia. Simplesmente apaguei. E não sonhei.

Abri os olhos para a claridade do dia. O sol estava forte. Ouvi risos em algum lugar mais distante e o som das ondas. Meu corpo estava relaxado. Então me dei conta de que estava de frente, apenas uma toalha cobrindo meus seios e o biquíni não estava mais em seu devido lugar. Corei imediatamente.

Sem jeito, coloquei a peça e levantei. O local estava vazio. Mais afastado, em outra tenda, o mesmo massagista atendia outra pessoa. Peguei meu chapéu, os óculos e saí rapidamente de lá. Não queria nem pensar na forma como meu biquíni foi retirado de mim, e Robert, com certeza, me mataria se soubesse deste detalhe.

Encontrei Dean em um quiosque que ficava no caminho para o nosso quarto. Ele conversava com um dos atendentes e, quando me viu, sorriu de uma maneira que me deixou feliz.

– Aí está você! – Seus braços cercaram meus ombros e ele me puxou para perto. – Estava agora mesmo providenciando o nosso almoço. Onde prefere?

– No quarto, se você não se importar. Quero muito tomar um banho.

– Tudo bem. – Ele olhou sugestivamente para o rapaz, que fez uma reverência e saiu.

– É ótimo que eles falem a nossa língua, não?

– Um lugar como este não poderia ter atendentes que não falassem pelo menos dois idiomas.

– Tem razão. Vamos?

Fomos para o quarto. Confesso que estar em um lugar tão bonito, que nos dava tanta liberdade e não ter Robert por perto chegava a ser doloroso. Dean estava se esforçando, só que ninguém nunca conseguiria substituir o meu amante. Ele era único.

Entrei para o banho e minha pele agradeceu. Lavei os cabelos, usei um hidratante próprio para usar debaixo do chuveiro, demorei o tempo que necessitava. Era a primeira vez que desejava que aquela data acabasse logo. Eu me enganava, o dia não estava sendo especial e, por mais que eu tentasse, aquela brecha continuava me fazendo lembrar a cada segundo que ele não estava lá, que, para o homem que eu amava, o único que amei a minha vida inteira, não era especial. Minha estrela apagou, e foi assim que saí do banho. Dean percebeu a mudança brusca.

– Pedi frutos do mar. Tem um arroz grudento e legumes. Ah, tem uma sopa também, mas ela está muito apimentada, eu experimentei. É melhor ficar longe dela. Eu ficaria.

Sorri.

– Ok! Vamos nos empanturrar de comida tailandesa e como sobremesa temos torta de chocolate.

– Dean, você é incrível!

– Eu sei disso.

Caminhou até a mesa levando-me junto sem se importar que eu ainda estava de roupão.

– Cobertura e recheio de chocolate.

– Perfeito!

– A velinha veio como brinde. A atendente disse que ficou sabendo que era um dia especial.

Piscou, mas meu sorriso foi triste. Não era mais um dia especial.

– Sua mãe ligou. – Fiquei mais interessada. – Eu não atendi, afinal de contas como poderia explicar estar com você do outro lado do mundo em um paraíso? Mas ela deixou uma mensagem toda cheia de mimos.

Meu coração aqueceu e meus olhos ficaram repletos de lágrimas. Fui até o aparelho e coloquei a mensagem no viva voz.

Parabéns para você, ela cantarolou com uma voz infantil. *Minha vida, nem acredito que este ano não vamos passar juntas, mas isso não importa, este é o dia mais especial do ano e nós vamos comemorar,* deu uma risadinha linda, meu sorriso foi involuntário enquanto uma lágrima escorria pelo meu rosto. *Mamãe ama você, nunca se esqueça disso e parabéns para você,* cantarolou outra vez e a mensagem acabou. Funguei, aceitando o guardanapo que Dean me ofereceu.

– Sua mãe ainda acha que você é uma menininha.

– Que mãe pensa o contrário? – Assoei o nariz sem sentir vergonha por isso.

– Tem razão.

Outra vez ele fez aquela careta engraçada e eu comecei a rir.

– Então, comida, bolo, sorvete e praia, o que acha?

– Acho ótimo!

E foi o que fizemos. Mas antes conferi meu celular e verifiquei que não havia nenhuma mensagem dele, nenhuma chamada perdida, nenhuma tentativa de contato. Dean percebia minha apatia e nada dizia, apenas tentava melhorar o meu dia. Deixei-me levar. Tomamos champanhe, um pouco, apenas para não sentir que meu aniversário passava por mim sem que eu o sentisse, mas foi menos do que uma taça, com bolo de chocolate e depois detonamos um pote de sorvete cada um. No final do dia, eu não aguentava mais ver comida.

Caminhamos pela praia, mãos dadas como um casal. O sol estava mais ameno e a brisa refrescava. Conversamos sobre muitos assuntos e algumas vezes não conversávamos sobre nada, apenas deixávamos que a tarde nos encantasse.

– Tenho uma surpresa para você – ele revelou assim que resolvemos voltar ao quarto.

– E o que é?

– Se eu contar deixa de ser surpresa, Mel.

Ele arqueou uma sobrancelha e sorriu divertido.

– Tudo bem, Dean. E quando poderei saber?

– Na verdade ela começa agora e vai até… Bom, aí só você pode decidir.

Encarei meu amigo sem saber o que poderia ou deveria pensar daquelas palavras. Tive medo do que cogitei ser e o que ele esperava de mim. Mesmo assim, arrisquei sorrir e concordar. Se eu pudesse saber onde e quando pararia, então era fácil confiar.

Ele tapou meus olhos quando entramos no quarto. Eu só podia abrir os olhos quando ele já estivesse do lado de fora. Admito que a ansiedade me consumia. Eu queria saber do que se tratava.

– Encontro você lá fora – sussurrou ao meu ouvido.

Assim que ouvi o bater da porta abri os olhos. Eu estava de frente para a cama onde uma imensa caixa branca aguardava por mim. Meu coração bateu freneticamente. Tive medo de abrir. Minhas mãos tremeram. Aquele não era o estilo de Dean, e sim do Robert.

Desfiz o laço e encontrei um vestido branco, longo, lindo! Tinha um material trabalhado no busto com bojo e uma alça que passava pelo ombro direito, enquanto outra saía do mesmo lugar e ia até o ombro esquerdo. O tecido prendia no corpo até um pouco abaixo do busto, quase na cintura, e descia em estilo romano, com ondas se formando até atingir o chão. Uma faixa de renda descia da mesma forma apenas em um lado.

Respirei fundo quando me vi no espelho. Era tão lindo! Tão perfeito! Calcei as sandálias que também estavam na caixa. Usei a tornozeleira que Paul me deu, um bracelete de pequenas pérolas e o anel que um dia Robert me presenteou com um pedido de casamento. Como não havia nenhum bilhete, continuei sem saber do que se tratava. Tentei me convencer a todo custo que Dean estava sendo gentil e que meu amante nada tinha a ver com aquilo tudo e, todas as vezes que eu pensava assim, meu coração afundava.

Optei por uma maquiagem básica, afinal de contas eu nem sabia o que Dean pretendia com aquilo tudo. Arrumei meus cabelos, mas preferi deixá-los ao natural, sem me preocupar com o aspecto selvagem que ele ganhava. Peguei algumas flores e enfeitei do lado, fechando a mecha com uma presilha e saí ao encontro do meu amigo.

Ele me aguardava do lado de fora. Quando me viu, ficou sério. Muito sério. Do tipo que perde as palavras ao se deparar com algo que o surpreende. Usava uma roupa simples, calça jeans, sapato esporte, uma camisa de algodão. As mãos no bolso indicavam que não estava relaxado. Mesmo assim, conseguiu sorrir.

– Você está linda! – E havia tristeza em seu olhar.

Não consegui identificar o motivo, nem tive tempo.

– Vamos, o voo sai em trinta minutos.

– Voo?

– Sim e não pergunte mais nada.

Segurou em minha mão e praticamente me arrastou para o carro que nos aguardava do lado de fora da recepção.

Partimos imediatamente. Ele nada disse, apenas olhou para fora e contemplou a paisagem. Fiz o mesmo. Eu estava confusa demais. O que acontecia com Dean? Por que havia me dado tantos presentes e depois reagiu daquela forma? E o que faríamos em um avião? Com certeza não estávamos voltando para casa, pois nossas coisas ficaram no hotel, então o que era?

Uma pequena aeronave, do tipo que me dava pânico, aguardava por nós dois. Era pequena mesmo, apenas cinco lugares e estava em uma estrada de terra. O piloto esperava com o plano de voo nas mãos. Dean conferiu, conversou com mais dois homens que também estavam lá, mas eu nada ouvi pois ele tratou de me colocar logo para dentro.

Rapidamente, decolamos. Vi o mar tão próximo e temi pela minha segurança, contudo, Dean estava confortável ao meu lado. Ele brincou com o celular, rodopiando nos dedos. À medida que avançávamos ele ficava mais introspectivo e este detalhe começou a me incomodar.

– Dean, o que está acontecendo? Por que estamos neste avião?

Ele sorriu e me olhou com carinho.

– Este é o seu dia e ele tem que ser especial, não?

Continuou sorrindo, mas meu coração ficou apertado. Por que eu não sentia que ele estava feliz?

– Em um avião deste tamanho? Não. Isso não é nada especial!

– Chegaremos em quarenta minutos, então relaxe.

– Mas...

– Não! É uma surpresa. Apenas relaxe, tá legal?

Passou os dedos de maneira carinhosa em meu rosto. Tentei me sentir melhor e falhei consideravelmente.

Foram os quarenta minutos mais longos de toda a minha vida. Dean não colaborava, as conversas não se aprofundavam, eu sentia fome, calor, angústia, vontade de fazer xixi e tudo mais que pode acontecer em um tempo como este. Meu amigo continuava quieto e ignorava a minha ansiedade. Quando cansei de tentar descobrir o que acontecia, apenas sentei, aguardei e acabei pegando no sono.

Acordei com Dean chamando por mim. Olhei para fora e estávamos, outra vez, em uma estrada de terra. Parecia que nem tínhamos saído do lugar. Descemos e entramos outra vez em um carro. Não me atrevi a perguntar o que deveria esperar. Cansei de ficar tentando antecipar o que aconteceria. Provavelmente Dean tinha armado uma festinha em algum paraíso ainda melhor do que o que estávamos, só que seria uma festa para dois. Tentei não ficar triste, contudo, não consegui.

Paramos na beira de uma praia. Não era uma praia qualquer, era a praia mais bonita que já conheci. Praticamente cercada por elevações de pedra e vegetação local que parecia querer abraçar o mar e assim formava uma piscina com águas paradas e límpidas, cristalinas. Duas imensas pedras, afastadas das demais, quase completavam o círculo. No meio da baía uma armação, uma estrutura de madeira que flutuava no mar, parecia um palco. De onde estávamos eu conseguia ver que algumas pessoas se movimentavam, mas não dava para identificar o que acontecia. Meu coração acelerou. A noite já caía e luzes enfeitavam o local de uma forma que deixava tudo ainda mais bonito. Um barco enfeitado com flores estava na beira do mar onde um homem vestido de branco aguardava por nós.

Retirei as sandálias, levantei o vestido e comecei a andar na areia. Dean me deu a mão me auxiliando. Ele continuava sério, mas estava visivelmente mais relaxado. Suspirei. Não sabia o que era aquilo, talvez um restaurante, uma boate, não sei, mas só de saber que ele tinha planejado tudo só para deixar o meu dia mais especial eu me forcei a ficar feliz. Por ele e por mim.

– Minha participação termina aqui – anunciou assim que me ajudou a subir no barco.

– O quê? Como assim? Você não vem?

Ele me olhou por um tempo e depois sorriu.

– Não, Melissa. Este é o seu dia especial. Confie em mim. Vai dar tudo certo.

– Mas, Dean...

– Confie em mim.

Sem conseguir me concentrar, apenas sentei no banco de madeira e me deixei ser conduzida mar adentro.

Ele não esperou por mim e partiu logo em seguida. Senti medo, frio e solidão. O que estava acontecendo? Então resolvi manter meus olhos fixos no meu destino. E quanto mais o pequeno barco se aproximava, mais meu coração acelerava, porque a proximidade permitia que eu identificasse quem estava naquela plataforma. Parecia que eu não cabia mais dentro de mim.

Robert estava lá, aguardando, vestindo um lindo terno branco, ou creme, ou champanhe, eu não sabia identificar, porque meus olhos já permitiam que todas as lágrimas descessem.

Ele estava lá e aquele era o dia mais especial do ano outra vez.

CAPÍTULO 40

Robert me encarava com um misto de alegria, insegurança e ansiedade. Assim que o barco chegou perto o suficiente, a primeira coisa que notei foi o brilho dos seus olhos e o som que tocava, que incrivelmente só podia ser ouvido estando muito próximo. Era uma música suave e romântica que correspondia diretamente ao que eu sentia.

O barco parou próximo ao primeiro degrau da escada que dava acesso à plataforma. Meu amante rapidamente se aproximou para me oferecer a mão. Sem desviar o olhar, coloquei a minha sobre a dele e senti que finalmente meu mundo voltava a girar, que minha alma estava completa e que tudo estava em seu devido lugar, apesar dos pesares.

Segurando firme em sua mão subi o lance de escada. Ele parou me olhando com tanta devoção que esqueci completamente de todas as lágrimas e medos do dia. Era Robert na minha frente, o homem que eu amava e que incrivelmente conseguia deixar tudo muito melhor, mais especial.

– Desculpe pelo atraso, não é fácil conseguir tudo isso assim, de última hora.

Beijou minha mão de uma maneira perfeita para filmes de época. Foi impossível conter o sorriso. Eu tremia.

– Você chegou na hora certa, como sempre.

Minha voz não ficou natural da forma como eu queria, mas foi o suficiente.

Robert se aproximou, tomando-me em seus braços. A música ainda tocava, mas eu não conseguia me desprender do seu olhar para verificar aquele ambiente intrigante flutuando sobre o mar, muito menos para tentar descobrir onde estava a provável orquestra que desenvolvia o som.

– Feliz aniversário!

Com cuidado, encostou nossos rostos e tomou minha boca. Foi um beijo suave, carinhoso e cheio de amor.

– Eu te amo!

Colou a testa na minha como se de repente o seu ar tivesse faltado. Manteve-me em seus braços, suas mãos acariciando minhas costas.

– Desculpe, eu sou um idiota, mas se você ainda estiver disposta a passar a vida ao meu lado, eu estou ansioso para passar o resto dos meus dias compensando o meu erro.

Sorri sentindo uma lágrima escorrer e agradecendo a Deus por ter usado pouca maquiagem.

– Não tenho como culpá-lo de nada, Robert. Eu até poderia, se você não estivesse aqui agora, mas veja isso tudo.

Afastei-me um pouco, correndo minhas vistas pelo local. Era simplesmente perfeito. Composto por diferentes plataformas, umas mais altas e outras mais profundas, que conseguiam recriar diversos ambientes. Havia uma orquestra, como eu tinha imaginado, tocando como se estivéssemos em um baile de máscaras e não como se fosse uma festa para duas pessoas. Um pouco mais adiante, uma luxuosa mesa, pequena, mas muito bem-arrumada para um jantar impecável e, muito próximo, dois garçons aguardando o comando. Atrás de onde estávamos, ficavam três ambientes cheios de almofadas confortáveis, alguns sofás espaçosos e todos virados para uma tela que flutuava um pouco mais adiante. Um cinema!

Meu coração estava tão acelerado com aquilo tudo. Robert era tão perfeito! Como não amá-lo? Como não desejar uma vida inteira ao lado de um homem que tinha uma agenda tão cheia e mesmo assim conseguiu organizar de última hora uma surpresa como aquela? E tudo simplesmente porque não queria machucar o meu coração com o fato de ter esquecido do meu aniversário. Era demais para uma garota apaixonada.

– Hoje é o seu dia. O dia mais feliz do ano e o mais importante de todos!

Eu tinha ouvido aquelas frases a vida inteira, sempre ditas por pessoas que eu amava e que me amavam e acreditei fielmente nelas, só que elas nunca fizeram tanto sentido em toda a minha vida. Parecia que apenas o fato de serem pronunciadas por Robert tornavam-se uma verdade tão profunda e sagrada, mas que não chegava a ser um sacrilégio.

Ainda segurando em minha mão, me conduziu para o interior, um pouco mais próximo à orquestra que finalizava a música. Não reconheci a sinfonia que acabava, como não havia um cantor para pronunciar a letra ficava um pouco mais complicado identificar.

– Dança comigo?

Suas mãos já estavam em minha cintura aguardando pelo meu consentimento. Fiquei constrangida, mas aquela não era a primeira vez em que eu me deixava ser conduzida em uma dança, mesmo detestando ser o centro das atenções.

– Eu nunca tive uma festa de aniversário.

Não sei por que acabei confidenciando aquilo naquele momento. Era estranho, mas, era como eu me sentia: estranha. Robert sorriu, aproximando-se um pouco mais e iniciou passos lentos, levando meu corpo conforme o seu. Sua mão segurando a minha e ambas recolhidas próximas aos nossos corpos, tornando tudo mais íntimo.

– Você não gosta de ser o centro das atenções, apesar de nunca conseguir evitar isso.

– Meus pais sempre souberam, por isso nunca organizaram uma festa, a não ser as dos meus cinco primeiros anos, que foram pequenas e sempre terminavam comigo escondida em algum lugar até todos irem embora. Depois inventaram esta história do dia mais especial do ano e passamos a curtir a data sem precisar de uma cerimônia. Éramos apenas nós e quem mais aparecesse para descobrir o que teria no dia. Eu gosto muito mais assim.

– Ser surpreendida? – Ele sorriu lindamente.

– Sim.

– Ponto para mim. – Piscou divertido.

– Sim, Senhor Carter, ponto para você. Muitos pontos!

– O suficiente para você casar comigo?

Sua expressão ficou estranha, havia uma ansiedade típica dos jovens, mas que não fazia parte da personalidade dele.

– Quantas vezes eu vou precisar responder sim? Venho me casando com você tantas vezes que quando acontecer de verdade não sei se vou conseguir me emocionar.

Brinquei e ele sorriu demonstrando constrangimento. Aquilo era novidade. Uma linda novidade.

– Eu queria uma forma de nunca mais esquecer do seu dia especial.

– É para isso que você tem uma secretária, mas eu posso ajudar colocando alarmes diários começando uma semana antes.

Ele riu.

– Não desta forma, assim é fácil demais. – Deu um beijo simples e rápido em meus lábios. – Queria que a data ficasse registrada em nossos corações, para sempre!

– Bom, então você conseguiu. Nunca mais vou me esquecer desta noite, pode acreditar.

– Exatamente isso! Eu quero poder nunca mais esquecer desta noite e todos os anos poder nos proporcionar momentos como este, comemorar o dia mais feliz e especial do ano, fazer com que seja o nosso dia mais especial.

A voz dele saiu suplicante, quase que implorando para que fosse possível. Havia tanta emoção que o familiar bolo já se formava na minha garganta.

– E como pretende fazer isso?

– Case-se comigo. Não um dia e não mais uma promessa. Case-se comigo hoje, Melissa. Agora. Case-se comigo e faça meu coração acreditar que todos os anos vamos poder festejar o nosso dia mais feliz e especial do ano. Que nunca mais eu serei capaz de esquecer.

Parei instantaneamente fazendo com que ele recuasse um pouco para melhor me observar. Eu amava Robert, com toda a minha capacidade de amar, idolatrar, desejar, de todas as formas possíveis e impossíveis. Amava com todo o meu corpo, todos os meus pensamentos, atitudes, minhas células, eu simplesmente o amava e não havia como mudar aquela realidade. Mesmo assim, não poderia ser imprudente. Não poderia fazê-lo atrelar-se a mais confusão em sua vida.

Nós não podíamos nos casar agora. Aquilo era loucura! Robert era casado, mesmo não desejando mais o casamento, mesmo sendo Tanya uma mulher louca, capaz de atrocidades para destruir o marido, mesmo existindo todo aquele jogo. Lei era lei e Robert não podia casar comigo. Não ali e definitivamente não naquele momento.

E como eu poderia aceitar? Se fosse possível, se houvesse um jeito, uma brecha naquele inferno que tornasse tudo possível, como eu poderia dizer sim, se escondia dele o fato de estar grávida? E se eu contasse, como dar a cartada que precisávamos para conseguir a nossa liberdade? Não, nós não podíamos nos casar.

– Precisa pensar tanto assim?

Só então me dei conta de que o encarava por tanto tempo que a música já estava no final e nós não dançávamos. As lágrimas desciam e uma tristeza profunda se alojava em meu coração. Eu queria poder dizer sim, tornar aquela data mais do que especial, fazer daquele dia o dia mais feliz do universo. Mas eu não podia.

– Robert...

Engoli o soluço que queria escapar. Minha vontade era chorar muito mais do que apenas aquelas lágrimas, porque eu queria aquele casamento, eu queria uma vida ao seu lado, queria a paz que merecíamos, queria contar sobre o nosso filho... Queria tanta coisa.

– Nós não podemos.

– Podemos.

Ele permanecia firme. Ainda havia aquele sorriso cheio de confiança, aqueles olhos cinza capazes de me fazer esquecer o mundo me atraindo para eles.

– Só se você não quiser.

– Mas...

Robert segurou mais uma vez o meu corpo voltando a tomar posição de dança e iniciou os passos conduzindo-me lentamente. Seus olhos estavam nos meus. Uma música muito familiar começou a ser tocada, mas eu não consegui identificá-la.

– Feche os olhos. Deixe-me te dizer todas as razões. Eu acho que você é única – ele cantarolou acompanhando a orquestra.

Meu coração acelerou de uma forma impossível. Eu conhecia a música, "Close your Eyes", a letra era simplesmente linda demais e ele estava ali, usando aquelas palavras para descrever o que sentia.

– Graças a deus, você é minha.

Seus lábios se juntaram aos meus em um beijo cálido. Eu estava sem reação, apenas seguia os seus passos. Ele me abraçou conduzindo nossos corpos. Sua voz doce em minha orelha. Mantive meus olhos abertos, eu não queria fechá-los e depois descobrir que era um sonho. Queria manter-me firme e não perder nada do que ele me dizia em forma de canção.

– Você é um anjo vestido de armadura. Você é justa em cada luta. Você é minha vida e meu porto seguro.

Dava para não chorar? Dava para ficar indiferente a cada palavra? A forma como ele cantava, cada frase, tudo estava tão cheio de emoção que se eu não soubesse quem realmente havia feito a música acreditaria que aquelas eram as palavras do seu coração. E a orquestra o acompanhando tornava tudo muito mais especial, mais único, assim como ele era.

– *É a tua beleza que te denuncia. Teu sorriso te trai. Porque você é feita de força e misericórdia. E minha alma é tua para salvar. Eu sei o quanto isto é verdade. Quando o meu mundo era obscuro e triste. Eu sei que a única pessoa que vai me salvar é você* – continuou cantando, mas voltou a me olhar.

Sua mão secou minhas lágrimas. Ele sorria, e era encantador assisti-lo. Enquanto a melodia nos envolvia, embalando nossos passos, ele se aproximava mais e brincava com meus lábios, distribuía carinhos no meu rosto e me mantinha firme em seu corpo.

– Quando seu amor se derrama em mim, eu sei que estou finalmente livre. Então eu te digo com gratidão: cada batida do meu coração é sua para guardar.

Disse estas palavras de maneira sussurrada, alta o suficiente para que apenas eu pudesse ouvir. Era uma confissão, a sua forma de me dizer como aquele amor o salvava do seu mundo. E então, como se mais nada pudesse ser dito, ou feito, no mesmo instante em que a orquestra subia o tom, o momento em que deveria ser a explosão da música, ouvimos realmente uma explosão.

Ele me segurou com mais firmeza e sorriu. A luz forte chamou minha atenção e me dei conta de que fogos de artifício eram atirados para o alto dos quatro pontos da plataforma, acompanhando a emoção da música. Luzes subiam ao céu e iluminavam a nossa noite, uma cascata de ouro e prata, como se o próprio céu abençoasse a nossa união.

Robert parou de dançar. Mantendo-me ainda firme ao seu corpo, uma mão segurou meu rosto, fazendo-me encará-lo. Sem desviar a atenção de mim ele declarou, não cantando, mas falando a letra, para que não restassem dúvidas do que ele queria dizer.

– Você é a razão que eu estou me sentindo finalmente seguro para ficar.

Sem conseguir responder, sentindo a música esmaecer e ainda ouvindo as explosões, busquei seus lábios e finalmente consegui o beijo que tanto ansiava. Foi mais doce do que qualquer palavra que ele conseguiu me dizer naquela noite, mais repleto de amor do que a música foi capaz de expressar.

Senti seus dedos na minha nuca e seu braço cercando minha cintura com posse. Então me dei conta, eu estava vestida de noiva, era isso o que Robert pretendia, não foi nada tomado pela emoção, pela necessidade de se desculpar, era aquilo o que ele queria desde o início, desde que descobriu que eu não havia deixado de ser sua. Pode não ter sido exatamente daquela forma que ele planejou, mas o casamento era algo certo. Era a sua maior vontade, o seu desejo, a sua ânsia. E não importava mais que tipo de loucura ele estava fazendo. Não me importava se era errado, insano, se nos meteríamos em mais um problema. Não importava mais.

– Case-se comigo – ele sussurrou em meus lábios.

Uma súplica que fez com que todos os meus pelos se eriçassem.

– Minha resposta nunca vai mudar! – Consegui dizer ainda sem poder me concentrar direito. – Não importa o tempo que demore, Robert. Não importa se eu vou precisar esperar por você a vida toda. Será sempre sim. Mesmo você ameaçando me amarrar na cama para me impedir de fazer alguma coisa, mesmo sendo tão complicado, mesmo tendo uma esposa assassina ansiosa para me eliminar, mesmo esquecendo do meu aniversário...

Um soluço escapou e o choro chegou repleto de emoção.

– Mesmo que nem todos os meus dias sejam especiais, mesmo que eu precise dividir com você todo o peso do seu passado, mesmo que eu precise aprender a mentir, a fingir, a enganar, mesmo que eu precise perdê-lo todos os dias um pouco e lutar uma nova luta para reconquistá-lo, mesmo assim minha resposta será sempre a mesma. Sim, eu me caso com você. Hoje, amanhã, todos os dias da minha vida...

– Obrigado!

Mais uma vez seus lábios tomaram os meus.

O beijo foi mais feroz, cheio de desejo, e eu pude sentir o quanto de gratidão também completava aquele momento nosso, só não entendia o seu motivo, afinal de contas eu me sentia salva e não como salvadora. Será que o amor era isso? Era enxergar mais no outro do que é capaz de enxergar em você? Talvez sim.

– Venha!

Robert me puxou com uma urgência que me assustou. Como assim venha? O que ele queria? O que faríamos? Será que ele levava mesmo a sério a ideia de casar naquele momento? Mas como?

Foi quando vi, entre o palco um pouco mais suspenso da orquestra e a plataforma onde iríamos jantar, uma mesa alta de madeira, logo atrás dela um homem de terno, e sobre a mesma, alguns papéis.

Puta merda!

Estanquei na mesma hora. Meu amante se virou para me encarar sem saber ao certo o motivo de eu ter parado. Ok. Eu havia dito sim, não apenas para aquele momento, mas para todos os que a vida poderia nos proporcionar. Porém eu precisava entender até onde teríamos que ir. Não podia simplesmente assinar nada sem saber o quanto ele se complicaria. Eu precisava de informações. Ele continuava me olhando, havia súplica em seu olhar.

– Não tenha medo, Mel! – Chegou muito perto acariciando meu rosto. Senti o calor dos seus dedos queimando minha pele. – Confie em mim.

– Eu confio! – Consegui dizer mesmo me sentindo uma criança em suas mãos. – Eu disse, será sempre sim, mas antes eu preciso saber no que isso implicará. Nós não podemos... – E seu dedo indicador me calou.

Ele olhou rapidamente para o homem que nos aguardava e depois para a orquestra.

– Podemos. Tudo bem.

E me conduziu para o lado oposto, onde eu tinha visto as poltronas e as almofadas imensas direcionadas para a tela de cinema. Eu queria perguntar sobre aquele local, contudo queria antes saber o que ele tinha para me dizer. Robert parou no sofá mais próximo e sinalizou pedindo champanhe. Eu tinha bebido, mesmo que minimamente, durante o meu dia, mas mesmo sabendo que não era recomendado para a gravidez, não declinaria aquela taça, eu realmente precisava dela, e valeria a pena beber se naquele momento eu pensava apenas em como brindar a nossa felicidade.

– Algumas coisas aconteceram. Achamos que Tanya tivesse conseguido nos fazer recuar, mas eu ainda acreditava que conseguiríamos resolver logo a situação se tivéssemos sucesso no seu encontro com Adam.

Ele fez uma pausa e bebeu uma boa quantidade da sua bebida. Aquilo realmente o incomodava e eu percebi que ainda me causava temor.

Sorriu torto. Tão lindo!

– Vou direto ao assunto porque tenho pressa. Frank cansou.

Minha boca abriu algumas vezes. Eu não queria tirar conclusões precipitadas, então preferi não dizer nada e aguardar por ele.

– Eu sempre me perguntava até quando ele aguentaria as loucuras de Tanya, parece que este é o seu limite. Ele procurou Nicole assim que conseguiu enganar Tanya e fazer com que ela assinasse o divórcio pensando ser a revogação do nosso acordo. Não me pergunte como ele conseguiu isso e nem no motivo para eu acreditar, mas não pode ser mais um golpe de Tanya, se o divórcio foi assinado e é legal.

Voltei a ficar surpresa. Meu coração acelerava e minha respiração não regularizava.

– É incrível, mas Frank foi a nossa chave. Dean deu um jeito, da forma como só ele consegue fazer, de colocar este divórcio como se ele realmente existisse na data assinada. Todos os ajustes foram feitos, um juiz já assinou e inclusive ficou decidido a partilha dos bens de uma forma muito justa. O acordo não será revogado, como Tanya acredita, Frank cuidou de modificar. O dinheiro pelas ações dela vai entrar na data certa e as ações passam para o meu nome. Claro que Tanya não pode saber de nada disso até termos as provas em mãos, mas nada me impede de fazer de você minha mulher neste momento, já que, judicialmente, eu sou um homem solteiro.

E aquele sorriso, aquele que me fazia esquecer de respirar, se apresentou.

Eu não sabia o que deveria fazer. Aquilo tudo era surreal demais. Quando em todo o meu tempo neste maldito jogo eu poderia imaginar que Frank seria a nossa salvação? Quando poderia prever que ele não suportaria? Imediatamente lembrei-me da sua conversa no dia em que precisei ir embora, da sua boa vontade em me ajudar. Frank demonstrou realmente querer que aquilo tudo acabasse, mas a sua decisão, o que ele havia feito... O que ele esperava? E se ela descobrisse?

Olhei meu amante parado na minha frente, abaixado para alcançar meus olhos, aguardando por minha decisão. Eu estava feliz? Sim, eu estava feliz. Estava tão feliz que poderia explodir como os fogos de artifícios de poucos minutos antes. Era o que eu queria, o que eu sonhei, desejei, ansiei... Era tudo o que mais desejei desde que coloquei meus olhos naquele homem incrível e estava ali, acontecendo. Eu nem podia acreditar que a sorte fosse sorrir para nós dois daquela forma.

– Melissa?

– Então... – Tive que pigarrear para ajustar minha voz. – Agora é pra valer? Quer dizer... É casamento mesmo?

– É, sim.

– E eu vou ser a sua esposa mesmo?

– Graças a Deus, vai, sim!

– Mas eu não quero ser chamada de Senhora Carter.

Ele fez uma cara engraçada, com uma sobrancelha erguida e eu me dei conta de que a emoção estava me deixando confusa demais.

– Desculpe! Eu associei tanto esta forma de chamar Tanya e a vi ostentar tantas vezes este título que não vou me sentir confortável.

Tive medo de magoar meu amante, ou futuro marido, mas ele só sorriu daquela forma única.

– Por mim você pode ser apenas Melissa, mas acredito que será um pouco complicado impedir que as pessoas lhe atribuam este título.

Foi a minha vez de fazer a careta.

– Então vamos nos casar – repeti tentando absorver a ideia.

Foi incrível como percebi que eu já me sentia muito bem como esposa dele. Era como se aquela fosse a minha real posição, o meu lugar no mundo.

– Eu vou ser sua esposa – constatei. – E isso vai ser... Agora?

Ele riu e tirou a taça da minha mão.

– Mel, você vai ser a minha esposa, mas vai continuar sendo minha amiga, minha amante, minha companheira, será a mãe dos meus filhos.

– Oh, merda!

Não consegui segurar os pensamentos e estes rapidamente se transformaram em palavras. Desviei o olhar sem poder encará-lo.

– Qual é o problema, Mel?

Puxei o ar. Seria muito desonesto casar sem contar sobre o filho que eu gerava? Merda, claro que seria!

Eu não poderia casar sem que Robert soubesse daquele filho. Também não poderia desistir do casamento depois de tudo o que ele fez, sem nem ao menos ter uma desculpa coerente. Aliás, eu não queria desistir de nada, por outro lado, não poderia jamais colocar tudo a perder revelando a existência daquele filho.

Depois de tudo o que Abby me contou sobre Adam, só tive certeza de que precisava fazer aquilo, além do mais, nós só tínhamos o divórcio e a venda das ações, mas não tínhamos o principal e eu não poderia me casar sabendo que, se nada desse certo, Tanya usaria tudo o que tinha contra Robert assim que descobrisse o que aconteceu, e a descoberta já tinha data e horário marcado.

Então era isso? Eu diria não, quebraria o coração do Robert, destruiria aquela noite que era para ser a mais feliz e importante do ano? Não. Eu não podia.

– Mel?

Olhei meu amante sem saber o que fazer.

– Robert, você confia em mim?

– Que bobagem, é claro que confio. Por que está me perguntando isso agora?

– Se eu tivesse um segredo... – Respirei fundo ainda incerta do que poderia dizer. – Se este segredo envolvesse diretamente você, mas eu não pudesse contar.

Ele segurou em minha mão e ficou um pouco mais sério.

– Eu jamais faria nada para te machucar ou prejudicar, mas eu não posso contar agora. Talvez você não entenda e não vou me isentar da culpa, mas preciso que me perdoe quando chegar a hora. Eu não posso casar com você, não posso assinar aqueles papéis e depois decepcioná-lo por conta deste segredo que eu guardo.

Ele soltou minha mão e sentou-se ao meu lado. Levou longos segundos me olhando, avaliando minhas expressões, repensando o que eu havia dito, e então soltou o ar que prendia nos pulmões.

– O que você esconde de mim é algo muito grave?

– É, mas apenas pelo fato de eu esconder de você. Robert, eu preciso do seu perdão.

Girei o corpo, praticamente me jogando sobre ele.

– Calma! É por isso que você anda tão esquisita, por causa deste segredo?

– Não sei. Pode ser!

– É algo que você pode suportar sozinha? Não quero que você se consuma tanto por mais problemas.

– É, sim. Não se preocupe. – Sorri.

Imagina se eu não poderia suportar uma gravidez sozinha?

– Melissa, se eu não confiasse plenamente em você não estaria aqui praticamente implorando para que se case comigo. Eu não sei o que você esconde, não sei o que pode acarretar este segredo, mas confio em você. Então eu te perdoo desde já. Eu te amo! Você é a mulher da minha vida e isso eu já disse milhares de vezes.

Aquele poderia ter sido o dia em que eu mais chorei na minha vida. Com certeza poderia ser classificado desta forma, porque assim que ele disse que me perdoaria independente do que fosse, eu comecei a chorar, e a rir também, como se fosse uma louca.

– Onde eu assino?

E me atirei sobre meu noivo, completamente feliz e relaxada. Nunca me senti tão forte, tão plena, capaz de enfrentar o mundo, de superar qualquer adversidade. Eu me sentia cheia de vida, de desejo, de vontade, estava louca para me sentir a sua mulher, para ser a verdadeira esposa de Robert Carter, mesmo sendo apenas Melissa.

Robert riu e esperou que eu me acalmasse, depois acariciou meu rosto, retirando os cabelos espalhados e colocando-os em seu devido lugar. Ele sorriu ao encontrar meus olhos e levantou o rosto para alcançar meus lábios. Deixei que me beijasse. Eu deixaria qualquer coisa.

– Vamos?

Levantamos e fomos até o homem que aguardava pela nossa assinatura. Ele não sorriu e, para o meu espanto, também não disse nada, apenas entregou uma caneta a Robert e quando este assinou olhou para mim deixando que toda a sua emoção transbordasse. Uma lágrima escorreu dos seus olhos correspondendo aos meus. Ele segurou minha mão direita, beijou-a, e me entregou a caneta. Com a visão embaçada, assinei o papel e me tornei sua esposa.

Não posso descrever como me senti. Não sei se é assim com todas as mulheres. No momento em que coloquei meu nome naquele papel, que me tornei definitivamente a esposa de Robert Carter, meu mundo passou a girar de uma forma diferente. Foi como se mudasse de eixo, como se finalmente eu me encontrasse. Era a sensação de estar muito tempo longe de uma casa amada e, depois de uma longa caminhada, retornar deixando que cada célula do seu corpo aproveitasse a sensação de estar de volta.

Soltei o ar dos pulmões com alívio. Parecia que eu tinha passado a minha vida segurando aquele ar, retendo o que havia dentro de mim, e ali, naquele momento, eu me senti livre, confortável para abrir os olhos e enxergar o que a vida poderia me oferecer de melhor.

Sorri e beijei meu marido. Sim, eu beijei o *meu marido*. Oficialmente meu marido. Sem nenhum entrave, sem precisar protelar, sem nada para nos impedir. Ele era o meu marido e eu a sua esposa e nada mudaria esta realidade.

O beijo também tinha outro sabor. Era mais seguro, mais cheio de certezas, tão cheio de sentimentos que transbordava pelos nossos olhos. O amor era assim, quando não cabiam mais doses no corpo ele simplesmente escorria pela face. Também não havia aquela urgência de antes, o que não diminuía o desejo, mas existia uma certeza tão grande que nos impedia de duvidar, de ansiar. Eu era dele e com isso tudo em mim também lhe pertencia, assim como ele era meu, todo meu.

– Aqui – sussurrou assim que desfez nosso beijo e retirou do bolso duas alianças.

Senti minhas pernas tremerem.

– São diferentes para não chamar a atenção, mas ainda assim são de casamento.

Ele pegou minha mão e colocou em meu dedo uma aliança grossa, ouro puro e ouro branco se fundiam, assim como nós dois éramos, diferentes e perfeitos um para o outro. Algumas pedras minúsculas compunham o corpo do anel dando um brilho todo especial à joia.

– Melissa – ele começou com a voz embargada –, este documento apenas sela o que começamos há um tempo, quando fizemos nossos votos e eles foram verdadeiros, e lindos. – Sorriu esplendorosamente. – Nós já éramos casados, já pertencíamos um ao outro e isso nenhum documento poderia provar o contrário. Eu quis concretizar a nossa situação porque sei o quanto isso é importante para você, além de ser o meu maior desejo. Este é meu presente de aniversário. Ainda não é como eu quero, mas foi a forma que encontrei de te dizer que nada seria capaz de mudar a minha vontade de estar ao seu lado. Esta é a minha prova de amor e, independentemente de quantos presentes eu possa te dar durante toda a nossa vida, e dos seus valores, nenhum deles será mais valioso do que este gesto. O seu amor é tudo o que me importa e me basta e o meu será tudo o que você precisará. Eu te amo e isso nunca vai mudar.

Com as mãos trêmulas, segurei a dele. Posicionei a aliança e a cada centímetro que avançava as lembranças me invadiam com força. Lembrei-me da primeira vez em que nossos olhos se encontraram, do nosso primeiro beijo, do primeiro toque, da primeira vez que o ouvi dizendo me amar, de todos os meus conflitos, dos meus medos, das certezas, de quando ele me pediu em casamento a primeira vez, dos nossos votos, a nossa separação e o meu retorno, do quanto o nosso amor era forte e invencível. E do quanto ele tinha razão, em tudo. O amor dele era tudo o que eu precisava.

– O seu amor é tudo o que eu preciso – repeti emocionada. – Obrigada, Robert! Por tudo. Por cada palavra, cada momento, cada segundo ao seu lado. Obrigada por me fazer sua mulher, por ser o meu marido. Eu te amo e isso nunca vai mudar.

A sua aliança era parecida com a minha, mas não era tão trabalhada nem tinha as pedras, mas era linda da mesma forma. Robert segurou minhas mãos, beijando a aliança de casamento e depois a que ele havia me dado, herança de família, e logo em seguida, beijou meus lábios mais uma vez.

– Obrigado! – ele disse ao homem que aguardava pelos papéis.

Só então me dei conta. Se eu estava casada com Robert, como poderia estar casada com Dean? Senti meu sangue gelar. Será que ele havia pensado neste problema?

– Robert, e Dean? – Ele me olhou sem entender, mas logo se deu conta.

– Ele conseguiu ajustar o divórcio de vocês para uma data anterior a esta. Pode ficar tranquila, Dean sabe como alterar a realidade.

Pensei em meu amigo, em seu olhar triste, na forma introspectiva que ele ficou ao me levar para aquele encontro. No quanto ele teve que passar por cima de seus sentimentos para me ajudar, para estar ao meu lado e, naquele momento, trabalhava para me ajudar a ser feliz ao lado do homem que havia me roubado dos seus braços. Dean era uma pessoa incrível e merecia ser feliz, com Carol ou qualquer outra garota.

– O que você quer fazer? – Ele segurou em meu rosto.

Estava tão carinhoso, tão feliz que todos os meus pensamentos tristes evaporaram.

– O que podemos fazer?

– É o seu aniversário e o nosso casamento. É o dia mais feliz e especial de todos os dias do ano! Você pode o que quiser.

– Eu não pude escolher o vestido do meu casamento – brinquei e ele estreitou os olhos.

– Você escolhe o próximo. – Envolveu minha cintura ainda me encarando.

– Próximo? Quer dizer que...

– Que nós vamos renovar os votos todos os anos. Você vai enjoar de escolher vestido. Este é só o primeiro.

– Renovar os votos?

– Quero poder mostrar ao mundo o quanto sou o homem mais feliz da face da Terra e o quanto amo a minha esposa. – Me beijou e sorriu. – E, para tanto, vamos nos casar todos os anos em lugares diferentes do mundo. O que acha?

Teceu beijos pelo meu rosto, descendo pelo pescoço enquanto suas mãos acariciavam minhas costas com movimentos circulares e deliciosos.

– Casar uma vez por ano? – Ri. – Você gosta mesmo de ser casado, não é?

– Com você? Sempre, minha esposa.

– Ok! Como o senhor quiser, meu marido.

– O que quer fazer? – Voltou para meus lábios com beijos curtos. – Podemos jantar, dançar, assistir a um filme.

Seu sorriso safado e a forma como seus lábios se demoraram mais na minha pele deixaram claras as suas intenções.

– Podemos namorar.

– Nós somos casados.

– E daí? – Ele riu.

– Você nunca soube que o casamento acaba com o sexo entre os casais? – Pisquei várias vezes tentando parecer inocente.

– É? – Ele me puxou com mais vontade de encontro ao seu corpo. – Duvido muito, Melissa! Duvido muito!

CAPÍTULO 41

Ainda estávamos rindo, sentados à mesa. Robert passava os dedos em minha nuca e descia por minhas costas. Uma carícia quase inocente, levando-se em conta que ainda estávamos cercados pelos músicos e garçons, mas que meu corpo se recusava a entender como algo banal. Eram os dedos dele na minha pele, então nunca seria apenas um toque.

Eu corava, sorria e aceitava qualquer coisa que partisse do meu marido. Mal conseguia acreditar que estávamos casados, flutuando no mar da Tailândia em um palco aberto, abraçados por elevações montanhosas e pedras. Era um perfeito local para uma lua de mel. Pensar neste ponto me deixou bastante quente e constrangida. Como seria?

– Você fica linda bronzeada – ele sussurrou na minha pele enquanto distribuía beijos no meu ombro.

Suspirei. Eu gostaria muito de partir para a lua de mel.

– Você fica lindo de qualquer forma.

Ele sorriu e constatei que havia dito a mais pura verdade.

Robert era lindo! Lindo demais até. Uma beleza que deveria ser proibida. E era meu. Todo meu. Senti meu coração inflar. Aquele homem perfeito havia se casado comigo. Dentre tantas, eu fui a escolhida. Eu e apenas eu!

– Eu ainda não tenho os seus pensamentos.

Correu os dedos na minha face, se demorando nos lábios. Seus olhos vasculhavam cada cantinho do meu rosto, como se quisesse decorar os detalhes e nunca mais esquecer.

– Mas tem o meu coração.

Segurei sua mão e beijei seus dedos carinhosos, depois os desci até meu peito.

– E tem a minha alma.

Sussurrei aproximando meus lábios dos dele. O beijo foi casto e curto.

– E o meu corpo, que é irrevogavelmente seu.

Ele sorriu amplamente.

– Pode acreditar, todos os meus pensamentos são direcionados a você.

– Você estava pensando em mim, agora?

– No quanto você é lindo e eu tenho sorte.

Rocei meus lábios nos dele. Robert suspirou gostando da aproximação.

Seus dedos acariciaram discretamente o local onde coloquei a sua mão, mas não se prolongaram. Ele me puxou para perto, mesmo sabendo que as cadeiras nos separavam, e brincou com meu braço com carícias leves.

– Eu tenho sorte – ele disse tomando meus lábios.

Senti sua língua tocar meus lábios e nosso beijo perfeitamente orquestrado consumindo as minhas forças. Como um beijo podia ser tão gostoso?

– E eu te amo, Melissa! Não. Eu te venero! Chega a ser absurdo porque eu não consigo acreditar que uma mulher tenha o dom de me dobrar tanto assim, mas é verdade. Eu me tornei um bonequinho em suas mãos.

Passou a mão no cabelo. Como eu amava aquilo! Ele riu, desdenhando de si mesmo.

– Como pode acreditar nisso?

– Você não obedece... – Abri a boca para falar, mas ele me calou. – Nunca. Você me desafia, me engana, finge ouvir e concordar com o que eu determino ser o melhor para nós dois. Era para eu detestar você, mas olhe para mim!

Tocou suas roupas e fez uma carinha engraçada, estreitando os olhos e balançando a cabeça. Estava tão relaxado, entregue e jovem. Eu amava aquela versão do meu CEO.

– Eu simplesmente casei com você, mesmo sabendo que isso vai significar muita dor de cabeça.

– Que coisa linda para dizer na nossa noite de núpcias – desdenhei e fingi estar magoada.

Ele apertou os braços em mim e mordeu meu pescoço.

– Eu te amo e isso deveria ser o suficiente. – Riu.

Minha pele se arrepiou..

– Eu te amo e, sim, é o suficiente, Senhor Meu Marido. É tudo o que eu preciso.

Senti exatamente o momento em que o clima mudou. O que era brincadeira e carícias inocentes foi cedendo lugar para algo mais forte, algo que sabíamos não ter capacidade de conter. Já estávamos há muito tempo naquele joguinho, cumprindo as regras, respeitando os espaços, mas, naquele momento, falando sobre o nosso amor, tínhamos a necessidade de concretizar o que dizíamos.

Ele me bastava como eu bastava a ele e fazer amor, proporcionarmos prazer aos nossos corpos ansiosos, era o máximo de amor que podíamos suportar, porque sabíamos que, no momento auge, quando o clímax nos atingisse, aqueles breves segundos, o impossível acontecia, o amor se materializava e tornava-se palpável, visível, uma fina camada que nos envolvia e apagava o mundo lá fora, que nos transportava para outra realidade onde o amor era muito além do que sentíamos ou podíamos explicar.

Só quem já amou verdadeiramente, que em vida encontrou a outra metade da sua alma, entende o que eu digo. O sexo não é apenas sexo, assim com o prazer não é algo irracional, deixa de ser parte da nossa natureza e se torna a amplitude dos nossos sentimentos. É a necessidade de se sentir completo não apenas naquele momento, mas sempre. Separados éramos a metade um do outro, mas juntos tornávamos um só, uma só alma, um só corpo, um só sentimento, mais forte do que tudo e impossível de ser destruído.

– Quer assistir a um filme?

O quê? Como assim? Eu estava borbulhando por dentro, sentindo aquelas coisas todas que só ele conseguia me fazer sentir e Robert propõe um filme? Para o inferno com o filme, eu queria pegar a balsa, voltar para a terra e procurar um quarto. Ele riu da minha confusão e começou a levantar. Recusei-me a segui-lo. Eu não ia passar a minha lua de mel assistindo a um filme, mesmo sendo o cinema aquela coisa maravilhosa perdida no meio do mar.

– Vamos, você vai gostar disso.

Estendeu a mão para mim. Mordi o lábio inferior indecisa se deveria continuar a ser a garotinha birrenta ou se já podia voltar a ser a esposa apaixonada. Ele continuou me olhando, aquela imensidão cinza me atingindo com toda a sua força e eu entendi que, independente do que faríamos, seria perfeito, porque seria com ele.

Coloquei minha mão na dele e a mesma sensação me atingiu, era o que sempre acontecia quando eu desejava segui-lo fosse para onde fosse. Robert sorriu. A música parou de repente. Olhei para os lados me dando conta de todos os que estavam por ali trabalhando para nos proporcionar o melhor, começavam a ajustar as coisas para uma retirada estratégica. Olhei para o meu marido, mas ele nada disse, apenas me convidou com um gesto simples, inclinando um pouco a cabeça.

Caminhamos até as almofadas, passamos pelo conjunto de sofás no qual sentamos quando tivemos aquela conversa tão definitiva, descemos algumas plataformas e nos alojamos na mais funda delas, que era justamente a mais centralizada. Ficava de frente para o telão e ao fundo, apenas o céu escuro salpicado de estrelas. Um móvel que parecia uma espreguiçadeira, só que almofadado, com espaço suficiente para quatro pessoas, aguardava por nós. Ao lado, uma garrafa de champanhe em um balde de gelo.

Robert me posicionou próximo a este móvel e começou a tirar o paletó. Ele não me olhava, apenas conferia a movimentação atrás de mim. Deixou a peça no chão e tratou de desabotoar o colete que compunha sua roupa de casamento. Casamento! Só de pensar meu corpo começava a formigar. Quanto mais o tempo passava, mais eu ia ficando eufórica. Meu Deus, eu estava casada e com o homem que amo. Era perfeito demais para ficar contido apenas dentro de mim. Ele me olhou e parou com a mão na gravata, foi quando me dei conta de que o olhava como uma idiota, uma esposa apaixonada babando pelo marido. Era possível? Sim, era possível.

– Para onde eles vão?

Ok! Foi uma pergunta bem babaca, mas eu não sabia o que falar. Robert voltou a folgar o nó da gravata, puxou para cima, e tirou.

– Vão deixar o local para nos dar privacidade.

Corei.

Era ridículo, mas fiquei envergonhada. Tudo bem que éramos recém-casados e tudo o mais que esta posição poderia nos justificar, mas merda... Eles estavam deixando a plataforma para que eu pudesse transar em paz com o meu marido. Era complicado de assimilar.

– Pensei que íamos assistir a um filme. – Desviei os olhos envergonhada por estar envergonhada.

Ouvi o risinho rouco do Robert.

– Nós vamos, sim. Vamos fazer o que você quiser, mas eles não precisam estar aqui e nós temos a noite toda.

Aquelas palavras eram a promessa mais ardente que eu já tinha ouvido. Meu corpo inteiro acendeu como uma fogueira. Engoli, forçando a ansiedade a voltar para o seu lugar.

– E você vai... Tirar a roupa?

Ele sorriu. Não foi aquele sorriso destruidor, mas foi um meio que debochado, como se o meu embaraço fosse a cereja do bolo. Robert se aproximou de uma maneira que me deixou tonta.

– Se esta for a sua vontade... – E me deu um beijo calmo, sexy e que acabou antes que eu conseguisse organizar meus pensamentos.

– Não quero que pense que casou com uma mulher cheia de vontades.

Com receio do que eu seria capaz de fazer, caso Robert continuasse me tentando, abracei meu corpo. Não estava frio, muito pelo contrário, mas achei melhor assim, afinal de contas, estávamos em um local aberto e as pessoas ainda trabalhavam por lá. O barulho do filme me despertou do transe. Olhei para a tela iluminada que já exibia a música inicial. Reconheci o filme de primeira, era um que eu adorava, antigo, e meu marido sabia muito bem que me agradaria.

As luzes foram morrendo aos poucos, permitindo que o ambiente fosse adequado para um cinema. O som milagrosamente chegava até nós dois como se estivéssemos realmente em um lugar fechado, uma acústica perfeita. Apenas a claridade da tela, que não era o suficiente para nos deixar amostra.

– Tire as sandálias e suba.

Ele segurou minha mão para me ajudar. Fiz o que mandou. Suspendi o vestido e logo eu estava no meio das almofadas, o joelho afundando no material confortável.

Robert fez o mesmo e, descalço, deitou ao meu lado, puxando-me para seu peito. Grudei os olhos na tela, mas minha mente estava em cada movimento dele, nas batidas do seu coração, na forma como respirava e em seus dedos subindo e descendo lentamente em meu braço desnudo. Que forma estranha de passar a noite de núpcias.

Levantei o rosto buscando pelo dele. Robert, como se tivesse sido chamado, imediatamente me olhou. Nos encaramos por um tempo, reconhecendo o que havia de tão perfeito em nós dois. Ele acariciou meu rosto como se estivesse hipnotizado.

– Você é linda, Melissa! – sussurrou. Suas palavras eram uma carícia e chegaram em mim como um convite.

Busquei por seus lábios e não encontrei nenhuma resistência por parte dele. Robert se permitiu ser beijado. A doçura da sua boca invadiu o meu paladar e logo minha língua experimentava a dele. O fogo e a paixão de antes estavam presentes, contudo, dosados, acompanhando a intensidade do momento, sem extrapolar, mas também sem esmaecer. Era a dose certa, a mistura perfeita.

Meu corpo correspondeu como deveria ser. Senti a umidade familiar no meio das pernas, o formigamento em meu ventre, a pele arrepiada, o coração acelerado, a vontade deliciosa de continuar com aquele beijo e permitir que ele ganhasse outras proporções. Eu sentia as mãos dele em mim, me envolvendo e me puxando aos poucos, com a pressão exata, em direção ao seu corpo. Subia pelas minhas costas, avançava em minha nuca e, ao mesmo tempo, a outra descia, acariciava a cintura, puxava um pouco, soltava, descia, alisava minha coxa levantando o tecido do vestido.

Mas eu parei. Sabia o que era ficar tão entregue aos encantos daquele homem, dominada pela emoção do casamento tornava-se ainda pior, ou melhor, muito melhor, porém não dava para permitir que nossos corpos ditassem aquela loucura. Estávamos em um local aberto, o filme passava e não sabíamos quantos olhos poderiam estar em nós dois. Pensando assim, me afastei um pouco e procurei pelas pessoas que antes estavam ali nos servindo.

– Eles já foram.

Robert não cedeu nem um centímetro. Suas pupilas dilatadas e tão evidentes entregavam o seu nível de excitação.

– Somos só nós dois agora. – A voz rouca invadia minha mente e lambia meu corpo por dentro. Era fantástica.

– Todos eles? – Voltei a olhar verificando se realmente estávamos sozinhos. – Quem está operando o filme?

– Um computador, relaxe.

E aquela voz sussurrante era um convite e uma súplica.

Suas mãos correram levantando meus cabelos, retirando as flores que estavam ali, os dedos massageando minha nuca e mantendo-me firme. Ele levantou um pouco a cabeça e beijou meu pescoço. Eu sabia que não suportaria por muito tempo. Como não atender aos seus apelos?

– Mas estamos em um lugar aberto demais.

– Estamos distantes.

Ele ainda mantinha a voz baixa, seus dedos continuavam as carícias.

– Sozinhos.

Seus lábios roçavam os meus, o rosto, pescoço, ele não parava.

– Este é o ponto mais escondido desta plataforma.

A ponta do seu nariz alisava minha pele.

– A acústica não permite que o som fuja.

Ele me deu um selinho vagaroso.

– Esta é a nossa noite de núpcias e eu estou louco para fazer amor com a minha esposa.

Ansiosa e sem conseguir controlar meu corpo, subi a coxa até alcançar sua cintura onde minha perna encontrou sua mão receptiva e carinhosa. Robert suspirou. Eu ardia por dentro. Muito devagar, ele girou nossos corpos, ficando parcialmente por cima. Parou admirando meu rosto, desceu acompanhando o vestido, a mão alisando levemente o que conseguia alcançar. Minha perna ainda presa a ele e a coxa exposta. Seus lábios tocaram meu pescoço, fazendo minha consciência pender em um fio fino e frágil.

– E o filme? – falei debilmente.

Eu não me importava mais com o filme, nem com nada.

– Que filme? – Sorri ainda de olhos fechados. – Eu não vejo nada além de você, Melissa.

Oh, Deus! Tem como não amar este homem?

Foi o que faltava para que eu me entregasse. Deixei que as mãos corressem seus cabelos, os fios lisos e macios entre meus dedos e seus lábios dominando os meus. Ele me tocou com mãos firmes, decididas e determinadas. Sabia que meu corpo cederia aos seus anseios, conhecia cada detalhe dele, reconhecia as suas necessidades, dominava suas atitudes. Nada mais em mim me pertencia ou obedecia.

Eu era incondicionalmente e irrevogavelmente dele.

Desci as mãos encontrando os músculos bem definidos das suas costas. O tecido da camisa não me impedia de senti-lo com toda a sua grandeza. Ao mesmo tempo sua mão lançava chamas em meu corpo, acariciando a pele exposta da coxa, enquanto a outra mantinha-me presa ao seu beijo.

Meu Deus! Eu ia mesmo fazer amor com ele ali, no meio do mar, sem nenhuma barreira ou nada que nos ajudasse a ficar menos expostos, mesmo assim, incrivelmente, eu me sentia à vontade, segura e confortável, porque eu sabia que Robert estava lá comigo, então nada mais importava. E me entregar àquele homem ali, na rua ou na lua, em uma cama ou no chão, escondidos ou expostos, não fazia a menor diferença. Eram apenas detalhes que logo se tornavam irrelevantes.

O mais importante estava em meus braços, beijando meus lábios como se fosse o nosso último beijo, tocando meu corpo como se fosse uma joia de valor inestimável, desejando-me como se não houvesse o amanhã, se entregando como se não existisse limites e me idolatrando como se não fosse possível alma mais pura, mais brilhante e divina.

Ah, eu me entregaria! Não pararia para pensar nem mais um minuto. Robert não entendia, não conseguia acreditar, mas eu nunca, em nenhum dia da minha vida desde que coloquei meus olhos nele, consegui pensar em mim de outra forma. Ele poderia nunca ter me notado, nunca ter me desejado, tocado, poderíamos nunca ter transado, nada disso seria capaz de conter o amor que eu sentia e senti naquele primeiro segundo em que nossos olhos se encontraram. Eu o amaria independente de qual fosse o nosso destino. Eu sempre o amaria. Era eterno. Para sempre e sem volta.

Robert se apoiou no cotovelo e conseguiu se firmar um pouco mais sobre o meu corpo, ficando entre minhas pernas. A saia do vestido atrapalhava um pouco, não permitia um contato mais real como eu desejava, mas ele não tinha pressa, então ficou daquela forma, movendo-se lentamente em mim, sentindo nossa aproximação e usufruindo dos meus lábios.

Sua boca deixou a minha e desceu pelo pescoço acompanhando a mão que acariciava esta parte. Eram beijos deliciosos, cheios de desejos, sua língua e dentes participavam da brincadeira conforme a sua vontade. Eu me encolhia reagindo a cada mordida ou gemia baixinho deliciada com o contato com a sua boca, permitia me angustiar quando seus lábios me experimentavam, relaxava quando ele apenas roçava a pele e louvava cada arrepio sentido.

Sendo um pouco mais ousado, Robert beijou meu busto, se aventurou pelos montes macios dos seios ainda presos ao vestido e correu a mão até a coxa que ainda estava na sua cintura, os dedos longos escorrendo pela pele, tocando cada pedacinho e buscando pela bunda. Gemi e rebolei um pouco, bem devagar e de leve, demonstrando o quanto gostava daquele toque.

Então ele se levantou com um movimento brusco, ficando sentado sobre os calcanhares, levando-me junto e forçando-me a sentar em seu colo, as pernas atravessadas no seu corpo. Sem aguardar por nada, deixou as mãos adentrarem meu vestido, explorando a pele nua e arrepiada, quente de desejo. Nossos lábios se colaram outra vez. Um beijo longo, sensual e delicioso. Nossos corpos se mexiam como uma dança, ele avançava e eu recuava, eu avançava e ele permitia.

Alisei seu peitoral enquanto sentia os dedos me tocarem de todas as formas, mas sem avançar através da calcinha. Comecei a desfazer os botões da sua camisa, abrindo espaço para melhor tocá-lo e, assim que o último foi retirado, passei a mão para dentro sentindo os músculos rígidos muito bem definidos, a pele clara, a temperatura, o cheiro, o sabor, a textura. Eu o tocava, beijava e aproveitava todos os detalhes daquele corpo fantástico. Robert, por alguns instantes, apenas permitiu que eu agisse, aproveitando o que eu podia lhe proporcionar.

Depois de um tempo inerte, ele voltou a reagir. Com um movimento rápido e certeiro, subiu o vestido pelo meu corpo, levantei os braços sem precisar da sua ordem e senti o tecido roçar minha pele até estar totalmente fora de mim. Tão fácil! Imaginei se foi por este motivo que ele havia escolhido aquele. Fiquei apenas com a calcinha, as alianças e a tornozeleira que Paul me presenteou. Achei que o conjunto tinha tanto a ver com o local e o momento que me senti sexy.

Robert colocou uma mão na base da minha coluna, forçando o encontro dos nossos sexos ainda afastados pelos tecidos da calcinha e da calça dele, a outra mão, espalmada em minhas costas, me puxou ao seu encontro, roçando nossos corpos com luxúria. Depois, sem perder muito tempo e ciente de que a fricção gostosa que fazíamos lá embaixo não se perderia, ele utilizou as duas mãos para acariciar meus seios. Gemi um pouco mais alto. Estava muito ansiosa por toques mais ousados, mais quentes.

Ele passou as mãos e tomou meus lábios no mesmo segundo. Eu o sentia roçando meu sexo enquanto rebolava no seu colo, apalpando meus seios de forma avassaladora, apertando, soltando, puxando e brincando com o bico já totalmente duro e, ao mesmo tempo, seus lábios tomavam os meus e a língua me possuíam. Era tanta informação para absorver ao mesmo tempo que eu não conseguia focar em mais nada.

Quando seus lábios deixaram-me e teceram beijos ao longo do meu busto para, logo em seguida, se apossar dos seios, distribuindo prazer em todas as minhas terminações nervosas, eu pensei que perderia o juízo. Ele segurava e atiçava um enquanto mordia, chupava e beijava o outro, trocando a posição e se revezando entre eles.

Ah, ele era tão intenso! Tão perfeito em todos os seus gestos! Tão magnífico no que fazia! Era como se Robert fosse treinado incansavelmente para dar o melhor do ato sexual. Como se ele tivesse passado anos estudando, se formando, fazendo MBA, mestrado, doutorado, PhD na arte de enlouquecer sexualmente a sua esposa. Ele era magnânimo.

– Oh, Deus! – gemi sem saber ao certo se conseguiria me manter consciente por muito tempo. Havia um misto de sentimentos se agitando dentro de mim, implorando para assumir o controle. E eu queria muito que isso realmente acontecesse.

– Linda!

Ele abandonou meu seio ao sussurrar e um arrepio percorreu minha espinha.

– Deliciosa!

E estava lá, por trás de todos aqueles gestos cuidadosos, daqueles lábios doces, o lado animal daquele homem, o mesmo que o empurrava para ultrapassar os limites e que o impelia a me consumir sem piedade. Ele estava lá, deixando-se perceber pela voz rouca, macia e sensual, cheia de promessas ansiosas para serem cumpridas.

Sem pensar em resistir àquele convite, comecei a desafivelar o seu cinto. Robert não me impediu, ele estava completamente permissivo naquela noite e eu me sentia forte, sexy e feliz. Gostava de compartilhar o controle, apesar de que, na maioria das vezes, eu ficava tão absorta nos seus braços que apenas me deixava conduzir.

Mas aquela noite era minha também. Era a minha noite de núpcias e eu não poderia ser mera coadjuvante. Eu sabia o que queria, como queria e o quanto queria, então precisava agir. Antes mesmo de conseguir concluir o cinto, já tentava desfazer o botão da calça e rapidamente a abri colocando minha mão por dentro. Ele gemeu forte e me afastou um pouco para que fizesse um trabalho melhor. Fiquei deliciada.

A princípio, os movimentos foram restritos, eu apenas acariciava por dentro da cueca. Meu marido gemia e me apertava com as mãos conforme o seu prazer. Ele beijava meu rosto, lábios, pescoço, descia pelos seios e em todos os momentos parava para verificar o que eu fazia. Era delicioso de se observar. Depois resolvi dar asas aos meus desejos e, afastando mais um pouco as suas roupas, consegui libertá-lo. Outra vez ele se afastou um pouco e me observou.

Deslizei minha mão em movimentos controlados. Ele gemeu e fechou os olhos, saboreando o toque. Beijei seu peitoral e o explorei com a língua. Robert usava o perfume habitual, mas naquela noite ele era tão afrodisíaco que me fez ter vontade de beijar todo o seu corpo e sentir aquele cheiro perfeito.

Sua mão se fechou em meus cabelos com força. Robert voltava ao controle. Levantei os olhos enquanto ainda beijava seu peitoral e estimulava seu sexo e encontrei meu marido me encarando. Com a outra mão, ele me afastou o suficiente para me tirar do colo, contudo minha mão continuou acariciando, subindo e descendo, pressionando e soltando na medida certa.

– Aqui.

Ele sussurrou com aquela maldita voz rouca que fazia um show pirotécnico dentro de mim, arrancando toda a minha força.

Com a mão em meus cabelos, ele me conduziu até seu membro indicando o que desejava. Puta merda, eu o queria assim mesmo, dentro de minha boca, liberando o seu gosto, me penetrando daquela forma. A maneira como o abocanhei foi fora do normal. Havia tanto ímpeto, tanta vontade de sugá-lo e levá-lo ao limite, que Robert gemeu alto, se afundando em meus lábios e me controlando pelos cabelos. Permiti que seu sexo ganhasse espaço, me invadindo ora com força, ora mais lentamente, contudo, de maneira deliciosa.

Ele gemia e era maravilhoso ouvi-lo. Imaginei aquela cena. Ele com as calças abertas, ajoelhado, seu membro rígido entrando e saindo da minha boca, e eu, de quatro usando apenas calcinha, sendo conduzida pelos cabelos, chupando meu marido como se ele fosse o manjar mais saboroso ofertado a uma condenada. Não dava para conter o prazer. Ousei olhá-lo enquanto o recebia com vontade. Nossos olhos se encontraram e a conexão quase me fez gozar no mesmo instante. Aqueles olhos eram o mais puro prazer que já pude imaginar. Gemi sem conseguir pensar em uma forma melhor de me expressar.

– Vem cá. – Outra vez ele me puxou, separando-me do seu corpo.

Tenho quase certeza de que fiz biquinho, inconformada com a separação. Robert riu baixinho e me levantou com as mãos liberando meus cabelos. Ele resmungou alguma coisa que apenas identifiquei como "ansiosa demais" ou "gulosa demais", qualquer que fosse a expressão usada me fez corar. Eu realmente estava me sentindo desta forma. Queria poder chupá-lo até que se contorcesse de prazer e me desse o seu gozo como prova de amor.

– Levante! – Manteve a voz baixa, contudo, cheia de autoridade. – De pé!

Obedeci sentindo-me um pouco insegura. Uma coisa era estar de quatro, confiante de que não chamávamos tanta atenção, outra estar de pé, tendo a certeza de que qualquer pessoa muito atenta poderia identificar o que acontecia ali. Mas seus dedos subiram pelas coxas com a pressão que eu precisava. Gemi outra vez e pensei na possibilidade de as minhas pernas falharem.

Robert segurou-me pelos quadris e me puxou para perto dele. Eu de pé e ele de joelhos. Seus lábios se fecharam em meu sexo por cima da calcinha. Segurei em seus cabelos e me concentrei apenas em não cair. Ele usou os dentes brincando com a minha sanidade mental, enquanto os dedos longos acariciavam, apertavam e desfrutavam da minha pele, mantendo-me firme no lugar. Ele avançou as mãos ultrapassando o tecido da calcinha, apalpando a bunda, esfregando os dedos por onde encontrava espaço. Gemi mais alto no momento em que fechou os dentes em meu clitóris, por cima do pano e ao mesmo tempo em que senti os dedos chegarem por dentro, tocando por trás e alcançarem meu sexo já molhado.

Outra vez nossos olhos se encontraram e... Puta merda! Ele estava brincando comigo. Estava me deixando louca pelo simples fato de gostar de me ver assim. Eu ia protestar, mas fui invadida por dedos deliciosos e assisti sua língua lamber minha calcinha como se fosse meu próprio sexo. Abri a boca e não consegui dizer nada. Sem forças, me apoiei em seus ombros e gemi roçando de leve os quadris em sua boca.

– Tão ansiosa, minha esposa!

Nem consegui abrir os olhos, pois ele puxou minha calcinha para o lado e desta vez sua língua realmente me lambeu, bem lá, alcançando todos os meus pontos e arrancando de mim um gemido que saiu do mais profundo prazer. Seus lábios se apossaram do meu sexo com tanta intensidade que senti minhas pernas fraquejarem. Robert afundou ainda mais os seus dedos e acariciou as paredes molhadas e pulsantes.

O orgasmo chegou sem avisar e foi tão intenso que eu praticamente gritei sentindo aqueles lábios fechando, chupando meu pontinho de prazer e seus dedos dentro de mim, massageando minha carne. Não sei quanto tempo levou, mas parecia uma infinidade de horas onde flutuei no espaço como poeira espacial. Cada parte de mim se esfarelou, dissolveu e se espalhou no universo. A sensação de liberdade era única. E então, como se tivesse ocorrido uma grande explosão, senti o momento do repuxo e todo o meu corpo se juntou, solidificou e materializou naquela boca. Robert ainda me beijou de leve e retirou a calcinha sem nenhuma pressa.

– Como eu disse: sempre muito fogosa e ansiosa, Melissa.

Mas não havia nenhuma reprovação em sua voz. Eu podia até dizer que havia orgulho.

– Eu sempre preciso fazer alguma coisa antes para mantê-la em meu ritmo.

– Desculpe.

Resmunguei ainda sem saber ao certo se já estava totalmente recuperada ou se suas palavras me constrangiam ou não.

– Não, não, não. Não se desculpe!

Havia divertimento em sua voz, o que me deixou mais relaxada. A sua aversão às desculpas era algo com que eu gostava de brincar. Deixou a calcinha ao seu lado e abaixou as próprias calças até o limite do joelho.

– Vem cá.

Com as mãos ele me puxou para baixo, segurando com força pela cintura e me ajustando. Senti minhas pernas levantarem e então me agarrei ao seu corpo enlaçando-o pelos quadris. Logo suas mãos estavam em minhas costas, bunda, coxas, suspendendo meus cabelos e deixando-me mole e novamente ansiosa.

Ah, Robert, se eu fosse punida com um orgasmo todas as vezes que ficasse ansiosa por você, permitiria que o monstrinho dentro de mim se apossasse do meu corpo o tempo todo!

Imediatamente senti seu membro rígido exigir o que lhe pertencia. O mínimo toque, aquela pequena encostada em meu sexo parcialmente satisfeito e já completamente molhado, reacendeu a chama dentro de mim. Gemi deliciada ao sentir que ele brincava com a minha entrada. Robert riu, mas tomei seus lábios em um beijo urgente impedindo que ele fizesse qualquer gracinha.

– Oh, Deus! – rosnei ao ser invadida.

Robert segurou firme em minha bunda controlando a sua entrada e me torturando lentamente.

Ele também gemia, baixinho, a boca semiaberta, os olhos cerrados, a expressão exata da luxúria. E como conseguia me manter tão firme estando de joelhos e segurando meu corpo com as mãos? E por que minhas pernas fraquejavam, mas as dele não? Bom, eu até ficava agradecida por isso, afinal de contas era demasiadamente gostoso senti-lo controlar a penetração, e com isso, acionar cada nervo existente em meu sexo. Imediatamente, comecei a sentir as formiguinhas caminhando pelo meu ventre e se espalhando em meu íntimo.

Ele então desceu o corpo, sentando sobre os calcanhares. Meus pés tocaram as almofadas dando-me mais firmeza. Com força, Robert me puxou deixando que seu pênis entrasse até o limite. Sua mão foi até o meu cabelo e o segurou com força, demonstrando o quanto estava se controlando e gostando do que fazíamos, a outra se manteve na minha bunda, puxando-me de encontro ao seu sexo e não me deixando escapatória.

– Ah, Melissa, você é quente! Gemeu enquanto espremia os lábios em meu ombro e buscava pelos meus seios. – Deliciosamente quente.

A mão que estava no meu cabelo me puxou para trás e assim meus seios foram involuntariamente ofertados. Ele os sugou, um de cada vez, com calma e desejo.

Com calma. Como ele conseguia?

Tentei normalizar a respiração enquanto ele me mantinha imóvel. Eu estava saboreando cada segundo em que meu marido se espremia dentro de mim, sentindo deliciosamente as paredes se apertarem em seu membro resistindo ao corpo intruso, e a cada centímetro atingido eu me sentia estremecer.

Quando pensei que me acostumava àquelas sensações, ele, com uma das mãos em minha bunda, me puxou para cima, mantendo a calma, fazendo-me recuar centímetro por centímetro. Arfamos juntos e Robert colou a testa entre meus seios. Quando senti que ele estava quase fora de mim, parou e recomeçou os beijos pela clavícula.

– Vamos bem devagar, Mel. Quero aproveitar cada centímetro dentro de você.

Concordei sem nada dizer. Meus pensamentos começavam a se perder em confusões. Sua voz sempre causava um furacão dentro de mim, fazendo-me desejar coisas indecorosas. Com as pernas mais firmes, voltei a descer vendo como ele gemia baixinho e se perdia em meus braços.

Seguindo o seu ritmo, tentei manter apenas os quadris em movimento, o que exigia de mim um maior molejo, um rebolado mais ousado. Todo o esforço era recompensado pelo que eu conseguia arrancar daquele homem. Robert simplesmente se entregou, permitindo-se sentir. Ele gemia manhosamente e todas as vezes um comichão me atingia de jeito.

Mantive o padrão: subir, descer rebolando bem devagar, movimentar apenas os quadris, beijar seus lábios, me concentrar em não perder o foco por causa das suas mãos quentes na minha pele, pressionando minhas coxas, explorando minha bunda, mantendo-me firme pela coluna. Era delicioso demais!

E então, ele manteve as mãos paradas em minha bunda, uma de cada lado, só acompanhando os movimentos. Experimentei outros rebolados, exigi seus lábios nos meus, alisei seu peitoral, ousei o máximo que pude e tive dele todo o seu prazer.

Mas Robert nunca foi homem de se deixar ser conduzido, pelo menos não por muito tempo. Como se tivesse despertado de um transe, ele me segurou com mais força, me levantou um pouco e modificou nossas posições, deixando de ficar sobre os tornozelos e passando as pernas para frente nos encaixando completamente. Era uma posição um pouco mais difícil, que exigia mais de mim, pois os movimentos não podiam ser tão largos nem bruscos, mas a fricção causada era perfeita.

Rebolando bem devagar eu o sentia se mover ao mesmo tempo, todas as vezes que eu me movimentava para frente meu clitóris se apertava na base do seu sexo e eu sentia o prazer me invadir com um sabor mais do que especial. Ele mantinha os movimentos lentos e distribuía beijos em meu rosto.

Passando as mãos no meu rosto, Robert retirava os fios de cabelo da frente e me olhava com uma atenção comovente. Aqueles olhos me mostravam o quanto eu era valiosa, o quanto aquilo não era apenas sexo, o quanto o seu amor transbordava e me inundava quando nos fundíamos. Aos poucos, meu corpo foi se acalmando, todo o meu foco era ele e a sua devoção.

– Linda! – Seus olhos continuavam em mim.

Os movimentos foram recomeçando. Eu não queria me perder, queria continuar embriagada com aquele olhar, porém era impossível, porque meu corpo havia se acalmado, mas o ardor se concentrava naquele único ponto, como se seu olhar atingisse exatamente aquele lugar.

Ficamos assim, nos amando aos poucos, deixando que cada pedacinho dos nossos corpos pudessem compartilhar daquele momento. Ele me alisava, tocava com mais força, recuava um pouco, beijava meus seios e mordia deixando ainda mais quente. Fervendo. E assim fomos atendendo as nossas necessidades à medida que ela aumentava e exigia e logo o que tínhamos não era mais o suficiente.

– Assim, amor.

Tirou-me do seu corpo no momento em que eu começava a achar que não dava mais para voltar atrás. Estava tão gostoso que nem acreditei quando Robert resolveu mudar de posição. Não dava para apenas continuar?

Ele me segurou com força e jogou as pernas, com as calças ainda presas nos seus joelhos, para fora do móvel. Eu precisei levantar sem entender o que ele desejava, e já ansiosa demais para voltar ao que fazíamos. Meu marido me segurou pelos quadris e me girou, deixando-me de costas. Vi seus pés se movimentando para retirar as calças e achei engraçado, mas não ri.

Robert me puxou para seu colo, sentada de costas para ele, as suas pernas entre as minhas, que estavam abertas de uma forma bastante constrangedora. Ele inclinou o corpo um pouco para trás e correu um dedo pelas minhas costas, de cima para baixo, até atingir a bunda, então passou as duas mãos pelas coxas e beijou meu ombro.

– Coloque-me dentro de você – sussurrou.

Suspirei deliciada com o seu tom de voz.

Segurei seu membro e o puxei para dentro de mim. A entrada não foi lenta como eu esperava. Robert simplesmente me conduziu para baixo e entrou em mim sem aguardar permissão. Gemi e minhas pernas abriram involuntariamente enquanto a cabeça pendia para trás, alojando-se no pescoço dele. Meu marido me recebeu, passando os braços no meu corpo, deixando as mãos vagarem em mim.

Senti quando ele levantou meu queixo e me beijou. Sua língua entrou na minha boca no mesmo instante em que os dedos começaram a alisar meu sexo. Foi... delicioso! Imensamente delicioso. Sem conseguir manter o beijo, deixei um gemido carregado de tesão escapar. Segurou meus seios, apertando e alisando, da mesma forma como fazia logo abaixo, ao passo que seu sexo dentro de mim massageava minhas paredes.

Apoiei minhas mãos nos seus quadris e comecei a rebolar com mais vontade. Sem conseguir ignorar os dedos em meu sexo, iniciei mexidas para frente e para trás, subindo, descendo e delirando com tudo o que sentia. A mão dele envolvia o meu seio, o segurava e, às vezes, os dedos se juntavam para brincar com o bico.

Robert também gemia. Era algo muito mais selvagem do que os meus gemidos e que só indicava uma coisa: ele estava quase lá. Fui além dos limites e rebolei com mais vontade e seus dedos apenas deslizavam no meu sexo acompanhando os movimentos e me dando o prazer que eu buscava.

No momento em que acreditei que estávamos em nosso máximo e que ficaríamos assim até o clímax nos atingir, ele retirou a mão do meio das minhas pernas. Gemi um protesto e ele riu colando seus lábios em minhas costas. Sua mão foi até a minha, que estava apoiada no quadril dele e a retirou. Corei no exato momento em que entendi o que ele faria. Robert levou-me até meu sexo e, sem pedir minha permissão, começou a alisá-lo utilizando os meus dedos.

Puta. Merda.

– Continue...

Pelo timbre da sua voz, eu entendi que ele estava quase lá. Robert precisava que eu continuasse a manter o ritmo, mas também precisava do seu momento, da sua entrega.

Experimentei o toque convencendo a mim mesma de que aquilo não poderia mais ser algo constrangedor. Não era nenhuma novidade, afinal de contas, já tinha acontecido outras vezes e de formas mais intensas e expostas. Deixei os dedos me acariciarem. Não era nada como os dele, mas era bom, aliás, era muito bom.

– Isso, meu bem! – Ele mantinha as mãos em mim, acariciando meus seios e se movendo embaixo de mim, acompanhando meu rebolado.

– Robert, eu...

– Calma!

Foi quando ele se deixou cair de costas segurando-me apenas pelos quadris que eu soube que estava no caminho certo. Arrisquei olhar para trás e o vi deitado, seus olhos quase fechados ainda me olhavam. Então tive consciência de que seus olhos estavam fixos na minha bunda, que ele assistia aos meus movimentos enquanto eu rebolava em seu colo.

Aquilo realmente mexeu comigo. Inclinei o corpo para frente. Sem a sua avaliação, deixei que meus dedos continuassem brincando em minha carne e com a outra mão me apoiei em sua coxa e inclinei a bunda para trás, saindo e voltando lentamente, rebolando com o seu corpo dentro de mim.

Robert gemeu alto e seus dedos se fecharam com força em meus quadris. Fiquei deliciada. Sentia-me poderosa, por isso rebolei ainda mais. Ele me invadia quando eu sentava e me deixava tirá-lo de dentro, ao mesmo tempo me permitia sentir a masturbação, os dois juntos me faziam pulsar e com isso minha carne se fechava, apertando meu marido dentro de mim.

– Ah, Mel!

Robert intensificou o aperto e, depois de duas estocadas, ficou rígido. Seus músculos se contraíram, ele me mantinha firme, espremendo-se e forçando sua entrada ao limite. Sem poder me mexer, deixei meus dedos completarem o serviço, inclinando-me para frente e sentindo que também chegaria ao orgasmo em pouco tempo. E então ele levantou rapidamente, colando seu tórax às minhas costas, eu o sentia ainda arfante, mas sua mão se juntou à minha e eu explodi.

Meu orgasmo chegou arrancando tudo o que podia de mim. Meus quadris se movimentaram para frente e eu me vi rebolando nos dedos do homem que eu amava, minha cabeça estava jogada para trás e meu tórax arqueado enquanto ele apalpava meu seio com vontade. E me vi me espalhando de todas as formas, meu corpo se liquefazendo em seus dedos, a pele derretendo em seus lábios e a mente vagando em outro universo.

Ele ainda me beijava, só que com mais cuidado. Eu continuava no colo, nossas mãos juntas, dedos entrelaçados ainda no meio das minhas pernas. O som do filme foi voltando aos poucos a minha consciência. Robert ficou mais carinhoso, gentil. Eu me deixava contorcer como uma gatinha manhosa, recebendo o que ele ainda podia me dar.

Eu conhecia aquele filme, já tinha assistido-o tantas vezes, e suspirado e sonhado com aquelas possibilidades. O drama sempre faz essas coisas com a minha cabeça, mas, naquele instante, a música, as falas, tudo adentrava minha mente de uma forma diferente, como se a vida realmente estivesse nos dando uma segunda chance, e como se realmente pudéssemos fazer tudo. Mas quando ele sussurrou em meu ouvido aquela frase, acompanhando a fala do ator, meu coração acelerou. Robert disse:

– No amor, sempre existe um que ama mais. Quem me dera não fosse eu.

E eu entendi que meu mundo era tudo aquilo, independentemente se conseguiríamos ou não fazer diferente. Aquela era a nossa segunda chance.

CAPÍTULO 42

Eu estava dormindo de costas quando senti dedos acariciando meu corpo, descendo lentamente do centro dos seios até o umbigo. Sabia quem era e o que queria, mas eu estava destruída, acabada pela longa sessão de filmes, sexo e orgasmos astronômicos. Então apenas sorri.

– Você fica linda sorrindo – ele sussurrou um pouco distante.

– Hum! – resmunguei, fingindo não estar totalmente consciente.

– O dia está nascendo, precisamos voltar.

Abri os olhos e vi o céu já desbotado. Raios rosados pintavam o azul e o som leve das águas assim como o leve balançar da plataforma me levou de volta à realidade. Eu não queria acordar porque sabia que seria voltar a todos os nossos problemas. Na noite anterior eu havia me casado e não tive medo, mas, naquele instante, ciente do quão perigoso havia sido a nossa atitude, eu temi.

– Não quero voltar.

Ele riu.

– Eu também não, mas precisamos. Você está deliciosamente sem roupas e eu estou louco para me aproveitar desta situação, só que em breve eles vão voltar para nos buscar.

– Eles vão voltar? – Senti o mundo retornar com todo o seu peso para cima de mim.

– Calma! Ainda temos tempo.

Ele se inclinou e beijou meu ombro, depois desceu e foi beijando bem devagar até alcançar um seio. Sua língua umedeceu o bico intumescido e eu me deixei deitar outra vez.

– Robert, você vai tirar toda a minha força assim...

Mas minhas mãos já estavam em seus cabelos.

– Você não vai precisar dela para mais nada hoje.

Ele continuou beijando, lambendo e chupando bem devagar. Meu ventre começou a dar sinal de vida.

– Nós temos uma vida inteira, por que você age como se o mundo fosse acabar no próximo minuto?

– Porque eu sei que você sempre está pronta para mim.

Ele parou e me olhou. A profundidade do seu olhar mexeu comigo de uma forma estranha. Havia um pouco de tristeza nele.

– E porque eu sei o quão imprevisível é a nossa vida. Eu já perdi você tantas vezes...

Tapei sua boca com um dedo para impedir que ele continuasse.

– Não fale isso, por favor! – Ele fechou os olhos se permitindo calar. – Nada vai nos separar, eu juro!

– Tudo bem. Não quero pensar nisso agora. Vem cá.

Puxou-me para seus braços e me beijou imediatamente percorrendo meu corpo com as mãos sedentas que desceram até encontrar o tornozelo e se dar conta da tornozeleira. Robert parou e olhou para a joia.

– Você não tinha isso antes.

Tenho certeza de que esta não foi a sua intenção, mas havia uma certa cobrança em sua voz.

– E você conhece todas as minhas joias, sabe tudo sobre a minha vida, sabe até o tamanho das minhas calcinhas, mas esqueceu o dia do meu aniversário.

Ele riu sem graça e passou a mão no cabelo, como sempre fazia. Tão lindo!

– Eu vi esta joia na joalheria do hotel. Foi um presente?

Estreitei os olhos. Queria muito fazer birra e não lhe dar aquela informação.

– Não pode me culpar, eu casei com você.

– Ah foi? Então foi por isso? – Ele começou a rir e me apertou em seus braços. – Estou com ciúme – admitiu. – Foi Dean quem te deu?

– E seria ruim? Ganhar um presente de um amigo preocupado em acabar com a minha tristeza seria motivo para ciúmes?

– Não me provoque, Mel! – Sua mão se fechou em minha tornozeleira ameaçadoramente.

– Foi Paul, porque o ajudei com a Nicole – revelei rindo da sua ameaça. – E se fosse Dean eu nunca o perdoaria se quebrasse.

– Claro que você me perdoaria. – Ele também riu deixando o clima mais leve. – Eu sou o seu marido, esqueceu?

– E daí?

– E daí que faz parte do pacote perdoar meus deslizes.

Dei um tapa no braço dele e tentei me desvencilhar.

– Pode esquecer, Robert. Comigo as coisas serão bem diferentes.

– É? – Ele me puxou e beijou meu pescoço. – Tenho certeza de que sim. Você vai me dar mais trabalho do que qualquer mulher poderia me dar.

– Ainda podemos anular o casamento.

Ele parou me encarando outra vez.

Não entendi o motivo por ter levado a sério aquela última frase, afinal de contas estávamos brincando. Meu coração acelerou. Subi a mão até o seu rosto e acariciei sua face. Robert fechou os olhos e se inclinou para o carinho, segurando minha mão e a beijando.

– Eu te amo! – disse por fim, voltando a abrir os olhos.

– Assim como eu te amo! – Ainda sentia a tristeza pela sua mudança súbita de humor.

– Faça amor comigo!

Era uma súplica nítida. Por quê? O que havia de errado? O que eu fiz de errado? O que estava acontecendo com Robert?

– Sempre... – sussurrei perdida demais em pensamentos.

Nossos lábios se juntaram em um beijo apaixonado. Não havia pressa, só a vontade de ficarmos juntos e esquecermos qualquer possibilidade de deixar acabar. Precisávamos um do outro como os pulmões sempre precisavam do ar, como os peixes da água, as aves do céu. Era isso o que éramos, um do outro.

Robert me possuiu sem avisos. Eu não estava totalmente pronta, na verdade o medo de como começamos aquele ato ainda estava em minha mente, o que me impedia de me entregar totalmente. Não queria perdê-lo, não podia mais aceitar a separação, não depois de irmos tão longe, de termos chegado onde chegamos. Senti um pequeno ardor indicando que ou precisava esquecer e fazer parte daquilo ou parar e evitar danos maiores. Claro que não passou despercebido pelo meu marido.

– Mel!

Ele parou para secar uma lágrima que escorria em meu rosto. Eu não tinha percebido que chorava.

– Amor, o que houve?

Pisquei, tentando entender aquele turbilhão de sentimentos. Talvez a gravidez estivesse ajudando a agravar o meu estado de espírito, ou até mesmo o cansaço. Fechei os olhos e percebi mais lágrimas descerem. Droga, eu não queria terminar aquela noite assim. Então as lembranças ele me dizendo que não importava quanto difícil ficasse ele não queria que eu fosse embora me invadiram com força. A segurança voltou ao meu coração e abri os olhos.

– Eu te amo! – Sorri meio sem jeito. – Meu Deus, eu amo tanto você! – falei mais alto sentindo vontade de gritar e foi o que fiz. – Eu amo você, Robert Carter! – gritei. Ele sorriu amplamente acariciando meu rosto.

– Sua doidinha! – E me beijou com mais paixão.

Recomeçamos. Robert agia lentamente, ciente de que eu ainda não tinha a lubrificação necessária. Ele me beijava com muito gosto, saboreando meus lábios e língua, deixando que o beijo se perdesse no tempo. Ele entrava e saía de mim sem pressa, com cuidado e deixando tudo ainda mais gostoso. Suas mãos apalpavam meus seios, alisavam a barriga e acariciavam minhas pernas. Ele estava confortavelmente entre elas, que estavam abertas e recolhidas até a cintura, dando-lhe mais passagem.

O ato foi ficando mais fácil, o prazer aos poucos lambia meu corpo acompanhando suas mãos e lábios. Sem sair de dentro de mim, Robert beijou do meu queixo até o umbigo enquanto se afundava cada vez mais em nosso momento. De olhos fechados, eu gemia.

Sua mão segurou uma perna, ele a levantou e a beijou em diversos pontos. Eu nem sabia como conseguia tanta elasticidade ou abertura, mas ele a manteve firme por alguns segundos e se movimentou me penetrando com maestria. O bailar dos quadris de Robert era algo que merecia ser reproduzido em um filme. Ele rebolava de uma maneira linda e deliciosa.

E então transpassou a perna pela minha, que ainda estava na cintura dele, a colocou entre as dele e levou a que estava estendida à sua frente para o outro lado dobrando e inclinando meu corpo, como se fôssemos dormir de conchinha, mas ele estava dentro de mim, sentado sobre os calcanhares e estocando sem parar e sem pressa.

Inclinado sobre o meu corpo, ele podia me tocar tanto na frente quanto por trás. Suas mãos apalpavam meus seios enquanto os lábios exigiam os meus e o sexo me invadia deliciosamente. Quando ele deixou de me beijar e levantou o corpo, as mãos correram, uma de cada lado, uma espalmada nas minhas costas e a outra entre meus seios, até que finalmente ele parou, conduzindo-me em suas investidas.

Robert levantou o corpo, ficando sobre os joelhos e aumentando o ritmo das estocadas. O que vi me deixou extasiada. Ele me penetrava me segurando pelos quadris, o corpo reto e o rosto jogado para trás em transe, deliciado demais para ser compartilhado. Os raios de sol ainda fracos iluminavam seus cabelos e a pele. Robert parecia brilhar. Parecia um anjo, um Deus. E ele não parava, aumentava as estocadas, saboreava cada investida, se regozijava com cada ato.

– Ah, Melissa! – gemeu meu nome, fazendo com que eu me arrepiasse por completo. Não um arrepio normal de excitação, mas aquele que atinge até o fundo do seu íntimo, que é capaz de arrancar o que existe de mais prazeroso de dentro de você e trazer à tona. Algo dentro de mim começou a latejar.

Ele abriu os olhos e me flagrou olhando para ele. Por um instante, ficamos desta forma, ele me possuindo e me assistindo, eu sendo possuída e assistindo. Foi maravilhoso, até porque Robert Carter era sempre um espetáculo. Mas, então, ele diminuiu o ritmo, pegou minha perna e a transpassou outra vez virando-me de frente para ele. Suas mãos correram meu corpo, passaram pelos meus seios, brincaram com os bicos sem quebrar a conexão do nosso olhar.

Entre as minhas pernas, outra vez ele apenas apoiou os braços aos lados do meu corpo e continuou se movimentando, assistindo todo o ato. Rebolava de uma maneira deliciosa, entrando, saindo e alcançando lugares absurdamente deliciosos. Deixei que minhas mãos descansassem em seus joelhos e permiti que ele me possuísse sem limites.

Fechei os olhos e o presenteei com o meu prazer. Mordi os lábios me preparando para a explosão que viria e deixei meu corpo exposto mostrar ao meu marido o que ele era capaz de fazer comigo. No momento em que sua mão tocou meu rosto e escorreu pelo meu corpo, passando entre os seios e deixando rastros de fogo, o desejo foi mais forte do que a capacidade de contê-lo.

Gozei permitindo que cada célula do meu corpo sentisse aquele prazer. As chamas espalhadas pelo êxtase lambiam minha pele com muita luxúria. Arqueei o corpo sentindo-me incapaz de controlar as reações. Ainda consegui sentir suas mãos percorrerem minha barriga e estremeci visivelmente com os espasmos.

Abri os olhos e o vi me observando. A expectativa começou a me consumir, porém Robert fechou os olhos e, pairando sobre mim, recomeçou suas estocadas com mais vontade. Ele também mordeu os lábios e vi seu corpo ficando arrepiado até que, enfim, não muito tempo depois, ele estremeceu e gemeu alto, entregando-se ao orgasmo. Era fora do comum vê-lo tão entregue, gemendo e se espremendo em mim. Fui inundada pelo seu gozo quente que me marcava como se eu fosse apenas sua. E eu era.

***

Voltar para o SPA não foi nada interessante. Eu estava presa em uma bolha com o homem da minha vida, mas tivemos que estourá-la e voltar à realidade. Para os olhos inimigos, eu ainda era casada com Dean, odiava Robert, e este tinha um caso com Carol. Uma droga!

– Vai ficar tudo bem! – ele prometeu diversas vezes enquanto ainda estávamos no avião pequeno, aquele mesmo que me levou até Robert e que dava sempre a impressão de que não conseguiria seguir adiante.

Sim, eu sabia que tudo ficaria bem, mas quando? Ainda precisávamos seguir em carros separados, enfrentar Adam Simpson, roubar as provas de Tanya e mostrar para a justiça que ela não estava mentalmente capaz. E isso tudo poderia durar uma semana ou um ano. Puta merda! Eu não tinha um ano. Tinha no máximo mais um mês e todos já poderiam notar a minha gravidez. Estremeci só de pensar nesta possibilidade.

Enquanto eu estava sozinha no carro, sendo levada ao encontro de Dean, pensei em como eu me sentia só. Nem quando precisei ir embora, deixando um Robert destruído para trás, me doeu tanto. Na época eu sabia que era uma guerra e que, para conseguir vencer Tanya, era necessário desenvolver a paciência, até descobrir que uma criança crescia dentro de mim e voltar o mais rápido possível para dar andamento ao plano.

Mas depois de tudo, depois de voltar para os braços dele, de ver que avançávamos conforme o combinado, que estávamos casados e que poderíamos ser felizes, cada segundo era sentido como se fossem milhares de anos. Eu tinha urgência em ter paz, em poder viver com Robert da forma como sonhávamos. Nós merecíamos isso.

Entrei no quarto com vontade de deitar naquela cama até a hora de voltarmos para Chicago. Não me sentia animada para sair e ficar constatando que Robert precisava estar trancado naquele maldito quarto com a Carol, afinal de contas, quem conhecia o meu marido sabia que tempo livre, um quarto e uma cama só significavam uma coisa. Merda!

– Oi! – Dean estava lá e se aproximou assim que me deitei.

– Oi, Dean! Como estão as coisas? – Eu tinha obrigação de ser agradável com o meu amigo. Reconhecia o seu esforço e sua ajuda inestimável, mesmo sabendo que ele sofria. Dean desviou o olhar e se sentou ao meu lado.

– Tudo caminhando como combinamos. A única novidade é que Frank pediu demissão e sumiu no mundo.

– Como assim?

– Estamos acreditando que ele não aguentou a barra e que precisa de um tempo. Esta história toda com Tanya deve ter mexido demais com ele.

– Coitado!

– É! – Havia algo mais que Dean queria dizer, mas ele não disse. – Frank teve muitas chances de cair fora, mas preferiu estar ao lado dela. Não deve ser fácil depois de tanto tempo cair na real.

– Lamentável.

– Lamentável – ele repetiu voltando a me encarar. – Como estão as coisas?

– Bem. – Minha voz saiu sem ânimo algum e Dean percebeu esse detalhe.

– Está tudo bem mesmo?

– Está, sim. Só não estava preparada para casar e voltar tão rápido para a realidade.

– Entendo. – Ele passou a mão em meus cabelos e fez uma careta quase imperceptível.

– E Carol?

– Não está nada feliz comigo – admitiu sem demonstrar muito pesar.

– O que aconteceu?

– Não sei. – Mais uma vez ele desviou os olhos. – Acho que não tenho sido um bom namorado. Talvez quando esta confusão toda acabar eu consiga acertar os pontos com ela.

– É por minha causa, Dean? – Tive medo de perguntar, mas achei necessário fazê-lo. Seria muito bom se conseguíssemos acertar os nossos pontos também.

– Não, Mel! Não é por sua causa. Relaxe! – Ele sorriu e pareceu verdadeiro. – Eu já me conformei com a nossa história. Não sou de ficar lamentando o que não tem mais solução, muito menos de ficar preso a um amor não correspondido. Faço o mais prático, coloco minha vida para frente e determino o rumo dela.

– Isso é ótimo!

– É sim. – Ele levantou olhando pela porta de vidro que nos separava da praia. – Este lugar é um paraíso. Nós poderíamos aproveitar um pouco o sol, o que acha?

– Não sei. – Eu não estava animada para fingir aquele circo. – Estou cansada.

– Vocês nunca pegam leve?

– Dean!

Ele riu.

– É sério! Todas as vezes que você está com ele é sempre da mesma forma, você fica parecendo um zumbi.

– Eu estou grávida e grávidas sentem sono, ok?

– Ok! Vamos deitar em uma daquelas espreguiçadeiras e dormir sob o sol. – Ele me puxou da cama.

– Eu preciso de um banho. – Ele fez cara de nojo e eu tive que rir. – Vou ser rápida. Prometo.

Nos encontramos na praia. Ele já estava deitado, aproveitando o sol e com a sua bebida em mãos. Abby estava ao seu lado, usando um biquíni lindo e revelando seu corpo perfeito. Ela estava tão bonita e relaxada que nem parecia aquela garota cheia de traumas e rancores. Senti meu coração mais leve.

– O seu é sem álcool – meu amigo falou assim que me aproximei.

– É bom beber logo, antes que esquente. O dia está tão quente que precisamos nos manter hidratados.

Ela sorriu para Dean, que brindou e piscou um olho. Ele também estava lindo e relaxado. Um dia perfeito.

Quase perfeito. Robert ainda estava no quarto com Carol. Uma droga!

– Ela está passando todos os detalhes para ele. Como eu não posso me aproximar, estamos nos comunicando pelas mensagens.

Dean me informou assim que percebeu meu olhar direcionado para onde seriam os quartos.

– Eles estão trabalhando e nós curtindo! – Abby brincou outra vez. Sorri.

– Onde está Paul? – Ele não estava conosco, nem em lugar algum que eu era o quarto deles.

– Eu o vi caminhando para as tendas de massagem – Dean me informou e desviou o olhar sorrindo.

– Nem quero saber sobre isso. Nicole não vai gostar nadinha de saber que uma mulher colocou as mãos em seu namorado.

– Nenhuma mulher gostaria de saber disso – Abby sinalizou. – É bom passar protetor, Melissa.

– Eu já passei. Dean fez questão de deixar bem visível no quarto.

Ele riu.

– Vamos ver que gosto tem isso.

Era um coquetel de frutas gelado e sem álcool. Uma delícia! Bebi quase tudo de uma vez me dando conta de que estava faminta. Continuei olhando para os quartos e pensando no quanto seria bom ter Robert por perto. Minha ansiedade estava em modo "on" e eu não conseguia contê-la.

– Quero batata frita. – Abby deu risada.

– Eu também quero! Será que tem aqui?

– Existe batata frita no mundo inteiro!

Dean sobressaltou e se levantou para chamar o garçom.

Meus olhos me traíam de tempos em tempos levando-me para aquela mesma direção. Era uma merda manter aquele teatro. Meus amigos eram ótimos e divertidos, porém eu não conseguia me desligar por muito tempo. Meu mundo estava restrito e limitado a Robert.

– Alguém entrou no mar? – Tentei desviar a minha atenção.

– Eu entrei – Abby revelou. – Por quê?

– Não sei. Pensei em entrar um pouco, mas não estou muito certa disso. – Ela riu demonstrando estar muito bem.

– Para este calor a água está deliciosa. Eu e Dean entramos um pouco.

Olhei para meu amigo, que desviou os olhos como se não quisesse revelar alguma coisa.

Opa! Eu estava perdendo algo. Achei melhor não questionar. Era um problema deles. Então vi Paul se aproximando. Ele usava bermuda e camiseta e não estava nada à vontade, parecia até constrangido.

– Oi Paul! – Tentei manter o clima amigável para que ele ficasse um pouco mais à vontade.

– Oi! – Sorriu ainda tímido. – Quente aqui, não?

– Muito quente. – Abby sinalizou com a sua bebida gelada. – É bom manter-se hidratado.

Ela e Dean começaram a rir de alguma piada que eu nem fazia ideia do que era.

– Tem razão – disse Paul, que estava embaixo do guarda-sol ao lado do meu. – O que você está bebendo?

– Coquetel de frutas sem álcool.

– Um chá gelado seria ótimo – ele disse chamando o garçom. – Mas vou querer um desse também. Estou faminto.

Eu sorri. Paul estava muito mais amigável nos últimos dias.

– Como foram as coisas ontem? – Abby provocou e vi Paul ficar um pouco mais sério.

– Deu tudo certo – informei ainda sem graça. – Quer dizer que todo mundo estava sabendo e eu sofrendo como uma boba?

– Robert mobilizou todo mundo quando soube do divórcio – disse Paul. – Aliás, alguma notícia de Frank?

– Nada até agora. Tanya chegou de viagem e foi direto para casa, mas apareceu para trabalhar pela tarde. Pelo visto ela ainda não sabe de nada, nem da demissão do amante.

Paul ficou ainda mais tenso.

– Espero que ela não surte de vez! – ele resmungou mais para si do que para os outros.

– Duvido muito. Frank era apenas uma marionete – Abby continuou provocando.

Que droga! Por que ela não ficava apenas na dela?

– Frank ama Tanya, Abby – Paul rebateu.

– Que estranho, não é? – Ela sorriu cinicamente.

Merda!

– Estranho por quê? O próprio Robert ama a Tanya – ele rebateu e depois se deu conta do problema que tinha arranjado.

Abby colocou o canudo da bebida na boca e deu de ombros.

Puta merda! Aquela história outra vez. Não dava para aguardar até que eu tivesse pelo menos um ano de casada?

– Desculpe, Mel. – Ele se virou para mim no exato momento em que sua bebida chegava, assim como a porção generosa de batata frita. Perdi completamente a fome.

– Tudo bem.

Deixei o copo de lado decidida a sair dali. Ele também não parecia mais interessado em beber nada.

– É que ela… – Respirou fundo e mudou de assunto – O importante é que vocês se acertaram, não é? Não que o fato da invalidade do documento seja um transtorno, mas Robert vai corrigir logo isso e…

– Como é? – bradei. Dean levantou-se visivelmente preocupado.

– Eu estava dizendo que Robert pretende legalizar logo o casamento em nosso país.

– Como assim?

– Mel!

Dean se aproximou e então Paul se deu conta da merda que tinha falado. O dia não poderia ficar pior.

– Do que ele está falando, Dean?

– Oh, droga! – Paul se afastou me olhando com cautela. – Ele não te contou, não foi?

– O que exatamente eu preciso saber?

– Mel, calma! – Dean tentava, mas não conseguia. – Robert pode esclarecer as coisas, vamos só esperar por ele.

– Seu casamento não tem valor legal. Pronto, é isso!

Abby se meteu na conversa sendo o mais direta possível. Achei que meus pés não encontrariam mais o chão.

– Vocês são americanos e casaram na Tailândia. Teoricamente, Robert acabou de se divorciar, o que o impede de casar praticamente no mesmo dia com você. Pelo amor de Deus, Melissa! Você tem esta noção. Ele não pode se divorciar e casar no mesmo dia.

– Chega, Abgail! – Paul interferiu, mas meu mundo já estava destruído.

Meu casamento não tinha valor legal. O que o filho da puta do Robert Carter achava que estava fazendo comigo? E o que diabos eu estava fazendo que ainda não tinha acabado com o nariz dele?

– Mel, tem valor legal – Dean tentava amenizar. – Mas você também era casada, esqueceu? Nós não podemos internar Tanya e alegar sua mente doente deixando que todo mundo saiba que Robert Carter se separou dela para casar com a amante. É só uma questão de tempo. Assim que tudo estiver resolvido, ele legaliza a situação de vocês.

– Claro, em um ano! – Abby ironizou.

– Para, Abby! – Dean estava furioso. – Que droga! Não vê que ela não pode se estressar? Mel, fique calma.

– Por que ela não pode se estressar? – Paul voltou a se aproximar. Dean fechou os olhos e passou as mãos no cabelo, igual ao Robert. – Melissa?

– Eu... – Olhei para Paul sem conseguir raciocinar direito.

Eu estava furiosa, mas acima de tudo decepcionada. Nem havia me dado ao trabalho de ler o que assinei, apenas fiz o que ele pedia e pronto. E a merda do documento não tinha valor legal. Como eu não imaginei? O rapaz que aguardava por nós era visivelmente tailandês, ou algo parecido. Merda, eu não conseguia pensar. Só deixava que as vozes se repetissem em minha mente. O calor estava insuportável, o clima entre meus amigos estava insuportável. Eu estava insuportável.

– Eu estou...

Fechei os olhos, sentindo que tudo aquilo já tinha ido longe demais. Minha cabeça girou.

– Mel?

Paul e Dean estavam perto. Muito perto. Eu não conseguia enxergar nada.

– Eu estou... Grávida.

E o mundo ficou escuro.

CAPÍTULO 43

– Eu não sabia! – Paul se justificava pela milésima vez.

Eu não estava muito a fim de ouvir desculpas, estava apenas muito tentado a matar alguém.

– Vá para o inferno, Paul! Eu deveria ter te matado e enterrado em algum lugar na Tailândia.

Ouvi Abgail rir e fiquei com mais raiva. Ela também era culpada.

– O mais importante é que Melissa está bem, sem nenhum problema aparente.

Vi quando Dean e Paul trocaram um olhar estranho.

– Qual é o problema de vocês? Qual o motivo deste olhar?

– Ficamos preocupados com o estado dela, Robert. Apenas isso – Dean tomou a frente respondendo com segurança.

– Ah, claro! Ninguém aqui conhece Melissa, não é? Ninguém imaginava que ela surtaria quando soubesse sobre o documento? Eu nem consigo acreditar nisso!

– Eu não consigo acreditar que você ainda tente enganar Melissa, Robert – Dean rebateu sem pestanejar. – Será que tudo o que vocês já viveram não foi o suficiente para que aprendesse que não dá para sustentar um relacionamento com mentiras?

Ok. Eu tive muita vontade de acertar um soco na cara daquele idiota, mas não podia. Não podia revelar para eles o meu real motivo por ter escolhido poupar Melissa daquela decepção. Desde que meus pensamentos conseguiram concluir as minhas suspeitas, minha única vontade era protegê-la.

Eu imaginei, quando a observava fingir dormir, no dia em que enfim fizemos amor em minha casa, no dia em que ela me disse que não queria mais nada e me devolveu as ações para logo em seguida me contar toda a verdade. Ou uma parte da verdade. Depois comecei a prestar mais atenção ao seu comportamento. Melissa era um turbilhão de confusão. Uma hora estava bem e no segundo seguinte estava péssima. A princípio neguei com veemência. Ela nunca me esconderia uma situação como aquela. Ah não ser que...

Sim, eu cheguei a acreditar nesta hipótese. Claro que pensei. Ela voltou mudada, casada, arrotando uma felicidade que eu sabia não existir. Tinha que haver algum motivo mais forte do que apenas voltar para me ajudar. Quis simplesmente sumir. Não podia acreditar que ela seria capaz. Afastei-me, repeli Melissa tentando me convencer de que apenas topei o jogo porque era uma ótima estratégia.

Mas ela jurava o seu amor. Sofria com o meu afastamento e eu finalmente comecei a pensar em outra versão. Confesso que me deixou muito mais animado, confortável e feliz. Aos poucos fui cedendo, prestando mais atenção e todas as evidências estavam lá: enjoos matinais, mudança súbita de humor, a urgência em resolver tudo, os seios fartos, o aumento quase imperceptível de peso, a barriga ganhando um pouco mais de volume. Não podia ser outra coisa.

Eu queria confrontá-la. Questionar o motivo por estar me escondendo, mas Melissa não me dava nenhum indício de que tentava me enganar e eu a conhecia muito bem para perceber nas entrelinhas uma mentira como aquela. Por isso esperei e observei.

Lutei contra tudo o que pude para protegê-la. E ainda havia aquele maldito encontro com Adam Simpson. Como ela poderia encarar um filho da puta de um estuprador, de um pervertido, estando grávida? Eu não podia admitir e me odiava cada vez mais por ter concordado, por não ter tentado encontrar outra saída.

Foi por isso que quis o casamento. Estávamos em uma guerra onde tudo poderia acontecer. Se realmente o que eu desconfiava fosse verdade eu precisava agir. Agradeci a Deus a ideia de procurar Frank pouco depois de minha amante sumir no mundo. Em segredo fizemos um acordo, consegui convencê-lo de que o divórcio seria o melhor para nós dois. Claro que na época não desconfiávamos de que Tanya conseguiria uma cartada tão certeira e eu nem acreditei quando Frank simplesmente decidiu que era hora de agir. Pelo menos assim eu manteria Melissa em segurança caso Tanya atentasse contra mim. Melissa sendo minha esposa teria direito a tudo o que eu deixaria e, consequentemente, qualquer fruto gerado por nós dois.

Dean foi de grande valia também. Ele sabia quando deveria agir. Tinha que colocar aquele documento em vigor tão logo pudéssemos descartar Tanya e sabia o que deveria fazer caso eu fosse eliminado do jogo.

Melissa estava grávida e eu confirmei minhas suspeitas quando ela me perguntou se eu a perdoaria por esconder de mim um segredo. Naquele momento eu tive a certeza de que tudo valeu a pena. Um filho. Um filho! Não dava para acreditar que eu teria aquela chance outra vez. Minha vontade era de pegar Melissa e sumir no mundo. Viver aquele sonho perfeito, mas eu sabia que não seria o correto a ser feito. Não podíamos viver nos escondendo de Tanya e de tudo o que, com certeza, ela aprontaria.

Entendi o porquê de ela estar me escondendo a verdade. Primeiro: eu enlouqueceria. Com certeza enlouqueceria. Não permitiria mais nenhum passo dela naquele jogo desgraçado. Não arriscaria a vida do meu filho mais uma vez. Nunca mais. Segundo: Tanya não podia desconfiar. Eu conhecia o seu nível de loucura e não poderia deixar que Melissa ficasse tão vulnerável.

Terceiro: ela sabia o quanto o seu encontro com Adam era importante e tinha a certeza de que eu nunca aceitaria. Mas eu tive que aceitar.

Porra, Melissa! Eu queria poder lhe dizer o quanto estava feliz, o quanto estava orgulhoso, radiante, esperançoso. Eu queria gritar para o mundo que eu seria pai. Que a mulher da minha vida gerava um filho meu. Um filho meu. Puta que pariu! Seria um filho meu!

Então não pude dizer a ela que por enquanto o documento não teria valor legal. Eu ia dizer, juro que ia, mas quando ela me fez aquela pergunta, quando lançou aquela luz em minha mente e me deu toda a certeza de que eu precisava, nada mais poderia ser feito como eu acreditava que seria. Eu não podia desapontá-la ainda mais.

Ela tinha um segredo e eu jurei que a perdoaria. Como não perdoar? E eu também tinha um. Mais um. E precisaria do seu perdão quando chegasse a hora. No entanto, Paul e Abgail resolveram acabar com a minha paz. E desde então Melissa não falava comigo. Aquilo tudo era demais para uma pessoa com tantos problemas para resolver.

– Eu estava protegendo Melissa – respondi a Dean, que me olhou sem acreditar em minha resposta.

Problema dele. Não seria eu quem contaria o que realmente acontecia com Melissa.

– Sei como ela reage mal a situações como estas e em pouco mais de dois meses poderíamos legalizar a nossa situação sem precisar passar por todo este incômodo.

– Ela vai passar a viagem toda trancada no quarto? – Carol falou pela primeira vez desde que levantamos voo. Ela também estava irritada, mas eu sabia que nada tinha a ver com aquele problema. Dean era o seu problema.

– Pelo visto vai... – Abby ironizou.

Pela primeira vez em anos de parceria me vi desejando afastar Abgail. Não entendia o motivo para ela agir daquela forma.

– Eu posso conversar com ela – Paul se propôs. Suspirei pesadamente.

– Não vá estragar ainda mais a minha vida, Paul!

– Ela já está há quase cinco horas trancada naquela cabine, Robert. Nem sabemos se está bem. – Estremeci com as palavras do meu amigo.

– Melissa não é nenhuma criança. Se estivesse sentindo qualquer coisa já teria nos alertado – Dean afirmou com confiança, mas eu já não tinha tanta certeza.

Olhei para fora encarando o céu. Não sabíamos como as coisas estavam em Chicago. Frank surtou, pediu demissão e sumiu. Isso estava fora do planejado. Tanya com certeza já sabia deste detalhe. Toda a nossa equipe estava preparada para o encontro entre Melissa e Adam. Os quartos estavam quase prontos, ele sob vigília constante. O último passo para finalizar este inferno aguardava apenas a confirmação de nossas suspeitas.

Eu tentava me concentrar nisso e em mais alguns detalhes que precisava analisar antes da nossa chegada, mas minha cabeça estava um caos. Melissa se recusava a falar comigo. Respeitei o seu silêncio, até porque estávamos expostos demais, então preferi uma hora mais reservada, só que ela se trancou na cabine e entendi que havia muito mais do que aquela porta entre nós dois, havia uma montanha imensa.

– Vou tentar fazer com que ela coma alguma coisa. – Dean levantou-se no momento em que a comissária chegava com o jantar.

Observei a forma como Carol reagiu. Ela também sabia que o namorado ainda amava a minha esposa. Nada ali era perfeito, não? Ela amava alguém que amava outra pessoa e que, por sinal, me amava. A vida era engraçada e injusta. Graças a Deus!

Dean levantou ignorando o olhar assassino da namorada e pegou a bandeja da mão da comissária com o que tínhamos pedido para Melissa, mesmo sem saber se ela apareceria para comer, e foi para a cabine. Continuei atento enquanto ele batia à porta e pedia a Melissa para abrir. Eu mesmo tentei convencê-la a me deixar entrar, mas ela nem se deu ao trabalho de me mandar embora, simplesmente me ignorou.

Ela abriu a porta para o filho da puta do Dean. Claro que ela abriria. Era o seu amigo fiel em quem sempre poderia confiar. Fiquei enraivecido. Com ciúme, confesso. Tudo bem que ela tinha motivo para ficar magoada, mas nós estávamos casados e não podíamos encarar o nosso primeiro problema daquela forma. Aguardei um pouco e levantei.

– Aonde você vai? – Abgail me questionou ao me ver levantar sem nem tocar na comida.

– Vou cuidar da minha esposa.

Carol me encarou e sorriu. Eu entendia o ciúme que ela estava sentindo naquele momento. Caminhei até a porta e a abri. Melissa estava sentada na cama e Dean colocava a bandeja sobre a mesa. Ambos me olharam sem acreditar no que eu estava fazendo.

– Eu cuido de tudo agora, Dean. Obrigado! – Ele olhou para mim e depois para Melissa, que me encarava sem piscar.

Depois de um tempo ela concordou balançando a cabeça.

– Certo! – Dean parecia aliviado.

Achei estranho, mas não perdi meu tempo me preocupando com isso.

– Qualquer coisa, estou lá fora.

Ele saiu e fechou a porta. Caminhei até lá e tranquei. Era bom não ser interrompido.

Melissa continuou calada. Ela não me olhava mais, apenas encarava o nada, aguardando pelo que eu faria. De repente eu não sabia mais o que dizer. Não sabia o que fazer para vencer aquela montanha. Melissa era assim na minha vida, me desarmava, me deixava sem palavras logo quando eu precisava de todas elas.

– Não vai comer?

Tudo bem, não foi a melhor forma de começar. Ela me olhou sem acreditar, mas desistiu de utilizar de qualquer artifício para me atingir.

– Meu casamento não tem nenhum valor legal. – Sua voz estava baixa, contudo, indicava o quanto de raiva havia nela.

– Claro que tem, Melissa! – Ela riu sem vontade e passou a mão no rosto.

– Mel... Preste atenção.

– Por que não me disse que aquela porcaria de documento não valia nada até que você decidisse fazer valer?

– Porque a história não é assim, se você...

– Por que me convenceu que aquele era o melhor momento quando sabia que não passaria de uma assinatura em um papel sem valor nenhum?

– Tem valor! – falei, ficando sem paciência.

Respirei fundo tentando me conter. Não era uma boa ideia confrontar Melissa daquela forma.

– Dean vai fazê-lo ter valor legal assim que...

– Ótimo! – Ela limpou uma lágrima e levantou da cama como se estivesse acordando de um transe. – Já que não tem valor algum, não estamos casados.

Retirou a aliança do dedo. Fiquei sem reação. Melissa estendeu a aliança na minha frente.

– Melissa! – gritei.

Eu poderia explodir. Poderia pegar aquela menina mimada e dar um jeito de fazê-la entender com quem estava falando, mas eu não conseguia. Não mais.

– Não. Estamos. Casados.

A raiva presente em sua voz deixou claro que não havia acordo.

– Pegue a aliança ou então vou jogá-la no lixo – completou.

Ok. Eu estava no limite.

– Você não teria coragem!

Sem pretender deixar acontecer, a raiva já começava a me atingir.

– Ah não? – Ela ergueu uma sobrancelha me desafiando.

– Não faça isso! – ameacei.

Não dava mais para me controlar tanto.

– Por que não? Não tem valor.

– Não tem valor? Você tem certeza do que está falando? Eu casei com você!

– Casou? Como pode me dizer isso?

– Você está sendo infantil, Melissa.

– Infantil? – ela gritou e atirou a aliança em mim.

Vi quando a joia caiu no chão e correu para perto da cadeira.

– Você me faz acreditar em um momento lindo, perfeito. Faz questão de me iludir, não cansa de brincar comigo?

Melissa avançou me batendo de todas as formas que conseguia.

Merda!

Como segurar uma mulher grávida em estado de fúria? Fiquei em pânico. Ela não podia passar por tanto estresse, não podia se desgastar daquela forma e colocar a vida do nosso filho em risco. Droga! E eu nem podia segurá-la com mais força como costumava fazer.

– Para, Melissa! – Tentei pegar firme as suas mãos da forma como pude, mas ela estava louca.

– Eu odeio você, Robert Carter! Eu odeio você!

Segurei Melissa contra o meu corpo, de costas para mim. Ela se debateu até cansar, repetindo que me odiava. Tentei não me abalar com suas palavras, mas foi impossível. Tive vontade de gritar que ela também não era um exemplo de honestidade, que havia me escondido a gravidez, porém desisti, aquele não era o momento, eu concordei com o segredo e disse que a perdoaria.

– Você não me odeia. Pare com isso! – Mantive a voz baixa e os braços ao seu redor. – Pare, Mel! Eu posso explicar, mas pare.

Ela foi parando e o choro a dominou. Eu não conseguia ser indiferente à sua tristeza. Com certeza, não. Não havia nenhuma possibilidade de isso acontecer.

– Mel, eu te amo! Casei com você e o documento pode ter valor legal hoje mesmo se for tão importante assim. Vai ter na hora certa.

– Por que você mentiu? – Sua voz chorosa cortou meu coração.

– Eu não menti, apenas não toquei no assunto. Achei que você tivesse esta noção, sei lá…

Ela se acalmou e eu a soltei. Melissa subiu na cama e se encolheu como uma criança. Sentei na ponta mantendo uma distância segura.

– Melissa, nosso objetivo era manter Tanya no escuro. Não podemos validar o casamento sem chamar a sua atenção para o divórcio e não podemos deixar que ela descubra o divórcio antes de sabermos onde estão as provas.

– Sempre este maldito jogo, Robert. Você acha que pode passar por cima de todo mundo justificando com as suas estratégias.

– E você, não? – Ela recuou.

Eu fui duro e sabia que o que eu diria a machucaria, mas Melissa precisava recuar.

– Você passou por cima de mim, dos meus sentimentos, armou todas as estratégias possíveis, guarda um segredo de mim e tudo por este jogo.

Ela se encolheu ainda mais.

– Mel, eu não quero travar uma batalha com você, não importa mais o que cada um fez, apenas que estamos juntos nesta. Eu amo você, perdi as contas de quantas vezes já disse isso. É só por este amor que estou aqui, aceitando todas estas regras. Por mim, nós sumiríamos no mundo, eu não me preocuparia, mas você merece muito mais do que isso. Eu casei com você. O casamento foi real, foi verdadeiro e valeu para mim mais do que qualquer outro acordo que já firmei em toda a minha vida e isso é o que vale. Eu não quero saber se aquele papel tem valor legal ou não agora, para mim você já é a minha esposa e ponto-final.

– Não é o mesmo para mim! – Ela me olhou desafiadora.

– E o que você quer? Quer fazer valer agora? – Sem conseguir me controlar acabei falando mais alto. – Vamos fazer valer. Eu chamo Dean e aviso que já pode fazer esta parte dar certo, melhor assim? Mas eu não vou aceitar chegar em Chicago e ver você voltar para aquele apartamento fingindo ser esposa de outro homem. Não vou aceitar passar mais nenhum dia sem dormir ao seu lado. Não vou me esconder de Tanya nem de ninguém mais, porque se você acha que para nosso casamento ser de verdade só importa aquela droga de papel então vamos fazer ser de verdade pra valer. Tá bom assim?

Ela ficou calada me observando. Eu estava ofegante, aborrecido e magoado com o fato de ela ter tirado aquela aliança e jogado longe. Não era para ser assim. Melissa continuou chorando baixinho. Também estava magoada, ferida demais. Eu não queria pensar em mais nada, aquilo tudo havia me consumido. Levantei da cama e peguei a aliança. Parei de frente para minha esposa, roubando a sua atenção.

– Este é o símbolo do nosso amor. É o objeto que selou a nossa união. Eu não devia fazer isso, mas vou devolver esta aliança a você e fazer um pedido: não a coloque no dedo.

Ela abriu a boca visivelmente espantada com as minhas palavras. Vi Melissa empalidecer.

– Não enquanto não tiver certeza do que quer. Enquanto não confiar em mim o suficiente para viver este casamento. – Ela desviou os olhos deixando mais algumas lágrimas caírem. – Olhe para mim, Melissa. – Tentei manter minha voz calma. – Olhe para mim. – Ela obedeceu me encarando com os olhos vermelhos. – Eu te perdoei por me esconder um segredo que segundo você é importante para mim. Perdoei sem nem saber qual foi o seu erro. Eu merecia pelo menos a mesma consideração da sua parte, não?

– Robert...

– Pegue a aliança.

Ela levantou a mão trêmula e retirou o anel da palma da minha mão estendida.

– E nunca mais repita que me odeia. Não é assim que as coisas funcionam em um casamento, se é que você ainda quer viver um comigo.

– Seria muito fácil desistir, não? É só mandar Dean dar sumiço em um documento sem nenhum valor legal e pronto, a sua vida estaria resolvida.

Ela continuava sendo infantil e teimosa. Eu não tinha mais paciência.

– É, sim. Seria exatamente assim!

Vi a mágoa alcançar seus olhos e me amaldiçoei por isso. Definitivamente não era para ser assim. Eu a entendia. Melissa estava grávida, vivendo sob pressão, com uma confusão de hormônios bombardeando o seu corpo e cheia de merdas para processar. Não dava para ser coerente em uma hora como esta. Mas minha esposa precisava de um tratamento de choque para acordar para a vida. Seu choro enfraqueceu e ela limpou o rosto me olhando com pesar. Segurei-o para me despedir com um beijo, no entanto ela virou me impedindo de alcançar seus lábios.

– Não seja teimosa, Melissa – sussurrei muito próximo.

Aquela mulher destruía todas as minhas barreiras.

– Eu não tirei a minha aliança.

– Mas disse que seria muito fácil se livrar de mim.

A voz dela voltou a ficar chorosa, mas ela se recusava a ser fraca. Tive vontade de sorrir. Eu me orgulhava quando Melissa demonstrava ser forte, até mesmo para mim.

– Você tem a capacidade de tirar toda a minha paciência, de me fazer sentir raiva e muita vontade de lhe dar umas boas palmadas – continuei segurando o seu rosto.

Melissa estava irredutível.

– Não me negue um beijo, Mel – supliquei sem conseguir me encontrar.

O que ela estava fazendo comigo? Eu sabia. Ela esperava um filho meu e isso era o suficiente para me fazer descer do pedestal.

– Eu estou com raiva, Robert!

– Eu também.

Ela riu e tentou soltar o rosto, mas eu o segurei com as duas mãos forçando o encontro do nosso olhar.

– E isso não é um fim – avisei para impedir que a briga continuasse.

– E o que é então?

– Nossa primeira briga como casados.

– Por que você faz isso? Por que não dá o peso que cada coisa precisa ter? Por que desfaz dos nossos problemas como se eles não existissem?

– Eu não estou fazendo isso. Você, sim, porque está... – parei encarando seus olhos sem saber se podia revelar o que eu sabia. – Cansada.

E confusa também. Não consegue assimilar nada direito. Tem dado peso demais às coisas, não consegue enxergar que tenho feito tudo isso por você, só porque quero um final feliz ao seu lado e eu preciso que seja logo. O mais breve possível.

Sim, porque eu precisava curtir um filho, acompanhar aquela gravidez, viver aquele momento como merecíamos. Larguei seu rosto e deixei Melissa se afastar.

– Mas você precisa de um tempo. Pense melhor, reveja o que quer e, quando tiver certeza, volte a colocar a aliança. A minha continuará aqui. – Levantei a minha. – E eu estarei te esperando. Coma, você precisa se alimentar.

Dei alguns passos até a porta.

Saí da cabine sem olhar para trás me sentindo um fodido, um merdinha. As coisas nunca eram fáceis com Melissa, como se eu precisasse de mais problemas na minha vida. E para piorar, eu casei com aquela maluca. Sorri sem conseguir me conter. Sim, eu sorri. Melissa era um problema e provavelmente seria a vida toda, mas eu a amava com uma força que me colocava o tempo todo em seu caminho. Eu não errei ao escolhê-la, ao fazê-la minha esposa, eu errei ao fazer isso no meio daquele inferno, mas não voltaria atrás em nem uma vírgula.

E ela estava grávida!

Deus! Como eu amava aquela mulher!

Contudo, muitas pendências precisavam ser resolvidas e uma delas estava naquela aeronave. Não era nada fácil conversar com qualquer pessoa depois de uma conversa complicada com Melissa. Sempre sobrava para alguém e, certamente, não era para mim. Por isso precisava ter muita cautela com o que conversaria e com quem.

Eles estavam todos reunidos em volta da mesa adaptável finalizando o jantar. Olhei para meu prato intocado e não senti vontade de comer. Paul lia um jornal enquanto Carol e Dean conversavam baixinho. Abby já havia terminado, mas estava à mesa fazendo algumas anotações.

– Abgail? – Ela me olhou no mesmo instante. Sempre eficiente. – Preciso falar com você.

Eu ia voltando para o pequeno corredor que dava acesso às cabines, mas lembrei de que ninguém poderia desconfiar do que conversávamos, então voltei.

– Traga suas anotações e... os relatórios.

Ela concordou.

Entrei na cabine ao lado. Era um pouco menor, não tinha um banheiro individual, apenas uma mesa pequena para dois e uma cama de solteiro que mal cabia uma pessoa. Agradeci nunca ter precisado levar Melissa para lá. Abby chegou logo em seguida. Não parecia assustada nem preocupada com o que conversaríamos. Ela era assim: forte, decidida e fria. Sempre muito fria, exceto quando o assunto era eu.

– Por que você fez isso?

Não dava para fazer jogo com Abby. Com ela o assunto era sempre direto. Abgail demorou um segundo para entender do que eu falava, voltou um passo e trancou a porta.

– Não foi a minha intenção, Robert.

– Claro que foi a sua intenção – rebati sem desviar o olhar. – Qual é o problema? Pensei que tudo isso tivesse partido de você. Foi a sua ideia, o seu plano e estamos nessa juntos, não é? É o seu interesse também!

– Sim, é o meu interesse também. – Ela se sentou, encostou a mesa e cruzou os braços.

– Melissa é sua amiga, Abby! Você a colocou nesta confusão.

Ela riu sem vontade.

– Não, você colocou. Foi sua ideia fazê-la sua amante.

Percebi de imediato onde estava o problema. Recuei. Era um campo minado.

– Abby, você escolheu Melissa a dedo porque sabia que ela mexeria comigo. Eu não sou nenhum idiota e conheço você muito bem. Facilmente me enganaria e faria com que eu achasse que Tanya era a responsável. Sabia que tiraria o meu foco e com isso conseguiria encontrar as provas.

As expressões dela ficaram duras.

– E ainda acha que pode manipulá-la para conseguir – completei.

– Você me traiu. Está sempre colocando seus interesses em primeiro plano.

– Não seja burra. São os seus interesses também. Você não pode mais voltar a ser quem era. Aquela garota morreu e você só pode ser Abgail, ninguém mais. De nada vai adiantar acusar Tanya de um crime que aconteceu há muito tempo. Precisamos de todas as provas. Precisamos minar todas as suas forças, tirar todos os seus membros, porque Tanya é doente, Abby! Se você deixar qualquer brecha para que ela volte, ela vai cair sobre nós com tudo. Vai desmascará-la e será você a responder processo por fingir ser uma pessoa que não é por tantos anos. Acorde!

Ela estremeceu, mas continuou com olhos duros me encarando. Se eu tivesse sacado desde o início que Abgail havia colocado Melissa nesta roubada, já a teria tirado do jogo há muito tempo, mas descobri tarde demais, depois que ela estava envolvida naquela merda até o pescoço.

– Melissa conseguiu as provas e nunca entregou a você, não foi? Isso prova onde está a lealdade dela. – Os olhos de Abby brilharam. – Mas não a faz sua inimiga. Estamos todos juntos nisso. Tanya vai ser exposta, vai pagar pelos seus crimes, ser diagnosticada como louca e engaiolada pelo resto da vida, então todos nós teremos paz para seguir em frente.

– Eu sei. – Ela piscou e pareceu um pouco confusa, sacudiu a cabeça como se estivesse voltando à realidade. – Eu sei, Robert. Melissa não tem culpa de nada. E você tem razão, ela é minha amiga, apesar de tudo. – suspirou pesadamente.

– Abby, ela não tem culpa.

Eu não queria seguir por aquele caminho, mas precisava deixar as coisas claras de uma vez por todas. Abgail não podia continuar massacrando Melissa com as suas frustrações.

– Ninguém tem, não é? Quem pode mandar no coração? Veja Dean, ele tenta, mas não consegue se desprender. Carol está cansando, mas gosta dele e tem esperanças. E eu? Eu continuo seguindo você independentemente de qual seja o seu caminho, não é mesmo?

– Abby...

– Eu só... Só fiquei frustrada, eu acho. Não sei explicar, mas é complicado. Eu adoro Melissa, ela é minha amiga e na maioria das vezes fico feliz por estarmos conseguindo um final feliz para vocês dois.

– Para todos nós, Abby.

– Mas quando acabar ela vai ter você. E eu?

– Abgail, isso não deveria acontecer. Nós nunca tivemos nada.

– Uma noite... – ela lamentou.

– Foi só uma noite, Abby! E aconteceu porque estávamos muito envolvidos nesta confusão toda. Nunca houve interesse da minha parte, você sabe. Eu vejo em você uma amiga leal, uma pessoa que tem os mesmos objetivos que eu, que pode me ajudar e que eu vou ajudar também.

– Eu sei – ela gemeu se afastando. – Eu sei disso tudo, não precisa repetir todas as vezes.

– Nós não precisamos conversar sobre isso. Eu nem coloco o que aconteceu entre nós dois como uma realidade. Nego de todas as formas para qualquer pessoa, inclusive para a própria Melissa.

– Porque não significou nada... – ela lamentou fechando os olhos.

– Claro que significou. – Me arrependi de ter entrado naquele assunto. – Abby você sempre soube quem eu era. Conhecia meu mundo e sabia que nada mais tinha valor para mim, que não fosse acabar de uma vez por todas com Tanya. Sexo era uma válvula de escape. Eu não podia e nem queria me envolver com ninguém. Aquela noite não deveria ter acontecido porque nós somos parceiros e não amantes. Eu pensei que você conseguiria...

Ela me olhou com tristeza.

– Não esquecê-la, mas arquivá-la para que não pesasse tanto em nosso plano. Eu não imaginava que me apaixonaria por Melissa, aliás, por ninguém.

– Porque você ama Tanya – ela disse pegando-me de surpresa.

Por alguns segundos o ar ficou preso nos meus pulmões.

– Não! Eu amo Melissa! Você deveria entender de uma vez por todas...

Abby me encarou e sorriu cinicamente.

– Você ama Tanya e se odeia por ainda amá-la. Foi por isso que não me aceitou, porque eu sou o mais próximo dela que uma pessoa é capaz de chegar e você não consegue aceitar amar uma pessoa assim, não é? Melissa não. Ela é pura, verdadeira, meiga, gentil, o oposto de Tanya e todo o seu inferno, por isso acredita amá-la. E pode ser que ame mesmo, mas nada comparado ao que sente por aquela mulher que destruiu a sua vida. Foi por isso que você escolheu Melissa, Robert, porque quanto mais uma pessoa consegue se distanciar de Tanya, mais você acredita que conseguirá salvar a sua alma.

Meu coração estava absurdamente acelerado.

– Não fale besteira! – rosnei fazendo com que ela recuasse. – Não pode me culpar e nem a Melissa pelas suas frustrações. Tente recuperar a sua sanidade ou vai colocar tudo a perder. O que você sente por mim não é amor, Abgail, é apenas o mundo de vingança que você criou. A forma mais profunda de atingir Tanya, mas não deu certo, então Melissa entrou no jogo. Isso ainda vai acabar destruindo você!

– Não vou morrer de amor, Robert, afinal de contas, ninguém morre assim, não é? – Suspirei.

Aonde Abby queria chegar?

– Não será sempre assim, basta apenas que pare de culpar Melissa pelo amor que sinto por ela.

– Eu não a culpo! – Ela passou uma mão no cabelo e respirou fundo. – Eu não culpo a Mel, nem você, nem eu, nem ninguém! É só que...

Andou pelo pequeno ambiente respirando com dificuldade, depois continuou:

– Às vezes eu tenho tanto ódio dentro de mim, tanto rancor, tanta mágoa que extrapola. Não me sinto orgulhosa por isso, não fico feliz em fazer a infelicidade daqueles que amo, mas simplesmente eu faço. E quando isso acontece, percebo o quanto de minha irmã eu tenho. Então eu piro, porque a odeio de todas as formas possíveis e não quero, não posso permitir que nada em mim se pareça com ela.

Ela parou encarando a janela minúscula.

Abby agia como se estivesse prestes a explodir. Eu já tinha visto aquela cena tantas vezes, contudo, nunca de uma forma tão clara. Nunca ela se expressando com tanta vastidão. Triste por tanto sofrimento que afligia aquela mulher, a segurei em meus braços e a mantive ali.

Ela ficou rígida, como sempre, mas foi cedendo aos poucos e então me abraçou começando a chorar. Deixei que Abby chorasse todos os seus anos de sofrimento. Todos os absurdos que se permitiu passar para chegar até ali. Ela não merecia uma vida como aquela.

Depois que conseguimos nos acalmar, deixamos a cabine. Abby voltou para ficar com os nossos amigos e eu, perdido em pensamentos que só me faziam sofrer, voltei para ficar ao lado daquela que conseguia me dar um pouco de paz. Mesmo que para isso eu precisasse enfrentar mais uma vez a sua fúria.

Melissa dormia, vestida, encolhida sobre a cama. Seu almoço estava intacto, o que era uma droga. As mulheres grávidas não precisavam se alimentar corretamente para evitar enjoos? Então por que ela não amadurecia um pouco e entendia que, além dela, de mim, de nossas brigas, havia aquela criança que crescia em seu ventre, e que precisava de comida?

Aproximei-me da cama e ajoelhei em frente à mulher da minha vida. Suas mãos à frente, os dedos flácidos indicando a profundidade do seu sono. Acariciei seu rosto com leveza. Não queria acordá-la, apesar de tudo. Corri meus dedos pelos seus braços até alcançar suas mãos. Elas estavam frias por causa do ar-condicionado. Eu ia levantar para buscar um cobertor, mas parei ao perceber o que ela segurava entre as mãos.

A aliança estava solta. Com certeza, Melissa havia adormecido assim. O fato me entristeceu mais do que imaginei que seria possível, porque ela não havia colocado a aliança no dedo, que era onde deveria estar, o que significava que ela ainda não estava certa do que queria.

Suspirei deixando a tristeza me dominar.

CAPÍTULO 44

Recolhi minha bagagem de mão e dei a Dean. Carol me lançou um olhar assassino que ignorei descaradamente. Robert aguardava por mim sem dizer nada. Acompanhava cada passo que eu dava, sem acrescentar nenhum detalhe. Ele estava desta forma, introspectivo, desde que acordei.

Isso não quer dizer que não conversamos. Claro que conversamos, mas ele respondia minhas perguntas sem se aprofundar em nada. Como quando eu quis retomar a briga e ele apenas respondeu "vai ser legalizado quando você quiser que seja, Melissa". Era inacreditável como ele conseguia virar o jogo a seu favor todas as vezes.

Certo, eu fui muito infantil, mas, sejamos justos, que mulher em uma situação como a minha não surtaria? Ok, ele estava coberto de razão, mas custava avisar? Custava discutir as letras minúsculas no final do contrato? Não dava para acreditar que ele achava que eu deveria simplesmente perdoá-lo e seguir em frente. Não dava mesmo.

Mas eu o perdoaria. Não naquele momento, um pouco mais adiante. Porque eu o amava como nunca achei possível amar alguém e Robert tinha razão, precisávamos ter cuidado com Tanya. Faltava muito pouco e, quando as luzes acendessem e as três letrinhas aparecessem na tela indicando o fim, seria a minha vez de colocá-lo contra a parede. Por enquanto eu nada podia fazer.

Também tinha o fato de eu estar enlouquecida com toda aquela pressão, os últimos acontecimentos, a gravidez, ele precisando ficar trancado em um quarto com Carol fazendo sabe-se lá o quê. Merda! Respirei fundo sem querer passar por tudo aquilo outra vez.

– Nós vamos em carros separados, então vamos nos despedir daqui – ele falou baixinho ao meu lado enquanto todos os outros começavam a se preparar para descer.

Foi então que me dei conta da nossa realidade. Meus olhos encheram-se de lágrimas.

Poxa, eu não poderia me punir por querer chorar a toda hora, afinal de contas, grávidas choram o tempo todo e eu só seguia o fluxo dos acontecimentos. Robert percebeu meu abatimento, porém nada disse, apenas mordeu o lábio inferior me observando.

– Tá. Tudo bem… – Minha voz fraca também indicava o quanto eu estava frágil.

– Você vai ficar bem? – Avaliou-me com aqueles olhos cinzas capazes de me fazer esquecer de como se respirava.

– Vou... – fraquejei ao falar.

Eu não queria me separar, não queria mais nenhuma noite sem ele ao meu lado, mesmo que fossem noites sem tocar um no outro, deixando a distância segura que ele estava mantendo de mim desde que acordei.

– Você vai aparecer? Digo, vai passar lá em casa? – Tentei colocar um pouco de firmeza na voz.

Aquela conversa estava muito estranha.

– Não, hoje não!

Tenho certeza de que o bolo que se formou na minha garganta poderia ser visto facilmente por qualquer pessoa.

– Eu vou passar na empresa, preciso verificar o que está acontecendo, ajustar as últimas decisões, são três demissões e isso sempre assusta muito os demais funcionários. Também tenho reunião com o conselho para conversarmos sobre a China e a Tailândia.

Concordei com a cabeça sem olhá-lo diretamente. Robert estava se afastando de mim. Era desta forma que ele me convencia a fazer as suas vontades, colocando o nosso relacionamento em cheque.

– Depois vou para casa, tenho que acompanhar Tanya de perto e sentir como estão as coisas com ela.

– Ok!

Eu já ia saindo. Dean aguardava por mim próximo à porta e Carol o acompanhava. Porém, quando ameacei dar-lhe as costas, Robert me segurou pelo braço. O movimento foi rápido, ele simplesmente me puxou ao seu encontro e tomou minha boca sem pedir permissão. Tenho que admitir, um beijo nunca foi um bálsamo tão eficiente em toda a minha vida, pois bastou nossas bocas se encontrarem para todas as feridas pararem de sangrar. Sua língua tocou a minha com uma delicadeza inacreditável e seus lábios pressionaram os meus com muita maciez. Era doce, carinhoso e cheio de amor. Mas acabou tão rápido quanto começou.

– Vejo você depois – Robert falou.

Ele passou por mim como bala e com um gesto de cabeça fez Carol segui-lo como um cachorrinho. Dean me olhou em dúvida de como eu reagiria, mas sorriu ao ver minhas bochechas vermelhas e meus olhos brilhantes. Robert era sempre uma força fora do normal em mim.

– Vamos apenas um ao lado do outro. Para todos os efeitos, estamos em processo de divórcio.

– É? Pensei que já estivéssemos divorciados!

– Assim que conseguirmos a informação do Adam e colocarmos as mãos nas provas de Tanya, ou seja, em poucos dias, nosso divórcio existirá de fato.

– Obrigada, Dean! – Abracei meu amigo e ele me envolveu com a mão livre.
– Eu mando a fatura depois. – Ele riu e brincou deixando-me mais relaxada.
– Vamos?

***

Passar o dia em casa sem saber o que acontecia na empresa não era nada agradável. Primeiro porque Carol também estava por lá e segundo porque Dean passava o dia conferindo cada detalhe, resolvendo problemas, discutindo estratégias, reunindo as equipes, entrando e saindo sem parar. Enquanto eu ficava sentada no sofá da sala, comendo bobagens e lendo um livro. Ainda bem que era um bom livro.

Claro que eu estava diretamente envolvida em tudo, o que significava que Dean, ou Tom, ou até mesmo Carol sempre apareciam para me passar alguma informação, mas não era com a frequência que eu precisava para me sentir viva. Todos estavam preocupados com o sumiço de Frank. O que sabíamos foi que ele pediu demissão e saiu de carro da empresa, mas nunca voltou para a sua casa. Dava até medo deixar a mente formular teorias.

O ponto auge do dia foi o comportamento frio de Tanya pelo sumiço do amante. Ela estava mais séria, no entanto, não demonstrou tristeza em nenhum momento e nós sabíamos disso graças às câmeras estrategicamente instaladas em todos os ambientes onde ela poderia estar, sem contar as que conseguíamos hackear, como a do restaurante em que ela escolheu para almoçar.

O pai do Robert também ocupou uma boa parte do nosso tempo. Como conseguimos impedir as injeções, ele começou a piorar significativamente. A família foi avisada para esperar pelo pior. Respirei fundo desejando que tudo estivesse bem entre Robert e eu quando acontecesse. Pelo menos assim poderia consolá-lo da forma como uma esposa pode fazer.

Levantei-me do sofá sentindo-me uma completa inútil. Dean estava em um canto com Tom conversando sobre algum problema. Eu sabia que Bruno havia ligado, que Nicole enviou várias mensagens, que Olivia conseguiu fazer um relatório satisfatório sobre a viagem, mas não sabia nada sobre o meu marido. E eu sentia saudade.

Suspirei. O anel ainda não estava no meu dedo, mas nada me impedia de colocá-lo. Robert tinha razão. Ele fechou os olhos e confiou em mim, o mínimo que eu podia fazer era confiar da mesma forma. Merda! Ele sempre conseguia me fazer recuar. Era uma droga mesmo! – Vamos ligar para Adam? – sugeri.

Dean levantou os olhos me observando e depois deu um olhar cheio de significados para Tom, que mordeu os lábios e desviou o olhar.

– Não, acho que não... – ele disse sem querer parecer interessado.

– Por que não? Precisamos colocar logo esta parte do plano em ação.

– Melissa – deixou alguns papéis de lado e me observou mantendo a calma –, Robert quer estar presente.

– Robert está com a esposa dele agora... – Fiz birra cruzando os braços na frente do peito e encarando meu amigo.

– Até onde eu sei, você é a esposa dele agora... – Ele voltou a pegar os papéis como se não estivesse muito a fim de continuar com aquele assunto.

– Dean! Por que você está agindo desta forma? Todo mundo sabe que o quanto antes este encontro acontecer mais rápido termina esta situação.

– Eu sei. – Ele voltou a me encarar. – Um dia a mais ou a menos não vai fazer tanta diferença. Robert quer estar presente e eu acho justo.

– Justo? Ele poderia estar aqui agora.

E era este o meu problema. Eu estava frustrada, triste e magoada por ele não estar ali comigo depois de uma briga tão sofrida. Eu queria tê-lo por perto, queria poder saber até que nível coloquei tudo a perder. Queria pelo menos saber que ele ainda me amava e não tinha cansado das minhas infantilidades, assim como eu não tinha cansado dos segredos dele.

– Mas ele não está, Melissa! – respondeu sem paciência. – Olha, eu vou ser sincero com você. Não acho certo vocês dois ficarem fazendo joguinho enquanto trabalhamos. Isso aqui não é uma brincadeira e nós não podemos ficar à mercê das inconstâncias de vocês dois, aliás, das suas inconstâncias. Ele é o seu marido agora e, sejamos francos, você sabe que ele tinha razão em tudo o que fez, pelo menos em relação ao casamento, então não vai se dissolver antes de começar, correto? Robert está puto da vida com a forma como tudo foi conduzido. Eu não tenho tempo nem paciência para aguentar os momentos de fúria dele, sem contar que sou constantemente ameaçado de morte por sua causa, então não, nós não vamos ligar para Adam agora.

O que deu nele? Eu não tinha feito nada para merecer aquele desabafo sem tamanho e muito menos para ser acusada de ser inconstante. Eu não era inconstante, apenas estava grávida e precisava conviver com um namorado-amante-marido que sempre estava me jogando em situações complicadas. Não dava para entender os homens.

Abby apareceu na sala me interrompendo de dar qualquer resposta a Dean.

– Oi! Atrapalho alguma coisa?

Ouvi a risada cínica de Tom e me senti afrontada.

– Não, Abby! Acho que Dean já falou tudo o que tinha para falar.

– Não, eu não falei!

– Ah, falou sim. Cuidado com o que vai acrescentar, Dean. Eu estou grávida e posso usar a desculpar dos hormônios enlouquecidos para arrancar a sua cabeça.

Ele me encarou indignado por alguns segundos, mas depois começou a rir. Que patético! Como ele podia rir assim de mim?

– É, você tem passado tempo demais com Robert.

– Vá à merda!

– Achamos a mulher que está rodeando o seu pai, mas acho que vou deixar para passar esta informação quando eu voltar da merda.

– O quê?

– Amanhã, Melissa.

Ele me deu as costas para sair e fiquei sem saber o que poderia fazer. Meu coração estava acelerado, minha boca ficou seca e minhas mãos úmidas.

– Dean?

– Tchau!

Dean saiu da sala e eu bem sabia para onde ele ia. Para o apartamento da Carol. Que droga!

Olhei para Tom, que nos encarava achando graça.

– Ele está aborrecido, não é nada pessoal. – Deu de ombros.

– Mas eu fiquei sem as informações sobre o meu pai e isso não é justo.

Ele riu.

– Ela tem mesmo ligação com Tanya e foi paga para dar a entender que são a mesma pessoa, só que ela não foi tão a fundo. Pelo que conseguimos pegar da história, quem estava ajustando todos os detalhes era um dos capangas de Tanya, e pelo visto eles são amantes.

– Oh, droga! – Voltei a sentar colocando as mãos na cabeça. – Merda! Coitado do meu pai.

– É… – Abby voltou a se expressar depois de ficar calada, apenas observando. – Quando vamos colocar esta corja na cadeia mesmo?

– Dean acha que temos que esperar por Robert. – Minha voz saiu esganada. Odiava o fato de ter a minha família envolvida daquela forma.

– E não acaba por aí. Conseguimos prolongar o tempo do seu pai fora do país, mas parece que sua mãe e seu padrasto vão voltar mais cedo de viagem.

– Que grande merda! – Eu realmente queria que aquilo tudo acabasse. – Robert já sabe disso, pelo menos?

– Já! – Tom me olhou preocupado. – Não acho que isso seja muito saudável para o bebê.

– Está tudo bem, Tom. Eu estou conseguindo segurar a barra e ele também.

Passei a mão na barriga com carinho desejando que aquela criança fosse forte o suficiente para aguentar mesmo. Eu nunca me perdoaria se… Não. Não pensaria nisso.

– Espero que sim. Eu preciso entrar, nossa noite será longa. Robert está conversando com Tanya neste momento e nós precisamos saber de todos os detalhes.

Imediatamente fiquei tensa. Por quanto tempo ainda conseguiríamos mantê-la sob controle? Mais uma vez pensei no quanto Robert tinha razão em não podermos validar o casamento e a constatação fez com que uma estaca afundasse no meu coração. Por que eu precisava ser sempre muito infantil?

– Ok! – respondi quase tarde demais. Tom já estava deixando a sala. Olhei para Abby, que me observava atentamente.

Confesso que depois da sua grande revelação sobre a mais nova mentira do meu marido eu a evitava. Não que quisesse culpá-la ou coisa parecida, mas porque Abby estava cada dia mais difícil. Ela não poupava ninguém com as suas provocações, o que, muitas vezes, deixava-me cansada.

– Mel, eu vim para acertamos os detalhes do plano. – Olhou rapidamente para o corredor se certificando de que ninguém poderia nos ouvir.

– Ah, o plano! Certo.

Instintivamente olhei para o mesmo lugar. Ninguém poderia saber o que planejávamos para Adam. Robert com certeza me mataria.

– Vamos ao meu quarto. Lá teremos mais privacidade.

Caminhamos em silêncio. Abby estava muito introspectiva e eu não estava em um bom dia para jogar conversa fora, assim, transpassarmos a barreira que se estendeu entre nós duas depois que ela me revelou de uma maneira doentia que meu casamento não existia era uma missão impossível.

Abri a porta para que ela passasse por mim e achei melhor trancar, para o caso de alguém resolver nos surpreender. Abby parou próxima às poltronas, sem saber ao certo como deveria se comportar. Não tive como evitar a minha cara de quem estava estranhando tudo. Abgail, sem saber como agir, era mesmo uma novidade. Sentei e ela me acompanhou sentando na poltrona da frente. Cruzei as pernas e observei.

– Antes de começarmos, eu queria me desculpar pelo que fiz.

Parou um segundo mordendo os lábios e me observando. Permaneci calada retribuindo o olhar.

– Desculpe, Melissa! Você não tem culpa de nada. Sei que pode parecer inapropriado agora, mas realmente considero você uma amiga valiosa e sei que você não vai entender, também não gostaria de me justificar ou esclarecer nada. No fundo, sei que a grande culpada sou eu mesma, por tudo. Por ter colocado você nesta confusão, por ter permitido que fosse tão longe, por ter mentido tantas vezes... Puxou o ar com força e ajustou o rabo de cavalo perfeito. – Você não tem culpa de ter conquistado o coração dele.

Ela me olhou e meu coração acelerou. No fundo, bem lá no fundo, eu entendi o que Abby estava me dizendo nas entrelinhas, mas me recusava a acreditar.

– Eu quero muito que vocês sejam felizes e por favor, por favor, por favor acredite quando eu digo que a sua felicidade também é um dos motivos para eu continuar nesta luta. Não quero viver esta frustração nem me tornar uma pessoa rancorosa, repleta de mágoas, eu apenas quero...

Ela olhou para nenhum lugar específico demonstrando, pela primeira vez na vida, uma fragilidade inquestionável.

– Quero que isso tudo tenha um fim – disse e voltou a me encarar. – Robert é uma boa pessoa e ele não teve má intenção, apenas quis preservar você. Mais uma vez, me perdoe pelo que fiz, por ter criado toda esta confusão entre vocês dois.

Sentindo a garganta fechada e os olhos ardendo, não consegui responder, muito menos questionar. E então, apenas concordei com um gesto e continuei encarando a minha amiga. Abby tinha revelado, mesmo sem utilizar palavras esclarecedoras, o que ela realmente sentia pelo meu marido. E, pior, o quanto estava magoada porque eu e Robert nos casamos.

– Podemos começar?

Ela ergueu os ombros e voltou a me olhar como sempre fazia, como se o mundo não a abalasse e eu compreendi que aquele problema não mais estaria entre nós.

– Podemos, sim.

***

Acordei com o enjoo matinal que me consumia nos meus primeiros minutos de consciência. Por alguns segundos tentei me conter, respirando fundo, até que me dei conta de que ele não estava lá, então não era necessário manter a farsa. Levantei um pouco tonta e segui para o banheiro.

Após meia hora eu estava restabelecida e saindo do banho. Escovar os dentes era sempre a parte mais difícil, mesmo assim eu ainda preferia fazê-lo antes de me alimentar, pelo menos não precisaria colocar para fora nada do que seria necessário para me manter forte.

O dia não estava tão frio e eu não precisaria sair de casa, então deixei os cabelos molhados, sentindo-me preguiçosa demais para secá-los por mais meia hora. No closet, escolhi um jeans desbotado, justo ao corpo, talvez pela necessidade de mostrar a mim mesma que ele ainda cabia em mim do que pela vontade de me manter arrumada, e uma camisa vermelha de algodão de mangas longas. Coloquei tênis e resolvi que já poderia sair para comer alguma coisa e me preparar para o possível mau humor do meu amigo. Foi quando ouvi a batida leve na porta.

– Entre – gritei ainda de dentro do closet, amarrando o último cadarço.

– Mel? – Dean chamou por mim.

Sua voz não indicava que ele estava aborrecido.

– Aqui. – Permaneci sentada na poltrona aguardando por ele.

– Oi!

Olhei para meu amigo percebendo que ele estava bastante constrangido.

– Desculpe por ontem.

Encarei seus olhos por poucos segundos, depois sorri.

Nunca mais conseguiria guardar mágoas de Dean. Não depois de tudo o que ele estava fazendo por mim e, principalmente, por aguentar todos os meus dias de fúria sem perder a paciência. Ele sorriu ao perceber que eu não o censuraria, aproximou-se de mim, segurou minhas mãos e me puxou para um abraço.

– Robert chegou – informou ainda me mantendo firme em seus braços.

– Ele está aqui? Por que não veio me chamar?

Dean se afastou um pouco, suspirou e, devido ao meu olhar recriminatório, resolveu falar.

– Não sei, Melissa! Vai ver ele ainda não superou a última briga ou os últimos acontecimentos.

– Aconteceu alguma coisa mais grave? A conversa dele com Tanya ontem...

– Não. Deu tudo certo! Ela está acreditando que conseguiu fazê-lo recuar, só está pegando mais no pé em relação às noites com a Carol, pelo que eu entendi ele terá que dar um tempo nas visitas.

– Droga!

– Você conhece o Robert. Ele vai dar um jeito!

– Tomara. – Sem querer fiz biquinho e cara de choro.

Ele riu de mim.

– Pegue leve, tá legal? Não estou muito a fim de participar de mais uma briga entre vocês dois. Eu já tenho problemas demais.

– Carol?

– É! – Ele mordeu os lábios e desviou os olhos.

Dean ficou constrangido. Sim, ele ficou. Suas bochechas assumiram um tom tão vermelho que me perguntei se era ele mesmo ali.

– Sabe quando você faz uma coisa errada, mas não consegue se arrepender disso?

Ok! Fiquei superchocada com o que ele dizia. Não por ele estar me confessando que fez algo de errado, mas porque eu sabia, tinha certeza, que aquele problema que mexia com o meu amigo estava diretamente relacionado a sua fidelidade à Carol, ou, no caso, infidelidade. O que acontecia com Dean? Não consegui responder, então, ainda com a boca aberta, apenas balancei a cabeça concordando.

– Putz, Melissa! Eu fiz uma coisa... Eu dei um passo tão errado, inseguro, desleal, sujo, absurdo...

– Ok! Você traiu a Carol.

Ele me encarou assustado. Sério, pensei que Dean teria um ataque cardíaco, pois seu rosto começou a ficar ainda mais vermelho e parecia querer explodir.

– Como... Você...

– Está estampado em sua cara.

Ele engoliu com dificuldade.

– Eu te conheço, Dean. Conheço todas as suas neuras para ter esta certeza.

– Certo. – Olhou para o lado e sacudiu a cabeça. – Certo.

– Não vai me contar?

– Não.

– Mas, Dean...

– Não é algo de que eu me orgulhe, tá? Então não quero falar sobre isso.

– Você acabou de dizer que não se arrepende.

– É... complicado! Deixa pra lá. Vamos? Todo mundo está esperando por você.

– Eu preciso comer – avisei.

Ele começou a me arrastar literalmente, para fora do quarto.

– Mel!

– Eu preciso comer, Dean! Ou então vou enjoar muito. Prometo que serei bem rápida!

– Tá, tudo bem! Seja rápida. Encontro você no QG.

– Combinado!

Corri para a cozinha sem me dar ao trabalho de conferir o que havia na sala. Eu sabia o que queria e não estava na mesa de café da manhã. A cozinha estava vazia, o que não era nada anormal, afinal de contas mantínhamos apenas dois funcionários de confiança que era para evitar que qualquer informação vazasse. Abri o armário, peguei uma tigela funda e a caixa de cereais. Abri a geladeira e retirei de lá o leite e uma maçã.

Sentei em um dos bancos altos que ficavam na bancada. Minha fome não me permitiria cortar a maçã para misturá-la aos cereais, então apenas misturei com o leite e iniciei as colheradas alternando com mordidas na fruta. Nem me dei conta quando ele entrou.

– Muita fome? – Parei com a maçã na boca encarando o meu marido.

Ele estava lindo! Terno completo, cinza, olhos quase da mesma cor, cabelos molhados e perfeitamente penteados, um cheiro magnífico de homem, banho e perfume. Ele era toda a minha fome. Mastiguei com dificuldade e engoli praticamente sem conseguir.

– Muita... – admiti sentindo meu rosto corar.

– Não enjoou hoje?

Oh, merda! Aquilo era perigoso demais. Robert não me perguntaria aquilo sem uma ideia fixa.

– Não... – menti sabendo que meu rosto me entregaria. – Por que eu enjoaria?

– Porque isso acontece com uma rotina maior do que você percebe.

Fiquei visivelmente tensa. Os olhos dele estavam fixos em mim e, para o meu desespero, brilhavam. Robert desconfiava. Não havia dúvida.

– Bobagem. Normalmente acordo tensa com este inferno todo que vivemos, sem contar com o nosso próprio inferno particular, então... – Dei de ombros, fingindo indiferença.

Não dava para deixá-lo seguir em frente então o mais correto era levá-lo para outro caminho. Robert manteve os olhos em mim, mas mordeu os lábios e depois sorriu. Um sorriso lindo, daqueles de tirar o fôlego e fazer com que algo entre meu umbigo e minhas coxas se apresentasse de uma forma feroz.

– Onde acho um desses? – Ele apontou para a minha tigela.

Olhei sem acreditar.

– Também estou com fome e você está saboreando tanto este...

– Cereais? – Ergui uma sobrancelha achando aquilo tudo muito estranho.

– Isso, cereais... – Ele continuou sorrindo.

Ainda sem conseguir acreditar que Robert Carter sentaria ao meu lado para desfrutar de cereais com leite logo pela manhã, levantei para pegar mais uma tigela. O mundo estava mudando e eu nem percebia. Voltei, derramei uma quantidade e acrescentei o leite gelado, depois coloquei ao meu lado indicando onde ele deveria sentar. E foi o que fez.

Não tive condições de continuar comendo, apenas encarei aquele homem incrível enquanto ele olhava para sua comida sem saber ao certo se deveria mesmo comê-la. Ele colocou a colher e levou uma pequena porção à boca. Fez uma cara estranha, mas continuou mastigando e quando engoliu fez uma careta terrível. Eu ri sentindo toda a tensão se dissolver.

– Isso é horrível! Como você consegue?

Rimos juntos.

– Não acredito que este seja o seu desejo.

E então ele parou me observando. Minha boca secou.

– Não é desejo, é só...

Precisava ser rápida. Todo mundo me aguardava, então... deixei morrer. Eu queria, do fundo do meu íntimo, que ele não me olhasse daquela forma.

– Isso é muito ruim – desconversou voltando a rir. – Onde posso colocar?

– Tá legal! Coloque aqui. – E indiquei a minha própria tigela. – Não vamos desperdiçar comida.

Ele riu com vontade.

– Eca!

Eca? Robert Carter estava mesmo sentado à minha frente dizendo eca? Aquilo era tão jovem, tão relaxado, tão... Meu Deus, eu o amava tanto! Sorri calorosamente.

– O que vai querer, então?

– Ah, não sei. – Olhou para os lados fazendo um biquinho lindo.

– Tem suco, frutas e queijo na geladeira. Acho que consigo fatias de pão em algum armário por aqui.

– Pode ser ...

Encostou os cotovelos na bancada e apoiou o queixo, me observando.

Achei o pão no primeiro armário que abri. Peguei o restante e coloquei sobre o balcão. Cortei algumas fatias finas de queijo, umas rodelas de tomate e fiz um sanduíche. Servi o suco junto e só quando entreguei a ele que percebi seus olhos em minha mão. Merda! A aliança, ou a falta dela. Acabei esquecendo de colocá-la quando Dean apareceu com a sua revelação bombástica.

– Como foi ontem com Tanya?

Mais uma vez tentei desconversar, ele levantou o corpo, deixando a coluna ereta.

– É sempre complicado com Tanya, mas, pelo menos eu sei que ela continua acreditando.

– Que bom.

Ele me olhou com pesar. Coloquei mais algumas colheradas na boca enquanto eu o via comer o sanduíche em silêncio.

– E Frank? Alguma notícia?

– Não. Tanya não demonstrou nenhum interesse no assunto quando a questionei sobre a demissão. Disse apenas que não sabia o motivo do amante pedir demissão e que não o via desde que desembarcaram.

– Estranho.

– Muito estranho, Melissa. Não quero pensar em nada do que eu posso atribuir facilmente a Tanya, mas a cada dia me convenço mais desta possibilidade.

– Sinistro.

– Vocês vão demorar muito ainda? – Bruno entrou na cozinha com toda a sua força e o impacto foi profundo. Eu me assustei e quase derrubei minha tigela.

– Nossa! Algum segredo? Conversinha promíscua de casal? Que tipo de obscenidades vocês estavam falando? Ou fazendo? Melissa?

Seus olhos ficaram imensos e seu rosto divertido enquanto o meu ficava cada vez mais vermelho.

– Dá um tempo, Bruno! – Robert o advertiu com um sorriso fraterno incrível.

Ai meu Deus, tudo nele era incrível. Tive vontade de rir.

– Estamos só aguardando os pombinhos. Eu tenho coisas importantes para resolver, então, se não for atrapalhar o casal, gostaria de eliminar logo esta parte.

– Ok!

Levantei sob o olhar atento do meu marido. Ele enrugou a testa e estreitou os olhos.

– Algum problema? – Olhei rapidamente para mim sem saber o que tinha de errado.

– Não. Tudo bem, vamos logo.

No QG tudo fluía normalmente. As pessoas conversavam e discutiam o que acontecia relacionado ao nosso plano. Abby, Tom, Carol e Dean nos aguardavam sentados à mesa. Eu, Robert e Bruno nos juntamos ao grupo ocupando as cadeiras restantes. Vários fones de ouvido estavam espalhados pela mesa chamando a minha atenção.

– Ele ainda está em casa – Tom informou. – Será ótimo porque vamos ter imagens de como ele reagirá à sua ligação. – E indicou a tela que ficava em uma parede no extremo da mesa.

Eu sabia que eles monitoravam a vida do Adam, mas descobrir que tínhamos imagens de dentro da casa dele me deixava bastante constrangida. Abby era uma das protagonistas das suas loucuras, o que me levou à nossa conversa. Ela tinha todas as provas. Mordi os lábios imaginando o que seria usado como tal.

– Você vai marcar com ele neste endereço.

Dean me passou um papel contendo a informação em questão, olhei o local verificando que ficava bastante afastado do centro, aliás, ficava bem distante de tudo, em uma estrada quase fora da cidade.

– Nós temos tudo sob controle, não se preocupe. Todos os quartos estão reservados para a nossa equipe, eu ficarei em um ao lado do seu, junto com o Tom, Robert, Carol e mais alguns dos nossos. Estaremos preparados para tudo. Lembre-se de que teremos a imagem e o áudio do que vai acontecer lá dentro.

– Ok! – Senti meu sangue gelando com a proximidade do encontro. – Para quando eu combino?

– Amanhã pela manhã. Vai ficar mais fácil acompanhar. Marque no local. Nós vamos durante a madrugada que é para não chamar atenção. Robert vai chegar um pouco antes porque precisa manter Tanya longe disso.

– Eu vou sozinha?

– Sim. Se ele resolver verificar se é seguro realmente vai ter essa confirmação sabendo tudo o que você está fazendo.

– Ok! – repeti fazendo um esforço imenso para não tremer na frente de Robert.

– Vamos puxar a sua linha agora, todos vamos escutar a conversa através dos fones.

Ele se voltou para os demais indicando o telefone.

– Fizemos uma adaptação em seu microfone para tentar limpar o máximo possível do que acontece no ambiente, tecnicamente ele ouvirá apenas o que você disser, mas não podemos abusar, então vamos manter o silêncio. Qualquer coisa que queiram falar ou alertar a Melissa deve ser escrita nestes blocos e passado para ela.

Distribuiu blocos de papel e canetas simples. Cada um pegou uma parte e aguardou.

Busquei pelo olhar de Robert, ele estava tão tenso quanto eu, mas segurou minha mão e apertou, me passando força. Nos encaramos por um tempo até que, finalmente, me senti segura. Peguei o celular e aguardei pelo aval de Dean. Ele sinalizou com a cabeça e fez um gesto com a mão para que todos ficassem atentos. Disquei o número ouvindo o primeiro toque. Engoli em seco enquanto ouvia o som se repetindo e então ele atendeu.

– Melissa?

Havia algo debochado e doentio em sua voz. Minha pele arrepiou e eu senti nojo.

– Oi, Adam…

Tive que pigarrear para ajustar a voz. Eu estava em pânico. Olhei para a tela e o vi parado em frente à porta de saída. Todos encaravam a imagem atentamente.

– Achei que nos encontraríamos quando voltasse.

Ele se virou, desistindo de sair e caminhou para uma sala ampla e muito bem-arrumada, onde sentou sem nenhuma classe no sofá.

– Sim. – Ele riu e passou uma mão no meio das pernas, o que me deixou bastante desconfortável.

– Você chegou ontem.

Fiquei sem voz. Adam estava ansioso demais e eu bem sabia o que ele pretendia.

– Melissa? – Ele se ajeitou no sofá prestando mais atenção à nossa conversa.

– Sim?

Foi o que consegui falar. Robert apertou minha mão que estava na sua. Ele estava ainda mais tenso. Respirei fundo.

– Eu tive alguns problemas – falei

– Eu sei. Devolveu as ações, foi demitida. Tanya não brinca no ponto.

Ele sabia. Merda! Olhei para Dean e ele balançou a cabeça concordando, como se quisesse me dizer que continuava no controle. Seus olhos voltaram para a tela.

– Isso. Tanya está tentando me destruir então tive que recuar.

Mais uma vez ele se recostou no sofá, sua atitude era tão doentia que eu desviei o olhar. Adam se alisou, como um verdadeiro tarado.

– Devo entender que o que eu tenho para revelar passou a ter um valor ainda maior?

– Adam, nós não discutimos ainda o que você quer em troca.

– Esteja hoje em meu apartamento que digo exatamente o que quero.

Dean negou com a cabeça. Não tive coragem de olhar para a imagem e saber o que aquele doente fazia, mas a mão de Robert apertou a minha com força.

– Hoje eu não posso. Vamos combinar amanhã e em um lugar neutro.

Ele riu.

– Ouça, eu estou tendo problemas com Dean.

– Ah sim, o marido. Como foi a reação dele tão perto do Robert?

– Foi...

Olhei para Dean e ele me mandou prosseguir me passando um papel escrito divórcio.

– Péssima. As coisas não estão boas entre a gente.

Adam riu com vontade.

– Eu queria estar nesta viagem, Melissa. Ver a cara do imbecil do Robert com a amante gostosa e a cara do idiota do seu marido frente a frente com o seu amante.

– Ex-amante! – falei com raiva e olhei a tela. Adam sorriu amplamente.

– Ex-amante – concordou. – Robert surtaria se descobrisse que mais alguém colocou as mãos em você, não é?

– Isso não vem ao caso. O que Robert acha ou não, não me interessa.

– Ele descartou você na primeira oportunidade. Eu não disse? Bastou Tanya apertar um pouco mais e Robert mandou demiti-la, como se você não tivesse nenhum valor profissional para a empresa.

Fechei os olhos e estremeci. Mais uma vez senti sua mão apertando a minha.

– E eu vou dar a ele o que merece, mas para isso preciso da sua ajuda.

Forcei a voz para fora, o que me ajudou muito, pois foi impossível conter a raiva que eu sentia.

– Se você for uma boa menina eu entregarei o pote de ouro em suas mãos. Basta apenas que me deixe satisfeito.

Foi a minha vez de apertar a mão de Robert. Minha ânsia de vômito quase me fez desistir de tudo. Minha pele ficou fria e minhas mãos suadas. Não me permiti pensar no que ele falava. Era doentio demais. Sujo demais.

– Melissa?

Abri os olhos e encarei a tela. Adam estava com a mão dentro das calças, alisando o membro e fazendo cara de quem sentia prazer. Respirei fundo, desviando o olhar, mas observei Robert, que estava atento e o maxilar tão rígido que imaginei o quanto aquilo tudo o enfurecia. Se ele pudesse colocar as mãos em Adam naquele momento com certeza o mataria. Eu precisava acabar logo com a situação.

– Estou aqui.

– E então?

– Eu quero esta informação, Adam, e vou fazer de tudo para tê-la.

– Que bom.

– Vou passar o local e horário por mensagem.

– Aguardarei, mas será amanhã, não aceito mais adiar este encontro.

– Não adiarei... – rebati. – Estou ansiosa por esta informação.

Desliguei antes que ele pudesse dizer qualquer coisa. A imagem continuou na tela, Adam manipulando o próprio membro por dentro da calça, encarando o telefone como se ele fosse um objeto de desejo. Era nojento. Bruno foi o primeiro a falar.

– O cara é muito doente! – Sua voz rouca estava repleta de raiva.

Olhei para Abby, que permanecia calada sem olhar para a imagem de Adam se masturbando. Todos na sala ainda precisavam acompanhar as reações dele. Era necessário saber se ele envolveria Tanya naquilo, se tentaria armar alguma coisa ou até mesmo se o seu objetivo era apenas me fazer acreditar que tinha algo para dizer e com isso conseguir me atrair para realizar as suas fantasias. Por isso Dean continuava com os fones, ouvindo cada detalhe que ele dizia.

Sim, Adam se masturbava e falava algumas coisas que não fiz questão de escutar, mas que tive certeza de que estava diretamente relacionado a mim, pois Robert quase quebrou meus dedos enquanto ouvia.

– Robert?

Ele se sobressaltou quando toquei seu braço. Neguei com a cabeça. Um pedido mudo para que ele não seguisse por aquele caminho. Ele passou a mão no cabelo, e percebi que tremia.

– Melissa?

Encarei seu sofrimento e senti medo.

– Quando você sair daquele quarto, eu vou matar Adam Simpson!

Puta merda!

CAPÍTULO 45

– Você ainda pode desistir.

Robert estava encostado na janela do meu quarto. A cabeça baixa indicava o quanto ele não gostava da situação. Algumas vezes nossos olhos se encontravam, ele me avaliava e depois voltava a baixá-los.

– Eu não vou desistir. Vou até o final.

Devo confessar que o meu corpo tenso implorava por algum momento de alívio. Naqueles últimos minutos eu entendia o que Robert afirmou sobre o sexo ser a solução para muitos problemas. Assim eu queria seus braços em mim, simplesmente para me fazer esquecer de todos os meus problemas.

Eu sabia que as últimas imagens de Adam Simpson eram péssimas e que não nos abandonariam tão cedo, por isso eu nada teria do meu marido naquele dia. Mesmo assim, tê-lo um pouco comigo me ajudaria a modificar os pensamentos.

– É só fazê-lo acreditar que terá o que quer e depois deixar por nossa conta – ele repetiu pela milésima vez naqueles últimos quinze minutos.

Suspirei pesadamente.

– Você viu o que ele fez – disse com raiva.

– Robert… – Tomei coragem e dei um passo à frente. – Adam é doente e nós vamos pegá-lo. Amanhã conseguiremos saber onde aquelas malditas provas estão e vamos dar um basta neste inferno. Adam e Tanya terão o que merecem!

Ele piscou e, de repente, olhou no relógio se dando conta do tempo.

– Merda! Eu estou atrasado. Preciso ir.

– Não! – quase gritei em desespero. – Não vá! – implorei.

Ele me olhou com atenção, seus olhos estavam confusos.

– Eu tenho duas reuniões importantes, Melissa. Amanhã teremos um dia cheio e não dá para adiar mais nada.

– Eu não quero que você vá! – Minha voz ficou mais firme e exigente.

– Só que nem tudo pode ser como você quer!

Tenho certeza de que a sua intenção era ser mais duro, incisivo, contudo, estranhamente, Robert não me intimidava mais. Não porque eu não o temia, mas porque ele não se dava ao trabalho de fazê-lo. Estreitei os olhos sentindo-me realmente ofendida.

– Mas hoje será.

Encarei meu marido e vi seu meio sorriso incrível aparecer em seus lábios. Robert era um ser confuso. Uma hora fervia de raiva em outra… Bom, em outra ele era apenas tesão.

– Eu ganhei a aposta.

Ele ergueu uma sobrancelha me encarando e logo depois se deu conta. Seu sorriso ficou ainda mais evidente.

– E é isso o que vai querer como prêmio? Minha presença?

Filho da puta! Ele sabia muito bem o que eu queria, mas estava me forçando a verbalizar.

– Eu posso ter o que quiser de você, não foi este o prêmio?

Ele colocou uma mão no queixo me analisando com cuidado. Outra vez seus olhos se demoraram em minha mão. Merda! Eu continuava sem a aliança.

– Nada feito.

– O quê? Eu ganhei a aposta e você tem obrigação de pagar.

Ri me sentindo uma idiota. Detestava ter que implorar pela sua atenção.

– Sabe, Robert, às vezes eu esqueço que aquela empresa é o seu lugar preferido. – Senti meus olhos marejarem. – Que...

Ele me calou colocando um dedo em meus lábios.

– Você é o meu lugar preferido!

Eu não devia. Era demasiadamente desnecessário, afinal de contas quem estava ali a minha frente era o meu marido e não um desconhecido galanteador que jogava todo o seu charme para me conquistar. Era Robert, mesmo assim, corei consideravelmente e sorri como uma adolescente inexperiente e ansiosa pelo seu primeiro beijo.

– Então, fique! – Avancei, colocando minha mão em seu peito.

– Melissa, ouça! Eu não tenho condições de nada hoje. Eu...

Passou as mãos no cabelo bagunçando tudo e me deixando boquiaberta.

– Adam, com toda a sua loucura, tirou o meu chão. Estou com tanta raiva que tenho medo de explodir da forma errada e com a pessoa errada, entende? – Passou os dedos em meu rosto. Fechei os olhos percebendo o quanto sentia falta dos seus toques.

Sinceramente? Eu também não desejava sexo, não mais. Robert tinha razão, as imagens de Adam haviam destruído a minha ideia de relação sexual naquela noite. Eu desejava apenas um pouco mais do meu marido. Ter a certeza de que meu mundo voltaria para o seu eixo e que aquele inferno teria mesmo um fim. Aquela conversa com Adam também havia me tirado o chão. Eu estava com medo. Muito medo. Não sabia até que ponto estaria mesmo segura com ele e o que poderia acontecer até que Dean conseguisse interceder. Então, naquele momento, eu queria apenas estar nos braços de Robert e deixar que meu coração voltasse a se sentir seguro.

– O mundo não se resume a sexo, Robert!

Ele voltou a sorrir, daquele jeito torto que lhe deixava ainda mais bonito.

– Vai trocar o seu direito de dispor de mim da forma como quiser apenas para ficar conversando?

– Se esta é a única forma de ter você um pouco comigo... Sinto a sua falta!

Segurei sua mão e beijei a palma com carinho.

– Mel!

A forma como ele falou o meu nome, tão cheia de amor, saudade, carinho, devoção, como se ele estivesse preso e, finalmente, com a minha declaração, pudesse ser livre, encheu o meu coração de amor.

– Você ainda não colocou a aliança – sussurrou sem querer quebrar o encanto.

– Você disse que eu poderia colocá-la quando quisesse.

– Quando estivesse segura do que queria.

– Isso.

– Isso.

Ele me encarou com olhos suplicantes. Era difícil não amar aquele homem tão forte, cheio de si, seguro, dominante, e perceber que ele colocava toda a sua felicidade em mim. Sorri, ciente de que ele não encararia muito bem o meu sorriso. Robert suspirou e se afastou.

– Significa tanto para você?

Não consegui vê-lo se afastar, mesmo sabendo que ele não iria para longe. Foi impossível ficar em silêncio.

– Pra você não?

Fiz uma careta sem saber o que deveria dizer. Entrávamos em um terreno perigoso demais para não dar os devidos cuidados às palavras.

– Eu não quis dizer isso, Robert, apenas queria que você soubesse que usar ou não uma aliança, assinar ou não um papel, este ter ou não valor legal...

Sorri fazendo questão de encará-lo, de manter meus olhos fixos no seu de forma a fazê-lo entender que não havia mais dúvidas.

– Não faz diferença para mim! Eu já era sua antes mesmo que você me tocasse, que me notasse, que resolvesse me tomar para você. Eu já era sua esposa antes mesmo de saber que você existia.

Foi a vez dele de sorrir timidamente. Lindo!

– Eu não era de ninguém mesmo. Nunca fui!

Dei de ombros brincando com a sua alegria.

– Parece que passei a vida aguardando por você, como se nada nem ninguém fizesse sentido, como se eu estivesse apenas seguindo o curso, amortecida, aguardando você chegar para me fazer viver de verdade.

– Aguardando para que eu bagunçasse a sua vida – ele disse com a voz embargada. – Porque foi isso o que eu fiz. Inverti os polos, Mel. Destruí todas as probabilidades, deixei tudo de pernas para o ar. Pelo visto você não tem muita noção de preservação própria, mas... Puta que pariu! Eu não me arrependo de nada. Faria tudo outra vez. Arrastaria você quantas vezes fossem necessárias para a minha vida, o meu mundo sombrio e que só ganhou cor quando você apareceu!

Seus olhos ficaram tão intensos que prendi a respiração.

Ficamos nos olhando por um tempo interminável. Havia um pouco de tudo naquele olhar, até mesmo o medo que nos atingia pelos acontecimentos de mais cedo. Era desta forma que nos reconhecíamos, quando deixávamos que os olhos falassem tudo o que, em palavras, não podíamos expressar.

– O que quer fazer? – ele disse sem desviar os olhos.

– Podemos deitar abraçados e assistir a um filme?

– Um filme? – Confirmei com a cabeça. – Tudo bem! Mas só posso ficar até depois do almoço, certo? Hoje vou encontrar a psicóloga que acompanha Tanya. Vamos deixar a outra metade do dia que você tem direito para um momento mais apropriado.

– Por mim está ótimo! – Sorri amplamente.

***

Eu estava muito nervosa. Minhas mãos geladas e suadas apertavam o volante com força. Dean, Robert, Abby, Tom, Carol, Bruno e até mesmo Paul acompanhavam cada passo meu. Paul conseguiu ficar no nosso QG, entrando pelo apartamento de Bruno, assim Nicole e Olivia teriam notícias.

Ninguém além de Abby sabia realmente o que eu faria. Ninguém poderia sequer imaginar.

– Ele acabou de chegar, Mel.

A voz de Dean nos alto-falantes do meu carro me sobressaltou. Estremeci de uma forma inacreditável. Merda! Eu precisava ficar calma e segura para seguir em frente. Aquela era a nossa única chance.

– Você está bem?

– Estou. Chego em vinte minutos.

– Ótimo! Já estamos prontos para atacar.

– E Robert?

Eu não via meu marido desde o dia anterior quando ficamos como dois namorados assistindo filmes, sem deixar que nenhuma conversa mais séria estragasse o nosso momento. Também não fizemos amor. Como dissemos anteriormente: era impossível depois do que vimos Adam fazer. Estávamos com nojo. Ela foi embora logo depois do almoço, conforme combinamos, e não voltou.

– Estou aqui! – A voz do homem que eu amava preencheu o pequeno ambiente do meu carro. Respirei aliviada.

Robert jamais permitiria que alguma coisa me acontecesse. Mesmo assim, meu estômago embrulhou.

– Tem certeza de que vai levar isso adiante?

– Você sabe que sim. – Tentei rir e passar para ele mais confiança. – Por nós, amor. Por todos nós.

Porque eu sabia que Abby estava lá, ouvindo tudo e ansiando pelo que eu faria por ela. Ouvi o suspiro forte que Robert emitiu.

– Eu estou aqui. Não vai precisar nem gritar, eu te garanto.

– Confio em você!

– Ótimo! Dirija com cuidado.

Ainda ouvi Dean me passar algumas informações enquanto seguia cuidadosamente o caminho que o GPS me indicava. Fui informada que, assim que eu entrasse, dois seguranças ficariam na porta para garantir que Adam não teria realmente nenhuma chance. Também fiquei sabendo que, embaixo da cama, na lateral esquerda, havia uma arma, colocada estrategicamente para me auxiliar caso fosse necessário, mas ele fez questão de garantir que eu nem precisaria recorrer a este artifício.

Vinte minutos depois eu estava com o coração disparado, as pernas tremendo e os olhos fixos na porta que indicava o quarto onde Adam estava. Respirei diversas vezes para encontrar coragem, mas não obtive sucesso. Eu sabia que tinha que sair daquele carro, contudo, o meu corpo não entendia e se recusava a colaborar.

– Melissa? – Dean falou depois de mais cinco minutos congelada dentro do carro.

– Eu estou bem – murmurei.

Imediatamente minha mão foi até a coxa, onde tudo o que eu precisava estava.

– Estou saindo agora.

– Ok. Estamos atentos. Ele está bebendo. Tenha cuidado.

– Eu terei.

Peguei a bolsa, a chave do carro, saí conferindo o meu sobretudo creme, alisei o tecido pedindo perdão mentalmente a Robert pelo que eu usava por baixo. Como será que ele reagiria? Tentaria me matar com certeza. Puta que pariu! Com as pernas tremendo me forcei a caminhar até aquele quarto. Em nenhum segundo olhei para os outros, não queria que Adam desconfiasse de nada. Ele abriu a porta antes mesmo que eu conseguisse tocar a campainha.

– Pensei que tivesse desistido! – Seus olhos estavam tão selvagens que me fizeram recuar. – Não vai entrar?

Fiquei paralisada. Aquele passo seria decisivo. Seria a chave para a minha paz, a de Robert e a de todos os nossos amigos, mesmo assim, uma parte dentro de mim gritava para que eu fugisse enquanto ainda podia. Porém outra me dizia que eu era capaz, que conseguiria e colocaria um fim em tanto sofrimento. Pensei no homem que eu amava, em nosso filho, na vida que teríamos, no amor que sentíamos e que não poderia mais esperar. E então me vi sorrindo para Adam. Tudo ficou muito mais fácil.

– Oi, Adam!

Passei por ele e ouvi o baque da porta se fechando atrás de mim e sendo trancada.

Adam não perdeu tempo. Sua mente doentia sabia que só se realizaria se eu sentisse medo. E eu sentia, mas não deixaria que ele me intimidasse. Não depois de ter ido tão longe. Ele avançou em mim e eu, estrategicamente, me desvencilhei.

– Não tão rápido. Onde estão as provas?

Ele riu.

– Acha mesmo que eu vou te dar esta informação assim? O que me garante que você não vai sair daqui assim que estiver de posse delas? Não vai ser como você quer.

Mais uma vez ele tentou me alcançar. Encostei-me em uma peça de madeira e encarei o meu inimigo. O próximo passo seria muito perigoso, mas necessário.

– Eu já disse: quero as provas!

Desfiz o nó do meu sobretudo e deixei que Adam vislumbrasse a *lingerie* que eu usava. Um sutiã meia taça, calcinha de renda, cinta-liga e meias sete oitavos, tudo na cor preta e bastante sensual. Vi seus olhos bestiais lamberem meu corpo de uma maneira tão doentia que me questionei se conseguiria mesmo ir adiante. Àquela altura, Robert com certeza já estava enlouquecido e implorei mentalmente para que Abby tivesse conseguido cumprir com a sua parte do plano: trancar a porta do quarto em que eles estavam e dar sumiço na chave.

– Melissa! – ele rosnou e avançou.

Foi rápido demais e desta vez eu não consegui evitar o contato. Adam me segurou com força. Não da forma como Robert fazia. Era um desejo diferente, um que machucava, que queria impor pavor, que queria me transformar em sua primeira vítima e este fato me causava horror. Tive que usar toda a minha força para conter o nojo que senti. Suas mãos apertaram meus braços com força.

– Sua vadiazinha!

A voz saiu com tanta raiva que durante alguns segundos me perdi no plano e senti um medo paralisante.

– Você vai ficar bem quietinha enquanto eu faço o que quero com você, entendeu?

Ele me sacudiu com força. O pânico me impedia de reagir. Repassei mentalmente tudo o que poderia me livrar daquelas mãos asquerosas. Os seguranças com certeza não estavam do lado de fora, Abby providenciou para que isso não acontecesse. Quem estava lá fora era uma pessoa que só aguardava pelo meu consentimento. Havia também uma arma embaixo da cama, que eu não conseguiria alcançar com tanta facilidade. Dean, Robert e os demais estavam trancados no quarto, do contrário, já teriam invadido o quarto que estávamos. Ainda tinha uma opção, mas ele precisava me largar.

– Tire as mãos de mim, Adam! – Consegui dizer, mas não escondi o pavor em minha voz. Ele riu saboreando o meu medo.

– Ou o quê? Vai gritar?

Uma mão dele me largou, segurou com força meu cabelo fazendo-me inclinar com o rosto para cima. Mordi os lábios agradecendo por estar com o braço livre e implorando a Deus para me permitir alcançar o objeto que eu precisava naquele momento.

– Faz um favor para mim, Melissa. – Meu nome saiu de uma maneira tão nojenta que tive vontade de vomitar. – Grite! Implore por ajuda! Chame pelo seu protetor! Robert!

Puta merda!

– Eu mandei tirar a mão de mim! – rosnei de volta, deixando minha raiva transbordar.

Com isso, Adam sentiu mais vontade ainda de me subjugar. Era um doente!

– Por quê?

Ele largou o outro braço levando a mão até meu rosto me dando um tapa forte e ardente. Segurando meus cabelos com a outra mão, conseguiu me manter no mesmo lugar.

– Sua cadela. Vai me dar o que eu quero e depois disso eu cumpro com a minha parte do trato.

Meus olhos encheram de lágrimas involuntariamente. Eu queria matá-lo.

– Grite, Melissa! – Senti sua mão em meu seio e de repente eu não podia mais me conter.

Alcancei a arma tão pequena que Abby tinha levado para mim e que estava estrategicamente escondida na minha cinta-liga. Destravei tão rápido quanto pude e a encostei na barriga daquele sujeito asqueroso.

– Eu mandei tirar as mãos de mim, seu filho da puta! – repeti sentindo-me mais segura.

Adam me encarava com divertimento, mas seu sorriso se desfez no momento em que ouviu o destrave da arma e sentiu o pequeno cano na barriga.

– O que é isso, Melissa?

Ele não me tocava mais. Surpreso demais, Adam se afastou para verificar do que se tratava.

– Nós tínhamos um acordo!

Sem conseguir me conter, bati em Adam com a arma usando tanta força que ele cambaleou encostando-se à cama. Foi revigorante. Imediatamente o atingi com um chute certeiro no rosto, muito bem ensaiado durante os três meses que fiquei distante, quando precisei treinar para manter a minha própria segurança. Ele caiu para trás, exatamente da forma como eu queria.

– Gosta de fazer mocinhas inocentes sofrerem? – Ele riu com sangue escorrendo do nariz.

Tirei o sobretudo rapidamente para conseguir me movimentar melhor. Subi sobre Adam aproveitando a sua tontura e cumpri mais uma etapa do plano. Prendi suas mãos com algemas na cabeceira da cama. Foi ridículo. Muito ridículo. Mas eu comecei a rir. Foi até fácil demais. Adam era um idiota até mesmo quando tentava ser um estuprador.

– Mocinhas inocentes? – Continuou rindo. – Você é uma vagabunda, Melissa! A putinha do Robert.

Atingi seu rosto mais uma vez sem me preocupar com o que lhe aconteceria.

– A informação!

Ele riu ainda mais alto.

– Vá se foder! – gritou como resposta.

– Adam, Adam. – Mantive a voz suave, o que com certeza o confundiria. – Você vai se foder, ou melhor, ser fodido. Muitas e muitas vezes, até que não reste mais nada da sua dignidade.

– Sua vaca! Tanya vai te destruir e eu estarei lá, Melissa. Ah eu estarei lá para fazê-la pagar por tudo isso.

– Vai mesmo?

Levantei da cama e fui até minha bolsa, de lá tirei uma filmadora, liguei imediatamente e apontei para Adam Simpson.

– Diga olá!

– O que você está fazendo? – Ele se debateu na cama com raiva, jogando as pernas em mim.

Coloquei a câmera sobre a peça em um ângulo que nos daria um ótimo filme. Voltei à bolsa e retirei mais dois pares de algemas e uma tesoura. Peguei a arma de volta apontando diretamente para a cabeça dele. Adam parou quase que instantaneamente. Gargalhei, o que me fez ouvir mais um monte de xingamentos. Ele estava enlouquecido.

– Fique bem quietinho agora, Adam. Eu vou usar uma tesoura e cortar suas roupas, afinal de contas, não precisaremos delas para nada, não acha?

– O quê? Que tipo de doente você é?

– O tipo ideal para acabar com doentes como você. Nem respire!

Tomando cuidado para não deixá-lo me atingir com nada, segurei uma perna dele e consegui colocar as algemas prendendo na ponta da cama, o mesmo fiz com a outra, mas ele se debateu e precisei apelar, apontando a arma para o meio das suas pernas. Depois, usando a tesoura, comecei a cortar toda a sua roupa. Toda mesmo.

Robert me mataria!

Adam ficou como veio ao mundo, pelado, com o rosto ensanguentado, algemado à cama e sem nenhuma forma de se defender. Uma perfeita vingança. Imaginei como Abby estava se sentindo naquele momento. Deveria ser ela ali, saboreando aquele momento. Filmei aquela cena patética. Meu Deus! Era por isso que ele tinha tanta inveja do Robert. Adam não conseguiria nunca ser como o meu marido. Seu corpo não era feio, mas também não era nada deslumbrante, agora o seu "material de trabalho" era algo tão insignificante que me perguntei se não era por isso que ele desenvolveu aquela personalidade doentia.

– Sua última chance, Adam. Eu quero as provas!

– Vá para o inferno! – ele gritou olhando bem para a câmera. – É bom que filme, só está usando provas contra si mesma.

– Como aquelas que você tem em sua casa? Todos aqueles DVDs que mostram você, supostamente, violentando prostitutas? Adam, Adam, eu acho que você não foi um bom garoto.

– Eu farei o mesmo com você, Melissa, mas desta vez será ainda mais gostoso, porque será de verdade e você vai se arrepender de ter cruzado o meu caminho.

– Isso se você sobreviver à minha surpresa!

– Que surpresa, sua putinha! Uma câmera?

– Não. Um... Amigo!

Abri a porta do quarto revelando um homem que já aguardava por mim do lado de fora. Ele tinha cabelo comprido caído no rosto, usava um chapéu de caubói e um sobretudo negro que chegava até o cano alto das botas. O homem entrou levando uma mala também preta e parou de frente para Adam, que o encarava de olhos arregalados.

– Diga oi para o meu amigo, Adam. – Mantive a câmera em seu rosto. – Ele hoje está muito animado, não é mesmo, amigão?

O homem então retirou o chapéu e levantou o rosto. Usava uma máscara de couro que só revelava seus olhos e seu nariz. No lugar da boca havia várias tiras dando ao conjunto um aspecto aterrorizante. Quando ele tirou o sobretudo, revelou um corpo musculoso. O peitoral não estava coberto e ele usava apenas uma cueca de couro bem apertada. Adam se mexeu com força, tentando se soltar. Sorri largamente.

– Meu amigo vai arrancar a informação que eu quero de você, Adam. E não será por bem!

– O que você vai fazer, sua maluca? – ele gritou desesperado.

Ouvi a risada aterrorizante do meu convidado, que era, na verdade, um amigo da Abby. Quando virei a câmera para ele, vi do que se tratava. Ele estava com um consolo, um pênis de borracha, desses que podem ser encontrados em muitos sites de acessórios adultos. Pela forma como ele batia o objeto na mão, ficava bem claro o que pretendia fazer.

– Puta que pariu! – Adam rosnou. – Sua vadia, sua puta! Não deixe ele encostar em mim, entendeu? Eu vou te matar, Melissa! Vou matar você, sua cretina, vagabunda!

O rapaz subiu de joelhos na cama ficando entre as pernas de Adam, que tentava, em vão, impedi-lo de se aproximar. Era cômico. Aquele momento entraria para a história e Adam nunca mais conseguiria recompor a sua dignidade.

– Vamos dar uma chance a ele, amigo. E então Adam, onde exatamente eu posso encontrar estas provas?

– Vá se foder!

Olhei sugestivamente para o rapaz que, sem contar conversa, abriu ainda mais as pernas de Adam e empurrou o consolo bem lá no... Bom, naquele lugar que com certeza não lhe causava as mesmas sensações que eu sentia quando era Robert a me tocar.

– Porra! – ele gritou se debatendo.

Fiz um gesto para que o rapaz se afastasse um pouco e ele obedeceu.

– Meu amigo está ansioso para brincar com você, Adam. E eu estou para colocar as mãos naquelas provas. O que me diz?

Ele fechou os olhos e mordeu os lábios. Suas narinas estavam dilatadas e Adam estava vermelho de raiva. O local onde o atingi estava inchado e o sangue do rosto começava a secar. Só olhei sugestivamente para que o rapaz continuasse.

– Não! Merda! Sua filha da puta! Cretina... Não!

Vi no momento em que o homem esquisito segurou o pênis de Adam com força, forçando-o a ficar no lugar para que ele completasse a brincadeira, mas neste instante ele parou, aguardando pela minha permissão.

– Este vídeo estará amanhã mesmo na internet. Vou fazer uma edição muito legal, demonstrando quem você é e o que acontece com homens com uma personalidade doentia como a sua, Adam Simpson!

Ele me olhou com um ódio feroz. Eu sabia que meu tempo estava esgotando. Subi na cama e puxei seus cabelos, focando a câmera na sua cara.

– Esta é a sua última chance. Onde eu encontro as provas?

Adam cuspiu em mim.

– Com tudo agora, amigão! – Vi o homem se mover e Adam se contorcer.

– Eu falo! Eu falo!

Paramos os dois no mesmo instante. O breve segundo que ele demorou para continuar simplesmente durou uma eternidade. Eu não me atrevi nem a respirar com medo de ele desistir.

– Ela usa uma corrente, uma que foi herança da mãe, que tem uma pedra branca. Dentro dela, onde deveria estar a foto da mãe, tem um chip. É o único lugar onde Tanya guarda as provas!

– Tem certeza disso? – Eu não queria cantar vitória antes da hora. – Se eu descobrir que mentiu para mim, darei ao meu amigo um dia inteiro com você!

– Eu não estou mentindo, sua vagabunda! Mande ele sair de perto de mim – rosnou.

Sorri deliciada com a vitória.

– Tudo bem. – Olhei para o rapaz que imediatamente saiu da cama. Adam respirou aliviado.

Peguei uma coberta e cobri aquele corpo medíocre. O rapaz também guardou o seu brinquedinho na mala e cobriu o corpo. Só depois disso coloquei o meu sobretudo e guardei a filmagem na mala. Precisava criar coragem para deixar aquele quarto e encarar a fúria do meu marido. Abby sabia que, no momento em que conseguisse arrancar de Adam a informação, ela poderia abrir a porta. Fiz questão de destrancar a nossa.

– Não vai me soltar?

– Não. Você ficará aqui com outros amigos meus.

No mesmo instante, Tom, Dean e os seguranças entraram no quarto. Os olhos esbugalhados, a respiração arfante e a pele suada indicavam o quanto eles ficaram apreensivos durante o processo.

– Eles vão tomar conta de você enquanto verifico esta informação.

– Melissa! – ele gritou.

– Adeus, Adam!

Passei por Dean, que sorriu de leve e tocou meu ombro sussurrando um "parabéns" sem querer chamar atenção. Eu estava mais tensa do que fiquei enquanto cuidava do Adam. Encarar Robert não seria nada fácil. De repente, senti frio. Um frio anormal. O frio do pânico, do pavor de encarar a sua fúria.

Assim que deixei o quarto e encontrei o vento congelante da rua o vi. Robert estava parado, um pouco distante, em frente à porta de outro quarto. As mãos nos bolsos e a postura ereta em que mantinha o corpo indicavam o quanto estava nervoso. Pensei em correr, fugir dali até ter a certeza de que ele não surtaria mais, porém eu sabia que era muito melhor encarar logo de uma vez aquele problema, por isso me vi caminhando até ele. Seus olhos eram uma tempestade em mim. À medida que me aproximava, sentia minha coragem se esvaindo. Até que a distância entre nós dois chegou a um limite seguro.

Parei sem saber o que falar enquanto ele me olhava sem saber como agir. Eu podia sentir a raiva fluindo por todos os seus poros. Ele me encarava sem nada dizer, mas seu olhar dizia tudo. Senti minhas pernas fraquejarem. Aquela não seria uma conversa fácil.

CAPÍTULO 46

Não existem palavras que consigam expressar o meu desespero quando vi Adam avançar e tocar Melissa. Meus olhos ficaram cegos de raiva. Minha primeira reação foi avançar para abrir a porta e ir até lá matar aquele desgraçado. Mas, para a minha surpresa, ela estava trancada. Trancada! Pensei que enlouqueceria.

Sacudi a porta e vi Dean logo atrás de mim com cara de espanto. Sim, ele também estava preocupado. Claro que estava! Era Melissa lá com aquele estuprador filho da puta! Sacudi a porta com mais raiva.

– Afastem-se que eu vou derrubar esta porra! – Bruno bradou atrás de mim.

Não esperei dois segundos, saí da frente deixando meu irmão fazer o serviço, mas ele foi impedido.

– Esperem! – Abby gritou com os olhos colados na tela. – Ela tem uma arma.

– O que você fez, Abby?

Meu coração acelerado tirava qualquer foco meu. Como Abby podia ter metido Melissa naquela merda toda?

– Ela sabe se cuidar – minha secretária gritou de volta chamando a atenção de todos. – Melissa tem tudo sob controle.

– Você está louca! Bruno, derrube logo esta porta.

Meu irmão avançou dando um pontapé violento, mas que não danificou logo a madeira. Ele recuou se preparando para o próximo golpe.

– Robert, espere um minuto. Ela vai conseguir. – Abby segurou em meu braço e eu a afastei com força.

– Ela está grávida! – gritei fazendo com que todos parassem para me olhar.

Oh, merda! Todo mundo sabia daquele detalhe, menos eu. O sangue borbulhou em minhas veias. Eu não conseguia definir quem matava primeiro, a própria Melissa estava em minha lista.

– Como você pôde armar isso tudo sabendo que ela está grávida? Como teve a coragem de colocar meu filho em perigo?

– Robert, calma! – Bruno se colocou à minha frente. – Veja!

E apontou a imensa tela instalada no quarto que ocupávamos. Quase não consegui desviar os olhos de Abby. Eu queria poder colocar minhas mãos nela e isso não seria nada bom.

Olhei para a imagem e vi o inacreditável. Adam estava caído na cama, o rosto sangrando e Melissa sobre ele, prendendo suas mãos na cama. O que aquela louca estava fazendo? Não dava para acreditar que ela havia concordado com tudo aquilo. Como podia ser tão irresponsável? Bruno olhava a tela e me olhava, eu estava estático, ansioso e nervoso. Não queria Melissa nem mais um segundo naquele quarto, não dava para confiar.

– O que ela está fazendo? – Dean falou sem acreditar no que via.

– Melissa vai conseguir arrancar a informação do Adam – Abby disse com bastante segurança. – E eu não coloquei o filho de vocês em risco. Ela concordou comigo que Adam não falaria com tanta facilidade então, juntas, chegamos à conclusão de que teríamos que ir mais além do que vocês iriam. Eu conheço o Adam, sei que o seu maior desejo é também o seu maior pânico. Nós vamos desestruturá-lo.

– Como? – Dean perguntou se interessando.

Eu não queria saber o que elas haviam combinado, meu único pensamento era tirar Melissa daquele quarto antes que alguma merda acontecesse.

– Eu quero a chave da porta, Abby – rosnei sem nenhuma vontade de tratá-la melhor.

– Você não vai estragar tudo, Robert – ela rebateu sem medo. – Melissa quer fazer desta forma então dê a sua esposa um pouco mais de credibilidade.

– Ela está grávida, Abgail! – Minha voz saiu acusatória e alta o suficiente para deixar todos desconfortáveis outra vez. – Vocês sabiam dessa gravidez o tempo todo, não foi?

Bruno se afastou, visivelmente constrangido.

– Ela contou? – Dean quis saber me encarando com preocupação.

– Claro que não me contou, mas eu não sou idiota. – Ele apertou os lábios com a mão e me encarou.

– Melissa não quis que você soubesse. Todos nós achávamos que ela deveria contar quando você enfim estivesse do nosso lado, mas mesmo assim ela não quis. Disse que isso atrapalharia os planos, que você a impediria de continuar.

Passei a mão nos cabelos com vontade de arrancá-los. Melissa era muito inconsequente.

– E este filho é meu?

Encarei Dean enquanto ele se encolhia com uma careta de horror. Tudo bem! Eu não deveria ter falado aquilo. Jamais deveria ter questionado Dean a respeito da paternidade. Era ridículo e infantil da minha parte, porém havia uma ponta dentro de mim, uma que ficava lá no fundo, que eu constantemente tentava afogar, que tinha medo daquela resposta.

Mas será que aquilo importava?

Não. Não importava. Não mais.

– O que você acha, Robert? – ele disse com raiva.

Um milhão de toneladas saiu dos meus ombros. Eu sabia que Melissa não seria capaz. Não comigo. Puxei o ar com força.

– Desculpa! É que isso tudo é tão estranho e absurdo. Eu não entendo o motivo de ela continuar me escondendo, só sei que não tenho capacidade de revelar a ela que já sei de tudo.

– Por medo do filho não ser seu? – Ele continuava me encarando como se o fato de eu ter dúvidas fosse um absurdo sem tamanho.

– Eu não sei, Dean! Não sei o que pensar. Claro que cheguei a ter esta dúvida, mas depois... Eu só queria que fosse meu. Era o que eu mais queria neste mundo, então apenas aceitei a ideia.

– Se houvesse alguma chance de Melissa não ser este poço de honestidade e integridade, eu nem estaria aqui lutando por vocês dois. Você invadiu a minha vida e a arrancou dos meus braços, Robert. Eu cuidei dela enquanto você recuava em sua luta contra Tanya. Protegi Melissa, cuidei para que tudo se acertasse. Nada me daria mais prazer do que implantar esta dúvida em sua mente, mas eu não vou fazer. É você quem ela ama e nunca existiram dúvidas. Vai existir para você?

Engoli em seco sem conseguir responder. Dean tinha razão. Não dava para lutar contra os seus argumentos.

– Eu fiquei sabendo há poucos dias, mano. – Bruno colocou uma mão em meu ombro.

Tive vontade de esmurrá-lo. Como ele podia me esconder uma situação como aquela? Logo ele.

– Mas Melissa tinha razão. Você estragaria tudo. Agora falta pouco.

– Merda! Abra esta porta, Abgail! – Voltei a atacar a minha secretária, que não se intimidava nem um pouco.

– Oh, droga! – Bruno falou alto o suficiente para que todos voltassem a olhar para a tela.

Ok. Eu estava com muita raiva e com medo do que poderia acontecer a Melissa, mas quando encarei aquela tela e vi o que ela fazia, fiquei... Não, eu não sei como fiquei. O que aquela maluca estava fazendo? Um homem de cueca de couro preta, bota e uma máscara assustadora estava de frente para Adam com um pênis de borracha nas mãos. Oh, merda! Melissa era mesmo louca.

Puta que pariu! Sua vadia, sua puta! Não deixe ele encostar em mim, entendeu? Eu vou te matar, Melissa. Vou matar você, sua cretina, vagabunda.

A voz desesperada de Adam preenchia o silêncio do quarto enquanto o homem subia na cama e se colocava entre as suas pernas. Minha cabeça girou. Ela faria aquilo mesmo? Puta que pariu! Tudo em mim indicava que, mesmo sendo uma porra de uma loucura, mesmo Melissa tendo corrido um perigo impossível de imaginar, aquilo daria certo. Adam falaria com toda a certeza, até porque minha esposa o filmava, o que mexia ainda mais com o seu ego. Como não pensamos nisso antes?

Ouvi Melissa falar alguma coisa e Adam bradar como um animal encurralado. Prendi o ar quando vi o que o homem fazia e tenho certeza de que os barulhos que escutei vindo de Dean, Bruno e Tom ecoavam os meus pensamentos. Puta. Que. Pariu! Adam Simpson nunca mais seria o mesmo depois daquilo.

Certo. Vou confessar que gostei do que vi. Talvez os rapazes não tenham achado que era uma coisa muito digna ou que o castigo estava indo longe demais, mas quem já tinha visto tudo o que Adam Simpson era capaz de fazer com uma mulher achava que aquilo ali era um refresco. Ele merecia. E eu fiquei feliz por poder presenciar aquele acontecimento.

Não! Merda! Sua filha da puta! Cretina... Não!

– Oh, porra! – Bruno fez uma careta engraçada quando o homem lá dentro segurou as bolas do Adam com força. É, aquilo com certeza o levou ao inferno.

Este vídeo estará amanhã mesmo na internet. Vou fazer uma edição muito legal, demonstrando quem você é e o que acontece com homens com uma personalidade doentia como a sua, Adam Simpson. Esta é a sua última chance. Onde eu encontro as provas?

Porra! Ela era mesmo durona. Aquela Melissa que eu assistia no vídeo, em trajes tão íntimos que corroíam meu cérebro de tanto ciúme, batendo no cretino do estuprador do Adam como se ele fosse um boneco e arrancando dele, da maneira mais fabulosa, as informações de que precisávamos, simplesmente me deixava orgulhoso. Mas eu nunca falaria aquilo em voz alta.

Eu falo! Eu falo!

Não só eu prendi a respiração, mas todos ficaram em silêncio aguardando pelo que ele revelaria. Mordi os lábios e fechei as mãos em punhos. Eu queria poder pegar Adam e ensinar a ele nunca mais tocar em Melissa, ao mesmo tempo eu queria muito poder pegar a minha mulher e levá-la para bem longe dali.

Ela usa uma corrente, uma que foi herança da sua mãe, que tem uma pedra branca. Dentro dela, onde deveria estar a foto da mãe, tem um chip. É o único lugar onde Tanya guarda as provas

Por um segundo o meu mundo parou. Imediatamente lembrei-me do dia em que ela voltou a usá-la. Na época achei que fosse apenas mais uma tentativa de Tanya em me levar de volta ao tempo em que eu acreditava ser feliz ao seu lado, mas o que a maldita estava fazendo era brincando comigo. Esfregando em minha cara as provas. Tão perto o tempo todo. Tomei consciência de todos olhando para mim, como se aguardassem pela minha confirmação. Puxei o ar com força e mais uma vez passei as mãos pelos cabelos. A sensação de que aquele simples gesto me ajudava a pensar foi revigorante, então sinalizei que acreditava na informação. Em um minuto estávamos fora do quarto aguardando por Melissa.

Melissa passou pela porta agindo como se estivesse tonta ou sem forças. Vi quando respirou fundo e apertou o sobretudo no corpo. Pensei em nosso filho e no quanto aquilo tudo era demais para o início de uma gestação. O que eu faria com aquela informação? O que poderia fazer? Contaria? Não. Eu não podia chegar para ela e dizer que sabia o que ela tanto escondia de mim.

Pode ser absurdo e ridículo, mas eu queria que Melissa me contasse sobre aquela criança. Queria ouvir dela todas as suas justificativas e entender os seus motivos. Ter certezas, desfazer dúvidas que, por mais que eu tentasse, não deixavam de ocupar minha mente, existiam e me machucavam. Era ela quem teria que me contar e ninguém mais.

Dei alguns passos para trás ainda sem saber o que deveria fazer ou como seria mais adequado reagir. Passou pela minha cabeça ir embora. Eu poderia voltar para casa ou encontrar Tanya onde estivesse e arrancar dela aquele colar. Freei este pensamento. Tínhamos chegado até aquele ponto, então eu não poderia agir de maneira tão inconsequente. Era importante aguardar e dar o golpe certeiro.

Então, me virei outra vez para ela, no exato momento em que minha esposa me olhou. Eu não sabia como reagir. Não sabia o que dizer. Claro que minha vontade de confrontá-la era imensa. Melissa não poderia ser tão irresponsável. Mesmo sabendo que estávamos lá e eu tinha a certeza de que conseguiria alcançá-la, caso alguma coisa desse errado em seu plano.

Ao mesmo tempo, tive vontade de sorrir. Era impossível não achar que aquela mulher na minha frente, aparentemente tão pequena e frágil, conseguiu se tornar uma mulher imensa e forte. Mais forte do que qualquer um de nós. Ela foi incrível! E o melhor de tudo, tinha nos dado a chave para a liberdade. Por isso eu também sentia uma vontade sem tamanho de beijá-la e fazer amor de uma forma inacreditável. Como a minha esposa merecia.

Melissa se aproximou com cautela. Eu ainda estava sério, olhando para ela e me perguntando o que deveria dizer. Ela parou sem encostar em mim. Encarei seus olhos e mantive a dúvida. Não era certo ela me esconder o que planejava, e eu estava puto da vida por isso. Puto da vida!

– Robert – sua voz estremeceu um pouco.

Ela estava com medo. Fechei os olhos.

– Por que você fez isso? – Mantive a voz baixa.

– Porque…

– Você tem alguma ideia do que foi ficar trancado naquela merda de quarto enquanto Adam passava as mãos em você? Enquanto ele se referia a você daquela forma e tentava machucá-la?

Ela não respondeu.

– Era isso o que você escondia de mim? Este plano era o segredo que você disse precisar guardar?

– Não... – Sua voz baixa demonstrava o quanto ela estava mal com a nossa conversa.

– Apenas um segredo, Melissa. Eu disse que a perdoaria por apenas um segredo. Não este e, definitivamente, não pela vida inteira.

– Droga!

Ela mantinha os olhos baixos e mordeu o lábio inferior.

– Você confia em mim?

– Robert...

– Confia ou não?

– Claro que sim!

Finalmente ela me encarou. Uma lágrima solitária escapou dos seus olhos.

– Então por que escondeu isso de mim?

– Porque você não permitiria. E... Droga! Você não concordaria nunca com o que planejamos. Dean não concordaria. Nenhum de vocês, mas Abby estava com a razão, Adam só cederia se fosse desta forma.

– Puta que pariu, Melissa! – Fechei os olhos.

Ela tinha razão e eu não soube disso naquele momento. Só não era fácil dissolver a raiva que estava sentindo, porém eu sabia que não era raiva dela e não mais por não ser comunicado daquela mudança de planos, mas eu tinha muita raiva de Adam, tanto que, se entrasse naquele quarto, eu o mataria.

Ela continuou parada na minha frente. Não chorava, não me olhava e não se atrevia a se mexer. Eu tinha certeza de que aquela máscara encobria todo o medo que ela não se permitiu sentir quando entrou no quarto, mas que naquele momento implorava para transbordar.

Dando um passo para frente, alcancei a minha esposa sem muito esforço. Meus braços cercaram seu corpo pequeno e a protegeram da forma como podiam. Melissa encostou o rosto em meu peito e respirou fundo, depois suas mãos me tocaram e ela apertou o abraço.

– Não faça mais isso... – As palavras escaparam dos meus lábios com muito esforço.

Era um aviso de que eu não suportaria mais passar por aquilo outra vez.

– Eu prometo.

– Ótimo! Você precisa confiar em mim.

– Eu confio.

Claro que ela não confiava. Sequer havia me contado sobre o nosso filho.

– Certo! Mantenha-me informado. Eu quero o resultado deste escâner para ontem.

Tom se aproximou chamando a nossa atenção. Segurei Melissa com força em meus braços. Não estava pronto para me afastar ainda, não depois de ser obrigado a assisti-la correndo perigo.

– Temos pouco tempo agora, Robert. Conseguimos dispensar os funcionários da sua casa hoje pela manhã, ficando apenas os que são da nossa equipe. Vamos abrir o corredor até lá e, no final do dia, teremos a passagem. Um pessoal já está lá, vamos instalar um micro escâner na entrada do apartamento, quando ela entrar teremos uma ideia do que leva naquela corrente, se revelar um chip teremos que arrumar uma forma de conseguir retirá-la sem que ela sinta a falta.

– Não é muito precipitado mandar abrir o corredor? Tanya pode voltar quando bem quiser e chegar até lá não deve ser algo muito fácil de fazer.

Na minha cabeça, cada passo deveria ser recalculado. Não dava mais para errar.

– Vai ser rápido e fácil. Trabalhamos neste túnel durante a viagem de vocês, precisamos apenas derrubar a parede atrás do guarda-roupa de um dos dormitórios e depois disfarçar. Já temos quase tudo pronto, faltam apenas alguns detalhes. Até o final do dia teremos passagem para o seu apartamento. Tanya só não pode voltar mais cedo.

– Eu posso cuidar disso.

Estar com Melissa nos meus braços planejando passar um bom tempo com Tanya não era algo agradável, mesmo assim me obriguei a fazê-lo. Era necessário.

– Vamos passar para a outra parte do plano. Desta vez, a última – ele disse com um sorriso que me deixou bastante confiante.

– Perfeito, Tom.

Ali eu soube que qualquer diferença entre nós dois, devido ao fato de ele ter colaborado com Melissa e me feito de idiota, havia passado. Tom era um bom amigo, e até mesmo ele ter ficado do lado dela e não permanecido do meu me provava isso.

– Vamos nos encontrar no QG em alguns minutos para definirmos o que faremos – ele continuou. – Você vem?

Olhei para Melissa, que continuava quietinha em meus braços, acompanhando tudo em silêncio.

– Não, mas vou ficar com o celular ligado. Eu e Melissa precisamos de um tempo para nós dois. Diga a Dean para me ligar quando puder.

– Tudo bem! – Ele sorriu envergonhado e saiu rapidamente, despedindo-se com um aceno.

– Vamos? – falei com minha esposa, que levantou o rosto encontrando os meus olhos.

– Pra onde? – Sorriu mais relaxada.

– Tenho que cumprir com o combinado. Você venceu a aposta e eu vou pagar com tudo o que tem direito.

***

Continuei de pé, próximo à janela do quarto, do meu quarto para ser mais exato, o mesmo que um dia foi meu e dela, antes de Melissa aceitar as condições de Tanya e sumir no mundo. Não sabia ao certo o que Melissa queria, mas não tinha medo do que me aguardava, afinal de contas, o que de ruim ela poderia fazer comigo quando a proposta era algo ligado a sexo? A resposta era: nada. Por isso eu continuava ali, paciente, aguardando que saísse do banho que insistiu em tomar sozinha.

Ouvi a porta do banheiro sendo destrancada e rapidamente meus olhos se fixaram naquele ponto do quarto. Eu continuava vestido da mesma forma, simplesmente porque Melissa queria que fosse assim. Primeiro senti o cheiro forte de sabonete, o meu sabonete, e xampu, que também era meu, ou seja, minha esposa estava com o meu cheiro. Eu preferia o dela, mas o meu não era nada mal, então...

Aguardei até que ela aparecesse. Parecia saber que eu a aguardava ansioso demais, contando os segundos. Eu estava louco por ela. Fodidamente louco. Não dava para deixar de pensar e me orgulhar por isso, que aquela mulher linda, inteligente, ousada, forte, sexy pra caralho, gostosa, corajosa, que tinha conseguido salvar a minha existência, era minha. Só minha. Inteiramente minha.

Porra, eu precisava estar dentro dela e deixar estas palavras me invadirem! Seria magnânimo. O real fundindo-se ao imaginário. Perfeito! Mas ela não aparecia e os segundos passavam fazendo meu pulso acelerar. Tenho certeza de que minha expressão era a mais feroz possível e agradeci por ser ela a estar no comando naquele momento. Não seria nada fácil agir controladamente.

Quando Melissa passou por aquela porta, pensei um pouco de tudo. Pensei em como queria tocar sua pele fresca, recém-hidratada, no tesão absurdo que ela me dava apenas saindo do banho usado uma camisa minha, com aqueles cabelos molhados descendo pelas suas costas. Pensei na minha vontade de deitá-la naquela cama e me perder entre as suas pernas. No quanto era delicioso fazer isso. Também pensei em seu corpo e no filho que ela gerava, o nosso filho, e desejei que nada de ruim pudesse alcançá-lo.

Ela me olhou e sorriu. Era um sorriso simples, relaxado e feliz. Eu também estava feliz. Estávamos juntos, formaríamos uma família. Eu tinha o divórcio, havia casado com a mulher da minha vida. Aquela casa, porém, não poderia mais ser o nosso palco. Eu queria um recomeço com tudo o que tinha direito e não pouparia esforços para conseguir isso. Daria um tempo à Melissa para que ela me contasse sobre a gravidez, seria até o internamento de Tanya, nem mais um dia.

– Demorei? – Passou as mãos no cabelo molhado.

A claridade que entrava pela janela deixou seus seios fartos em evidência.

– Bastante – afirmei sem desviar meus olhos do seu corpo manhoso que se aproximava de mim.

– Desculpe! Eu precisava mesmo de muita água.

Fechei os olhos e, sem querer, deixei minhas mãos apertarem a soleira da janela. Aquelas imagens ainda podiam me alcançar. Imaginei como deveria ser para ela. Nada fácil.

– Eu entendo.

Melissa se aproximou o máximo que pode. Não consegui abraçá-la. Minhas mãos ainda agarravam a janela tentando expurgar a raiva que eu sentia. Ela me cercou com seus braços e colou nossos corpos, mas apenas encostou o rosto em meu peito e descansou. Eu precisava mudar rapidamente aquele clima.

Na verdade, nós precisávamos de novas emoções, novos acontecimentos para que a mente cuidasse de jogar cada vez mais Adam Simpson para o fundo até que ele sumisse de vez. Pensando assim, tentei esquecer o peso dos meus braços e a envolvi retribuindo o abraço.

– E então, o que vai querer? – Beijei o topo da sua cabeça. – Teremos outra tarde de beijos roubados e filme?

Ela riu e se afastou um pouco a fim de encontrar meus olhos.

– Nada disso, Senhor Carter. Tenho planos para o senhor.

– Muito ambiciosa, Melissa…

Tive o cuidado de não chamá-la de Senhora Carter. Melissa não queria e eu também não achava muito atraente tratá-la por um nome que Tanya tinha usado e abusado.

– Você nem imagina o quanto.

Com um sorriso malicioso ela me puxou de leve pela mão. Dei apenas um pequeno passo e então fui interrompido. Melissa passou para a janela, sentando em sua base. Virei para encará-la e ela brincou fazendo um gesto com o dedo para que eu voltasse a ficar de costas. Assim que retornei, senti suas mãos nos ombros puxando-me para ficar entre as suas pernas. Ri. Rapidamente ela acariciou com posse o meu peitoral, alisando o abdômen. Seus lábios encontraram meu pescoço. Respirei profundamente sentindo o prazer que era ter sua boca e mãos em mim.

Sem dizer nada, ela desfez minha gravata, jogou no chão sem nenhum cuidado e começou a desfazer os botões da minha camisa enquanto, ao mesmo tempo, a puxava para fora da calça. Havia uma certa ferocidade em seus atos, porém ela não estava bruta, nem urgente, era como se soubesse exatamente o que fazia. Virei um pouco o rosto e senti seus lábios nos meus. O beijo foi maravilhoso pois, além da sua carne macia, o sabor delicioso do seu hálito, eu senti a textura espetacular de suas mãos na minha pele, explorando-me como se eu fosse sua propriedade. E eu era.

Gemi involuntariamente quando ela desfez o beijo. Seus lábios quentes e deliciosos seguiram até a minha orelha. Eu sentia realmente muito tesão com beijos e mordidas neste local. Era algo que me arrepiava e fazia meu sexo latejar. Seus dentes se fecharam sem muita força para logo depois a língua acariciar o local. Porra, eu fiquei louco!

Corri minhas mãos pelas suas coxas, as levei para trás até que pudesse apalpar sua bunda. Na verdade, eu apertei mesmo. Estava louco para me enfiar em Melissa e não sair de lá tão cedo. Ela riu e parou tudo para tirar minhas mãos de onde estavam.

– Calma, garotão. Agora eu quero suas mãos de outra forma.

– De qual forma? – rosnei doido para ela me dar o sinal verde.

– Em você.

Eu parei.

– Em mim?

– Sim. Em você. Algum problema?

Pensei dez vezes no que deveria falar. O que ela queria dizer com minhas mãos em mim?

– Não... – Ri sem graça. – Como exatamente em mim, Melissa?

Virei um pouco para conseguir olhá-la. Ela estava tranquila, os olhos brilhantes, seus dentes prenderam o lábio inferior e então me dei conta do que se tratava. Ri, sentindo-me ainda mais sem graça.

– Ah, não!

– Por que não?

Sua voz doce era uma súplica. Ela queria mesmo aquilo?

– Porque existem tantas formas de ficarmos juntos agora, por que perderíamos esta chance deste jeito?

– Porque eu quero. – E deu de ombros me encarando. – Eu fiz quando você quis.

– É diferente.

Eu estava mesmo constrangido. Uma coisa era estar no calor da transa e sentir vontade de se manipular um pouco, ou até o suficiente para gozar em sua pele depois de sentir toda a textura do seu interior. Mas simplesmente começar a me masturbar na frente dela sem ter nenhum motivo além da sua vontade era mesmo estranho e constrangedor.

– Pensei que tão cedo você não conseguiria ver alguma coisa deste tipo.

Tudo bem. Eu fui covarde o suficiente para fazer com que Melissa lembrasse do que Adam tinha feito. Quem sabe assim ela desistia daquela ideia maluca. Eu não queria me masturbar como um adolescente, queria apenas me enterrar nela até que o prazer nos atingisse. Por que Melissa não podia simplesmente me pedir para fazê-la esquecer o mundo? Seria muito mais fácil.

– Bom… – Ela entortou um pouco a cabeça e desviou os olhos pensativa. – Talvez este seja mais um motivo para eu querer tanto. Depois do que vi ontem e do que tive a chance de ver hoje, eu realmente preciso de uma dose cavalar de Robert Carter. Começar assim seria glorioso.

– Não. Não seria.

Ri desanimado voltando a ficar de costas para ela.

– Você não gosta?

Os lábios dela beijaram meu pescoço com delicadeza.

– Gosto… – assumi sem colocar muita entonação na voz. – Mas não é algo que eu acredite que seja bom compartilhar.

Senti a ponta do seu nariz captando o meu cheiro, o que me deu um arrepio severo. Mordi os lábios para me conter.

– Eu gostaria de ver – ela sussurrou, deixando seu hálito quente aquecer minha pele.

– Você já viu.

Totalmente envolvido, passei as mãos outra vez em suas coxas. Estavam arrepiadas.

– Não desta forma. Não sendo iniciado para mim.

– É sempre por você, Mel. Aqui, no banheiro, na sala, sozinho, ou ao seu lado. Todo o meu prazer é sempre por você.

– Então faça.

Ela roçou os lábios em minha pele descendo até os ombros. Melissa era mesmo um demônio em forma de mulher. Ela arrancava o que queria de mim.

– Mel! – gemi já me sentindo derrotado.

– Faça.

Praticamente implorou daquele jeitinho que só Melissa sabia fazer. Era manhoso e ousado ao mesmo tempo e me deixava completamente duro. Sem opção e impaciente, abri o cinto da minha calça.

– Só queria saber o seu real motivo para querer me ver batendo punheta.

Mas meu pau latejava de desejo. Bastou eu abrir minha calça para que aquelas mãos safadas e delicadas começassem a me torturar correndo pelo meu abdômen e peitoral. Seus lábios também me castigavam, roçando meu pescoço, lambendo meu ombro e mordendo minha carne. Gemi deliberadamente.

– Primeiro…

Ela beijou meu pescoço me provando como quem prova chocolate e se esbalda nele.

– Eu quero assistir ao seu prazer sem que outras coisas possam me distrair.

Sorri largamente. Eu entendia o que ela dizia. Adorava assistir ao seu orgasmo, era sempre um espetáculo digno de aplausos.

– Segundo...

Ela desceu a mão passando os dedos por dentro da minha cueca, mas sem me alcançar realmente. Puxei o ar entre os dentes e me contorci de vontade de ser tocado.

– Quero saber exatamente como você faz. Aprender como você gosta.

Seus lábios estavam na minha orelha e... Puta que pariu! Ela tinha aprendido a fazer aquilo, deixando-me sem saída.

– Tudo bem, Melissa! – rosnei segurando meu pau e puxando para fora.

Eu já estava pronto.

A ideia de ela tocando meu corpo já me deixava excitado. Adicionado à ideia de que seus olhos estariam em mim o tempo todo sem que eu pudesse vê-los era algo que realmente me faria gozar. Era o que ela queria e de repente passou a ser o meu maior desejo. Alisei meu sexo com cuidado, testando o meu nível de tesão. Subi a mão fechada nele e, quando desci, senti o primeiro espasmo.

– Fique bem atenta, não vai demorar muito para acabar o trabalho por aqui.

Senti seus dedos fazerem mais pressão em meus músculos e então iniciei o processo.

Sem muita pressa, alisei meu pau subindo e descendo a mão, sem muita força, apenas a pressão necessária para imaginar que era ela ali, me prendendo e espremendo com a sua carne quente e molhada. Bom, fechar os olhos era uma excelente opção, evitava que qualquer outra coisa me distraísse. Naquele momento, eu queria apenas sentir seus lábios, suas mãos e imaginar ser o seu próprio sexo permitindo que eu o invadisse.

Gemer foi involuntário. Eu conhecia o meu corpo, sabia como fazer, como eu gostava, o ritmo mais apropriado, então foi só me deixar levar. Masturbação não era algo longe da minha realidade. Sejamos francos, qual homem não se masturba de vez em quando? Mesmo quando existe uma vida sexual. Muitas vezes torna-se parte da brincadeira, como aconteceu comigo e Melissa em diversos momentos, porém, o ato em si, iniciado e terminado com o único propósito de satisfazê-la, me deixava excitado e vulnerável.

Meu corpo estava reagindo de uma forma diferente. Sensível demais. Espasmos corriam minha pele, eu estava extasiado. Melissa colaborava. Suas mãos quentes me acariciavam com desejo, seus lábios doces alisavam-me e eu podia sentir seus olhos fixos no meu sexo.

Aumentei o ritmo, deixando minha mão deslizar com facilidade. O leve ardor, aquele formigamento que fazia meu pau latejar, o recolhimento do meu saco, tudo indicava que estávamos no caminho certo. Eu logo gozaria e então seria a minha vez de fazê-la se mostrar para mim. Ah, eu faria! Então senti seus dedos tocarem minhas mãos. Parei imediatamente.

– Se você colocar sua mão no meu pau, eu vou gozar, Melissa – grunhi já prevendo o estrago que ela planejava fazer.

– Calma... – sussurrou levando a mão até que ela estivesse toda sobre a minha.

Senti alguns músculos ficarem rígidos, tensos, loucos para encontrar o alívio. Melissa beijou meu pescoço e me impulsionou a continuar.

– Deixe-me aprender – continuava sussurrando a sua súplica. – Mostre-me como.

– Ah, Mel!

Gemi sentindo que minha mente perdia o foco. Ficava desconexa. Era estranho, incomum, e lá no fundo, em algum lugar da minha consciência eu não estava muito satisfeito por perder o controle e deixá-la me conduzir. Mas Melissa me manipulava, fazia minha mão continuar o movimento, subindo e descendo, recuperar o seu ritmo e demonstrar como deveria ser.

– Deixe-me tentar – ela permaneceu com a voz baixa. Lentamente, retirei a mão e, como se precisasse de algo para me manter ainda neste mundo, voltei a agarrar o mármore da janela.

Seus dedos se fecharam na minha carne e gemi alto me encolhendo na mão dela. Ela testou o movimento, a princípio lento, aprendendo. Fechei os olhos e me deixei levar.

– Sem apertar – alertei.

Queria que ela soubesse a forma exata. Aquela combinação: Melissa, suas mãos, meu pênis e masturbação, era realmente saborosa demais.

– Aqui. Faça assim...

Notei que minha voz estava muito baixa, quase um murmúrio, e havia nela um "quê" de devoção que me deixou desconcertado. Puta que pariu! Eu realmente queria que ela me fizesse gozar daquele jeito.

– Assim, meu bem! – Desta vez a voz quase não saiu.

Eu já estava tão lá que não conseguia me controlar.

– Assim?

Sua voz cheia de orgulho e luxúria invadiu meu cérebro chamando-me para a realidade. Eu precisava ser forte.

– Sim... – Respirei fundo exigindo de mim um pouco mais de força.

– Você gosta?

Oh, droga! Se ela continuasse seria impossível me controlar.

– Gosto. Gosto muito.

– Então goze. Goze para mim, Robert.

Puta. Que. Pariu!

Aquela ordem incomum, no instante perfeito foi o suficiente para que os fios desencapados do meu corpo entrassem em choque. Eu senti a chama me consumindo. Meu gozo já umedecia a sua mão, mas ela não parou. Senti seu braço me segurar com força pelo peito enquanto ela continuava a me masturbar. Quando meu canal começou a jorrar o líquido espesso ela parou. Com muito conhecimento de causa, Melissa apertou meu pau com força no momento em que eu gozava e eu gemi com mais intensidade, sentindo a delícia que era ser apertado no segundo exato e com a força necessária. Convulsionei diversas vezes gemendo sem nenhum pudor enquanto sentia meu gozo esvaindo. Foi delicioso!

Respirando com dificuldade, eu sentia minha consciência me cobrar alguma atitude. Não podia ser daquela forma. Eu não podia simplesmente me desmanchar nas mãos dela e com isso permitir que ela assumisse o controle da nossa vida sexual. Ótimo! Sou machista, egoísta, infantil e fodidamente apaixonado por essa mulher que me deixava sem palavras quando resolvia virar o jogo.

Retirei o sapato usando apenas os pés, deixei que as calças caíssem e as arranquei de mim. Virei de maneira feroz, agarrando minha esposa, que soltou um gritinho fino e delicioso de espanto. Beijei seus lábios constatando que ela também estava sedenta de vontade e a deitei sobre a cama.

– Sua vez! – rosnei sem deixá-la me negar aquele espetáculo.

Ajoelhei mantendo as pernas dela entre as minhas e praticamente rasguei a camisa que ela usava. Não lamentei o fato de ser uma roupa cara, de qualidade e muito menos de ter sido um presente de Nicole. Só queria a roupa longe do meu alvo, que naquele momento eram os seios de Melissa. Não aguardei por nenhuma ordem. Chega de ordens! Eu conduzia aquela relação. Então abocanhei um seio e o chupei com vontade. Melissa gritou se contorcendo na minha boca. Puta merda! Eu amava os gemidos daquela mulher. Amava a forma como ela reagia às minhas investidas.

Segurei o outro seio com a mão e brinquei com o bico. Sua pele estava toda arrepiada e Melissa estava ofegante. Era só uma questão de agir da forma certa e ela me presentearia com um orgasmo de tirar o fôlego. Satisfeito com minha atuação, saí de cima e me deitei ao lado. Sua mão cheia do meu gozo apertou o lençol com força.

Melissa não usava calcinha, o que me deixou ainda mais alucinado. Eu a queria e de tantas formas que estava complicado me decidir. Mas eu tinha que pagar na mesma moeda. Queria vê-la se masturbar pois esta era uma das lembranças mais doces que eu guardava daquela linda mulher. Ela me mostrando o seu prazer e corando de uma forma deliciosa.

– Vamos, mostre-me. – Continuei acariciando seus seios e comecei a beijar seus lábios. Ela estava deitada de costas, as pernas levemente abertas e o sexo exposto. Eu queria sentir o seu sabor, mas me contive.

– Mostre-me, Mel!

Não sei se foi a urgência em minha voz ou a sua necessidade de encontrar alívio, mas Melissa fechou os olhos e levou as mãos para o centro entre as suas pernas e começou a se masturbar. Não consegui desviar os olhos. Era lindo demais, delicioso demais para não ser admirado. Ela gemeu quando tocou aquele ponto, o mesmo que eu fazia questão de manipular para dar uma forcinha, apesar de muitas vezes não ser necessário.

– Robert! – gemeu baixinho o meu nome.

Mordi o bico do seu peito sem desviar minha atenção da sua mão. Alisei seu corpo tocando-a em todos os lugares, demorando mais nas coxas, muito perto do seu sexo. Ela levantou um pouco os quadris e rebolou. Aquilo, sim, era algo digno de plateia, se bem que eu nunca permitiria a presença de uma. Sem conseguir me conter, desci meus lábios até a barriga, ela se encolheu em expectativa.

Coloquei minha mão sobre a dela, da mesma forma como ela fez comigo, mas não me contive. Eu tinha apenas um brinquedo, que só brincava de um jeito, mas Melissa, ah, ela tinha um parquinho de praça completo! Dava para fazer inúmeras combinações, explorar de maneiras incontáveis. Por isso deixei que ela continuasse sua brincadeira e simplesmente enfiei dois dedos em seu sexo.

Estava quente, úmido e prontinho para mim. Droga! Eu queria me enterrar nela e vê-la gozar. Melissa gemeu alto, jogando a cabeça para trás e rebolando em meus dedos. Deliciosa! Iniciei o movimento da penetração e ela intensificou em seu clitóris. Eu sabia que minha esposa gozaria a qualquer momento. Sua carne pulsava avisando que era questão de segundos, e como eu nunca poderia sair perdendo daquele jogo, mudei de posição rapidamente e comecei a distribuir beijos em seu sexo.

Foi uma manobra complicada, afinal de contas meus dedos trabalhavam na mesma região, sem contar que a própria Melissa estava por lá, se masturbando deliciosamente, e ainda por cima havia os seus rebolados impossíveis de serem contidos, então fiz o que pude, sabendo que aquilo a enlouqueceria.

– Oh, meu Deus! Robert – ela ofegou, gemendo manhosamente de maneira prolongada.

Eu ia dizer. Ia dar o comando e reassumir o que era meu por direito, mas Melissa foi incapaz de se controlar e gozou em meus dedos e lábios. Fiquei quietinho, acariciando seu corpo em um ritmo lento enquanto ela se apertava em meus dedos e sussurrava o seu prazer. Era maravilhoso! Delicioso!

Ela abriu os olhos, levantou a cabeça para me encarar e depois deixou-se cair no colchão derrotada. Sua risadinha linda preencheu o ambiente. Levantei e planei sobre seu corpo lindo e exposto. A barriguinha já começava a se formar. Tive vontade de beijar aquele pequeno monte onde meu filho descansava, mas me contive.

– Um a um, Senhor Carter.

– Temos um dia inteiro, Melissa.

E ela me olhou fazendo meu corpo voltar a se aquecer.

CAPÍTULO 47

– Estamos indo, Dean.

Robert estava tenso demais. Bastaram alguns segundos para todo o clima mudar.

Tínhamos passado o dia na cama. Não propriamente, mas fazendo amor. Naquele momento era onde estávamos, depois de um banho delicioso cheio de brincadeiras indecorosas e risinhos safados. Havíamos acabado de atingir o orgasmo depois de uma entrega sem reservas, repleta de amor, gratidão, felicidade, tudo o mais que poderia nos acompanhar depois de, finalmente, conseguirmos uma chance de pôr um fim naquele jogo.

Mas o telefone começou a tocar antes mesmo que Robert saísse de dentro de mim. A sensação de vazio foi inevitável. Puxei o lençol, cobrindo o meu corpo enquanto ele levantava nu para buscar o celular no bolso do seu paletó. Era Dean. E Robert já voltou com toda a atmosfera mudada.

– Temos que ir. – Acariciou meu rosto com carinho. – Dean descobriu uma coisa terrível! – Estremeci. Era uma droga ter que voltar para aquela realidade.

– O quê? Não me diga que a informação do Adam era falsa?

Ele negou com a cabeça e apoiou o cotovelo no joelho. Robert passou a mão no cabelo e apertou os lábios.

– Ele conseguiu uma imagem do *Yacht Club*. Identificaram resquícios na roupa que Tanya estava usando na noite em que Frank sumiu, acho que já estavam trabalhando com a hipótese de assassinato e procuravam por sangue, não sei ao certo, mas o que encontraram levou até o *Yacht Club* e descobriram que ela esteve lá com Frank na noite em que ele sumiu. Pelo que entendi, eles saíram juntos no nosso iate e apenas Tanya retornou mais de duas horas depois.

– Meu Deus! – Senti meu corpo estremecer.

O frio que se fez no quarto assolou meu corpo de tal forma que me encolhi sob o lençol.

– Não sei o que dizer. Não consigo acreditar que deixamos isso acontecer.

– Nós não tivemos culpa, Robert!

– Ele traiu Tanya, era a nossa obrigação protegê-lo.

– Não pense assim! – Levantei rapidamente me agarrando ao meu marido. Não queria que Robert se afundasse em culpa. Não era justo.

– Frank sabia com quem estava lidando, compreendia os riscos e ninguém teve culpa do que Tanya fez. Isso é só mais um motivo para entrarmos lá e finalizarmos o jogo de uma vez por todas.

– Eu sei. – Ele me envolveu com seus braços e beijou meu ombro. – Vai ser melhor para todo mundo.

– Vai, sim.

Nos vestimos o mais rápido possível. Na verdade eu tinha apenas um conjunto de lingerie ousado e um sobretudo, mas Robert fez questão de trocar de roupa e isso demorou um tempo considerável. Eu estava ansiosa para voltar e saber como andava o plano.

Nicole ligou avisando que Bruno conseguiu segurar Tanya em uma reunião inventada de última hora e assim conseguiríamos mais tempo para finalizar o corredor. Dean ligou outra vez para falar que Paul fazia questão de estar presente na hora em que fossem buscar Tanya para internar. Tom também entrou em contato, dizendo que estávamos no caminho certo, o escâner localizou o chip dentro do pingente de coração que ela levava no pescoço. Precisávamos apenas de alguns detalhes. Rocei uma mão na outra tentando conter a minha vontade de acabar de uma vez com aquele inferno.

– Nós vamos conseguir! – Robert segurou minha mão com força enquanto me conduzia até o carro. – Fique tranquila, Mel. Em dois dias você será oficialmente minha esposa!

Sorri achando graça da sua preocupação quando aquele detalhe já não me importava mais.

– Meus pensamentos estão em um futuro muito mais próximo. Em hoje à noite, quando finalmente colocaremos as mãos naquelas provas e levaremos Tanya à lona.

– Finalmente!

Ele me puxou para um beijo apaixonado, colando o corpo ao meu e me imprensando no carro.

– Amo você! – disse ofegante, com a testa encostada na minha. – Falta bem pouco agora, meu bem. Não vejo a hora de dormir e acordar ao seu lado todos os dias!

– Eu também. – Senti a verdade daquelas palavras correr em meu sangue alcançando todos os meus pontos. E de repente eu me sentia ansiosa demais para que aquela fosse a nossa realidade.

– Dirija com cuidado.

Ele abriu a porta para me dar passagem. Sorri e entrei no carro.

Dirigimos, mantendo uma distância segura. Não dava para brincar sabendo que Tanya vigiava Robert de perto. Naquele dia em questão, Dean conseguiu bloquear o sinal do carro e do celular, o que com certeza a colocou em alerta, então era bom não abusar.

Entrei no meu apartamento e fui direto para o quarto. Tomei mais um banho e coloquei uma roupa confortável, jeans, tênis e camisa polo de algodão. Eu não sabia o que teríamos que fazer, então era melhor estar preparada.

Passei na cozinha e comi o fricassê que estava na geladeira, junto com uma salada italiana. Uma delícia!

Robert me encontrou no momento em que eu tirava o prato de dentro do micro-ondas. Aquilo estava virando uma rotina, o que me deixou bem feliz! Entreguei a ele o prato aquecido. Ele arqueou uma sobrancelha e sorriu. Pegou o prato, sentou em um dos bancos altos da cozinha. Fiz outro prato para mim e coloquei para esquentar.

– Encontrou com a Carol? – Puxei conversa enquanto ele comia.

– Sim. Ela está de péssimo humor.

Mordi os lábios me refreando para fazer qualquer comentário. Eu não podia sair contando os segredos dos meus amigos e aquele era um segredo bem complicado.

– Imagino.

Tirei meu prato do forno, coloquei ao lado do meu marido e servi dois copos de suco de laranja.

– Por que imagina?

– Porque não deve ser fácil para ela conviver comigo. – Foi o melhor que pude fazer.

Robert sabia o quanto seria ruim para qualquer mulher conviver com uma história como a nossa.

– Não acho que seja isso – ele continuou comendo sem dar muita importância ao assunto.

– Por que não?

– Porque eu disse a ela que era bobagem se importar tanto com você quando já estava bem definida a nossa relação e ela disse que você era, de todos, o menor pesadelo dela.

– Nossa! Alguma notícia? – desconversei.

Era melhor assim.

– Bom... – Ele mastigou e engoliu muito rápido. – Vamos entregar Tanya à polícia assim que colocarmos as mãos nas provas. Aliás, entregaremos Adam como uma denúncia anônima, apenas para os crimes sexuais, se é que podemos chamar assim, mas com isso vamos atrair a polícia para a casa dele onde implantaremos todas as provas contra Tanya, assim eu fico limpo. Os crimes administrativos já estão nas mãos do amigo do Dean e nós já demos entrada no processo, os advogados da empresa, os de nossa confiança, estão cuidando disso. Temos pouco tempo até Tanya descobrir o que estamos fazendo.

– Vamos entrar hoje mesmo? – Ele me olhou com desconfiança. Comi sem lhe dar importância.

– Eu acho melhor você descansar um pouco e deixar esta parte para os demais. Eu vou só fazer o combinado e aguardar pela equipe.

Concordei sem nada dizer, mas eu sabia que desejava estar presente, não dava para ficar em casa enquanto tudo estava chegando ao fim. Robert não queria que eu fosse, mas ele deixou de decidir por mim há muito tempo.

Terminamos de comer sem conversar nada de tanta importância. Eu deveria estar exausta, implorando pela cama, mas a adrenalina corria em minhas veias me impelindo a continuar de pé. Eu queria saber de tudo, acompanhar cada detalhe e participar de todos os planos. Queria estar lá no momento em que pudéssemos, finalmente, respirar aliviados e gritar para o mundo o nosso amor. De repente me vi tão desejosa de ser a sua esposa sem que precisássemos esconder este fato de ninguém. Queria poder abraçar o meu marido e contar que, dentro de mim, crescia o nosso filho, que poderíamos enfim ser uma família.

– Mel?

Olhei para Robert e me surpreendi ao vê-lo de pé, encarando-me com uma expressão curiosa. Olhei para o meu prato vazio e voltei a olhá-lo. Ele riu de maneira divertida, eu sorri sentindo-me constrangida e, claro, corei consideravelmente.

– Perdida em pensamentos?

– Em sonhos.

Ele sorriu e foi o sorriso mais bonito que já vi em toda a minha vida. Era terno, carinhoso demais, perfeito!

– Que bom. – Me abraçou pela cintura e me deu um beijo casto nos lábios. – Não vejo a hora de dormir e acordar ao seu lado. De poder caminhar de mãos dadas.

Envolvi seu pescoço com meus braços e senti seu cheiro delicioso. Senti seus braços se fecharem mais em minha cintura levando calor ao meu corpo.

– Vamos ser marido e mulher com tudo o que temos direito. – Ele riu e buscou por meus olhos. – E vamos ter filhos.

Tentei não me deixar abalar pelas suas palavras, mas falhei consideravelmente. Seus olhos diziam muito, mas eu me agarrei na possibilidade de ser apenas o meu medo.

– Não vamos?

Ele continuou me olhando como se buscasse por uma resposta. Merda!

– Claro.

Afastei-me um pouco, visivelmente envergonhada. Era terrível esconder a existência do nosso filho.

– Mas podemos começar pensando em um filho e não no plural.

Ele mordeu o lábio inferior me observando.

– Não é muito bom ser filho único. – Entortou a boca pensativo. – Três é um ótimo número!

– Eu não tenho problema em ser filha única. – Cruzei os braços, levando tudo na brincadeira. – E não vou engravidar três vezes!

– Por que não?

– Porque...

Dean entrou na cozinha com cara de poucos amigos.

– Conseguimos finalizar o trabalho com o corredor, precisamos de mais alguns minutos para deixar tudo certo. É importante que você saiba todos os detalhes sobre como proceder porque não podemos correr o risco de alguma coisa dar errado.

Ele falava com Robert, mas não olhava para nenhum de nós dois.

– Tudo bem – Robert disse sem perder a paciência. – Eu acho que posso colaborar com vocês. Sei como conseguir o colar.

– Nós vamos entrar no apartamento hoje para escanear todos os cantos. Precisamos ter certeza de que não existe mais nenhuma cópia guardada pela casa, já que não existe nenhuma possibilidade de ela guardar em outro local.

Robert balançou a cabeça concordando e Dean começou a sair da cozinha, mas voltou rapidamente.

– Ah, esqueci de dizer! Seu pai piorou consideravelmente hoje!

– Hoje?

Senti o quanto aquela informação mudou tudo para meu marido. Seu maxilar ficou rígido e parecia que ele engolia com dificuldade.

– Como ninguém me disse nada?

– Olivia foi chamada, ela ainda não saiu de lá. Acho que pensou em deixar para falar depois, mas, como já tínhamos a informação, achei melhor contar logo.

Mais uma vez meu marido apenas concordou com um aceno de cabeça.

– Eu vou... Encontro com vocês no QG.

Dean saiu e Robert se encostou na bancada com uma expressão pensativa.

– Tudo bem? – Passei a mão no braço dele. Eu não sabia o que fazer em uma situação como aquela. O que poderia dizer a alguém que o pai estava morrendo? Nada. Nenhuma palavra seria o suficiente.

– Já sabíamos que isso aconteceria, não é? Pelo menos será quando eu conseguir cumprir a minha promessa.

Olhei atentamente o meu marido. Eu sabia que ele sofria. Sofria muito além do que era capaz de demonstrar, mas ao mesmo tempo tinha consciência de que seria melhor para todos se Maximus partisse sem sofrer. Mantê-lo vivo, lutando contra o corpo, chegava a ser desumano. Não era uma escolha da família a sua morte, e sim uma escolha dele mesmo. Seu corpo não suportava mais, sua mente já havia nos abandonado há muito, e segurá-lo por mais tempo, à base de remédios, era uma atitude egoísta e doentia, que só poderia partir de Tanya, nunca do homem da minha vida.

– Vamos! Ainda há muito para resolver.

Ele voltou a agir como costumava, no estilo que o colocava fora de qualquer estimativa. Era o seu perfil CEO que o dominava e o mantinha distante daquele sofrimento todo.

Fomos para o QG que parecia ferver de tanto movimento e trabalho. Dean estava com Tom e mais dois de nossos homens conversando próximos à mesa. Ao lado, uma equipe avaliava uma tela que exibia duas pessoas caminhando até um barco. Tanya e Frank, deduzi. Eles trocavam os ângulos e ampliavam imagens que acreditei serem de outras câmeras, tentando entender o que realmente aconteceu. Do outro lado, uma equipe com fones de ouvido acompanhava os passos de Tanya.

– E Abby? – perguntei ainda perdida no meio daquela confusão.

– Trabalhando – Dean respondeu analisando alguns papéis. – Por falar nisso, Robert, Tanya está louca atrás de você. Não ligamos o localizador dela ainda, então para ela e toda a sua equipe, você está desaparecido.

Meu marido riu sem muita vontade e pegou os papéis que Dean estendia a sua frente.

– São as imagens do chip. Não restam dúvidas. Ninguém guarda um chip em um pingente que não tira por nada desse mundo se não tiver um motivo muito forte para isso. Estamos apostando todas as nossas fichas nisso.

– Eu também – Robert respondeu sem tirar os olhos das imagens.

– Com certeza é isso. Tanya é muito desconfiada para depositar estas provas nas mãos de outra pessoa.

– E Adam? – Tentei ver as imagens nas mãos de Robert, mas ele caminhou para trás para analisá-las melhor. Droga!

– Ainda no hotel. Estamos mantendo dois homens com ele – Dean informou caminhando até a tela onde uma equipe tentava descobrir o destino de Frank.

– Ela o matou e o jogou no mar – disse, sem nenhum sentimento.

– Não seria muito óbvio? – questionei indo até ele. – Seria muito fácil achar o corpo. Mais dia, menos dia, ele apareceria.

– Não se ela fizer com que ele afunde. – O agente Martin, o mesmo que fingiu ser o meu marido para me ajudar quando precisei ir ao hospital, entrou na conversa.

– Como assim? – Virei para ele.

O que ele dizia fazia todo sentido.

– Você acha que ela pode ter amarrado alguma coisa ao corpo para que ele afundasse?

– Ela saiu com ele e não atracou em nenhum outro porto. Então, só há três possibilidades: ele pulou e foi nadando para algum lugar; ela o matou e seu corpo ainda está no barco, ou ela o matou e tratou de fazer com que o corpo continuasse no fundo para livrá-la da acusação.

– Precisamos checar o iate! – Dean ficou agitado. – Robert, preciso de uma autorização para mandar uma equipe ao barco.

– Você já tem.

Meu marido deixou de olhar as imagens em suas mãos e caminhou até o nosso pequeno grupo.

– O que é isso aqui?

Olhamos todos de vez para o ponto em que Robert indicava. Dean franziu o cenho observando bem a imagem.

– Não sei, mas deve ser uma fotografia. Não é uma peça com esta finalidade? – Robert deu de ombros e continuou avaliando.

– Era da mãe dela. Deve ser isso mesmo. – Devolveu os papéis para Dean. – Vou fazê-la acreditar que eu quero amenizar a nossa situação. – Ele me olhou de soslaio. – Isso sempre deu certo das outras vezes.

Puta merda! Robert tentaria seduzir Tanya como fazia antes. Merda! Merda! Merda! Fechei os olhos e mordi os lábios. Não era hora para um ataque, muito menos para agir sem confiança. Já tive muitas doses do que a falta de confiança no meu marido era capaz de fazer conosco. Não. Eu continuaria forte e aceitaria o que ele planejava, porque sabia que era o melhor para todos.

– Vamos precisar entrar – Dean comunicou.

– Fiquem atentos. Eu aviso quando for possível.

Novamente, Robert me olhou sem muita coragem. Agradeci pelo tempo que tive para recompor minhas feições. Mantive-me forte e concentrada. Ele pareceu relaxar.

– Tenho que sair agora – falou diretamente para mim. – Quero ir ao hospital antes de voltar para casa. – Sua voz baixou um pouco, demonstrando o quanto aquela parte o machucava.

– Ok!

Eu ia deixá-lo sair, mas Robert segurou minha mão e me puxou para fora.

– Mantenha-me avisado.

Ele me puxou pelo corredor até atingirmos a escada que dava acesso aos quartos. Robert andava obstinadamente me puxando pela mão. Abriu a porta e me fez entrar. Assim que a fechou, seus lábios estavam nos meus. Não era um beijo de desejo, mas, sim, de desespero. Eu entendi o que ele dizia e sofria internamente por isso.

Naquela noite Robert faria a sua parte, assim como eu fiz a minha. Ele iria até o fim, faria o possível, mas conseguiria aquele colar de Tanya e isso incluía levá-la para a cama, se fosse necessário. Segurei as lágrimas e forcei o nó em minha garganta a não ultrapassar a barreira que estendi para que pudesse suportar. Aquele beijo me dizia que ele me amava e que nada do que fizesse poderia ser levado em conta. Pedia o perdão que precisaria ter depois do que acontecesse e, principalmente, me implorava para não ver nada.

– Eu te amo! – ele disse ofegante quando interrompeu o beijo. – Acima de tudo, Melissa, eu te amo! Nunca duvide.

– Eu não duvido.

Aquela era a minha forma de permitir que ele agisse. Robert me encarou buscando pelo meu desespero. Fui forte e ele não o encontrou.

Seus dedos acariciaram os meus buscando por algo que ainda não estava ali. Respirei fundo. Não dava para colocar a aliança em uma situação como aquela. Sinto muito, mas não dava. Eu sabia, dentro de mim eu tinha a certeza de que nada mudaria quando ele voltasse. Pelo menos eu estava certa de que depois de um tempo meu coração começaria a aceitar, mas não naquele momento. Não naquela hora. E Robert precisava partir com esta certeza também. Era uma dor que precisávamos compartilhar, porque, juntos, nos reconstruiríamos.

– Tenho que ir – sua voz estava rouca e embargada.

Concordei sem nada dizer e ele partiu.

Sentei na cama me perguntando se já era hora de chorar. Passei longos minutos aguardando pela fragilidade, pelo choro compulsivo, pelo desespero total, mas não chegou. Eu pensava e pensava em como tudo aquilo me machucava e ao mesmo tempo eu sentia um alívio crescente, não que me tirava da seriedade que era saber que meu marido estaria transando com outra mulher, mas que me dizia que aquele inferno tinha dia e hora para acabar e que todas as feridas eram necessárias. Claro que também passei muito tempo tentando me reconhecer. O que aquilo tudo tinha feito comigo? Desde quando eu era tão fria e calculista? E por que o maldito choro não chegava logo para que eu, enfim, pudesse me sentir eu mesma?

– Mel? – Dean bateu na porta do quarto.

Possivelmente estava preocupado comigo. Mas e eu? Estava?

– Entre. – Continuei sentada na cama.

Estranhamente, sentia que era ali que eu deveria estar. Dean entrou no quarto com cautela, avaliando minhas feições. Não fiz questão de fingir. Eu era aquilo e sentia aquilo, então era o que precisava mostrar.

– Robert já chegou em casa, estamos esperando por Tanya.

– E onde ela está?

Ele parou a minha frente com as mãos nos bolsos.

– Na empresa. Ligou mais de dez vezes para Adam, colocou todos da sua equipe atrás do Robert – fez uma pausa dramática. – Não ligou nenhuma vez para Frank, nem tentou descobrir o seu paradeiro.

Eu continuei calada aguardando as informações.

– Encontramos sangue no iate.

Olhei para o meu amigo chocada.

– Alguém limpou com água sanitária, mas não dá para esconder uma mancha de sangue de uma equipe forense.

– Meu Deus! Então ela o matou mesmo? – Levantei da cama imediatamente. – Isso é sério, Dean. Tanya pode ter descoberto tudo, caso contrário, qual motivo teria para matar seu amante, o pai dos seus filhos? Robert corre perigo.

CAPÍTULO 48

Deixei tudo preparado. Tomei um banho, usei o perfume que sabia ser o seu preferido, coloquei uma roupa casual, coloquei minha taça de vinho e deixei a garrafa preparada. Fiz todos os ajustes para que nenhum funcionário ficasse pela casa e me certifiquei de que as câmeras estavam boicotadas também. Pelo que entendi, Dean colocaria uma gravação de outro dia, o que não chamaria a atenção dos homens que compunham o grupo de Tanya, e a impediria de ser alertada.

Assim que Dean enviou a mensagem dizendo que estavam acompanhando tudo o que acontecia dentro do apartamento, o que para mim não era nenhuma novidade, e que Tanya estava quase em casa, fui para a sala e fingi estar apenas ouvindo música em nossa sala de estar, curtindo o calor da lareira que acendi estrategicamente. Tanya adorava aquele ambiente, então que fosse nele.

Ela abriu a porta, eu estava na outra sala, o som ambiente preenchendo o espaço não me impediu de ouvir o choque dos seus saltos no piso frio. Ela andava aceleradamente, provavelmente conferindo se eu estava mesmo lá, já que não teve notícias minhas o dia inteiro. Fingi falta de interesse. Para dizer bem a verdade, eu estava fingindo falta de interesse pela vida.

– Robert? – Ela tentava inutilmente suavizar a voz.

Eu sabia o quanto estava ansiosa para saber por onde andei e o que estava aprontando. Com certeza já deveria saber que eu saí da casa da Carol, onde certamente foi o primeiro lugar a me procurar.

– Por onde andou? Dois dias sem aparecer na empresa. Você deve ter um motivo muito bom para deixar de lado o seu maior amor.

Fiz uma careta e desviei o olhar.

– Hoje eu não estou para brincadeiras, nem piadas e muito menos para ironias, Tanya!

Aquela era a isca perfeita. Tanya era do tipo de mulher que sentia prazer em uma pequena desavença, principalmente quando acabava em sexo. Ela nem perdia por esperar. Tomei um gole do meu vinho e continuei encarando o fogo. Ela ficou em silêncio por um tempo, até que resolveu caminhar para onde eu estava, deixou a bolsa de lado e se sentou perto de mim. Olhei rapidamente para ela, mas continuei fingindo desinteresse.

– Dia difícil?

– Vida difícil!

Olhei o copo em minha mão e me concentrei em parecer revoltado e sofrido.

– Está abandonando o barco? Vai finalmente me entregar a empresa?

Ela riu um pouco. Eu suspirei e bebi mais um gole do vinho.

– O que houve desta vez? Melissa? Sua nova amante? Não vá me dizer que se apaixonou por esta também.

Suspirei sem lhe dar muita atenção.

– Você tem passado mais tempo com ela do que se atreveu a passar com Melissa.

– Melissa não quer mais saber de mim, mas isso não é nenhuma novidade para você. Piorou muito depois que precisei tirá-la da empresa. – Coloquei o máximo de pesar na voz.

Fiz uma pausa estratégica e depois soltei um chiado de repulsa.

– Ela me quer longe e é isso que tenho feito.

– Melissa é uma fraca, Robert. Nunca foi mulher para você!

Olhei para ela como se começasse a compreender o que me dizia e depois de um tempo concordei com a cabeça. Ela sorriu.

– Melissa cansou disso tudo e, para falar a verdade, quem não cansaria?

Encarei minha rival, captando a sua atenção.

– Nós dois somos assim, não saímos do jogo nem deixamos o outro sair. Então, a cada dia me convenço mais de que isso não vai ter fim.

– Eu entendo você... – Foi a vez dela fazer uma careta e encarar o fogo crepitando a nossa frente. – Frank também cansou. – Revelou sem colocar nenhuma lamentação na voz. – É. Ele pediu demissão.

Ela ficou calada por um tempo.

– O que ele está fazendo? – Tanya se remexeu no sofá, visivelmente incomodada.

– Não sei. Ele simplesmente sumiu. Não consigo contato!

Ri e fiz um brinde a ela.

– Aos nossos amores!

Ela riu.

– Ele não era o meu amor.

Ela usou o verbo no passado. Mais um indicativo de que sabia que ele estava morto. Miserável! Tanya me encarou por um tempo e depois desviou o olhar, mostrando-se impaciente.

– Eu não perco o meu tempo com amor.

– Eu tentei ser assim. O amor é decepcionante.

Mais uma vez ela riu.

– Você está tão profundo hoje.

– Cansado! Eu estou cansado demais! De tudo. Hoje eu queria apenas esquecer.

Mais uma vez nos encaramos.

Eu sabia que o clima estava mudando. Seu braço e perna estavam colados aos meus e seu rosto estava a poucos centímetros. Deixei meus olhos sob os seus, tornando o momento mais propício, e abaixei um pouco a cabeça como se quisesse dizer a ela que não devíamos fazer aquilo. Foi o seu estímulo. Tanya se aproximou um pouco mais, testando a minha receptividade. Desci meus olhos para seus lábios e ela sorriu.

Deixei que Tanya conseguisse o que queria. Nossas bocas se juntaram. Foi um beijo tímido, não da forma como ela costumava fazer. Era como se estivesse me testando, sondando qual o verdadeiro motivo para eu ter cedido. Pensei em Melissa, implorando lentamente para que ela não estivesse vendo aquilo. A tristeza da lembrança me fez recuar. Ela sorriu. Eu precisava continuar com o plano.

– Quer um pouco de vinho? – sussurrei ainda muito próximo.

Ela pegou a minha taça e a emborcou. Ok. Demorara mais do que eu esperava, mas daria certo, era só mantê-la no clima que eu desejava.

Assim que ela devolveu a taça para minha mão avancei com a outra para seu pescoço e a puxei para um beijo mais apaixonado. Não dava para ser delicado nem romântico com Tanya, com ela era chegar, pegar e pronto. Ela reagiu muito bem, abrindo passagem para minha língua e se deixando conduzir. Levei o beijo até onde pude e me afastei mais uma vez. Tomei outro gole do vinho e mordi os lábios como se estivesse incerto a respeito do que fazer.

Não dava para simplesmente ficar com ela. Daria muito na cara, então eu tinha que parecer indeciso, como se aquele passo fosse errado. Mais uma vez, ela bebeu a minha bebida e me encarou com olhos ferozes. Deixei que minha rival me olhasse, alimentando o seu desejo. Puxei o ar demonstrando conter o meu. Ela sorriu, bebendo toda a bebida de uma vez só, depois voltou a me beijar. Aceitei Tanya, mas segurei seu pulso quando ela tentou me tocar e me debrucei sobre seu corpo. Eu tinha que ser o dono da situação. Sempre foi assim, não poderia ser diferente.

Segurei seus braços acima da cabeça com uma mão e acariciei seu corpo com a outra, ela gemeu e se remexeu embaixo de mim. Aprofundei o beijo evitando pensar na merda toda que fazia. Aquilo era para ser asqueroso, e eu só conseguia pensar na maldita corrente que brincava entre meus dedos enquanto eu alisava o seu pescoço. Estava o tempo todo ali, ao alcance das minhas mãos.

Levantei um pouco atordoado. Estava indo longe demais. Senti a raiva inundando minhas veias e muitas imagens confundindo os meus pensamentos. Tudo de horrível que ela já tinha feito me inundava, impedindo-me de continuar.

– Robert?

Ela continuou deitada, aguardando por mim. Eu sabia que, se recuasse, despertaria o seu ódio e colocaria tudo a perder.

– Preciso de mais vinho...

Dei as costas e fui até o balde com gelo onde eu havia colocado o vinho que teria que fazer com que ela bebesse.

– Vai se embebedar?

Eu sabia o que ela estava pensando. Não dava para dar nenhum passo errado com Tanya.

– Vou nos embebedar.

Peguei a garrafa e levei para perto do sofá onde estávamos. Não sentei outra vez. Segurei a taça, servi o vinho e deixei o recipiente no chão, fingi tomar um longo gole e na verdade tive que ingerir um pouco do líquido. Depois puxei Tanya pela mão para que levantasse e colei nossos corpos. Ela me encarava buscando respostas.

– Hoje nós dois precisamos disso.

E colei nossos lábios em mais um beijo cheio de desejo.

Não ofereci a bebida, mantive Tanya entretida, acariciando seu corpo de maneira ousada e sem abandonar seus lábios onde nossas línguas brincavam. Nunca foi ruim beijá-la, só que, naquele momento, o beijo tinha gosto de fel. Eu a queria longe. De preferência trancada em um manicômio.

Quando nos afastamos, fui para seu pescoço. Dei três passos para frente e a encostei na parede. Tanya tentou alcançar a taça e eu a impedi tirando do seu alcance. Ela riu. O que eu fiz foi arriscado demais. Coloquei uma boa quantidade na boca, fazendo um esforço imenso para não ingerir e depois retornei ao beijo colocando o líquido em sua boca. Tanya aceitou e bebeu tudo o que eu lhe passava. Depois disso aprofundei o beijo, ciente de que eu era vítima do meu jogo.

Repeti o processo três vezes. Ela adorou. O beijo foi ficando cada vez mais íntimo e as carícias mais ousadas. E de repente ela ficou mais lenta, ou eu estava ficando? Senti meu corpo reagir à substância que adicionei ao vinho. Um sono fraco começava a me abater. O que em mim ficou fraco, nela ficou ainda mais forte.

– O que você fez? – Suas palavras saíram emboladas, trôpegas e indicavam a minha vitória.

– Relaxe, amor! Não vai doer nadinha.

Tanya fechou os olhos e tentou me afastar. Sorri em vitória. Juntei meu corpo ao dela, impedindo que caísse. Eu também fraquejava, não o suficiente para me derrubar. Passei meus braços pelas suas pernas e a levantei. Fazia parte do meu plano conseguir chegar até o seu quarto. Ela não tinha apagado ainda, lutava contra, mesmo assim não conseguia se desvencilhar.

– Vamos para o quarto, Tanya. Lá eu terei tudo o que preciso de você – murmurei ao alcançar as escadas.

– Filho da puta! – A voz fraca não deixou o palavrão soar tão ofensivo.

Ri.

– Pensei que fosse isso o que queria, estar no quarto comigo.

– O que vai fazer? – E fechou os olhos sem conseguir mais lutar.

– Você lembra o que fez comigo ou a droga já está fazendo efeito ao ponto de impedir que raciocine direito?

Ela sorriu, todavia eu sabia que apenas tentava arrumar uma forma de sair do estado em que se encontrava. Se existisse alguma substância no quarto que pudesse ajudá-la, eu deveria ficar muito atento.

– Não precisava disso se o seu interesse era me manter quieta. Era só mandar.

E riu mais uma vez.

– O que acha que vai conseguir com isso?

Sua voz embolou, ela tentou erguer a cabeça e abrir os olhos, mas não teve forças e acabou se entregando.

– Vou conseguir tudo o que eu quero, Tanya. – Mas ela apagou e eu me senti muito melhor com este fato.

Meu corpo pesava a cada passo e eu tentava a todo custo manter-me firme. Logo, a equipe de Dean estaria lá e eu ainda precisava ajudá-los. Abri a porta do quarto dela e a deitei na cama. Ainda fiquei olhando para ela para me certificar de que não era mais um dos seus golpes. Tanya dormia profundamente.

Sentei na poltrona ao lado e fiquei observando, sentindo meu corpo inteiro amolecer. Sem conseguir me controlar fechei os olhos e pensei na minha necessidade em ficar acordado. Foi quando senti mãos em mim. Forcei os olhos, estremeci e tentei reagir, mas o estado de letargia era forte demais.

– Calma... – Ouvi a voz de Melissa.

Eu estava sonhando, com certeza. Merda!

– Você já vai acordar. – Mãos fortes seguraram meu braço e uma picada me fez gemer.

– Ele está bem? – Era Dean? E onde estava Melissa?

– Aparentemente, sim. – Mais uma vez a voz da mulher da minha vida me alcançou. Senti-me mais firme. Segundos depois fui tomado por um enjoo forte, fazendo com que eu lutasse contra a vontade de vomitar.

– É normal, Robert. O enjoo vai apenas trazer você de volta mais rápido.

– Droga! – resmunguei. – Mel, eu... Desculpe! – Engoli com dificuldade.

Não dava para pensar em outra coisa que não fosse o fato de ela estar lá, o que significava que Melissa sabia de tudo o que tinha acontecido naquela noite. Senti mais enjoo ainda, entretanto, consegui abrir os olhos, ainda sonolento, porém menos do que antes. Voltei a fechá-los, pois a claridade me deixava ainda mais fragilizado. A vontade era de vomitar.

– Tudo bem, amor! O importante é que estamos aqui.

– Vamos recolher o material – ouvi Tom.

Quantas pessoas estavam lá?

– Ela está apagada, vai ser fácil substituir o que estamos tirando por um idêntico.

– Certo, vamos agir logo. Quanto menos ficarmos por aqui, melhor. Assim que sairmos, vamos alertar a polícia. – Era Dean falando. – Vamos, Robert. Eu vou tirá-lo daqui. Acho que é melhor você deitar um pouco.

– Ah, merda! Eu preciso de um tempo. – Respirei forte pela boca e abri os olhos.

– O que vocês vão fazer com o colar?

– Vamos trocar por uma cópia idêntica, inclusive com o chip, então se alguma coisa der errado ela não vai saber que conseguimos as provas – Tom informou.

Ele estava com um joelho sobre a cama e inclinado sobre Tanya, como se fosse beijá-la. Sorri. Aquela merda estava me deixando doido mesmo.

– E agora vamos levar o chip e extrair as provas.

– Não! – Tentei levantar e vi tudo girando. Sentei outra vez apoiando a cabeça nas mãos. – Não, Tom. Eu passei o inferno por causa destas provas. Não quero ninguém colocando as mãos nelas. Este chip vai ficar comigo e eu vou tratar de dar um fim a esta merda toda.

Percebi que eles hesitavam, mas logo em seguida senti o toque de Melissa e algo ser colocado em minha mão.

– Aqui. Tome muito cuidado. Tanya não pode recuperá-las.

– Eu sei... – Abri os olhos e vi aquele anjo a minha frente. Seus olhos estavam levemente vermelhos, o que indicava o choro. Lamentei tê-la feito passar por mais aquilo, mas agradeci por ser a última vez.

Eu faria Melissa feliz. Nem que fosse a última coisa que eu fizesse na vida.

– Pode levantar agora? – Dean se aproximou segurando em meu braço.

– Posso. – Respirei fundo sentindo-me melhor.

– Ótimo! Vou levá-lo até o seu quarto porque vamos escanear cada centímetro deste aqui.

– Certo. – Dei um passo para confirmar minha segurança.

Estava confuso ainda, por isso aceitei quando Melissa se enfiou embaixo do meu braço, segurando-me pela cintura. Dean me apoiou do outro lado. Olhei ao redor e vi que mais quatro homens já estavam lá dentro iniciando o trabalho. Tom estava completamente envolvido com o processo. Deixei-me levar até o meu quarto cujo caminho eles dois curiosamente já sabiam.

– As chaves estão no meu bolso.

Eu mantinha o quarto trancado. Apenas uma forma de garantir a minha intimidade longe de Tanya. Melissa pegou e destrancou a porta e nos deu passagem. Dean me levou até a cama, onde me alojou. Agradeci. Deitar me deixava menos tonto.

– Eu fico com ele! – Melissa falou enquanto eu ainda mantinha meus olhos fechados. – Você pode auxiliar o pessoal.

– Certo. Qualquer reação estranha é só me chamar.

– Tem mais alguma coisa ruim para acontecer? Pensei que fosse só este enjoo.

Fiz uma careta de desagrado. Dean e Melissa riram.

– Não. Logo, logo o enjoo passa – Dean informou. – Eu vou ajudar o pessoal, aviso quando chegar a hora de sairmos.

Abri os olhos para visualizar Dean e Melissa se olhando com carinho. Em seguida se abraçaram por mais tempo do que eu estava preparado para vivenciar.

– Obrigada! – ela disse emocionada.

– Ainda não acabou. – Ele acariciou as suas costas. – Mas vai acabar!

Dean se afastou e tocou o rosto da minha esposa saindo logo em seguida. Mordi os lábios evitando qualquer comentário infeliz.

Melissa andou pelo quarto olhando os móveis, as paredes, os detalhes. Parecia uma criança curiosa. Suas expressões eram um misto de satisfação e pavor, algo que nunca havia visto em seu rosto. O que eu tinha certeza era de que ela não estava à vontade dentro daquela casa.

– Eu sempre quis saber como seria estar aqui. – Sua voz baixa indicava o quanto ela ainda estava sofrendo.

– Vem cá!

E bati do meu lado na cama para que ela soubesse onde a queria. Melissa hesitou, fazendo uma careta engraçada.

– Vem, amor! – Ela subiu bem devagar. Não me olhava, mas se deitou ao meu lado e me abraçou com o braço e a perna. Sorri.

– Eu também imaginava você aqui comigo – sussurrei fechando os olhos. – Acabou, Mel. Nós conseguimos!

– Tanya ainda não está internada, nem presa...

Ela estava com o rosto enterrado em meu pescoço e eu senti a umidade das suas lágrimas apesar de a voz não denunciá-la.

– Amanhã. Nem mais um dia. A doutora Margery Hill receberá o meu alerta de socorro assim que Tanya surtar e não terá como me impedir de interná-la. O pedido de intervenção já foi feito à justiça. Acabou!

Fechei meus braços ao seu redor e busquei por seus olhos. A face molhada confirmava o choro. Algumas lágrimas ainda caíam.

– Acabou! – repeti antes de beijar seus lábios.

O beijo foi tímido. Não estávamos tão à vontade, mas foi recebido pela minha esposa sem nenhum empecilho. Demorei mantendo meus lábios nos dela, acariciando aquela parte do seu corpo que tanto me fazia bem, com movimentos que apenas demonstravam o meu amor e alívio por enfim sermos livres para viver aquela história. Senti sua mão em meu cabelo, os dedos entre os fios.

Aquele beijo significava muito para mim. Era o nosso recomeço e, principalmente, era o seu perdão. Então eu precisava contar que já sabia de tudo, que amava aquele filho tão desejado como nunca fui capaz de amar ninguém. Que estava ansioso para termos uma vida juntos e também revelar o que eu tinha preparado para nós dois. Para o nosso recomeço.

Meu Deus! Como eu ansiava por isso tudo.

E, de repente, eu me dei conta de que minha felicidade se transformava em necessidade. Eu tinha Melissa em meus braços, seus lábios nos meus em um beijo lento e delicioso. Estava com a minha vida recuperada, minha paz ressarcida e não havia outra forma de lacrar as portas do inferno que não fosse fazendo amor com a mulher que eu amava, naquela casa, naquela cama. E me vi pensando em como Tanya reagiria se soubesse que ali, sobre aqueles lençóis cuidadosamente escolhidos por ela, eu amei Melissa como nunca fui capaz de amar outra mulher.

Permiti minha mão vagar pelo seu corpo, sem muita intimidade, mas deixando clara a minha intenção. Ela gemeu baixinho, um misto de tesão e reprimenda, mas que me certificou de que era o que precisávamos. Passei a mão, mesmo desajeitadamente, em sua barriga, puxando a camisa um pouco para cima. Eu precisava daquilo, precisava sentir meu filho e lhe passar o quanto eu o aguardava. Foi emocionante.

– Robert, não.

Melissa sussurrou tentando desviar minha mão. Segurei a sua e a prendi acima da cabeça. Com o movimento, fiquei acima dela, mas não queria que meu peso a machucasse. Aquele espaço agora pertencia a uma criança, que cresceria forte e saudável. O momento era dos seus pais e eu precisava aproveitá-lo. Tentei beijá-la com mais vontade, mas ela me interrompeu.

– Não, amor! Temos câmeras nos vigiando. – Ela ficou agitada.

Merda! Realmente tínhamos este problema, porém, eu não precisava mais fingir que não sabia da existência daquele detalhe, muito menos tolerar. Levantei e fui até a janela. Subi na poltrona procurando a elevação da madeira escura que suportava as cortinas. Assim que encontrei aquele pequeno ponto negro em uma madeira praticamente da mesma cor, retirei, levei até o banheiro, joguei na privada e dei descarga. Era o fim da era Tanya.

– O que está fazendo? – Fui até a porta e a tranquei. Deitei ao lado dela outra vez, puxando seu corpo para mim.

– Amor. Estou fazendo amor com a mulher da minha vida. Com a minha esposa, agora legalmente falando.

– O quê?

– Dean deu entrada nos documentos. Você agora é oficialmente a minha esposa, e foi justamente por isso que Tanya surtou de vez.

– O quê? Como? Você...

Não deixei Melissa atrapalhar meu plano com argumentos ou questionamentos. Eu precisava dela. Naquela hora. Naquele minuto. Naquele segundo. Por isso calei sua boca com um beijo de entrega. Pela primeira vez em nossas vidas éramos um do outro, sem nenhum entrave, nenhuma luta, nada. Poderíamos, enfim, abrir as portas do paraíso e encarar a felicidade. E era o que eu faria.

No dia seguinte, aquela seria a minha desculpa. O meu pedido de socorro seria para um surto após comunicar a Tanya sobre o meu casamento, pelo menos seria a minha versão dos fatos e minha ex-esposa não teria como argumentar. Era a minha cartada final.

Ajoelhei na cama, deixando Melissa entre as minhas pernas. Retirei a camisa e voltei a deitar para beijá-la. Melissa parecia não entender a minha reação, afinal de contas como eu poderia pensar em sexo sabendo que uma equipe inteira estava lá fora, escaneando a casa e trabalhando para me ajudar a acabar com aquele inferno. E como eu poderia simplesmente comemorar se, no dia seguinte, Tanya teria um ataque psicótico e eu precisaria confirmar uma versão para a polícia e aos médicos, até que tudo estivesse finalizado. Ela não entendia que eu acreditava fielmente que o sexo era o melhor remédio para tudo em minha vida, mas que, principalmente, eu precisava naquele momento para ter a certeza de que seria isso mesmo. Eu e ela e nada mais.

Ela correspondia ao beijo e, aos poucos, foi cedendo às carícias. Eu ainda estava sonolento, o que deixava tudo bem gostoso, pois Melissa estava manhosa em meus braços. Os beijos eram longos, as trocas de carinho eram lentas e sensuais. Ela passava as mãos quentes em minhas costas de uma maneira tímida e eu acariciava seu rosto, seios, cintura, tudo da mesma forma, como se estivéssemos nos redescobrindo. Era muito gostoso e eu já estava excitado, contudo, não quis colocar pressa, queria aproveitar cada detalhe.

Só quando levantei um pouco para retirar a sua camisa que percebi que ela voltava a chorar. Melissa me olhava enquanto permitia que as lágrimas caíssem. Seus olhos diziam tudo e um pouco mais. Ali eu enxerguei toda a sua luta, sua coragem, seu amor sem limites, seus medos, suas mágoas, todas as vezes que a feri, assim como as que a fiz feliz como nunca havia sido. Revivi cada sorriso, cada briga, cada choro, as palavras de amor e quando não precisávamos falar para expressá-lo.

Eu nada disse, nem tentei limpar as lágrimas que caíam insistentemente, apenas fiz o que deveria fazer, olhei aquela mulher que tanto amava e permiti que minhas próprias lágrimas mostrassem a ela o que existia dentro de mim. Não tive medo de ser tão despido de tudo. Não impedi que ela pudesse enxergar além da minha máscara, das minhas muralhas, porque, por trás daquilo tudo, havia tanto amor que não cabia dentro de mim.

Ela, mantendo o corpo apoiado pelos cotovelos no colchão, levantou um pouco o rosto, um pedido explícito para ser beijada. Coloquei os lábios nos dela e a sensação de que estava completo foi inevitável. Melissa passou a mão em meu peito, descendo para o abdômen, onde desabotoou minha bermuda. Levantei para tirá-la juntamente com a cueca. Ela me observava, os olhos quentes e ainda molhados. Estendi a mão para que se juntasse a mim ao lado da cama.

Melissa levantou parando na minha frente. Lentamente, retirei seus tênis e depois a calça e a calcinha. Ela apenas me observava em silêncio. De frente um para o outro, juntei nossos corpos e busquei por seus lábios. Imediatamente permiti que minhas mãos explorassem seu corpo e vasculhei cada pedacinho daquela pele limpa e macia.

Melissa estremeceu, gemendo baixinho e se entregando daquela forma que eu tanto gostava. Tive vontade de tocá-la de maneira mais íntima e verificar o quanto já estava pronta, mas achei que o momento não pedia algo mais ousado, e sim gestos carinhosos e românticos, por isso guiei minha esposa até o colchão. Ela sorriu. Subi de joelhos na cama e a depositei no colchão. Imediatamente tomei o meu lugar, buscando espaço entre as suas pernas, que se abriram sem que eu precisasse pedir.

Ela me cercou com seus braços e nossos lábios se uniram outra vez. O caminho seguinte foi ditado pelo que sentíamos. Melissa me recebeu em seu corpo sem contestar nenhum detalhe e eu a senti, quente, úmida, suas paredes apertadas se contraindo para me expulsar a cada investida. E eu avançava lentamente, saboreando os centímetros conquistados e sem permitir, em nenhum segundo, que nossos lábios abandonassem um ao outro.

Minhas mãos brincavam pelo seu corpo. Tocavam seus seios maravilhosos, testavam os bicos até que ficassem durinhos de maneira a dar água na boca. Nem assim permiti que minha língua saísse da sua boca. O beijo era variado, ora intenso, profundo, ora lento, provando, degustando.

Eu fui vencendo cada espaço dentro de Melissa, sentindo seu corpo ofegante, ansioso pela explosão, ouvindo seus gemidos de entrega, adorando seus toques quentes e o movimentar sensual do seu quadril que, lentamente, me fazia penetrá-la ainda mais. Era delicioso!

Mantive meu corpo suspenso pelos cotovelos, não queria machucá-la, apesar de saber que era bobagem da minha parte, o bebê estava muito bem protegido e meu peso não lhe sufocaria, mas admito que era gostoso estar mais acima, inclinado, deixando apenas que meu quadril me levasse para dentro dela e me tirasse de lá na maneira mais deliciosa possível.

Queria desfazer o beijo para poder nos assistir. Ver meu corpo entrando e saindo do de Melissa. Observar suas pernas abertas me recebendo e o rebolar suave dos seus quadris. Queria poder delirar com seus seios arfantes subindo e descendo, e senti-los na boca. No entanto, não tive forças para abandonar seus lábios. Era mais do que eu poderia suportar. Então permaneci me desmanchando naquela boca linda e gostosa e me satisfazendo naquele corpo perfeito e delicioso.

Senti o primeiro aviso de que Melissa se entregaria ao orgasmo quando sua carne espremeu em meu sexo e ela gemeu sem conseguir continuar com o ritmo que seguíamos. Melissa se perdia em seus próprios sabores, deixava-se ser conduzida pelo oceano de prazer e permitia que aquele momento fosse apenas seu. Passei de atuante a mero espectador e assim pude satisfazer as minhas vontades.

Melissa fechou os olhos e gemeu, rebolando para me receber de maneira mais prazerosa. Mantive o movimento, observando o dançar dos nossos corpos, mas não me demorei assim, eu queria assisti-la e estava tão perto. Meu próprio sexo latejava implorando pelo alívio. Diminuí a distância entre nossos corpos, não retardei as estocadas, apenas queria senti-la de corpo inteiro, me afundar e permanecer fundo na sua carne.

Permiti que as estocadas fossem curtas, unindo nossos corpos com maior extensão. Eu sentia sua umidade facilitar o meu trabalho e seu sexo vibrar de tempos em tempos. Quando isso acontecia, ela gemia mais alto e rebolava com mais gosto, esquecendo-se completamente do mundo. Era maravilhosa. Perfeita!

E eu continuei investindo, sentindo o êxtase chegar cada vez mais perto e sem tirar os olhos dela. Então Melissa gemeu mais forte, arqueou o corpo e gozou. Claro que eu não precisaria ver nada daquilo, apenas sentir o sexo dela apertando meu pau indicava o que acontecia, mas receber aquela informação diretamente do seu rosto entregue, das suas mãos quentes me puxando mais para perto, do arfar dos seus seios... Puta que pariu! Melissa era um espetáculo quando gozava. Foi impossível segurar por mais tempo o meu próprio gozo.

Meu corpo estremeceu e eu me deixei levar, jorrando meu prazer em sua entrada tão receptiva. Enterrei meu rosto em seu pescoço e me permiti gemer todo o meu desejo, o quanto estava saboreando cada milésimo de segundo do êxtase que ela me proporcionava.

E quando acabou, quando meu corpo não mais agia por vontade própria, quando os espasmos perderam força e a realidade me atingiu de volta, ainda pude senti-la em meus braços, ainda sentia seu coração acelerado em minha pele, ainda era ela, a mulher que eu amava que estava ali, e então me dei conta de que aquela era a minha realidade a partir dali.

Nunca fui tão feliz!

***

Melissa foi embora antes do dia amanhecer. Deixá-la ir foi mais doloroso do que imaginei que seria, mas era necessário. Como saímos muito cedo e usamos a passagem secreta, que agora estava completa, fiz questão de acompanhá-la durante todo o percurso. Caminhamos em silêncio, de mãos dadas, e eu podia sentir a apreensão existente a cada passo.

– Vai ficar tudo bem – disse assim que ela alcançou a passagem para o seu apartamento, onde nos despediríamos. – Eu volto mais tarde para buscá-la.

– Para onde vamos? – Sua voz doce e manhosa, ainda cercada de sono, me fez ter vontade de ficar mais um pouco, porém eu não podia.

– Vamos recomeçar, Mel. Fique tranquila, tenho tudo sob controle.

Ela concordou e eu lhe dei um beijo casto.

– Vejo você mais tarde. Fique em casa, descanse e não se meta em mais nenhuma confusão. – Ela sorriu e foi embora.

Uma sensação incômoda dominou meu corpo. Estava ansioso demais. Seria um passo sério a ser dado, além de muito complicado. Eu precisava lidar com Tanya e o seu surto. Aguardaria pelo sinal de Dean para poder encontrá-la. Respirei fundo e empurrei aquela sensação para longe. Tudo daria certo e acabaria bem. Logo eu estaria de volta, sem precisar usar as passagens, mas, sim, entrar pela porta da frente, pegar minha mulher, meu filho e sumir no mundo. Era isso o que eu queria?

– É isso o que eu quero!

Repeti ouvindo minha voz ecoar no espaço vazio. De repente, eu me senti confuso, incerto e temeroso. Mesmo assim segui em frente, andei cada metro daquele túnel e voltei para a minha casa. O quarto da Senhora Alonso, a governanta que na verdade era uma infiltrada, estava vazio. Ela também estava a postos para colocar todo o plano em prática.

Passei pela cozinha e encontrei o primeiro empregado. Este não fazia parte do plano, mas estaria lá para testemunhar a loucura de Tanya. Ele me cumprimentou com educação, mesmo achando estranha a minha presença naquele apartamento. Há um tempo comecei uma ideia de fazer com que todos acreditassem que o casamento havia chegado ao fim. Retirei aos poucos minhas roupas e alguns pertences, chegava sempre após o horário deles e saía muito cedo, mesmo que fosse para ficar dando voltas, ou matando o tempo na casa da Carol. Não queria Melissa envolvida nesta parte da história. Assim, todos começavam a cochichar pelos cantos sobre o provável divórcio.

Senhora Alonso já aguardava por mim na sala onde servíamos o café da manhã. Ela agia de maneira profissional, arrumando tudo como se não soubesse o que estava para acontecer. Ajudaria ter um álibi.

– Senhor Carter, tão cedo! Aconteceu alguma coisa?

A empregada que a ajudava fingiu não prestar atenção, mas eu sabia que tentaria ouvir o máximo que pudesse.

– Tanya teve outro ataque ontem. Saí bem tarde daqui e voltei logo cedo para verificar como ela está.

– A Senhora Carter não desceu ainda.

– Eu vou subir então.

Cruzei o apartamento e subi as escadas aguardando pela mensagem do Dean. Precisava que tudo acontecesse como combinamos. Andei devagar pelo corredor, muito próximo à porta do quarto dela, quando o celular vibrou avisando da mensagem. Eu sabia que as imagens das câmeras já pertenciam à equipe dela, então precisava ser discreto. Peguei o aparelho e verifiquei do que se tratava já abrindo a porta do meu quarto para ganhar tempo e distrair a equipe dela.

Agora.

Era a minha deixa. Fingi entrar em meu quarto quando ouvi o grito estrondoso. Mais uma vez deu certo. Dean liberou a voz do pequeno Rob, mas desta vez o som saiu do seu pingente falso, o que nós substituímos quando levamos o que continha as provas contra mim. Foi o suficiente para despertá-la já no inferno.

Voltei correndo como se o grito realmente tivesse me alarmado, ainda seguindo o plano, vi quando a Senhora Alonso e mais dois empregados subiram as escadas. Não perdi tempo.

– Ligue agora para a doutora Margery Hill, o telefone está na agenda. Diga que Tanya está tendo uma crise e peça para que venha imediatamente.

A Senhora Alonso concordou, como não podia deixar de ser, e voltou pelas escadas. Os outros dois empregados continuaram me observando.

– Eu cuido dela. Apenas fiquem atentos à chegada da Doutora Hill.

E abri a porta do quarto para lhe dar socorro. Ela estava encolhida na cama, os olhos imensos perdidos, olhando para todos os lados, o rosto em uma careta de pavor que dava pena. Quando me viu, suavizou, como se eu fosse o seu porto seguro. Fiquei bastante inseguro a respeito do que estava fazendo.

– Robert! – choramingou. – Você ouviu?

– O seu grito? Ouvi. O que houve? – Tentei manter a calma.

– A voz do menino. Era ele outra vez, você não ouviu?

Ela falava e olhava para os lados com medo do que poderia acontecer.

– Não, Tanya, eu não ouvi!

Fiquei de pé observando tudo o que ela fazia. Tenho que admitir que não estava totalmente de acordo com o plano de enlouquecê-la. Tanya era uma criminosa e poderíamos facilmente colocá-la atrás das grades, mas enlouquecê-la era algo que me incomodava, apesar de tudo. Eu estava certo de que a queria longe de mim, que minha vida só seria plena ao lado de Melissa, que fazer Tanya pagar pelos seus crimes era o mais justo a ser feito, porém eu não estava perfeitamente bem com os métodos utilizados. Era complicado.

– É mentira sua! – ela gritou atirando um travesseiro em mim. – Você me drogou ontem, armou toda esta farsa para me enlouquecer.

Seus olhos raivosos descarregavam em mim o quanto estava instável. Era disso que precisávamos para que a doutora Hill acreditasse em nossa conversa. Forcei um sorriso cínico.

– Sabe que data é hoje? – Ela parou me observando.

– Claro que sei que dia é hoje. E daí?

– Acabou!

Tanya demorou um tempo para absorver o que eu dizia. Porém o fraquejar pelas minhas palavras foi deixado de lado devido a sua segurança de que tudo estava muito bem resolvido. Lamentei o fato de ela ter alcançado Frank antes que pudéssemos salvá-lo.

– O documento não tem mais valor legal!

A forma como ela falou e a postura que adotou tiraram daquela mulher toda a fragilidade de antes. Tanya não tinha medo de me enfrentar. Sabia até onde poderia ir e a forma correta de agir. Era uma grande jogadora, uma oponente de peso. Por alguns segundos tive medo de que, por algum motivo, ela tivesse conseguido reverter a nossa situação.

– Claro que tem. E já entrou em vigor. O valor estabelecido já entrou na conta que você escolheu e as ações passaram automaticamente para o meu nome. Você não é mais dona de nada referente ao grupo, o que me deixa extremamente feliz.

Tive o cuidado de manter a minha voz baixa. Sabia que no quarto dela não havia câmeras inimigas, mas os empregados estavam do lado de fora, sem contar que a doutora Hill apareceria a qualquer momento e não poderia presenciar nada além da loucura da minha ex-esposa.

– Como conseguiu? – Tanya tentava esconder as emoções, se controlava deixando-me entender que sua mente trabalhava fervorosamente para encontrar uma forma de me fazer recuar.

– Frank. – Seus olhos se abriram e ela soltou o ar com dificuldade. – Ele conseguiu te enganar.

Vi quando seus dentes se fecharam para conter a raiva.

– Ah! – Tirei o papel que carregava no bolso da calça. – Ele conseguiu isso também...

E joguei o documento na cama. Tanya me observou com cuidado e depois, lentamente, pegou o papel que eu havia atirado para ela.

Contei os eternos segundos até que ela terminasse de ler e se desse conta do que se tratava. Até que finalmente ela entendeu. Seus olhos me encararam, a princípio com cautela, mas logo em seguida viraram duas labaredas de fogo ansiosas para me queimar. Ok! Se ninguém aparecesse nos próximos minutos ela tentaria realmente me matar.

Ótimo! Pensando assim, sorri descaradamente.

– Acabou, Tanya! Como pode ver, nós estamos divorciados desde... Quando mesmo? Hum! Acho que há dois meses. Estranho, não? – ironizei.

E então ela atacou.

– Seu filho da puta! Eu vou entrar com um recurso. Vou te colocar atrás das grades. Eu vou destruir você! Vou mostrar para o mundo quem você é, Robert Carter. Pelo visto está atirando toda a merda no ventilador, não é? Perdeu Melissa então agora nada mais importa, então me diga: do que adiantou roubar de mim todas as minhas ações se você não vai poder continuar na liderança? Atrás das grades, seu reinado acaba.

– Primeiro de tudo – dei um passo até ela –, eu não perdi Melissa.

Ela sorriu com desdém.

– Aliás... – Peguei o outro documento que levava comigo e atirei para ela. – Eu e Melissa agora somos casados.

Tanya pegou o papel sem acreditar em minhas palavras. Eu precisava ser rápido para que ela surtasse logo de vez.

– Ah, e as provas... – Ela me olhou outra vez, prontinha para explodir. – Bum! – Sorri mantendo meu tom cínico.

A princípio ela apenas tocou o colar no pescoço. Seu olhar duro não permitia que demonstrasse fraqueza, mas ela recuou e ficou abalada. Sua respiração ofegante a incriminava. Tanya retirou a corrente e abriu o pingente.

– Não tem mais nada aí, Tanya – alertei.

Ela, sem me olhar, forçou a foto da mãe até conseguir retirá-la. Assim que ficou em sua mão, vi Tanya virá-la buscando pelo verso e então seus olhos se abriram em choque. Levei eternos segundos para entender que o que comprovava a joia falsa não era a inexistência daquelas fotos, mas uma coisa muito mais importante do que qualquer outra coisa naquele jogo: a senha. Instintivamente, levei a mãos ao bolso da minha calça, onde estava a corrente verdadeira. Meu coração acelerou.

Tanya enlouqueceu avançando sobre mim. Ela estava incontrolável. Senti sua mão com força em meu rosto diversas vezes, mas me concentrei para que apenas ela me atingisse, fazendo um esforço imenso para que minha mão não a machucasse por um descuido, o que seria lamentável em minha farsa. Mas tentei conter Tanya, mesmo sabendo que naquele momento ela simplesmente sofria uma descarga de adrenalina que a tornava capaz de derrubar todas as paredes do apartamento.

– Eu odeio você! – ela gritava descontrolada enquanto me batia de todas as formas possíveis. – Vou tornar a sua vida um inferno. Vou matar Melissa Simon, vou matar toda a sua família. Você não vai dormir um único dia sossegado. Vou tirar um por um da sua vida assim como eu fiz com o pequeno Rob.

E foi neste instante que eu finalmente consegui contê-la.

Eu mataria Tanya por aquela revelação. Arrancaria cada pedaço dela sem me importar se isso me colocaria cada vez mais distante do meu futuro feliz, de Melissa, do nosso filho, de tudo. Eu simplesmente queria arrancar a língua daquela maluca e fazê-la morrer bem devagar. Não por mim, muito menos por tudo o que ela me fez passar, mas pelo meu filho, pelo meu pequeno Rob, que havia sido mais uma de suas vítimas e que não merecia a mãe que teve.

Segurei Tanya com força e, graças a Deus, quando pensei que a mataria, alguém me puxou para longe, contendo-me com toda força possível. Era Bruno. Meu irmão invadiu o quarto e me salvou da minha desgraça, mas não conseguiu fazer o mesmo pela minha ex-esposa. A doutora Hill tinha chegado e presenciado tudo o que Tanya confidenciou. Viu todas as suas ameaças e, com a ajuda dos funcionários, conseguiu contê-la e lhe aplicar um calmante. Tanya cambaleou e caiu sobre a cama.

Estava acabado.

CAPÍTULO 49

Alguma coisa me dizia que tudo estava errado. Quando Robert me deixou e voltou pelo corredor senti meu coração perder uma batida. A atmosfera ficou estranha, difícil de compreender. Algo no meu marido me alertava de que ele não estava feliz, de que aquilo era demais para ele. Eu não entendia, mas sentia, e apenas isso era capaz de me fazer acreditar que meu mundo começava a desabar.

Instintivamente, coloquei as mãos sobre a barriga. Precisava me acalmar, por isso apenas quis um banho. Encontrei com Dean na sala, Abby estava ao seu lado e eles se olharam de uma maneira estranha, como se escondessem um segredo que não poderiam jamais compartilhar comigo. Sinceramente? Eu não me importava. Queria apenas que aquele dia acabasse logo.

– E Robert?

– Voltou.

– É hoje o grande dia! – Ele sorriu um pouco sem graça. – Estamos todos preparados.

– Eu sei – falei olhando diretamente para Abby, que mordeu os lábios e ficou desconcertada demais com a minha presença.

– Bom... Vou tomar um banho e já volto.

– Combinado. Vejo você depois. Vamos precisar desfazer o QG ainda hoje.

– É?

– Sim. O casamento de vocês já existe de fato, o divórcio entre eles já aconteceu há dois meses, Tanya não é mais dona das ações, Robert está um pouco mais pobre e tem todas as provas que Tanya poderia ter contra ele, então... Acabou!

Acabou. Eu deveria estar animada, contando os segundos para que a notícia sobre o internamento de Tanya me fizesse ganhar o dia, ansiosa para receber o meu marido de volta e recomeçar as nossas vidas. Contar sobre o nosso filho e estar preparada para todos os tipos de reações que ele provavelmente teria. Mas eu não me sentia assim. No fundo de tudo havia uma tristeza que eu não conseguia identificar a causa, apenas sentia e ela apertava cada vez mais o meu peito e me mantinha em alerta.

– Eu vou ver como as coisas vão seguir... – Abby se apressou em sair da sala. Ela estava tão estranha.

– E eu vou chamar a Carol. – Dean me olhou visivelmente envergonhado.

Preferi deixar tudo como estava e fui para o meu quarto tomar um banho.

Passei mais tempo do que podia ou deveria. Sentia-me estranhamente fraca, desgastada, e me permiti relaxar deitada na cama, mesmo sabendo que meu cérebro não pararia nem por um segundo. Se alguma coisa mudasse, eles dariam um jeito de me avisar, então eu nada poderia fazer além de esperar até que tudo estivesse terminado. Só que eu esperei, esperei, esperei até não mais suportar.

Levantei e fui até o QG. Antes de alcançá-lo, pude ouvir as conversas agitadas e a movimentação. Fiquei em alerta. Meu coração acelerado ao máximo até que consegui alcançar a porta.

– O que houve? – Dean e Tom davam ordens e não me notaram.

– Conseguimos incriminar Tanya! Ela está drogada e eles estão aguardando apenas a equipe médica para levá-la. Robert não pode assinar a autorização para interná-la, já que ele é o ex-marido, mas Paul pode e é com ele que Dean vai se encontrar agora, antes que a doutora Hill consiga alcançá-lo.

Abby estava ao meu lado e tentava me manter informada.

– Paul desistiu no último momento de acompanhar o processo. Ele é tão dramático!

Ignorei o sarcasmo da minha amiga.

– Quais as chances de ele se recusar a assinar?

– Todas!

Ela me olhou por um tempo e depois desviou o olhar.

– Dean vai com dois dos nossos, que é para garantir que Paul esteja em segurança. Uma parte foi enviada para proteger a família Carter. Bruno foi para a casa da mãe e mandou Alexa encontrá-lo lá. Pelo visto ela saiu para correr e deixou o celular em casa.

– Por quê? Tanya está sob controle.

– Mas ela tem uma equipe muito bem preparada. Homens que possuem ordens para agir caso alguma coisa dê errado, e deu.

Abby estava com os braços cruzados no peito, um sinal de insegurança.

– E Adam?

– Continua conosco, mas precisamos retirar um homem de lá e deixar apenas um, já que não possuímos agentes suficientes para manter todos seguros. A denúncia foi feita e logo a polícia vai invadir o apartamento dele. Vamos cruzar os dedos para que encontrem todo o material implantado, com isso, nem ele nem Tanya poderão escapar.

Olhei ao redor. Apenas quatro homens estavam na sala, junto com Dean e Tom. Na parede do lado direito uma tela exibia Robert conversando com uma mulher de traços asiáticos que usava um jaleco. Deduzi ser a tal médica que manteria Tanya trancafiada. Ele parecia tenso, o que me deixava inquieta. Até o momento, não havia tentado contato, mas isso não me preocupava, afinal de contas fazia parte do plano.

– Certo. Eu aviso assim que estiver com ele – disse Dean despedindo-se de Tom.

Depois, se aproximou de mim e disse:

– Melissa, fique aqui até que Robert volte. Você é a primeira da lista de Tanya e não podemos arriscar.

– Ok! – Engoli em seco.

Era para tudo estar bem. Tanya dormia sob efeito de drogas, Paul poderia recuar, mas ele nada poderia fazer contra as provas que tínhamos de que a irmã era uma criminosa e concordaria em mantê-la internada até o julgamento. Robert apenas aguardava pela equipe médica, então por que eu estava tão inquieta?

– Eu não estou brincando. Você será a primeira que ela buscará.

Estremeci. De alguma forma, senti as suas palavras com a mais pura verdade. Senti falta de Robert e da sua segurança. Voltei a olhar para a tela.

– Ok, Dean. Eu não sairei daqui.

– Ótimo!

Ele olhou para os rapazes que apenas aguardavam o seu comando.

– Abby, o que vai fazer? – Ela sorriu.

– Hoje é sábado, então… – Deu de ombros. – Talvez eu apenas caminhe por aí, posso fazer algumas compras, ou…torturar Adam Simpson.

– Abby, nós já conversamos sobre isso. – Dean ficou visivelmente nervoso, o que chamou logo a minha atenção. – A polícia vai cuidar daquele babaca.

– Por isso mesmo. Depois que a polícia colocar as mãos nele, eu não poderei fazer mais nada.

Eles se encararam por um bom tempo. Parecia mais uma briga de casal do que… Oh, merda!

– Onde está Carol? – perguntei um pouco alto demais e os dois olharam para mim ficando constrangidos.

– Em casa – Dean respondeu sem muita vontade. – Ela disse para avisar quando puder pegar as coisas dela e sumir daqui.

– Ah! – Foi só o que consegui dizer.

– Fiquem aqui! – ele alertou e saiu. Abby olhou para mim e sorriu.

– Não mesmo!

Ela saiu logo depois e acho que seguiu pelo corredor. Dean não ia gostar nada daquilo.

– Os caras chegaram! – Tom anunciou.

Eu, ele e os dois rapazes que sobraram olhamos para a tela.

Vimos dois homens totalmente vestidos de branco entrando no apartamento e se apresentando. Eles foram recebidos pela governanta e depois levados até Robert e a médica que os aguardavam. Depois os vimos seguirem para o quarto e ficarem por lá. Contei cada milésimo de segundo até que fossem buscar uma maca.

Outro homem retornou, usava boné e roupas brancas, mantinha a cabeça baixa. Não sei por que, mas foi naquele instante que meu cérebro começou a me enviar mensagens de alerta. Olhei para Tom, que continuava apenas olhando a tela, sem nada dizer. O rapaz de boné levou a maca até o quarto e ajudou a remover Tanya do apartamento. Robert os acompanhou até a porta.

Os enfermeiros desceram primeiro. Robert e a doutora ficaram aguardando. Eu não sabia o motivo, mas deduzi que esperavam para saírem juntos. Meu coração acelerava. Eu continuava achando que tudo estava errado.

– Mandem alguém acompanhar a ambulância. Pelo visto, Robert não conseguirá segui-la de perto – Tom falou fazendo-me pular de susto. Eu estava muito concentrada nas imagens à minha frente.

– Não tem mais ninguém, Tom! Todos foram remanejados – um dos rapazes informou.

– Droga! Fiquem atentos às imagens, puxem todas as câmeras disponíveis no trajeto até a clínica. Eu vou até lá.

Eu sabia que algo estava errado e a reação de Tom só confirmou o meu medo.

– O que você está achando? – perguntei seguindo os seus passos enquanto ele saía apressadamente.

– Não sei, Melissa. Preciso checar isso de perto. Fique aqui!

Ele saiu pelo corredor. Fiquei confusa e com medo.

Voltei para a sala. Não queria ficar no QG, queria conseguir dormir e só acordar quando tudo estivesse normalizado. Infelizmente, eu não podia. Era vítima da minha angústia e ansiedade, por isso fui até a cozinha. Não havia ninguém por lá, mas eu sabia que havia comida. Fiz algumas torradas, coloquei geleia de frutas vermelhas, peguei um pouco de café e fiquei sentada enfiando a comida goela abaixo.

Conferi o celular não sei quantas vezes. Nada. Robert não ligava, não mandava mensagem, não dizia nada e o seu silêncio só me deixava cada vez mais angustiada. Mesmo assim, preferi não ligar para ele. Com certeza, se tudo já estivesse acabado, meu marido estaria lá, e se não estava era porque não tinha acabado. Merda! Levantei após meia hora tentando comer e acabei deixando três torradas ensopadas de geleia e metade da xícara de café. Não dava mais para ficar aguardando.

Andei até a sala decidida a fazer alguma coisa. Ficaria no QG tentando acompanhar todos os seus passos até que finalmente as três letrinhas piscassem na tela: "fim". Entrei na sala onde os agentes acompanhavam toda a movimentação e notei a tensão entre eles.

– O que aconteceu?

– A ambulância que chegou ao sanatório estava vazia – um deles respondeu trocando imagens aleatórias tentando descobrir algum ângulo que pudesse ajudar a localizar a ambulância.

– Como assim vazia?

– Vazia. Tanya conseguiu fugir! Um dos enfermeiros foi baleado e o outro forçado a deixá-lo no meio da rua. Ela teve ajuda de um comparsa.

– O homem de boné – afirmei já com esta certeza. Eu deveria confiar mais em meus instintos.

– Tudo indica que sim.

– E Robert?

– Está mobilizando a polícia para procurá-los. O mandado de busca já foi expedido e os policiais encontraram as provas que implantamos. Agora Tanya e Adam são foragidos. Nós vamos liberá-lo a qualquer momento.

– Que droga!

– É, sim, mas pelo menos assim sabemos que eles não vão poder se aproximar.

– Será? – Algo em mim dizia que era tarde demais.

Tanya sabia de alguma coisa e estava agindo. Meu sangue gelou.

– Dean conseguiu convencer Paul a assinar – o outro agente chegou por trás causando-me calafrios –, Paul está indo ao encontro de Robert e da doutora Hill. Ainda não localizamos a senhorita Alexa.

– Oh, Deus! – pedi mentalmente para que minha amiga estivesse segura em algum lugar.

– Agora é aguardar – o outro agente anunciou.

Concordei com a cabeça e sentei sem desgrudar os olhos da tela. Uma câmera de rua mostrava imagens de Robert gesticulando nervosamente enquanto alguns policiais conversavam com ele.

– Puta que pariu! Vejam isso... – um dos agentes quase gritou chamando a nossa atenção.

A princípio fiquei sem entender o que o deixava tão assustado, mas a imagem na tela do seu computador dizia tudo.

Duas pessoas vestidas de preto, com o rosto encapuzado, corriam apressadamente pelo corredor que dava acesso ao nosso apartamento. Eles eram muito rápidos e ganhavam cada centímetro que nos separavam sem que ao menos conseguíssemos reagir. E tinham todas as senhas que dariam acesso ao nosso QG.

– Puta merda! Fique aqui, Melissa! – um deles gritou. – Tranque a porta e não saia daqui de dentro, entendeu?

Não tive tempo de responder. Eles sacaram suas armas e saíram do QG batendo a porta. Levei algum tempo até que meu corpo descongelasse e corri para trancá-la. Eu estava ofegante mesmo sem fazer esforço algum. Minha garganta estava inchada e meu coração acelerado. Eu não sabia o que fazer nem a quem chamar. Sentei de frente ao computador que o agente operava e comecei a buscar pelas imagens da sala e o que vi me deixou chocada.

A troca de tiros foi imensa. Eles corriam para se defender e atingir o adversário. Vi um dos nossos agentes no chão, sangrando, o outro a poucos metros, sem poder ajudá-lo, aguardando a melhor hora para agir. Segurei meu telefone com força. Não podia chamar a polícia, ou podia? Preferi optar por Dean, ele saberia o que fazer. Então mandei uma mensagem: *O QG foi invadido. Homens feridos. Venha rápido.* Fiz o mesmo com Robert, encaminhando a mensagem e aguardei assistindo a batalha que mais parecia uma cena de cinema.

Sofri a cada bala. Senti dor ao ver que os agentes que me defendiam foram atingidos e agradeci quando os dois homens também foram. E a chuva de disparos deixou quatro pessoas estendidas no chão. Ninguém mais atirava ou reagia. O silêncio continuava e eu não sabia se era porque eu não tinha o áudio da sala ou se as armas tinham silenciadores, ou se era porque o QG era protegido, como o quarto do pânico, selada por dentro sem permitir que nada saísse ou entrasse quando suas portas estavam lacradas.

Fiquei um tempo incontável observando a cena e então percebi que um dos nossos agentes se movia lentamente sem conseguir grande sucesso. Ele estava vivo. Meu Deus! Eu não podia ficar lá dentro protegida enquanto aquele homem precisava de socorro. Foi pensando assim que destravei a porta e corri para fora.

A cena da sala era indescritível. Tudo fora do lugar ou atingido. Havia sangue no chão e respingado em algumas paredes, tudo o que uma imagem preto e branco não conseguia captar de mais terrível, que era o vermelho do sangue jorrado. Passei pelo primeiro agente. Ele estava muito quieto. Abaixei-me sobre ele para checar sua pulsação e só então percebi o quanto eu tremia. Ele ainda estava vivo, mas precisava de cuidados o mais rápido possível. Pelo que conhecia do Dean, o socorro já estava a caminho. Fui até o outro, o que tentava inutilmente levantar.

– Calma! Eles já estão chegando. – Minha voz também estava fraca e trêmula. Eu não sabia se podia tocá-lo, se podia levantá-lo. Tive medo até de respirar.

– Fuja daqui, Melissa – ele disse com a voz tão fúnebre que senti tudo em mim tremer. – Fuja!

Eu não podia sair e deixá-los sozinhos. Dean e Robert sabiam que precisávamos de ajuda e, com certeza, já estavam a caminho. Fugir seria loucura. Mesmo assim eu levantei com o corpo todo em alerta, mas o que aconteceu acabou tirando o meu chão. Não sei quanto tempo levou até que eu entendesse a cena a minha frente.

Tanya estava na minha sala, em sua mão uma arma, meus olhos conseguiram captar a imagem e rapidamente meu cérebro entendeu a mensagem, havia um silenciador, que ótimo! O principal não foi Tanya e a sua arma, mas, sim, o que ela segurava na frente como um escudo. Sim, Alexa estava lá, presa pelo braço de Tanya que quase a estrangulava, e com a arma apontada para a cabeça. Que grande merda!

Como eu disse, o tempo parecia passar em câmera lenta. Os dois agentes que ficaram para fazer a defesa da casa estavam no chão, atingidos e sangrando, minha amiga estava presa e sendo ameaçada por uma pessoa que eu bem sabia não estar em seu juízo normal, se é que ela já esteve algum dia.

– Melissa! – Sua voz doce e educada não existia mais. Era apenas um sussurro afiado e cortante. – Que cena horrível, não?

– O que você quer, Tanya?

Em poucos segundo um mundo passou em minha mente. Tanya, Alexa, os agentes, Robert, eu… Meu filho. Merda! Meu filho! Não! Não! Não!

– Chega a ser irônico você me perguntar o que eu quero. – Ela riu de uma forma bestial. – Eu não preciso mais de você!

Tanya empurrou Alexa para mim e, sem pensar duas vezes, atirou contra ela. Meu mundo parou de girar naquele momento. Minha amiga foi atingida nas costas. Seus olhos ficaram imensos, como se não acreditasse naquilo. Sua camisa branca, colada ao corpo, de repente começou a ficar vermelha e ela desabou a minha frente.

– Não!

Gritei me atirando sobre ela e chorando sem conseguir me controlar. Não! Não! Não! Minha mente repetia sem parar. Meus olhos fixos no cabelo loiro de Alexa espalhado pelo chão enquanto vi sangue escorrer. Não, Deus! Não.

– Vamos logo! – Tanya disse apontando a arma para mim. – Temos pouco tempo. Eles vão chegar a qualquer momento.

– Você a matou! – Minha voz quase não saía. – Como pôde?

Eu estava perplexa demais, congelada, olhando o corpo da minha amiga.

– Como pôde?

– Sem dramas, Melissa! Venha! – Tanya me puxou pelo braço forçando-me a levantar.

A arma ficou nas minhas costas enquanto a outra mão me segurava.

Vi quando meus pés ficaram sobre o sangue da minha amiga que se misturava com o do agente e principalmente quando minhas pegadas começaram a marcar o chão. Pelo menos alguém conseguiria nos achar, eu só esperava que fosse a tempo.

Tanya me empurrou para dentro do corredor, forçando-me a andar sem parar. Minhas pernas tremiam e meu corpo não reagia muito bem. O enjoo forçava-me a respirar pela boca, mas estava forte demais e eu não aguentei, vomitando alguns metros após o início da nossa caminhada. Ela aguardou pacientemente enquanto eu desabava de medo e tristeza, vomitando tudo o que tinha acabado de ingerir.

– Isso é realmente nojento! – Foi o seu único comentário. Pegou-me pelo braço outra vez e me empurrou para continuarmos a caminhada.

– O que vai fazer?

Fiquei agitada assim que me dei conta de onde estávamos. Era um dos apartamentos que alguns agentes ocupavam. Eu sabia que ele estava vazio, pois todos estavam, em algum lugar, cuidando para que tudo desse certo.

– Vamos encontrar Adam. Alexa gentilmente me cedeu a informação de onde eu poderia encontrá-lo. Claro que já enviei alguns homens para lá e a esta altura ele já está aguardando ansiosamente por você.

Fiquei em pânico. Adam estava livre e aguardando por mim. Eu bem sabia o que aconteceria e implorava mentalmente para que os homens de Dean estivessem naquele corredor buscando por nós duas. Mas e se eles não conseguissem chegar a tempo, o que eu poderia fazer? Não fazia a mínima ideia, mas precisava encontrar uma saída. Confrontar Tanya sabendo que ela tinha uma arma era arriscar demais. Acima de tudo, eu tinha que proteger o meu filho.

– Vamos sair agora, Melissa. Não tente nenhuma gracinha, estamos sendo vigiadas de perto e eles podem acabar com você mais rápido do que eu desejo. Nós vamos descer, passar pela recepção e entrar em um carro branco que nos aguarda na porta, certo?

Engoli em seco.

– Ok!

Se estaríamos na rua, Dean facilmente nos localizaria. Pelo menos eu teria uma chance. Merda! Eu não podia morrer sem contar a Robert do nosso filho. Ou será que era bem melhor para ele me perder ignorando esse fato? Seu sofrimento seria muito menor com certeza, além da culpa que carregaria. Eu podia até vê-lo visitando o meu túmulo todos os domingos e chorando como fazia com o pequeno Rob. Não! Ele não merecia isso. Eu tinha que viver. Tinha que lutar para que o nosso final feliz fosse uma realidade.

– Muito bom! – Ela parecia animada.

Saímos do apartamento, caminhando como duas amigas. Tanya estava sempre muito perto e eu atenta a todos os detalhes, buscando algum momento para poder agir. Eu lutaria. Entramos no elevador e aguardamos os segundos angustiantes até chegarmos à recepção, que estava vazia. Merda!

Na rua, Tanya foi mais rápida e logo eu fui empurrada para o carro. Um homem negro estava ao volante. Ele não nos olhou, apenas dirigiu rapidamente. Meus olhos não deixavam a rua. Eu observava tudo e principalmente se algum carro nos seguia. Era a minha esperança. A arma estava outra vez em mim e Tanya me olhava sem pestanejar. Ela não estava brincando.

– Para onde estamos indo?

Falei mais por necessidade de quebrar o silêncio do que por curiosidade. Apesar de que eu sabia que se conseguisse ligar para alguém, ter a minha localização seria uma grande ajuda. E então me dei conta do celular em meu bolso. Ele com toda certeza enviava um sinal para o QG indicando onde estávamos. Graças a Deus! Era só questão de ganhar tempo. Disfarçadamente, coloquei as mãos nos bolsos encontrando o celular e ativei o botão que permitia que eles escutassem a nossa conversa. Pelo menos eu conseguiria complicar ainda mais a sua situação.

– Vamos dar um passeio de barco – ela disse como quem anuncia que o dia estava lindo. Era uma louca mesmo.

Voltei a ficar em silêncio e vi quando o carro se aproximava da marina. Um funcionário conferia a placa e os documentos. Checou tudo e devolveu ao motorista. Passamos. Tanya devia ser muito idiota em acreditar que em um lugar tão público ela não seria notada. Claro que em um sábado a marina estaria lotada. Como ela faria para me matar? Mas ela conseguiu sair com Frank e voltar sem ele, isso sem levantar nenhuma suspeita. Puta merda!

– Uma vez eu assisti a um filme onde um homem gostava de paquerar modelos...

Ela começou a falar como se estivéssemos em uma conversa entre amigas. Olhei para fora e vi que o carro nos levava o mais distante possível.

– Ele fazia com que elas acreditassem no homem perfeito. – Riu sozinha, fazendo-me estremecer. – Aí um dia as levava para um passeio de barco, prendia seus braços e pernas, e as arrumava como bonecas. Depois, colocava os pés delas em uma bacia de cimento.

Fez uma cara estranha.

– Eu acho que era isso, não me lembro muito bem, mas o fato era que quando o cimento secava ele as atirava na água e ficava as olhando afundarem. No final de tudo, ele revelava que estava criando um jardim no fundo do mar e cada uma delas era uma flor. – Seus olhos encontraram os meus. – Louco, não?

Puta. Merda!

Eu precisava arrumar uma forma de atrasá-la. Precisava continuar acreditando que Robert me encontraria não importava onde. Ele conseguiria chegar. Ela ainda me encarava, um sorriso imenso nos lábios e então o carro parou. Estávamos muito perto do cais e de frente para um lindo e imenso iate. O que meus olhos viram me deixou alarmada. Abby estava lá.

– Vamos sair como duas amigas. Não tente nenhuma gracinha ou então mato minha irmãzinha. Não seria trágico?

Olhei para Tanya ainda sentindo o coração acelerado. Ela sabia sobre Abby, mas como? Merda! Merda! Merda! Não teria como poupar Abgail. Eu sabia que toda a ira de Tanya cairia sobre ela e que seria impiedosa. Senti lágrimas em meus olhos, mas me esforcei para não deixá-las cair. Era hora de ser forte.

– Foi isso o que você fez com Frank? Mandou ele para o fundo do mar?

Falei assim que começamos a andar até o iate. Tinha a certeza de que alguém estava gravando tudo o que conversávamos. Dean não seria tão burro a ponto de receber o meu áudio sem se aproveitar disso. Tanya fez uma careta estranha, como se sofresse pelo que havia acontecido ao seu amante.

– Frank foi um fraco. Ele queria me forçar a desistir de tudo, mas veja só, não é que ele conseguiu cumprir com as suas ameaças? Meu divórcio aconteceu, você e Robert, utilizando das artimanhas que ele usa tanto a seu favor, estão casados. Eu não tenho mais as provas, nem ações, nem mesmo a senha. O que me restou? Nada.

– Você matou Frank! – Deixei com que minhas palavras saíssem como um lamento e eu realmente lamentava.

– Pode lamentar. Ele morreu porque tentou fazer você feliz. Mas não se preocupe, não vai lhe restar muito tempo para se culpar por mais esta morte.

Continuamos andando até alcançar o iate. Vi Abby sentada em uma cadeira. De longe parecia que ela apenas descansava, mas de perto eu pude enxergar as algemas que prendiam suas mãos e os seus pés mergulhados em uma bacia com cimento. Meu Deus! Alguém precisava aparecer logo.

– Foi neste iate que você levou Frank? – Tentei parecer evasiva.

Tanya me olhou cismada. Eu falava sobre o iate porque quem estivesse ouvindo precisava daquela confirmação.

– Melissa!

Adam me recebeu com uma animação que fez meu sangue congelar.

– A cadelinha está de volta!

E me atingiu com um soco que quase me fez apagar.

Caí no chão, sentindo a dor latejante em meu rosto e o gosto de sangue. Precisei levantar rapidamente para que ele não gostasse de me ver tão rendida e resolvesse acertar minha barriga com alguns chutes. Tanya riu.

– Vejo que minha irmãzinha já está pronta para partir. Uma pena! Seria muito melhor se você morresse carbonizada junto com a sua mãe, aquela vaca que destruiu a minha vida.

Abby encarava Tanya com olhos duros e um sorriso cínico nos lábios.

– Se era para virar outra pessoa, então deveria fugir para longe de mim. Você foi muito burra em acreditar que eu não descobriria. Suas imagens com Adam me ajudaram muito a reconhecer a marquinha de família que meu pai teve o desprazer de passar para você. Foi a sua sentença de morte!

– Pelo menos eu tive o prazer de vê-la destruída. Você não é mais nada, Tanya! Acabou! Robert foi embora e não há nenhuma chance de ele aceitar qualquer coisa vinda de você. Não sobrou nada do seu império. Pode me matar, eu não ligo! No fundo eu morri junto com a minha mãe e apenas sobrevivi a tudo o que precisei passar para chegar até aqui. Eu venci e o que vai acontecer daqui para frente pouco me importa!

Tanya ficou com uma cara terrível. Ela avançou sobre Abby e a atingiu com diversos socos e tapas. Precisou que Adam a puxasse para longe avisando que o cimento ainda não estava firme e que ela poderia atrasar o processo. Minha amiga ficou com o rosto ensanguentado, mas não deixou de sorrir. Meu Deus!

– Vamos levar Melissa para dentro e começar a ajustar a nossa partida – ela disse puxando a arma para mim. – Vamos, eu tenho pressa em acabar com isso!

Fui empurrada para o andar de baixo. Descemos as escadas estreitas. O ambiente era abafado e eu sabia que aquele não era o lugar onde ela costumava descansar. Era simples demais para uma pessoa como Tanya. Provavelmente era o dormitório da sua tripulação, quando havia uma. Entramos em um dos dormitórios pequenos, havia uma minúscula cama e uma mesinha. Ela me empurrou para dentro e entrou junto com Adam.

– Prenda as mãos dela!

Adam obedeceu. Seus olhos eram algo fora do comum. Um animal. Um monstro! Ele segurou minhas mãos com força e as prendeu para cima, em uma tubulação. Eu sabia que era frágil e que bastava eu forçar para rompê-la, mas tudo tinha a sua hora.

– Seja rápido, Adam! Não temos muito tempo. Logo eles vão nos encontrar.

– Não se preocupe. Eu só tenho algumas contas a acertar com essa vagabunda!

E seus olhos brilhavam como um animal prestes a atacar sua vítima. Eu já tinha um plano armado e agradeci mentalmente pelo tempo de treinamento que recebi de Dean.

Tanya saiu fechando a porta. Antes, lançou-me um sorriso cúmplice e um tchauzinho, o que só me deixou ainda mais irritada. Ela teria a sua vez! Adam levou algum tempo só me observando. Seus olhos conferiam minhas roupas. Agradeci por estar de jeans e uma camiseta. Seus lábios se abriram em um sorriso diabólico.

– E então, Melissa! Chegou a hora de você pagar pelo que fez. E vai ser da minha forma.

Ele se aproximou agarrando os meus seios. Não me debati. Eu sabia que uma mente como a de Adam Simpson registraria a minha recusa como um incentivo, então precisava fazer o contrário.

– Você vai gritar, vadia. Porque eu vou acabar com você – continuou tocando meus seios com uma ânsia anormal.

Mantive-me impassível, mesmo querendo chorar, gritar e me debater. Adam, então, levou uma mão até minha bunda, a apalpou com desejo e me empurrou para trás colocando os lábios nos meus. Recusei-me a sentir o asco que me invadia e retribuí o beijo. Então ele parou me encarando. Eu sorri. Mas não foi um sorriso qualquer. Foi o sorriso mais cínico que já consegui dar em toda a minha vida.

– O que está fazendo, putinha?

– Você é patético, Adam! – Ele recuou um pouco.

Era exatamente o que eu precisava.

– Sabe por que isso te dá prazer? Porque no fundo você sabe que nunca vai conseguir satisfazer mulher alguma!

Vi seus olhos arregalarem e ele recuar um pouco mais.

– Você não é nada! É apenas um merdinha que nem consegue saber o que fazer com o que guarda entre as pernas, e por isso, precisa usar a força. Porque prefere ouvir o choro e desespero do que a gargalhada de quem vai para a cama com você por livre e espontânea vontade.

– Sua vadia! – ele rosnou e encurvou os ombros. Estava pronto para me atacar.

Ajustei meus pulsos segurando firme na tubulação e me preparando para o que viria.

– É por isso que odeia tanto o Robert. Você queria ser igual a ele. – Gargalhei forçadamente. – Que ridículo! Você nunca será como Robert Carter.

E então Adam avançou para me bater. Como planejado, fui mais rápida. Forcei a tubulação e levantei as pernas atingindo-o com um chute de pés juntos, bem no meio do peito. Se eu tivesse sorte, isso o desestabilizaria. Adam bambeou para trás, então rodei a perna apoiando-me na outra e bati com o pé em seu rosto com tanta força que pude ouvir seu nariz quebrar. O sangue começou a escorrer, mas ele continuava de pé. Forcei ainda mais a tubulação, ciente de que esta se partiria a qualquer momento e, no melhor estilo *Karatê Kid*, acertei Adam levantando um pé, alcançando o seu rosto mais uma vez e em seguida acertando-o com o outro. Ele cambaleou e caiu.

E a tubulação se partiu jorrando água para todos os lados. Precisei de um tempo para tentar me equilibrar, respirando com dificuldade e aguardando até que meu corpo me avisasse que estava tudo bem comigo e com o meu filho. Certa de que nenhum mal nos atingia, conferi os bolsos de Adam encontrando a chave das algemas. Foi muita sorte Dean ter me ensinado como destravá-las, eu realmente não conseguiria sem isso. Peguei a arma que estava na cintura do idiota caído e saí, sem me importar se ele morreria lá dentro. Seria um bem para a humanidade.

Cada passo foi perfeitamente calculado. Eu agia com cuidado e cautela. Precisava pegar Tanya, mas não podia arriscar tudo sendo ansiosa e descuidada. Robert demorava demais para chegar e eu não entendia como eles podiam demorar tanto. Foi quando fui atingida com uma porrada forte na cabeça. Caí no chão sentindo minha nuca latejar e tudo ficou escuro.

CAPÍTULO 50

Minha cabeça doía de uma forma inacreditável. Tentei levantar a mão e tocar onde estava incomodando, mas assim que tentei puxar, entendi que eu estava presa. E então fui atingida por água gelada, o que me fez gritar e despertar de vez. Ouvi o riso cínico de Adam Simpson e depois suas mãos em meus cabelos puxando minha cabeça para trás.

– Sua vadia! – Recebi um tapa forte no rosto.

– Não temos mais tempo, Adam. Você perdeu a sua chance.

Foi quando percebi que o barco estava em movimento. Olhei ao redor e vi Abby ao meu lado. Ela olhava o horizonte contemplando o que lhe restava de tempo e totalmente absorta ao que acontecia ao seu redor. O sangue no rosto estava secando, deixando uma máscara feia. Desviei o olhar encarando os dois monstros que estavam na minha frente. Eles se mereciam. Meus pés estavam em uma bacia como a de Abby, cheia de cimento.

– Agora eu quero ver a sua coragem, putinha! Quero ver você se debatendo e afundando cada vez mais. A necessidade de ar queimar em seus pulmões e a dor deliciosa da morte se apossando do seu corpo. Ah, Robert merecia assistir isso!

– Às vezes eu acho que você é gay, Adam. O prazer que sente quando se refere ao Robert é um tanto quanto suspeito.

Sorri consciente de que tudo em meu rosto doía e fui atingida por mais um tapa.

Tanya riu divertida atrás de mim, mas sua risada foi breve. Por alguns segundos achei que havia chegado o meu fim. O iate continuava avançando sem parar, cortando as águas. Não estávamos longe da população, mas distantes o suficiente para ficarmos protegidos de olhos curiosos.

– Filho da puta! – bradou atrás de mim.

Adam se virou procurando pelo que incomodava a sua amante. Segui seus olhos encontrando uma lancha se aproximando a toda velocidade. E então a imagem se dividiu em três. Três lanchas seguindo o nosso iate, ganhando espaço e se aproximando. O alívio no meu peito não foi contemplado, pois eu sabia que aquela perseguição poderia simplesmente fazer com que Tanya acabasse com a gente de uma vez por todas.

– Eles vão nos alcançar! – ele disse com a voz modificada.

Era medo o que eu sentia. Como Abby havia dito, Adam tinha medo de ser pego e desmascarado.

– Não se tiverem um bom motivo para desviar o caminho.

Olhei para Adam, que acompanhava Tanya atentamente. Merda! O que eles fariam? Vi quando as lanchas se aproximavam cada vez mais e reconheci, perfeitamente bem, o esboço de Robert, Dean e Paul, além de homens da polícia devidamente fardados.

– Adeus, irmãzinha! – ela disse logo atrás de mim. – Espero que sua morte seja lenta e dolorosa. E não se anime, você vai descer mais rápido do que eles vão conseguir alcançar.

Dizendo isso, Tanya empurrou Abby para a água. Meu grito quase me fez apagar. Eu vi minha amiga virar e cair. Tive certeza de que ela afundou muito rápido, pois o iate continuou o seu percurso, passando rapidamente por onde ela havia caído sem deixar nenhum vestígio. Imediatamente vi uma lancha reduzir e dois homens pularem na água. Um deles era Paul.

– Por favor, Deus! Por favor! – eu implorava pela minha amiga enquanto meus olhos nublados pelas lágrimas não me deixavam ver mais nada.

– Está com medo agora, vagabunda? Hein? Quer saber como Abgail se sentiu antes de morrer?

Gritei quando Adam empurrou minha cadeira até a borda. O cimento ainda estava fresco e com isso meus pés conseguiram sair da bacia.

– Ainda não! – Tanya gritou, puxando-me de volta. – Se matarmos Melissa eles conseguem nos pegar. – Veja!

Ela apontou para as duas lanchas que ainda nos seguiam e estavam tão próximas que eu podia ver a expressão de horror de Robert, preparado para pular por mim.

– Vá lá na frente e avise que precisamos ser mais rápidos. Que ele não pode parar.

Vi os olhos de Adam queimarem Tanya. Por um segundo eu pensei que ele a mataria. Adam olhou para as lanchas e depois para mim, saindo logo em seguida para falar com quem quer que estivesse nos levando a toda velocidade. E então, após alguns minutos, senti que o barco desacelerava. Como era possível? Tanya também sentiu e eu pude ver sua expressão de pânico.

– Adam! – ela gritou na direção que ele havia sumido. – O que está fazendo?

Olhei para a lancha e vi que Robert se preparava para pular. Ele estava muito perto. Junto a ele havia mais dois policiais que apontavam as armas para nós.

– Não vai ser tão fácil assim! – ela gritou segurando-me com força e me puxando para a borda. Estrategicamente, retirei meus pés da bacia puxando com força, pois o cimento já começava a secar.

– Tanya! – ouvimos a voz de Robert gritando em desespero. – Não faça isso!

O iate perdeu toda sua velocidade e parou como se estivesse perdido no mar. As lanchas diminuíram nos alcançando facilmente. Vi a de Dean passar para frente enquanto a de Robert se mantinha ao nosso lado. Os olhos dele eram puro pânico e ele a encarava com determinação.

– Espere, Tanya. Não faça isso! – Ele estava com os braços estendidos em nossa direção. – Por favor, não faça! Deixe Melissa em paz, não é ela quem você quer.

– Mas é ela quem você quer, Robert! – ela gritou de volta.

– Você vai complicar ainda mais a sua situação. Tenho certeza de que não é isso o que você quer, não é?

Tanya me manteve muito próxima. Um empurrão e eu seria atirada ao mar.

– Pensei melhor. Nós vamos cuidar de você.

Facilmente, ele deixou a lancha e começou a subir no iate.

– Nem pense nisso, Robert, ou então estouro os miolos dela antes de lançá-la para os peixes.

Só então percebi a arma dela em minha cabeça. Droga! Aquilo não daria certo. Tanya jamais aceitaria perder e, para ela, ficar internada enquanto eu e Robert ficávamos juntos era a pior de todas as derrotas. Eu morreria, não havia dúvida.

– Eu só quero conversar. Calma! Não estou armado. Vamos conversar.

Ele passou para o cais com as mãos estendidas.

– Mande seus amigos ficarem longe!

– Eles vão ficar. Fique calma!

– O que você achava? Que eu aceitaria passar uma vida internada como louca enquanto você usufrui de tudo o que é meu? Não! Se eu vou perder tudo, você também vai.

– Tanya, não vale a pena. O que você vai fazer é complicar a sua situação. A polícia achou todas as provas que Adam guardava contra você. Ele tinha tudo! Não complique ainda mais para o seu lado. Deixe-me cuidar de você.

Não sei por quê, mas aquelas palavras dele eram tão verdadeiras que me atingiam. Robert não queria que Tanya me matasse, isso era claro, mas também não queria que ela sofresse mais do que já sofrera. Ele se importava realmente com ela e aquilo me machucou com muita intensidade.

– Cuidar de mim? Você me destruiu em inúmeros pedaços. Você destruiu a minha vida, Robert!

– Não. Você fez isso sozinha. Será que não entende que o que fez foi muito grave? A família de Abgail, o pequeno Rob…

– Eu não matei o meu filho! – ela soluçou. – Não matei. Você nunca entendeu nada. Nunca percebeu que o que eu fiz até agora, todos os meus crimes, tudo foi por você!

Tanya chorava e soluçava, mas mantinha a arma firme em minha cabeça.

– Você disse que se livrou dele.

– Eu menti para te machucar. Ele não era seu filho, mesmo assim eu não seria capaz de machucá-lo.

– Então...

– Desde o início, Robert. Quando conheci você, não havia mais nada em minha vida. Era você quem eu queria e não me importava de abrir mão de tudo para conseguir você. Eu mudei, manipulei cada pessoa, me transformei na mulher que você desejava, que precisava, fiz isso tudo até que finalmente você entendesse que fomos feitos um para o outro. Eu fui a única mulher que o conheceu e o aceitou como é. Eu construí você! Ergui os muros do seu palácio e fiz de você o homem que é hoje.

– Tanya, abaixe esta arma... – Robert ainda tentava, mas eu sabia que seria em vão.

– Eu vi tudo o que você queria, enxerguei todas as suas necessidades. Você queria ser o CEO, era a sua ambição. Eu sabia que ninguém além de você poderia ocupar este cargo e fiz tudo para que ele fosse seu.

– Você...

– Sim, Robert. Eu sabia que você era a pessoa certa para colocar as nossas empresas para frente. Juntos, seríamos invencíveis, como sempre fomos. Naquela noite eu já estava com tudo pronto. Nossos pais iriam passar o fim de semana fora, como costumavam fazer quando precisavam estabelecer as melhores estratégias e gastar horas jogando cartas, apenas os dois. Foi muito fácil ajustar o carro que os levaria, um pequeno acidente e os dois estariam fora do seu caminho. Ninguém seria contra a sua indicação para o cargo, todos sabiam que você era o sucessor, mas você descobriu tudo e simplesmente fez da sua forma. E por causa disso passou a me odiar! Nunca entendeu que tudo o que fiz foi para te ajudar, para realizar os seus sonhos, para te tornar indestrutível.

– Tanya, você foi capaz de matar o seu pai?

Robert ouvia tudo sem conseguir acreditar. Eu continuava quieta, escutando e implorando mentalmente para que aquilo tudo acabasse. Vi as lágrimas escorrendo do rosto do homem que eu amava e senti meu coração encolhendo.

– Eles precisavam deixar de existir. O meu pai sempre foi um ser desprezível, um falso, mau-caráter, traidor! Fiz com que acreditasse que eu estava do seu lado e desviei o dinheiro que me pediu. Se tudo desse errado, eu conseguiria incriminá-lo e o dinheiro seria devolvido. Mas, ele escondeu a senha e, quando a encontrei, o inferno já estava sob nós dois. Eu não podia deixar que você a descobrisse. Não podia permitir que colocasse um fim na nossa história!

Ela também chorava, como uma criança triste lamentando todos os seus deslizes.

– O seu pai... Ele nunca aceitaria deixar o cargo, era soberbo, adorava o poder, assim como você. Irônico, não?

– Meu Deus! – ele exclamou, sentindo cada palavra como uma facada. – Você planejou tudo e me deixou sofrer estes anos todos? Conhecia o meu desespero, a minha dor e mesmo assim não foi capaz de acabar com tudo isso?

– E o meu sofrimento? E o que eu passei a viver com o seu desprezo?

– Você roubou, matou, destruiu a minha família!

Não era como uma briga, era mais um ajuste de contas onde ambos se justificavam e lamentavam tudo o que aconteceu com o relacionamento deles.

– Eu estava grávida!

– Do Frank! – Ele fechou os olhos deixando mais lágrimas correrem.

– Eu sabia que precisava de um filho para sustentar o nosso casamento, mas você não deixava acontecer, achava sempre que era muito cedo. Quando nossos pais morressem, uma criança não deixaria que você entrasse em desespero. Nós seríamos felizes, uma família completa.

– Você só pode estar brincando!

– Mas você não se importou mais comigo. Só existia o menino, não sobrava nada para mim. Eu cheguei a desejar que ele sumisse, pelo menos assim você voltaria para mim e seríamos apenas nós dois, mas eu não o matei. Juro que não! Eu continuava ali, lutando por você, sendo mais forte do que qualquer outra mulher foi capaz de ser. Estive ao seu lado mesmo sendo repelida, mesmo aguentando o seu ódio. Eu esperei, porque no final você sempre voltava. Mantive o jogo vivo, utilizei de todas as desculpas para impedir que quebrasse a promessa. Fiz questão de que Maximus continuasse vivendo. Escondi a senha. Eu precisava mantê-la longe de você, por isso desviei todos os seus caminhos. Por outro lado, continuei lutando pra que você continuasse crescendo dentro do grupo. Tracei uma carreira perfeita!

– A que custo?

– Eu acreditava que o amor ainda existia dentro de você. Nós sempre nos amamos, era forte demais para morrer de uma hora para outra.

– De uma hora para a outra? Você não está bem, Tanya. Por favor, abaixe esta arma e deixe-me acabar com isso! Vamos acabar com tudo de uma vez.

– Então, Melissa apareceu. Eu pensei que fosse apenas mais um caso. Mais uma para a minha lista de desespero e sofrimento. Aguardei até que acabasse. Agi quando achei que era necessário. Nada adiantou. Você simplesmente se apaixonou. Quebrou a única regra existente que realmente fundamentava o nosso acordo. Você não podia se apaixonar. Tudo deu errado desde então. Eu tive que assistir a forma como você a olhava, como perdia o foco quando ela entrava na sala, como ficava todas as vezes que sabia que poderiam passar a noite juntos. Você a amou mesmo quando ela voltou casada! Mesmo quando ela virou uma ladra! Quando roubei, você me odiou, mas Melissa… Você foi incapaz de odiá-la! Simplesmente assumiu a culpa.

Ela riu sem muita vontade, demonstrando toda a sua loucura.

– E você vai me punir por isso? Vai tirar Melissa de mim por acreditar que assim eu pagarei pelo seu sofrimento?

Robert deu um passo em nossa direção. Por um segundo achei que ele avançaria para tentar desarmar Tanya, mas naquele momento percebi que ele não se preocupava tanto comigo. Olhei para o lado e vi que Tanya se afastava de mim, mas a arma estava apontada para ele. Comecei a me remexer. Por que inferno ninguém atirava naquela louca? Eram dois policiais ali, apenas assistindo a cena sem nada fazer. Fiquei enlouquecida.

– Eu fiz tudo por amor, Robert. Pelo amor que sinto por você. Melissa morta seria um alívio, mas o seu sofrimento nunca foi o meu prazer. Você nunca me olhou como olha para ela. Depois de tanto tempo entendi que não importa quantas pessoas precisarei tirar do seu caminho, você nunca mais será meu. E eu não quero viver sem o seu amor, porque para mim não existe um mundo sem você. Finalmente entendi que a única forma desse jogo acabar é tirando um de nós dois dele.

– Tanya, não! – ele começou a falar em desespero. – Não. Eu vou cuidar de você, por favor, não!

– Acabou, Robert. O irônico é ter lido tantas vezes que ninguém morre de amor.

– Não! – ele repetia sem parar, aproximando-se cada vez mais.

– Eu morri, muitas e muitas vezes, mas insisti em continuar vivendo, para quê? Eu morro, Robert. Morro por amor a você. O que nenhuma mulher será capaz de fazer pela sua felicidade.

– Por favor, Tanya!

Ele estava bem perto.

– Só eu fui forte para ficar ao seu lado e só eu serei forte para morrer por você.

O tiro chegou ao meu ouvido antes mesmo que eu me desse conta do que ela havia feito. Robert gritou desesperado e se jogou contra Tanya tentando impedi-la. Ao meu lado, como em uma cena de filme, daquelas que passam lentamente para que ninguém perdesse qualquer detalhe, Tanya desabava apoiada pelos braços dele. Havia muito a ser ouvido. Os policiais começaram a subir por todos os lados, Dean se aproximou de mim e verificando se eu estava bem, mas eu apenas ouvia o choro e lamento de Robert "Tanya, não! Não!" ele repetia incansavelmente agarrado ao corpo da ex-esposa.

E ali, diante daquela cena, eu entendi: Robert ainda amava Tanya!

CAPÍTULO 51

Um mês se passou e eu não sabia por onde ele andava. Pouco fiquei sabendo desde a morte de Tanya. Ainda doía lembrar. O que soube foi que Dean contou toda a verdade a Paul, inclusive sobre Abby, por isso ele aceitou assinar e pelo mesmo motivo foi o primeiro a se jogar na água para salvá-la.

Dean e Robert receberam a minha mensagem e chegaram logo após a minha saída do apartamento, mas levaram um tempo até descobrirem onde estávamos. Como previsto, o celular avisou minha localização e também reproduziu a nossa conversa, o que ficou mais fácil para eles, porém, convencer a polícia atrasou um pouco o processo. Eles revelaram o plano que foi tratado sob a máxima segurança de informação, afinal de contas, um escândalo como aquele comprometeria a imagem do grupo C&H Medical Systems.

Adam conseguiu fugir e ninguém entendia como ele fez aquilo, mas acredita-se que, com medo dos crimes que lhe seriam cobrados, ele tenha fugido junto com o outro comparsa, mergulhando, auxiliado por um equipamento que lhe permitiria sumir na água sem chamar atenção. Até então, nunca mais soubemos do seu paradeiro.

A morte de Frank foi confirmada, assim como a comprovação dos outros crimes de Tanya, devido às provas estrategicamente implantadas na casa do Adam. Lamentamos quando a polícia finalmente encontrou o corpo de Frank. Tanya não foi piedosa com o amante.

Alexa não morreu como eu havia pensado. Ela foi socorrida a tempo, mas ficou entre a vida e a morte por tempo suficiente para que Bruno a pedisse em casamento muitas e muitas vezes. Depois que ela melhorou, ele resolveu que não havia pelo que esperar.

Paul foi o mais abalado de todos. Ele perdeu a irmã de uma forma muito trágica e, apesar de saber de tudo, e mesmo sendo informado de que ela também foi a responsável pela morte do pai para favorecer o marido, ele lamentou a sua morte como nenhum outro foi capaz. Nicole estava segurando uma barra para mantê-lo firme. Descobrir uma nova irmã poderia ajudá-lo, se esta não fosse a Abby. Bom... A vida não era perfeita e nada fácil.

Maximus faleceu exatamente dois dias depois da morte de Tanya. Foi como Robert previa, ele aguardava até que a promessa fosse cumprida. Nicole me informava sobre tudo. Foi através dela que fiquei sabendo que Tanya não foi enterrada no túmulo da família, e que Robert não compareceu ao enterro do pai, mas foi o único a ir ao da ex-mulher.

Não o procurei em nenhum momento. Não havia em mim nenhuma mágoa, muito pelo contrário. Eu aceitava a sua dor e entendia. Muitas vezes ele me falou do seu amor por Tanya e da forma como tudo foi destruído. Muitas vezes fui alertada de que ainda era possível. Coube apenas a mim acreditar e seguir em frente. Também não vou ser ingênua e dizer que ele mentiu para mim e que nunca me amou. Sabia que Robert me amava também, da forma dele. Eu era a sua esperança de recomeço, a sua paz quando tudo acabasse, mas infelizmente não foi como aconteceu.

E o que passava na mente dele? Ninguém fazia ideia. Ele sumiu logo após a morte da ex-esposa. Reapareceu no hospital, quando soube da morte do pai e sumiu logo em seguida. Dez dias depois apareceu na empresa, encontrou o conselho reunido e passou uma procuração para Bruno, dando a este plenos poderes para agir em seu nome, o que lhe rendeu o cargo de CEO.

Eu fui tirada daquele iate por Dean. Meu rosto estava machucado e eu estava em choque. Por isso fui colocada naquela lancha e levada para um hospital, onde passei um dia sendo medicada. Só me dei conta de que ele não voltaria quando finalmente resolvi perguntar, e Dean desconversou. Robert não apareceu para me buscar, não voltou ao apartamento e, aos poucos, fui me dando conta de que seria daquela forma. Ele não voltaria mais.

Uma semana depois comecei a ajustar a minha vida. Eu estava grávida, desempregada e sozinha. Abby apareceu informando que ia embora, ela não queria nada que lembrasse o motivo de tudo ter acontecido da forma como aconteceu na vida dela, e isso incluía Paul. Uma pena. Eu esperava que um dia ela caísse na real e voltasse para recuperar o que sobrou da sua família. Antes de partir, me avisou da transação entre ela e Robert quando precisei devolver as ações. Uma conta gorda em meu nome. Eu não sabia ainda se usaria aquele dinheiro algum dia na minha vida, mas guardei todas as informações, se, por acaso, precisasse.

O meu casamento ainda era válido. Ele não apareceu para contestar ou sequer pedir o divórcio. Esse era mais um ponto que eu colocava na lista das coisas que eu não sabia o que fazer. E ele nem sabia que eu estava grávida. Ou sabia e por isso se afastou. Eu não fazia ideia. Minha vida virou o poço do não saber.

Os apartamentos estavam todos no nome dele, uma exigência minha para quando tudo tivesse um fim, e Dean já tinha cuidado para que assim fosse. Não me valeria do nosso casamento, muito menos do nosso filho para usufruir da fortuna dele. Sem Robert, nada era atraente, e nada valia a pena. Assim, todos os corredores foram fechados e as plantas ajustadas para que nada restasse daquele plano.

Eu só queria a certeza de que ele estava bem. Mas eu não tinha.

Um mês depois, eu já estava pronta para voltar para a Califórnia. Voltaria provisoriamente para a casa da minha mãe, pelo menos até que meu filho nascesse e eu conseguisse um emprego. Ela estava ansiosa para me receber de volta. Já eu, não tanto assim.

Como se fosse uma provocação do destino, minha barriga resolveu aparecer com tudo. Foi como dormir magra e acordar grávida de quase cinco meses. Bom... Talvez eu não estivesse prestando muita atenção em alguns detalhes. Muitas vezes eu me pegava pensando em como seria se Robert ficasse, em como ele reagiria ao nosso filho, na alegria que eu gostava de pensar que ele sentiria.

Devo confessar que estas lembranças me mantinham firmes. Como eu disse: não existiam mágoas. Ele me deu os melhores dias da minha vida, apesar de todos os pesares, e deixou em mim o melhor dele: o nosso filho. Eu teria muito o que contar àquela criança. Um livro inteiro, ou três. Quem sabe um dia...

Faltavam poucas horas para a minha partida. Então, cansada de ficar observando as paredes do apartamento, resolvi dar um passeio no *Navy Pier*, contemplar toda a beleza e admirar o lago, apesar do frio do dia. Não estava insuportável, mas precisei de uma camisa quente para me aquecer a céu aberto. Passei pela roda-gigante, eu nunca me acostumava a ela, aliás, roda-gigante nunca foi um atrativo para mim, e continuei andando até encontrar um banquinho onde sentei e fiquei observando a vida.

Não havia muitas pessoas por lá, afinal estava frio para ficar ao ar livre, mas alguns casais caminhavam abraçados, e alguns solitários correndo como se o dia estivesse propício para atividades externas. Encostei no banco e coloquei a mão na barriga. Eu gostava de fazer isso, enchia-me de orgulho ser mãe. Fechei os olhos e mais uma vez pensei nele. Como não pensar?

– Com licença, a moça está sozinha?

Minha mente me alertava loucamente para não abrir os olhos. Avisava que era uma ilusão, uma traição do meu coração. No entanto, abri-los e contemplar aquele homem era uma necessidade vital. Por isso o fiz e o encontrei bem a minha frente. Estava um pouco mais magro, mas estava limpo, barba feita, usando roupas formais, típicas da sua era CEO e muito bem agasalhado, cabelos impecavelmente penteados, apesar do vento forte. Seus olhos cinza como uma tempestade anunciada me encaravam.

– Robert – sussurrei incapaz de reagir àquela imagem. Eu estava congelada, sentada e olhando para a criatura mais incrível que já tinha visto na minha vida.

– Melissa!

Ele relaxou visivelmente ao pronunciar o meu nome e sorriu de leve, apenas um movimentar discreto dos lábios.

– Como vai?

Não consegui responder. Minha mente pedia para que eu o ignorasse. Robert sumiu por um mês, não voltou como havia prometido, revelou da maneira mais sofrida possível o seu amor por Tanya. Ao mesmo tempo meu coração gritava: e daí? Ele te ama e você o ama loucamente. Mas como ele poderia simplesmente aparecer e perguntar "como vai"?

– Desculpe! – Ele se desarmou completamente. – Sei que lhe devo um milhão de explicações.

Foi quando finalmente descongelei. No momento em que ele abaixou para me tocar, meu corpo reagiu. Eu levantei em um salto e me afastei dele. Precisava de espaço, de ar, de respostas, mas precisava disso tudo sem que sua presença me intimidasse como costumava ser. Não sei dizer realmente o que me deu, só sei que me afastei consideravelmente, encostando-me na grade e buscando por ar.

– Mel! – Ele lamentou. – Mel, por favor! Eu sei que você está com raiva, que...

– Não estou! – Minha voz mal saía.

Alguma coisa em minha garganta me impedia de falar o que eu queria.

– Onde você estava? Todo mundo está louco sem saber do seu paradeiro. Olivia... Puta merda!

Tentei me acalmar, mas era impossível.

– Eu estava na minha casa.

Colocou as mãos nos bolsos e ficou me olhando aguardando pela minha reação. O que não aconteceu.

– Desculpe, Mel! Eu não podia voltar. Ainda.

– Por quê?

– Porque eu não sabia como digerir tudo o que aconteceu!

– Você amava Tanya.

Não foi uma acusação, foi apenas colocar os pingos nos "is". Eu sabia, e ele tinha que entender que eu não ignorava este fato. Como eu estava confusa! Robert fez uma careta que confirmava a minha afirmação. Mordi os lábios impedindo qualquer lágrima de descer. Não era hora para choro.

– Não como você imagina – ele disse por fim. – A Tanya que eu amei nunca existiu! Você estava lá, ouviu tudo. Ela inventou uma pessoa para que eu pudesse ter o que queria. Aquela Tanya, a que vivia em meu passado, por quem eu me apaixonei e acreditei ser um cara de sorte, que era tudo o que eu buscava e sonhava, aquela, sim, eu amei. Só que ela nunca existiu, Melissa. Nunca! A Tanya que estava ali era a verdadeira Tanya. Uma mulher apaixonada, tão louca e cega de amor que foi capaz de tudo, inclusive de tirar a própria vida. Ela pensava que me dava um paraíso, quando na verdade me atirou no inferno!

– Mas você não a queria morta. Lamentou a sua morte como quem perde o amor da sua vida.

– Como você se sentiria se Dean se matasse por te amar demais e não conseguisse conviver com as suas escolhas? Como seria para você se soubesse que parte do que ele sentia e fazia, era justamente porque você permitiu que fosse? Eu, mesmo não diretamente, contribuí com o que Tanya se tornou. Fui responsável por parte da sua loucura. Fui egoísta a ponto de não dar um basta porque sabia o quanto perderia se simplesmente caísse fora. Eu não precisava disso! Não queria mais esta morte em minhas costas e, especialmente, não, eu não queria que Tanya morresse! Mesmo com toda a sua revelação, com a sua loucura, com os seus absurdos, eu não queria presenciar a morte dela.

– Robert!

Ok! Era muito ruim tudo o que tinha acontecido, mas naquele momento de confissão o que mais me doía era saber que Robert se martirizaria pelo resto da sua vida. Ele não era culpado pela morte daquela mulher horrorosa, capaz das piores atrocidades e, mesmo assim, seria ele a carregar aquele peso.

– Ouvindo você falar assim eu só penso que ela fez de propósito. Que Tanya sabia que, tirando a própria vida, estaria com você para sempre. No final de tudo ela venceu, não foi? Será você a carregá-la até os seus últimos dias.

– Eu sou o culpado, Melissa. – Ele fez uma careta de dor que tirou o meu chão.

– Não é!

Fui rebelde e falei um pouco mais alto e com autoridade. Ele parou me olhando como uma criança faz quando um adulto assume as rédeas da situação. Depois vi seus lábios lindos fazerem beicinhos. Ele desviou o olhar encarando o chão e chutando pedras inexistentes.

– Acabou, Robert! Fique você satisfeito ou não, aquele inferno acabou. Você passou... Aliás, nós passamos por momentos horríveis e sonhamos durante cada milésimo de segundo por este momento de paz, então encare tudo de forma madura e coloque a sua vida para frente! Tanya morreu! Acabou mesmo! Certo?

O arrependimento veio no mesmo instante em que minha boca se fechou. Eu não sabia o quanto estava sendo dura com ele, ou até mesmo se fui realmente dura, o fato era que, falando por experiência própria, eu sabia que ninguém agia daquele modo com Robert Carter. Sabe-se Deus em quantas feridas dele eu havia enfiado o dedo.

Mas Robert continuou encarando o chão e chutando o que não havia ali. Seus olhos fixos encaravam o nada abaixo dos seus pés. Sua postura humilde me chocava e ao mesmo tempo me feria. Tive vontade de estapeá-lo e gritar, colocando para fora tudo o que eu sentia. Mas não fiz, reconheci nele todos os seus sofrimentos, toda a culpa e o peso que carregava. Não só Tanya, mas todos os outros que precisaram sofrer por causa do amor que ela sentia por ele. Meu Deus! Robert não podia continuar acreditando que deveria pagar por tudo aquilo.

– Essa é a sua chance – eu disse com a voz embargada. – É a sua chance de recomeçar.

Nossos olhos se encontraram e eu vi ali, naquela tempestade que me encarava, o amor que ele sentia por mim. O alívio foi tão forte que uma lágrima escorreu sem que eu conseguisse contê-la.

– Eu vim te buscar...

A voz dele também estava embargada. Só que ele levantou os ombros e me encarou de maneira firme.

– Você é o meu recomeço então não invente nenhuma desculpa, Melissa. Como seu marido, eu tenho direitos sobre você.

Meu coração disparava sem parar. Tudo em mim era apenas emoção. As lágrimas ainda caíam.

– Desde quando o marido pode decidir pela esposa? Que história é essa de...

Mas ele avançou me agarrando com força e beijando meus lábios de uma maneira tão apaixonada que não tive como me recusar a beijá-lo também. E eu estava com tanta saudade! Era algo muito mais forte do que eu, do que nós dois. Aquele era o nosso beijo de liberdade, o que nos permitia viver tudo o que tínhamos sonhado.

Sinceramente? Naquele momento pouco me importava se ele amou ou não Tanya um dia, se ele tinha desaparecido por um mês sem se importar com o que eu sentia. Eu não queria saber o que tinha acontecido no passado e sim tudo o que nos aguardava no futuro. Porque o amava, e amava incondicionalmente, respeitando as suas decisões, sendo feliz com as suas escolhas e sendo forte o suficiente para caminhar ao seu lado, não importava que lado fosse.

– Eu te amo! – ele sussurrou em meus lábios.

Deixei um soluço escapar. Nunca duvidei do seu amor, mas ouvir aquela declaração depois de uma longa espera era como um bálsamo.

– Eu te amo! – disse entre lágrimas e sentindo seus lábios sorrindo nos meus.

Então Robert desceu as mãos e as depositou em minha barriga. Eu não queria ficar tensa. Estava preparada para revelar a existência do nosso filho. Só que nada nunca saía como planejado, e eu me vi sem coragem para dizer qualquer coisa. Com os olhos voltados para a minha barriga, eu vi a sua primeira lágrima cair.

– Eu tive tanto medo de ele não suportar! – falou com a voz fraca dominada pela emoção. – Mas como posso acreditar que um filho meu não seria forte o suficiente para aguentar qualquer que fosse o problema?

Então, ele olhou parra mim sorrindo e com um brilho todo especial nos olhos.

– Este é um verdadeiro Carter, Melissa!

A leveza das suas palavras fez com que mais lágrimas escorressem pela minha face. Robert estava de volta, com a mão na minha barriga e feliz pelo filho. Era demais para o meu coração.

– Como soube?

Ele sorriu e me beijou levemente nos lábios.

– Quando você voltou! No momento em que meus olhos pousaram em você, Mel! Eu sempre soube, mas deixei que fosse conforme a sua vontade.

– Robert!

Chorei ainda mais, envergonhada e ao mesmo tempo feliz demais para conter as lágrimas. Robert sempre soube. Meu Deus!

– Desculpe! Eu precisava...

– Eu sei ... – Ele me calou com os lábios. – Eu sei, meu amor! O segredo era para o meu bem.

– Era – admiti sem conseguir pensar direito nas coisas.

– Mel, olhe para mim.

Encarei o homem que eu amava conforme tinha me pedido.

– É o nosso recomeço. Eu passei um mês exorcizando todos os meus fantasmas. Enterrei todos os meus mortos. Deixei para trás o meu passado, a minha vida e agora quero apenas recomeçar, com você, com o nosso filho!

– Pode ser filha... – Ele riu baixinho.

– Tudo bem. Pode ser filha, não faz diferença!

– Que bom!

Eu me sentia uma idiota falando aquilo tudo como se não pudesse parar de falar. Eram tantas novidades, tanta emoção que não conseguia me conter.

– Mas, tenho uma proposta – ele disse ansioso.

– Certo.

– Vamos esquecer cada segundo ruim. Quero que venha comigo. Nós vamos embora.

– Embora?

– Isso. Você ainda está confusa... – Riu como se ele também se sentisse assim. – Tudo bem, faz parte da sua personalidade e se agrava com a gravidez!

– Eu não sou confusa!

– É, sim.

Ele me agarrou outra vez, levantando meu corpo e me suspendendo no ar. Gritei como uma criança feliz e ele riu!

– Vamos para a nossa nova vida.
– O quê? Como assim? O que você…
– Primeiro: sem perguntas até pegarmos o avião.
– Vamos viajar?
Ele já me segurava pela mão para acompanhá-lo, praticamente me arrastando para o carro.
– Sem perguntas… – avisou acelerando o passo.
– Não posso correr assim, eu estou grávida.
Diminuiu o ritmo imediatamente, o que me fez rir.
– Para onde vamos?
– Sem perguntas, Melissa!
Sorri largamente.
– Mas eu preciso de roupas, não? Pelo menos dos meus documentos.
– Dean já providenciou tudo! – anunciou já muito próximo ao carro. – Você só precisa continuar linda assim e cuidar bem do meu filho.
– Nosso filho! – Fiz uma careta para ele. – Ou filha.
– Ou filha.
Robert me beijou rapidinho e abriu a porta do carro para que eu entrasse, depois deu a volta e assumiu a direção.
– Preparada?
– Definitivamente, não.
– Ótimo!

***

Ilhas Maldivas, 04 de maio
De: Melissa Carter
Para: Mamãe; Nicole; Alexa

Oi! Como prometido, estou aqui para contar tudo o que Robert foi capaz de aprontar. Estamos nas Ilhas Maldivas. Acreditem, é aqui mesmo que estamos. E vocês precisam ver o paraíso que é este lugar. Claro que eu só fico por aqui mesmo, pois além de Robert ser superprotetor e de termos muito trabalho, ele acredita que, devido à cultura e religião daqui, eu não deva ficar muito solta pelas ruas. Bom, isso é um detalhe. Estamos bem. O hotel é uma coisa de louco e perfeito seria pouco para descrevê-lo. Nicole, você amaria os chalés suspensos no mar, eles são tão luxuosos que fico constrangida só de olhar, mesmo sendo a dona de metade de tudo o que temos por aqui. Mamãe, eu quero muito levar você para conhecer o nosso restaurante, ele é embaixo do mar com uma grossa parede de vidro nos separando das águas e dos peixes que ficam sempre por lá como a melhor de todas as atrações. O bebê está ótimo! Estamos dando seguimento ao meu pré-natal, mas Robert não quer que o meu parto seja aqui, então já estamos com planos de mudanças. Como o projeto foi comprado já pronto, nós apenas checamos como tudo está funcionando. Ele me fez calcular o valor correto de tudo o que existe aqui, o que não é pouca coisa, só para ter certeza de que não teríamos prejuízo em nenhuma época do ano. Pelo visto, este é um plano promissor. Bom... Amo vocês e estou com saudades. Robert manda um beijo para todos.

Suíça, 22 de julho
De: Melissa Carter
Para: Mamãe; Nicole; Alexa

Bom, como já deu para notar, estamos na Suíça. A primeira coisa que vou dizer é que nunca vi algo tão lindo e gostoso de olhar. Particularmente, amo o mar e o clima litorâneo! Sim, me acostumei a isso mesmo precisando viver usando protetor solar, e Robert concorda comigo. Mesmo assim, estamos adorando a Suíça e o seu frio gostoso, apesar de não estar tão frio assim. Compramos um hotel em um antigo castelo. Estamos providenciando tudo para que o local se transforme em um hotel de referência. O espaço é muito bom e queremos fazer com que seja o preferido dos multimilionários que passam por aqui na estação de esqui! Pelo visto, vamos conseguir, mas teremos muito trabalho pela frente. Robert tem trabalhado muito e eu já não aguento tanto, minha barriga está imensa, meus pés inchados e o enjoo, por incrível que pareça, ainda está comigo. Minha médica diz que é normal e que estou muito ansiosa, mas como não estar? Robert não me deixou saber se era uma menina ou menino e agora eu não caibo em mim de tanta vontade de saber o sexo do bebê. Para não perder nada, escolhemos cores neutras e deixamos coisas, como boné, bola, bonecas e vestidos para depois do parto. Conhecendo o meu marido e convivendo diariamente com a sua animação, tenho certeza de que assim que eu voltar da maternidade a criança já terá tudo. Não quero nem pensar nisso. Ele está impossível! Aqui é muito lindo. É a cara do Bruno, Alexa! Seria ótimo ter vocês aqui.

Saudades

P.S.: Robert manda dizer que sente saudade também. Bjs.

Suíça, 10 de agosto
De: Melissa Carter
Para: Nicole; Alexa

Finalmente consigo um tempinho para escrever para vocês. Ter filho acaba sugando tudo o que você é. Não que eu esteja reclamando! Amo a pequena Lisa! Ela é um anjo e parece tanto com o pai que às vezes penso no quanto a vida é injusta. Ela tinha que sair com aqueles cachinhos loiros e olhos cinza como a tempestade? Se puxar ao gênio ruim do pai eu não sei o que será de mim!

Meninas, eu escrevi só para vocês duas porque tenho uma coisa para falar. Na verdade, preciso desabafar mesmo e conversar sem que para isso tenha que me sentir uma idiota. Vou contar logo: Robert não entende a importância e o significado do resguardo. Sinceramente? Eu também não, mas estou seguindo à risca o que a médica mandou e ela disse: nada de sexo por 45 dias. Eu não sei mais o que fazer. Vivo fugindo dele, mas, ao mesmo tempo, ansiosa demais para esquecer esta história e deixar acontecer, afinal de contas 45 dias sem sexo é algo que não pode existir para Robert Carter!

É isso. A Suíça continua linda e encantadora e estou a cada dia mais apaixonada pelo hotel. Ele está ficando maravilhoso. Tenho certeza de que logo, logo, vamos ganhar destaque em todos os meios turísticos. Robert está fazendo um trabalho fantástico e eu fico apenas em casa cuidando da nossa pequena Lisa, pelo menos até que a médica me libere para voltar à ativa. Para os dois casos.

Amo vocês!

Ilhas Maldivas, 24 de dezembro
De: Melissa Carter
Para: Mamãe

Mãe, desculpe por não poder estar com vocês. Realmente precisamos voltar para a ilha e ajustar alguns pontos. Na Suíça faz muito frio. O hotel foi inaugurado há pouco tempo, mas Robert achou que o frio seria ruim para Lisa, por isso voltamos e não sabemos ainda por quanto tempo será desta vez.

A pequena Lisa está cada dia mais linda. Ela é um amor, mas acredito que Robert vai estragá-la. Ele não consegue sair de perto da menina e compra coisas que eu nem sei para que servem, só porque acha que ela um dia vai gostar. Quando formos embora nem quero imaginar como será esta mudança.

Estamos trabalhando muito, mas penso sempre em você, no papai e no quanto gostaria de levar a Lisa para conhecê-los. Vocês vão se apaixonar por esta monstrinha!

Saudade sempre.
Amor!
Mel.

Grécia, 25 de maio
De: Melissa Carter
Para: Mamãe; Nicole; Alexa, Olivia

Hoje é o grande dia. Meu coração está tão acelerado que nem parece ser o nosso segundo casamento. Robert acertou em cheio quando escolheu este resort para incorporar ao nosso grupo de hotelaria. O local é simplesmente um sonho. Claro que a Grécia tem todo um significado para nós dois e, por isso, ele escolheu este cenário para a nossa segunda cerimônia de casamento. Uma por ano, como ele prometeu.

Nossa princesa Lisa está cada dia mais levada e geniosa, também, com todos os mimos do pai, fica bastante complicado ensiná-la o que pode e o que não pode. Por exemplo: não dá para deixá-la engatinhar nas areias daqui, mas ela grita até conseguir um punhado, que o pai sempre faz questão de dar. Sinceramente? Estamos tendo problemas em relação a isso, mas vou deixar para falar sobre este detalhe em outra ocasião. Hoje é um dia de festa!

Lamentamos o fato de estarmos longe por tanto tempo, mas Robert ainda não se sente seguro para voltar aos Estados Unidos e esconde isso dizendo que ainda temos muito trabalho por aqui. Fazer o quê? Eu casei com ele e vou casar outra vez e outra e outras mil vezes mais. Até não sobrar lugar na Terra onde possamos realizar o casamento. Palavras dele.

Amo vocês e Robert manda mil beijos.

P.S.: Alexa, parabéns pelo casamento! Amei todas as fotos e você estava divina. Como se fosse possível não ficar!

Caribe, 18 de agosto
De: Melissa Carter
Para: Mamãe; Nicole; Alexa

Pois é, mais um resort e eu estou implorando para que tudo acabe por aqui. O trabalho só cresce, mas Robert não está se importando. Ele tomou realmente gosto por esta área e está se saindo um perfeito homem de negócios, ninguém duvidaria disso. Ele é uma máquina de fazer dinheiro. Sei lá, talvez tenha o toque de midas ou algo parecido, porque ele me faz pesquisar tendências, pontos fortes e fracos de cada lugar apontado, indica um, e então a mágica acontece, Robert chega e faz acontecer. Também estamos nos cercando de profissionais incríveis e pretendemos montar a sede em Chicago, assim poderemos voltar para casa.

Mas ele ainda quer chegar até o Brasil e sabe Deus o que ele tem em mente. Nossa Lisa fez um ano e teve direito a bolo e dança típica, que ela adora. Acho que ela tem jeito para bailarina, mas é tão mandona quanto o pai. Viram as fotos? Aquela menina com seus quatro dentinhos tem feito estragos por aqui, mas estamos amando. Definitivamente optamos pelo clima litorâneo!

Desculpem a demora para responder as mensagens, eu tenho trabalhado muito e Robert também, e mesmo com toda a tecnologia a nossa disposição, não conseguimos muito tempo livre, até porque ele dedica todo o seu à família!

Amo vocês!

Mel.

Caribe, 24 de dezembro
De: Melissa Carter
Para: Mamãe; Olivia; Nicole; Alexa

Perdão outra vez pela distância. Gostaríamos muito que fosse diferente!

Amor,

Mel, Robert e Lisa.

Suíça, 18 de maio
De: Melissa Carter
Para: Mamãe; Alexa; Nicole; Olivia

O terceiro casamento aconteceu, contudo, não como esperávamos. Eu já me sentia indisposta há uma semana, mas nada quis comentar porque vocês sabem como Robert é, mas na verdade eu tive medo de confirmar as minhas suspeitas, então, após a cerimônia simples no nosso jardim de inverno a festa quase foi cancelada pois a noiva – no caso eu – passou mal e precisou ser levada ao hospital, onde enfim constatamos: vamos ser pais outra vez!

Não foi realmente uma novidade, afinal de contas Robert torrava a minha paciência por mais um filho, que ele, com certeza, estragará como está fazendo com a nossa pequena princesa Lisa.

Nosso pequeno bebê tem pouco menos de dois meses e está crescendo rapidamente. Tomara que a barriga apareça logo desta vez. Robert está curtindo cada segundo de novidade desta nova criança. Eu estou amando tudo isso!

Então... Parabéns para vocês também!

Espero que assim possamos voltar para casa. Já se foram dois anos e meu peito não aguenta de tanta saudade. Pronto, aqui estou eu chorando outra vez. Efeito da gravidez, então desconsiderem esta parte.

Estamos felizes.

Amamos vocês,

Mel, Robert, Lisa e o novo membro ainda não identificado.

Suíça, 13 de novembro

De: Melissa Carter

Para: Mamãe; Nicole; Alexa; Olivia

Eu estou parecendo um balão. Acho que o problema foi permanecer grávida em um lugar tão frio, onde tudo gira em torno da culinária e as comidas estão em todos os lugares e em qualquer ocasião. Como resistir ao chocolate suíço? E os queijos? Preciso fugir daqui com urgência.

Tenho trabalhado tanto que às vezes choro só de pensar, e a pequena Lisa simplesmente resolveu ter ciúme do/da irmão/irmã e com isso não quer mais os braços do pai, só os meus. Claro que isso gerou uma depressão em Robert, mas tenho ajudado a superar. Um dia ele entende que as crianças são vulneráveis.

Estou escrevendo para avisar que finalmente marcamos a mudança para o Brasil, só que teremos que aguardar pela chegada do bebê e mais um tempinho para que ele suporte a viagem. Dedos cruzados.

Amo vocês!

Mel.

Suíça, 18 de dezembro

De: Robert Carter

Para: Olivia; Elizabeth; Nicole; Alexa; Paul, Bruno; Dean

Nosso filho nasceu!

Porra, eu nem sei se consigo continuar escrevendo, mas vamos lá: ele é lindo como a mãe, aliás, Melissa está ótima! Ela é uma guerreira para aguentar um parto normal. Precisei sair da sala, confesso, mas ela conseguiu e trouxe para o mundo nosso pequeno Max, ou Maximus como o registramos.

É um homem, porra!

Meu mundo não poderia estar melhor.

Melissa manda beijos para todos e a Lisa, linda como sempre, está toda dengosa no meu colo dizendo que está na hora de conhecer a vovó Liz e Olivia.

Com amor,

Robert e Lisa

TRÊS ANOS DEPOIS

Deitada na rede eu podia ouvir o som do mar lá embaixo. Eu não via a praia, mas podia fechar os olhos e ver suas areias brancas brilhando com a luz da lua cheia que nos presenteava naquela noite escura. No alto do morro, pouco podíamos perceber do que acontecia na cidade. Apenas um poste iluminava o caminho que dava acesso à imensa escadaria que nos levava até a segunda praia.

Morro de São Paulo. Brasil. Bahia. Este era o nosso lar nos últimos oito meses e eu amava a forma como fomos capazes de mudar as nossas vidas. Na varanda imensa de madeira que circulava todo o andar superior da nossa casa, nos dando uma paisagem de 360 graus daquele ambiente adorável, eu podia ouvir o riso infantil da nossa pequena Lisa. Podia até imaginar os cachinhos loiros caindo em sua testa e a mãozinha retirando-os com impaciência. Ela parecia tanto com o pai! Principalmente com aqueles olhinhos com o mesmo tom de cinza que eu tanto amava. Robert estava com ela, brincando de casinha na cozinha aberta que mantínhamos no andar de baixo para os nossos dias em família, como se houvesse dias que não fossem em família.

Morro de São Paulo era tão pequeno que podíamos conhecer cada pessoa que ali habitava. Mas aquele era o paraíso, então o lugar fervilhava de turistas o ano todo. Eram tantos e ao mesmo tempo que o nosso trabalho nunca cessava. Bom... Eu não podia acreditar que Robert largaria tudo e viveria só dos seus rendimentos. Claro que não! Ele era um CEO nato, e podia não estar mais à frente das empresas do seu grupo, mas estava sozinho construindo o seu próprio império.

– Mel, conseguiu? – ele gritou lá de baixo.

– Mamãe, conseguiu? – Lisa sempre repetia o que ele dizia, o que me dava muita dor de cabeça, pois Robert tinha uma boca suja incontrolável e ainda dizia que ela tinha aprendido comigo as coisas horríveis que a coitada dizia. Como pode?

– Ainda não. Chamou duas vezes, mas ela não atendeu. Quer subir?

– Não – Lisa gritou de lá já cheia de vontade.

– Está na hora de uma linda princesa dormir – brinquei dando um sinal a Robert de que ele precisava manter os horários da menina.

– Não. Quero falar com tia Nick. – E depois riu. Com certeza era mais uma das brincadeiras com o pai.

– Amor, está na hora! – alertei.

– Estamos subindo.

Ainda ouvi a malcriação de Lisa, mas logo depois seus pequenos pés batendo na escada que dava acesso ao andar de cima. Com um click no computador em meu colo tentei chamar mais uma vez. Nada. Ninguém atendeu.

– Diga boa-noite para a mamãe! – Ouvi a voz de Robert antes mesmo de vê-los entrando na varanda.

– Boa noite, mamãe. – A voz infantil e doce da minha linda filha fez o meu coração inchar. Talvez nem todo mundo tenha noção do que é para uma mãe ouvir o seu filho, ou olhá-lo com atenção. Eu fazia isso com frequência, mas todas as vezes me emocionava.

– Boa noite, meu anjinho. – Ela se atirou nos meus braços quase derrubando o notebook do meu colo. – Vai dormir com o papai?

– Ele vai contar a história da princesa e o sapo. – Ela sorriu deixando as covinhas aparecerem.

– Seu pai vai contar a história da nossa vida para você. – Rimos juntas e Robert se fez de ofendido. – Não deixe ele te enganar, a verdade é que ele era um sapão bem verde, velho e feio. Não melhorou muito depois do beijo! – Ela riu fazendo uma careta.

– Não beije sapos por aí, princesa. – Robert segurou Lisa e a levantou como se ela fosse de pano. Sua risada infantil deixou a noite ainda mais bonita. – Vamos logo ou não conto quando eu achei sua mãe sozinha no jardim, chorando por não ter nenhum sapo em sua vida.

Mais uma vez ela riu com vontade. Rimos juntos. Era impossível resistir ao seu risinho.

– Beijo na mamãe. – Ele a inclinou de cabeça para baixo para que pudesse me beijar. Não foi bem um beijo, afinal de contas Lisa não parava de rir.

– Agora escovar os dentes, mocinha, ou então vou contar a história dos monstros que comem os dentes das crianças.

– Não, papai!

E eles entraram em casa fazendo a maior confusão. Rezei internamente para que o pequeno Max não acordasse. Ele não gostava muito de barulho e confusão. Esse, sim, tinha puxado a mim. Completamente. Foi quando ouvi o barulhinho indicando uma chamada. Aceitei imediatamente.

– Está me ouvindo? – A voz de Nicole apareceu antes da sua imagem. – Mel?

– Estou te ouvindo e você?

– Já estou te vendo! – ela disse animada. – Você consegue me ver? – Levei a mão à boca e fiquei assim por um bom tempo. Nicole estava um pouco afastada do computador, vestida de noiva e estava divina.

– Nick, você… Meu Deus! Você está perfeita!

– Gostou? – Rodou um pouco mostrando os detalhes do vestido.

– Amei! Ficou perfeito em você. Meu Deus!

– Onde está Robert?

– Colocando Lisa para dormir. Logo ele vem. – Nicole revirou os olhos.

– Ele vai pegar no sono na cama dela como sempre faz. – Rimos juntas.

– Verdade.

Robert não perdia o costume de dormir junto com nossa filha. Muitas noites tive que tirá-lo de lá e avisava que isso fazia com que a menina não se acostumasse com a própria cama e que era por isso que ela sempre pulava para a nossa no meio da noite, mas ele alegava que amava a sensação de adormecer com ela agarrada ao seu pescoço e que não estava preparado para desfazer este laço entre eles.

– E Paul, Olivia, Alexa…

– Todos lá fora! – Ela se aproximou sentando-se na cadeira. – Alexa está enjoando muito, então saiu porque o produto que usaram para fixar a minha maquiagem quase a fez vomitar em meu vestido.

– Que horror! – Ela riu.

– Como estão as coisas aí no Brasil?

– Muito bem. O único problema é o calor, mas acho que estamos nos acostumando. O pequeno Max adora a praia, se não fosse tão branquinho eu deixaria ficar por horas no mar.

– E a Lisa, continua sendo a mesma mandona de sempre? – Ri alto.

– Você nem imagina o quanto. Robert está fazendo um ótimo trabalho em estragar a menina.

– Que isso! Ele vai precisar de pessoas com o pulso forte para administrar os seus complexos hoteleiros.

– Se Max não for durão como a Lisa, nós teremos problemas. – Ela voltou a rir. – Queria tanto estar aí! – admiti com lágrimas nos olhos.

Eu amava as nossas aventuras, descobrir os países, a deliciosa sensação de desafio a cada novo empreendimento, a liberdade que nossos filhos tinham, só que já estávamos há muito tempo longe de casa e eu não via a hora de voltar.

– Eu também queria. Cheguei a odiar o Robert por ele não estar aqui. É meu casamento, poxa! Mas eu entendo. Deve ser difícil para ele voltar. – Nicole fez uma careta engraçada. Minha amiga estava mesmo linda. – Mas me conte tudo. Como estão as coisas? Tem notícias de Abby? Paul ainda acredita que ela vai entrar em contato. – Foi a minha vez de fazer uma careta de desagrado.

– Abby liga às vezes, mas sempre fala mais com o Robert. Dean deve estar envolvido em alguma investigação secreta, já tem um tempinho que não entra em contato.

– Sei. Uma pena. Demorou muito para Paul superar tudo o que aconteceu.

– Eu sei. Não deve ser nada fácil para ele. Mas não vamos falar sobre coisas tristes. Hoje é o seu casamento. Vamos pensar em coisas boas.

– Vamos, sim. Pelo visto você está bem familiarizada com a nova língua. Não sei como conseguem viver e se comunicar em lugares tão diferentes.

– Aqui é mais fácil, todo mundo fala um pouco de tudo. Tem gente que fala a nossa língua, mas a maioria das vezes usamos o espanhol. Português é uma língua muito difícil. Lisa já está ensaiando algumas palavras, aprende com os amiguinhos.

– Que linda! Vou tentar aprender alguma coisa para a próxima vez que nos falarmos.

– Faça isso. Que bom que aceitaram nosso presente. Robert tratou de deixar bem claro que quer o melhor atendimento para vocês. Espero que gostem de neve. – Ri, achando incrível Nicole preferir aceitar a viagem para a Suíça ao invés de para qualquer outro complexo nosso.

– Eu prefiro neve com corpos cobertos do que calor e um monte de mulheres esculturais desfilando seus corpinhos em biquínis mínimos na frente do meu marido. Em outro momento eu até aguento, mas em minha lua de mel, não!

– Realmente. As mulheres daqui são lindas e muitas tentam ocupar o meu ex-cargo de amante. – Rimos juntas.

– Cuida dele aí. Não deixa margem para Robert se sentir à vontade.

– Eu nunca me sentiria à vontade para trair a mulher da minha vida. A mãe dos meus filhos.

Robert apareceu na varanda chamando a nossa atenção. Olhei aquele homem lindo que era tão meu e que me enchia de orgulho. Ele usava uma bermuda solta nos quadris e uma camisa leve de cores variadas. Era tão lindo! Ele me puxou um pouco e sentou logo atrás de mim, abraçando-me pela cintura. Com o rosto entre meu ombro e pescoço, levou longos segundos só admirando a irmã, que chorou, claro! E ficou visivelmente envergonhada.

– Você está linda, Nick! – Ele estava com a voz embargada. Eu conhecia muito bem o meu marido para saber que tentava controlar o choro.

– Obrigada! – Nicole enxugou uma lágrima e riu um pouco. – Mas não pense que eu vou te perdoar por não ter comparecido. – Robert riu me abraçando com vontade.

– Em breve – ele sempre dizia isso, mas este em breve estava durando tempo demais.

– Você demorou muito! Eu tenho que ir – ela lamentou com voz melosa e nos fez sorrir. – Não posso me atrasar. Paul está insuportável e é capaz de achar que eu desisti do casamento. – Rimos.

– Boa sorte! – eu disse já me sentindo vazia por precisar desconectar. – Vai dar tudo certo!

– Manda um beijo para Olivia. E eu amo você! – Robert falou e outras lágrimas escorreram dos olhos da minha amiga.

– Volte para casa, este será o meu melhor presente! – Senti a mão de Robert em minha barriga buscando apoio.

– Nós vamos, sim, Nick. Curta o seu casamento e cuide do Paul! – ele disse tão emocionado quanto a irmã.

– Cuide da Mel. Ela está linda, mesmo depois de dois filhos. – Revirei os olhos e sorri. Claro que eu não estava, apesar de Robert me dizer que eu estava maravilhosa com minhas novas curvas.

– Tchau – dissemos ao mesmo tempo.

Robert fechou o computador e ficou muito quieto em minhas costas. Eu sabia que ele também sentia saudade de casa, mas não tinha coragem para voltar. Depois de um tempo só calado e acariciando meus braços com toques leves, ele pegou o computador e o colocou no chão. Depois começou a beijar meu pescoço e suas carícias ficaram mais quentes.

– Lisa dormiu rápido. – Meu corpo amolecia ao mínimo contato com as suas mãos, piorava e muito quando seus lábios entravam no jogo.

– Aham! – Seu hálito quente em meu pescoço fez minha pele toda arrepiar. Eu sabia exatamente no que aquilo daria e ansiava desesperadamente.

– E Max? Passou para verificar se está tudo bem?

– Dormindo como o anjinho que é.

Suas mãos saíram dos meus braços e alcançaram minhas coxas expostas, subindo pela parte externa, mas descendo lentamente pela interna. Um gemido escapou dos meus lábios.

– A noite é toda nossa – sussurrou em meu ouvido.

A noite ser toda nossa era realmente uma promessa cheia de expectativas, afinal de contas ela não era totalmente nossa desde que Lisa nasceu e piorou muito quando o Max chegou. A felicidade que sentíamos não diminuía em nada por causa disso, muito menos o desejo. Arrumávamos tempo no meio do dia, quando as crianças estavam com as babás, e quando não éramos solicitados para alguma coisa no resort, sempre dávamos um jeito. E era sempre fantástico.

Robert beijava meu pescoço com carinho e desejo enquanto eu me encolhia e sentia meus neurônios derreterem. Era sempre assim, ele me queria e me tinha. A teia que Robert criou em minha vida foi perfeitamente arquitetada e planejada para que não houvesse escapatória.

Eu amava tudo nele. Amava seus olhos, seus cabelos sedosos e claros, seu queixo firme, a forma como me beijava e era sempre tão… incrível! O toque leve, ou o toque mais selvagem, não fazia diferença, eu simplesmente amava. Amava sua voz quando acordava, seu jeito carinhoso de se agarrar em mim quando as crianças começavam a agitar a casa. Amava sua forma única de trabalhar, como se comportava em um país tão diferente do nosso e a sua fácil adaptação. Amava a maneira como ele conseguia conduzir as nossas vidas e disfarçava atribuindo a mim os méritos. Amava o amor que ele sentia pelos nossos filhos e como se esforçava para estar presente e acompanhar cada detalhe. Eu o amava e ponto-final.

Virei o rosto para ele no exato momento em que seus dedos encontraram meu sexo já úmido. Senti tudo em mim se contrair e meu corpo se preparando para o nosso momento. Nossos lábios se encontraram em um beijo delicioso, calmo como uma sinfonia, harmonioso como uma orquestra. Nossas línguas se experimentavam e extraíam uma da outra o mais puro desejo.

Mãos firmes estavam em mim, uma me segurando pelos quadris e me pressionando contra o seu sexo já rígido, colado às minhas costas, a outra acariciando-me por cima da calcinha, lentamente e cheia de malícia, seguindo o ritmo das nossas línguas e me excitando completamente.

Quando seus dedos resolveram me torturar um pouco mais, ultrapassando o limite da minha calcinha a outra mão subiu até meus seios, abaixando o vestido e deixando-os livres para o seu bel-prazer.

– Robert... – gemi baixinho. – Estamos muito expostos.

– Vamos para o quarto.

Arrumei o meu vestido e caminhamos pela casa de mãos dadas. Passamos pela porta de correr que ligava a varanda aos quartos dos nossos filhos e conferimos se estava realmente trancada, depois cruzamos as duas salas, o corredor e finalmente entramos em nosso quarto.

Robert não esperou nem um segundo e assim que fechou a porta começou a me agarrar. Rapidamente eu estava colada à parede, as pernas cruzadas em sua cintura, seu sexo firme roçando no meu, suas mãos ousadas levantando meu vestido e se apossando do meu corpo com vontade.

Corri minhas mãos pelas suas costas levando a camisa dele junto. Robert desgrudou os lábios dos meus permitindo que eu a tirasse. Logo em seguida meus dedos vagavam por aqueles músculos ainda mais acentuados pelas corridas e atividades físicas realizadas na praia todas as manhãs. Ele estava cada dia mais perfeito. Segurei firme em seus cabelos e, com os braços apoiados nos ombros largos, rebolei em seus dedos quando estes adentraram a minha calcinha pelo fundo tocando os meus dois pontinhos de prazer. Era tão bom!

Mordi os lábios reprimindo um gemido mais selvagem. O sexo com meu marido podia continuar divino, mas uma parte do meu cérebro, mesmo que mínima, estaria para sempre conectada às crianças, não tinha como escapar, então evitava ruídos mais ousados, principalmente quando a casa estava em silêncio, como naquele momento. Ele gemeu um pouco mais alto e mordeu meu lábio assim que o liberei dos meus dentes.

– Gosto dos seus gemidos – me repreendeu.

– E eu gosto de conseguir transar até o final. – Robert riu e levantou meu vestido para arrancá-lo de mim. Levantei os braços como uma boa menina permitindo que ele me despisse.

Suas mãos agarraram meus seios com propriedade e seu corpo se prendeu ainda mais ao meu. Ele rebolou roçando com mais força. Eu sabia o que meu marido queria e não estava disposta a dar-lhe.

– Nada de gritinhos, Senhor Carter! – Segurei seus cabelos com mais força, puxando-os para meus lábios.

– Baixinho – sussurrou com a voz tão carregada de desejo que senti meu ventre vibrar. Gemi um pouco mais alto.

– Assim? – Ele desceu o rosto por meu pescoço, pinicando sua barba por fazer em minha pele. Eu amava!

– Um pouco mais, amor – suplicou. Gemi mais alto, respeitando o meu limite para uma noite silenciosa, onde escutávamos apenas os cachorros na área externa da casa e o som distante da festa na praia.

– Assim? – Eu não suportava mais de tanto tesão.

– Assim... – ele gemeu me puxando para si e me levando até a cama. – Como você é gostosa, Melissa! – rosnou ao me atirar sobre o colchão.

Ri um pouco subindo até alcançar o centro, ficando em uma posição que cortava a cama ao meio. Robert tirou a bermuda e deixou que a lua clareasse a sua nudez. Era tão lindo! Subindo na cama, separou minhas pernas com os joelhos e se posicionou no meio entre elas. Não me penetrou ao se agachar sobre mim, apenas deixou que seu sexo se espremesse em minha barriga enquanto me beijava mais uma vez com muita paixão. Depois interrompeu o beijo para me observar. Eu podia ver seus olhos cinza e todo o amor que eles transmitiam.

– Obrigado! – disse com devoção.

– Por quê? – Sorri e acariciei seu rosto.

– Por tudo! – ele respondeu resumindo.

Eu não precisava de tradução. Sabia perfeitamente sobre o que ele falava. Sabia o quanto se sentia grato por eu ter entrado em sua vida, por ter sido forte o suficiente para permanecer, por saber partir quando necessário e entender quando ele mesmo precisou deste tempo. Por ter aceitado ser a sua esposa, incontáveis vezes. Por ter escolhido ele, sempre ele. Por ter acreditado e confiado, mesmo quando precisei quase quebrar o seu nariz. Por ter lhe dado filhos encantadores, mas eu tenho certeza de que, se eles não fossem tão encantadores, Robert seria grato da mesma forma. Ele os amava incondicionalmente. Por ter largado tudo sem olhar para trás e construir uma nova vida ao seu lado e por continuar sendo Melissa Simon, mesmo agora sendo uma Carter. Eu nunca mudaria, por ele, pelo nosso amor, era isso o que eu continuaria sendo, a Melissa que conquistou o seu coração e o salvou, sendo salva da mesma forma.

– Eu te amo! – sussurrou ao alcançar meus lábios mais uma vez.

Nossos corpos encontravam o caminho para que nos encaixássemos com facilidade. Gemi como ele tinha pedido e delirei com seus rosnados deliciosamente selvagens. Nossos movimentos eram sincronizados e eu o sentia em cada centímetro da minha intimidade, arranhando minhas paredes molhadas, roçando cada uma delas com a mais pura luxúria.

Suas mãos tocavam meu corpo sem limites e seus lábios beijavam o que conseguiam alcançar. Eu o recebia cada vez com mais intensidade, sentindo suas estocadas profundas capazes de me tirar da realidade. Fiz questão de gemer durante todo o processo e todas as vezes que o fazia ele ficava mais urgente, mais intenso. Deliciosamente mais intenso.

Senti tudo em meu ventre começar a se contrair e meu sexo pulsar algumas vezes anunciando o orgasmo. Alertá-lo era desnecessário, Robert conhecia cada detalhe do meu corpo, sabia as suas respostas a cada estímulo, por isso o seu ficou colado ao meu, roçando cada pedacinho do meu sexo, alcançando cada ponto de prazer e me levando a um orgasmo perfeito.

Meu corpo se contraiu. Estiquei uma perna roçando a dele até que o prazer me invadisse por completo e me permiti flutuar. A lua parecia mais próxima pois o quarto ficou mais brilhante, a pele do meu marido também brilhava mais. Minhas costas pareciam ter abandonado o colchão e até mesmo o meu cabelo esvoaçava. Eu estava no espaço, em câmera lenta e ao mesmo tempo tão rápido quanto um cometa.

E então os gemidos do meu marido invadiram o meu mundo. Ele gozava divinamente, se espremendo em mim e convulsionando, deixando com que seu líquido me preenchesse por completo. Ele gemia de uma maneira tão sexy que meu ventre se contraiu outra vez deixando-me deliciada. Sorri satisfeita e seus lábios cercaram os meus com beijos rápidos.

– Eu te amo – consegui responder depois de longos minutos.

Ele levantou o rosto e acariciou meus cabelos sem deixar de me encarar com aquela devoção que nunca o abandonava.

– Mamãe – ouvimos o grito da pequena Lisa antes mesmo que ela alcançasse a porta.

Com a presteza de um mestre, Robert saiu de cima de mim e puxou o cobertor, quase me jogando longe para cobrir os nossos corpos. Vi que ele passou o mais fino por cima de mim e se cobriu com o mais grosso, mas isso foi tudo o que consegui notar, pois nossa filha abriu a porta e se atirou na cama se agarrando a mim.

– O que foi, princesa?

Robert estava atrás de mim e acariciou os cachinhos da nossa filha enquanto ela afundava o rosto em meu pescoço e a mãozinha em meus cabelos sem se dar conta do que estava fazendo.

– Tem um monstro em minha cama! – ela disse com voz de sono e sem medo algum. Nós sabíamos que inventar um monstro era apenas mais um dos seus truques para dormir em nossa cama.

– Na minha também, amor! – falei rindo da situação.

– Não tem monstro em nenhuma das duas camas – ele me repreendeu com um aperto forte na cintura. Lisa, prevendo que logo a faríamos sair dali, se prendeu ainda mais em mim, enrolando a mão em meus cabelos. Ri ainda mais.

– Tem, sim. – Ela bocejou já quase dormindo outra vez.

– Papai vai até lá colocar o monstro para correr, tá bom? – Ela nem respondeu. Robert suspirou e, puxando o lençol, o enrolou no corpo e levantou para fingir ser o nosso salvador.

– Papai é um herói, princesa! – ele disse já levantando. – Vou colocar aquele monstro para correr.

Quando já ia saindo do quarto, seu celular, que estava no bolso da sua bermuda, começou a tocar. Gesticulei para que ele retirasse o aparelho do quarto, já que Lisa havia adormecido. Ele pegou a bermuda e saiu. Apenas a luz do corredor invadiu o quarto por uma brecha. Ainda pude ouvir sua voz já longe. Abracei minha filha e fechei os olhos adormecendo logo em seguida.

Não sei quanto tempo consegui dormir, mas despertei com Robert tirando a mão da nossa filha do meu cabelo e levantando seu corpinho para levá-la de volta ao seu quarto. Abracei um travesseiro e aguardei. Ele voltou logo em seguida, usando a bermuda que tinha retirado do quarto. Entrou no closet e voltou apenas de cueca deitando-se ao meu lado e me puxando para si.

– Quem foi a esta hora? – murmurei já sentindo o sono me pegar outra vez.

– Tenho ótimas notícias.

– É? E para que país vamos agora?

– Pra casa.

Seus braços se fecharam com mais força em mim.

– Vamos voltar para casa.

CAPÍTULO 52

– Você tem certeza? – ele disse do outro lado.

– Absoluta. – Mantive a voz firme. – De hoje ele não passa, Robert.

– Graças a Deus! – Sua voz parecia mais leve, como se ele estivesse mil vezes mais aliviado. – E agora?

– Agora é agir. O show será todo meu! – Eu sabia o sabor daquelas palavras.

– Tudo bem! – Ficou um pouco calado. – Tudo bem, Abby. Só me certifique quando tudo estiver acabado. Você sabe, não quero Melissa correndo risco outra vez, muito menos as crianças.

– Fique tranquilo. Eu não vou falhar.

– Boa sorte, Abby. E muito obrigado!

– O prazer será todinho meu, Robert.

Desliguei o celular e encarei Dean de volta. Ele estava muito apreensivo, mas não tinha coragem de me fazer desistir. Foram longos três anos cassando Adam Simpson. Seguindo cada um dos seus passos, juntando todas as pistas, aguardando pelo momento certo para que não perdêssemos a oportunidade. Tínhamos apenas uma chance e teríamos que utilizá-la com precisão. Não podia haver falhas.

– Vamos repassar o plano. – Tom se mexeu ao meu lado. Ele não gostava nada do clima que estava entre Dean e eu desde que descobrimos como poderíamos pegar Adam.

– Não precisa, eu sei muito bem o que fazer!

– Abby! – Dean rosnou a minha frente. – É importante!

– Temos pouco tempo. Não se preocupe, estarei aqui em vinte minutos.

Curvei-me sobre ele e roubei um beijo. Ele não me repreendeu.

Desde que Melissa e Robert conseguiram o seu "felizes para sempre", eu e Dean descobrimos que fazíamos uma boa dupla, inclusive na cama, e estamos juntos desde então. Ele dedicou cada minuto do seu dia para me ajudar a pegar Adam, com o patrocínio de Robert Carter, é claro, que nos possibilitava manter toda a equipe.

Robert tinha um interesse especial em tirar Adam Simpson do mapa, principalmente depois que a polícia descobriu um material completo na casa dele que apenas comprovava a sua obsessão por Melissa Simon. Robert não podia perder tempo. Aproveitou a morte de Tanya e a do pai para se isolar por um mês e assim conseguiu traçar um plano para nos colocar na cola do idiota do Adam. Tudo sem que Melissa soubesse, afinal de contas ela estava grávida e ele desejava uma vida normal ao seu lado, onde pudesse criar o filho sem o medo constante da volta de um monstro.

Por isso ele foi embora e a levou junto, o que foi ótimo, pois o que os olhos não veem o coração não sente, e estar ao lado de Robert e Melissa não era nada saudável para o meu relacionamento com Dean. Mas ficamos felizes com a vida deles dois e a chegada dos filhos de uma maneira mais tranquila. Eles mereciam aquela paz. O trabalho duro ficou por nossa conta.

– Não seja burra o suficiente para se arriscar, entendeu? – Dean me segurou pela nuca encarando-me com ferocidade. Eu adorava quando ele ficava desta forma.

– Entendi! – Ele me puxou para mais um beijo.

– Estou atento. Invado aquela merda de puteiro se alguma coisa der errado.

– Volto logo. – Sorri ajeitando a peruca e desci do furgão que estava na esquina.

A noite estava especialmente quente em Los Angeles. Arrumei o vestido curto e decotado, puxei as botas e ajustei a peruca branca mais uma vez. Eu adorava aquele traje estilo *Uma linda mulher*. Atravessei rapidamente a rua e me juntei ao grupo que ocupava a entrada da boate. O segurança, que era um dos nossos, liberou minha passagem.

Transitei pelo espaço amplo e escuro onde corpos se sacudiam embalados pelo som eletrizante do DJ. Ninguém ali sabia o que realmente acontecia nos andares superiores, escondidos em uma ala onde poucos tinham acesso. Peguei uma bebida e esperei os lentos cinco minutos até que, finalmente, minha passagem para o inferno fosse confirmada. Me esgueirei pelos cantos, buscando os pontos mais escuros e alcancei a porta. Coloquei o código e logo esta se abriu, dando-me passagem.

Do lado de dentro era tudo diferente. Um corredor amplo e iluminado, com teto rebaixado e lâmpadas embutidas. Quadros compunham as paredes brancas. Mais à frente dois corredores se dividiam em outros dois e, um pouco adiante, dois novos. Eram os quartos. Eu sabia muito bem em qual deveria entrar.

Caminhando lentamente mesmo sabendo que as câmeras não captavam a minha presença, mais uma coisa que nossa genial equipe conseguia fazer, parei em frente à porta. Conferi a arma presa em um lado da minha cinta-liga e a seringa do outro. Utilizando o cartão de acesso, destravei a porta. Aguardei alguns segundos para ter certeza de que não havia sido notada.

Dali já dava para ouvir os gritos e lamentações. Meu corpo inteiro tremeu. Eu bem sabia o que Adam era capaz de fazer e, naquele momento, tudo era real. Senti a raiva em minha garganta. Adam era um doente filho da puta que gastava horrores para estuprar garotas bêbadas oferecidas, a um custo alto, pela boate, aos seus clientes especiais.

Aquele antro se especializava em atender os mais absurdos desejos dos seus clientes. Desde uma trepada sacana com mais de duas mulheres a estupros coletivos de mulheres caçadas, vendadas, amordaçadas e levadas até lá para passar pelas maiores atrocidades possíveis. Depois eram descartadas como lixo sem nem saber o que ou onde tudo aconteceu.

Nossa missão era: pegar Adam Simpson, destruí-lo e depois enviar as provas contra a boate para a polícia. Pelo menos aquele grupo estava acabado. Mas muitos mais existiam sem que pudéssemos fazer algo contra.

Pensando assim, me esgueirei para dentro. A sala estava escura, no entanto, não precisava de muito para descobrir onde encontrá-lo. O choro constante da garota e os gemidos de Adam me indicavam o caminho a seguir. Ciente de que ele não seria capaz de me escutar, fui até o quarto e o avistei.

A garota estava de costas, nua, amarrada pelos punhos e calcanhares em uma plataforma na parede. Seus olhos estavam vendados e ela chorava muito. Adam estava logo atrás dela, a violentava e adorava o que fazia. A garota tinha cabelos longos e castanhos que ele segurava com força puxando para trás enquanto apertava um dos seios dela.

– É isso o que você merece, Melissa! – ele gemeu.

Tive vontade de vomitar. Quantas vezes ele já me forçou aceitar ser chamada assim? Perdi a conta.

– Onde ele está agora, hein? Onde ele está que não aparece para te salvar?

Aproximei com facilidade, ficando bem perto. Com a arma em punho, dei a primeira porrada em sua cabeça. Adam caiu desnorteado. Rapidamente me aproximei da garota e retirei a seringa.

– Não se preocupe. Eu vim salvar você – sussurrei. Eu sabia que aquela atitude era proibida, mas não aguentei. Quantas vezes desejei que alguém aparecesse para me dizer aquelas palavras? Enfiei a seringa no pescoço da garota e a vi desmaiar quase que imediatamente.

– Seja rápida – Dean falou em meu ponto. Olhei para Adam caído ao chão tentando levantar. Ele estava desnorteado e se afastava para se defender.

– Adam Simpson – rosnei chamando a sua atenção. – Quanto tempo?

– Quem é você, sua puta? Eu vou chamar a segurança!

– Vai? – Sorri com malícia. – Você virou um monte de lixo, Adam.

Cheguei mais perto e acertei um chute no rosto dele. Ele caiu para trás e tentou levantar rapidamente. Com o salto da bota, pisei em seus testículos. Adam gritou de dor. Eu sentia que podia fazer mais.

– Abby, a polícia já está com as provas e uma denúncia anônima já foi feita para resgatar a garota. Faça o combinado e saia daí! – Dean estava muito nervoso e praticamente gritava ao meu ouvido.

– Quem é você?

Olhei para aquele ser nojento e arranquei minha peruca. Adam me encarou por incontáveis segundos. Seus olhos eram apenas pânico. Sorri deliciada com a vitória.

– Não me diga que já esqueceu do seu melhor brinquedinho? – Aquela era a forma como ele me chamava, "Seu brinquedo". Eu odiava.

– Abgail?

– Oi, Adam! – Sorri levantando o que eu tinha levado sem que ninguém percebesse.

– Abby, não! Abby, pelo amor de Deus! Não!

E o som dos seus gritos não podia ser ouvido pela acústica do local devidamente projetado para manter a integridade dos clientes. Só posso dizer que, naquele dia, Adam deixou a vida da maneira mais indigna possível e a vida agradeceu por isso.

AGRADECIMENTOS

Não acredito que cheguei até aqui.

Foram longos três anos trabalhando em *Função CEO*, criando, estudando, ajustando, vivendo a vida destes personagens e foi tudo tão lindo e intenso que não sei se estou preparada para dizer adeus. Nunca foi tão sofrido finalizar um livro, mas eu estou aqui, colocando um ponto-final e deixando que Robert e Melissa finalmente vivam o seu final feliz. É como assistir a um filho sair de casa para construir a própria vida, você sabe que é necessário, mas não deixa de sofrer por isso. E eu estou tão orgulhosa!

A caminhada foi longa, fiz amigos, amadureci, enlouqueci, chorei, sorri muito e no fim tudo deu certo. Então minha lista de agradecimentos é muito longa, por isso vou tentar ser breve, agradecendo a alguns representantes e espero que todos consigam se encontrar em alguém que eu citar aqui.

Agradeço à Janaina Rico, pela sua amizade, profissionalismo, pelo brilho todo especial que consegue dar às minhas palavras. À Mariza Miranda, minha revisora e amiga, por aguentar meus surtos, toda a pressão e loucura que é ter uma data para a entrega do original. À Paola Patrício, minha assessora, por cuidar tão bem de mim. Ao Hugo Bispo, meu assessor, por conseguir tirar o peso das minhas costas. À Beatriz Soares, minha assistente e organizadora de eventos, por todo carinho e eventos lindos, e pela amizade tão verdadeira. Ao Renato Klisman pelas capas lindas e pelo firme apoio nos meus momentos mais complicados.

Às minhas amigas da velha e nova guarda: Marla Costa, Sueli Coelho, Tatiana Mendonça, Renata Pereira, Wilza Mary, Allane Mágilla, Tatiana Cabral, Marcia Fráguas, Adriana Prado e Adriana Gardênia. As minhas leitoras tão carinhosas que tornam meus dias mais especiais, Grupo Função CEO o livro mais aguardado de 2014, Trilogia função CEO, Fanfics Tatiana Amaral. Ao pessoal da página Função CEO a Descoberta do Prazer. Aos amigos do WhatsApp: Fãs Tatiana Amaral, C&H Medical Systems e Trilogia Função CEO. Vocês são incríveis! As melhores leitoras do mundo. Amo vocês!

À minha família, especialmente a minha mãe, guerreira, amiga, companheira e fã número um. Aos meus filhos, por me apoiarem e continuarem comigo nesta caminhada difícil, por aceitarem o sacrifício, por não terem a mim sempre que precisaram, por entenderem os meus surtos. Mamãe ama vocês! Ao meu marido, Adriano, por estar ao meu lado.

À Editora Pandorga, por acreditar em mim e neste trabalho.

Não gostaria de pôr um fim, então coloco um obrigada e um até mais!

BRUNO E ALEXA

Acordei. Mal abri os olhos e senti minha cabeça girar. A boca seca e o estômago embrulhado condiziam com tudo o que eu havia feito o meu corpo passar na noite anterior. Bruno era um ser intenso, mas quando se tratava de festejar ele triplicava este adjetivo. Porra! Acho que nunca bebi tanto em toda a minha vida.

– Ahhhhhh!

Gemi implorando para apagar outra vez e só acordar quando aqueles sintomas sumissem. Agradeci mentalmente um milhão de vezes por ser domingo e eu não precisar trabalhar. A casa estava tão silenciosa que me fazia entender que, ou o Bruno estava pior do que eu e por isso ainda dormia, ou ele já havia saído.

Mesmo com a minha confusão mental eu sabia que a segunda opção era a mais óbvia. Desde que Robert sumiu com aquele plano maluco de manter Melissa distante enquanto Adam não fosse encontrado – sim, eu sabia de tudo, Bruno nem era doido de me esconder um detalhe como este – meu marido assumiu todas as obrigações do irmão. Uma grande droga!

Não que eu não gostasse da ideia de ele ser o CEO, mesmo temporariamente, e ele estava fazendo um trabalho muito bom, eu posso afirmar, já que eu era a nova secretária do novo CEO do grupo empresarial C&H Medical Systems. O problema era que meu marido não tinha encarado suas novas atividades apenas no ramo profissional, mas ele assumiu para si as atividades que só o louco do irmão dele conseguia fazer por tanto tempo a fio.

O imbecil do Bruno se achava na obrigação de visitar o túmulo do pequeno Rob todos os domingos pela manhã. Eu até imaginava o tormento que era para Henry, aquele bom velhinho que limpava a lápide com o Robert, aturar uma pessoa com a personalidade como a do meu marido.

Eu o amava e tal, mas tenho que ser honesta, Bruno nunca teve limites para brincadeiras, sem contar que ele é um total sem noção e sai falando tudo o que vem na cabeça. Aff! Às vezes ele é impossível!

Achei melhor levantar, encarar a vida, aceitar a ressaca dos infernos e tomar um café preto e muita água, mas assim que comecei a me mexer, senti uma coisa entre minhas pernas que... Para ser mais precisa, a tal coisa escorria, mas o seu ponto central era exatamente aquele lugar localizado entre minha bunda. Aquele lugar extremamente proibido sob o qual eu nem discuto o assunto.

Meu coração acelerou.

Que porra era aquela?

Levei a mão ao local. Primeiro senti sua textura. Era melequento, um tanto quanto asqueroso e repugnante. Um nojo. Fiz uma careta que tenho certeza que ficou pior do que fui capaz de imaginar. Tomando coragem, conferi se era daquele local mesmo que ele saía. Era. Puta que pariu!

Puxei o ar com força e levei lentamente a mão de volta para fora da coberta. Aquilo só podia ser duas coisas: ou eu tinha feito as minhas necessidades enquanto dormia bêbada, já que eu estava realmente bêbada e nem sei como fui parar naquela cama e sem roupas (a ideia era absurda e repugnante) ou Bruno tinha... Não, ele não tinha. Não era possível.

Hiperventilando, deixei que meus olhos encontrassem os dedos que eu tinha posto lá no meio da minha bunda. Puta. Que. Pariu! Aquele filho de uma... Eu mataria Bruno, cortaria seu corpo em vários pedaços e jogaria para os porcos comerem. Não! Eu queimaria Bruno e depois o mataria e...

– Amor?

Com os olhos cheios de lágrimas e o corpo repleto de ódio eu o ouvi me chamando. Só podia ser obra de Deus colocar em meu caminho aquele que eu faria questão de trucidar. Esqueci a possível dor que sentiria e sentei na cama no momento em que ele entrou no quarto com aquele bom humor que me tirava toda a paciência.

– O. Que. Você. Fez? – rosnei.

Tenho certeza de que meu corpo estava posicionado, pronto para atacá-lo, como um animal encurralado.

– Amor, do que você está falando? – Ele mantinha as mãos no bolso da calça e o corpo relaxado.

– Do que eu estou falando seu... Seu... Seu grande filho de uma puta!

Avancei sobre Bruno com os olhos já repletos de lágrimas. Ele conseguiu me deter com muita facilidade, girando meu corpo e me pendendo contra o seu.

– Alexa, o que é isso?

Mas ele ria, o que me deixou ainda mais furiosa.

– O que você fez ontem à noite? – gritei entre lágrimas.

– Hum! Você está falando do que nós fizemos ontem à noite? – Seu tom era bem divertido e cheio de malícia.

– Não fale como se eu tivesse concordado com isso, Bruno Carter.

Ele me soltou e me virou para que ficássemos de frente um para o outro.

– Como assim, amor? Você estava toda animada, começou a tirar a roupa antes de entrarmos aqui em casa, caiu para cima de mim com tudo e deixou bem claro o seu desejo por nossa nova aventura.

Ele estreitou os olhos como se aquelas palavras fossem a sua arma.

– Eu não fiz isso. Você está mentindo! – gritei e bati em seu peito com força.

Bruno riu.

– Claro que fez. Qual motivo eu teria para inventar isso tudo? – Seus olhos brilharam e ele sorriu ainda mais. – Foi incrível, bebezona! Você me surpreendeu com tanto desejo e coragem.

– Eu não fiz isso! Você... Que ódio, Bruno! Você se aproveitou do meu estado. Eu nem consigo acreditar que foi capaz disso. Eu estava bêbada! Bêbada! E você fez...

– Fiz?

– Você fez... Você passou de todos os limites e eu nunca vou te perdoar.

– Alexa!

Saí de perto dele determinada a fazê-lo pagar. Eu queria que Bruno sofresse a mesma dor que eu sofria. Se bem que dor física realmente eu não tinha. O álcool era mesmo o melhor relaxante. Assim que entrei no banheiro meu estômago embrulhou e eu melequei tudo vomitando no chão. Acho que coloquei para fora o que tinha comido por dias e, quando pensei que tinha acabado, vomitei ainda mais, depois chorei como uma criança mimada.

Estava me sentindo invadida, violada, sacaneada e traída. Ele não podia. Como teve tanta coragem? Liguei o chuveiro e me atirei nele. Eu não conseguia nem sentir raiva o suficiente para matá-lo. Queria apenas ficar trancada lá dentro e chorar até não existir mais nada.

Certo. Eu não era nem um pouco emotiva como estava sendo naquele momento. Tampouco chorava descontroladamente. Normalmente eu batia nele e pronto, tudo estava resolvido, mas ali, embaixo daquele chuveiro, as lágrimas desciam com força. Tentei, em vão, me controlar. Porra!

– Amor, você está bem?

Respirei fundo. Por que Bruno simplesmente não sumia?

– Vá embora! – Deixando a água quente escorrer pelos meus cabelos.

– Alexa, abra a porta, por favor!

Suspirei! Agora ele pedia por favor. Minha vontade era mandar ele... Eu mandaria, na hora certa. Lavei os cabelos e de repente o cheiro do xampu não era mais tão atraente, muito menos algo que eu gostasse. Merda! Mais vômito e depois mais ainda por ver aquilo em meus pés. Nunca mais eu beberia. Certeza!

Depois que consegui me livrar daquilo tudo e descobrir que apenas o sabonete líquido do Bruno não me deixava ter ânsia de vômito, saí do banho e fui escovar os dentes. Quase vomitei um pouco mais. Acho que só não aconteceu porque eu não tinha mais nada para colocar para fora. Meu estômago doeu.

Olhei-me no espelho e achei que estava verde. Uma morta-viva, sem dúvidas. Abri a porta e ainda o encontrei esperando por mim. Ele poderia morrer naquele momento que eu nem ligaria. Fui ao closet e escolhi uma calça solta de moletom, camisa de algodão e sapatilhas e depois saí do quarto. Bruno me acompanhava de perto.

– Vai ficar me ignorando o dia todo? É domingo, amor. O nosso dia!

– Por que você não vai…

Parei sentindo o seu perfume misturado a outra coisa que eu não soube identificar, mas que embrulhou o meu estômago imediatamente.

– Tomar um banho?

Minha cara de nojo o fez recuar e conferir seu próprio cheiro. Foi engraçado, mas me forcei a não rir.

– Qual é o seu problema hoje?

– Adivinhe!

– Alexa, eu já falei…

– E se falar outra vez eu juro que mato você, Bruno Carter!

Ele riu.

– Você anda muito nervosinha! Achei que a noite de ontem lhe faria bem. Aliás… Que noite! – Suspirou.

Ele suspirou! Não aguentei. Parti para cima com tudo, batendo em todos os lugares que conseguia. Ele ria e conseguia me segurar com facilidade. Porra! Por que fui casar com um homem mais forte do que eu? Que merda!

– Seu cretino! – voltei a chorar enquanto ele ria. – Eu odeio você!

Bruno ficou um pouco mais sério. Só um pouco. Seu olhar de piedade me atingiu como um soco.

– Vá se foder! – gritei.

– Amor! Alexa…

Mas eu já estava perto da porta. Queria sair dali. Não sei para onde iria, só que queria ir. Abri a porta e ele conseguiu fechá-la a tempo.

– Amor, pare com isso. Eu brinquei com você. Estou só brincando!

– Brincando? Como pode achar graça de uma situação como esta? Eu estou me sentindo tão invadida, desrespeitada. Tão…

– É mentira, Alexa! – ele disse firme me encarando com preocupação. – Eu brinquei fingindo que tinha rolado só para ver a sua reação. – Riu de leve ainda preocupado com a minha reação.

– Como assim?

– Com um ovo. – O silêncio que se fez foi constrangedor.

– Um ovo?

– A clara do ovo. Eu coloquei… Lá. E fiz você acreditar que tinha acontecido.

– Você inventou isso tudo?

– Inventei, amor. Foi uma brincadeira. Como você pôde acreditar que eu seria capaz de forçar uma situação como esta?

Ele tentou me abraçar, mas eu me desvencilhei com pressa.

– Que espécie de homem faz algo deste tipo com a esposa?

Eu estava horrorizada demais para relaxar. Bruno era tão cretino!

– Você é um filho da puta, Bruno! Como teve coragem de fazer isso comigo?

Rompi em choro sem acreditar que estava fazendo aquilo. Por que eu estava chorando tanto? A merda da ressaca mexia mesmo comigo. Era importante manter distância do álcool por um tempo. Eu parecia uma imbecil chorando sem parar.

– Eu apenas brinquei!

– Você quebrou um ovo em minha bunda? – falei mais alto do que o normal e Bruno começou a rir outra vez.

– Relaxe, amor! Vá por mim, é melhor acordar e descobrir que é clara de ovo do que outra coisa. – Ele continuava rindo.

– Seu idiota!

Passei pelo meu marido determinada a voltar para o quarto e me trancar lá dentro até o dia acabar.

– Alexa, foi uma brincadeira. Você estava toda desesperada achando que era verdade e agora que sabe que é mentira fica pior?

– Bruno Carter, eu estou avisando. – Solucei com o choro forte ainda me dominando. – Nunca mais toque em mim!

– O quê?

Aí, sim, foi a vez do meu marido ficar desesperado.

– Alexa, hoje é domingo. Sabe o que significa?

– Sei... – Passei pela porta do quarto e fiquei segurando com força. – Significa que você vai ficar um ano sem transar!

Bati a porta e me tranquei lá dentro ignorando por completo os seus protestos.

***

Dormir sozinha era uma porcaria. O dia anterior foi terrível. O que deveria ser um dia de preguiça, fazendo amor com o meu marido de todas as formas possíveis, e eu disse possíveis e não proibidas, tornou-se um dia longo, enfadonho, cheio de choro sem motivo real e enjoo. Quando senti que o sono chegava, fiquei agradecida, afinal de contas ressaca dura apenas um dia e olhe lá, mas assim que abri os olhos conferindo a hora, tive que correr para o banheiro. Desta vez não deu tempo de chegar até o vaso sanitário.

Enojada e com o estômago doendo, entrei para o banho e tratei de fazer o meu dia funcionar. Era uma segunda-feira e eu precisava trabalhar. Assim que terminei de me vestir, ouvi a batida na porta e tive certeza de quem se tratava.

– Alexa, eu preciso de roupas. Tenho uma reunião importante hoje e não posso comparecer só de cueca.

Caminhei até lá e o deixei entrar. Meu marido havia passado parte do domingo na casa da mãe, foi a única forma que encontrou de me convencer a sair do quarto e me alimentar, então não nos víamos desde que confessou aquela brincadeira ridícula que havia feito. Bruno estava com os cabelos molhados, a barba feita e vestia apenas um roupão. Tenho que admitir que adorava o seu corpo e principalmente quando estava recém-banhado. Era uma delícia! Mas desviei os olhos sem nenhuma vontade de ceder. Mas, ele me agarrou assim que abri a porta.

– Bebezona, voxê está muito malvadinha...

E se encolheu enfiando a cara entre meus cabelos perfeitamente escovados. Tentei fazê-lo me soltar, mas amava aquela voz grossa de maneira tão infantilizada.

– Para, Bruno! Não quero saber de você.

– Amor, eu fiz uma brincadeira. Achei que você iria rir e relaxar.

– E por que eu faria isso?

– Porque você está muito estressada ultimamente! Fica o tempo todo nervosa, mudança de humor na velocidade da luz, sente dores pelo corpo e, sempre que pode, dorme. Nem lembra mais do seu meninão aqui! Os únicos dias que posso considerar normais são os domingos.

– Eu não estou assim!

– Claro que está! Deve ser TPM.

– Não é TPM, é você. Eu menstruei no dia...

Parei congelada sem conseguir completar a frase. Quando eu havia ficado menstruada mesmo? Não conseguia lembrar. Também, com o tanto de trabalho que eu tinha, tantas reuniões, viagens, papeladas, e-mails, a droga da máquina de fax que eu nem sabia o motivo de ainda estar lá... Puta que pariu!

– É TPM, amor. Relaxe! – E acariciou meu rosto já cheio de intenções.

Bati na mão dele.

– Nem pensar. Fique longe de mim, estou logo avisando!

– TPM. Com certeza!

Bruno passou por mim indo para o closet. Saí do quarto em busca de comida. Estava faminta! Aliás, nos últimos tempos era só o que eu fazia. Comer e dormir. O trabalho estava acabando comigo. Não via a hora de Robert voltar e me tirar daquele inferno. Assim que cheguei à sala de jantar, encontrei a mesa repleta de coisas deliciosas. Bolo de chocolate, torradas, geleias, café fresquinho, panquecas, cereais. Eu mal sabia o que queria comer primeiro. Milho! Era isso. Mas não tinha, então fui à cozinha onde encontrei a Senhora Rezende.

– Bom dia, Senhora Carter! – Mordi os cantos da boca.

Sempre que alguém me chamava daquela forma eu lembrava de Tanya e não era nada bom.

– Apenas Alexa, por favor!

– Tudo bem! O que posso fazer pela senhora?

– Tem milho?

– Milho?

– Sim. Milho. Amarelinho, suculento...

Ela riu.

– Eu sei o que é. Só estou achando estranho. Não temos milho, Senhora Alexa.

– Não? – Fiz biquinho, realmente lamentando aquele fato. – Tudo bem.

Voltei para a mesa onde Bruno já aguardava por mim. Estava sem a gravata e o paletó, e estava com pressa. Sentei, servindo-me de café e panquecas, mas nada substituiria o meu milho.

– O que foi? Ainda aborrecida por causa daquela besteira?

– Não. Meu dia não poderia ser pior. Não temos milho em casa, sabia?

– Sabia. Você odeia milho. – Levou um pedaço de panqueca à boca sem prestar muita atenção em mim.

– Mentira sua – rebati.

– Agora eu sou responsável por todas as tragédias da humanidade – resmungou ainda sem me olhar diretamente. – Você está estranha, amor. Olha, eu sinto muito por ontem, tá legal! Sinto mesmo. E prometo que não farei mais desta forma, então, por favor...

– Eu estou grávida – sussurrei sem acreditar no que dizia.

– Certo...

Ele pareceu não entender o que eu dizia e apenas folheou alguma coisa no iPad.

– Vou levar você para jantar hoje, bebezona! Vamos fazer as pazes em grande estilo.

– Eu estou grávida – repeti me sentindo surpresa demais.

– Tudo bem, amor – continuou entretido com o seu iPad.

Fiquei enfurecida! Peguei um pedaço de panqueca e atirei nele, chamando a sua atenção.

– Bruno Carter, eu estou grávida! Entendeu? Grávida!

Meu marido ficou em silêncio me observando. Seus olhos estavam fixos em mim como se eu fosse um fantasma ou qualquer coisa deste tipo. Fiquei impaciente e acabei levantando e encerrando o meu café da manhã. Porra, eu estava grávida! Só podia ser. Ou era isso ou eu estava com algum problema neural.

– Alexa! – Ele estava logo atrás de mim e segurou-me pelo punho. – Você não está inventando tudo isso para me punir, não é? Digo... Eu brinquei ontem e fui um idiota, mas... Puta merda, amor! Não brinque comigo.

– Não estou brincando.

Eu nem conseguia pensar direito para bolar uma sacanagem para ele.

– Também não tenho certeza. Só estou juntando as peças. Estou enjoando desde ontem, hoje tive desejo de milho e eu detesto milho. Estou irritada, meus seios estão doendo e pelas minhas contas minha menstruação está atrasada.

Não consegui continuar falando. Bruno me tomou em seus braços em um abraço tão apertado que me senti sufocar. Droga, ele apertava pra valer.

– Bruno, amor, está doendo.

– Perdão, bebezona.

Ele me colocou outra vez no chão, segurando-me pelos ombros e me olhando de uma forma estranha.

– Como você está? O que está sentindo?

– Calma, meninão. – Ri, esquecendo-me completamente do nosso problema anterior.

Certo. Eu estava grávida, podia ficar confusa e com sentimentos contraditórios.

– Ainda não sabemos de nada. Acho que eu deveria...

– Procurar um médico, fazer o exame e tirar esta dúvida terrível da minha mente. Vamos.

– Calma. E a reunião?

– Merda!

Ele estava tão confuso, aliás, eu estava confusa demais também.

– Vamos fazer assim. Eu vou ao médico e você vai trabalhar.

Bruno me encarou e seus olhos brilhavam tanto. Nossa, se eu soubesse que um filho o faria ficar tão lindamente deslumbrado já teria engravidado antes.

– Você parou as pílulas?

– Não.

– Então, como?

– Ah, sei lá, Bruno! Tenha santa paciência.

***

Claro que Bruno não esperaria mais do que algumas horas para saber se realmente seríamos papais. Ele passou o dia inteiro me ligando e eu não o atendi. O resultado estava em minha mão, mas eu não entendia. Se meu anticoncepcional estava em dia, como engravidei? Nem a médica conseguiu me explicar.

Eu estava feliz, no entanto, confusa, com medo, insegura, enjoada e com fome, sem contar o sono que não me largava. Fiz questão de me dar o dia de folga. Bruno que se virasse por lá, eu precisava andar e reagrupar todos os meus pensamentos, então dirigi até o Lincoln Park e caminhei por quase duas horas. Comi pipoca, conversei com algumas babás que estavam por lá com suas crianças e comecei a me acostumar com a ideia.

Eu gostava. Ser mãe nunca foi um dos meus maiores desejos, afinal de contas eu amava viajar, explorar lugares desconhecidos, me aventurar e, convenhamos, um filho não me permitiria nada disso por um tempo, pelo menos não se eu quisesse ser realmente mãe. Sim, porque mãe tem de todo tipo. Uma amiga minha, por exemplo, engravidou, mas assim que teve o filho largou todas as responsabilidades nas mãos das babás. A vida dela era malhar, fazer tratamentos estéticos, compras... Não. Eu não seria este tipo. Se era para engravidar, então que fosse com tudo o que eu tinha direito.

Levantei determinada a encarar os fatos e aproveitá-los. Dirigi até uma lojinha que eu conhecia muito bem e comecei a procurar por alguma coisa que pudesse surpreender o meu marido. Claro que eu precisava dizer a ele que seríamos pais, porém também precisava lembrá-lo de que continuaria sendo mulher. Dava para haver um equilíbrio. Melissa tinha dois filhos e continuava sendo o centro das atenções do Robert, então eu não podia fraquejar.

Almocei uma saladinha com grelhados. Não dava para vacilar com o peso, depois procurei por mais algumas coisinhas e voltei para casa com várias caixas de presente. Bruno já estava lá quando eu entrei. Ele andava agitado pela sala, falando alto com alguém ao telefone. Quando finalmente notou a minha presença parou me observando.

– Ela chegou. Falo com você depois. – E desligou apressadamente. – Onde você estava? Liguei para você o dia todo.

– Calma! Eu precisava de um tempo.

– Por quê? – ele recuou.

Observei meu marido e a decepção em seu rosto. Ele realmente queria aquele filho, o que me fez mais feliz. Mesmo assim, Bruno merecia um susto.

– Com licença, Bruno. Eu preciso de um banho e de descanso.

– Bebezona, onde você estava? O que aconteceu. Espere...

Desvencilhei-me e praticamente corri até o banheiro, trancando-me nele com sacolas e tudo. Bruno ainda me seguiu sem tentar me deter.

Enchi a banheira e me permiti relaxar em um longo banho cheio de espuma e aroma delicioso. Esfreguei cada pedacinho do meu corpo me dando conta de que o enjoo tinha desaparecido. Hum! Essas coisas de grávida são estranhas. Eu pensava que enjoo durava pelo menos os primeiros quatro meses, no meu caso foram apenas dois dias. Sorri satisfeita.

Saí do banho, e após me secar, comecei a passar todos os hidratantes recomendados para evitar estrias e ressecamento na pele. Também fiquei sabendo, por uma vendedora de artigos para grávidas, que o bico do peito deveria ser corretamente hidratado e estimulado para que eu não sofresse durante a amamentação. Como seria isso? Era melhor não pensar antes da hora.

Só depois que imaginei ser um tempo perfeito para torturar o meu marido, saí do banheiro. Ele estava no quarto, sentado na cama e me observando. Fui até o closet, escolhi um vestido amarelo, sapatilhas e saí sem me importar com Bruno. Eu estava faminta.

– O que vai fazer?

– Jantar – falei sem lhe dar muita importância.

– Agora? Ainda é cedo!

– Eu estou com fome.

– Amor? Pare um minuto.

Bruno me segurou pelo braço me impedindo de ultrapassar o corredor que nos levaria de volta à sala.

– Deu negativo, não foi?

Não respondi. Encarei seus lindos olhos verdes e me concentrei em não rir.

– Olha, eu sei que ficamos muito empolgados. Nossa, eu quero muito um filho! Mas, bebezona, se não foi agora e você quer muito também, podemos tentar. Vamos praticando...

Ele encostou em mim, mas eu me desvencilhei com facilidade.

– Alexa!

– Estou com fome, Bruno.

Ouvi seu suspiro e me afastei rapidamente. Fui até a cozinha e encontrei a Senhora Rezende com uma jarra de suco nas mãos e observando uma panela que estava ao fogo.

– Senhora Alexa, consegui o milho.

– Eca! Detesto milho.

Peguei um copo e me servi de um pouco do suco enquanto ela me observava com curiosidade.

– Tem maçã? Vai demorar muito para o jantar?

– Tem sim e não vai demorar para o jantar.

Ela ainda me olhava como se eu fosse uma alienígena.

– Eu estou grávida – sussurrei e coloquei um dedo na boca pedindo segredo.

Ela ficou um pouco espantada, mas sorriu animadamente.

– Onde está a maçã?

– Aqui. – Ela pegou em uma pequena fruteira e me entregou. – Parabéns! – sussurrou bem pertinho de mim.

– Obrigada!

– Alexa?

Bruno me chamou da sala. Dei uma mordida na fruta e fui ao encontro do meu marido.

– Quer sair para jantar?

– Não.

Seus lábios viraram uma fina linha. Continuei comendo sem me importar.

– Olha, Alexa, vamos conversar sobre isso ou não? Você está me deixando angustiado.

– Angustiado? Tipo como você me deixou ontem?

Ele estreitou os olhos, sorri saindo da sala e voltando para o quarto. Ele me seguiu de perto.

– Tá, você ainda está aborrecida por ontem. O que eu posso fazer para acabar com isso de vez? Já pedi perdão, mas não adiantou.

– Você é um idiota, Bruno!

– Você já se casou sabendo disso, então não tem como devolver. Sem desculpas.

– Não preciso de uma.

– Então do que precisa? – ele falou um pouco mais alto.

Ok. Era hora de começar a aliviar o clima.

– Deixa eu pensar...

Sentei na cama e tirei mais um pedaço da maçã, mastigando demoradamente. Ele estava realmente nervoso. Quase ri.

– Vai fazer o que eu quiser?

– Faço o que você quiser. Dou o que você pedir, mas pelo amor de Deus, vamos acabar logo com isso. Eu estou na maior seca, bebezona. – E fez biquinho.

Senti meu corpo corresponder.

– Tudo bem. – Levantei e tranquei a porta.

Bruno sorriu esperançoso.

– Só um minuto.

Voltei ao banheiro, onde eu havia deixado as sacolas, retirei duas embalagens de lá e voltei ao quarto onde ele me aguardava já na cama. Safado!

– Vai fazer o que eu pedir para que seja perdoado? – Busquei a sua confirmação para que não houvesse dúvidas.

– Tudo o que voxê quijer, bebezona.

Ele já estava com aquela forminha de falar que me deixava cheia de segundas intenções.

– Então isso é para você.

Bruno voltou a sentar na cama olhando com curiosidade a caixa que lhe entreguei.

– O que é isso?

– Abra.

Ele retirou a tampa e desembrulhou o papel de seda retirando lá de dentro a coleira de couro preto que eu tinha comprado especialmente para sacanear o meu marido.

– É o seu pedido de perdão.

– Uma coleira? – Praticamente gritou de indignação.

– É pegar ou largar. – Cruzei os braços na frente do peito.

Bruno levou alguns segundos para entender. Pensei que desistiria, então ele suspirou e concordou com a cabeça.

– Sem precisar me expor, não é? Será só para nós dois?

– Com certeza, meninão! Não me importo nem um pouco em saber que apenas eu sei que levo meu CEO pela coleira.

Ele sorriu e umedeceu os lábios.

– Agora tire a roupa.

Bruno estreitou os olhos me observando, mas desistiu de questionar. Eu não estava muito acostumada a dar ordens, isso não existia muito em nossa relação, mas o objetivo era sacanear o meu marido, então tudo era válido.

Bruno levantou da cama e começou a retirar as roupas, uma calça jeans escura, camisa de manga comprida, tênis e meia. Ele tirou tudo ficando apenas de cueca a minha frente. Justiça seja feita, meu marido era uma coisa quando ficava apenas de cueca. Sem ela então, era algo realmente complicado de resistir.

– E agora?

– Ajoelhe.

Ele não esperou que eu mandasse outra vez. Logo, estava de joelhos na minha frente. Passei a coleira pela cabeça dele e afivelei atrás, segurando firme na parte que me permitiria conduzi-lo.

– Ótimo! Deixe-me dar uma olhada em como ficou.

Bruno entortou a boca e desviou os olhos.

– Perfeito, meninão! Agora... – Puxei a coleira com força fazendo-o ficar de quatro. – Você vai fazer tudo o que eu quiser.

Comecei a andar pelo quarto puxando Bruno pela coleira, de quatro pelo ambiente. Bruno me obedecia sem contestar nadinha, mas eu sabia que ele estava muito puto e só concordava porque sabia que tinha pegado pesado comigo. Depois de um tempo, sentei na cama levando a outra caixa comigo.

– Cansei. Acho que agora eu vou abrir o meu presente.

– Já posso levantar?

– Não. Faça massagens nos meus pés!

Ele suspirou se controlando, contudo, suas mãos logo estavam em mim.

Abri a caixa e observei o objeto dentro dela. Aquilo seria engraçado. Lembrei de quando Melissa me contou sobre quando precisou de um daquele para disciplinar o Robert. Eu queria ser uma mosca para ter visto como foi aquilo. Senti as mãos de Bruno subindo pela minha perna, massageando até alcançar minhas coxas. Imediatamente puxei o chicote de dentro da caixa e o atingi em cheio.

– Merda! – Bruno rosnou assustado.

Eu ri deliciada com aquilo.

– Enlouqueceu?

– Caladinho! Eu disse nos pés.

– Alexa isso está... – Bati outra vez nele vendo-o se encolher.

Tive medo de despertar a sua fúria, mas era divertido.

– Eu disse calado!

Ele recomeçou a massagem apertando com raiva os meus pés. Desisti levantando e o empurrando para o lado. Puxei o vestido para cima revelando a calcinha preta e minúscula de couro que comprei para intimidá-lo.

– Cansei desta massagem de má vontade.

Bruno me olhava com malícia.

– Ah, amor, eu posso fazer bem melhor do que isso...

Levantei o chicote fazendo com que ele recuasse.

– Guarde isso, bebezona! Eu já estou com a coleira, estou ajoelhado aos seus pés.

Ele realmente se ajoelhou. Aquilo foi lindo!

– Deixa eu cuidar de voxê! Deixa seu meninão maxaxiar eche corpo lindo! Seu meninão extá com tantinha xaudade!

Amoleci visivelmente.

– Prometa que nunca mais vai brincar comigo daquela forma.

Eu não tinha mais vontade de usar aquele acessório, mas segurei firme na mão para que ele não pensasse que já tinha ganhado o jogo.

– Prometo, amor.

Bruno me agarrou pelas coxas, puxando-me para si e enfiando o rosto no meio das minhas pernas.

– Bruno!

– Vamos pular esta parte da humilhação e entrar logo na fase em que eu te jogo nesta cama e...

– Tudo bem! – Revirei os olhos afastando-o um pouco. – Mas antes tenho uma coisinha para você.

Fui até o lado da cama onde eu tinha deixado a última caixa. Meu coração acelerou. Respirei fundo e a entreguei ao meu marido.

– Tome.

– Ah, não! O que é isso agora? Mais uma brincadeirinha, amor? Vamos deixar disso.

– Abra! – falei com mais firmeza.

Bruno obedeceu imediatamente. É, acho que Melissa tinha razão em relação ao chicote.

Segurei um riso.

– Posso sentar na cama?

– Pode.

Ele se sentou e começou a abrir a caixa sem paciência alguma, retirou de lá o exame que coloquei logo na frente, mas ele nem percebeu, e foi logo pegando o macacão que tinha escrito na frente "eu sou do papai". Contei incansáveis cinco segundos até que meu marido se desse conta do real significado daquilo tudo. Ele suspendeu a peça e ficou olhando para ela sem parar. Seus olhos fixos estavam marejados e então as lágrimas começaram a cair.

– Parabéns, papai! – sussurrei sentindo minha emoção querendo sair em forma de lágrimas.

Foi quando ele, enfim, voltou a me olhar.

Bruno levantou apenas para voltar a se ajoelhar a minha frente e agarrar minhas coxas. Ele chorava e ria ao mesmo tempo. Senti minhas lágrimas molharem o rosto, mas eu estava tão encantada com o meu marido que não conseguia reagir para impedi-las de cair.

– Alexa... Amor... Então... Puta que pariu! Eu vou ser pai. Alexa... – Levantou a cabeça para me encarar. – Puta merda, eu amo você! Amo vocês!

E começou a distribuir beijos na minha barriga, fazendo-me rir.

– Alexa, eu vou fazer você a mulher mais feliz do mundo. Prometo! Vou cobrir você de amor e atenção e não vou deixá-la sozinha nem por um segundo.

– Eu acho que já é assim, Bruno! – Ri da forma desnorteada como ele estava reagindo.

– Verdade. Mas eu vou... Eu vou fazer todas as suas vontades. Vou comprar o mundo para você, meu amor. Obrigado! Obrigado!

Ele levantou alcançando meus lábios e me beijando sem parar.

– Eu só quero uma vida sem brincadeiras como a de ontem.

– Prometo. – E me agarrou pela cintura.

Senti meu estômago embrulhar. Droga! Enjoo outra vez e justo quando eu estava excitada. Mas aquele perfume que Bruno usava, que por sinal era o que eu mais amava nele, estava me deixando louca.

– Faço o que você quiser...

Ele foi me conduzindo para a cama enquanto eu tentava me concentrar.

Merda! Não dava para ser depois do sexo? Não era só o meu marido que sentia falta, eu estava morrendo de saudade de estar em seus braços e ansiosa para mais uma de nossas rodadas deliciosas, mas aquele perfume estava acabando comigo. Bruno me deitou na cama e se juntou a mim colando os nossos corpos em um embalo delicioso. Tentei me concentrar sentindo seus beijos e toques, mas todas as vezes que ele me apertava mais o cheiro intensificava.

– Bruno?

Ele descia os lábios até meus seios, não se dando ao trabalho de parar tudo para saber o que eu queria.

– Amor?

– Hum!

Beijou o espaço entre os meus seios. Tive vontade de deixar o enjoo para lá e continuar, mas era impossível.

– Faz uma coisa por mim?

– Tudo o que você quiser, amor.

– Toma um banho?

Bruno levantou o rosto para me encarar, ficando confuso. Comecei a rir imediatamente da cara que ele fazia.

– O seu perfume... – confessei entre gargalhadas. – Ele me enjoa.

Meu marido, então, entendeu e sorriu maliciosamente.

– Então vamos fazer isso embaixo do chuveiro, bebezona, mas hoje você não me escapa. Vamos festejar este filho em grande estilo.

Ele me puxou para seus braços praticamente me arrastando para o banheiro. No caminho eu só conseguia pensar no quanto a vida era perfeita.

NICOLE E PAUL

Parei em frente à porta do apartamento do meu noivo e precisei de alguns minutos antes de tocar a campainha para encontrá-lo. Nos últimos meses, Paul não estava muito agradável. Eu sempre me via pensando até quando aguentaria, apesar de saber que o que ele enfrentava era real, afinal de contas não era nada fácil perder uma irmã nas circunstâncias que ele perdeu e ainda por cima descobrir toda a podridão que estava escondida embaixo do tapete.

Saber que Abby também era sua irmã não facilitou, pois ela sumiu no mundo tão rápido quanto pôde e sequer fez questão de esclarecer a situação, mesmo tendo sido Paul a pular naquela água para resgatá-la. E ele não aguentou.

Não aguentou saber que a Tanya tentou matar Abgail quando esta ainda era criança, que matou a mãe dela e a sua prima, armou e conseguiu matar o próprio pai, além de colocar Maximus por anos em estado vegetativo e tudo, segundo ela, por amor a Robert.

Meu Deus! Como uma desgraça como esta pôde descer sobre nossas cabeças?

Pelo menos Robert, depois de anos amargando a dor da culpa por todos os crimes de Tanya, conseguiu a felicidade ao lado de Melissa e da sua filha, a linda princesa Lisa. Pelo menos eles viviam em paz, enquanto eu tentava a todo custo recuperar a vida do meu noivo.

Respirei fundo e toquei a campainha. Havia um som que conseguia chegar até a porta, uma sinfonia gostosa e relaxante, algo que com certeza não estava em seu devido lugar. Paul não ouvia música, não assistia TV, não conversava com os amigos, nem trabalhava mais. Ele apenas bebia.

Aguardei até que finalmente ouvi seus passos. Internamente, implorei para que seu nível de álcool não estivesse tão avançado para, pelo menos, termos uma conversa decente. Eu estava decidida a finalizar aquela história. Paul teve tempo suficiente para curtir o seu luto e já era hora de encarar os fatos e seguir em frente, ou me deixar seguir em frente.

Era isso o que eu achava. Se Paul não queria seguir, eu seguiria, e encontraria a minha felicidade em outro local, qualquer outro ponto do mundo… Ou não. Droga, com certeza não! Mas eu precisava tentar. Não dava para passar a vida vendo Paul desmoronar e eu ter que catar todos os seus pedaços para colar. Foi assim quando o pai dele morreu e estava sendo muito pior desta vez.

Fui tirada do meu devaneio pelo barulho da porta sendo destrancada. Levantei os ombros adotando uma postura mais forte, firme, ajeitei o cabelo e aguardei até que ele se revelasse. Mas o que eu vi me deixou sem reação.

– Oi! – ele falou timidamente, não demorando muito os olhos em mim.

Eu esperava por um Paul bêbado, o rosto desfigurado pela tristeza, a barba imensa, aspecto deplorável, um copo e um cigarro. A pessoa que abriu a porta para mim estava de banho tomado, cabelos cortados e alinhados, barba feita, usava roupas limpas e com um cheiro delicioso de perfume masculino. E ele sorria.

– Não vai entrar?

Fiquei confusa. Nunca imaginaria encontrá-lo daquela forma.

– Nick?

Puxei o ar com força e balancei um pouco a cabeça apenas para me certificar de que não estava sonhando, ou… sei lá. Tendo uma visão.

– Paul, você…

Ele me puxou para dentro do apartamento tão rápido quanto a minha capacidade de criar histórias absurdas em minha cabeça confusa.

Antes mesmo que eu conseguisse me restabelecer, senti seus lábios nos meus em um beijo apaixonado e cheio de vontades. Pensei em questioná-lo, afinal amargávamos longos meses de luto, onde os beijos eram praticamente proibidos e sexo então, nem se fala, mas foi justamente por conta deste detalhe que me obriguei a deixar as perguntas para depois.

Além de tudo, havia algo de diferente em suas atitudes. Mesmo com a mente cheia de pensamentos desconexos, eu não podia ignorar que Paul estava mais… selvagem? Pode ser. Ele também não sabia o que era sexo há um bom tempo e todos sabem que os homens têm as suas necessidades, então era normal ele agir com mais ansiedade. Porém havia mais alguma coisa. Uma pegada mais… gostosa!

Ai, meu Deus! Muito provavelmente eu fantasiava esta parte, porque, na verdade, qual pegada não ficava gostosa depois de meses sem nem saber o que era um beijo decente? Senti meu mundo girando à medida que o sentia me pegar com mais vontade e aprofundar o beijo, tirando todo o meu ar.

– Saudade do seu cheiro, minha pequena... – rosnou ao abandonar minha boca e descer os lábios pelo meu pescoço depositando no percurso mais beijos e mordidas que, com certeza, deixariam marcas.

Que se dane!

– Paul, o que você… Ah, Paul!

Segurando em seus cabelos, eu o senti puxar minha camisa novíssima e caríssima, por sinal, até que estivesse com todos os botões arrancados. Não tive mais do que meio segundo para pensar neste assunto, porque ele, com as duas mãos, imprensou-me na parede e se apossou dos meus seios ainda cobertos pelo sutiã. Caramba! Eu estava tão excitada que nem me importaria se ele rasgasse toda a minha roupa e ateasse fogo às peças.

Que se dane um milhão de vezes!

Sua boca se juntou às mãos e eu fui mordida e apalpada de todas as formas possíveis. Definitivamente aquele não era o meu Paul, mas, levando em conta a minha situação, eu preferia aquele homem que me forçava contra a parede sem se importar em perguntar se podia.

Então vou confessar. Paul não fazia o tipo "gostosão que enlouquece a mulher na cama". Não que ele não me enlouquecesse. Claro que eu amava a nossa vida sexual. Ele não era tímido, não era antiquado e normalmente encarava numa boa as novidades que eu levava, como a sugestão do Kama Sutra, por exemplo, ou quando eu quis o balanço... Hum! O balanço rendeu história. Mas normalmente não havia urgência nem ansiedade em nossa cama. Nós sabíamos o que queríamos e pronto.

Eu gostava. Ele era carinhoso, tratava-me como se eu fosse feita de cristal, era atento às minhas necessidades e, como um bom cavalheiro, nunca, nunca mesmo me deixou sem um orgasmo. Mas, às vezes, só às vezes, eu invejava minhas amigas, Melissa e Alexa, quando elas coravam sob o olhar quente dos meus irmãos, ou quando eles as dominavam com toda aquela intensidade sexual.

Eu me divertia com as aventuras sexuais de Alexa e Bruno, e coloca aventuras nisso. Aliás, o tal balanço foi um presente da minha amiga para apimentar a minha relação e foi super... Uau! Mesmo assim Paul agia de uma forma muito polida, como se estudasse seus passos e estivesse sempre muito concentrado em fazer dar certo. E dava. Mas perder a cabeça deveria fazer parte do pacote, não?

Sem contar que a ansiedade sexual que meus irmãos herdaram também corria em minhas veias. Mas eu sempre precisava me conter para não assustar tanto o meu futuro marido.

Ali, naquele momento, sentindo que ele enlouquecia e me levava junto, fechei os olhos e agradeci o luto estendido, afinal de contas, se Paul surtaria daquela forma seria mais do que bem-vindo.

Mãos eufóricas ultrapassaram o bojo do sutiã praticamente arrancando-o de mim. Meu lado consciente sabia que eu não poderia perder aquele modelo quase exclusivo da *Victoria Secrets*, então abandonei seus cabelos e girei os braços para trás para abrir o fecho, tirando a peça imediatamente. Fiquei deliciada com o rosnado que saiu do fundo das entranhas do meu noivo.

– Como você é gostosa, princesa!

Gostosa? Eu não estava acostumada a isso. Paul fazia elogios, mas como eu já deixei claro, nada como "gostosa", "deliciosa", "maravilhosa"... Era mais como "seu corpo é lindo", "eu amo os seus seios", e por aí vai. Mas aquele "gostosa" falado quase de um jeito animal para, em seguida, sentir seus lábios e língua se apossarem dos meus seios como se neles estivesse a cura para toda a sua loucura, realmente tirou a minha capacidade de raciocínio.

Amoleci em suas mãos, entregue à delícia que era ser devorada por lábios tão famintos. Decididamente, eu merecia ficar com aquela versão pós-luto do meu noivo. Paul não era simplesmente uma versão melhorada, ele era a melhor versão possível para um homem. E eu estava muito grata por Tanya ter se matado e deixado o irmão naquela loucura toda.

Quer dizer… Não que eu achasse que ela se matar foi legal, ou qualquer coisa do tipo. Claro que não! Foi uma coisa horrível, mas sejamos justos, não dava para fingir tristeza sabendo que ela foi a responsável pela morte do meu pai, pela loucura do meu noivo, pelo atentado que sofri e por tantos outros crimes, então eu realmente não me importava se ela não fazia mais parte do meu mundo e tinha quase certeza de que, àquela altura, ela queimava no fogo infinito do inferno, porque eu sabia que existia justiça e que, se Deus realmente era tudo o que diziam, Tanya pagaria por toda a eternidade.

Tudo bem, eu sou uma pessoa má. Neste caso não me importo em ser, apenas não diria em voz alta, pois sabia o quanto poderia machucar Paul.

Voltando ao nosso momento ímpar, meu noivo não estava muito paciente, por isso a sua brincadeira em meus seios durou só o tempo necessário para me fazer entender quem estava no controle da situação. Aqui eu posso fazer uma pausa e contar que dominar sempre foi o meu carro-forte. Sou uma pessoa cheia de vontades, uma força da natureza, como Paul sempre dizia e justamente por isso, ser a dona do pedaço era a minha marca registrada. Contava também o fato de ser a única menina, ter dois irmãos cheios de testosterona, mas que se rendiam aos meus encantos com muita facilidade, ou seja, sou mimada e uso isso como arma para conquistar tudo o que quero.

Mas, naquele momento, Paul conseguia me desarmar por completo e me fazia ver um outro lado que era tão prazeroso quanto. Ficar à mercê das suas vontades tinha um sabor especial, algo que me deixava segura e me fazia ter a liberdade de simplesmente me deixar levar, sem precisar raciocinar muito. Era fácil como respirar.

Senti suas mãos sedentas puxarem minha calça para baixo enquanto eu me perdia em pensamentos nada coerentes. Seus lábios ainda se demoravam em meu seio. Paul parecia querer tudo ao mesmo tempo e eu ansiava para lhe dar tudo, sem reservas e sem precisar conversar sobre nada antes.

Ajudei meu noivo a me livrar das calças, nos atrapalhamos um pouco com minhas sandálias de salto, o que impacientou um pouco Paul, que por sinal continuava vestido e aquela cena estava me deixando ainda mais excitada. Usando apenas a calcinha da *Victoria Secrets* que me deixava praticamente nua, fiquei parada à sua frente. Antes mesmo de conseguir retirar a calça do meu corpo ele já começava a beijar minhas coxas e a apertar minha bunda, puxando-me para perto. Perto até demais.

Encostei à parede e me deixei levar. Paul me acariciou por cima da calcinha por poucos segundos e logo sua mão já estava por dentro, empurrando a peça para o lado, tanto pela frente quanto por trás e seus lábios rapidamente estavam em mim. Pensei que aquilo seria demais, pois meu corpo respondeu de uma forma tão feroz que me fez gritar, para então me dar conta de que estávamos muito próximos à porta e que facilmente poderíamos ser ouvidos.

Que se dane quantas vezes eu precisasse gritar!

Paul não fez sexo oral, ele fez "o" sexo oral. E foi incrível! Maravilhoso. Seus lábios se fechavam em mim com tanto desejo, trabalhando com tanta precisão que em poucos minutos eu explodi em um orgasmo que tirou a minha capacidade de me manter em pé.

Sério! Eu nunca havia gozado daquela forma, mas contava o tempo que estávamos sem sexo. Bom... Minhas pernas falharam e mãos fortes de um homem incrivelmente gostoso e cheio de tesão me ergueram e, sem esperar por mais nada, levou-me até o sofá, mas não me deitou, como eu esperava.

– Aqui, minha pequena. – Encostou-me ao sofá ficando às minhas costas. Suas mãos continuavam firmes e me explorando como se eu não tivesse acabado de ter alívio.

Aquilo tudo era incrível demais. Normalmente eu gozava e estava tudo certo. Não precisávamos de muitas alegorias e sempre era uma vez. Uma única vez e era o suficiente, para nós dois, independentemente de como fosse. Descansávamos, e mais tarde, se rolasse o clima outra vez, voltávamos a transar. Mas naquele momento Paul estava decidido a mudar o nosso histórico.

Eu não encostei no sofá, simplesmente fui imprensada nele, Paul às minhas costas e suas mãos atiçando tudo o que encontrava pela frente, o que significa o meu corpo nu, e à sua disposição. E era uma delícia! Misturado a tudo estavam os seus lábios em meu pescoço fazendo a minha pele arder, eu estava outra vez excitada e ansiosa por mais um orgasmo.

Ouvi o barulho das calças do meu noivo e logo em seguida ele me preencheu, sem avisos ou permissões. Ele simplesmente se enfiou em mim com tudo o que tinha direito. E eu adorei! Foi... Incrível! Delicioso. Tanto que eu sorri. Estava encantada demais, achando tudo tão maravilhoso que era impossível apagar o meu sorriso.

Mordi meus lábios, permitindo-me absorver cada sensação. Suas mãos me tocando como queriam, seus lábios mordiscando, sua língua em minha pele... Foi por isso que o recebi tão prontamente e logo em seguida rebolei sentindo que ele me penetrava com mais vontade.

Tinha consciência de que a nossa posição o favorecia, pois Paul me segurou pela cintura e, sem tirar os olhos da minha bunda, assistindo todo o seu espetáculo se enfiando em mim de uma forma única e presenciando a minha capacidade de proporcionar a ele tanto prazer. E era o que eu fazia. Eu rebolava de uma forma que nem conseguia acreditar e, como brinde, recebia os seus gemidos, deleitando-se de tesão, saboreando suas entradas e saídas como a quem estivesse vivendo os seus últimos segundos de vida e da forma mais deliciosa possível.

Ele morreria de tesão.

– Ah, Nick! Que saudade deste calor! – ele gemeu já quase entregue.

Uma mão desceu até o meio das minhas pernas e seus dedos se espalharam pela minha vagina, massageando a carne, apertando os pontos principais, se esfregando de maneira a me deixar louca de tanto desejo. As estocadas ficaram mais rápidas, urgentes, ao mesmo passo que o movimento lá embaixo também se intensificou e o orgasmo me atingiu em cheio.

Eu gemi sem conseguir me controlar, a respiração entrecortada, o coração acelerado e o corpo exausto, deliciado com os dois orgasmos tão próximos. Paul gemia atrás de mim, espremendo-se em meu corpo e falando coisas que eu não conseguia entender.

Ofegante, descansou o rosto em meu pescoço, distribuindo beijos preguiçosos e cheios de amor. Depois, saindo de dentro de mim, me tomou em seus braços, sentando no sofá e alojando-me em seu colo. Me aconcheguei ao seu peito, tomando consciência de que eu estava nua enquanto Paul já se encontrava recomposto, com suas roupas no seu devido lugar. Ele sorriu ao perceber a minha vistoria e me apertou em seus braços, beijando o topo da minha cabeça.

– Senti sua falta – disse com a voz cansada.

– Eu estive sempre aqui – brinquei acariciando o seu peito.

– Mas eu não, minha pequena!

Seus braços fizeram mais pressão. Tive medo de que voltássemos ao luto.

– Eu também senti a sua falta. – Mesmo sem olhá-lo percebi que meu noivo sorria. – Você está... diferente.

– Eu amo você, Nicole!

– Eu também amo você!

– Não quero perdê-la.

– Paul...

Ele levantou meu rosto e depositou um beijo casto em meus lábios.

– Não vou perdê-la, Nicole. Minha vida é uma sucessão de acontecimentos ruins. De coisas que eu não sei explicar e estou cansado de ser sempre um fraco, de ser o que cai, o que sofre, o que precisa da sua força para me reerguer. Estou cansado!

Sua mão me abandonou para que pudesse passá-la pelo rosto.

– Tanya morreu, Abby foi embora, meu pai foi assassinado, tivemos roubo, traições, todas as loucuras que podem destruir um homem.

– Eu sei, meu amor! O mais importante é que você agora consegue compreender que é importante continuar a vida.

– Não, Nick! Eu não quero que a minha vida continue. O Paul que você conheceu morreu. Foi enterrado junto com toda a minha família. Este homem aqui é outra pessoa. Eu quero uma vida nova! Quero recomeçar!

– E como quer fazer isso?

– Casando com você. Dedicando cada segundo da minha vida a sua felicidade. Recuperando todo o tempo que perdi com assuntos que não eram meus e toda a alegria que te neguei por não conseguir me desvincular da lama que Tanya colocou em minha vida. Eu amo você, Nicole! Estava te perdendo, eu sei disso, mas não quero! Quero você em minha vida para sempre. Case comigo!

Pisquei para tentar afugentar as lágrimas que começavam a inundar meus olhos e sorri. Paul era incrível! O homem da minha vida. Eu sabia que seria ele no momento em que o vi passar pela porta da minha casa, mesmo ele não me notando, mesmo me ignorando e só prestando atenção em mim quando começou a viver aquele inferno que viveu. Era ele! Eu tinha esta certeza.

– Nós já somos noivos. – Foi o que consegui dizer.

E ainda estendi minha mão para que ele conseguisse ver o anel que me deu de noivado. Paul riu como se eu tivesse contado uma piada.

– Não podemos ser noivos duas vezes.

– Eu sei, minha pequena princesa. Eu sei. Mas o que estou dizendo é que quero que este casamento aconteça.

Chorei. Foi impossível não chorar. Eu passei anos sem conseguir fazer aquele casamento sair. Primeiro Paul não tinha certeza, depois o pai dele morreu, e então, quando eu pensava que daria certo, Robert e Tanya começam a viver diversas tragédias, como a morte do meu sobrinho e então o interesse foi esmaecendo e eu só deixei as coisas acontecerem.

– Não chore – ele sussurrou.

– Ah, Paul! – solucei sem conseguir conter as lágrimas. – Eu tive tanto medo. Pensei que nunca conseguiria tirá-lo daquele estado, que você não voltaria nunca mais.

Ele me abraçou e afagou minhas costas.

– Calma! Eu estou aqui agora e estou só por você, minha pequena. Olhe para mim.

Levantei o rosto encontrando aquele sorriso que iluminava o meu dia.

– Em quanto tempo você consegue organizar tudo?

– Para quando você quer?

– Para ontem!

Ele sorriu e me puxou em um beijo delicioso que rapidamente acendeu meu corpo e me levou para mais uma sessão de sexo e amor com o meu noivo.

***

Eu demorei longos dois anos para conseguir organizar a festa dos meus sonhos. Até porque não era apenas a cerimônia e a festa. Paul queria construir uma casa e o projeto que deveria durar seis meses, se esticou por um ano e meio. Acho que seria justo fazer outra pausa aqui para contar que a culpa foi inteiramente minha.

Primeiro com o projeto. Foram cinco plantas diferentes e eu demorei consideráveis dez dias para escolher uma delas. Mas vamos ser compreensíveis. Como escolher a planta de uma casa que você vai passar a sua vida? E se eu enjoar da localização do quarto? E se eu não quiser mais uma sala com varanda gourmet? E se... Bom, foi isso o que aconteceu. Quando o esqueleto da casa já estava de pé eu resolvi que o quarto de casal deveria estar na outra extremidade, e depois que eles conseguiram mudar tudo, achei que a sala era pequena, também quis implantar uma lareira, apesar de Paul ser contra, ele preferia aquecedores e era lógico que eu também, mas nada como o charme de uma lareira acesa em noites frias.

O fato foi que atrapalhei a vida daquelas pessoas por tanto tempo que Paul precisou interferir, dando-me a ordem de não colocar meus pés no local antes do dia da mudança e só assim a casa ficou pronta.

Depois tivemos o problema das cores do casamento. Eu tinha escolhido uma, a que era do momento, mas decidir pela data, Igreja e conseguir os dois juntos foi consideravelmente complicado e quando finalmente encontrei o equilíbrio, as cores saíram de moda, assim como o estilo da festa. Ou seja: tive que mudar tudo.

Devo levar em conta que conversar com Paul sobre qualquer assunto, sem a vigilância de qualquer pessoa, tornou-se uma missão impossível. Sim, meu noivo simplesmente se tornou um homem incansável. Voltou a trabalhar como nunca e nas horas vagas não pensava em outra coisa que não fosse sexo. E era sexo daquela forma mesmo, como ele tinha feito no dia em que me pediu pela segunda vez em casamento. Não dava para resistir.

Desta forma, meu casamento, mesmo com o pedido tão urgente e apaixonado, demorou consideráveis dois anos e meio para acontecer. E isso porque Paul simplesmente surtou e disse que não casaria mais, então aceitei as flores que Olivia sugeria, as cores que já estavam certas com o buffet e o vestido que foi realmente o último modelo Vera Wang exclusivo, que eles quiseram me dedicar, mas era lindo, perfeito, assim como o nosso amor.

E naquele dia aconteceu a tão sonhada noite.

– Voltem para casa, este será o meu melhor presente.

Fiquei com a voz embargada com o meu irmão e minha cunhada, que estavam no Brasil, cuidando de seus negócios, e não puderam comparecer à festa. Pisquei diversas vezes para evitar que mais lágrimas acabassem com a minha produção.

– Nós vamos, sim, Nick. Curta o seu casamento e cuide do Paul.

Robert estava tão lindo! Mais forte, com um bronzeado leve e aparente. E Melissa? Ela estava perfeita! Ainda mais bonita do que antes. Dois filhos só fizeram com que minha cunhada ganhasse formas ainda mais bonitas. E eu a amava!

– Cuide da Mel. Ela está linda, mesmo depois de dois filhos.

Puxei o ar com força para não me desmanchar em lágrimas. Era o meu casamento e eu precisava estar bem. Porém a falta que eles faziam era imensa.

– Tchau!

Desliguei o computador e sorri para o espelho. Era para Robert estar ali. Aquele cretino maníaco por segurança! Como não odiá-lo? E como não amá-lo sabendo o pai maravilhoso que ele se tornara? O marido incrível que fazia a minha amiga tão feliz! E como não me encher de orgulho só de saber que em três anos ele construiu seu próprio império?

– Pronta?

Bruno abriu a porta sorrindo. Seus olhos se prenderam a mim e eu pude sentir a sua emoção.

– Nick, você está...

– Eu sei. Linda, não? – Dei uma voltinha para que ele pudesse me olhar.

– Eu ia dizer que nem parece mais aquele anão de jardim, mas linda cabe bem nesta hora. – Ele riu e eu não deixei de admirar aquele sorriso encantador do meu irmão. Bruno era tão idiota que chegava a ser engraçado, e muitas vezes, fofo.

– Paul se deu bem. – Piscou e me ofereceu o braço.

Fomos para a limusine e eu me concentrei em respirar adequadamente. Seria péssimo desmaiar antes do casamento. Eu tinha que chegar lá e falar um perfeito "sim", confirmando o meu amor por Paul e o dele por mim, óbvio! Mas naquele momento eu só pensava no quanto queria Robert ali, assim como o meu pai. Não deveria ser normal casamentos acontecerem sem a presença de pessoas tão especiais. Não que eu quisesse adiar o casamento, até porque o meu pai não poderia comparecer mesmo. Mas eu falo que famílias nunca deveriam ser desfeitas antes que todos os acontecimentos especiais estivessem concluídos, como se formar, casar, ter filhos... Eu sentia a falta deles.

– Não vá chorar agora, nanica! Pode deixar que você vai ter longos anos para fazer isso.

– Que é isso, Bruno? Está jogando praga no meu casamento?

– Não. Mas quero só ver quando Paul começar a implicar com as faturas dos seus cartões de crédito – disse rindo. – Cara, eu realmente queria estar na hora em que ele abrisse uma fatura sua.

– Não seja idiota, Bruno! Eu sempre paguei as minhas contas. Não vai ser diferente agora.

Olhei para fora pensando se aquela conversa não era apenas para me distrair da tristeza que começava a me dominar.

– Você pagava. Agora será uma mulher casada e, com a modernidade, as contas serão divididas, ou seja, a partir de hoje você também é a provedora desta família e, conhecendo você como conheço, vai enlouquecer quando perceber que o seu dinheiro antes destinado apenas às compras, agora paga luz, água, impostos... Dívidas de casamento...

Dei um tapa no braço do meu irmão, que gargalhou.

– Vá assustar o diabo! Se pensa que vai me fazer desistir está muito enganado.

Ele ainda rindo me puxou para seus braços.

– Estou brincando. Tenho certeza de que você será muito feliz, já Paul...

– Vá se foder!

– Que boca suja é essa? Não está ciente de que estamos na porta da Igreja?

Foi quando me dei conta. A limusine estava parada e do lado de fora estava a Igreja que nos aguardava completamente ornamentada. E estava linda! Vi o movimento dos funcionários do buffet para me recepcionar, o que me deixou ainda mais nervosa.

– Vai dar tudo certo. São só alguns passos e logo vocês virarão picolé na Suíça – ele disse ao abrir a porta e me oferecer a sua mão.

– Eu estarei em frente a uma chaminé, tomando um vinho maravilhoso e fazendo amor de uma maneira incrível.

Ele me olhou sem acreditar em minhas palavras.

– O quê? Só porque Alexa enjoou do seu cheiro não significa que todo mundo tem que ficar chupando dedo, maninho! – Fiz beicinho e toquei na ponta do seu nariz.

Bruno recuou já aborrecido.

– Eu não estou chupando dedo. – Se aprumou para me conduzir.

– E está o quê? Vivendo de punheta?

Ri com medo de chamar a atenção dos outros enquanto caminhávamos para a entrada.

– Não vou conversar sobre sexo com a minha irmã caçula. Alexa está grávida e eu estou respeitando os enjoos dela. Não se preocupe que chegará a sua vez.

Olhei para frente e respirei fundo quando as portas imensas se abriram revelando o interior da Igreja lotada. A marcha nupcial começou nos dando a deixa para iniciar nossa apresentação. Com os olhos úmidos eu reconheci o homem da minha vida aguardando por mim na nave. Ele estava tão... Não dava para deixar de pensar em tudo o que vivemos, o quanto lutei pelo seu amor, para que ele finalmente me notasse. No fundo eu sabia que Paul era meu assim como eu sempre seria dele. Nunca de outra forma.

– Ainda dá tempo de fugir – Bruno sussurrou em meu ouvido.

Sorri largamente.

– Não, meu irmão. Eu nunca vou enjoar de Paul. Nunca!

O REENCONTRO

Já estávamos por muito tempo no avião, o que não era nada fácil. Não que não tivéssemos costume ou que fosse desconfortável, já que Robert, mesmo não dispondo mais da aeronave da C&H Medical Systems, preferiu alugar um tão espaçoso quanto para fazer a nossa viagem de volta para casa.

Sim. Estávamos voltando para Chicago e meu coração não aguentava mais de tanta ansiedade. Mas viajar com duas crianças era realmente algo que nos consumia. Lisa não parava de reclamar do quanto era chato não ter o que fazer dentro da aeronave, apesar de todos os aparatos para entretê-la.

No Brasil tínhamos três funcionárias que se revezavam nos dias e horários das crianças, porém não podíamos levar todas conosco e escolhemos Isabel por dois motivos: ela era discreta e atenciosa, além de já estar familiarizada com nossos filhos, e ela falava espanhol, o que facilitava e muito na comunicação.

– Não quero mais assistir desenho. – Minha filha fez birra, cruzando os bracinhos no peito e exibindo uma linda careta de desagrado. Robert tirou os olhos da tela do computador, onde analisava diversas planilhas e sorriu. Ele nunca se incomodava com as malcriações de Lisa.

– Você puxou sua mãe, princesa... Sempre muito ansiosa, cheia de energia.

Estreitei os olhos enquanto sacudia Max nos braços.

Justamente naquele dia nosso pequeno Max resolveu ficar indisposto. Dois dentinhos saíram ao mesmo tempo. O coitadinho chorava muito, não queria comer e nem dormir. Eu achava que avião o estava incomodando um pouco também. Eu mesma enjoava algumas vezes, imagine uma criança de quase um ano?

– Quer que eu o pegue, amor? – Robert perguntou pela milésima vez.

Ele não estava aborrecido com o choro, apenas apreensivo quanto ao estado do filho. Mas eu não queria atrapalhá-lo. Meu marido realmente precisava estudar aquelas planilhas.

– Não precisa. Isabel está trazendo um pouco de chá. Logo, logo ele se acalma. Eu vou para a cabine. Lisa, mamãe vai para o quarto, qualquer coisa peça a Isabel e não ao papai, entendeu? Ele precisa trabalhar.

– Papai ajuda – ela disse com aquela vozinha de menina mimada que sabia conseguir tudo do pai.

– Papai não! Isabel! Entendeu? Ou não vai poder comer o biscoito que fizemos ontem para levar para tia Nick.

Ela fez cara feia e voltou a se sentar como se estivesse muito contrariada.

Robert lançou-me um olhar de repreensão. Claro! Ele não gostava quando eu obrigava a nossa filha a não ficar atrás dele para tudo. Dei de ombros e resolvi ignorá-lo. Ele precisava entender que Lisa não podia ter tudo. Tinha até medo de pensar no quanto ele estragava a menina. Mas meu marido nunca contestava as minhas ordens, principalmente as relacionadas aos nossos filhos. Ótimo!

Isabel chegou com a mamadeira contendo chá. Testei a temperatura e fui para a cabine de casal. Naquele avião só havia duas, o que não me incomodava nem um pouco. Sentei na poltrona confortável e aconcheguei Max para que ele começasse a ingerir o líquido que há muito já estava acostumado e eu sabia que o acalmaria. Dito e feito: antes de finalizar a mamadeira já estava dormindo. Um alívio!

Fui até o pequeno berço posto estrategicamente na cabine, acomodei meu bebê, certifiquei-me de que ele estava muito bem aquecido e subitamente me senti relaxar. Ainda restava Lisa, que precisava de entretenimento urgente antes que começasse a fazer mais birra e atrapalhasse o pai. Voltei para onde eles estavam, tomando cuidado para deixar as portas abertas, apesar de saber que, se Max chorasse, qualquer pessoa na Terra ouviria.

– E Max? – Robert conferia alguns papéis enquanto Lisa se divertia no colo de Isabel, brincando com o computador do pai.

– Eu disse para ela não atrapalhar você! – esbravejei.

Será que ele não entendia que era melhor para a nossa filha?

– Você vai estragar a menina – completei.

– Não! Eu já acabei com o computador, agora só preciso analisar alguns relatórios que estão impressos. Não se preocupe, Lisa não me atrapalhou em nada. E merece todos os biscoitos melecados que fez para Nicole.

Ele sorriu lindamente ao olhar para a filha. Robert era impossível.

– Não, é "meleczado"! – Lisa o corrigiu daquela forma própria de falar.

Rimos juntos.

– Melecado, amor! E você tem razão. Eu acho que papai merecia comer um. O que acha?

Ela bateu as mãozinhas achando o máximo dividir os biscoitos com o pai. Robert fez uma careta, o que me incentivou a sair em busca dos biscoitos. Fui até minha bolsa e retirei de lá o potinho que havia separado para Lisa.

– Prontinho.

Recebi aquele olhar do meu marido, que me alertava quanto à brincadeira.

– Papai quer! – Ela sorria largamente enquanto tentava alcançar o pote em minhas mãos. – Dá, mamãe! Dá!

– Aqui, princesa!

Lisa retirou um dos biscoitos que fez, com receita própria, pois ela achou que misturar pó de chocolate, leite, cereal, mais um pouco do seu mingau, farelos de biscoitos, que fez questão de amassar junto à massa que eu preparava, deixaria o sabor muito especial. Bom, fiz questão de trocar os que ela entregaria a Nicole e deixá-los com a receita tradicional, mas este detalhe ela desconhecia. Sem contar que, enquanto preparava os biscoitos, lambia os dedinhos, mesmo eu avisando que não podia, mas ela sempre dava um jeitinho de fazer. Robert, que acompanhou tudo de perto, conhecia o processo e por isso não queria os biscoitos. Mas não era ele quem fazia tudo pela filha? Comer um biscoito melecado não lhe causaria mal.

– Papai, toma...

Ela se inclinou sobre a mesa com um biscoito na mão para colocá-lo diretamente na boca do pai. Robert tentou não fazer careta e segurou o doce, colocando-o na boca de uma vez só.

– Hum! Está muito bom, princesa! Você é mestre-cuca.

Porém seu rosto dizia o contrário. Tive vontade de gargalhar.

– "Mete-acuca"? – E seu risinho que parecia sinos tocando preencheu o ambiente.

– Mestre-cuca. É quem cozinha muito bem, amor! – expliquei ganhando a sua atenção. – O que acha de alimentar mais um pouco o papai?

– Não! – Sorri em vitória e ele estreitou os olhos.

– Papai está de regime. Por que não dá um para a mamãe?

– Mamãe "etá" "goduxinha" – ela repetiu as minhas justificativas.

Mais uma vez me senti vitoriosa.

– Está é? – E os olhos dele varreram meu corpo em uma inspeção minuciosa. – Tem razão. Mamãe está mesmo gorda.

– Estou? – Rapidamente meu sorriso desapareceu.

– Goduxinha! – Lisa repetiu sem se importar com o que acontecia ali. Isabel simplesmente se mantinha calada, já que praticamente não entendia o que falávamos.

– É. Está sim. – Ele ergueu uma sobrancelha me encarando de maneira divertida.

– Eu tive dois filhos, Robert Carter. Você...

Olhei para minha filha, que voltou a sua atenção para a tela do computador. Respirei fundo e resolvi que não valia a pena. Nada de brigas na frente das crianças.

– Eu vou deitar um pouco. Tchau, princesa! – Dei um beijo na cabeça de Lisa. – *Isabel, me voy a descansar, estés pendiente de los horarios de Lisa.*

Lisa me olhou e sorriu, como sempre fazia quando eu falava em espanhol. Ela achava engraçado.

– E eu não ganho beijo? – Robert continuava me irritando.

– Quando eu emagrecer, quem sabe? – E saí.

Max dormia calmamente. Voltei a me certificar a respeito da sua temperatura. Fazia frio no avião e ele não estava acostumado a temperaturas baixas, já que no Brasil era sempre quente. Tirei minhas botas, que eu havia escolhido para o desembarque em Chicago, e subi na cama para tentar dormir um pouco. Menos de cinco minutos depois Robert entrou e trancou a porta.

– O que quer, Carter? – Fui ríspida para deixar bem claro que eu não estava para brincadeira.

Ele apenas me olhou rapidamente e desviou a sua atenção para nosso filho no berço. Foi até ele, conferiu se estava muito bem agasalhado, sorriu como um bobo e começou a tirar o paletó, que insistiu em usar para embarcar, mesmo com o calor absurdo que fazia naquela época do ano no Brasil.

– Max é o menino mais bonito que já vi nesta vida toda!

Revirei os olhos. Para Robert, seus filhos eram as crianças mais lindas, inteligentes e maravilhosas do mundo.

– Ele é muito parecido com você, amor.

– Gordo assim que nem eu? – Ele riu.

– Você é gostosa, Melissa! Não faça birra. É por isso que Lisa está desse jeito, igualzinha à mãe. Sempre muito dramática...

Seu sorriso imenso indicava o seu bom humor, ao contrário do meu.

Robert se aproximou daquela maneira que mostrava muito bem o que pretendia. Rapidamente meu corpo correspondeu, mas eu não estava disposta a dar o braço a torcer. Mesmo assim ele tirou a camisa, os sapatos e subiu na cama. Para me livrar do feitiço ao qual eu me via presa todas as vezes que meu marido se despia, levantei para verificar o que Lisa fazia, mas ele me interceptou, me impedindo de sair.

– Vai tentar me ignorar?

Sua voz rouca e totalmente sedutora mexeu definitivamente comigo.

– Eu brinquei, Mel, assim como você brincou comigo.

– Você disse que eu estou gorda – esbravejei.

Ele riu.

– Você está deliciosa. – E me puxou, colando seu corpo ao meu e alcançando meu pescoço.

– Robert, isso não tem graça! Não é legal dizer a uma mulher que ela engordou, principalmente porque não sou mais nenhuma garotinha.

Ele riu ainda mais.

– Você não tem nem trinta anos e eu já tenho quase quarenta. Não vamos comparar, não é? Vem cá, Mel! Estou morto de saudades! – Fez uma voz manhosa enquanto vagava as mãos pelo meu corpo deixando-me mole.

– Nada disso... – Tentei me afastar, no entanto nem eu queria realmente, nem ele permitiria. – Pare com isso, Robert! Você vai acordar o Max!

– É só você parar de resistir tanto e fazer menos barulho.

Dei risada. Não dava para levar uma briga por tanto tempo tendo um homem tão apaixonado como o meu marido, praticamente me implorando para fazer amor com ele.

– Estou estressada – gemi quase entregue. – Estou cansada. Trabalhei até tarde e Max não me deu um minuto de folga desde que acordou.

Ele beijava o meu pescoço e me explorava com as mãos sedentas.

– Precisamos conversar sobre Lisa... – Tentei afastá-lo no momento em que ele tentava desabotoar a minha camisa. – Amor!

– Lisa está ótima! É uma menina adorável! Max é um anjo, Mel! O que temos para conversar sobre eles que não pode esperar?

Tentou abrir minha calça já quase colocando as mãos por dentro da minha roupa.

– Robert! Não!

– Por quê? – Uma mão subiu até minha nuca, segurando meu cabelo com força e me prendendo em um beijo delicioso. Daqueles que me faziam deixar de pensar rapidinho. Lábios macios acariciavam os meus deixando-me completamente úmida.

– Saudades, Mel! – sussurrou em minha boca desfazendo a distância entre nossos corpos.

Desisti de lutar contra ele e deixei que me levasse para aquele vale inebriante que sempre me fazia ficar satisfeita, não importava qual fosse o problema. Eu simplesmente esquecia o mundo.

Senti o aperto em meus cabelos ficar mais forte, mais possessivo enquanto a sua língua aprofundava o beijo repleto de desejo. Rapidamente o meu corpo assumiu vontade própria e comecei a explorar cada pedaço daquele homem perfeito com quem eu havia me casado.

Ele, em um movimento rápido, agarrou minhas pernas e me puxou, deixando-me cair no colchão. Rimos juntos, mas logo recomeçamos o beijo, com o seu corpo já sobre o meu, iniciando a sua dança lenta e luxuriante. Então, quando Robert conseguiu abrir três botões da minha camisa e já beijava meus montes macios e bico já rígido, Max reclamou um pouco para logo em seguida chorar muito alto.

– Droga! – Robert rosnou ainda sobre mim.

– Os dentinhos... – informei já com as mãos forçando-o a sair. – Ele está bem enjoado.

– Eu sei. Deixa que eu pego.

Meu marido levantou enquanto eu ajustava minha camisa para receber meu filho e sentava de uma maneira mais confortável. Ele, com muito jeito, e resmungando palavras de carinho, aproximou-se do berço e retirou o pequeno Max levando-o ao peito e embalando-o ainda com palavras de amor.

– Prontinho, prontinho! Papai já está aqui.

A criança continuou chorando, mas abraçou o pescoço do pai e acomodou a cabecinha em seu ombro. Max estava visivelmente cansado e incomodado.

– Traga ele aqui.

Robert negou com a cabeça, cantarolando baixinho no ouvido do nosso filho.

Assim que o pequeno Max começou a se acalmar, meu marido andou até a cama, ainda embalando-o no peito e deitou ao meu lado tomando todo o cuidado para mantê-lo inclinado no ângulo certo e continuar com os movimentos que acalmavam nosso filho. Acariciei o corpinho do meu bebê que, de tempos em tempos, soltava alguns espasmos do choro forte, e encostei a cabeça no ombro de Robert enquanto aguardava que o sono voltasse a envolver o nosso filho, mas pegamos no sono os três juntos e o momento "enfim sós" ficou para depois.

***

– Ok! Calminha, princesa! Estamos quase chegando. – Arrumei o vestido de Lisa tomando cuidado em mantê-la aquecida. Chicago estava muito frio.

Quando chegamos, preferimos ir direto para o nosso apartamento. Sim, fizemos questão de manter o apartamento que ocupei com Dean quando ainda estávamos naquele jogo horroroso, mas que nos rendeu a paz de espírito e filhos lindos. Eu não conseguia deixar de sorrir quando pensava neles.

– Você está linda!

Robert me abraçou com delicadeza quando me ofereceu a mão para me ajudar a sair do carro e beijou meus lábios com uma doçura fora do normal.

– Muito linda, Melissa Carter!

Meu marido estava em um dia especial. Voltar para casa o deixava mais leve, satisfeito, além de recuperar o ar CEO que há muito ele não fazia questão de usar, o que me deixava muito nostálgica, além de excitada, claro!

Sorri para Robert e voltei para olhar se Isabel estava bem com o Max e se ele estava devidamente aquecido. Tanto o bebê quanto Lisa olhavam para todos os lados, absorvendo o máximo de informações. Era tudo estranho e novo para eles que até então conviviam apenas com praia, casas na areia e, no caso da nossa filha, neve. Poucas vezes precisamos sair do nosso paraíso, principalmente porque, como sempre estávamos entrando em novos empreendimentos, era exigido sempre da nossa presença, então curtíamos o que tínhamos e as crianças aproveitavam muito.

Mas estava frio e a ansiedade nos dominava. Lisa conhecia os tios e avós pela internet, já que sempre fazíamos ligações com imagens, mesmo assim, ela estava espantosamente tímida e se escondia o tempo todo atrás dos seus cachinhos dourados, que, pela primeira vez, não se irritava em tirar da frente do rosto.

– Vai ficar tudo bem, princesa! Você vai adorar o tio Bruno. – Ela se encolheu e escondeu o rosto no pescoço do pai.

– Vamos?

Meu marido, carregando nossa filha em um braço e segurando minha mão, acompanhava todos os passos da babá e do nosso pequeno Max.

Passamos pela portaria e o funcionário sorriu, saudando o homem da minha vida como se ele não tivesse desaparecido por três anos, e pegamos o elevador. Sabíamos que não éramos aguardados, Robert preferiu assim, mas também tínhamos conhecimento de que naquele dia a família estaria reunida na casa de Olivia, pois Nicole e Paul haviam chegado da lua de mel alguns dias antes e o almoço estava marcado para que pudessem contar as novidades. Bom... Nós seríamos a novidade.

– Quero ir pra casa – Lisa fez birra, voltando a se esconder no pescoço do pai.

– Estamos em casa, querida – ele respondeu com muita delicadeza.

Sabíamos que não seria fácil a adaptação deles, mas contávamos com a empolgação da família para nos ajudar.

– Você vai adorar a vovó Olivia!

– Quero ir pra casa – ela choramingou e apertou os braços em volta do pescoço dele. – Quero a praia!

– Nós vamos conhecer uma praia linda, na casa da vovó Liz, na Califórnia. Lembra?

Ela me olhou por detrás dos cachinhos, mas fungou e chorou baixinho.

– Quer ficar um pouco com a mamãe?

Vi os braços de Robert apertarem o corpo da nossa filha, uma atitude infantil de posse, mas que eu apenas achava graça.

– Nós vamos ficar bem, não vamos? – ele falou se incluindo no sofrimento de Lisa.

Muito fofo!

– E o tio Bruno adora brincar de cavalinho.

Sorri largamente. Duvidava muito que Bruno, por livre e espontânea vontade, se oferecesse para ser o cavalinho de alguém. Robert me olhou e mordeu os lábios, depois sorriu.

As portas se abriram e nós saímos para o imenso saguão que antecedia a entrada do tríplex. Ouvimos algumas risadas, ainda distantes, mas logo soubemos de quem se tratava: Bruno e Nicole. Meu coração acelerou de tanta felicidade. Após três longos anos, estar de volta me deixava eufórica. Era incrível como eu havia aprendido a amar aquela família que agora era minha também.

Meus olhos encontraram com os do meu marido e pude enxergar neles a mesma emoção que me acometia. Tinha certeza de que, mesmo amando tudo o que construímos, o coração de Robert jamais deixaria Chicago. Lá era a sua casa, o seu lar. Vi quando ele engoliu em seco, ajustou Lisa em seu braço e alinhou a coluna, voltando à sua postura superior, porém um sorriso esplêndido coloria a sua face.

Max se mexeu querendo o meu colo, debatendo-se com as mãozinhas gorduchas estiradas para mim, fazendo manha e ameaçando chorar. Rapidamente o peguei das mãos de Isabel, que guerrilhou com a criança para equilibrá-la. Assim que meus braços se cercaram do seu pequeno corpo, ele se agarrou a mim e escondeu o rosto em meus cabelos, imitando a irmã.

Robert tocou a campainha. Por alguns segundos o tempo pareceu parar, o ar ficou suspenso e a tensão ficou palpável. Senti dedos gelados procurarem minhas mãos e, segurarem firme entrelaçando-os aos meus e formando uma corrente de segurança. Passos lentos se aproximavam à medida que as vozes e risadas se distanciavam. A mesma empregada de sempre abriu a porta, checou as visitas com cuidado se demorando em Robert, até que então seu sorriso se prolongou.

Meu marido sorriu em resposta e manteve os olhos firmes na mulher à nossa frente. Com uma reverência discreta, ela abriu passagem entendendo que se tratava de uma surpresa. Adentramos na imensa sala onde um dia estive, em um passado tão distante que parecia não mais me pertencer. Robert ainda era casado com Tanya e eu tentava fugir do que sentia por ele. Que boba!

As vozes chegavam até o nosso grupo. Robert foi na frente, pois conhecia melhor o caminho. Da segunda sala, pudemos enxergá-los. Estavam reunidos na varanda coberta, as portas de vidro estavam praticamente fechadas, isolando-os do lado de dentro. A imensa mesa de madeira posta para o jantar, só que nem todos estavam sentados. A lareira acesa aquecia o ambiente e dava um toque romântico, deixando o início de noite ainda mais bonito.

Nicole riu um pouco mais alto e Paul a olhou com tanto carinho que eu suspirei. Bruno levantou, mas antes acariciou a barriga de Alexa e beijou o topo da sua cabeça. Olivia falou alguma coisa para o grupo e saiu apressadamente para a sala. Foi quando ela nos viu.

Ouvi Robert soltando o ar que mantinha preso nos pulmões. Sua boca abriu minimamente, parecia que diria algo, mas nada foi dito. Lisa encarou a avó, sustentando o olhar assim como o seu pai, mas Max se escondeu ainda mais, sorri para o meu bebê e o acalentei. Depois voltei a olhar a minha sogra, que continuava parada à porta, nos olhando sem acreditar.

– Oi, mãe! – A voz dele saiu baixa, como se as palavras arranhassem sua garganta.

– Robert? – ela sussurrou. Nicole deixou a taça cair, não sei se por ter percebido nossa presença ou por descuido, mas o fato é que imediatamente todos olharam para ela e logo em seguida entenderam o que acontecia.

– Meu Deus!

Ela deu dois passos e parou, levou as mãos à boca e seus olhos focaram em Lisa, um sorriso genuíno iluminou o seu rosto. Minha filha sorriu também, mas continuou tentando se esconder no pescoço do pai, que parecia ser o homem mais orgulhoso do planeta naquele momento. Suas mãos protetoras acariciaram as costas da filha dando-lhe conforto. Logo depois, Olivia olhou para mim, os olhos marejados e cheios de agradecimento e então nosso pequeno Max a olhou e sorriu.

Jamais o vi sorrindo daquela forma. Era algo confiante, diferente. Ele estendeu o braço como se estivesse chamando por ela. Olivia piscou até entender o que Max queria, mas ele, muito ansioso para tocá-la, fez birra e ameaçou chorar, se estendendo ainda mais para ela. Foi quando aconteceu algo que nunca antes havia acontecido. Olivia deu alguns passos vacilantes até ele e Max balbuciou sua primeira palavra.

– Vovó. – Sua vozinha infantil silenciou a todos.

Robert me olhou com uma mistura de alegria e estranheza, já que o normal seria ele falar mamãe, ou papai, ou até mesmo Lisa, por ser mais fácil e por ouvir tanto. Vovó ele só ouvia quando fazíamos a chamada de vídeo para Olivia.

– Oh, meu amor! – ela gemeu cheia de emoção e o tomou em seus braços. – A vovó também estava ansiosa para conhecê-lo.

E beijou suas bochechas rosadas, o que o fez segurar seu rosto e esfregar a gengiva, com os dois dentinhos ainda saindo, no rosto dela. Demos risada enquanto ela limpava a baba que havia ficado por lá.

– Esta é Lisa, mãe. A nossa princesa – disse Robert se aproximando com a criança.

Olivia inclinou um pouco a cabeça, ainda mantendo Max em seus braços, e tentou olhar para Lisa que continuava se escondendo atrás dos cachinhos.

– Lisa, não vai dar um abraço na vovó?

Minha filha riu, mas se apertou no colo do pai.

– Como vai, meu filho? – Passou a mão no rosto do meu marido com uma devoção emocionante.

Olivia sabia que demonstrar emoção de uma forma muito exagerada não facilitava as coisas com Robert Carter. Ele era contido em suas relações emocionais, apesar de deixar transparecer o que sentia quando o assunto era a família. Mesmo assim, ela conhecia o filho melhor do que qualquer outra pessoa e sabia a exata maneira de dizer a ele o quanto era bem-vindo e o quanto sentiu a sua falta.

– Estamos bem. – A voz dele estava embargada, mas ele permanecia firme.

– Melissa! – Minha sogra me abraçou demonstrando a sua satisfação em me ver também. – Você está maravilhosa! Que bom que estão aqui e as crianças são tão… perfeitas! Elas são lindas! E este aqui pelo visto puxou ao pai, é um galanteador – brincou com Max, que riu e deitou a cabecinha no ombro da avó. – Tão lindo! Sabe como ganhar uma mulher.

Rimos.

– O pai perdeu todo o direito de se vangloriar desde que ficou aos pés de uma única mulher.

E meu marido me lançou um olhar cheio de amor que me deixou quente demais.

– E eu nem tenho o direito de ser o centro das atenções que você, mimado como sempre foi, aparece para roubar todo o meu glamour.

Nicole se aproximou abraçando o irmão e rindo, mas ela também estava emocionada. Sua voz a denunciava.

– Desculpe! Não tenho culpa se sou mais querido do que você.

– Tia Nick!

Lisa pegou nos cabelos repicados de Nicole e sorriu com os olhinhos brilhantes de quem está vendo a sua musa. Elas nunca tinham se visto pessoalmente, mas existia uma relação forte entre as duas, uma espécie de identificação de nascença.

– Minha pequena princesa! Você é a coisinha mais linda que já vi em toda a minha vida!

E Lisa logo estava no colo da minha amiga e cunhada, ainda com os dedos testando os fios novos em suas mãos. Lisa tinha fissura por cabelos.

– Mel!

E com um sorriso imenso ela me abraçou e beijou, muito satisfeita com a nossa presença.

– Nick! Recebi seu e-mail. Não quis responder para não estragar a surpresa.

– Tudo bem! Eu posso deixar o meu álbum de lua de mel para outro dia.

Fez biquinho e eu ri, voltando a abraçar a minha amiga. Alexa se aproximou de nós duas com a sua barriga enorme. Ela estava inchada e andava como uma pata, mas, mesmo assim, estava perfeita.

– Alexa!

Soltei Nicole e abracei minha outra amiga, colocando minha mão em sua barriga.

– Você está incrível grávida! – Ela sorriu e revirou os olhos marejados.

Alexa também sempre foi muito durona, porém eu sabia o que uma gravidez era capaz de fazer com o psicológico de uma mulher.

– Deus ajude que eu consiga voltar ao meu corpo quando ele nascer. Veja você: dois filhos e com um corpo com tudo no lugar. Que sonho!

– Uma das vantagens de morar em Morro de São Paulo. Tudo o que quiser fazer será andando.

Rimos enquanto eu via Nicole, ainda com Lisa no colo, voltar para o irmão e abraçá-lo mais uma vez enquanto Olivia recriminava Bruno por fazer careta para a minha filha, que ria e se escondia dele.

– Não vejo a hora do meu nascer – ele disse ao irmão enquanto dava tapinhas em suas costas. – Que bom que está aqui, assim vou poder ter mais tempo para curtir minha família sem todo o estresse das empresas.

– Oh, nada disso! Você é o CEO. Assuma as suas obrigações. Eu estou muito bem com a forma como tudo ficou arranjado.

Robert riu e Bruno fez uma careta de desagrado.

– Sempre jogando os problemas para mim. Você nunca vai mudar, Robert! – E mais uma vez abraçou o irmão. – Bom ter você de volta. Espero que seja por muito tempo.

Trocamos um olhar cheio de significados.

Eu sabia quais eram os nossos planos. Não ficaríamos tanto tempo longe, mas também não poderíamos demorar muito em um só lugar. Nossa vida tinha mudado e era assim que queríamos continuar.

– Paul!

Robert cumprimentou o amigo que ainda se mantinha distante, apenas observando.

O marido da minha amiga olhava para o meu marido e nossos filhos e não deixava transparecer o que sentia, mas nós sabíamos que seria difícil para ele ver tudo o que poderia ser da sua irmã, mas que a vida tinha tratado de não deixar acontecer. Imediatamente fiquei tensa. Não queria que um encontro de família tão especial para todos nós fosse marcado por um conflito que não encontraria solução. Mas ele sorriu e eu senti que havia verdade naquele sorriso.

– Você está horrível, Robert Carter! Olha só esta cara de pai preocupado, definitivamente esta menina vai lhe dar dor de cabeça. Ela é mesmo uma princesa e, se Nicole já colocou as mãos nela, significa que é um caso perdido. Vai precisar trabalhar muito mais para atender a todos os seus desejos. E este rapaz aqui. – Pegou a bochecha de Max, que riu e tentou alcançá-lo. – Este aqui vai trazer muitos problemas com as mulheres para você resolver. Vai ser muita sujeira embaixo do tapete.

Notei que todos sorriam.

– E veja Melissa como está maravilhosa! Ah, meu amigo! Agora entendo estas olheiras. Deve ser realmente difícil conciliar o sono tendo tanta coisa para temer.

– Você continua sendo o mesmo filho da puta, Paul. – Robert riu e abraçou o amigo.

– Robert! – esbravejei por causa do palavrão e Nicole tapou os ouvidos de Lisa para impedi-la de assimilar o que o pai dizia.

– Não acredito que falou mais uma vez a palavra proibida perto dos nossos filhos.

– Foi sem querer, amor!

Todos riram, mas eu estava realmente aborrecida. Ele não se controlava nunca. Lisa até já sabia alguns xingamentos apenas acompanhando a rotina do pai.

– Este menino é impossível! Eu já havia desistido de tentar corrigi-lo – o censurou Olivia como uma boa mãe. – Precisa aprender a se controlar, Robert. Já imaginou se as crianças repetem isso?

Ele me olhou daquela forma que reconhecia o erro, mas que pedia para que eu não piorasse as coisas contando que aquela já era a nossa realidade. Suspirei. Precisávamos de mais uma conversa sobre limites, mas que poderia esperar para mais tarde.

– Também senti a sua falta, mãe!

Ela sorriu e os olhos brilharam de satisfação. Robert sabia a fórmula certa de conduzir Olivia. Estreitei os olhos observando-os e meu marido piscou para mim assim que sua mãe o abraçou. Foi impossível não sorrir.

– Olivia, esta é Isabel, a babá. Posso usar a sua cozinha para preparar a mamadeira das crianças?

– Claro, querida! Venha, Isabel. Vou ensiná-la o caminho e minha assistente irá ajudá-la com o que precisar.

Isabel me olhou sem entender o que Olivia dizia.

– Es casi la hora de cenar. Verifique lo que tenemos para Lisa y prepare los biberones para Max. Olivia te enseñará el camino y la gobernanta te ayudará en lo que necesite. Estaré por aquí por si necesitas algo.

– Ela não fala inglês? – Minha sogra me olhou assustada.

– Um pouco – respondeu Isabel e sorriu com segurança.

Olivia sorriu de volta e a levou até a cozinha.

O restante da noite conversamos sobre todas as bobagens possíveis e rimos muito brincando um com o outro. O jantar foi servido, Olivia reclamou várias vezes de Robert estar mais magro. Eu pude observar o quanto Nicole e Paul estavam bem. Até demais para o meu gosto. Pela primeira vez vi Paul ser ousado e a minha amiga intimidada, corando e suspirando como uma adolescente apaixonada. Bruno estava tão empolgado com o filho que não parava de falar enquanto Alexa estava lenta, pesada e sonolenta. Coisas da gravidez.

– Eu sou assim. Primeiro faço o meu herdeiro. Sou macho o suficiente para gerar outro e não brinco em serviço. Não sou como alguns...

Levantou a taça fazendo um brinde a Robert, que acariciou meu ombro com as pontas dos dedos e deu risada bebendo um pouco do seu vinho.

– Que amoleceu tanto que fez uma menina com um gênio terrível como o da mãe e com isso virou um perfeito dominado. Seu reinado já era, meu irmão!

Deu um longo gole em sua bebida.

– Eu fiz logo um macho.

– Isso. Você fez o que gosta, meu irmão. – Todos riram, inclusive Alexa.

– Eu fiquei sabendo que vocês desistiram de ter mais um filho – Paul falou chamando a atenção de todos.

– Não desistimos, apenas nem pensamos nisso. Lisa e Max são o suficiente – falei olhando diretamente para Robert.

Eu não queria mais um filho, mas ele...

– Robert não é mais o mesmo – brincou, provocando. – Antes ele tomava as decisões, dava as cartas. Hoje é um molenga comandado pela mulher.

– E o pior de tudo é que ele adora isso – Bruno colaborou. – Quem era Robert Carter.

– Primeiro de tudo: Alexa leva você na coleira...

Vi o fogo no olhar de Bruno, que desviou a atenção para a esposa de maneira acusatória. Puta merda! Eu não deveria ter contado aquilo a Robert. Senti meu rosto esquentar consideravelmente e minha amiga fez uma careta para mim que me deixou ainda mais constrangida.

– E quando o seu filho nascer será muito, mas, muito pior. Você nem faz ideia do que é viver com a mãe dos seus filhos. Sua vida fica repleta de ordens, regras, horários, tudo que pode enlouquecer qualquer homem. Sem contar que a gravidez deixa a mulher mais...

Puxou o ar antes de completar e eu pensei que meu rosto não poderia ficar mais vermelho. Ele olhou para mim e sorriu torto. Lindo, sexy e canalha.

– Mandona e cheia de vontade – completou.

Todos riram do meu constrangimento.

– É, Bruno, não sei o que será de você... – Paul continuou provocando. – Pelo visto eu sou o único sobrevivente.

– Cala a boca, Paul! – Alexa o cortou fazendo Nicole gargalhar. – Não me faça contar as coisas absurdas que eu sei.

– Alexa!

Nick fez uma cara de desespero tão engraçada que começamos a rir imediatamente e Paul estreitou os olhos cobrando da esposa uma satisfação.

– Ela está brincando.

– Não estou, não! Mas não vou dar este gostinho aos rapazes. O que eu sei é que nesta mesa as mulheres são as soberanas. As donas da situação e ponto-final.

– Concordo com você – Olívia colaborou fazendo um brinde às mulheres daquela família. – As mulheres sempre foram as mais fortes entre os Carter. Os homens gostam de manter esta pose, mas basta olhá-los com mais atenção para perceber que todos eles, e quando eu digo todos englobo o pai de vocês, possuem uma mulher que se torna o seu pilar. Então parem de fazer este campeonato de testosterona e assumam a dependência que sentem pelas suas esposas.

– Eu admito – disse Robert.

Ele me puxou mais um pouco para perto e beijou a minha cabeça.

– Não me importo em assumir minha posição se posso voltar para casa todos os dias, abraçar e beijar os meus filhos e dormir com a minha esposa.

Fiquei envergonhada e ao mesmo tempo ainda mais apaixonada por aquele homem incrível que me conquistava todos os dias de uma forma diferente.

– Bom... – Bruno colocou os cotovelos sobre a mesa e apoiou o rosto nos dedos cruzados. – Se for para viver com Alexa e meu filho, e todos os outros que ainda virão...

Deu de ombro olhando para ela e sorriu. Minha amiga ficou com os olhos marejados e se inclinou para beijar o marido. Todos olharam para Paul, que suspirou e se encostou no descanso da cadeira.

– Se é assim... – Olhou para Nicole, que sorria de uma maneira apaixonada. – Não. Nada disso. Eu mando aqui.

E puxou a esposa para um beijo ousado. Protestamos e vaiamos o casal, mas Nicole ria e não se importava com a sua nova posição.

Nos despedimos com a promessa de que faríamos parte da reunião de acionistas que aconteceria em dois dias. Robert queria ver como as coisas estavam e ficar um pouco mais ao lado da família antes de viajarmos para a Califórnia para visitar os meus pais. Bruno estava cansado de tanto levar Lisa em suas costas, como o cavalinho que o pai havia prometido e o tio não teve como recusar, mas deixou claro que meu marido pagaria da mesma forma quando o seu filho nascesse.

Olivia foi forte contendo as lágrimas ao se despedir do filho. Eu a entendia. Mas tínhamos interesse em permanecer na cidade por um bom tempo. Faríamos negócios, ficaríamos junto da família até que precisássemos viajar outra vez. Demoraria até que nosso escritório estivesse pronto e que a central estivesse organizada e instalada.

Lisa adormeceu no colo do pai e Max há muito dormia. Isabel o segurava enquanto nos despedíamos. Voltamos para casa com a sensação de dever cumprido. Conseguimos voltar, todos estavam felizes, as crianças adoraram a família e até mesmo nossa babá não havia encontrado dificuldade para trabalhar com uma língua que ainda buscava aprender. Tudo deu certo.

De roupão, entrei no quarto de Max, sinalizando para Isabel que estava tudo bem. Olhei meu menino, verifiquei se ele estava bem agasalhado e passei pela porta conjugada que ligava o quarto dele ao da irmã. Lisa dormia sossegadamente, estava esgotada. Arrumei seu lençol, verifiquei se o aquecedor trabalhava corretamente e voltei ao meu quarto aguardando que o meu marido saísse do banho.

Ele apareceu logo em seguida, enxugando os cabelos molhados e bagunçados. Uma perfeição! Tirei o roupão e senti o frio da noite, apesar do quarto aquecido. Minha fina camisola não impedia que a baixa temperatura de Chicago me atingisse. Robert me abraçou pelas costas e beijou meu ombro. Seu corpo deixava claro o que tinha em mente.

– Estou cansada, Robert Carter. E ainda não esqueci que você disse que estou gorda.

– Gostosa – me corrigiu passando os dedos bem levemente pelo tecido em minha pele.

– Gorda! – Tentei me desvencilhar, mas ele me segurou pela cintura e colou os nossos corpos.

– Na verdade... – Suas mãos, uma de cada lado do meu corpo, começaram a levantar minha camisola bem lentamente. – Eu estou em dúvida a este respeito.

– Dúvida? – Minha pele já estava quente antes mesmo de ele iniciar o processo de me despir.

– Hum, hum! As crianças...

– Dormindo. Isabel está com elas.

Fui rápida e objetiva. Se Robert queria alguma segurança, ele teria, mas não pararíamos daquela vez.

– Ótimo! – sussurrou com a voz rouca eriçando meus pelos.

– Então, como eu estava dizendo... – Seus dedos roçaram minha pele enquanto suspendiam a camisola. – Preciso ter certeza quanto ao seu aumento de peso...

Soltei o ar e me mexi incomodada. Ele riu baixinho e mordiscou o lóbulo da minha orelha direita. Estremeci.

– Levante os braços.

Obedeci e a camisola foi retirada do meu corpo, mas antes suas mãos acariciaram meus seios fazendo-me gemer.

– Agora... – Robert me girou para me encarar, deixando-me apenas de calcinha e com o rosto vermelho. Sim, eu ainda me envergonhava perante aquele homem tão intimidador.

– Desfile para mim?

– Des... Desfilar? – Engoli em seco.

As luzes estavam acesas e eu não me sentia tão segura a respeito do meu corpo, apesar de saber que quando Robert me tocava eu esquecia qualquer detalhe.

– Isso. Vá até a porta e volte. – Sua voz era apenas um sussurro implorando pela minha atitude.

Ele mordeu os lábios e se afastou. Mas antes, a mão que estava em meu rosto desceu queimando tudo o que encontrava pela frente, acariciando-me até chegar a minha cintura outra vez, ao mesmo tempo que seus olhos acompanhavam todo o processo deixando transparecer uma ansiedade que me consumiu.

– Vá.

Sem conseguir ser de outra forma, dei as costas e caminhei, sentindo-me trôpega, até a porta. Chegando lá, permaneci sem virar e respirei fundo, ciente de seus olhos em meu corpo. Eu estava excitada. Louca para que ele me tocasse.

– Volte! – ordenou, mantendo o mesmo padrão: voz baixa, sussurrante, rouca e cheia de autoridade.

Virei, ainda com os olhos baixos, e comecei a caminhar. Minha respiração acelerada fazia com que o processo se tornasse mais difícil. Levantei o rosto e vi algo que me tirou da realidade. Robert me observava. Seus olhos vagando pelo meu corpo e neles o mais puro desejo encarnado. Havia uma fome, uma sede, impossíveis de serem saciadas. Era algo que estava além dele e que só poderia ser encontrado em mim. Eu era a sua comida, a sua bebida, o seu ar. Eu era todas as suas necessidades.

Parei na frente dele aguardando que ele agisse. Lentamente, como se estivesse em transe, Robert tocou a minha cintura e se abaixou na minha frente, correndo os dedos pelas laterais do meu corpo, levando junto a minha calcinha. Movimentei as pernas para retirá-las e então suas mãos começaram a fazer o caminho inverso, subindo sem nenhuma pressa, tocando minha pele e aflorando todos os meus sentidos.

Ainda abaixado, meu marido beijou minha barriga no mesmo instante em que seus dedos encontraram o meu sexo, escorregando de maneira bem delicada em minha carne, enquanto seus lábios veneravam meu ventre. Gemi manhosa, aceitando suas carícias. À medida que seus beijos ficavam mais intensos, as mãos seguiam o mesmo padrão até que seus dedos alcançaram meu íntimo, fazendo-me arfar.

Quando levantou, Robert já estava nu e pronto para mim. Toquei seu peitoral, explorando seus músculos tão bem definidos, fui até seus cabelos, roçando meus dedos em seus fios sedosos e puxando-o para um beijo carregado de desejo.

Cambaleamos até a cama e, assim que deitamos, iniciamos o ato. Eu o queria e não podia aguardar mais. Desde cedo, ainda no avião, meu corpo já implorava pelo dele. Naquele momento, nosso pequeno Max retardou a nossa ânsia. Mas ali, sem barreiras para nos impedir, eu não esperaria por mais nada. Precisava de Robert dentro de mim e com urgência.

Porém, meu marido, mesmo com toda a ansiedade que nos acometia, queria aproveitar cada centímetro alcançado em meu íntimo. Então ele escorregou para dentro de mim com uma lentidão precisa, acariciando todas as minhas terminações nervosas. Deixei-me ser preenchida conforme o seu tempo e necessidade, saboreando seu toque, seu beijo, sua forma única de me tomar para si.

Corri minhas mãos pelas suas costas fortes e largas. Deixei que as unhas brincassem em sua pele, porém sem marcar muito. Meus pés alisavam suas panturrilhas, massageando o músculo enquanto o levava ainda mais para dentro de mim. Seus movimentos lentos permitiam o roçar dos nossos corpos, o que me deixava extasiada.

Sem precisar de muita força, afastei Robert de mim e ele inverteu as nossas posições entendendo o que eu pretendia. Suas mãos fortes envolveram os meus quadris enquanto voltávamos a nos encaixar. Gemi alto sentando sobre ele e recebendo o seu olhar quente.

– E então?

Ele me olhou por um tempo sem entender, mas logo em seguida sorriu e umedeceu os lábios. Movimentei os quadris fazendo-o fechar os olhos e se deliciar com meu sexo envolvendo o dele em um aperto delicioso.

– Ainda tem dúvida?

Espalmei a mão em seu peito e permiti que o movimento ficasse apenas em meu ventre. Robert gemeu abertamente.

– Deliciosa! – sussurrou ao abrir os olhos e me atingir com a tempestade que eram suas íris.

– Tem certeza? – brinquei voltando a rebolar envolvendo-o por completo. – Não acha melhor dar mais uma conferida?

Suas mãos fizeram uma pressão maior enquanto seus olhos varriam meu corpo da forma mais pecaminosa possível.

– Perfeita, Melissa! Você nunca esteve mais gostosa.

Em um movimento rápido, Robert levantou o corpo segurando-me de forma a não deixar espaço entre nós dois. Seus lábios buscaram os meus ao passo que minhas pernas entrelaçaram os seus quadris, abrindo-se para melhor acomodá-lo. Depois de alguns segundos só aproveitando a junção dos nossos corpos e o beijo apaixonado, recomecei os movimentos sendo guiada pelas suas mãos firmes, conduzindo-me da melhor forma para lhe proporcionar prazer.

E foi delicioso!

– Gostosa!

Suas mãos vasculharam meu corpo, apalpando meus seios, enquanto seus lábios beijavam a pele exposta sussurrando palavras indecorosas que apenas me incentivavam a continuar.

Sentindo meu sexo pulsar e o familiar formigamento em meu ventre, identifiquei que logo estaria entregue ao nirvana, por isso deixei Robert me apertar, utilizando apenas a respiração, liberando-o conforme o subir e descer do meu corpo. Ele gemia. Seus lábios beijavam meus ombros, seios, rosto. Seus dentes arranhavam com mordidas que me atiravam ainda mais ao túnel de prazer que não permitia voltar.

– Assim eu vou gozar, Mel! – De olhos fechados ele me alertou.

Mas o alerta não me impediu de continuar. Eu já estava no limite, escorregando para o abismo sem fim, o mesmo que me envolvia em sua névoa e me tirava do mundo, envolvendo-me com a luxúria e descarregando em meu corpo em correntes de prazer que lambiam minha pele. Porém eu não queria fazer aquela viagem sozinha. Queria meu marido junto comigo, sentir que ele gozava em mim e por mim, me deliciar com o aperto de suas mãos e regozijar com o som dos seus gemidos da hora da entrega.

Por isso, intensifiquei o processo, prendendo-o em minha carne em um abraço carregado de desejo, que o prendia, apertava e soltava dentro de mim, ao mesmo tempo em que subia e descia em seu membro apenas para vê-lo ainda mais entregue aos meus encantos.

– Porra, Melissa!

Explodimos por dois segundos de diferença. E foi fantástico!

***

Despertei com dedos frios percorrendo minhas costas com movimentos aleatórios, além de leves. Abri os olhos percebendo que as cortinas fechadas impediam o dia de adentrar no quarto. Como não podia deixar de ser, meus ouvidos tentaram captar o barulho das crianças, ou a tentativa de Lisa de entrar em nosso quarto, mas tudo estava silencioso.

Robert enlaçou-me com os braços ao perceber que eu já estava acordada. Não havia sinal no corpo dele indicando que estávamos em mais um dos nossos momentos de entrega. Levantei o rosto e o encontrei encarando o teto. Uma leve ruga em sua testa chamou a minha atenção.

– Eu sei que não faço isso há muito tempo…

Começou com a voz rouca e embargada.

Tentei entender o que acontecia com o meu marido, mas nada consegui formular que justificasse aquela reação.

– Você sabe que dia é hoje?

Pensei a respeito e me dei conta.

– Domingo.

Minha voz praticamente não saiu ao entender o que acontecia com o meu marido. Seus braços fizeram mais força ao meu redor.

– Eu quero…

– Eu vou junto. – Levantei sentando-me na cama para que pudéssemos conversar melhor.

– Obrigado!

Robert me alcançou e depositou um beijo singelo em meus lábios.

– Em vinte minutos?

– Ok!

Com uma calça jeans, botas, camisa de manga comprida e um casaco de couro, eu estava pronta para segui-lo. Isabel estava acordada e ficaria com as crianças. Robert me recebeu na cozinha com duas xícaras de café preto. Bebemos em silêncio para, logo em seguida, partir.

Dirigindo com cuidado, Robert, aos poucos, entrava naquele mesmo personagem que se apresentava domingo após domingo, quando ainda precisávamos fazer aquele passeio que tanto o entristecia. Era inevitável não me deixar levar por este caminho. Mas ele nada dizia, apenas olhava para frente e de tempos em tempos pegava em minha mão.

Caminhamos pelo cemitério com passos curtos. Não havia pressa, contudo também não tinha nenhum sinal de desistência, como sempre acontecia. E então paramos em frente ao túmulo. Estava tudo igual. Com exceção daquele acréscimo, a lápide de Maximus. Robert se aproximou, deu dois passos à minha frente e passou a mão na pedra polida.

– Oi, pai! Eu consegui voltar – começou, mantendo-se firme.

Virando para mim, estendeu a mão para que eu fosse para perto. Aceitei o convite e entrelaçamos nossos dedos.

– Desculpe por não ter vindo antes, mas, como sempre deixei claro, não era um momento que eu queria compartilhar. Não estou pronto para enterrar mais ninguém.

Apertei ainda mais os meus dedos aos dele. Robert engoliu em seco e passou a mão livre na lápide onde o pequeno Rob estava. Seus olhos ficaram marejados.

– Oi, filho! – Uma lágrima solitária escorreu em seu rosto, mas ele se manteve firme. – Seus irmãos são lindos.

Olhou para mim buscando forças.

– São, sim… – acrescentei. – E vão te amar do mesmo jeito que o seu pai.

Com a cabeça, meu marido concordou e mais uma vez acariciou a lápide.

– Ora, ora. – A voz familiar nos surpreendeu.

Henry, o bom senhor que nos ajudava com a manutenção do local, estava lá, com os mesmos materiais que dividia com Robert quando aquela visita era a nossa rotina. Seu sorriso original continuava levando paz de espírito para quem cruzasse o seu caminho.

– Quanto tempo!

– Henry! – Robert caminhou até o homem abraçando-o com afeto.

– Como estão as coisas por aqui?

– O de sempre, mas com personagens novos. Como vai, Melissa?

– Bem, obrigada! – Apertei a mão ofertada.

– Bruno tem vindo em meu lugar.

Robert afirmou como se soubesse desta informação há muito tempo. Fiquei confusa.

– Sim. E eu tenho feito o que me pediu da última vez em que esteve aqui.

Vi meu marido fazer uma careta e concordar.

– Obrigado, Henry!

– Cheguei atrasado – disse Bruno, que apareceu atrás de mim pegando-me de surpresa.

– Mel!

Com um beijo no rosto me cumprimentou e depois apertou a mãos dos outros dois homens que compunham o nosso grupo.

– Podemos começar? Hoje Alexa não está muito bem, então quero voltar logo para casa.

– O que ela tem?

– Enjoo.

Revirou os olhos e pegou um pedaço de pano da mão de Henry para iniciar o trabalho.

– Isso nunca acaba? Agora ela enjoa do cheiro do frio. Dá para acreditar? Cheiro do frio! Nunca vi nada parecido com isso.

– Melissa, quando estava grávida do Max, enjoou do cheiro do mar. Eu ficava no hotel e inevitavelmente ficava com cheiro de maresia. Quando chegava em casa, não podia nem encostar nela.

Bruno sorriu para o irmão e balançou a cabeça. Robert sorriu. Não foi um sorriso amplo, mas era algo que melhorava o clima.

Eles trabalharam em conjunto, limpando e ajustando o que já estava muito bem cuidado, mas o trabalho parecia acalmar a alma dos irmãos, e fazê-lo juntos os aproximava ainda mais. Acompanhei tudo apenas auxiliando no que era possível, e no final, estávamos todos satisfeitos.

– Estão com pressa? – perguntou Henry, que juntava as coisas para finalizar o seu serviço. Eu sabia que o bom senhor nos receberia em sua casa de muito bom grado, mas naquela manhã não seria possível.

– Eu tenho realmente que ir, Henry. Alexa precisa de mim.

Com um tapa nas costas do irmão e um beijo em meu rosto, Bruno se despediu com a sensação de dever cumprido.

– Vejo vocês amanhã.

– Eu também preciso ir. Nossos filhos estavam dormindo quando saímos e ainda não nos acostumamos a não acompanhá-los já no despertar. Chegamos ontem e eles ainda vão precisar de apoio para a adaptação.

– Eu entendo. Fiquei feliz em revê-los.

Apertou minha mão e abraçou Robert com carinho.

– Encontro vocês no próximo domingo?

– Sim. Ainda vamos passar alguns dias aqui.

Meu marido segurou em minha mão e me olhou com tanto carinho que fiquei comovida.

Fomos embora com seu braço sobre os meus ombros, puxando-me para perto. Ele estava leve, outra vez restabelecido, completo e de volta para a nossa vida. Eu estava bem, não tão feliz quanto costumava ficar normalmente, mas sabia que nunca conseguiríamos apagar o passado, ele fazia parte do nosso presente e nos acompanharia no futuro. O que eu podia fazer era deixá-lo chegar e passar, estar ao lado do meu marido para fortalecê-lo, continuar sendo o seu pilar e tratar de fazer com que os outros dias da semana fossem incríveis, porque era assim uma vida ao lado de Robert Carter e eu posso jurar que nunca desejei algo diferente.